W0341545

Zum Buch:

Gerichtsmedizinerin Sara Linton und ihr Ex-Mann Jeffrey Tolliver werden zu einem traurigen Routineeinsatz gerufen: Ein Student hat sich von einer Brücke gestürzt, um sich das Leben zu nehmen. Doch als sie den Fundort der Leiche untersuchen, fallen ihnen erste Ungereimtheiten auf. Währenddessen wartet Saras hochschwangere Schwester Tessa allein im Wagen. Ein fataler Fehler, wie sich herausstellt. Als Sara zurückkehrt, ist ihre Schwester spurlos verschwunden. Sie finden sie schließlich in der Nähe: bewusstlos und schwer verletzt. Man hat ihr brutal mit einem Messer in den Bauch gestochen. Als sich herausstellt, dass beide Taten in einer verhängnisvollen Verbindung stehen, beginnt für Sara ein unvorstellbarer Albtraum.

Zur Autorin:

Karin Slaughter ist die Autorin von über zwanzig New-York-Times-Bestseller-Romanen. Dazu zählen *Cop Town*, der für den Edgar-Allan-Poe-Award nominiert war, sowie die Thriller *Pretty Girls, Die gute Tochter* und *Ein Teil von ihr*. Ihre Bücher erscheinen in 120 Ländern und haben sich über 40 Millionen Mal verkauft. *Ein Teil von ihr* ist als Serie mit Toni Collette bei Netflix erschienen. *Die falsche Zeugin* sowie die Grant-County- und die Georgia-Reihen werden fürs Fernsehen verfilmt. Slaughter setzt sich als Gründerin der Non-Profit-Organisation »Save the Libraries« für den Erhalt und die Förderung von Bibliotheken ein. Die Autorin stammt aus Georgia und lebt in Atlanta.

Von Karin Slaughter sind im Hause HarperCollins bereits erschienen:

In der Grant-County-Reihe:
Belladonna (Band 1)
Vergiss mein nicht (Band 2)

KARIN
SLAUGHTER

DREH DICH NICHT UM

THRILLER

Deutsch von Sophie Zeitz

HarperCollins

Der Originaltitel erschien 2003 unter dem Titel
A Faint Cold Fear bei HarperCollins, New York.

1. Auflage 2022
Lizenzausgabe im HarperCollins Taschenbuch
© 2022 für die deutschsprachige Ausgabe by HarperCollins in der
Verlagsgruppe HarperCollins Deutschland GmbH, Hamburg
Alle Rechte an der Übertragung ins Deutsche
bei Rowohlt Verlag GmbH, Hamburg.
Umschlaggestaltung von zero-media.net, München
Umschlagabbildung von Liz Dalziel / Trevillion Images
Gesetzt aus der Janson Text
von Buch-Werkstatt GmbH, Bad Aibling
Druck und Bindung von CPI books GmbH, Leck
Printed in Germany
ISBN 978-3-7499-0386-3
www.harpercollins.de

Klimaneutral Druckprodukt
ClimatePartner.com/15109-2009-1001

MIX Papier
FSC FSC® C083411

Für VS –
als Dank für die Liebe
und Zuneigung

SONNTAG

Eins

Sara Linton beobachtete, wie ihre hochschwangere Schwester aus dem Dairy Queen herauskam, in jeder Hand einen Becher Vanilleeis mit Schokoladensoße. Als Tessa den Parkplatz überquerte, frischte der Wind auf, und das fliederfarbene Umstandskleid blähte sich und flatterte hoch bis über die Knie. Verzweifelt versuchte Tessa das Kleid zu bändigen, ohne das Eis fallen zu lassen, und Sara hörte sie fluchen, als sie sich dem Wagen näherte.

Sara versuchte sich das Lachen zu verkneifen. Sie lehnte sich über den Beifahrersitz, um ihr die Tür zu öffnen, und fragte: »Brauchst du Hilfe?«

»Nein«, knurrte Tessa und zwängte sich ins Auto. Sobald sie saß, drückte sie Sara das Eis in die Hand. »Und hör auf zu lachen.«

Sara zuckte leicht zusammen, als ihre Schwester die Sandalen abstreifte und die nackten Füße gegen das Armaturenbrett stemmte.

Ihr BMW 330i war noch keine zwei Wochen alt, und Tessa hatte bereits eine Tüte M&Ms auf dem Rücksitz schmelzen lassen und eine Dose Fanta über den Teppich im Fußraum gekippt. Wäre Tessa nicht im achten Monat schwanger, hätte Sara sie erwürgt.

»Warum hast du so lange gebraucht?«

»Ich musste aufs Klo.«

»Schon wieder?«

»Nein, weißt du, ich gehe nur zum Spaß bei Dairy

Queen aufs Klo«, gab Tessa zurück. Sie fächelte sich mit der Hand Luft zu. »Gott, ist das heiß.«

Sara biss sich auf die Zunge und drehte die Klimaanlage auf. Als Ärztin wusste sie, dass Tessa nur das Opfer ihrer Hormone war, doch manchmal hätte sie Tessa am liebsten in eine Kiste gesperrt und erst wieder aufgemacht, wenn sie das Baby schreien hörte.

»Der Laden war rappelvoll«, jammerte Tessa, den Mund voll Schokoladensoße. »Müssten die Leute um die Zeit nicht in der Kirche sein oder so was?«

»Hm«, gab Sara zurück.

»Der Laden ist so ekelhaft. Schau dir nur mal den Parkplatz an.« Tessa fuchtelte mit dem Löffel in der Luft herum. »Die Leute werfen einfach ihren Müll auf die Straße und kümmern sich nicht darum, wer ihn wegräumt. Als würde die Müllfee kommen und alles mitnehmen.«

Sara brummte zustimmend und aß ihr Eis, während Tessa sich in ihrer Schimpftirade erging, angefangen bei dem Mann, der bei Dairy Queen ins Handy geschrien hatte, bis zu der Frau, die zehn Minuten in der Schlange stand und sich an der Theke immer noch nicht entschieden hatte, was sie wollte. Nach einer Weile ließ Sara die Gedanken schweifen, starrte auf den Parkplatz und dachte an die stressige Woche, die vor ihr lag.

Seit ein paar Jahren arbeitete sie nebenbei als Coroner für die örtliche Gerichtsmedizin, um ihren Partner an der Heartsdale-Kinderklinik auszahlen zu können, der in den Ruhestand ging. Normalerweise nahm ihr Amt als Rechtsmedizinerin nicht allzu viel Zeit in Anspruch, aber letzte Woche hatte sie vor Gericht erscheinen müssen, was sie zwei volle Tage in der Klinik gekostet hatte, und die würde sie diese Woche mit Überstunden aufholen müssen.

Die Arbeit in der Leichenhalle griff immer mehr auf

ihre Klinikzeiten über, und Sara wusste, irgendwann würde sie zwischen beiden wählen müssen. Und wenn es so weit war, würde ihr die Entscheidung schwerfallen. Die Rechtsmedizin stellte für sie die Herausforderung dar, die ihr im Alltag fehlte, seit sie vor dreizehn Jahren von Atlanta zurück aufs Land nach Grant County gezogen war. Vielleicht fürchtete sie, ihr Grips würde verkümmern, wenn sie nicht mehr mit den Rätseln der forensischen Medizin zu tun hätte. Andererseits war das Heilen von Kindern gut für die Seele, und Sara, die selbst keine Kinder bekommen konnte, würde den Umgang mit ihnen vermissen. Täglich schwankte sie, ob ihr die eine oder die andere Arbeit wichtiger war. Meistens war es so, dass ein mieser Tag in dem einen Job den anderen umso schöner erscheinen ließ.

»Nicht mehr die Jüngste!«, blaffte Tessa laut genug, dass sie bis in Saras Bewusstsein durchdrang. »Ich bin vierunddreißig, nicht fünfzig. So einen Mist muss ich mir als Schwangere doch nicht von einer Krankenschwester anhören, oder?«

Sara sah ihre Schwester an. »Was?«

»Hast du überhaupt zugehört?«

Sara versuchte überzeugend zu klingen. »Ja, natürlich.«

Tessa runzelte die Stirn. »Du denkst an Jeffrey, stimmt's?«

Sara war verdutzt. Ihr Exmann war ausnahmsweise das Allerletzte, woran sie gerade gedacht hatte. »Nein.«

»Sara, lüg mich nicht an«, erwiderte Tessa. »Die ganze Stadt hat die Schildertussi am Freitag auf der Wache gesehen.«

»Der neue Streifenwagen musste beschriftet werden«, erklärte Sara, doch sie spürte die Röte in ihre Wangen steigen.

Tessa sah sie ungläubig an. »Hat er letztes Mal nicht genau das Gleiche behauptet?«

Sara antwortete nicht. Sie erinnerte sich gut an den Tag, als sie früher von der Arbeit nach Hause gekommen war und Jeffrey mit der Inhaberin vom örtlichen Schilderdienst im Bett erwischt hatte. Ihre Familie war entsetzt, dass Sara vor einiger Zeit wieder etwas mit Jeffrey angefangen hatte. Sie begriff es selbst nicht, aber sie war einfach nicht in der Lage, einen Schlussstrich zu ziehen. Wenn es um Jeffrey ging, versagte ihr logisches Denken.

Tessa warnte: »Du musst vorsichtig sein. Er darf sich nicht zu sicher fühlen.«

»Ich bin ja nicht blöd.«

»Manchmal schon.«

»Du aber auch«, schoss Sara zurück und kam sich albern vor, noch bevor sie es ausgesprochen hatte.

Doch bis auf das Sirren der Klimaanlage war es still im Wagen. Schließlich spottete Tessa: »Gut gekontert.«

Sara versuchte das mit Lachen zu übergehen, aber sie war zu genervt. »Tessie, es geht euch einfach nichts an.«

Jetzt lachte Tessa so laut, dass es Sara in den Ohren wehtat. »Weißt du, Schätzchen, das hat noch niemanden davon abgehalten, seine Nase irgendwo reinzustecken. Marla Simms hing wahrscheinlich schon am Telefon, bevor die Schlampe auch nur den Hintern aus ihrem Truck bewegt hatte.«

»Nenn sie nicht so!«

Tessa fuchtelte wieder mit dem Löffel herum. »Wie soll ich sie denn sonst nennen? Nutte?«

»Weder noch«, sagte Sara ernst. »Nenn sie einfach gar nicht.«

»Ach, ich finde aber, den einen oder anderen Titel hat sie verdient.«

»Jeffrey war es, der mich betrogen hat. Sie hat nur eine günstige Gelegenheit ausgenutzt.«

»Weißt du«, begann Tessa, »zu meiner Zeit habe ich auch eine Menge günstige Gelegenheiten ausgenutzt, aber nie bei einem verheirateten Mann.«

Sara schloss die Augen. Sie wünschte, ihre Schwester würde den Mund halten. Sie hatte keine Lust auf diese Unterhaltung.

Doch Tessa war noch nicht fertig: »Marla hat Penny Brock erzählt, sie wäre fett geworden.«

»Was hast du denn mit Penny Brock zu tun?«

»Verstopfter Abfluss in der Küche«, erklärte Tessa und schob sich schmatzend den Löffel in den Mund. Tessa hatte Vollzeit für die Familienklempnerei Linton und Töchter gearbeitet, bis sie mit ihrem dicken Bauch nicht mehr unters Waschbecken passte, doch die Saugglocke auf den Ausguss drücken konnte sie immer noch. »Penny sagt, sie sieht aus wie ein Walross.«

Sara konnte nichts dagegen tun, sie musste innerlich feixen.

Tessa sagte: »Du lächelst. Ich hab's gesehen.«

Sara taten die Wangen weh vor Anstrengung, ein ernstes Gesicht zu machen. »Wir sind schrecklich.«

»Wieso?«

»Weil …« Saras Gedanken schweiften ab. »Weil ich mir bescheuert dabei vorkomme.«

»Ach was, du bist, waste bist, wie Popeye sagen würde.« Tessa kratzte theatralisch mit dem Plastiklöffel den letzten Rest Eis aus dem Becher. Sie seufzte herzzerreißend, als hätte der Tag soeben eine schreckliche Wendung genommen. »Krieg ich den Rest von deinem?«

»Nein.«

»Ich bin schwanger!«, heulte Tessa.

»Nicht meine Schuld.«

Tessa kratzte weiter in ihrem Becher. Als Nächstes begann sie sich die Fußsohle an der Holzverkleidung des Armaturenbretts zu kratzen.

Eine volle Minute verging, bis Saras Große-Schwester-Schuldgefühle wie ein Presslufthammer zu arbeiten begannen. Sie versuchte dagegen anzukämpfen, indem sie schneller aß, doch das Eis blieb ihr im Hals stecken.

»Hier, du Riesenbaby.« Sara überreichte ihrer kleinen Schwester den Becher.

»Danke«, flötete Tessa. »Vielleicht können wir uns noch eins holen, für später?«, schlug sie dann vor. »Aber kannst du diesmal reingehen? Ich will nicht, dass sie denken, ich wäre total verfressen, und außerdem ...«, sie klimperte mit den Wimpern, »kann sein, dass der Typ hinter der Theke nicht so gut auf mich zu sprechen ist.«

»Woher das wohl kommt!«

Tessa blinzelte unschuldig. »Manche Leute sind einfach furchtbar empfindlich.«

Sara öffnete die Tür, erleichtert darüber, aus dem Wagen rauszukommen. Sie war kaum einen Meter gegangen, als Tessa das Fenster herunterließ.

»Ich weiß«, seufzte Sara. »Extra viel Schokolade.«

»Ja, aber noch was ...«, Tessa leckte das Eis von Saras Telefon, bevor sie es ihr durchs Fenster reichte. »Jeffrey ist dran.«

Sara hielt zwischen Jeffreys Wagen und einem Polizeiauto auf dem Kiesufer und nahm resigniert zur Kenntnis, wie die Steinchen gegen den Lack des BMW spritzten. Nur wegen dem Babysitz hatte Sara ihr Zweisitzer-Cabrio gegen das größere Modell eingetauscht. Doch unter der Einwirkung von Tessa und anderen Naturgewalten war der Wagen Schrott, bevor das Baby überhaupt zur Welt kam.

»Ist es hier?«, fragte Tessa.

»Ja.« Sara zog die Handbremse an und blickte in das ausgetrocknete Flussbett. Seit den Neunzigerjahren litt Georgia unter einer Trockenperiode, und der breite Fluss, der sich früher wie eine dicke träge Schlange durch den Wald gewunden hatte, war zu einem dünnen Rinnsal geschrumpft. Zurückgeblieben war das rissige, trockene Flussbett, und die zehn Meter hohe Betonbrücke darüber wirkte fehl am Platz. Sara konnte sich erinnern, dass die Leute früher von dort geangelt hatten.

»Ist da die Leiche?«, fragte Tessa und zeigte auf eine Menschentraube, die im Halbkreis stand.

»Wahrscheinlich«, sagte Sara. Sie überlegte, ob sie sich noch auf College-Gebiet befanden. In Grant County gab es drei Städte: Heartsdale, Madison und Avondale. Heartsdale mit dem Grant Institute of Technology war das Schmuckstück des Bezirks, und jedes Verbrechen, das hier in der Stadt verübt wurde, wog umso schwerer. Ein Verbrechen direkt auf dem Campus wäre ein Albtraum.

»Was ist passiert?«, fragte Tessa neugierig, obwohl sie sich noch nie für diesen Aspekt von Saras Arbeit interessiert hatte.

»Das muss ich erst noch herausfinden«, erklärte Sara geduldig und suchte im Handschuhfach nach dem Stethoskop. Es war eng auf dem Vordersitz. Sie legte eine Hand auf Tessas Bauch und ließ sie einen Moment dort liegen.

»Ach, Schwesterchen«, seufzte Tessa und griff nach Saras Hand. »Ich hab dich so lieb.«

Sara musste lächeln, als sie Tränen in Tessas Augen glitzern sah, und aus irgendeinem Grund hatte auch sie plötzlich einen Kloß im Hals. »Ich hab dich auch lieb, Tessie.« Sie drückte ihrer Schwester die Hand. »Bleib im Wagen. Ich brauche bestimmt nicht lange.«

Jeffrey kam Sara bereits entgegen, als sie die Wagentür zuwarf. Sein schwarzes Haar war ordentlich zurückgekämmt, im Nacken war es noch feucht. Der maßgeschneiderte graue Anzug hatte perfekte Bügelfalten, und an der Brusttasche prangte das goldene Polizeiabzeichen.

Sara dagegen trug eine Jogginghose, die ihre besten Tage lange hinter sich hatte, und ein T-Shirt, das irgendwann in der Reagan-Ära aufgegeben hatte, weiß zu sein. Ihre Füße steckten in Turnschuhen ohne Socken, die Schnürsenkel locker verknotet, sodass sie leicht hinein- und herausschlüpfen konnte.

»Du hättest dich nicht so schick zu machen brauchen«, witzelte Jeffrey, doch sie spürte die Anspannung in seiner Stimme.

»Was ist passiert?«

»Ich bin mir da nicht sicher ...« Er warf einen Blick auf ihren Wagen. »Du hast Tessa mitgebracht?«

»Es lag auf dem Weg, und sie wollte unbedingt mitkommen ...« Sara unterbrach sich. Was konnte sie sagen, außer dass sie zurzeit alles tat, um Tessa glücklich zu machen – oder zumindest um sie ruhigzustellen.

Jeffrey verstand. »Lieber keine großen Diskussionen, was?«

»Sie hat versprochen, dass sie im Wagen bleibt«, sagte Sara. Im selben Moment hörte sie die Wagentür zuschlagen. Die Hände in die Hüften gestemmt, drehte sie sich um, doch Tessa winkte schon ab.

»Ich geh mal ...«, rief sie und zeigte auf den Waldrand hinter sich.

Jeffrey fragte: »Will sie nach Hause laufen?«

»Sie muss aufs Klo«, erklärte Sara, während sie Tessa nachsah.

Beide beobachteten, wie sich Tessa den steilen Abhang zum Waldrand hinaufschleppte, die Hände unter dem Bauch, als würde sie einen schweren Korb vor sich hertragen. Jeffrey sagte: »Darf ich lachen, wenn sie den Hügel runterrollt?«

Statt einer Antwort grinste Sara.

»Meinst du, sie kommt da oben allein zurecht?«

»Bestimmt«, antwortete Sara. »Ein bisschen Bewegung bringt sie nicht um.«

»Bist du sicher?«, fragte Jeffrey, anscheinend doch etwas besorgt.

»Na klar«, versicherte Sara. Jeffrey hatte in seinem Leben noch nie mit einer schwangeren Frau zu tun gehabt. Wahrscheinlich befürchtete er, Tessa könnte Wehen bekommen, bevor sie den Waldrand auf der Anhöhe erreichte. Höchste Zeit wär's jedenfalls.

Sara schlug den Weg in Richtung Tatort ein, doch sie blieb stehen, als Jeffrey nicht hinterherkam. Sie ahnte, was er wollte.

»Du bist heute Morgen ziemlich früh abgehauen«, sagte er.

»Ich dachte, du brauchst deinen Schlaf.« Sie ging zu ihm zurück und fischte aus seiner Jackentasche ein Paar Latexhandschuhe. »Also, worum handelt es sich hier?«, versuchte sie ihn abzulenken.

»So müde war ich gar nicht«, sagte er in dem leicht vorwurfsvollen Ton, dem sie heute Morgen bewusst aus dem Weg gegangen war.

Sie nestelte an den Handschuhen, während sie überlegte, was sie sagen sollte. »Ich musste die Hunde rauslassen.«

»Langsam könntest du sie wirklich mitbringen.«

Sara warf einen Blick auf den Streifenwagen. »Ist der neu?«, fragte sie mit gespielter Neugier. Grant County war klein. Sara hatte von dem neuen Streifenwagen gewusst, noch bevor er vor dem Revier stand.

»Ist vor ein paar Tagen gekommen.«

»Die Schrift sieht schick aus«, stellte sie sachlich fest.

»Was du nicht sagst«, antwortete er.

Doch Sara ließ ihn nicht so leicht davonkommen. »Da hat sich jemand richtig ins Zeug gelegt.«

Jeffrey sah sie blauäugig an. Sara hätte ihm seine Unschuld abgenommen, wenn er die gleiche Miene nicht auch beim letzten Mal aufgesetzt hätte, als er ihr beteuert hatte, er würde sie nicht betrügen.

Sie lächelte verkniffen und wiederholte: »Also, was ist hier passiert?«

Er schnaubte. »Schwer zu sagen. Sieh es dir selbst an«, sagte er und machte sich auf den Weg zum Fluss.

Sara eilte hinter ihm her. Sie spürte, dass er sich ärgerte, doch sie hatte sich noch nie von seinen Launen einschüchtern lassen.

Sie fragte: »Ist es ein Student?«

»Wahrscheinlich«, sagte er kühl. »Wir haben in seinen Taschen nachgesehen. Er hatte keinen Ausweis dabei, aber diese Seite des Flusses gehört zum Campus.«

»Na, großartig«, seufzte Sara. Es würde wohl nicht lang dauern, bis Chuck Gaines auftauchte, der neue Sicherheitschef des College, und zu allem seinen Senf dazugab. Für sie war Chuck nur eine Nervensäge, doch Jeffrey, als Polizeichef von Grant County, hatte Anweisung, nett zu den College-Leuten zu sein. Das wusste Chuck, und er nutzte es aus, wann immer er konnte.

Sara bemerkte eine blonde junge Frau, die auf einem

Stein saß. Neben ihr stand Brad Stephens, ein junger Polizist, den Sara noch vor ein paar Jahren in der Kinderklinik behandelt hatte.

»Ellen Schaffer«, erklärte Jeffrey. »Sie war im Wald joggen. Hat den Toten entdeckt, als sie die Brücke überquerte.«

»Wann hat sie ihn gefunden?«

»Ungefähr vor einer Stunde. Sie hat uns übers Handy verständigt.«

»Sie nimmt ihr Telefon mit zum Joggen?« Sara wunderte sich, warum sie das so überraschte. Die Leute nahmen ihr Telefon heutzutage schließlich auch mit aufs Klo.

Jeffrey sagte: »Ich werde später noch mal versuchen, mit ihr zu sprechen, wenn du dir die Leiche angesehen hast. Vorhin war sie zu durcheinander. Vielleicht schafft es Brad, sie zu beruhigen.«

»Hat sie das Opfer gekannt?«

»Sieht nicht so aus«, sagte er. »Wahrscheinlich war sie einfach nur zur falschen Zeit am falschen Ort.«

Die meisten Zeugen hatten dieses Pech. Sie bekamen für ein paar Sekunden etwas zu sehen, was sie den Rest ihres Lebens verfolgen würde. Anscheinend war das Mädchen hier aber noch glimpflich davongekommen, nach dem, was Sara von der Leiche unten im Flussbett bislang sehen konnte.

»Hier.« Jeffrey nahm Saras Arm, als sie an die Böschung kamen. Das Gelände war hügelig und fiel zum Fluss hin steil ab. Der Regen hatte einen Pfad in den Abhang gegraben, doch die Erde war locker und rutschig.

Sara schätzte das Flussbett auf mindestens fünfzehn Meter breit, doch das würde Jeffrey später nachmessen lassen. Der Boden unter ihren Füßen war ausgetrocknet, Staub wirbelte auf. Sie fühlte, wie Steinchen und Lehm in ihre Turnschuhe rutschten. Vor zwölf Jahren hätten sie an dieser Stelle bis zum Hals im Wasser gestanden.

Auf der Hälfte des Weges blieb Sara stehen und sah zur Brücke hinauf. Es war eine einfache Betonkonstruktion mit niedrigem Geländer. Darunter ragte ein Sims hervor, und zwischen Sims und Geländer hatte jemand in schwarzen Buchstaben gesprayt: STIRB, NIGGER, daneben ein großes Hakenkreuz.

Sara hatte einen unangenehmen Geschmack im Mund. »Hübsch.«

»Nicht wahr?« Jeffrey schnitt eine Grimasse. »Der ganze Campus ist voll davon.«

»Seit wann geht das schon so?«, fragte Sara. Das Graffito war verblasst, mindestens einige Wochen alt.

»Wenn ich das wüsste«, sagte Jeffrey. »Im College haben sie sich noch nicht mal dazu geäußert.«

»Wenn sie sich äußern würden, müssten sie auch was dagegen tun«, stellte Sara fest. Sie blickte sich um und versuchte Tessa auszumachen. »Weißt du, wer dahintersteckt?«

»Studenten«, sagte er abfällig, als sie den Weg fortsetzten. »Wahrscheinlich ein paar durchgeknallte Kids aus dem Norden, die es lustig finden, hier unten auf Südstaatler zu machen.«

»Ich hasse Hobbyrassisten«, murmelte Sara. Dann setzte sie ein Lächeln auf, um Matt Hogan und Frank Wallace zu begrüßen.

»Hallo, Sara«, sagte Matt. Um den Hals trug er eine Polaroidkamera, mehrere Fotos hatte er schon gemacht.

Frank, Jeffreys rechte Hand, erklärte: »Wir sind eben mit den Fotos fertig geworden.«

»Danke«, sagte Sara und zog sich die Gummihandschuhe über.

Das Opfer lag, mit dem Gesicht nach unten, direkt unter der Brücke. Die Arme waren seitlich ausgestreckt, Hose und Unterhose bauschten sich um seine Knöchel. Der relativ schmale und unbehaarte Rücken ließ darauf schließen, dass es sich um einen jungen Mann handelte, wahrscheinlich um die zwanzig. Das blonde Haar reichte ihm bis auf die Schultern und teilte sich am Hinterkopf. Es sah aus, als schliefe er – wenn man einmal von dem Brei aus Blut und Gewebe absah, der aus seinem Anus austrat.

»Uff«, stöhnte sie. Sie wusste jetzt, was Jeffrey meinte.

Der Form halber kniete sich Sara hin und hielt dem toten Jungen das Stethoskop auf den Rücken. Seine Rippen bewegten sich unter der Berührung. Einen Herzschlag gab es nicht.

Sara klemmte sich das Stethoskop um den Hals und untersuchte die Leiche. »Keine der üblichen Anzeichen von Gewalteinwirkung, die man in solch einem Fall erwarten würde. Keine Hämatome, keine Fleischwunden.« Sie sah sich seine Hände und Handgelenke an. Der linke Arm war verdreht, und sie bemerkte eine hässliche rosa Narbe, die quer über den Unterarm lief. Wie es aussah, war die Verletzung nicht älter als sechs Monate. »Gefesselt war er auch nicht.«

Der junge Mann trug ein dunkelgrünes T-Shirt, Sara hob es auf der Suche nach weiteren Verletzungen an. Im unteren Rückenbereich war ein langer roter Kratzer, der jedoch nicht bis aufs Blut ging.

»Was ist das?«, fragte Jeffrey.

Sara antwortete nicht, doch auch sie hatte das Gefühl, dass der Kratzer irgendwie nicht ins Bild passte.

Sie wollte das rechte Bein des Jungen anheben, doch sie hielt inne, als sich der Fuß nicht mitbewegte. Von unten griff sie in das Hosenbein. Knöchel, Schien- und Wadenbein fühlten sich an wie ein mit Haferschleim gefüllter Ballon. Beim anderen Bein war es das Gleiche. Die Knochen waren nicht einfach gebrochen, sie waren pulverisiert.

Vom Parkplatz hörten sie das Zuschlagen von Autotüren. Jeffrey flüsterte: »Scheiße.«

Kurze Zeit später kam Chuck Gaines die Böschung herunter. Das Hemd seiner Uniform spannte über seinem Bauch, als er sich einen Weg bahnte. Sara kannte Chuck seit der Grundschule; damals hatte er sie wegen allem Möglichen gehänselt, wegen ihrer Größe, wegen ihrer guten Noten, wegen ihrem roten Haar, und sein Erscheinen löste bei ihr dieselbe Begeisterung aus wie damals, wenn er auf dem Spielplatz aufgetaucht war.

Begleitet wurde Chuck von Lena Adams, auch in der braunen Uniform der Campus-Polizei, allerdings war die Montur für ihren kleinen Körper mindestens zwei Nummern zu groß. Nur der Gürtel hielt ihre Hose, und mit der Fliegerbrille und der Baseballkappe sah sie aus wie ein kleiner Junge, der sich verkleidet hatte – erst recht, als sie den Halt verlor und den Rest des Abhangs auf dem Hintern herunterrutschte.

Frank schickte sich an, ihr zu helfen, aber Jeffrey warf ihm einen warnenden Blick zu. Lena war Polizistin gewesen, sie hatte zum Team gehört – bis vor ungefähr sieben Monaten. Dass sie gegangen war, hatte Jeffrey ihr noch nicht verziehen, und er sorgte dafür, dass das auch kein anderer unter seinem Kommando tat.

»Verdammt«, sagte Chuck, der die letzten Meter gejoggt war. Es war nicht besonders warm, doch von dem beschwerlichen Abstieg hatte sich ein Schweißfilm auf seiner Oberlippe gebildet, und sein Gesicht war rot. Chuck war untersetzt und sah irgendwie ungesund aus. Er schwitzte immer, und seine Haut war wie aufgequollen. Er hatte ein Mondgesicht und weit auseinanderstehende Augen. Sara wusste nicht, ob es von den Steroiden oder von falschem Krafttraining kam, jedenfalls sah er aus wie ein wandelnder Herzinfarkt.

Jetzt zwinkerte er Sara zu und rief: »Hallo, Rotkäppchen!« Dann streckte er Jeffrey die fleischige Hand entgegen. »Alles paletti, Chief?«

»Chuck«, grüßte Jeffrey und schüttelte ihm widerwillig die Hand. Er warf Lena einen flüchtigen Blick zu, dann drehte er sich wieder zu der Leiche um. »Die Meldung ging vor ungefähr einer Stunde ein. Sara ist gerade gekommen.«

Sara sagte: »Hallo, Lena.«

Lena nickte ihr zu, doch durch die dunkle Sonnenbrille konnte Sara ihren Blick nicht genau deuten. Jeffreys Unmut über die kleine Vertraulichkeit der beiden Frauen war nicht zu übersehen. Sara hätte ihm am liebsten gründlich die Meinung gesagt.

Chuck klatschte in die Hände, um seine Autorität zu unterstreichen. »Was haben wir denn da Schönes, Doc?«

»Sieht aus wie Selbstmord«, antwortete Sara und überlegte, wie oft sie Chuck wohl schon gesagt hatte, er solle sie nicht »Doc« nennen. Nur »Rotkäppchen« war schlimmer.

»Ach, wirklich?« Chuck reckte den Hals. »Findest du nicht, dass es aussieht, als hätte jemand an ihm rumgemacht?« Chuck deutete auf die untere Körperhälfte der Leiche. »Ich finde, dass es sogar sehr danach aussieht.«

Sara antwortete nicht. Sie sah Lena an und fragte sich, wie es ihr ging. Vor fast genau einem Jahr hatte Lena ihre Zwillingsschwester verloren; bei den Ermittlungen war sie dann selbst in die Falle des Mörders getappt und durch die Hölle gegangen. Auch wenn Lena Adams alles andere als Saras beste Freundin war, Chuck Gaines als Chef hätte Sara nicht einmal ihrer schlimmsten Feindin gewünscht.

Chuck merkte, dass ihn niemand beachtete. Er klatschte noch einmal in die Hände und bellte: »Adams, sehen Sie sich mal in der Umgebung um. Vielleicht finden Sie was.«

Überraschenderweise gehorchte Lena, ohne zu murren, und machte sich auf den Weg den Fluss hinunter.

Sara beschirmte die Augen gegen die Sonne und sah noch einmal hinauf zur Brücke. »Frank, würdest du mal da raufgehen und nach einem Abschiedsbrief oder so was suchen?«

»Ein Abschiedsbrief?«, wiederholte Chuck.

Sara wandte sich an Jeffrey. »Ich schätze, er ist von der Brücke gesprungen«, sagte sie. »Und auf den Füßen gelandet. Man sieht die Schuhabdrücke im Staub. Der Aufprall hat ihm die Hose heruntergerissen und die Knochen von Füßen und Beinen gebrochen.« Sie las die Größe auf dem Etikett hinten an den Jeans. »Die Jeans sind riesig, und aus der Höhe ist die Fallgeschwindigkeit ziemlich hoch. Das Blut stammt von inneren Verletzungen. Hier sieht man es, ein Teil des Rektums wurde ausgestülpt und aus dem Anus herausgedrückt.«

Chuck pfiff durch die Zähne. Sara sah, wie sich seine Lippen bewegten, als er die rassistische Schmiererei auf der Brücke las. Dann schenkte er ihr ein dreistes Lächeln und fragte: »Wie geht's deiner Schwester?«

Jeffrey knirschte mit den Zähnen. Devon Lockwood, der Vater von Tessas Kind, war schwarz.

»Es geht ihr gut, Chuck«, antwortete Sara beherrscht. Auf den Köder würde sie nicht anspringen. »Warum fragst du?«

Er grinste noch einmal und versicherte sich, dass sie sah, wohin sein Blick gerichtet war. »Ach, nur so.«

Sara konnte sich nur wundern, wie wenig Chuck Gaines sich seit der Highschool verändert hatte.

»Die Narbe auf seinem Arm«, meldete sich Jeffrey zu Wort, »sie sieht frisch aus.«

Sara zwang sich, den Arm des Opfers zu begutachten, doch der Ärger war ihr anzumerken, als sie sagte: »Ja.«

»Ja?«, wiederholte Jeffrey mit einem deutlichen Fragezeichen dahinter.

»Ja.« Sara wollte ihm klarmachen, dass sie ihre Kämpfe selbst ausfechten konnte. Sie atmete tief ein, dann sagte sie: »Ich tippe, er hat sich die Wunde selbst zugefügt, sauber die Arteria radialis aufgeschlitzt. Wahrscheinlich war er im Krankenhaus damit.«

Plötzlich schien sich Chuck für Lenas Fortschritte zu interessieren. »Adams!«, schrie er. »Da lang!« Er wies von der Brücke weg in die entgegengesetzte Richtung.

Sara griff mit beiden Händen an die Hüften des toten Jungen und bat Jeffrey: »Kannst du mir helfen, ihn umzudrehen?«

Während sich Jeffrey Latexhandschuhe überzog, suchte sie den Waldrand nach Tessa ab. Es war keine Spur von ihr zu sehen. Ausnahmsweise war Sara froh, Tessa in ihrem Wagen zu wissen.

»Fertig«, sagte Jeffrey und packte den Jungen bei den Schultern.

Sara zählte bis drei, und dann drehten sie die Leiche des Jungen so vorsichtig wie möglich um.

»O Scheiße«, quiekte Chuck wie ein Teenager im Stimmbruch. Er sprang zurück, als wäre die Leiche in Flammen aufgegangen. Auch Jeffrey zuckte zurück. Matt drehte sich würgend weg.

»Aha«, sagte Sara. Etwas anderes fiel ihr nicht ein.

Der untere Teil des Penis war fast vollständig gehäutet. Ein zehn Zentimeter langer Hautlappen hing lose von der Eichel, eine Reihe von hantelförmigen Piercing-Steckern durchbohrte in regelmäßigen Abständen das Fleisch.

Sara kniete sich hin, um die Verletzung näher zu betrachten. Hinter ihr atmete einer der Männer scharf durch die Zähne ein, als sie die Haut zurück an ihre ursprüngliche Position brachte und den gezackten Rand der Stelle untersuchte, wo das Fleisch vom Glied abgerissen war.

Jeffrey fand als Erster die Sprache wieder. »Was zum Teufel ist das?«

»Body-Piercing«, sagte Sara. »Die sogenannte Frenum-Ladder.« Sie zeigte auf die Metallstecker. »Die Dinger sind ziemlich schwer. Durch den Aufprall haben sie die Haut abgezogen wie einen Strumpf.«

»Scheiße«, murmelte Chuck noch einmal, als er die Wunde unverhohlen anstarrte.

Jeffrey schüttelte den Kopf. »Hat er sich das selbst angetan?«

Sara zuckte die Schultern. Intimschmuck war nicht unbedingt die Regel in Grant County, aber Sara hatte in der Klinik immer wieder Jugendliche mit entzündeten Piercings behandelt. Sie wusste, was es da draußen alles gab.

»Mannomann«, flüsterte Matt und scharrte im Staub. Er hatte sich noch nicht wieder umgedreht.

Sara zeigte auf den feinen Goldring im Nasenflügel des Jungen. »Dort ist die Haut dicker, daher ist sie nicht ausgerissen. Und die Augenbraue …« Sie suchte den Boden ab und entdeckte einen weiteren Goldring, der im Lehm steckte. »Vielleicht hat er sich beim Aufprall geöffnet.«

Jeffrey deutete auf die Brust. »Was ist damit?«

Eine feine Blutspur endete etwa eine Handbreit unter der Brustwarze, die aufgerissen war. Aufs Geratewohl suchte Sara im Hosenbund. Zwischen dem Reißverschluss und den Boxershorts steckte ein dritter kleiner Ring. »Gepiercte Brustwarze«, sagte sie und hob den Ring auf. »Hast du eine Tüte dafür?«

Jeffrey holte einen Plastikbeutel heraus und hielt ihn ihr angewidert hin. »Ist das alles?«

»Wahrscheinlich nicht«, sagte sie.

Sie drückte dem jungen Mann mit Daumen und Zeigefinger den Mund auf. Vorsichtig griff sie hinein.

»Wahrscheinlich ist die Zunge auch gepierct«, erklärte sie, während sie den Muskel abtastete. »Die Spitze ist gespalten. Genaueres weiß ich, wenn ich ihn auf dem Tisch habe, aber ich gehe davon aus, dass der Zungenstecker noch im Rachenraum ist.«

Noch in der Hocke zog sie die Handschuhe aus. Sie musste versuchen, das Opfer als Ganzes zu sehen und nicht als Summe seiner gepiercten Teile. Er war ein durchschnittlich gut aussehender Junge – abgesehen von dem Blut, das ihm als dünnes Rinnsal aus der Nase rann und sich um seine Lippen sammelte. Am rundlichen Kinn wuchs ein flaumiges rotblondes Ziegenbärtchen, die Koteletten waren lang und dünn und umrandeten das Gesicht wie ein glänzendes Band.

Chuck trat einen Schritt vor, um besser sehen zu können. Sein Unterkiefer klappte auf. »O Scheiße. Das ist … verdammt …« Stöhnend schlug er sich mit der Hand auf die Stirn. »Mir fällt der Name nicht ein. Seine Mutter arbeitet im College.«

Sara sah, wie Jeffrey die Schultern hängen ließ. Der Fall war soeben zehnmal komplizierter geworden.

Oben von der Brücke rief Frank herunter: »Hab einen Brief gefunden.«

Obwohl sie Frank selbst auf die Suche geschickt hatte, war Sara überrascht. Sie hatte eine Menge Selbstmorde gesehen, und an diesem hier war irgendetwas nicht ganz sauber.

Jeffrey sah sie aufmerksam an, als versuchte er ihre Gedanken zu lesen. »Glaubst du immer noch, dass er gesprungen ist?«

Sara ließ sich nicht festlegen. »Sieht so aus, oder?«

Er überlegte einen Augenblick, dann sagte er laut: »Wir suchen die ganze Umgebung ab.«

Chuck wollte seine Hilfe anbieten, doch Jeffrey stellte ihn kalt. »Chuck, können Sie hier bei Matt bleiben und ein Foto von dem Gesicht des Jungen machen? Ich möchte es der Frau zeigen, die ihn gefunden hat.«

»Äh ...« Anscheinend wollte Chuck sich rausreden – nicht, weil er nicht bleiben wollte, sondern weil er sich von Jeffrey nicht herumkommandieren ließ.

Zu Matt, der sich endlich umgedreht hatte, sagte Jeffrey: »Mach ein paar Fotos.«

Matt nickte steif. Sara fragte sich, wie er, ohne das Opfer anzusehen, die Fotos zustande bringen würde. Chuck dagegen schien sich nicht sattsehen zu können. Wahrscheinlich hatte er noch nie eine Leiche gesehen. Sara kannte ihn zu gut, daher überraschte sie seine Reaktion nicht. Für Chuck war all das hier wie besseres Fernsehen.

»Komm.« Jeffrey half Sara auf die Füße.

»Ich habe Carlos angerufen.« Carlos war Saras Assistent im Leichenschauhaus. »Er sollte gleich hier sein. Nach der Obduktion wissen wir mehr.«

»Gut.« Jeffrey wandte sich noch einmal an Matt: »Versuch, ein gutes Bild von seinem Gesicht zu machen. Wenn Frank wieder hier unten ist, sag ihm, dass ich mich am Auto mit ihm treffe.«

Matt salutierte stumm. Es hatte ihm die Sprache verschlagen.

Sara stopfte sich das Stethoskop in die Hosentasche, als sie und Jeffrey zurück durch das Flussbett marschierten. Sie spähte hinauf zu ihrem Wagen, um nach Tessa zu sehen. Die Sonne spiegelte sich in der Windschutzscheibe.

Jeffrey wartete, bis sie außerhalb von Chucks Hörweite waren, dann fragte er: »Du hast nicht alles gesagt, oder?«

Sara schwieg, sie wusste nicht, wie sie ihre vagen Vermutungen in Worte fassen sollte. »Irgendwas ist faul an der Sache.«

»Vielleicht ist es nur wegen Chuck.«

»Nein«, sagte sie. »Chuck ist ein Arschloch. Aber das weiß ich seit über dreißig Jahren.«

Jeffrey musste lächeln. »Was ist es dann?«

Sara sah sich noch einmal nach dem Jungen um, der auf dem Boden lag, dann warf sie einen Blick hoch zur Brücke. »Der Kratzer auf seinem Rücken. Woher kommt er?«

Jeffrey konnte nur raten: »Vom Brückengeländer vielleicht?«

»Wie das? So hoch ist das Geländer nicht. Wahrscheinlich ist er einfach drübergestiegen.«

»Das Sims unter dem Geländer«, überlegte Jeffrey weiter. »Vielleicht hat er sich im Fallen den Rücken daran aufgeschürft.«

Sara starrte immer noch zur Brücke hoch. Sie versuchte sich vorzustellen, was passiert war. »Also, wenn ich gesprungen wäre, ich hätte keine Lust gehabt, mir unterwegs noch irgendwo wehzutun. Ich hätte mich aufs Geländer gestellt und wäre so weit wie möglich von der Brücke weggesprungen. Weg von allem.«

»Vielleicht ist er erst aufs Sims geklettert und hat sich dabei den Rücken aufgeschürft.«

»Lass deine Leute nach Hautpartikeln suchen«, schlug Sara vor, doch aus irgendeinem Grund bezweifelte sie, dass man welche finden würde.

»Und dass er auf den Füßen gelandet ist?«

»Nicht so ungewöhnlich, wie man denkt.«

»Meinst du, er hat es freiwillig getan?«

»Das Springen?«

»Die Geschichte da.« Jeffrey deutete auf seinen Unterleib.

»Das Piercing?«, fragte Sara. »Das hat er wahrscheinlich schon länger. Es ist gut verheilt.«

Jeffrey schüttelte sich. »Warum tut man sich so was an?«

»Angeblich erhöht es die sexuelle Erregbarkeit.«

Jeffrey machte ein skeptisches Gesicht. »Für den Mann?«

»Und für die Frau«, ergänzte Sara schaudernd.

Dann sah sie zu ihrem Wagen. Von hier aus konnte sie den Parkplatz gut überblicken. Außer Brad Stephens und der Zeugin war niemand in Sicht.

Jeffrey fragte: »Wo ist Tessa?«

»Keine Ahnung«, antwortete Sara nervös. Sie hätte Tessa heimfahren sollen, anstatt sie mitzunehmen.

»Brad«, rief Jeffrey dem Polizisten zu, als sie bei den Autos ankamen. »Ist Tessa noch nicht zurückgekommen?«

»Nein, Sir«, antwortete er.

Sara warf einen Blick auf den Rücksitz des Wagens. Vielleicht hatte sich Tessa dort zu einem Nickerchen eingerollt. Doch der Wagen war leer.

»Sara«, sagte Jeffrey.

»Ist schon in Ordnung«, murmelte Sara. Vermutlich hatte Tessa, als sie schon auf dem Rückweg war, noch einmal pinkeln müssen. In den letzten Wochen hatte das Baby auf ihrer Blase Stepptänze aufgeführt.

»Willst du, dass ich sie suchen gehe?«, bot Jeffrey an.

»Sie hat sich wahrscheinlich irgendwo hingesetzt, um zu verschnaufen.«

»Sicher?«, fragte Jeffrey.

Sie winkte ab, dann machte sie sich auf den Weg und kraxelte den Hügel hinauf. Der Wald umgab die halbe Stadt, und die Studenten benutzten die Wege zum Joggen. Gut anderthalb Kilometer weiter im Osten befand sich die Kinderklinik. Im Westen kam der Highway, und in nördlicher Richtung landete man irgendwann auf der anderen Seite der Stadt, wo die Lintons wohnten. Falls Tessa beschlossen hatte, nach Hause zu laufen, ohne irgendjemandem Bescheid zu sagen, würde Sara sie umbringen.

Der Hang war steiler, als Sara gedacht hatte, und oben angekommen, musste sie Halt machen, um Atem zu schöpfen. Alles war voll mit Müll, Bierdosen lagen unter den Bäumen verstreut wie Herbstlaub. Sie blickte zurück zum Parkplatz, wo Jeffrey gerade die Frau befragte, die die Leiche gefunden hatte. Brad Stephens winkte, und Sara winkte zurück. Wenn *sie* schon vom Aufstieg außer Atem war, musste Tessa erst recht gekeucht haben. Vielleicht hatte sie eine Pause gemacht. Vielleicht war sie von einem Tier angegriffen worden. Vielleicht hatten die Wehen eingesetzt. Bei dem letzten Gedanken wandte sich Sara wieder um und folgte einem ausgetretenen Weg in den Wald. Dort angekommen, sah sie sich um.

»Tess?«, rief Sara und versuchte, nicht wütend zu klingen. Wahrscheinlich war Tessa einfach losgelaufen und hatte die Zeit vergessen. Sie trug seit ein paar Monaten keine Uhr mehr, weil ihre Handgelenke zu dick für das Metallarmband geworden waren.

Sara lief tiefer in den Wald und rief lauter: »Tessa?«

Trotz des sonnigen Tages war es dunkel im Wald, die Äste der hohen Bäume griffen ineinander und ließen kaum Licht durch. Sara beschirmte die Augen, als ob ihr das helfen würde, besser zu sehen.

»Tess?«, versuchte sie es wieder, dann zählte sie bis zwanzig.

Keine Antwort.

Der Wind raschelte im Laubwerk, und Sara spürte ein unangenehmes Kribbeln im Nacken. Sie rieb sich die nackten Arme, dann lief sie weiter den Weg entlang. Nach knapp zehn Metern traf sie auf eine Weggabelung. Sara überlegte, welche Richtung sie einschlagen sollte. Beide Wege sahen gleich ausgetreten aus, und auf beiden sah sie die Abdrücke von unzähligen Turnschuhen. Sie kniete sich hin, um nachzusehen, ob sie zwischen den gezackten Profilabdrücken die glatten Sohlen von Tessas Sandalen entdeckte, als sie hinter sich ein Geräusch hörte.

Sie zuckte zusammen. »Tess?« Doch es war nur ein Waschbär, der von der unverhofften Begegnung genauso überrascht war wie Sara. Sekundenlang starrten sie einander an, dann rannte der Waschbär zurück ins Unterholz.

Sara stand auf und klopfte sich die Erde von den Händen. Sie lief nach rechts, dann ging sie zurück und malte mit dem Absatz einen einfachen Pfeil in den Boden, der die Richtung wies. Sie fühlte sich albern, aber über die übertriebene Vorsicht konnte sie später immer noch lachen, wenn sie Tessa nach Hause fuhr.

»Tess?« Sie brach einen herabhängenden Zweig ab und lief weiter. »Tess?«, rief sie wieder, dann hielt sie wartend inne, doch es kam keine Antwort.

Weiter vorn sah Sara, dass der Weg eine leichte Biegung machte und sich dann erneut verzweigte. Sie überlegte, ob sie Jeffrey holen sollte, entschied sich aber dagegen. Wieder kam sie sich albern vor, doch die Angst tief in ihrem Innern konnte sie nicht ganz unterdrücken.

Sara lief weiter und rief dabei immer wieder Tessas Namen. Bei der nächsten Abzweigung blieb sie stehen. In einem spitzen Winkel trennten sich die beiden Wege, der rechte machte nach ungefähr dreißig Metern eine scharfe Biegung. Der Wald war noch dunkler hier, und Sara musste sich anstrengen, um überhaupt noch etwas zu sehen. Sie wollte gerade ein Zeichen auf den linken Weg malen, als eine Alarmglocke in ihr zu schrillen begann. Es war, als hätten ihre Augen eine Weile gebraucht, um das Bild an den Kopf weiterzugeben. Sara suchte noch einmal den rechten Weg ab und entdeckte einen seltsamen flachen Stein kurz vor der scharfen Biegung. Nach ein paar Schritten begann sie zu laufen – der Stein war eine von Tessas Sandalen.

»Tessa!«, schrie sie, packte den Schuh und drückte ihn an sich, während sie voller Panik weiterrannte. Dann ließ sie den Schuh fallen. Ihr schwindelte. Ihre Kehle war wie zugeschnürt. Das Unbehagen, das sie unterdrückt hatte, wurde zu blankem Entsetzen. Vor ihr auf der Lichtung lag Tessa, eine Hand auf dem Bauch, die andere seitlich abgewinkelt. Ihr Kopf war unnatürlich verdreht, die Lippen leicht geöffnet, die Augen geschlossen.

»Nein …« Sara stöhnte und rannte zu ihrer Schwester. Die zehn Meter dehnten sich wie Kilometer. Eine Million Möglichkeiten schossen Sara durch den Kopf, aber keine davon bereitete sie auf das vor, was sie fand.

»O Gott«, stöhnte sie und sank mit weichen Knien zu Boden. »O nein …«

Jemand hatte Tessa mit einem Messer angegriffen. Sie hatte mindestens zwei Stichwunden im Bauch und eine in der Brust. Überall war Blut, Blut färbte das Violett von Tessas Kleid schwarz. Sara sah ihrer Schwester ins Gesicht. Ein Teil ihrer Kopfhaut war abgerissen und hing ihr ins linke Auge, das rote Fleisch leuchtete in krassem Kontrast zu ihrer blassen Haut.

Sara schrie: »Nein … Tess … nein …!« Sie berührte Tessas Wange, versuchte sie dazu zu bringen, die Augen zu öffnen. »Tessie? O Gott, was ist passiert?«

Tessa reagierte nicht. Sie rührte sich auch nicht, als Sara das Stück abgerissene Kopfhaut zurück an seinen Platz schob und Tessas Lider anhob, um ihre Pupillen zu untersuchen. Sara versuchte den Puls zu messen, doch sie zitterte so stark, dass sie nur ein makabres Muster blutiger Fingerabdrücke an Tessas Hals hinterließ. Sie drückte das Ohr auf Tessas Brust, der feuchte Stoff klebte ihr an der Wange, als sie versuchte, Lebenszeichen zu finden.

Während sie lauschte, sah sie zu Tessas Bauch hinunter, zu Tessas Baby. Blut und Fruchtwasser rannen aus der unteren Stichwunde wie aus einem undichten Wasserhahn. Ein Stück Darm quoll aus dem großen Schnitt im Kleid. Sara schloss die Augen und hielt die Luft an, bis sie endlich das schwache Schlagen von Tessas Herz spürte und das fast unmerkliche Heben und Senken ihres Brustkorbs.

»Tess?«, flüsterte Sara. Sie setzte sich auf und wischte sich mit dem Arm das Blut vom Gesicht. »Tessie, bitte wach auf.«

Hinter ihr trat jemand auf einen Zweig, und Sara drehte sich mit hämmerndem Herz um. Dort stand Brad Stephens und sperrte den Mund auf. Sprachlos starrten sie einander an. Sara brachte kein Wort heraus. Sie wollte schreien, er solle Jeffrey holen, etwas tun, doch es kam nichts heraus.

»Ich hole Hilfe«, stammelte Brad, seine Schritte klangen dumpf auf dem Waldboden, als er den Weg zurückrannte.

Sara sah ihm nach, bis er hinter der Biegung verschwunden war, dann wandte sie sich wieder Tessa zu. Das hier war nicht die Wirklichkeit. Sie befand sich in irgendeinem schrecklichen Albtraum, und bald wachte sie auf, und alles war vorbei. Das war nicht Tessa – ihre kleine Schwester, die Sara, seit sie klein war, immer und überall hinterherlief. Tessa hatte nur einen kleinen Spaziergang gemacht, sich ein Plätzchen gesucht, um ihre Blase zu entleeren. Sie lag nicht blutend hier auf dem Boden, wo Sara nichts anderes tun konnte, als ihre Hand zu halten und zu weinen.

»Alles wird gut«, sagte sie und griff nach Tessas Hand. Irgendetwas klebte zwischen ihren Fingern. Als Sara nachsah, fand sie in ihrer Hand einen weißen Plastikfetzen.

»Was ist das?«, fragte sie. Jetzt schloss Tessa die Hand um die ihrer Schwester. Sie stöhnte.

»Tessa?«, rief Sara und vergaß den Plastikfetzen. »Tessa, sieh mich an.«

Ihre Augenlider flatterten, doch sie öffneten sich nicht.

»Tess? Tess, bleib bei mir. Sieh mich an.«

Langsam öffnete Tessa die Augen und stöhnte: »Sara …« Dann flatterten ihre Lider wieder und schlossen sich.

»Tessa, nicht die Augen zumachen!«, befahl Sara, dann drückte sie Tessas Hand. »Spürst du das? Rede mit mir. Spürst du, wenn ich deine Hand drücke?«

Tessa nickte und öffnete die Augen, als wäre sie gerade aus einem tiefen Schlaf erwacht.

»Kannst du richtig atmen?«, fragte Sara. Ihre Stimme war schrill. Sie versuchte sich zusammenzureißen, denn sie wusste, alles würde nur schlimmer, wenn sie sich die Panik anmerken ließ. »Hast du Schmerzen beim Atmen?«

Kaum merklich schüttelte Tessa den Kopf.

»Tess?«, fragte Sara weiter. »Wo tut es weh? Wo tut es am meisten weh?«

Tessa antwortete nicht. Zögernd fuhr sie sich mit der

Hand über den Kopf und berührte die Stelle, wo die Kopfhaut lose auflag. Ihre Lippen zitterten, und ihre Stimme war kaum mehr als ein Hauchen, als sie fragte: »Was ist passiert?«

»Ich weiß es nicht«, sagte Sara. Sie musste Tessa jetzt unbedingt wach halten.

Tessa fasste sich an den Kopf, doch Sara griff nach ihrer Hand. Tessa fragte wieder: »Was …« Dann verlor sich ihre Stimme.

Neben ihr, in der Nähe ihres Kopfes, lag ein großer Stein, an dem Blut und Haare klebten. »Hast du dir beim Fallen den Kopf aufgeschlagen?« So musste es gewesen sein.

»Ich weiß nicht …«

»Hat dich jemand mit einem Messer angegriffen, Tessa?«, fragte Sara. »Erinnerst du dich daran, was passiert ist?«

Tessas Gesicht war angstverzerrt, als sie sich mit der Hand über den Bauch fuhr.

»Nein«, sagte Sara. Wieder nahm sie Tessas Hand.

Dann knackte es hinter ihnen, und jetzt rannte Jeffrey auf sie zu. Er sank an Tessas anderer Seite auf die Knie und fragte atemlos: »Was ist passiert?«

Jetzt konnte Sara die Tränen nicht mehr zurückhalten.

»Sara?« Doch vor Schluchzen konnte sie nicht antworten. »Sara«, wiederholte Jeffrey. Er packte sie an den Schultern und befahl: »Sara, reiß dich zusammen. Hast du gesehen, wer das getan hat?«

Sara sah sich um, erst jetzt wurde ihr bewusst, dass der Angreifer vielleicht noch in der Nähe war.

»Sara?«

Sie schüttelte den Kopf. »Ich habe nichts … ich weiß nicht …« Jeffrey klopfte ihre Taschen ab, fand das Stethoskop und drückte es ihr in die schlaffe Hand. »Frank hat den Krankenwagen gerufen.« Seine Stimme war so weit weg, es kam Sara vor, als müsste sie ihm die Worte von den Lippen ablesen.

»Sara?«

Sie war wie gelähmt und konnte keinen Gedanken fassen. Ihr Blickfeld wurde eng, und alles, was sie sah, war Tessa, voller Blut, voller Schmerzen, die Augen schockgeweitet. Jeffrey wiederholte noch einmal: »Sara?«, und legte den Arm um sie. Dann kam ihr Hörvermögen zurück, rauschend wie Wasser, das durch einen Damm brach.

Jeffrey drückte ihr den Arm so fest, dass es wehtat. »Was soll ich tun?«

Endlich war sie zurück in der Gegenwart. Ihre Stimme zitterte noch, als sie verlangte: »Zieh das Hemd aus. Wir müssen die Blutung stillen.«

Jeffrey zog Jackett und Krawatte aus, dann riss er sich das Hemd auf. Allmählich arbeitete ihr Gehirn wieder. Sie wusste, was hier zu tun war. Und sie würde es tun können.

Er fragte: »Wie schlimm ist es?«

Sara antwortete nicht, denn sie spürte, das Unglück zu benennen, würde ihm noch mehr Macht verleihen. Stattdessen drückte sie sein Hemd auf Tessas Bauch, dann legte sie Jeffreys Hand darauf. »So«, sagte sie und zeigte ihm, wie viel Druck er ausüben musste.

»Tess?« Sara versuchte, ruhig und stark zu klingen. »Ich will, dass du mich ansiehst, okay, Süße? Sieh mich an, und sag mir Bescheid, wenn du irgendeine Veränderung bemerkst, in Ordnung?«

Tessa nickte, ihre Augen wanderten zu Frank, der hinter Sara auftauchte.

Frank hockte sich neben Jeffrey hin. »In knapp zehn Minuten ist der Helikopter da.« Auch er begann sich das Hemd aufzuknöpfen. In diesem Moment kam Lena Adams auf die Lichtung, gefolgt von Matt Hogan, der sich die Seite hielt.

»Er muss in die Richtung geflüchtet sein.« Jeffrey deutete auf den Weg, der tiefer in den Wald führte. Ohne ein weiteres Wort rannten die beiden los.

»Tess«, flüsterte Sara, während sie die Wunde in der Brust untersuchte. Der Winkel des Einstichs war gefährlich nah am Herz. »Ich weiß, es tut weh, aber du musst jetzt durchhalten. Okay? Tu es für mich.«

Tessa nickte gequält, ihr Blick schweifte ab.

Sara hörte Tessas Brustkorb mit dem Stethoskop ab, ihr Puls raste wie Trommelfeuer, ihre Atmung ging stoßweise. Saras Hand zitterte, als sie das Stethoskop gegen Tessas Bauch drückte, um die Herztöne des Babys zu suchen. Der Stich in den Bauch konnte leicht den Fötus getroffen haben, und Sara war nicht überrascht, keinen zweiten Herzschlag zu finden. Fruchtwasser war aus der Wunde getreten, und damit war die Schutzhülle des Babys zerstört. Wenn das Messer das Baby nicht verletzt hatte, der Verlust von Blut und Fruchtwasser war auf jeden Fall lebensbedrohlich.

Sara spürte Tessas bohrenden Blick, die Frage, die Sara nicht beantworten wollte. Wenn Tessas Adrenalinspiegel stieg, würde ihr Herz das Blut nur noch schneller aus den Wunden pumpen.

»Schwach«, sagte Sara. Sie hatte das Gefühl, unter dem Gewicht der Lüge drehte sich ihr Magen um. Sie zwang sich, Tessa in die Augen zu sehen, ihre Hand zu nehmen und zu sagen: »Der Puls ist schwach, aber ich kann ihn hören.«

Als Tessa die Hand hob, um sich den Bauch abzutasten, stutzte Jeffrey.

»Was hast du da?«, fragte er. »Tessa, was hast du in der Hand?«

Sie sah verwirrt aus, als sie das Stück Plastik im Wind flattern sah.

»Hast du das von ihm?«, fragte Jeffrey. »Von dem, der dich angegriffen hat?«

»Jeffrey«, flüsterte Sara. Das Hemd auf Tessas Bauch war durchtränkt von Blut. Er begann das Unterhemd auszuziehen, doch stattdessen griff sie nach seinem Jackett, weil es schneller ging

Tessa stöhnte, als sich kurzzeitig der Druck auf ihrem Bauch veränderte.

»Tess?« Sara griff wieder nach ihrer Hand. »Hältst du es noch aus?«

Tessa nickte schwach mit zusammengepressten Lippen. Ihre Nasenflügel bebten, während sie versuchte, regelmäßig zu atmen. Sie drückte Saras Hand so fest, dass Sara ihre Knochen spürte.

»Du kannst atmen, oder?« Tessa antwortete nicht, doch ihr Blick war wach und ging zwischen Sara und Jeffrey hin und her. »Atmest du gut?«

Wenn Tessa Probleme beim Atmen bekam, wäre Sara völlig hilflos.

Jeffreys Stimme war gepresst. »Sara?« Seine Hand drückte immer noch auf Tessas Bauch. »Es fühlt sich an wie eine Wehe.«

Sara schüttelte den Kopf und legte die Hände neben Jeffreys. Doch auch sie konnte die Kontraktion fühlen.

Sie hob die Stimme. »Tessa? Hast du Schmerzen im Unterleib?«

Tessa antwortete nicht, ihre Zähne klapperten.

»Hör zu: Ich taste den Muttermund ab, okay?«, warnte Sara, dann schob sie Tessas Rock hoch. Blut und andere

Körperflüssigkeiten klebten als schwarzer Film an Tessas Schenkeln. Sara schob die Finger in Tessas Scheide. Der Körper reagiert auf jede Art von Trauma, indem er sich anspannt, und genau das tat Tessa jetzt. Sara hatte das Gefühl, ihre Hand steckte in einer Schraubzwinge.

»Versuch dich zu entspannen«, bat sie und tastete sich zum Gebärmuttermund vor. Saras Geburtshilfe-Praktikum war Jahre her, und selbst an das, was sie in letzter Zeit in Vorbereitung auf die Geburt des Babys gelesen hatte, konnte sie sich nicht erinnern.

Doch sie beruhigte Tessa: »Alles in Ordnung. Alles wird gut.«

Jeffrey sagte: »Ich habe es schon wieder gefühlt.«

Sara brachte ihn mit einem Blick zum Schweigen. Auch sie hatte die Kontraktion gespürt, aber es gab nichts, was sie tun konnten. Selbst wenn es noch eine Chance gab, dass das Baby am Leben war, einen Kaiserschnitt hier draußen würde Tessa nicht überleben. Wenn das Messer ihren Uterus erwischte, würde sie verbluten, bevor sie das Krankenhaus erreichte.

»Das machst du gut«, sagte Sara und nahm Tessas Hand. »Der Muttermund ist noch nicht geweitet. Alles in Ordnung. Wie fühlst du dich, Tess? Alles ist in Ordnung.«

Tessas Lippen bewegten sich, doch zu hören war nur das gepresste Keuchen ihrer Atmung. Sie hyperventilierte, und der Sauerstoffmangel konnte zum Schock führen.

»Ganz ruhig, Süße.« Sara legte ihr Gesicht an das ihrer Schwester. »Versuch ruhig zu atmen, ja?«

Sara machte es ihr vor, sie atmete tief ein und langsam aus und dachte daran, wie sie dasselbe letzte Woche in der Geburtsvorbereitung getan hatten.

»So ist es gut«, lobte Sara, als Tessas Atmung ruhiger wurde. »Ganz ruhig.«

Für einen Moment war Sara erleichtert, doch dann spannten sich plötzlich Tessas Muskeln. Tessas Kopf begann zu zittern, und Sara nahm die Schwingung auf wie eine Stimmgabel. Von Tessas Lippen kam ein Gurgeln, Speichel sickerte ihr aus dem Mund. Ihre Augen waren glasig, der Blick war leer und kalt.

Flüsternd fragte Sara Frank: »Wann kommt der Hubschrauber endlich?«

»Kann nicht mehr lange dauern«, sagte Frank.

»Tessa.« Saras Ton war streng, drohend. Sie hatte nicht mehr so mit ihrer Schwester gesprochen, seit Tessa zwölf gewesen war und einen Salto vom Hausdach machen wollte. »Tessa, halt durch. Halt noch ein kleines bisschen durch. Hör mir zu. Halt durch. Du musst auf mich hören …«

Plötzlich ging ein Ruck durch Tessas Körper, sie biss die Zähne aufeinander und rollte mit den Augen. Aus ihrer Kehle kamen gutturale Laute. Der Krampf war mit erschreckender Heftigkeit gekommen und fuhr durch Tessas Körper wie ein Stromstoß.

Sara versuchte, Tessa mit ihrem Körper zu schützen, damit sie sich nicht noch mehr verletzte. Tessa zitterte heftig, grunzte, verdrehte die Augen. Ihre Blase entleerte sich, es roch säuerlich nach Urin. Die Kiefer waren so fest geschlossen, dass die Muskeln an Tessas Hals wie Stahlseile hervortraten.

Sara hörte das Dröhnen eines Motors aus der Ferne, dann das unverwechselbare Schwirren der Rotoren. Als der Helikopter über ihnen schwebte, schossen Sara die Tränen in die Augen.

»Schnell«, flehte sie. »Bitte, macht schnell.«

Zwei

Jeffrey beobachtete Sara hinter der Scheibe, als der Helikopter abhob. Sie hatte Tessas Hand an sich gedrückt, den Kopf wie zum Gebet gesenkt. Weder Sara noch er waren besonders religiös, aber auch Jeffrey betete jetzt für Tessa – wer immer ihn erhören wollte. Er sah Sara nach, als der Helikopter einen weiten Halbkreis über den Baumwipfeln flog. Je weiter er sich entfernte, desto holpriger wurde Jeffreys Fürbitte, und als der Hubschrauber in Richtung Atlanta abdrehte, fühlte Jeffrey nur noch Wut und Hilflosigkeit.

Jeffrey betrachtete den weißen Plastikfetzen, den er in Tessas Faust entdeckt hatte. Bevor sie in den Helikopter geschoben wurde, hatte er ihn ihr aus der Hand genommen in der Hoffnung, er würde vielleicht einen Hinweis auf den Angreifer liefern. Doch jetzt stieg eine Welle der Hoffnungslosigkeit in ihm auf. Sowohl er als auch Sara hatten das Beweisstück angefasst. In dem Blut fanden sich keine sichtbaren Fingerabdrücke. Sie konnten nicht einmal mit Bestimmtheit davon ausgehen, dass es überhaupt etwas mit dem Angriff zu tun hatte.

»Chief?« Frank hielt Jeffrey das Jackett und das Hemd hin, beides war blutdurchtränkt.

»Lieber Himmel«, seufzte Jeffrey, als er die Polizeimarke und die Brieftasche aus der Jackentasche rettete, beide ebenfalls voller Blut. Er versiegelte das Stück Plastik in einem Beutel. »Was zum Teufel ist hier passiert?«

Wortlos zuckte Frank die Schultern.

Aus irgendeinem Grund ärgerte Jeffrey die Geste, doch er verbiss sich einen Kommentar; es war nicht Franks Schuld, was Tessa Linton zugestoßen war. Wenn überhaupt, war es Jeffreys Schuld. Er hatte weniger als hundert Meter entfernt gestanden und Däumchen gedreht, während Tessa überfallen wurde. Er hatte geahnt, dass etwas nicht in Ordnung war, als Tessa nicht im Auto saß – er hätte darauf bestehen müssen, sich mit Sara auf die Suche zu machen.

Er steckte die Tüte ein und fragte: »Wo sind Lena und Matt?«

Frank zückte sein Handy.

»Nein«, unterbrach ihn Jeffrey. Das Schlimmste, was sie tun konnten, war, Matts Handy im Wald klingeln zu lassen. »Gib ihnen zehn Minuten.« Er sah auf die Uhr, doch er wusste nicht, wie viel Zeit bereits vergangen war. »Wenn sie bis dahin nicht zurück sind, gehen wir sie suchen.«

»Alles klar.«

Jeffrey ließ die triefenden Kleider auf den Boden fallen und legte Brieftasche und Polizeimarke obenauf. »Und ruf im Revier an. Sie sollen sechs Streifenwagen herschicken.«

Während Frank die Nummer einzutippen begann, fragte er: »Sollen wir die Zeugin gehen lassen?«

»Nein«, sagte Jeffrey. Dann lief er ohne ein weiteres Wort den Hang hinunter und ging zu den geparkten Autos.

Auf dem Weg versuchte er seine Gedanken zu ordnen. Sara hatte das Gefühl gehabt, irgendwas sei faul an dem Selbstmord. Dass Tessa in unmittelbarer Nähe angegriffen worden war, machte das nur noch wahrscheinlicher. Falls der Junge im Flussbett ermordet worden war, war es möglich, dass Tessa Linton den Täter im Wald überrascht hatte.

»Chief«, sagte Brad mit schüchterner Stimme. Hinter ihm sprach Ellen Schaffer in ihr Mobiltelefon.

Jeffrey funkelte Brad an. Binnen zehn Minuten würde jeder auf dem Campus wissen, was hier passiert war.

Brad zuckte zusammen, er verstand, dass er einen Fehler gemacht hatte. »Tut mir leid.«

Ellen Schaffer verfolgte die Szene und murmelte ein hastiges »Muss aufhören« ins Telefon, bevor sie die Verbindung unterbrach.

Sie war ein attraktives Mädchen, blond, mit haselnussbraunen Augen, sprach aber mit einem für Jeffrey unerträglichen Yankee-Akzent. Sie trug eine Radlerhose und ein hautenges kurzes Lycra-Top. Um die Hüften hatte sie einen Gürtel mit einem CD-Player, und um ihren Bauchnabel war ein verschnörkelter Sonnenaufgang tätowiert.

Jeffrey begann: »Ms. Schaffer …«

»Kommt sie durch?« Ellen Schaffers Stimme klang noch schriller als vorhin.

»Ich denke, ja«, sagte Jeffrey, doch sein Magen verkrampfte sich. Tessa war bewusstlos, als sie auf die Trage gelegt wurde. Es war ungewiss, ob sie wieder zu sich kommen würde. Er wollte jetzt bei ihr sein – bei Sara –, aber es gab nichts, was Jeffrey im Krankenhaus hätte tun können, außer zu warten. Hier konnte er vielleicht ein paar Antworten für Saras Familie finden.

Jeffrey fragte: »Können Sie mir erzählen, was passiert ist?«

Ellen Schaffers Unterlippe zitterte.

Er kam ihr zu Hilfe. »Haben Sie die Leiche von der Brücke aus entdeckt?«

»Ich war joggen. Ich gehe jeden Morgen joggen.«

Er sah wieder auf die Uhr. »Immer um die gleiche Zeit?«

»Ja.«

»Immer allein?«

»Meistens. Manchmal.«

Jeffrey musste sich bemühen, höflich zu bleiben. Am liebsten hätte er das Mädchen an den Schultern gepackt und geschüttelt. »Joggen Sie meistens allein?«

»Ja«, antwortete sie. »Tut mir leid.«

»Ist das Ihre gewohnte Strecke?«

»Ja«, antwortete sie. »Ich jogge über die Brücke, dann hinauf in den Wald. Im Wald ist ein Weg …« Sie brach ab, als ihr einfiel, dass er den Weg gesehen haben musste.

»Also«, sagte er, um ihr auf die Sprünge zu helfen, »Sie joggen jeden Tag dieselbe Strecke?«

Ellen nickte hastig. »Normalerweise mache ich nicht bei der Brücke Halt, aber irgendwas war komisch heute. Ich weiß nicht, warum ich angehalten habe.« Sie presste die Lippen zusammen, während sie darüber nachdachte. »Normalerweise hört man die Vögel, Naturgeräusche. Es war zu still. Wissen Sie, was ich meine?«

Jeffrey verstand. Er hatte die gleiche unheimliche Wahrnehmung gehabt, als er durch den Wald gelaufen war auf der Suche nach Sara und Tessa. Das einzige Geräusch waren seine Schritte auf dem Waldboden gewesen und, vielleicht noch lauter, das Pochen seines Herzens.

Ellen fuhr fort: »Ich habe angehalten, um zu dehnen, und dann habe ich über das Geländer gesehen – und da lag er.«

»Und Sie sind nicht runtergegangen, um nachzusehen?«

Sie sah verlegen aus. »Nein … Hätte ich das tun sollen?«

»Nein«, sagte er, und um nett zu sein, fügte er hinzu: »Es ist gut, dass Sie den Tatort nicht betreten haben.«

Sie wirkte erleichtert. »Ich habe ja gesehen, dass ...« Jetzt blickte sie auf ihre Hände und begann leise zu weinen.

Jeffrey warf einen Blick auf den Waldrand, es beunruhigte ihn, dass Matt und Lena noch nicht zurück waren, vor allem nach dem Lärm, den der Helikopter gemacht hatte. Sie in den Wald zu schicken, war wahrscheinlich keine so glänzende Idee gewesen.

Ellen Schaffer unterbrach seine Gedanken. »Musste er leiden?«

»Nein«, beruhigte er sie, obwohl er keine Ahnung hatte. »Wir glauben, er ist von der Brücke gesprungen.«

Sie wirkte überrascht. »Ich hätte nicht gedacht ...«

Doch er ließ sie nicht zu Wort kommen. »Sie haben ihn also gesehen. Sie haben die Polizei gerufen. Was geschah dann?«

»Ich habe auf der Brücke gewartet, bis der Beamte kam.« Sie deutete auf Brad, der verlegen grinste. »Dann kamen die anderen, und ich bin hier oben bei ihm geblieben.«

»Haben Sie sonst noch jemanden gesehen? Im Wald vielleicht?«

»Nein. Niemanden«, antwortete sie und blickte über Jeffreys Schulter zum Waldrand. Als er sich umdrehte, sah er Matt und Lena aus dem Wald kommen. Lena humpelte und hatte die Arme seitlich ausgestreckt, um die Balance zu halten. Matt bot an, ihr den Abhang hinunterzuhelfen, doch sie winkte ab.

Jeffrey sagte zu Ellen Schaffer: »Ich spreche morgen noch einmal mit Ihnen. Vielen Dank für Ihre Hilfe.« Dann zu Brad: »Sorg dafür, dass sie sicher nach Hause kommt.«

»Ja, Sir.« Doch Jeffrey war schon auf dem Weg den Hügel hinauf.

Jeffreys Slipper rutschten auf dem Boden, als er Matt und Lena entgegenlief, doch alles, woran er denken konnte, war, dass er noch eine Frau in Gefahr gebracht hatte, indem er Lena in den Wald geschickt hatte. Als er Lena erreicht hatte, schob er eine Hand unter ihren Arm und half ihr, sich zu setzen.

»Was ist passiert?«, fragte er. Er kam sich vor wie ein Papagei. Die Frage stellte er wohl zum tausendsten Mal heute, und er hatte noch keine befriedigende Antwort erhalten. »Ist alles in Ordnung mit dir?«

»Ja«, sagte Lena und schüttelte ihn so heftig ab, dass sie nach hinten umfiel. Frank versuchte ihr zu helfen, doch sie wehrte sich. »Herrgott, es ist alles in Ordnung«, rief sie, doch sie zuckte zusammen, als sie den Fuß aufsetzte.

Die drei Männer standen wie versteinert um sie herum und sahen zu, wie sie sich den Schnürsenkel aufband. Jeffrey wusste, dass die anderen dasselbe dachten wie er. Als er aufsah, erntete er von Matt und Frank vorwurfsvolle Blicke. Lena hätte im Wald alles Mögliche passieren können, und Jeffrey trug die Verantwortung für sie.

Lena brach den Bann, indem sie sagte: »Er war noch da.«

»Wo?« Jeffreys Puls ging schneller.

»Das Schwein hat sich im Gebüsch versteckt und in aller Ruhe zugesehen.«

Frank zischte ein ärgerliches »Verdammt«. Jeffrey wusste nicht, ob er ihn meinte oder den Täter.

»Ich bin ihm hinterher.« Lena schien die Spannung nicht zu bemerken, oder vielleicht ignorierte sie sie einfach nur. »Ich bin gestolpert. Über einen Baumstumpf. Ich weiß nicht. Ich kann euch zeigen, wo er sich versteckt hatte.«

Jeffrey versuchte, daraus schlau zu werden. War der

Täter geblieben, um sicherzugehen, dass Tessa geholfen wurde? Oder hatte er sich an ihrem Leiden aufgegeilt?

Franks Stimme klang barsch, als er Matt fragte: »Und wo warst du die ganze Zeit?«

Matt antwortete mit gleicher Schroffheit. »Wir hatten uns aufgeteilt, um ein größeres Gebiet abzudecken. Ein paar Minuten später habe ich den Kerl wegrennen sehen.«

Frank murrte: »Du hättest sie nicht allein lassen dürfen.«

Matt schimpfte zurück: »Ich hab mich an den Ablauf gehalten.«

»Hey, ihr beiden«, rief Jeffrey, »wir haben keine Zeit für so was.« Er wandte sich wieder an Lena. »Wie nah war er am Tatort?«

»Nah«, sagte sie. »Hinter den Bäumen, vielleicht fünfzig Meter. Ich bin wieder zurückgegangen, weil ich dachte, wenn er noch da ist, ist er in der Nähe, um was sehen zu können.«

Jeffrey fragte: »Konntest du ihn erkennen?«

»Nein«, erklärte sie. »Er hatte mich entdeckt, bevor ich ihn gesehen habe. Er hockte hinter einem Baum. Vielleicht hat er sich bei Saras Zusammenbruch einen runtergeholt.«

»Ich wollte keine Spekulationen hören«, fuhr Jeffrey sie an. Er mochte die Art nicht, wie sie von Sara sprach. Lena und Sara hatten sich nie besonders gut verstanden, aber jetzt war nicht der Zeitpunkt für Seitenhiebe, vor allem nicht nach dem, was Tessa passiert war.

»Du hast den Typ gesehen. Und dann?«

»Ich habe ihn nicht gesehen«, schnappte sie wütend zurück. Jeffrey merkte, dass er sich im Ton vergriffen hatte. Er sah Frank und Matt Hilfe suchend an, doch ihre Gesichter waren ebenso verschlossen wie Lenas.

»Erzähl weiter«, sagte Jeffrey.

Lena wurde einsilbig. »Ich habe irgendwas gesehen. Eine Bewegung. Er ist aufgestanden und abgehauen. Ich bin ihm gefolgt.«

»Welche Richtung?«

Lena ließ sich Zeit, suchte nach dem Stand der Sonne. »Westen, wahrscheinlich Richtung Highway.«

»Schwarz? Weiß?«

»Weiß«, sagte sie, dann fügte sie schnippisch hinzu: »Vielleicht.«

»Vielleicht?«, bohrte Jeffrey nach, obwohl er wusste, dass er Öl ins Feuer goss.

»Habe ich doch gesagt«, giftete sie. »Er hat sich umgedreht und ist abgehauen. Was hätte ich tun sollen, ihn bitten anzuhalten, damit ich seine ethnische Zugehörigkeit feststellen kann?«

Jeffrey hielt einen Moment inne und versuchte sein Temperament zu zügeln. »Was hatte er an?«

»Irgendwas Dunkles.«

»Eine Jacke? Jeans?«

»Jeans, vielleicht eine Jacke. Es war dunkel.«

»Mantel oder Jackett?«

»Eine Jacke … glaube ich.«

»War er bewaffnet?«

»Konnte ich nicht sehen.«

»Haarfarbe?«

»Weiß ich nicht.«

»Du weißt es nicht?«

»Ich glaube, er trug eine Mütze.«

»Du *glaubst*?« Plötzlich brach der ganze Frust aus ihm heraus, der sich aufgestaut hatte, seit er Tessa halb tot hatte daliegen sehen. »Herrgott noch mal, Lena, wie lange bist du Polizistin gewesen?«

Lena starrte ihn wütend an, in ihrem Blick loderte der gleiche Hass, den er von Verdächtigen beim Verhör kannte.

»Du jagst einen Verdächtigen und kannst nicht mal sagen, ob er eine Mütze trug oder nicht? Was zum Teufel hast du da eigentlich gemacht, Blumen gepflückt?«

Lenas Augen funkelten, sie biss die Zähne aufeinander, um nicht zu sagen, was sie sagen wollte.

»Wir haben verdammt noch mal Glück gehabt, dass er nicht auf dich losgegangen ist, sonst hätten wir zwei Mädchen einliefern können statt nur eins.«

Sie zischte: »Ich kann gut auf mich selbst aufpassen.«

»Du glaubst, das kleine Messer, das du an der Wade trägst, hilft dir?« Ihr überraschter Blick widerte ihn an, vor allem, weil sie es besser hätte wissen müssen. Schließlich war sie in seine Schule gegangen! Den Messergurt an ihrer Wade hatte Jeffrey gesehen, als sie auf dem Hintern die Böschung hinuntergeschlittert war.

»Ich sollte dich anzeigen wegen Tragens versteckter Waffen.«

Sie hielt seinem Blick stand.

»Starr mich lieber nicht so an.«

Lena hatte die Zähne so fest zusammengebissen, dass ihre Worte kaum zu verstehen waren. »Ich arbeite nicht mehr für dich, *Arschloch*.«

»Chief …« Frank legte besänftigend die Hand auf Jeffreys Schulter. Jeffrey machte einen Schritt zurück, er wusste, dass er sich nicht normal verhielt. Er sah seine blutigen Kleider auf dem Boden, Tessas Blut. Auf einmal schien alles über ihm zusammenzubrechen, die Tränen auf Saras Gesicht, die ihr über die blutverschmierten Wangen rannen. Tessas Arme, die schlaff von der Trage baumelten, als sie sie hochhoben.

Jeffrey wandte sich ab, damit die anderen sein Gesicht nicht sahen. Er nahm die Brieftasche und seine Marke auf, polierte sie mit einem Zipfel seines Unterhemds und versuchte, sich dabei zu beruhigen.

In diesem Moment kam Brad Stephens dazu, er drehte die Mütze in der Hand. »Was ist los, Chief?«, fragte er.

Der Ärger schlug Jeffrey auf die Stimme. »Ich habe doch gesagt, du sollst Ellen Schaffer nach Hause bringen.«

»Sie hat ein paar Freundinnen getroffen«, sagte Brad und wurde blass. »Sie wollte mit ihnen gehen.« Seine hellen blauen Augen huschten ängstlich hin und her, er stotterte: »I-i-ich hab gedacht, bei ihren Freundinnen ist sie sicher. Sie wohnen bei ihr auf der Etage. Keyes House. Ich wusste nicht, dass …«

»Schon gut«, unterbrach Jeffrey. Er würde alles nur noch schlimmer machen, wenn er den Ärger jetzt an Brad ausließ. Zu Frank sagte er: »Schick ein paar deiner Leute zum Highway. Sag ihnen, wir suchen einen Fußgänger. Irgendeinen Fußgänger. Vielleicht mit Jacke, vielleicht ohne.« Er sah Lena nicht an, doch ihr war sicherlich bewusst, dass jetzt alles von einer Personenbeschreibung abhing.

Frank sagte: »Die Streifenwagen sind gleich da.«

Jeffrey nickte. »Ich will eine Rasterfahndung, ausgehend von der Stelle, wo Lena den Täter gesehen hat. Wir suchen nach einem Messer. Irgendwas, was nicht hierhergehört.«

»Er hatte was in der Hand«, sagte Lena triumphierend. »Eine weiße Tüte.«

Brad Stephens schnappte nach Luft, dann wurde er rot, als ihn alle anstarrten.

Jeffrey fragte: »Was ist?«

Erst jetzt schien er die Tragweite seiner Beobachtung

zu begreifen. »Ich habe gesehen, wie Tessa auf dem Weg den Hügel hoch so Zeug aufgesammelt hat.«

»Was für Zeug?«

»Abfall, schätze ich. Sie hatte eine Plastiktüte dabei, sah aus wie von Piggly.« Piggly Wiggly hieß der Supermarkt auf der Hauptstraße. Tausende kauften dort jede Woche ein.

Jeffrey versuchte, sich zusammenzureißen. Er dachte an das Stück Plastik, das er in Tessas Hand gefunden hatte. Es konnte gut von einer Supermarkttüte stammen.

Jeffrey fragte Brad: »Hat Tessa die Tüte auf dem Boden gefunden?« Erst jetzt fiel ihm auf, wie viel Müll hier überall herumlag. Die Müllabfuhr vom College kümmerte sich vornehmlich darum, das Gelände rund um die Gebäude sauber zu halten. Hier draußen war wahrscheinlich das ganze Jahr noch nichts gesäubert worden.

»Ja, Sir«, sagte Brad. »Sie hat sie aufgehoben, und dann fing sie an, dieses Zeug aufzusammeln, als sie den Hügel raufstieg. M-m-müll, wie gesagt, nehme ich an, Plastik und Dosen und so.«

Jeffrey versuchte freundlich zu bleiben, vor allem, weil Brads Stottern ihn aus irgendeinem Grund nur noch mehr in Rage brachte. »Aber Sie haben nicht daran gedacht, zu ihr zu gehen und sie zu fragen, was sie da tut?«

»Ich sollte doch bei der Zeugin bleiben«, erinnerte ihn Brad. Er wurde noch röter. »Und … äh … ich wollte mich nicht einmischen. War doch ihre p-p-persönliche Angelegenheit.«

Jeffrey sagte zu Matt: »Geben Sie das per Funk durch. Dunkle Kleider, vielleicht mit einer weißen Plastiktüte.«

»Du glaubst, er hat ihr den Müll geklaut?«, fragte Lena skeptisch.

Matt hielt sich das Telefon ans Ohr und ging ein paar Schritte weg, um Jeffreys Anordnung auszuführen. Frank sah Lena an, doch es war nicht zu ergründen, was er dachte.

In aller Seelenruhe kam Chuck den Hügel heraufgestiegen. Als er innehielt und sich bückte, zuckte Jeffrey zusammen, doch Chuck band sich nur den Schuh zu.

Als er bei ihnen war, sagte er: »Ich bin bei der Leiche geblieben. Hab den Tatort gesichert.«

Lena ignorierte ihn und fragte Jeffrey: »Glaubst du, die Fälle hängen irgendwie zusammen?«

Frank hob die Brauen, und Jeffrey konnte sehen, dass der alte Polizist nach allem, was passiert war, diese Möglichkeit erst jetzt in Betracht zog. Irgendwann wäre Frank vielleicht von selbst darauf gekommen, doch Lena war den alten Herren des Dezernats immer meilenweit voraus gewesen. Es war ihr scharfer Verstand, den Jeffrey schmerzlich vermisste.

Lena wiederholte: »Es muss eine Verbindung geben.«

Doch Jeffrey ging nicht auf sie ein, nicht nur, weil Chuck dabeistand und zuhörte. Lena war seit sieben Monaten nicht mehr bei der Polizei. Sie gehörte nicht mehr zu Jeffreys Team.

Zu Frank sagte er: »Zeig mir mal den Abschiedsbrief.«

»Er lag am Ende der Brücke unter einem Stein«, sagte Frank und zog ein gefaltetes Blatt Papier aus der Tasche. Jeffrey hatte nicht die Kraft, Frank zurechtzuweisen, weil er den Zettel nicht in eine Beweismitteltüte gesteckt hatte. Und beide hatten sie Blut an den Händen.

Jeffrey überflog den Brief.

Chuck fasste sich betont nachdenklich ans Kinn. »Glaubt ihr immer noch, dass er freiwillig da runtergehüpft ist?«

»Ja«, antwortete Jeffrey und sah den Sicherheitschef des College durchdringend an. Chuck war ein wandelndes Sieb, was Geheimnisse anging. Jeffrey hatte ihn über genug Leute herziehen hören, um zu wissen, dass dem Mann nicht zu trauen war.

Frank sprang in die Bresche. »Ein Mörder hätte ihn erstochen und nicht von der Brücke gestoßen. Das typische Täterverhalten ändert sich so schnell nicht.«

»Klingt vernünftig«, stimmte Chuck zu, als hätte Frank ihm eine große Weisheit anvertraut.

Jeffrey gab Frank den Abschiedsbrief zurück. »Wenn die anderen hier sind, geht ihr auf die andere Flussseite. Dreht jeden Stein um, wenn's sein muss. Verstanden?«

»Ja«, sagte Frank. »Wir fangen beim Fluss an und gehen bis zum Highway.«

»Gut.«

Matt war fertig mit den Anrufen, und Jeffrey gab ihm den nächsten Auftrag: »Ruf in Macon an und frag, ob wir ein paar Hunde kriegen.«

Chuck verschränkte die Arme vor der Brust. »Ich kann ein paar von meinen Leuten …«

Doch Jeffrey tippte ihm mit dem Finger auf die Schulter. »Und Sie halten Ihre Trottel von meinem Tatort fern«, knurrte er.

Chuck ließ sich nicht einschüchtern. »Das ist College-Gelände.«

Jeffrey wies auf den toten Jungen im Flussbett. »Das Einzige, was das College hier zu tun hat, ist, den Namen des Jungen rauszufinden und zu seiner Mutter zu gehen.«

»Er heißt Rosen«, sagte Chuck trotzig. »Andy Rosen.«

»Rosen?«, wiederholte Lena überrascht.

»Kennst du ihn?«, fragte Jeffrey.

Lena schüttelte den Kopf, doch Jeffrey merkte, dass sie etwas verschwieg.

»Lena?«, wiederholte er, um ihr die Chance zu geben, die Sache ins Reine zu bringen.

»Ich habe Nein gesagt«, zischte sie. Jeffrey war sich nicht sicher, ob sie log oder nur versuchte, ihn auf die Palme zu bringen. So oder so hatte er keine Zeit für ihre Spielchen.

»Die Suche untersteht deiner Verantwortung«, sagte er zu Frank. »Ich muss was erledigen.«

Frank nickte, wahrscheinlich erriet er, wo Jeffrey hinmusste.

Dann sagte Jeffrey zu Chuck: »Bringen Sie die Mutter in die Bibliothek, ich treffe mich mit ihr dort in einer Stunde.« Er deutete mit dem Finger in Lenas Richtung. »Ich an Ihrer Stelle würde Lena die Nachricht überbringen lassen. Sie hat mehr Erfahrung in solchen Dingen als Sie.«

Jeffrey sah sich zu Lena um. Er hoffte, sie akzeptierte sein Friedensangebot. Doch so, wie sie ihn anstarrte, schien sie nicht der Meinung zu sein, er hätte ihr einen Gefallen getan.

Jeffrey hatte immer ein Ersatzhemd im Auto, doch wie sehr er auch wischte, er bekam das Blut nicht von den Händen ab. Er hatte sich die Brust und den Oberkörper mit einer Flasche Wasser abgespritzt, aber die roten Halbkreise unter den Fingernägeln ließen sich einfach nicht entfernen. Blut klebte in der Gravur seines College-Rings: zwischen seiner Football-Spielernummer und dem Jahr seines Abschlusses. Jeffrey dachte an die berühmte Szene aus »Macbeth«, als er noch einmal seine Hände abwischte. Tessa hätte nie allein auf den Hügel gehen dürfen. Drei erfahrene bewaffnete Cops hatten in weniger als dreißig Metern Entfernung herumgestanden, während sie fast erstochen worden war. Jeffrey hätte sie beschützen müssen. Er hätte irgendwas tun müssen.

Jeffrey fuhr in die Einfahrt der Lintons und parkte hinter Eddies Lieferwagen. Angst befiel ihn wie ein Fieber, und er musste sich zum Aussteigen zwingen. Seit Saras und Jeffreys Scheidung hatte Eddie Linton keinen Zweifel daran gelassen, was er von Jeffrey hielt. Trotz allem fühlte Jeffrey immer noch eine tiefe Verbundenheit mit Saras Vater. Eddie war ein guter Vater – die Art von Vater, die Jeffrey selbst gern gehabt hätte. Jeffrey kannte die Lintons seit über zehn Jahren, und während seiner Ehe mit Sara hatte er das erste Mal im Leben das Gefühl, eine Familie zu haben. Und Tessa war in jeglicher Hinsicht wie eine kleine Schwester für ihn.

Jeffrey holte tief Luft, bevor er die Einfahrt hinaufging. Der Wind frischte auf, doch Jeffrey schwitzte. Musik war aus den hinteren Räumen zu hören, und Jeffrey entschied, durch den Garten zu gehen, statt vorn an der Haustür zu klingeln. Er hielt inne, als er das Lied erkannte, das im Radio lief.

Sara war nicht für Aufwand und große Formalitäten, und so hatten sie ihre Hochzeit in kleinem Rahmen bei den Lintons zu Hause gefeiert. Im Wohnzimmer hatten sie einander das Jawort gegeben und anschließend die Feier für Familie und Freunde im Garten abgehalten. Den ersten Tanz als Mann und Frau hatten sie hier zu diesem Lied getanzt. Er erinnerte sich genau, wie es sich angefühlt hatte, sie im Arm zu halten, ihre Hand in seinem Nacken, die ihn sanft streichelte, ihr Körper gegen seinen gepresst, unschuldig und erregend zugleich. Sara war eine schreckliche Tänzerin, aber an dem Tag war sie wie verwandelt, und sie hatten so lange getanzt, bis Saras Mutter sie an das Flugzeug erinnern musste, das sie nehmen wollten. Eddie hatte versucht, seine Tochter zurückzuhalten. Selbst damals wollte er Sara nicht gehen lassen.

Jeffrey riss sich zusammen. Er hatte den Lintons an jenem Tag eine Tochter weggenommen, und jetzt musste er ihnen sagen, dass sie vielleicht noch eine verloren hatten.

Als Jeffrey um die Hausecke bog, lachte Cathy gerade über irgendetwas, was Eddie gesagt hatte. Ahnungslos saßen sie bei den Klängen von Shelby Lynne auf der Terrasse und genossen den trägen Sonntagnachmittag wie wahrscheinlich die meisten Bürger von Grant County. Cathy saß im Liegestuhl, die Füße auf einem Hocker, und ließ sich von Eddie die Fußnägel lackieren.

Saras Mutter war eine schöne Frau, die wenigen grauen Strähnen zierten ihr blondes Haar. Sie musste fast sechzig sein, doch sie war immer noch attraktiv. Sie hatte einen bodenständigen Sex-Appeal, den Jeffrey immer anziehend gefunden hatte. Auch wenn Sara glaubte, dass sie ihrer Mutter nicht ähnlich war – sie war groß, während Cathy zierlich war, hatte weibliche Rundungen, während Cathy fast knabenhaft gebaut war –, es gab eine Menge, was die beiden Frauen gemeinsam hatten. Sara hatte die glatte Haut ihrer Mutter geerbt und das Lächeln, das einem den Eindruck vermittelte, man wäre der wichtigste Mensch auf Erden. Außerdem hatte sie den Scharfsinn ihrer Mutter und ihr Talent, eine Standpauke wie ein Kompliment zu verpacken.

Cathy lächelte, als sie Jeffrey sah. »Wir haben dich beim Mittagessen vermisst.«

Eddie setzte sich in seinem Stuhl auf, schraubte das Nagellackfläschchen zu und murmelte etwas. Jeffrey war froh, dass er nichts verstand.

Cathy drehte die Musik lauter, offensichtlich erinnerte auch sie sich an die Hochzeit. Mit rauchiger Stimme sang sie: »I'm confessin' that I love you …« Ihre strahlenden Augen erinnerten ihn so sehr an Sara, dass er sich abwenden musste.

Als sie spürte, dass etwas nicht stimmte, drehte sie die Musik wieder leiser. »Die Mädchen müssten bald da sein. Ich weiß auch nicht, warum sie so lange brauchen.«

Jeffrey kam näher. Seine Knie waren weich. Das, was er zu sagen hatte, würde ihr ganzes Leben auf den Kopf stellen. Cathy und Eddie würden sich immer an den Nachmittag erinnern, an dem ihr Leben sich vollkommen umgestülpt hatte. Als Polizist hatte Jeffrey unzählige Male schlechte Nachrichten überbracht, unzählige Eltern und Ehepartner und Freunde davon in Kenntnis gesetzt, dass ein geliebter Mensch einen Unfall gehabt hatte oder, noch schlimmer, nicht mehr heimkommen würde. Doch nie zuvor war er so betroffen gewesen wie jetzt. Den Lintons die Nachricht zu überbringen war fast so schlimm, wie wieder draußen auf der Lichtung zu sein und zuzusehen, wie Sara zusammenbrach, während Tessa aus ihren Wunden blutete – mit dem Gefühl, dass er keiner von beiden helfen konnte.

Jeffrey merkte, dass sie ihn anstarrten, weil er zu lange geschwiegen hatte. Er fragte: »Wo ist Devon?« Er wollte dies nicht zweimal berichten müssen.

Cathy sah ihn fragend an. »Er ist bei seiner Mutter«, sagte sie, und ihre Stimme hatte den gleichen Klang wie Saras, als sie vor einer Stunde zu Tessa gesprochen hatte: streng, beherrscht, ängstlich. Sie öffnete den Mund, um die Frage zu stellen, doch nichts kam heraus.

Jeffrey stieg langsam die Stufen der Verandatreppe hinauf und fragte sich, woher er die Kraft nehmen sollte.

Als er auf der obersten Stufe stand, steckte er die Hände in die Hosentaschen. Cathys Blick folgte seinen Händen, seinen blutigen, schuldigen Händen.

Er sah, wie sie schluckte. Sie legte die Hände an den Mund, Tränen glitzerten in ihren Augen.

Schließlich ergriff Eddie das Wort für seine Frau und stellte die Frage, die nur ein Elternteil von zwei Kindern stellen kann: »Wer von beiden?«

Drei

Lena schützte ihren verknacksten Knöchel vor, um nicht mit Chuck Schritt halten zu müssen. Sie hatte jetzt wirklich keine Nerven für sein Gerede. Außerdem brauchte sie Zeit, um darüber nachzudenken, was zwischen ihr und Jeffrey passiert war. Sie wurde seinen Blick einfach nicht los. Früher war Jeffrey manchmal sauer auf Lena gewesen, doch so schlimm wie heute war es noch nie gewesen.

Seit einem Jahr bestand Lenas Leben aus einer Reihe von Fehlschlägen, angefangen damit, dass sie ihren Job verloren hatte, bis heute, als sie auf dem Hintern die Böschung runtergerutscht war. Kein Wunder, dass Jeffrey sie aus der Mannschaft gemobbt hatte. Er hatte ja auch recht: Lena war einfach unzuverlässig. Er konnte ihr nicht mehr vertrauen. Sie hatte ihm häufig genug bewiesen, dass sie sein Vertrauen nicht verdiente. Diesmal hatte sie ihn vielleicht sogar den Mann gekostet, der Tessa Linton auf dem Gewissen hatte.

»Kommen Sie schon, Adams«, bellte Chuck über die Schulter zurück. Er war ein paar Schritte voraus, und sie starrte wütend auf seinen Rücken. »Kommen Sie schon, Adams, so ein Spaziergang befreit.«

»Alles ist bestens.«

»Ja?«, sagte Chuck und wurde langsamer. Dann grinste er dreckig. »Anscheinend will der Chief Ihre Nase nicht so bald wiedersehen.«

»Ihre aber auch nicht«, erinnerte sie ihn.

Chuck schnaubte, als hätte sie einen Witz gemacht. Lena kannte niemand anderen, der so gut darin war, das Offensichtliche zu ignorieren.

Chuck sagte: »Er kann mich nur nicht leiden, weil ich in der Highschool mit seiner Freundin zusammen war.«

»Sie waren mit Sara Linton zusammen?« Genauso gut hätte er behaupten können, er hätte mit der Königin von England Händchen gehalten.

Chuck zuckte lässig die Schultern. »Ist lange her. Seid ihr befreundet oder so was?«

»Ja«, log Lena. Sara war alles andere als eine Freundin. »Davon hat sie nie erzählt.«

»Na ja, ist wohl auch ein wunder Punkt für sie«, sagte Chuck. »Hab sie damals wegen einer anderen sitzen lassen.«

»Ganz bestimmt«, sagte Lena. Chuck bildete sich wirklich ein, dass die Leute seine Sprüche glaubten. Er ging nebenbei auch von der irrigen Annahme aus, er würde auf dem Campus allseits respektiert. Dabei wusste jeder, dass Chuck seinen Posten nur bekommen hatte, weil sein Daddy einen Anruf bei Kevin Blake getätigt hatte, dem Dekan des Grant Institute of Technology. Albert Gaines, Präsident von Grant Trust and Loan, hatte in der Stadt viel mitzureden, vor allem in der Verwaltung des GIT. Als Chuck nach acht Jahren in der Army heimgekommen war, wurde ihm der Posten als Chef der Campus-Polizei auf dem Silbertablett präsentiert, ohne dass irgendjemand Fragen stellte.

Einem Mann wie Chuck unterstellt zu sein, war für Lena eine bittere Pille, die sie täglich schlucken musste. Doch als sie ihre Polizeimarke abgegeben hatte, hatte sie nicht gerade die große Auswahl gehabt. Mit vierunddreißig konnte Lena nichts anderes, als Polizistin sein. Direkt nach der Highschool hatte sie die Polizeiakademie besucht und diesen Entschluss nie in Frage gestellt. Ansonsten hätte sie nur noch Hamburger braten oder irgendwo putzen können, und keins von beidem schien ihr besonders verlockend.

Lena hatte damals überlegt wegzugehen, vielleicht nach Mexiko oder nach Europa auf die Suche nach den Wurzeln ihrer Großeltern, oder sich freiwillig beim Entwicklungsdienst zu melden. Doch dann hatte die Realität sie eingeholt. Sie begriff, dass die Bank sich nicht darum scherte, ob Lena einen Tapetenwechsel brauchte – sie hatte eine Hypothek abzuzahlen und die monatlichen Raten für das Auto. Selbst mit der mageren Abfindung der Polizei und dem wenigen Geld, das sie für das Haus bekam, war die Lage kritisch.

Der Job im College bot freie Unterkunft und Krankenversicherung statt einem reellen Gehalt. Auch wenn die Wohnung auf dem Campus mies war und die Krankenversicherung eine so hohe Selbstbeteiligung hatte, dass Lena in Panik ausbrach, wenn sie nur niesen musste – immerhin war es ein fester Job, und sie musste nicht wieder bei ihrem Onkel Hank einziehen. Zurück nach Reece zu gehen, wo Hank die Zwillinge aufgezogen hatte, wäre zu einfach gewesen. Sie hätte sich in der Bar, die Hank gehörte, an den Tresen stellen können, um ihre Albträume zu ersäufen, und die Narben auf ihren Händen wären irgendwann die einzige Erinnerung daran gewesen, was sie vor langer Zeit in den Suff getrieben hatte.

Vor etwas mehr als einem Jahr war Lena vergewaltigt worden. Nicht nur vergewaltigt, sondern entführt und tagelang gefangen gehalten. Ihre Erinnerungen waren lückenhaft, weil sie fast die ganze Zeit unter Drogen gestanden hatte; ihr Geist war an einem sichereren Ort, während ihr Körper gefoltert wurde. Die Narben an Händen und Füßen jedoch waren die bleibenden Andenken daran, dass sie mit gespreizten Beinen und Armen an den Fußboden genagelt worden war, damit sich ihr Vergewaltiger jederzeit an ihr vergehen konnte. An kalten Tagen schmerzten ihre Hände immer noch, doch der Schmerz stand in keinem Verhältnis zu der Angst, die sie überfallen hatte, als sie zusehen musste, wie ihr die langen Zimmermannsnägel ins Fleisch getrieben wurden.

Bevor er es auf Lena abgesehen hatte, hatte dasselbe Monster Sibyl umgebracht, Lenas Zwillingsschwester, und die Tatsache, dass man die Bestie gefasst hatte, tröstete Lena nicht im Geringsten. In ihren Albträumen tauchte der Schänder immer wieder auf, und häufig wachte sie nachts schweißgebadet auf, die Fingernägel ins Laken gekrallt, und spürte seine Gegenwart im Zimmer. Noch schlimmer aber waren die Träume, die *keine* Albträume waren. Wenn er sie zärtlich berührte, wenn ihre Haut kribbelte und sie erregt und verwirrt aufwachte, wenn ihr Körper auf die erotischen Bilder in ihrem Unterbewusstsein reagierte. Sie wusste, die Drogen, die er ihr eingeflößt hatte, hatten ihren Körper manipuliert, doch Lena verfluchte sich für ihre eigene Reaktion.

Manchmal bedeckte die Erinnerung an seine Berührungen ihren Körper wie feine Spinnweben, und sie zitterte so stark, dass sie heiß duschen musste, um wieder das Gefühl zu haben, ihre Haut gehörte ihr.

Lena war sich nicht sicher, ob es Verzweiflung oder Dummheit war, die sie vor einem Monat zu einem Anruf bei der psychologischen Beratungsstelle auf dem Campus bewogen hatte. Jedenfalls waren die dreieinhalb Sitzungen ein Riesenfehler gewesen. Mit einer Fremden darüber zu sprechen, was passiert war – nicht dass es überhaupt so weit gekommen wäre –, war einfach zu viel. Es gab Dinge, über die konnte man nicht reden. Mitten in einer besonders schmerzhaften Sitzung war Lena aufgestanden, hatte die Praxis verlassen und war nicht wiedergekommen. Jedenfalls bis heute, wo sie ihre ehemalige Therapeutin aufsuchen musste, um ihr zu sagen, dass ihr Sohn tot war.

»Adams«, sagte Chuck und warf einen Blick über die Schulter, »kennen Sie die Mieze?«

Chuck meinte die Therapeutin. Für ihn war jede Frau entweder eine »Mieze« oder eine »Ziege«, je nachdem, ob er sich einbildete, dass sie unter Umständen mit ihm schlafen würde oder nicht. Lena hoffte inständig, dass er sie zu den Ziegen zählte, doch manchmal hatte sie den Verdacht, Chuck hielt es für eine Frage der Zeit, bis sie sich ihm zu Füßen warf.

»Nein, kennen tu ich sie nicht«, antwortete sie und setzte vorsichtshalber nach: »Nur vom Sehen auf dem Campus.«

Er sah sie noch einmal an, doch Chucks Menschenkenntnis war in etwa so ausgeprägt wie sein Charme.

»Rosen«, sagte er. »Klingt jüdisch, finden Sie nicht?«

Lena zuckte die Schultern; sie hatte nie darüber nachgedacht. Am GIT war das Publikum sehr gemischt, und abgesehen von den ein, zwei Arschlöchern, die kürzlich beschlossen hatten, überall ihre rassistischen Parolen hinzusprayen, ging es auf dem Campus relativ tolerant zu.

»Hoffentlich ist sie nicht …«, Chuck tippte sich an die Stirn. Natürlich ging er davon aus, dass jeder, der in einer psychologischen Praxis arbeitete, selbst einen Vogel hatte.

Lena sparte sich die Antwort. Stattdessen überlegte sie fieberhaft, ob man sie in der Praxis wiedererkennen würde. Sonntags war die Praxis bis um zwei geöffnet, doch

Dr. Rosen hatte eingewilligt, Lena außerhalb der Praxiszeit zu empfangen, wahrscheinlich wegen der traurigen Berühmtheit, die Lenas Fall vor einem Jahr erlangt hatte.

»Da sind wir«, sagte Chuck am Eingang der Praxis.

Lena erwischte gerade noch die Tür, bevor sie ihr vor der Nase zuschlug. Sie folgte Chuck ins überfüllte Wartezimmer.

Wie bei den meisten Colleges fehlte in den medizinischen Einrichtungen des GIT an allen Ecken und Enden das Geld. Und gerade in Georgia, wo das aus Lotteriegeldern finanzierte Hope-Stipendium jedem, der einen Stift halten konnte, ein Studium ermöglichte, gab es jede Menge College-Studenten, die den Leistungsdruck und den emotionalen Stress, von zu Hause fort zu sein, nicht aushielten. Da das GIT ein technisches College war, bestanden die Studenten ohnehin hauptsächlich aus Strebern und Mathe-Heinis. Solche auf Höchstleistungen fixierte Persönlichkeiten ertrugen Fehlschläge nur schwer. Unter dem Andrang der Studenten platzte die psychologische Beratungsstelle aus allen Nähten. Denn wenn deren Krankenversicherung auch nur ansatzweise der von Lena ähnelte, dann blieb ihnen gar nichts anderes übrig, als sich an die College-Einrichtung zu wenden.

Chuck zerrte sich die Hose hoch und trat an die Anmeldung. Fast konnte Lena seine Gedanken lesen, als er sich im Raum umsah – die meisten Patienten waren junge Frauen in kurzen T-Shirts und Trompetenhosen. Lena hatte ihre eigene Meinung, was diese Mädchen anging. Ihre schlimmsten Sorgen drehten sich wahrscheinlich um Noten, Jungs oder darum, dass sie Heimweh nach ihrem Fifi hatten. Jedenfalls hatten sie keinen blassen Schimmer, was echte Probleme waren, Probleme, die einem nachts den Schlaf raubten, einen schwitzend und zitternd auf den Morgen warten ließen, um endlich wieder atmen zu können.

»Haaallo!«

Chuck schlug auf die Klingel auf dem Tresen. Ein paar der Wartenden zuckten zusammen und warfen Lena böse Blicke zu, als wäre es ihre Aufgabe, ihn im Zaum zu halten.

»Hallo!« Er lehnte sich über den Tresen und versuchte in den Flur zu spähen. Lena starrte zu Boden und versuchte ihre Verlegenheit zu verbergen.

Schließlich erschien die Sekretärin, eine rotblonde Frau mit fragendem Gesichtsausdruck. Sie sah Lena ohne das geringste Zeichen des Wiedererkennens an.

»Da sind Sie«, sagte Chuck und grinste sie an, als wären sie alte Freunde.

»Ja, bitte?«

»Carla?« Chuck las ihr Namensschild. Sein Blick blieb ein bisschen zu lang auf ihrem Busen ruhen.

Sie verschränkte die Arme. »Was wünschen Sie?«

Jetzt trat Lena vor und sagte leise: »Wir müssen mit Frau Dr. Rosen sprechen.«

»Sie ist mitten in einem Gespräch. Sie kann jetzt nicht gestört werden.«

Eben wollte Lena die Frau beiseitenehmen und sie über die Situation aufklären, als Chuck herausplatzte: »Ihr Sohn hat sich vor einer Stunde umgebracht.«

Im Wartezimmer war ein kollektiver Schrei des Entsetzens zu hören. Zeitschriften wurden fallen gelassen, zwei Mädchen verließen den Raum.

Carla brauchte einen Moment, um den Schock zu überwinden, dann murmelte sie: »Eine Sekunde, ich hole sie.«

Lena hielt sie auf. »Ich werde es ihr sagen. Bringen Sie mich zu ihr.«

Die jüngere Frau seufzte erleichtert. »Danke.«

Chuck war Lena auf den Fersen, als sie Carla den langen, schmalen Flur hinunter folgte. Ihre krankhafte Platzangst packte Lena und drohte ihr die Kehle zuzuschnüren. Bis sie Dr. Rosens Sprechzimmer erreichten, war sie schweißgebadet. Um alles noch schlimmer zu machen, klebte Chuck an ihr wie eine dicke Klette. Sie konnte sein Aftershave riechen, vermischt mit dem Aroma seines Kaugummis, auf dem er schmatzend herumkaute. Sie hielt die Luft an, drehte den Kopf weg und kämpfte gegen die Übelkeit.

Die Sekretärin klopfte leise an die Tür. »Jill?«

Lena zerrte an ihrem Kragen, um Luft zu kriegen.

Gereizt öffnete Dr. Rosen die Tür. »Ja?« Als sie Lena sah, war sie überrascht und lächelte freundlich. Sie wollte gerade etwas sagen, doch Lena unterbrach sie.

»Dr. Rosen«, sagte sie, ihre Stimme war brüchig. Jill Rosen sah von Lena zu Chuck. Zögernd wandte sie sich an die Patientin in ihrem Sprechzimmer. »Ich bin gleich wieder da, Lily.« Sie zog die Tür hinter sich zu. »Hier entlang, bitte.« Lena warf Chuck einen wütenden Blick zu, doch er folgte ihr wie ein Schatten.

An einer offenen Tür blieb Dr. Rosen stehen. »Hier können wir reden.« Lena kannte nur das Wartezimmer und das Sprechzimmer, und jetzt war sie überrascht, als sie den großen Sitzungsraum betraten. Es war ein freundlicher, großzügiger Raum voller Pflanzen, genau wie Dr. Rosens Sprechzimmer. Die Wände waren in einem warmen Grauton gestrichen. Die Stühle um den langen Mahagonitisch hatten lilafarbene Polster. Große Schubladenvitrinen beherrschten eine Seite des Raums, und Lena war beruhigt, als sie die Vorhängeschlösser sah, die Neugierige abschrecken sollten.

Die Therapeutin drehte sich um und strich sich eine

Haarsträhne hinters Ohr. Ihr Gesicht war schmal, und sie hatte schulterlanges dunkelbraunes Haar. Sie sah gut aus für ihr Alter, wahrscheinlich war sie Anfang vierzig. Sie trug meistens lange, fließende Blusen und Röcke, die sich vorteilhaft ihrer Figur anschmiegten.

Sie verfügte über eine Direktheit im Umgang mit Menschen, die Lena ziemlich aus dem Konzept gebracht hatte. Das wusste sie nicht zuletzt deshalb, weil Jill Rosen es nach nur drei Sitzungen gewagt hatte, Lena als Alkoholikerin bloßzustellen. Lena wunderte sich, dass sie bei dieser Art überhaupt Patienten hatte, die freiwillig kamen. Aber eine Therapeutin, die ihren Sohn nicht davon abhalten konnte, von einer Brücke zu springen – das sagte ja wohl einiges. Wie vorherzusehen, kam Jill Rosen sofort zur Sache. »Wo brennt's denn?«

Lena holte tief Luft. »Es geht um Ihren Sohn.«

»Andy?«, fragte Dr. Rosen und sank in den Stuhl wie ein Luftballon, aus dem die Luft entwichen war. Sie saß mit geradem Rücken da, die Hände im Schoß verschränkt, vollkommen beherrscht, doch in ihrem Blick lag ein Anflug von Panik. Noch nie in ihrem Leben hatte Lena die Emotionen eines Menschen so klar deuten können. Diese Frau hatte schreckliche Angst.

»Ist er …« Rosen räusperte sich. Tränen traten ihr in die Augen. »Hatte er Schwierigkeiten?«

Lena dachte an Chuck. Er stand noch auf dem Flur, die Hände in den Hosentaschen, als sähe er sich eine Talkshow an. Bevor Chuck protestieren konnte, schlug Lena ihm die Tür vor der Nase zu.

»Tut mir leid.« Lena setzte sich und legte die Hände auf den Tisch. Die Entschuldigung bezog sich auf Chuck, doch Jill Rosen fasste sie anders auf.

»Was?« Ihre Stimme war flehend, voller Verzweiflung.

»Ich meinte …«

Plötzlich, ohne Vorwarnung, griff Jill Rosen über den Tisch und packte Lenas Hände. Lena zuckte zurück, doch die Therapeutin merkte dies nicht. Seit der Vergewaltigung war für Lena die Vorstellung, angefasst zu werden, unerträglich. Ihr brach erneut der Schweiß aus, und sie hatte einen bitteren Geschmack im Mund. Jill Rosen fragte: »Wo ist er?«

Lenas Knie begannen zu zittern, ihr Fuß hüpfte unkontrolliert auf und ab. Sie brachte nur ein Flüstern zustande. »Wenn Sie sich bitte ein Foto ansehen würden.«

»Nein«, rief Rosen. Sie umklammerte Lenas Hände, als hinge sie über einem Abgrund. »Nein.« Mühsam befreite Lena ihre rechte Hand und zog ein Polaroidfoto aus der Tasche. Sie hielt das Foto hoch, doch die Therapeutin wandte den Kopf ab und schloss die Augen.

»Dr. Rosen«, begann Lena. Dann änderte sie ihren Tonfall: »Jill, ist das Ihr Sohn?«

Sie blickte Lena an, nicht das Foto. Lena sah Hass in ihren Augen glimmen wie weiß glühende Kohle. »Sagen Sie mir, ob er es ist«, wiederholte sie. Sie wollte es endlich hinter sich bringen.

Schließlich sah Jill Rosen sich das Polaroidfoto an. Ihre Nasenflügel bebten, mit zusammengepressten Lippen kämpfte sie gegen die Tränen. Lena sah an ihrer Reaktion, dass der tote Junge tatsächlich ihr Sohn war, doch Jill Rosen ließ sich Zeit. Sie starrte das Foto an und versuchte das zu akzeptieren, was ihre Augen sahen. Unbewusst streichelte sie mit dem Daumen die Narbe auf Lenas Handrücken. Es fühlte sich an wie Sandpapier, und Lena biss die Zähne aufeinander, um nicht laut zu schreien.

Nach einer Ewigkeit fragte Jill Rosen: »Wo?«

»Wir haben ihn auf der Westseite des Campus gefunden«, sagte Lena. Der Impuls, die Hand wegzuziehen, war so stark, dass ihr Arm zitterte.

Ohne etwas davon zu bemerken, flüsterte Jill Rosen: »Was ist passiert?«

Lena fuhr sich mit der Zunge über die Lippen, ihr Mund war staubtrocken. »Er ist gesprungen«, sagte sie und versuchte regelmäßig zu atmen. »Von der Brücke.« Sie zögerte, dann fuhr sie fort: »Wir glauben, dass er …«

»Was?« Jill Rosen klammerte sich fester an Lenas Hand.

Plötzlich hielt Lena es nicht mehr aus. »Bitte«, flehte sie. Jill Rosen verstand nicht, und Lena fühlte sich umso mehr in die Enge getrieben. Mit jedem Wort wurde ihre Stimme schriller: »Lassen Sie meine Hand los!«

Erschrocken zog sich Jill Rosen zurück. Lena sprang auf, warf den Stuhl um, stieß rückwärts gegen die Tür.

Jill war noch blasser geworden. »Entschuldigung.«

Gegen die Tür gelehnt, rieb Lena die Hand an ihrem Bein, als müsste sie Schmutz abwischen. »Schon okay«, sagte sie mit klopfendem Herzen. »Tut mir leid.«

»Ich hätte daran denken müssen …«

»Bitte.« Lena hörte zu reiben auf und faltete stattdessen die Hände.

»Lena.« Jill setzte sich auf, ohne aufzustehen. »Alles ist gut. Hier sind Sie in Sicherheit.«

»Ich weiß«, sagte Lena, doch ihre Stimme war leise, der bittere Geschmack der Angst immer noch in ihrem Mund. »Alles in Ordnung«, behauptete sie, obwohl sie immer noch die Hände rang. Sie sah nach unten, drückte den Daumen gegen das Mal in ihrer Handfläche, als ließe es sich abrubbeln. »Alles in Ordnung.«

»Lena …«, begann Jill noch einmal, doch sie sprach den Gedanken nicht aus.

Lena konzentrierte sich auf ihre Atmung und wurde ruhiger. Sie musste sich zwingen, nicht mehr an den Narben herumzukratzen, und schob die Hände unter die Achseln. Sie benahm sich wie eine Irre. Solche Ticks hatten Geisteskranke.

Jill Rosen begann noch einmal. »Lena?«

Lena brachte ein künstliches Lachen zustande. »Ich bin nur nervös.« Aus irgendeinem Grund wollte Lena etwas Gemeines sagen, etwas, was Dr. Rosen verletzte, damit sie sich wieder auf einer Ebene gegenüberstanden.

»Ich …« Lena brach ab. »Chief Tolliver erwartet Sie in einer halben Stunde in der Bibliothek.«

Jill Rosen sah sie ratlos an. Dreißig Minuten darauf zu warten zu erfahren, was mit ihrem Kind geschehen war, bedeuteten für eine Mutter wahrscheinlich eine Ewigkeit.

Lena sagte: »Tolliver weiß nichts von …« Sie machte eine Geste, die sie beide einschloss.

»Von der Therapie?«, fragte Jill Rosen, als wäre Lena nicht auf das Wort gekommen.

»Es tut mir leid.« Diesmal meinte es Lena ehrlich. Eigentlich hätte sie Jill Rosen trösten sollen, stattdessen hatte sie sich wie eine Verrückte aufgeführt. Jeffrey hatte zu Chuck gesagt, Lena würde ihre Sache gut machen, doch sie hatte innerhalb von fünf Minuten alles verpatzt.

Lena versuchte es noch einmal von vorn. »Es tut mir wirklich leid.«

»Sagen Sie mir, was passiert ist. Ich muss es wissen.«

Lena stellte den umgekippten Stuhl wieder hin, legte die Hände auf die Stuhllehne und hielt sich daran fest. »Es sieht so aus, als wäre er von der Brücke am Waldrand gesprungen. Eine Studentin hat ihn gefunden und die Polizei gerufen. Die Pathologin ist kurz danach gekommen und hat nur noch seinen Tod feststellen können.«

Jill Rosen atmete tief ein und hielt ein paar Sekunden

die Luft an. »Den Weg nimmt er, wenn er zum Unterricht geht.«

»Über die Brücke?«, fragte Lena. Wahrscheinlich wohnten die Rosens in der Main Street, wo die meisten Lehrer ihre Häuser hatten.

»Ihm ist so oft das Fahrrad gestohlen worden«, sagte Jill Rosen. Lena nickte. Auf dem Campus wurden dauernd Fahrräder geklaut. Die College-Polizei hatte keine Ahnung, auf wessen Konto das ging.

Jill Rosen seufzte wieder, als ließe sie die Trauer in kleinen Dosen zu. Dann fragte sie: »Ging es schnell?«

»Ich weiß es nicht«, antwortete Lena. »Ich glaube schon. Solche Sachen … es ist ganz bestimmt schnell gegangen.«

»Andy ist manisch-depressiv«, sagte Jill Rosen. »Er ist immer sensibel gewesen, doch sein Vater und ich …« Ihre Stimme erstarb, als wollte sie Lena nicht mehr anvertrauen. In Anbetracht ihres Ausbruchs vor fünf Minuten konnte ihr Lena das nicht verübeln.

Rosen fragte: »Hat er einen Brief hinterlassen?«

Lena holte den Zettel aus der Tasche und legte ihn auf den Tisch. Jill Rosen zögerte, bevor sie ihn nahm.

»Das ist nicht von Andy«, erklärte Lena und zeigte auf die blutigen Fingerabdrücke, die Frank und Jeffrey auf dem Papier hinterlassen hatten. Lena war überrascht gewesen, dass Frank ihr den Brief für Andys Mutter mitgegeben hatte.

»Ist das Blut?«

Lena nickte wortlos. Sie würde es Jeffrey überlassen zu entscheiden, wie viel Information Andys Mutter bekam.

Jill Rosen setzte sich die Brille auf, die an einer Kette um ihren Hals hing. Obwohl Lena sie nicht darum gebeten hatte, las sie laut vor: »Ich kann nicht mehr. Ich liebe dich, Mama. Andy.«

Die ältere Frau atmete tief ein, als könnte sie mit der Luft auch ihre Gefühle unter Verschluss halten. Langsam nahm sie die Brille wieder ab und legte den Abschiedsbrief auf den Tisch. Sie starrte ihn an, als ob sie ihn immer noch lesen könnte. »Fast dasselbe hat er beim letzten Mal auch geschrieben.«

»Wann war das?«, fragte Lena mit erwachendem Polizeiinstinkt.

»Am 2. Januar. Er hat sich den Arm aufgeschnitten. Ich habe ihn gefunden, bevor er zu viel Blut verloren hatte, aber …« Sie stützte den Kopf in die Hände und starrte den Brief an. Dann berührte sie ihn mit den Fingerspitzen, als berührte sie ein Stück von ihrem Sohn – das letzte Stück, das ihr geblieben war.

»Ich muss den Brief wieder mitnehmen«, sagte Lena, obwohl Jeffrey und Frank seinen Wert als Beweisstück schon zerstört hatten.

»Oh.« Jill Rosen zog die Hand zurück. »Bekomme ich ihn später zurück?«

»Ja, wenn wir mit allem fertig sind.«

»Oh«, sagte Jill Rosen noch einmal. Sie begann an der Kette ihrer Brille zu zupfen. »Kann ich ihn sehen?«

»Es wird erst eine Autopsie durchgeführt.«

Jill Rosen sah überrascht aus. »Warum? Haben Sie etwas Verdächtiges gefunden?«

»Nein«, sagte Lena, obwohl sie sich nicht so sicher war. »Es ist reine Routine, weil es keine Zeugen für den Tathergang gibt.«

»Ist er schwer … entstellt?«

»Nein.« Lena wusste, dass das eine subjektive Einschätzung war. Sie dachte daran, als sie ihre Schwester letztes Jahr im Leichenschauhaus gesehen hatte. Obwohl Sara sie gewaschen hatte, waren ihr die blauen Flecken und kleinen Schnitte in Sibyls Gesicht wie tausend Wunden erschienen.

»Wo ist er jetzt?«

»Im Leichenschauhaus. In ein oder zwei Tagen kann er vom Bestattungsinstitut abgeholt werden.«

»Er wollte verbrannt werden«, sagte Jill Rosen. »Aber ich glaube nicht, dass ich das ertrage. Ich glaube nicht, dass ich zulassen kann …« Sie schüttelte den Kopf. Als sie die Hand an den Mund legte, bemerkte Lena den Ehering.

»Möchten Sie, dass ich Ihren Mann benachrichtige?«

»Brian ist nicht da«, sagte sie. »Er arbeitet an einem Stipendienprojekt.«

»Er ist auch am College?«

»Ja.« Sie runzelte die Stirn, als müsse sie gegen ihre Gefühle ankämpfen. »Andy arbeitete für ihn, er half ihm ein bisschen. Wir dachten, es wäre gut für ihn …« Sie bemühte sich immer noch, das Schluchzen zu unterdrücken, doch sie konnte nicht länger an sich halten und brach in Tränen aus.

Lena klammerte sich an die Stuhllehne und beobachtete die andere Frau. Jill Rosen weinte leise, die Lippen geöffnet, doch kein Laut drang heraus. Sie presste sich die Hand gegen die Brust, die Augen fest geschlossen. Dicke Tränen rannen ihre Wangen hinab. Ihre mageren Schultern krümmten sich, als sie das zitternde Kinn auf die Brust sinken ließ.

Lenas Drang fortzulaufen wurde immer übermächtiger. Selbst vor der Vergewaltigung war sie nicht gut darin gewesen, Menschen zu trösten. Die Vorstellung, dass andere ihre Hilfe benötigten, war ihr auf sonderbare Weise unerträglich, so als müsste sie einen Teil von sich selbst geben, um Trost zu spenden. Sie wollte nach Hause, wollte sich den Geschmack der Angst aus dem Mund waschen. Lena musste einen Weg finden, zu Kräften zu kommen, bevor sie sich wieder unter Menschen wagen konnte. Vor allem, bevor sie Jeffrey entgegentrat.

Offenbar erriet Jill Rosen Lenas Gefühle. Sie wischte sich die Tränen ab, ihr Ton war jetzt sachlicher. »Ich muss meinen Mann anrufen«, sagte sie. »Würden Sie mich bitte einen Moment allein lassen?«

»Natürlich«, sagte Lena erleichtert. »Wir sehen uns dann später in der Bibliothek.« Als sie bereits die Hand auf der Türklinke hatte, zögerte sie. Ohne die Therapeutin anzusehen, sagte sie: »Ich weiß, ich habe nicht das Recht, Sie darum zu bitten …« Lena wusste, bei Jeffrey wäre sie endgültig unten durch, wenn er erfuhr, wie sie sich heute hier verhalten hatte.

Jill Rosen schien zu erraten, was Lena wollte. »Nein, dazu haben Sie nicht das Recht«, sagte sie gereizt.

Als Lena die Klinke herunterdrückte, spürte sie im Rücken Jill Rosens Blick. Sie fühlte sich in der Falle, doch sie zwang sich zu warten.

Jill Rosen erklärte sich zu einer Art Kompromiss bereit. »Wenn Sie nüchtern bleiben, behalte ich es für mich.«

Lena schluckte, sie konnte den Whiskey förmlich schmecken, den sie während der letzten Minuten herbeigesehnt hatte. Schweigend verließ sie den Raum.

Lena setzte sich vor dem Ausgabeschalter der Bibliothek an einen leeren Tisch und sah dabei zu, wie Chuck sich bei Nan Thomas, der Bibliothekarin, blamierte. Abgesehen davon, dass Nan mit ihren straßenköterbraunen Haaren und der dicken Brille nicht gerade eine Trophäe war, wusste Lena zufällig, dass sie lesbisch war. Vier Jahre lang waren Nan und Sibyl ein Paar gewesen. Die zwei hatten bis zu dem Tag, als Sibyl ermordet wurde, zusammengelebt.

Um auf andere Gedanken zu kommen, sah sich Lena in der Bibliothek um und betrachtete die Studenten, die an den langen Tischen in der Saalmitte arbeiteten. Prüfungen standen bevor, und so war die Bibliothek auch am Sonntag ziemlich gut besucht. Ansonsten waren heute nur noch die Cafeteria und die Beratungsstelle offen.

Im Vergleich mit anderen Bibliotheken war die am GIT ziemlich beeindruckend. Da es hier keine Football-Mannschaft gab, stand mehr Geld für die anderen Fakultäten zur Verfügung. Trotzdem fand Lena, eine Sporteinrichtung wäre die bessere Investition gewesen. Vor fünf Jahren hatten zwei Professoren hier ein Medikament erfunden, irgendeine magische Spritze oder Pille, von der Schweine innerhalb kürzester Zeit fett wurden. Die Bauern waren von der Entdeckung begeistert gewesen, und am Eingang der Bibliothek hing das gerahmte Titelbild einer Ausgabe von *Schweine- und Geflügelmast heute*, auf dem die beiden Forscher zu sehen waren. Die Schlagzeile lautete: »Durchbruch im Schweinestall«, und nach dem Grinsen der Wissenschaftler zu urteilen, hatten sie ihre Schäfchen im Trockenen. Wie an den meisten Instituten blieb ein erkleckliches Sümmchen dessen, was die Forschung einbrachte, im Haus, und ein Gutteil davon hatte Kevin Blake, der Dekan, darauf verwendet, die Bibliothek komplett zu renovieren.

Die großen Buntglasfenster nach Osten waren saniert worden, sodass weder im Winter die Wärme noch im Sommer die klimatisierte Kühle entweichen konnten. Der Dekan hatte die Holzverkleidung und die dunklen Bücherregale, die auf zwei Stockwerken bis unter die Decke reichten, heller beizen lassen, sodass die Räume nicht mehr bedrückend, sondern nur beeindruckend wirkten. Es herrschte eine beruhigende Atmosphäre, und Lena kam gerne abends nach ihrem Rundgang hierher. Dann setzte sie sich in eine der Nischen und blätterte wahllos durch das erstbeste Buch, das ihr gerade in die Hände fiel. Um zehn ging sie heim und legte sich nach ein oder zwei Gläschen Whiskey ins Bett. Im Großen und Ganzen konnte sie mit dieser Routine leben. Irgendwie war es tröstlich, sich an Rituale zu halten.

»Scheiße«, seufzte Lena, als Richard Carter auf sie zukam.

Ohne dazu eingeladen worden zu sein, ließ er sich auf einen Stuhl neben Lena fallen.

»Na du«, sagte er und grinste.

»Na«, antwortete sie und versuchte, ihre Abneigung so wenig wie möglich zu verbergen.

»Wie geht's?«

Lena starrte ihn finster an. Sibyls ehemaliger Assistent war ein kleiner, stämmiger Schwuler, der erst vor Kurzem die dicke Brille gegen Kontaktlinsen eingetauscht hatte. Obwohl er drei Jahre jünger als Lena war, gingen ihm die Haare aus. Die kahle Stelle versuchte er zu verbergen, indem er die restlichen Haare von vorn nach hinten kämmte. Das ständige Blinzeln wegen der Kontaktlinsen und die Geheimratsecken verliehen ihm das Aussehen einer verwirrten Eule.

Seit Sibyls Tod war Richard zum Juniorprofessor im Fachbereich Biologie befördert worden, doch seine Karriere würde hier vermutlich dank seiner nervtötenden Art stagnieren. In dieser Hinsicht ähnelte er Chuck, denn wie Chuck versuchte er seine unerträgliche Dummheit mit vollkommen unbegründeter Selbstüberschätzung zu vertuschen. Er konnte nicht einmal in einem Restaurant Frühstück bestellen, ohne heraushängen zu lassen, er wüsste mehr über Spiegeleier als der Koch.

»Hast du von dem Jungen gehört?« Richard ließ klatschend die Hand auf den Tisch fallen und pfiff dazu gedehnt durch die Zähne, als würde ein Flugzeug abstürzen. »Einfach von der Brücke gesprungen.«

»Ja«, sagte Lena schroff.

»Es wimmelt von Mordgerüchten«, sagte Richard fast vergnügt. Er liebte Klatsch. »Beide Eltern arbeiten für das College. Seine Mutter macht psychologische Beratung. Kannst du dir den Skandal vorstellen?«

Lena schämte sich, als sie an Jill Rosen dachte. »Wahrscheinlich sind sie fix und fertig. Ihr Sohn ist tot.«

Richard verzog abschätzig den Mund. Für ein egoistisches Arschloch war er ziemlich scharfsinnig, und Lena konnte nur hoffen, dass er sie nicht durchschaute.

»Kennst du sie?«

»Wen?«

»Brian und Jill«, sagte er und sah über Lenas Schulter. Er winkte irgendjemandem affektiert zu, dann wandte er sich wieder an Lena.

Doch Lena antwortete nicht auf seine Frage.

»Bist du dünner geworden?«

»Nein«, log Lena. Tatsächlich war ihre Hose noch weiter als vor einer Woche. In letzter Zeit hatte sie einfach keinen Hunger. »War er in deinem Kurs?«

»Andy?«, fragte Richard. »Er war bei Sibyl, kurz bevor sie …«

»Wie war er so?«

»Grauenhaft, wenn du mich fragst. Hat von seinen Eltern alles in den Hintern gesteckt bekommen.«

»Er war verwöhnt?«

»Schrecklich verwöhnt«, bestätigte Richard. »Bei Sibyl

ist er fast durchgefallen. Organische Biologie. Kinderleicht. Er soll der nächste Einstein sein und fällt in Bio durch?« Richard schnaubte verächtlich. »Brian wollte Sibyl überreden, ein Auge zuzudrücken.«

»Das hätte Sibyl nie getan.«

»Natürlich nicht«, sagte Richard. »Sib lehnte höflich ab, und dann wurde Brian wütend.« Jetzt flüsterte er. »Mal ehrlich. Brian ist immer neidisch auf Sibyl gewesen. Er hat Tag und Nacht an ihrem Stuhl als Fachbereichsleiterin gesägt.«

Lena fragte sich, ob Richard diesmal ehrlich war oder wieder nur Dreck aufwühlen wollte. Er war ein echtes Lästermaul. Während der Ermittlungen nach Sibyls Ermordung war er durch seine Schwatzhaftigkeit sogar auf der Liste der Verdächtigen gelandet. Aber eher würden Lena Flügel wachsen, als dass Richard einen Mord beging.

»Du scheinst Brian ja gut zu kennen.«

Er zuckte die Schultern und winkte wieder jemandem hinter Lenas Rücken zu. »Der Fachbereich ist überschaubar. Wir arbeiten alle zusammen. Du weißt doch, Sibyls Zauberwort war Teamwork.«

Wieder winkte er jemandem zu.

Sie dachte daran, sich umzudrehen und nachzusehen, ob da wirklich jemand war, doch sie überlegte sich, dass sie mehr davon hatte, wenn sie Richard aushorchte.

»Na ja, am Ende ist Andy nicht mehr hingegangen«, fuhr Richard fort, »und Daddy hat dem Sohnemann natürlich einen Job im Labor verschafft.« Er schnaubte. »Nicht, dass ich es unbedingt als Job bezeichnen würde, sechs Stunden am Tag auf dem Hintern zu sitzen und Hip-Hop zu hören. Sag das um Himmels willen nicht zu Brian!«

»Es wird ihn ziemlich mitnehmen.«

»Wen nicht? Ich schätze, sie werden beide am Boden zerstört sein.«

»Was macht Brian genau?«

»Biomedizin. Er bewirbt sich gerade um Forschungsgelder, aber unter uns gesagt …« Er brach ab. »Also, sagen wir so, wenn er die Gelder nicht bekommt, kann er seine Koffer packen.«

»Hat er keinen Vertrag?«

»Doch, doch«, sagte Richard vielsagend, »angestellt ist er schon.«

Lena wartete auf die Fortsetzung, doch jetzt schwieg Richard untypischerweise. Aber Lena konnte sich auch ohne seine Erklärung vorstellen, wie man in Grant einen Professor loswurde, wenn er die erwarteten Leistungen nicht erbrachte. Richard selbst war das perfekte Beispiel dafür, wie die Verwaltung einen Dozenten bestrafte, ohne ihn direkt zu feuern. Täglich musste er sabbernden Erstsemestern die Grundbegriffe der Biologie näherbringen, und das seit Jahren. Der einzige Unterschied war, dass jemand wie Richard Sitzfleisch hatte.

Lena fragte: »War er intelligent?«

»Andy?« Richard zuckte die Schultern. »Immerhin ging er hier aufs College.«

Lena wusste, das ließ unterschiedliche Interpretationen zu. Das GIT war ein gutes College, aber jeder, der was auf sich hielt, hätte lieber die Georgia Tech in Atlanta besucht. Wie die Emory University in Decatur gehörte die Georgia Tech zu den Eliteschulen des Südens. Sibyl zum Beispiel hatte mehrere Stipendien an der Georgia Tech erhalten, was ihr Lorbeeren unter den Kollegen einbrachte. Sie hätte überall unterrichten können. Doch aus irgendeinem Grund hatte sie sich in Grant wohlgefühlt.

Richard klang nachdenklich. »Ich wollte immer an die

Georgia Tech, weißt du. Seit ich denken kann.« Er lächelte, und einen kurzen Moment lang schien er ihr fast ein wenig sympathisch. »Als ich jung war, hatte ich meine Wände mit Georgia-Tech-Postern tapeziert. Ich wollte es allen zeigen.«

»Was hat dich davon abgehalten?« Lena hoffte, sie würde ihn damit in Verlegenheit bringen.

»Ich bin sogar angenommen worden«, gab Richard zurück. »Doch meine Mutter war gerade gestorben und …« Er unterbrach sich. »Na ja. Jetzt lässt es sich nicht mehr ändern.« Er zeigte mit dem Finger auf Lena. »Von deiner Schwester habe ich viel gelernt. Sie war eine sehr gute Lehrerin. Sie war ein echtes Vorbild für mich.«

Lena ließ das Lob im Raum stehen. Sie wollte nicht mit Richard über Sibyl sprechen.

»Meine Güte.« Richard setzte sich schnell auf. »Da ist Jill.«

Jill Rosen stand an der Tür und sah sich nach Lena um. Die Frau sah verloren aus. Während Lena noch darüber nachdachte, ob sie sich bemerkbar machen sollte, winkte Richard ihr schon auf seine affektierte Art zu.

Jill Rosen lächelte matt und kam zu ihnen.

Richard stand auf. »Oh, Honey«, flötete er und nahm ihre beiden Hände.

»Brian kommt aus Washington«, sagte sie. »Er versucht den nächsten Flieger zu nehmen.«

Richard setzte ein mitfühlendes Gesicht auf. »Wenn ich irgendwas für dich und Brian tun kann …«

»Danke«, sagte Jill, aber sie sah Lena dabei an.

Richard hob die Brauen, doch er zog sich elegant zurück. »Du weißt, wo du mich findest.«

Jill Rosen lächelte ihn verkrampft an, als er ging. Dann fragte sie Lena: »Ist Chief Tolliver schon da?«

»Nein, noch nicht.«

Jill Rosen musterte sie, wahrscheinlich um abzuschätzen, ob Lena ihren Teil des Deals eingehalten hatte. Nun, sie war nüchtern. Die zwei Drinks, die sie nach dem Gespräch mit Jill Rosen bei sich zu Hause heruntergestürzt hatte, reichten nicht, um sie betrunken zu machen.

Lena sagte: »Er musste erst noch ein paar Dinge erledigen.«

»Wegen dem Mädchen?« Wahrscheinlich hatte Jill Rosen auf dem Weg über den Campus bereits mehrfach erzählt bekommen, was mit Tessa Linton passiert war.

Lena erklärte: »Ich wollte Sie nicht damit belasten.«

Die Frau klang kühl. »Natürlich nicht.«

»Wir wissen nicht mal, ob es was mit Andy zu tun hat oder nicht. Ich wollte nicht, dass Sie denken …«

»War es das Blut von dem Mädchen auf dem Brief?«

»Das ist danach passiert. Sie hatten ihn gerade gefunden, und dann …«

Jill Rosens Augen füllten sich mit Tränen. Sie stützte sich mit den Händen auf den Tisch, als könnte sie sich kaum noch auf den Beinen halten.

»Soll ich Sie lieber allein lassen?«, fragte Lena in der Hoffnung, sie würde ihr Angebot annehmen.

»Nein.« Jill Rosen schnäuzte sich die Nase. Warum sie wollte, dass Lena blieb, sagte sie nicht.

Die beiden Frauen starrten mit leerem Blick auf die Bücherwände. Lena bemerkte, dass sie sich wieder die Narben an den Händen rieb, und zwang sich aufzuhören. Schließlich sagte sie: »Das mit Ihrem Sohn tut mir wirklich leid. Ich weiß, wie es ist, jemanden zu verlieren.«

Jill Rosen nickte, doch sie sah immer noch in die andere Richtung. »Nach dem ersten Mal« – sie zeigte auf ihren Unterarm, und Lena erriet, dass sie von Andys erstem

Selbstmordversuch sprach – »ging es aufwärts mit ihm. Die Medikation hatte sich eingependelt. Es schien ihm viel besser zu gehen.« Sie lächelte. »Wir haben ihm gerade ein Auto gekauft.«

»Ist er hier aufs College gegangen?«

»Richard hat es Ihnen sicher schon erzählt«, antwortete Jill Rosen, doch sie klang nicht verbittert. »Wir haben ihn das letzte Semester vom Unterricht befreit, damit er sich ganz auf seine Genesung konzentrieren konnte. Er half seinem Vater im Labor, und in der Beratungsstelle hat er auch ein paar Sachen gemacht.« Sie lächelte bei der Erinnerung. »Donnerstags nahm er Kunstunterricht. Er war sehr gut.«

Lena wünschte, sie hätte ihr Notizheft mitgenommen, um die Informationen aufzuschreiben, doch eigentlich gab es dafür keinen Grund. Wie Jeffrey ihr unter die Nase gerieben hatte, sie war nicht mehr bei der Polizei. Sie war nur Laufbursche bei Chucks Campus-Truppe, und nicht einmal das.

Jill Rosen fragte: »Was, meinen Sie, erwartet Chief Tolliver von mir?«

»Wahrscheinlich will er eine Liste der Freunde Ihres Sohnes von Ihnen haben, der Orte, wo er seine Zeit verbracht hat.« Mit der nächsten Frage riet Lena wild drauflos. »Nahm Andy Drogen?«

Jill Rosen schien überrascht. »Wie kommen Sie darauf?«

»Depressive Menschen neigen manchmal zu Selbstmedikation.«

Jill Rosen neigte den Kopf und sah Lena wissend an: »Ja, er hat Drogen genommen. Am Anfang war es Haschisch, doch ungefähr vor einem Jahr hat er mit härteren Sachen angefangen. Wir haben ihn in eine Entzugsklinik geschickt. Einen Monat später kam er zurück.« Sie hielt inne. »Er sagte mir, er sei clean, aber sicher ist man nie.«

Lena rechnete es der Frau hoch an, dass sie zugab, nicht alles über ihren Sohn zu wissen. Nach Lenas Erfahrung bildeten sich die meisten Eltern ein, ihr Kind besser zu kennen als sonst irgendjemand, sogar besser als das Kind sich selbst.

»Als er aus der Klinik kam, redeten seine Freunde nicht mehr mit ihm. Drogentypen wollen nichts mit Leuten zu tun haben, die clean sind.« Nachdenklich fügte sie hinzu: »Er hat sich immer schon einsam gefühlt. Er hat nirgends richtig reingepasst. Er war sehr intelligent, und damit kamen die anderen nicht zurecht. Ich schätze, man könnte sagen, er fühlte sich immer fremd.«

»Gab es vielleicht jemanden, der sauer auf ihn war? Sauer genug, um ihm etwas anzutun?«

Lena sah einen Hoffnungsschimmer in Jill Rosens Augen, als sie fragte: »Glauben Sie, jemand könnte ihn von der Brücke gestoßen haben?«

»N-nein«, antwortete Lena hastig. Jeffrey würde sie umbringen, wenn er herausfand, dass sie Jill Rosen diese Idee eingepflanzt hatte. Bei dem Gedanken sank ihr Mut. Dann fragte sie: »Werden Sie Chief Tolliver von vorhin erzählen oder nicht?«

Jill Rosen ließ sich Zeit mit der Antwort. Sie beugte sich vor, als wollte sie Lenas Atem riechen. Auch wenn es nichts als Zahnpasta zu riechen gab, fühlte sich Lena unbehaglich.

»Nein«, sagte Jill Rosen. »Ich werde nichts sagen.«

»Und was ist mit der anderen Sache?«

Jill Rosen wirkte verwirrt. »Der Therapie?« Sie schüttelte den Kopf. »Das unterliegt der Schweigepflicht, Lena.

Das habe ich Ihnen von Anfang an gesagt. Ich plaudere die Namen meiner Patienten nicht aus.«

Lena nickte dankbar und erleichtert. Jeffrey hatte sie vor sieben Monaten vor die Wahl gestellt: Entweder sie ging zum Psychiater, oder sie suchte sich einen anderen Job. Damals war die Entscheidung einfach gewesen, und sie hatte ihm ohne zu zögern die Marke und die Waffe auf den Tisch geknallt. Und heute würde sie sich lieber eine Kugel in den Kopf jagen, als zuzugeben, dass sie später doch noch weich geworden war und die psychologische Beratung aufgesucht hatte. Das ließ ihr Stolz nicht zu.

Wie aufs Stichwort öffnete sich die schwere Eichentür, und Jeffrey kam herein. Er ließ den Blick durch den Raum schweifen. Chuck eilte ihm entgegen, doch anscheinend ohne Glück, denn als Nächstes sah Lena, wie er mit eingezogenem Schwanz die Bibliothek verließ.

Jeffrey hat noch nie so schlecht ausgesehen wie heute, dachte Lena. Er hatte sich zwar umgezogen, doch der Anzug war verknittert, und er trug keine Krawatte. Je näher er kam, desto schlimmer sah er aus.

»Dr. Rosen«, begann Jeffrey. »Mein herzliches Beileid.« Weder schüttelte er ihr die Hand, noch wartete er auf eine Antwort. So kannte Lena Jeffrey gar nicht.

Er zog einen Stuhl für Jill Rosen heran. »Ich muss Ihnen ein paar Fragen stellen.«

Jill Rosen setzte sich. »Geht es dem Mädchen gut?«

Seine Miene veränderte sich kaum merklich, und Lena bekam Mitleid mit ihm. »Wir wissen noch nichts Genaueres«, sagte er. »Ihre Familie ist unterwegs.«

Jill Rosen faltete das Taschentuch in ihrer Hand. »Glauben Sie, die Person, die sie überfallen hat, könnte auch meinen Sohn getötet haben?«

»Im Moment«, erklärte Jeffrey, »gehen wir davon aus,

dass es sich um Selbstmord handelt.« Er hielt inne, wahrscheinlich um seinen Worten Nachdruck zu verleihen. »Ich habe mit Ihrem Mann gesprochen.«

»Mit Brian?« Sie war überrascht.

»Er rief mich auf dem Revier an, nachdem Sie mit ihm telefoniert hatten«, erklärte Jeffrey. Daran, wie er die Schultern anspannte, sah Lena, dass es ein wenig erfreuliches Gespräch gewesen war.

Auch Jill Rosen schien so etwas zu ahnen. »Brian kann etwas ruppig sein«, sagte sie entschuldigend.

»Dr. Rosen, ich sage Ihnen das Gleiche, das ich auch schon Ihrem Mann gesagt habe. Wir verfolgen jede Spur, doch angesichts der Geschichte Ihres Sohnes scheint alles für Selbstmord zu sprechen.«

Jill Rosen begann: »Ich habe gerade mit Detective Adams gesprochen …«

»Entschuldigen Sie«, unterbrach sie Jeffrey, »aber Ms. Adams arbeitet nicht mehr als Detective. Sie ist jetzt bei der Campus-Polizei.«

Jill Rosen war anzumerken, dass sie sich nicht zwischen die Fronten zerren ließ. »Ich wüsste nicht, was Ihre Hierarchien mit der Tatsache zu tun haben sollen, dass mein Sohn tot ist, Mr. Tolliver.«

Jeffrey wirkte nur ein bisschen zerknirscht. »Es tut mir leid«, wiederholte er. Dann holte er etwas aus der Jackentasche. »Das hier haben wir im Wald gefunden«, sagte er und hielt eine Silberkette mit einem Davidstern hoch. »Es waren keine Fingerabdrücke daran, also …«

Jill Rosen schluckte und griff nach der Kette. Tränen liefen ihr über die Wangen, und die Gesichtszüge schienen ihr zu entgleiten, als sie den Glücksbringer an ihre Lippen presste. »Andy, o Andy.«

Jeffrey warf Lena einen Blick zu, doch als er sah, dass

sie die Frau nicht trösten würde, legte er Jill Rosen die Hand auf die Schulter. Er tätschelte sie wie einen Hund. Lena fragte sich, warum es für einen Mann vollkommen akzeptabel war, so schlecht im Trösten zu sein, während die gleiche Schwäche bei einer Frau als unverzeihlich galt.

Jill Rosen wischte sich über das Gesicht. »Tut mir leid.«

»Das ist nur verständlich«, sagte Jeffrey und tätschelte ihr weiter die Schulter.

Jill Rosen befingerte die Kette, die sie sich immer noch an den Mund presste. »Er hatte ihn seit einer Weile nicht getragen. Ich dachte, er hätte ihn vielleicht verschenkt oder verkauft.«

»Verkauft?«, fragte Jeffrey.

Lena erläuterte: »Sie sagt, er hat möglicherweise Drogen genommen.«

»Der Vater sagt, er sei clean gewesen«, erwiderte Jeffrey.

Lena zuckte die Schultern.

»Hatte Ihr Sohn eine Freundin?«

»Nein, er ist nie mit jemandem gegangen.« Sie lachte freudlos. »Weder mit Mädchen noch mit Jungs; nicht dass uns das etwas ausgemacht hätte. Wir wollten nur, dass er glücklich ist.«

»Hatte er mit irgendwem mehr Zeit verbracht als mit anderen?«

»Nein«, sagte sie. »Er war ziemlich einsam.«

Lena beobachtete Jill Rosen, sie wartete auf mehr, doch wieder schien die Therapeutin um Fassung zu ringen. Sie schloss die Augen. Ihre Lippen bewegten sich tonlos, aber Lena konnte nicht ausmachen, was sie sagen wollte.

Jeffrey gab der Mutter Zeit, bevor er sie wieder ansprach: »Dr. Rosen?«

»Kann ich ihn sehen?«

»Natürlich.« Jeffrey stand auf und reichte der Frau die

Hand. »Ich fahre Sie zum Leichenschauhaus.« Dann sagte er zu Lena: »Chuck ist bei Kevin Blake.«

»In Ordnung«, sagte Lena.

Jill Rosen wirkte wie in Gedanken, doch dann sagte sie zu Lena: »Danke.«

»Schon gut.« Lena, um eine tröstende Geste bemüht, zwang sich, Jill Rosen am Arm zu berühren.

Jeffrey beobachtete die Szene. »Wir unterhalten uns später«, sagte er zu Lena. Es klang bedrohlich.

Lena rieb sich mit dem Daumen über den Handrücken und sah den beiden hinterher. Auf der Galerie im zweiten Stock alberten ein paar Studenten herum, doch Lena würdigte sie keines Blickes. Sie setzte sich und ging die letzten zehn Minuten noch einmal durch. Was hätte sie anders machen können? Nach kurzer Zeit kam sie zu der Erkenntnis, dass sie die Ereignisse des ganzen letzten Jahres überdenken müsste.

»Guter Gott«, stöhnte Nan Thomas und ließ sich auf den Stuhl gegenüber fallen. »Wie kannst du bloß mit diesem Arschloch arbeiten?«

»Chuck Gaines?« Lena zuckte die Schultern, aber sie war froh über die Ablenkung. »Es ist nur ein Job.«

»Ich würde lieber Bücherregale in der Hölle einräumen«, sagte Nan und band sich das strähnige Haar mit einem roten Gummiband zusammen. Auf dem rechten Glas ihrer Brille war ein riesiger Fettfleck, aber Nan schien ihn nicht zu bemerken. Sie trug ein T-Shirt in Hustensaftpink, das sie in den Gummibund ihres Jeansrocks gestopft hatte. Rote Converse-Sportschuhe rundeten das Ensemble ab, zusammen mit pinkfarbenen Söckchen.

Nan fragte: »Was machst du am Wochenende?«

Lena zuckte wieder die Schultern. »Weiß nicht. Warum?«

»Ich wollte Hank zu Ostern einladen. Vielleicht koche ich was.«

Lena versuchte sich eine Entschuldigung auszudenken, doch die Einladung hatte sie überrumpelt. Sie sah nur aus einem Grund in den Kalender, nämlich um herauszufinden, wann es wieder Geld gab, und hatte keine Ahnung gehabt, dass Ostern vor der Tür stand.

Lena sagte: »Ich überleg es mir«, und zu ihrer Erleichterung hakte Nan nicht nach.

Von oben war Geschrei zu hören, und beide sahen zu den jungen Leuten auf der Galerie hinauf. Einer von ihnen musste Nans Missfallen bemerkt haben, denn er schickte ein entschuldigendes Lächeln herunter, bevor er ein Buch aufschlug und so tat, als ob er las.

»Idioten«, sagte Lena.

»Ach was, das sind nette Kerle«, gab Nan zurück, aber sie behielt sie eine Weile im Auge, um sicherzugehen, dass sie nichts weiter anstellten.

Nan war der letzte Mensch auf Erden, mit dem Lena befreundet sein wollte, doch irgendetwas hatte sich während der letzten Monate verändert. Sie waren keine Freundinnen im herkömmlichen Sinn – sie gingen nicht zusammen ins Kino, und Lena wollte auch nichts aus Nans lesbischem Liebesleben hören. Aber sie sprachen über Sibyl. Und mit jemandem sprechen zu können, der Sibyl so gut gekannt hatte, war für Lena fast, als könnte sie ein Stück von ihr zurückholen.

»Ich habe gestern Abend versucht, dich anzurufen«, sagte Nan. »Wann besorgst du dir endlich einen Anrufbeantworter?«

»Mach ich schon noch«, sagte Lena. Sie hatte bereits einen. Er lag im untersten Fach in ihrem Schrank. Lena hatte nach der ersten Woche auf dem Campus den Stecker rausgezogen. Die einzigen Leute, die anriefen, waren Nan und Hank, und beide hinterließen immer die gleichen besorgten Nachrichten und fragten, wie es ihr ging. Lena sah auf dem Display, wer anrief, und mehr brauchte sie nicht.

»Richard war hier«, sagte Lena.

»Oje.« Nan runzelte die Stirn. »Ich hoffe, du warst nicht allzu unhöflich.«

»Er hat versucht, Dreck aufzuwühlen.«

Wie gewöhnlich versuchte Nan, Richard zu verteidigen. »Brian arbeitet in seiner Abteilung. Sicher wollte Richard nur rausfinden, was passiert ist.«

»Kanntest du ihn? Den Jungen, meine ich?«

Nan schüttelte den Kopf. »Wir haben Jill und Brian jedes Jahr auf der Weihnachtsfeier der Fakultät gesehen, aber groß miteinander geredet haben wir nicht. Vielleicht solltest du dich mal mit Richard unterhalten«, schlug sie vor. »Sie haben im selben Labor gearbeitet.«

»Richard ist ein Arschloch.«

»Er war sehr gut zu Sibyl.«

»Sibyl konnte auf sich selbst aufpassen«, gab Lena zurück, auch wenn sie beide wussten, dass das nicht ganz stimmte. Sibyl war blind gewesen. Auf dem Campus hatte ihr Richard die Augen ersetzt und ihr Leben sehr viel leichter gemacht.

Nan wechselte das Thema. »Ich wünschte, du würdest wegen der Versicherungssumme mit dir reden lassen.«

»Nein.« Lena schnitt ihr das Wort ab. Sibyl hatte über das College eine Lebensversicherung abgeschlossen. Die Begünstigte war Nan, und seit sie den Scheck eingelöst hatte, versuchte sie, Lena die Hälfte davon zu geben.

»Sibyl wollte, dass du das Geld bekommst«, sagte Lena zum tausendsten Mal.

»Sie hatte nicht mal ein Testament«, erwiderte Nan. »Sie dachte nicht gern an den Tod und hatte erst recht nichts für den Fall geplant. Du weißt doch, wie sie war.«

Lena schossen die Tränen in die Augen.

Nan fuhr fort: »Der einzige Grund für die Versicherung war, dass sie in dem Versicherungspaket des College eingeschlossen war. Und meinen Namen hat sie nur eingetragen, weil ...«

»Weil sie wollte, dass das Geld für dich ist«, beendete Lena den Satz. Sie wischte sich mit dem Handrücken über die Augen. Im letzten Jahr hatte sie so viel geweint, dass es ihr in der Öffentlichkeit nicht einmal mehr peinlich war.

»Sie hätte nie gewollt, dass du für Chuck Gaines arbeitest«, insistierte Nan. »Das hätte sie fürchterlich gefunden.«

»Ich bin auch nicht besonders scharf drauf«, gab Lena zu. Bis jetzt hatte sie das nur Jill Rosen gestanden. »Aber es muss im Moment sein, so lange, bis ich entscheide, was ich mit meinem Leben anstelle.«

»Du könntest anfangen zu studieren.«

Lena lachte. »Für die Schulbank bin ich ein bisschen zu alt.«

»Sibby hat immer erzählt, du würdest lieber mitten im August Marathon laufen, als zehn Minuten in einem klimatisierten Klassenzimmer zu sitzen.«

Lena lächelte, als sie an Sibyls Stimme dachte. Manchmal funktionierte die Erinnerung wie ein Schalter in ihrem Gehirn, mit dem sie etwas Schlechtes abschalten und etwas Gutes einschalten konnte.

Nan sagte: »Kaum zu glauben, dass es ein Jahr her ist.«

Lena starrte aus dem Fenster. Seltsam, dass sie heute so mit Nan reden konnte. Wenn es nicht wegen Sibyl gewesen wäre, hätte sich Lena von einer Person wie Nan Thomas lieber ferngehalten.

»Ich habe heute Morgen an sie gedacht«, sagte sie. Die Angst in Sara Lintons Augen, als ihre Schwester in den Helikopter geschoben wurde, hatte Lena tief berührt. »Sibyl hat diese Jahreszeit geliebt.«

»Sie ist so gern im Wald spazieren gegangen«, pflichtete Nan ihr bei. »Ich habe immer versucht, am Freitag früher Schluss zu machen, damit wir noch spazieren gehen konnten, bevor es dunkel wurde.«

Lena schluckte. Sie fürchtete, laut zu schluchzen, wenn sie den Mund aufmachte.

»Egal«, sagte Nan und legte die Hände flach auf den Tisch. »Ich sollte mal lieber anfangen, die neuen Bücher zu katalogisieren, bevor Chuck Gaines zurückkommt und wieder mit mir essen gehen will.«

Auch Lena stand auf. »Warum sagst du ihm nicht einfach, dass du lesbisch bist?«

»Damit er sich daran aufgeilt? Nein, danke.«

Lena konnte das gut verstehen. Sie mochte die Vorstellung auch nicht, dass Chuck Gaines die ganzen Details ihrer Vergewaltigung in der Zeitung gelesen hatte.

»Außerdem«, sagte Nan, »ein Typ wie der meint, es kann nur einen Grund geben, warum ich ihn nicht leiden kann – weil ich eine Lesbe bin. Weil Lesben Männer hassen.« Nan lehnte sich verschwörerisch zu ihr herüber. »Dabei hassen wir weiß Gott nicht alle Männer. Wir hassen nur ihn.«

Lena schüttelte den Kopf. Sie dachte, wenn das das Kriterium wäre, dann wäre wohl jede Frau auf dem Campus eine Lesbe.

Vier

Das Grady Hospital war eine der besten Unfallkliniken im Land, doch unter den Einwohnern von Atlanta war es berüchtigt. Unter der Direktion der Fulton-DeKalb Hospital Authority war das Grady nicht nur eines der letzten öffentlichen Krankenhäuser der Region, sondern auch die landesweit führende Kapazität für Brandverletzungen, das modernste HIV/AIDS-Zentrum und die örtliche Vorsorgestelle für Risikomütter und Kleinkinder. Kam man jedoch mit einer Magenverstimmung oder Kopfschmerzen hierher, musste man mit mindestens zwei Stunden Wartezeit rechnen, bis man überhaupt einen Arzt zu Gesicht bekam.

Das Grady war eine Universitätsklinik. Von der Emory University, Saras Alma Mater, und dem Morehouse College floss ein steter Strom von Assistenzärzten. Die Notaufnahme war unter Studenten heiß begehrt, da das Grady als die beste Schule für Unfallmedizin in ganz Georgia galt. Vor fünfzehn Jahren hatte Sara mit Händen und Füßen um ihre Stelle in der Pädiatrie gekämpft. Dort hatte sie in einem Jahr mehr gelernt als viele Ärzte in ihrem ganzen Leben. Als sie vor zwölf Jahren von Atlanta zurück nach Grant County gezogen war, hatte Sara nicht gedacht, sie würde das Grady je wiedersehen, vor allem nicht unter solchen Umständen.

»Da kommt jemand«, sagte der alte Mann, der neben Sara saß, und die Wartenden – es waren mindestens dreißig Patienten im Wartezimmer – blickten die Krankenschwester erwartungsvoll an.

»Ms. Linton?«

Saras Herz klopfte, für einen Sekundenbruchteil dachte sie, ihre Mutter sei endlich angekommen. Sie stand auf und legte die Zeitschrift auf ihren Stuhl.

»Ist sie schon aus dem OP?«, fragte sie mit zitternder Stimme. Die Chirurgin hatte gesagt, die Operation würde mindestens vier Stunden dauern – nach Saras Erfahrung noch eine zurückhaltende Einschätzung.

»Nein«, sagte die Schwester und führte Sara zum Schwesternzimmer. »Da ist ein Anruf für Sie.«

»Meine Eltern?«, fragte Sara laut. Im Gang wimmelte es von Menschen; Ärzte und Schwestern, die sich geschäftig den Weg durch die Menge bahnten in dem verzweifelten Versuch, die stets wachsende Zahl der Patienten in den Griff zu bekommen.

»Er sagt, er sei von der Polizei.« Die Schwester drückte ihr den Hörer in die Hand und sagte noch: »Machen Sie's kurz. Auf dieser Leitung dürfen wir eigentlich keine privaten Anrufe annehmen.«

»Danke.« Sara nahm das Telefon, lehnte sich gegen den Tresen des Schwesternzimmers und versuchte, nicht im Weg zu stehen.

»Jeffrey?«, fragte sie.

»Hallo.« Er klang so gestresst, wie sie sich fühlte. »Ist sie schon aus dem OP?«

»Nein.« Sara sah den Gang hinauf zur Tür der Chirurgie. Immer wieder hatte sie daran gedacht, einfach hineinzumarschieren und selbst nach ihrer Schwester zu sehen, aber neben der Tür stand ein Wachmann, der seinen Job ziemlich ernst zu nehmen schien.

»Sara?«

»Ja.«

»Was ist mit dem Baby?«

Saras Kehle war wie zugeschnürt. Sie konnte hier nicht darüber sprechen. Nicht am Telefon. Sie fragte: »Hast du irgendwas rausgefunden?«

»Ich habe mit Jill Rosen gesprochen, der Mutter des Toten. Sie konnte mir nicht viel sagen. Im Wald haben wir eine Kette mit einem Davidstern gefunden, sie hat dem Jungen gehört.«

Als Sara nicht antwortete, fuhr Jeffrey fort.

»Andy Rosen war entweder vorher im Wald, oder es hat ihm jemand die Kette abgenommen und ist damit in den Wald gegangen.«

Sara zwang sich zu antworten. »Was hältst du für wahrscheinlicher?«

»Ich weiß es nicht. Brad hat gesehen, wie Tessa auf dem Weg den Hügel hinauf eine weiße Plastiktüte aufgehoben hat.«

»Irgendwas war da in ihrer Hand«, erinnerte sich Sara.

»Könnte es sein, dass sie aus irgendeinem Grund Müll gesammelt hat?«

Sara versuchte nachzudenken.

»Brian sagt, genauso hätte es ausgesehen. Als hätte sie eine Tüte gefunden und angefangen, Müll aufzusammeln.«

»Könnte sein«, sagte Sara verwirrt. »Sie hat sich über die Leute aufgeregt, die überall ihren Müll rumliegen lassen. Vielleicht deshalb.«

»Vielleicht hat sie am Hügel was gefunden und in die Tüte gesteckt? Wir haben den Davidstern des Opfers gefunden, aber das war tiefer im Wald.«

»Wenn Tessa etwas aufgehoben hat, würde das bedeuten, dass uns jemand beobachtet hat, während wir bei dem Toten standen. Wie heißt er noch mal – Andy?«

»Andy Rosen«, bestätigte Jeffrey. »Hast du immer noch das Gefühl, da ist was faul?«

Sara wusste nicht, was sie antworten sollte. Dass sie zu Andy Rosens Leiche gerufen worden war, schien eine Ewigkeit her zu sein. Sie konnte sich kaum noch erinnern, wie der Junge ausgesehen hatte.

»Sara?«

Sie sagte ihm die Wahrheit: »Ich weiß es nicht mehr.«

»Übrigens hattest du recht damit, dass er es schon einmal versucht hat. Seine Mutter hat das bestätigt. Hat versucht, sich die Pulsadern aufzuschneiden.«

»Ein Selbstmordversuch und ein Abschiedsbrief«, sagte Sara. Normalerweise reichten diese beiden Faktoren aus, um einen Tod als Selbstmord zu deklarieren, es sei denn, bei der Obduktion tauchten neue Hinweise auf. »Wir könnten ein Drogenscreening machen. Kampflos hätte er sich bestimmt nicht von der Brücke stoßen lassen.«

»Da ist der Kratzer auf seinem Rücken.«

»Der sieht nicht unbedingt nach einem Kampf aus.«

»Ich sage Brock, er soll sich darum kümmern«, schlug Jeffrey vor. Dan Brock war der örtliche Leichenbestatter, der vor Sara als Pathologe fungiert hatte. »Ich habe bis jetzt nicht geäußert, dass wir einen Verdacht haben. Brock ist sehr diskret.«

Sie sagte: »Er kann Blutproben nehmen, aber die Obduktion möchte ich lieber selbst machen.«

»Meinst du, du schaffst das?«

»Wenn beides miteinander in Verbindung steht …«, begann sie. »Wenn der, der Tessie das angetan hat …« Sie konnte den Satz nicht beenden. Noch nie in ihrem Leben war sie so von Rachegefühlen erfüllt gewesen. Schließlich sagte sie: »Ja. Ich schaffe das.«

Jeffrey schien seine Zweifel zu haben, doch er sagte nur:

»Wir sehen uns Andys Wohnung an. Sie haben eine Wasserpfeife bei ihm gefunden. Seine Mutter sagt, vor einer Weile hätte er ein Drogenproblem gehabt, aber der Vater meint, er hatte es hinter sich.«

»Auch das noch«, sagte Sara. Wut stieg in ihr auf bei der Vorstellung, dass ihre Schwester vielleicht nur in die Schusslinie von einem läppischen Drogendeal geraten war.

»Wir untersuchen sein Zimmer auf Fingerabdrücke, die wir in den Computer eingeben können. Morgen rede ich mit seinen Eltern. Die Mutter hat mir ein paar Namen genannt, aber die meisten haben inzwischen das College verlassen.« Jeffrey hielt inne. Es war ihm anzuhören, wie frustriert er war.

Plötzlich schwangen die Türen der Chirurgie auf, doch es war nicht Tessa, die auf der fahrbaren Trage lag. Sara drückte sich an die Wand, um das Ärzteteam vorbeizulassen. Die Patientin war eine ältere Frau mit dunkelblondem Haar, die Lider waren von der Operation noch ganz verklebt.

»Wie haben seine Eltern die Nachricht aufgenommen?«, fragte Sara. Sie dachte an ihre eigenen Eltern.

»Einigermaßen gefasst.« Jeffrey zögerte. »Erst im Wagen ist Jill Rosen dann zusammengebrochen. Irgendwas war da zwischen ihr und Lena, ich weiß nur nicht, was.«

»Was meinst du?«

»Ich weiß es nicht«, sagte er erwartungsgemäß. Sie hörte, wie er mit den Fingern trommelte. »Jill Rosen hat im Auto die Fassung verloren. Vollkommen.« Das Trommeln hörte auf. »Ihr Mann hat mich angerufen, als er davon erfahren hat. Sie haben ihn über die Zentrale aufgespürt.« Wieder schwieg er einen Moment. »Beide sind ziemlich durch den Wind. So eine Sache ist verdammt hart. Die Leute neigen dazu …«

»Jeffrey«, unterbrach Sara, »ich brauche dich …« Die Worte blieben ihr im Hals stecken. »Ich brauche dich hier.«

»Ich weiß«, sagte er resigniert. »Aber ich glaube nicht, dass ich kommen kann.«

Sara wischte sich mit dem Handrücken die Tränen ab. Einer der vorbeilaufenden Ärzte sah sie an, dann wandte er den Blick schnell wieder der Akte zu, die er trug. Sara kam sich albern vor und versuchte sich gegen die Gefühle zu wappnen, die sie zu überwältigen drohten. Sie sagte: »Natürlich. Ich verstehe das.«

»Nein, Sara …«

»Ich muss die Leitung freimachen. Es ist die Nummer des Schwesternzimmers. Irgend so ein Typ hat das Telefon im Wartezimmer seit einer Stunde besetzt.« Sie lachte, nur um besser Luft zu bekommen. »Er spricht Russisch, aber ich glaube, es geht um Drogenhandel.«

»Sara«, unterbrach Jeffrey sie. »Es ist wegen deinem Vater. Er hat mich gebeten – er hat mir verboten zu kommen.«

»Was?«, rief Sara so laut, dass mehrere Leute von ihrer Arbeit aufsahen.

»Er ist fix und fertig. Ich weiß auch nicht. Er hat gesagt, ich soll nicht ins Krankenhaus kommen, es sei eine Familienangelegenheit.«

Sara senkte die Stimme. »Das hat nicht er zu entscheiden …«

»Sara, hör mir zu.« Jeffreys Stimme war jetzt um einiges ruhiger. »Er ist dein Vater. Ich muss respektieren, was er sagt.« Dann fügte er hinzu: »Und es ist nicht nur er. Cathy ist der gleichen Meinung.«

Sie begriff noch immer nicht: »Was?«

»Sie haben recht«, sagte er. »Tessa hätte nicht dort sein sollen. Ich hätte es nicht zulassen dürfen …«

»*Ich* war es, die sie zum Tatort mitgenommen hat«, erinnerte ihn Sara, und die Schuldgefühle der letzten Stunden bäumten sich wieder in ihr auf.

»Sie sind einfach durcheinander. Verständlicherweise durcheinander.« Er zögerte, als müsste er sich die Worte zurechtlegen. »Sie brauchen Zeit.«

»Zeit, um abzuwarten, was passiert?«, fragte sie. »Wenn Tessa durchkommt, dann darfst du sonntags wieder zum Essen kommen, wenn nicht, dann nicht?«

»Sie sind wütend. Das passiert eben in einer Katastrophensituation. Sie fühlen sich so hilflos und richten ihre Wut gegen den nächstbesten Menschen.«

»Ich bin die Nächstbeste.«

»Ja, also …«

Einen Moment lang war Sara sprachlos. Schließlich fragte sie: »Sind sie auch auf mich wütend?« Sie wusste selbst, dass ihre Eltern allen Grund dazu hatten. Sara hätte sich um Tessa kümmern müssen. So war es immer gewesen.

»Sie brauchen einfach Zeit, Sara. Ich will sie nicht noch mehr aufregen.«

Auch wenn er sie nicht sehen konnte, nickte sie.

»Ich will bei dir sein. Ich will für dich und für Tessa da sein.« Sie hörte die Trauer in seinen Worten und wusste, wie schwer es auch für ihn war. Und doch fühlte sie sich durch seine Abwesenheit verraten. Jeffrey war zu oft nicht da gewesen, wenn sie ihn am meisten gebraucht hatte. »Sara?«

»In Ordnung«, sagte sie. »Du hast recht.«

»Ich sehe nach dem Rechten und füttere die Hunde, okay? Ich kümmere mich ums Haus.« Er zögerte wieder. »Cathy wollte auf dem Weg nach Atlanta bei dir vorbeifahren, um dir ein paar Kleider mitzubringen.«

»Ich brauche keine Kleider.« Wieder spürte Sara die Flut ihrer Emotionen. Sie konnte nur flüstern: »Ich brauche dich.«

Er klang zärtlich. »Ich weiß, Baby.«

Sara fühlte die Tränen kommen. Bis jetzt hatte sie sich das Weinen untersagt. Es war keine Zeit dafür gewesen – mit Tessa im Helikopter und dann in der Notaufnahme, im Wartezimmer. Selbst im Waschraum, als sich Sara den OP-Kittel überzog, den ihr eine Schwester herausgesucht hatte, gab es nicht die Privatsphäre, die sie für sich und ihre Trauer so dringend gebraucht hätte.

In diesem Augenblick meldete sich die Krankenschwester. »Ms. Linton? Wir brauchen diese Leitung wirklich.«

»Tut mir leid«, sagte Sara, und dann zu Jeffrey: »Ich muss die Leitung freimachen.«

»Kannst du mich von einem anderen Telefon aus anrufen?«

»Ich kann hier nicht weg«, sagte Sara und beobachtete ein älteres Pärchen, das den Gang heraufkam. Der Mann ging leicht gebeugt, die Frau hatte ihn untergehakt, und beide versuchten die Schilder an den Türen zu entziffern.

Jeffrey sagte: »Da ist doch dieser McDonald's auf der anderen Straßenseite, weißt du? Neben dem Parkhaus?«

»Keine Ahnung.« Sara war seit Jahren nicht mehr in diesem Teil von Atlanta gewesen. »Wenn du meinst.«

»Ich glaube, da ist ein McDonald's. Dort treffen wir uns morgen früh um sechs, okay?«

»Nein«, sagte sie, während sie das ältere Pärchen beobachtete. »Kümmer dich lieber um die Hunde.«

»Bist du dir sicher?«

Sara beobachtete die beiden immer noch. Erschrocken stellte sie fest, dass sie ihre eigenen Eltern nicht erkannt hatte.

Jeffrey sagte: »Sara?«

»Ich rufe dich später an«, sagte sie. »Sie sind da. Ich leg auf.«

Sara lehnte sich über den Tresen, um den Hörer auf die Gabel zurückzulegen. Sie war verwirrt und hatte Angst. Sie presste die Arme vor den Bauch, lief den Flur hinunter und wartete darauf, dass ihre Eltern sich wieder in ihre Eltern verwandelten. »Mama?«, sagte Sara.

Cathy erblickte ihre Tochter. Sie nahm sie nicht in den Arm, wie Sara erwartet, wie sie gehofft hatte. Mit einem Arm hielt sie weiterhin Eddie, als müsste sie ihn stützen, der andere Arm hing schlaff herunter. »Wo ist sie?«

»Sie ist immer noch im OP.« Sara wollte ihrer Mutter in die Arme fallen, doch sie las in Cathys Gesicht, dass das nicht angebracht war. »Mama …«

»Was ist passiert?«

Sara hatte einen Kloß im Hals. Cathy klang nicht einmal wie ihre Mutter. Ihre Stimme war tonlos und ihr Mund zu einer dünnen Linie geschrumpft. Auf dem Gang herrschte ein Kommen und Gehen, und Sara führte sie an die Seite, damit sie reden konnten. Sara begann: »Sie wollte mitkommen …«

»Und du hast sie mitgenommen«, sagte Eddie, der Vorwurf in seiner Stimme traf sie mitten ins Herz. »Wie um Himmels willen konntest du das tun?«

Sara biss sich auf die Lippe. »Ich habe nicht gedacht …«

Wieder schnitt er ihr das Wort ab. »Nein, gedacht hast du nicht.«

»Eddie«, sagte Cathy, um ihm zu bedeuten, dass jetzt nicht der richtige Zeitpunkt dafür war.

Sara schwieg einen Moment verzweifelt. »Sie ist im OP. Wahrscheinlich dauert es noch ein, zwei Stunden.«

Alle drei blickten auf, als sich die Türen wieder öffneten, doch es war nur eine Krankenschwester, die Pause machte.

Sara fuhr fort. »Sie hat Stichwunden im Bauch und in der Brust. Außerdem hat sie eine Schürfwunde am Kopf.« Sara fasste sich am eigenen Kopf an die Stelle, wo Tessa gegen den Stein geschlagen war. Als sie an die Wunde dachte, stieg die alte Panik wieder in ihr auf. Nicht zum ersten Mal fragte sie sich, ob alles nur ein schrecklicher Albtraum war. Wie um sie wachzurütteln, öffneten sich wieder geräuschvoll die Türen zum OP, und ein Pfleger schob einen leeren Rollstuhl heraus.

Cathy fragte: »Und?«

»Ich habe versucht, die Blutungen zu stillen«, fuhr Sara fort, während sich die Szene in ihrem Kopf noch einmal abspielte. Im Wartezimmer war sie die Ereignisse immer wieder durchgegangen und hatte überlegt, was sie hätte anders machen können, doch die Situation war einfach ausweglos gewesen.

»Und?«, drängte Cathy.

Sara räusperte sich, sie versuchte sich von ihren Gefühlen zu distanzieren. Jetzt sprach sie zu ihren Eltern wie zu den Angehörigen eines Patienten. »Sie hatte einen epileptischen Anfall, kurz bevor der Helikopter da war. Ich habe getan, was ich konnte.«

Sara dachte daran, wie sie Tessas Krämpfe unter ihren Händen gespürt hatte. Sie starrte ihren Vater an, und ihr fiel auf, dass er ihr noch kein einziges Mal in die Augen gesehen hatte.

»Sie hatte noch zwei Anfälle während des Flugs. Ihr linker Lungenflügel ist kollabiert. Sie haben ihr einen Schlauch eingeführt, um die Atmung zu unterstützen.«

Cathy fragte: »Was machen sie jetzt mit ihr?«

»Sie stillen die Blutung. Es wurde ein Neurologe hinzugezogen, aber ich weiß nicht, was er gefunden hat. Es geht vor allem darum, die Blutung zu stillen. Sie werden einen Kaiserschnitt vornehmen, um …« Sara hielt die Luft an.

»Das Baby«, sagte Cathy. Eddie schien noch mehr in sich zusammenzusinken.

Sara atmete gepresst aus.

»Was noch? Was hast du uns noch verschwiegen?«, fragte ihre Mutter.

Sara sah weg, doch sie sprach es aus. »Sie müssen vielleicht eine Hysterektomie vornehmen, falls sie die Blutung nicht stoppen können.«

Ihre Eltern nahmen die Nachricht schweigend auf, doch Sara konnte ihre Gedanken so klar lesen, als hätten sie es laut herausgeschrien. Tessa war ihre einzige Hoffnung auf Enkel gewesen.

»Wer hat das getan?«, fragte Cathy schließlich. »Wer tut so etwas?«

»Ich weiß es nicht«, flüsterte Sara. Die Frage hallte in ihrem Kopf nach. Was für ein Monster stach auf eine schwangere Frau ein und ließ sie dann in ihrem Blut liegen?

»Hat Jeffrey schon was rausgefunden?«, fragte Eddie. Sara spürte die Mühe, die es ihren Vater kostete, Jeffreys Namen auszusprechen.

»Er tut alles, was in seiner Macht steht«, erklärte Sara. »Ich fahre zurück nach Grant, sobald …« Sie konnte den Satz nicht zu Ende führen.

Cathy fragte: »Wann können wir damit rechnen, dass sie aufwacht?«

Sara blickte ihren Vater an. Wenn er sie doch nur ansehen würde. Jedem anderen hätte Sara die Wahrheit gesagt: dass sie keine Ahnung hatte, womit zu rechnen war. Jeffrey erwähnte häufig, wie ungern er mit Angehörigen sprach, solange es keine konkreten Ergebnisse zu berichten gab. Bisher hatte Sara ihn für zimperlich gehalten, doch jetzt verstand sie ihn.

»Sara?«, wiederholte Cathy.

»Die Hirntätigkeit wird weiter überwacht. Wahrscheinlich machen sie ein EEG, um auszuschließen, dass sie Schäden davonträgt.« Verzweifelt versuchte Sara, es positiv klingen zu lassen. Doch dann sprach sie das Einzige aus, das sich mit Sicherheit sagen ließ. »Das Risiko ist hoch.«

Cathy hatte keine Fragen mehr. Sie wandte sich an Eddie, schloss die Augen und presste die Lippen an seine Schläfe.

Noch immer ohne Sara anzusehen, sagte Eddie schließlich: »Das mit dem Baby, weißt du das genau?«

Sara fiel das Sprechen schwer. Ihre Kehle war so ausgetrocknet wie das Flussbett bei der Brücke. Sie flüsterte: »Ja, Daddy.«

Sara stand vor der Cafeteria des Krankenhauses und hämmerte gegen den Süßigkeitenautomaten, bis ihr die Knöchel wehtaten. Als nichts passierte, bückte sie sich und sah noch einmal nach, doch das Fach war leer.

»Verdammt«, sagte sie und versetzte dem Automaten einen Tritt. Mit einer leisen Fanfare fiel ein Schokoriegel heraus.

Sara riss das Papier auf und lief den Gang hinunter, um dem Lärm aus der Cafeteria zu entfliehen. Die Verpflegung hatte sich verändert, seit sie hier gearbeitet hatte. Heute gab es hier alles von thailändischer Küche über italienische Pasta bis hin zu saftigen Hamburgern. Das Restaurant musste eine Goldgrube für das Krankenhaus sein. Selbst kurz vor Mitternacht herrschte in der Klinik noch Hochbetrieb, der beständige Lärm erinnerte Sara an einen riesigen Bienenkorb. Wahrscheinlich war es zu ihrer Zeit hier auch schon so laut gewesen, doch damals hatte sie vor lauter Stress und Schlaflosigkeit nichts davon mitbekommen. Damals, bevor sich die Studenten organisiert und für bessere Arbeitsbedingungen demonstriert hatten, waren die Schichten im Grady vierundzwanzig bis sechsunddreißig Stunden lang gewesen. Sara hatte das Gefühl, sie litt noch heute an den Folgen des damaligen Schlafentzugs.

Sie lehnte sich gegen eine Tür mit der Aufschrift WÄSCHE. Wenn sie sich jetzt hinsetzte, würde sie so schnell nicht wieder hochkommen. Tessa war seit drei Stunden aus dem OP und lag nun auf der Intensivstation, wo die Familie abwechselnd bei ihr wachte. Man hatte ihr starke Beruhigungsmittel gegeben, und sie war noch nicht aus der Narkose erwacht. Ihr Zustand wurde weiterhin überwacht, doch die Chirurgin sagte, sie hatten die Blutungen stoppen können. Tessa würde wieder Kinder bekommen können – wenn sie sich gut genug von ihren Qualen erholte und je wieder diesen Wunsch verspürte.

Das winzige Zimmer auf der Intensivstation und die stummen Vorwürfe ihrer Eltern waren zu viel für Sara gewesen. Nicht einmal Devon redete mit ihr. Er kauerte nur schweigend in der Ecke und starrte ins Leere, er konnte einfach nicht fassen, was seiner Geliebten und ihrem gemeinsamen Kind passiert war. Sara legte den Kopf in den Nacken, schloss die Augen und versuchte, sich daran zu erinnern, was ihre Schwester als Letztes gesagt hatte. Im Helikopter hatte Tessa nach dem Anfall nicht mehr sprechen können. Die letzten klaren Worte hatte sie in Saras Wagen gesprochen, als sie Sara sagte, dass sie sie liebte.

Sara biss in ihren Schokoriegel, auch wenn sie keinen Hunger spürte.

»'n Abend, Ma'am«, sagte ein alter Mann und tippte sich im Vorbeigehen an die Hutkrempe.

Sie zwang sich zu lächeln und sah ihm nach, wie er die Treppe hinaufstieg. Er schien etwa in Eddies Alter zu sein, aber sein Haar war schlohweiß. Die Haut wirkte im künstlichen Licht des Krankenhauses durchsichtig, und obwohl seine dunkelblaue Hose und das hellblaue Hemd sauber aussahen, roch er nach Schmierfett oder Maschinenöl. Vielleicht arbeitete er als Techniker oder Hausmeister im Krankenhaus, oder auch er hatte jemanden, der hier um sein Leben kämpfte.

Vor der Cafeteria versammelte sich eine Gruppe Ärzte, die grünen OP-Kittel verknittert, die weißen Kittel fleckig von unterschiedlichen Substanzen. Sie waren noch jung, wahrscheinlich Ärzte im Praktikum oder Studenten. Ihre Augen waren gerötet, und es war ihnen eine Verdrossenheit anzusehen, an die sich Sara von ihrer eigenen Zeit am Grady her erinnerte.

Offensichtlich erwarteten sie jemanden, während sie sich gedämpft unterhielten. Sara sah verschwommen die Schokolade in ihrer Hand an, während sie die Gespräche der jungen Leute über die verschiedenen Abteilungen des Krankenhauses mitanhörte.

Eine Männerstimme sagte: »Sara?«

Sara sah nicht auf. Sie ging nicht davon aus, dass sie gemeint sein könnte.

»Sara Linton?«, wiederholte die Stimme. Sie blickte hoch, erwartete, einen ehemaligen Patienten aus der Kinderklinik hier als angehenden Mediziner wiederzutreffen. Doch der Sprecher erwies sich als ein großer, nicht mehr ganz junger Mann, der nicht zu der Gruppe gehörte.

»Mason? Mason James?«

»Der bin ich«, sagte er und bahnte sich den Weg durch

die jungen Ärzte. Er legte ihr die Hand auf die Schulter. »Ich bin oben deinen Eltern in die Arme gelaufen.«

»Oh.« Sara wusste nicht, was sie sonst sagen sollte.

»Ich arbeite hier. In der Pädiatrie.«

»Richtig.« Sara nickte, als würde sie sich erinnern. Sie war mit Mason zusammen gewesen, als sie am Grady gearbeitet hatte, doch nachdem sie nach Grant zurückgekehrt war, hatten sie sich aus den Augen verloren.

»Cathy sagte mir, dass du hier unten bist und einen Happen isst.«

Sie hielt den Schokoriegel hoch.

Er lachte. »Wie ich sehe, haben sich deine kulinarischen Vorlieben nicht geändert.«

»Filet Mignon war aus«, erklärte sie, und Mason lachte.

»Du siehst toll aus«, sagte er dann, eine schamlose Lüge, die er dank seiner guten Kinderstube aalglatt über die Lippen brachte. Masons Vater war Kardiologe gewesen, wie auch schon sein Großvater. Sara hatte immer vermutet, ihre Anziehungskraft für Mason hätte zum Teil damit zu tun, dass ihr Vater Klempner war. Aufgewachsen in einer Welt von Internaten und Country-Clubs, hatte Mason nie Kontakt zur Arbeiterklasse gehabt, außer um ihnen Schecks für ihre Dienste auszuschreiben.

»Wie … äh …« Sara rang nach Worten. »Wie ist es dir ergangen?«

»Bestens, danke«, sagte er. »Ich habe von Tessa gehört. In der Notaufnahme spricht man von nichts anderem.«

Sara wusste, dass ein Fall wie Tessas selbst in einem großen Krankenhaus wie dem Grady etwas Besonderes war. Und wenn ein Kind in eine Gewalttat verwickelt war, war die Betroffenheit noch größer.

»Ich habe nach ihr gesehen. Ich hoffe, das stört dich nicht.«

»Nein«, sagte Sara. »Gar nicht.«

»Beth Tindall ist ihre Ärztin. Sie ist eine sehr gute Chirurgin.«

»Ja«, stimmte Sara zu.

Er lächelte sie voller Wärme an. »Deine Mutter ist immer noch so schön wie damals.«

Sara versuchte zurückzulächeln. »Sie war sicher froh, dich zu sehen.«

»Na ja, froh nicht gerade, unter den Umständen. Weiß man, wer der Täter ist?«

Sie schüttelte den Kopf und schloss die Augen. »Keine Ahnung.«

»Sara«, sagte er und berührte ihre Hand. »Es tut mir so leid.«

Sie sah weg, kämpfte mit den Tränen. Seit Tessa überfallen worden war, hatte noch niemand Anstalten gemacht, sie zu trösten. Ihre Haut kribbelte unter seiner Berührung, und sie kam sich albern vor, dass sie die kleine Geste so sehr bewegte.

Mason spürte die Veränderung. Sanft hob er ihr Kinn, sodass sie ihn ansehen musste. »Kopf hoch, hörst du?«

»Ich sollte wieder nach oben gehen«, sagte sie.

Er nahm sie am Ellbogen. »Komm«, sagte er und führte sie den Gang hinunter.

Während sie in Richtung Intensivstation gingen, hörte Sara seiner tröstenden Stimme zu, ohne recht auf seine Worte zu achten. Er erzählte vom Krankenhaus, von seinem Leben, seit Sara aus Atlanta weggegangen war. Mason James war der Typ Mann, dem alles spielend zu gelingen schien. Als Sara frisch aus Grant nach Atlanta gekommen war, hatte er so mondän und erwachsen auf sie gewirkt. Ganz anders als Steve Mann, ihr einziger Mann bis dahin – ein Kerl, für den ein schöner Abend zwangsläufig mit Knutschen auf dem Rücksitz von Daddys Wagen enden musste.

Als sie um die Ecke bogen, sah Sara ihre Eltern auf dem Gang, anscheinend in eine Diskussion vertieft. Eddie entdeckte sie zuerst und verstummte.

Eddies Lider waren schwer, so müde hatte Sara ihn noch nie gesehen. Auch ihre Mutter schien in den letzten zwei Stunden mehr gealtert zu sein als in den letzten zwanzig Jahren. Die beiden wirkten so verletzlich, dass es Sara die Kehle zuschnürte.

»Ich seh nach Tessa«, entschuldigte sie sich. Sie drückte den Türöffner und betrat die Intensivstation.

Die Intensivstation im Grady war klein und lag abgelegen im großen Krankenhauskomplex. Das Licht im Gang und in den Zimmern war gedämpft, und es herrschte eine beruhigende Atmosphäre, nicht nur zum Wohl der Patienten, sondern auch zu dem der Besucher, die alle zwei Stunden hereindurften. Die Zimmer hatten gläserne Schiebetüren, die kaum Privatsphäre zuließen, doch die meisten Patienten waren zu krank, um sich zu beschweren. Während sie den Gang entlanglief, hörte Sara das piepende Signal von Herztönen und das langsame Schnaufen der Beatmungsgeräte. Tessas Zimmer lag genau gegenüber vom Schwesternzimmer, was einiges darüber aussagte, wie kritisch ihr Zustand war.

Devon war bei ihr, er stand abseits von Tessas Bett gegen die Wand gelehnt, die Hände in den Hosentaschen, obwohl ein bequemer Sessel zur Verfügung stand.

»Hallo«, sagte Sara.

Er verzog keine Miene. Er hatte rote Augen, und seine dunkle Haut wirkte im künstlichen Licht des Zimmers bleich.

»Hat sie schon etwas gesagt?«

Er ließ sich Zeit mit der Antwort. »Sie hat ein paar Mal die Augen geöffnet, mehr nicht.«

»Sie versucht aufzuwachen«, sagte Sara. »Das ist gut.«

Sein Adamsapfel hüpfte, als er schluckte.

»Wenn ich dich ablösen soll ...«, begann sie, doch Devon wartete nicht darauf, dass sie weitersprach. Er verließ das Zimmer, ohne sich noch einmal umzublicken.

Sara zog sich den Sessel näher an Tessas Bett heran und setzte sich.

Tessas Kopf war verbunden, wo man ihre Haut wieder an den Kopf genäht hatte. Zwei Schläuche steckten in ihrem Bauch, um die Wunden zu drainieren. Vom Bettgeländer hing ein Katheter, der halb voll war. Das Zimmer war dunkel, das einzige Licht kam von verschiedenen Monitoren. Tessa war erst vor einer Stunde vom Beatmungsgerät genommen worden. Der Herzfrequenzmesser war noch immer angeschlossen, mit metallischem Piepen verkündete er jeden Schlag ihres Herzens.

Sara streichelte die Hand ihrer Schwester. Ihr war nie aufgefallen, wie klein Tessas Hände waren. Sie erinnerte sich noch an Tessas ersten Schultag, als Sara sie an die Hand genommen und zum Schulbus gebracht hatte. Bevor die Mädchen loszogen, schärfte ihre Mutter Sara ein, gut auf die kleine Schwester aufzupassen. Und diese Devise sollte für ihre ganze Kindheit gelten. Selbst ihr Vater übertrug Sara die Verantwortung für ihre Schwester, auch wenn Sara später vermutete, dass der wahre Grund ein anderer war: Eddie kannte den breiten Rücksitz von Steve Manns Buick nur zu gut, also gab er Sara die kleine Schwester als Anstandswauwau mit.

Tessa bewegte den Kopf, als spürte sie, dass jemand da war.

»Tess?« Sara hielt ihre Hand, drückte sie sanft. »Tessie?«

Tessa machte ein Geräusch, das wie ein Seufzer klang. Sie legte sich die Hand auf den Bauch wie Tausende von Male in den letzten acht Monaten.

Langsam öffnete Tessa die Augen. Sie sah sich im Zimmer um, bei Sara blieb ihr Blick hängen.

»Hallo«, sagte Sara und lächelte erleichtert. »Hallo, meine Süße.«

Tessa bewegte die Lippen und fasste sich an den Hals.

»Hast du Durst?«

Als Tessa nickte, sah sich Sara nach dem Becher mit Eiswürfeln um, den die Krankenschwester dagelassen hatte. Das Eis war zum großen Teil geschmolzen, doch Sara fischte ihrer Schwester ein paar Stückchen heraus.

»Du hattest einen Schlauch in der Luftröhre«, erklärte sie. »Es fühlt sich noch eine Weile wund an, wahrscheinlich tut es beim Sprechen weh.«

Tessa schloss die Augen, als sie schluckte.

»Hast du starke Schmerzen?«, fragte Sara. »Soll ich die Krankenschwester rufen?«

Sara war schon aufgestanden, doch Tessa ließ ihre Hand nicht los. Sie musste die Frage nicht aussprechen, die sie am meisten beschäftigte.

»Nein, Tessie«, sagte Sara, und jetzt rollten ihr die Tränen über das Gesicht. »Wir haben es verloren. Wir haben sie verloren.« Sara presste die Lippen auf Tessas Hand. »Es tut mir so leid. Es tut mir so …«

Sie brach ab, und für eine Weile war nur das Piepen des Monitors zu hören.

»Erinnerst du dich an den Überfall?«, fragte Sara. »Weißt du, was passiert ist?«

Tessa bewegte den Kopf einmal zur Seite. Nein.

»Du bist in den Wald gegangen«, sagte Sara. »Brad hat

gesehen, wie du eine Plastiktüte aufgehoben hast. Du hast Müll gesammelt. Weißt du das noch?«

Wieder schüttelte Tessa den Kopf.

»Wir glauben, dass dich jemand beobachtet hat.« Sara zögerte. »Es war jemand im Wald. Vielleicht wollte er die Tüte haben. Vielleicht …« Doch sie führte den Gedankengang nicht zu Ende. Zu viele Informationen würden ihre Schwester nur verwirren, und Sara kannte die Fakten ja nicht einmal selbst.

Sara sagte: »Jemand hat dich mit einem Messer angegriffen.«

Tessa wartete.

»Ich habe dich im Wald gefunden. Du lagst auf einer Lichtung, und ich … ich habe getan, was ich konnte. Ich habe versucht, dir zu helfen. Ich konnte nichts für dich tun.« Sara konnte die Tränen nicht zurückhalten. »O Gott, Tessie, ich habe es versucht.«

Sara legte den Kopf auf das Bett, um ihre Tränen zu verbergen. Sie musste stark sein für ihre Schwester, musste ihr zeigen, dass sie es gemeinsam durchstehen würden. Aber sie konnte nur daran denken, dass sie die Schuld an allem trug.

»O Tess«, schluchzte Sara. Sie brauchte die Vergebung ihrer Schwester mehr als alles auf der Welt. »Es tut mir so leid.«

Sie spürte Tessas Hand auf ihrem Kopf. Tessa versuchte Sara zu sich zu ziehen.

Sara sah auf, ihr Gesicht wenige Zentimeter von Tessas entfernt.

Tessa bewegte die Lippen, doch sie konnte den Mund noch nicht richtig bewegen. Sie hauchte nur ein Wort: »Wer?« Wer hatte ihr das angetan, wer hatte ihr Kind ermordet?

»Ich weiß es nicht«, sagte Sara. »Wir versuchen es herauszufinden, meine Liebste. Jeffrey ist im Einsatz, in diesem Moment, er tut alles, was in seiner Macht steht.« Saras Stimme brach. »Er sorgt dafür, dass der, der das getan hat, nie wieder jemandem etwas zuleide tut.«

Tessa berührte Saras Wange. Mit zitternder Hand wischte sie Saras Tränen weg.

»Es tut mir so leid, Tessa. Es tut mir so leid.« Sara flehte: »Sag mir, was ich tun kann. Sag es mir.«

Als Tessa endlich sprach, war ihre Stimme rau, kaum mehr als ein Hauch. Sara las von ihren Lippen, doch sie hörte Tessas Worte so deutlich, als hätte sie sie gerufen. »Finde ihn.«

MONTAG

Fünf

Jeffrey hob die Zeitung von der Veranda auf, als er Saras Haus betrat. Er hatte Sara gesagt, er würde um sechs Uhr morgens bei ihr zu Hause sein. Dort wollte sie ihn anrufen und ihm das Neueste von Tessa berichten. Gestern am Telefon hatte sie schrecklich geklungen. Jeffrey ertrug es nicht, Sara weinen zu hören. Er fühlte sich nutzlos und schwach, zwei Eigenschaften, die er hasste, vor allem bei sich selbst.

Er knipste das Licht im Flur an. Die Hunde waren hinten im Haus, sie ließen die Halsbänder rasseln und gähnten laut, doch sie kamen nicht nach vorn, um nachzusehen, wer gekommen war. Nachdem sie zwei Jahre lang über die Hunderennstrecke in Ebro hatten jagen müssen, hatten Saras zwei Windhunde auf ihre alten Tage gelernt, jegliche Energieverschwendung zu vermeiden.

Jeffrey pfiff nach ihnen, legte die Zeitung auf die Küchentheke und überflog die Titelseite. Das Foto über dem Knick zeigte Chuck Gaines zwischen seinem Vater und Kevin Blake. Anscheinend hatten die drei am Samstag in Augusta ein Golfturnier gewonnen. Darunter war ein Artikel, der die örtlichen Wähler ermutigte, ein neues Referendum über öffentliche Gelder zu unterstützen, mit denen die Mobilbauten der Highschool durch richtige Klassenzimmer ersetzt werden sollten. Der *Grant Observer* hatte seine Prioritäten, und an erster Stelle stand Albert Gaines. Dem Mann gehörte die Hälfte aller Immobilien in der Stadt, die andere Hälfte gehörte praktisch seiner Bank.

Jeffrey pfiff noch einmal nach den Hunden. Endlich schlenderten sie träge in die Küche, ihre Krallen klickten auf den schwarz-weißen Fliesen. Er schickte sie in den eingezäunten Garten hinaus und ließ die Tür offen, damit sie nach ihrem Geschäft wieder hereinkamen.

Bevor er es vergaß, nahm Jeffrey zwei Tomaten aus der Jackentasche und legte sie in den Kühlschrank neben eine merkwürdige grüne Kugel, die vielleicht einmal etwas zu essen gewesen war. Marla Simms, die Sekretärin im Polizeirevier, war Hobbygärtnerin und brachte Jeffrey immer mehr Gemüse mit, als er allein verbrauchen konnte. Außer der Vorliebe für Gartenarbeit steckte Marla ihre Nase gern in anderer Leute Angelegenheiten, und Jeffrey vermutete, sie hegte die Hoffnung, er würde das Gemüse mit Sara teilen.

Jeffrey schüttete Trockenfutter in Bubbas Schüssel, doch Saras Katze würde erst herauskommen, wenn Jeffrey weg war. Bubba trank immer nur aus einer Tasse, die vor dem Küchenschrank stand, und als Jeffrey noch hier gewohnt hatte, war er ständig darübergestolpert. Das und vieles andere nahm ihm die Katze persönlich übel. Es war eine Hassliebe: Sara liebte das Tier, Jeffrey hasste es.

Die Hunde kamen zurück in die Küche getrottet, als Jeffrey gerade eine Dose Futter aufmachte. Bob lehnte sich an Jeffreys Bein und wollte gestreichelt werden. Billy ließ sich seufzend auf den Boden fallen, als hätte er gerade den Mount Everest bestiegen. Jeffrey hatte nie verstanden, dass solche Riesenviecher als Haustiere durchgingen, doch die beiden Windhunde schienen vollkommen einverstanden damit, den ganzen Tag im Haus zu verbringen. Wenn sie zu lange im Garten waren, wurde ihnen langweilig, und sie hüpften am Zaun hoch, um nachzusehen, wann Sara endlich wiederkam.

Bob drückte die Schnauze an sein Knie und schob ihn gegen die Küchentheke.

»Warte einen Moment«, beschwichtigte Jeffrey und stellte die Schüsseln auf den Tisch. Er vermengte für jeden ein paar Löffel Trockenfutter mit dem Fleisch aus der Dose. Jeffrey wusste genau, dass die Hunde alles fraßen, was sie vorgesetzt bekamen – sogar die Katzenkiste betrachtete Billy als seine persönliche Snackbar –, aber Sara servierte ihnen Mischfutter, also tat Jeffrey das auch.

»So, ihr beiden«, verkündete er und stellte ihnen die Schüsseln hin.

Während sich die Tiere über das Fressen hermachten, zeigten sie ihm ihre eleganten Hinterteile. Er sah ihnen eine Weile zu, dann beschloss er, sich nützlich zu machen und die Küche aufzuräumen. Selbst an guten Tagen war Sara nicht der ordentlichste Mensch, und der Stapel mit dem Geschirr ihres gemeinsamen Abendessens türmte sich seit Freitag in der Spüle. Jeffrey hängte das Jackett über einen Stuhl und krempelte sich die Ärmel hoch.

Das große Fenster über der Spüle bot eine beruhigende Aussicht über den See. Während er die Teller schrubbte, blickte Jeffrey gedankenverloren auf das Wasser hinaus. Er war gern in Saras Haus, er mochte die gemütliche Küche und die großen Ohrensessel im Wohnzimmer. Er mochte es, bei offenem Fenster mit Sara zu schlafen, während die Vögel am Seeufer zwitscherten, er liebte den Geruch nach Shampoo in ihrem Haar und wie sie die Augen schloss, wenn sie sich ihm hingab. Sie musste gemerkt haben, wie wohl er sich bei ihr fühlte, denn sie verbrachten die meiste Zeit zusammen hier.

Das Telefon klingelte, als er gerade beim letzten Teller

war, und Jeffrey war so in Gedanken versunken, dass er den Teller vor Schreck fast fallen ließ.

Nach dem dritten Klingeln hob er ab.

»Hallo«, sagte Sara mit müder Stimme.

Er griff nach einem Geschirrtuch, um sich die Hände abzutrocknen. »Wie geht es ihr?«

»Besser.«

»Kann sie sich an irgendwas erinnern?«

»Nein.« Sie schwieg. Er wusste nicht, ob sie weinte oder zu erschöpft zum Sprechen war.

Vor Jeffreys innerem Auge tauchte die Szene im Wald wieder auf, als er das Hemd gegen Tessas Bauch drückte, das Hemd vollgesogen mit Tessas Blut. Als würde der Hund ahnen, dass etwas nicht in Ordnung war, sah sich Billy nach Jeffrey um. Dann konzentrierte er sich wieder auf sein Futter, der Metallanhänger an seinem Halsband klimperte gegen die Schüssel.

Jeffrey fragte: »Wie hältst du dich?«

Sie gab ein tonloses Grunzen von sich. Dann sagte sie: »Ich habe mit Brock gesprochen und ihm gesagt, was er tun soll. Morgen kommen die Laborergebnisse. Carlos weiß, wie man Druck macht, wenn es eilig ist.«

Doch Jeffrey ließ sich nicht ablenken. »Hast du letzte Nacht schlafen können?«

»Kaum.«

Auch Jeffrey hatte nicht gut geschlafen. Um drei war er aufgestanden und eine Stunde joggen gegangen, weil er dachte, danach könnte er besser schlafen. Er hatte sich geirrt.

Sara fuhr fort: »Mama und Daddy sind gerade bei ihr.«

»Wie geht es ihnen?«

»Sie sind stinksauer.«

»Auf mich?«

Sie antwortete nicht.

»Auf dich?«

Er hörte, wie sie sich die Nase schnäuzte. Dann sagte sie: »Ich hätte sie nie mitnehmen dürfen.«

»Sara, du konntest nicht ahnen, was passiert.« Er ärgerte sich, dass ihm nichts Tröstlicheres einfiel. »Wir waren an Hunderten von Tatorten in unserem Leben, und noch nie ist irgendetwas passiert. Noch nie.«

»Trotzdem, es war ein Tatort.«

»Richtig. Ein Ort, an dem ein Verbrechen geschehen *war*. Wir hätten doch nicht ahnen können …«

»Ich werde heute Nachmittag mit Mamas Auto zurückfahren«, sagte sie. »Nach dem Mittagessen kommt Tessa in ein anderes Zimmer. Ich will nur sichergehen, dass alles in Ordnung ist.« Sie hielt inne. »Ich mache die Autopsie, sobald ich zurück bin.«

»Ich kann dich doch abholen.«

»Nein«, sagte sie. »Die Fahrt ist zu lang und …«

»Das ist mir egal«, unterbrach er. Er hatte einmal den Fehler gemacht, nicht da zu sein, als Sara ihn brauchte, diesmal würde er da sein. »Ich hole dich um vier am Haupteingang ab.«

»Das ist mitten im Berufsverkehr. Du wirst ewig brauchen.«

»Ich fahre gegen den Strom.« Er wusste, dass das in Atlanta kaum eine Rolle spielte, wo jedes Kind über vierzehn ein Auto besaß. »Ich will nicht, dass du allein fährst. Du bist zu müde.«

Sie schwieg.

»Das ist keine Frage, Sara. Es ist eine Tatsache«, sagte er und versuchte, dabei überzeugend zu klingen. »Gegen vier bin ich da, in Ordnung?«

Schließlich gab sie auf. »Also gut.«

Jeffrey verabschiedete sich und legte auf, bevor sie einen Rückzieher machen konnte. Als er sich die Ärmel wieder herunterkrempeln wollte, fiel sein Blick auf die Uhr, und er überlegte es sich anders. In einer Stunde sollte er Dan Brock abholen und zur Leichenhalle fahren, damit Brock bei Andy Rosen Blutproben nehmen konnte. Danach hatte Jeffrey einen Termin mit den Rosens, um über ihren Sohn zu sprechen und zu hören, ob ihnen über Nacht noch irgendetwas eingefallen war.

Im Büro gab es für Jeffrey nichts zu tun, bis die Spurensicherung mit Andys Einzimmerwohnung über der Garage seiner Eltern fertig war. Die Fingerabdrücke würden in den Computer eingegeben werden, doch das war keine besonders erfolgversprechende Methode, denn Treffer kamen nur zustande, wenn die Abdrücke bereits im Computer vorhanden waren. Frank würde Jeffrey auf dem Handy anrufen, sobald die Ergebnisse da waren, aber im Moment konnte Jeffrey nichts tun. Wenn nicht irgendwelche neuen Spuren auftauchten, würde Jeffrey bei Ellen Schaffer im Wohnheim vorbeischauen und sie fragen, ob sie Andy Rosen auf dem Foto wiedererkannte. Die junge Frau hatte die Leiche nur von hinten gesehen, doch dank der Buschtrommeln auf dem Campus wüsste Ellen Schaffer inzwischen wahrscheinlich mehr über Andy Rosen als sämtliche Polizisten zusammen.

Jeffrey beschloss, sich weiter im Haus nützlich zu machen. Auf dem Weg ins Schlafzimmer sammelte er Saras Strümpfe und Schuhe auf, dann einen Rock und einen Slip, die im Flur verteilt waren. Es sah ganz so aus, als hätte sie sich auf dem Weg durchs Haus die Kleider vom Leib gerissen. Jeffrey musste lächeln. Er dachte daran, wie ihm diese Angewohnheit während ihres Zusammenlebens auf die Nerven gegangen war.

Billy und Bob lagen schon wieder auf dem Bett, als er Saras Kleider über den Stuhl am Fenster legte. Jeffrey setzte sich zu ihnen und streichelte sie abwechselnd. Auf Saras Nachttisch standen zwei gerahmte Fotos, die er sich näher ansah. Auf dem ersten Foto waren Tessa und Sara zu sehen, beide mit Angelruten in der Hand am See. Tessa trug einen alten Anglerhut, den Jeffrey als Eddies wiedererkannte. Das zweite Foto war von Tessas Schulabschluss. Eddie, Cathy, Tessa und Sara standen Arm in Arm da und strahlten um die Wette.

Sara, die ihren Vater um ein paar Zentimeter überragte, sah mit dem kastanienbraunen Haar und der blassen Haut immer aus wie ein Nachbarskind, das sich auf die Familienfotos geschmuggelt hatte, doch wenn sie lächelte, gab es keinen Zweifel – das Lächeln war ihrem Vater wie aus dem Gesicht geschnitten. Tessa hatte die blonden Haare und die blauen Augen ihrer Mutter. Alle drei Frauen hatten zumindest die gleichen mandelförmigen Augen. Sara war die fraulichste von ihnen, und Jeffrey liebte ihre Rundungen, die genau an den richtigen Stellen saßen.

Er stellte das Foto wieder hin und bemerkte den Abdruck im Staub, wo einmal ein weiterer Rahmen gestanden hatte. Er sah auf dem Boden nach, dann zog er die Schublade auf und fand unter ein paar Zeitschriften einen Silberrahmen. Das Foto kannte er gut; ein Spaziergänger hatte es von Sara und ihm am Strand während ihrer Flitterwochen gemacht.

Mit einem Zipfel des Bettlakens wischte er den Staub ab, bevor er das Bild wieder in die Schublade legte.

Brocks Bestattungsinstitut befand sich in einer großen viktorianischen Villa, die genauso aussah wie das Haus, von dem Jeffrey als Kind geträumt hatte. Damals in Sylacauga,

Alabama, hatten er und seine Mutter – und ab und an auch sein Vater – in einer kleinen Zwei-Zimmer-Bude gehaust. Seine Mutter war kein glücklicher Mensch gewesen, und soweit er sich erinnern konnte, hatte es weder Bilder noch Teppiche noch sonst irgendetwas gegeben, das dem Häuschen einen Hauch von Gemütlichkeit verliehen hätte. Es war, als hätte May Tolliver mit aller Kraft dagegengekämpft, Wurzeln zu schlagen. Die schlecht isolierten Fenster klirrten, wenn man die Haustür schloss, und der Küchenfußboden neigte sich so gefährlich, dass sich alle Krümel an der einen Fußbodenleiste sammelten. In besonders kalten Winternächten verkroch sich Jeffrey mit seinem Schlafsack im Wandschrank unter der Treppe, dem wärmsten Raum im ganzen Haus.

Jeffrey war schon zu lange Cop, als dass er sich einbildete, eine miese Kindheit entschuldige irgendetwas, doch er verstand, warum manche sie als Rechtfertigung heranzogen. Jimmy Tolliver war ein gewalttätiger Alkoholiker gewesen, der Jeffrey jedes Mal verprügelt hatte, wenn er ihn in die Finger bekam. Meistens war das der Fall, wenn Jeffrey sich zwischen seine Mutter und Jimmys Fäuste warf. Doch das war Vergangenheit, und Jeffrey hatte einen langen Weg hinter sich. Jeder hatte sein Päckchen zu tragen, so war das eben. Daran, wie man damit fertig wurde, zeigte sich, was für ein Mensch man war. Vielleicht hatte Jeffrey aus diesem Grund solche Schwierigkeiten mit Lena. Er wollte einen anderen Menschen in ihr sehen als den, der sie ganz offensichtlich war.

Dan Brock stolperte aus der Haustür, dann blieb er stehen, als seine Mutter noch einmal nach ihm rief. Sie reichte ihm zwei Styroporbecher, und Jeffrey hoffte inständig, dass einer davon für ihn gedacht war. Penny Brocks Kaffee konnte Tote aufwecken.

Jeffrey versuchte das Grinsen zu verbergen, als er zusah, wie sich Mutter und Sohn verabschiedeten. Brock lehnte sich zu Mama hinunter und gab ihr einen Kuss auf die Wange, und sie ergriff die Gelegenheit, um ihm ein Stäubchen von der Schulter seines schwarzen Anzugs zu klopfen. Es gab wohl Gründe dafür, dass Dan Brock fast vierzig und immer noch nicht verheiratet war.

Brock zeigte Jeffrey mit seinem Lächeln beide Zahnreihen, während er zum Wagen geschlurft kam. Er war ein schlaksiger Typ, der das Pech hatte, dass man ihm genau ansah, was er war: Leichenbestatter in der dritten Generation. Er hatte lange, knochige Finger und ein ausdrucksloses Gesicht, das für trauernde Kunden Mitgefühl bereithielt. Brock hatte nicht viel Kontakt mit Menschen, außer wenn sie ihm heulend das Herz ausschütteten, und aus diesem Grund war er überaus gesprächig bei jedem, der keine Trauer trug. Er hatte einen trockenen und mitunter recht skurrilen Humor, und wenn er lachte, verzerrte er sein ganzes Gesicht wie bei einer der Puppen der Muppetshow.

Jeffrey lehnte sich hinüber, doch Brock hatte die Tür bereits selbst geöffnet, indem er beide Becher in einer riesigen Hand balancierte.

»Hallo, Chief«, sagte er und kletterte in den Wagen. Er drückte Jeffrey einen Kaffee in die Hand. »Von Mama.«

»Richten Sie ihr vielen Dank aus«, sagte Jeffrey und nahm den Becher entgegen. Er löste den Deckel und sog den Dampf ein. Der würde seine Wirkung tun. Saras Haus aufzuräumen war zwar nicht allzu anstrengend gewesen, doch seit er das Foto in der Schublade gesehen hatte, war er deprimiert. Sie schien sich nicht gern an die Tatsache zu erinnern, dass sie einmal verheiratet gewesen waren.

»Was ist los?«, fragte Brock mit dem untrüglichen Instinkt des Leichenbestatters.

Jeffrey legte den Gang ein. »Nichts.«

Brock machte es sich so bequem, wie seine langen Beine es erlaubten. »Danke fürs Abholen. Ich weiß nicht, wann der Leichenwagen fertig ist, und außerdem hat Mama montags ihre Jazzgymnastik.«

»Kein Problem«, sagte Jeffrey. Er versuchte, bei der Vorstellung von Penny Brock im Lycra-Trikot nicht zu grinsen.

»Gibt es was Neues von Tessa?«

»Ich habe vorhin mit Sara gesprochen«, antwortete Jeffrey. »Anscheinend geht es ihr ein bisschen besser.«

»Gott sei Dank«, sagte Brock und hob die Hand. »Ich habe für sie gebetet.« Dann ließ er die Hand klatschend auf seinen Schenkel fallen. »Und das arme Baby. Jesus hat für die Kinder einen ganz besonderen Ort ausersehen.«

Jeffrey antwortete nicht. Er hoffte, Jesus hatte auch einen ganz besonderen Ort für Leute, die Kindern so etwas antaten.

Brock fragte weiter: »Wie hält sich die Familie?«

»Den Umständen entsprechend«, sagte Jeffrey, dann wechselte er das Thema. »Sie arbeiten seit einer Weile nicht mehr für die Gerichtsmedizin, richtig?«

»Oh, nein«, wehrte Brock ab, obwohl er jahrelang Coroner gewesen war. »Ich muss sagen, ich war wirklich froh, als Sara den Job übernommen hat. Nicht dass er schlecht bezahlt war, aber Grant ist mir damals einfach ein bisschen zu groß geworden. Immer mehr Leute aus der Stadt, die ihre eigenen Sitten mitbringen. Das ist eine echt große Verantwortung. Vor Sara ziehe ich den Hut.«

Jeffrey wusste, dass Brock mit der »Stadt« Atlanta meinte. Grant war, wie viele Kleinstädte, in den neunziger Jahren das Ziel von Großstädtern geworden, die sich nach mehr Beschaulichkeit sehnten. Das wäre weiter kein Problem – wenn diese Leute nicht ihre heranwachsenden Kinder mitgenommen hätten. Ein Grund dafür, dass man Jeffrey den Posten als Polizeichef in Grant angeboten hatte, war seine Erfahrung mit Gangs bei der Polizei in Birmingham, Alabama. Zu der Zeit, als Jeffrey seinen Vertrag unterschrieb, hätte Grants ratlose Bezirksverwaltung Ziegen geopfert, wenn das geholfen hätte, das Problem mit den Jugendbanden zu lösen.

Brock sagte: »Diesmal ist es Routine, meinte Sara. Nur Blut und Urin, ist das richtig?«

»Ja«, antwortete Jeffrey.

»Ich habe gehört, dass Hare in der Kinderklinik für sie einspringt.«

»Ja.« Jeffrey trank einen Schluck Kaffee. Saras Cousin Hareton Earnshaw war ebenfalls Arzt, wenn auch kein Kinderarzt. Er vertrat sie, solange sie bei Tessa in Atlanta war.

»Mein Daddy, Gott sei seiner armen Seele gnädig, hat früher mit Eddie und seinem Bruder Karten gespielt«, erzählte Brock. »Manchmal hat er mich zum Spielen zu Tessa und Sara mitgenommen.« Er lachte sein dröhnendes Lachen. »Sie waren die einzigen Mädchen, die in der Schule mit mir redeten!« Traurig fügte er hinzu: »Die anderen dachten, ich hätte Läusefinger.«

Jeffrey sah ihn an.

Brock hielt eine Hand hoch. »Vom Tote-Anfassen. Hatte ich natürlich nicht, damals. Später schon.«

»Aha.« Jeffrey fragte sich, wie sie bei diesem Thema gelandet waren.

»Mein Bruder Roger war es damals, der an ihnen rumgefingert hat. Er war ein echter Bengel.«

Jeffrey wusste nicht, was er sagen sollte. Die Pointe kam höchstwahrscheinlich noch.

»Er hat die Jungs für einen Vierteldollar pro Nase nachts in die Leichenhalle gelassen, wenn mein Vater im Bett war. Nur mit 'ner Taschenlampe hat er sie reingeführt, und dann hat er auf die Brust der Leichen gedrückt, hier ...« Unwillig sah Jeffrey hin. »Und dann gibt der Tote so ein dumpfes Stöhnen von sich.«

Brock machte den Mund auf und ließ ein tiefes, hohles Stöhnen hören. Es klang wirklich schauerlich.

»Verdammt, Schluss jetzt, Brock«, schimpfte Jeffrey. Er bekam tatsächlich eine Gänsehaut.

Brock schien ein bisschen beleidigt zu sein, doch er würde drüber wegkommen. Auf dem Rest des Weges zur Leichenhalle tranken sie schweigend ihren Kaffee.

Als Jeffrey bei den Rosens vor dem Haus parkte, sprang ihm als Erstes der glänzende rote Ford Mustang in der Einfahrt ins Auge. Anstatt zur Haustür ging Jeffrey zuerst zu dem Wagen hinüber. Als er in Andy Rosens Alter war, hatte er von einem roten Mustang geträumt. Obwohl er wusste, wie unvernünftig das war, war er jetzt ein bisschen neidisch. Er fuhr mit dem Finger den schwarzen Rennstreifen auf der Motorhaube nach und dachte daran, dass Andy sehr viel mehr gehabt hatte, wofür es sich zu leben lohnte, als Jeffrey in seinem Alter.

Doch anscheinend gab es noch jemanden, der diesen Wagen liebte. Trotz der frühen Stunde war kein Tau auf dem Lack zu sehen. Ein Eimer stand kopfüber beim Kotflügel, darauf lag ein Schwamm. Der Gartenschlauch lag unaufgerollt daneben. Ungewöhnliche Zeit für eine Autowäsche, dachte Jeffrey, vor allem in Anbetracht der Tatsache, dass sein Besitzer am Vortag gestorben war.

Als er sich der Veranda näherte, hörte Jeffrey Stimmen. Die Rosens schienen in einen heftigen Streit verwickelt. Aus langjähriger Erfahrung als Polizist wusste er, dass die Leute dazu neigten, die Wahrheit zu sagen, wenn sie wütend waren. Er versuchte, an der Tür zu lauschen, ohne dass es für morgendliche Jogger allzu verdächtig aussah.

»Warum interessiert er dich jetzt auf einmal, Brian?«, schrie Jill Rosen. »Vorher hast du dich einen Dreck um ihn geschert!«

»Das ist doch gequirlte Scheiße, und das weißt du.«

»Nimm nicht solche Wörter in den Mund, wenn du mit mir redest.«

»Leck mich doch! Ich rede, wie's mir passt, verflucht noch mal!«

Einen Moment war es still. Jill Rosen war leiser geworden, und Jeffrey verstand nicht, was sie sagte. Auch der Mann sprach jetzt leiser.

Jeffrey gab ihnen noch eine Minute, dann klopfte er an die Tür. Er hörte Schritte und meinte, jemanden weinen zu hören.

Jill Rosen öffnete die Tür. An ihrem durchweichten Taschentuch sah er, dass sie den Morgen in Tränen verbracht hatte. Jeffrey musste an Cathy Linton denken, gestern auf der Terrasse.

»Chief Tolliver«, sagte Jill Rosen. »Das ist Dr. Brian Keller, mein Mann.«

»Wir haben telefoniert«, erinnerte ihn Jeffrey.

Keller sah ziemlich verzweifelt aus. Dem dünnen grauen Haar und der schlaffen Haut nach zu urteilen, ging er auf die sechzig zu, doch die Trauer machte ihn um zwanzig Jahre älter. Er trug die Hose von einem Nadelstreifenanzug, darüber hatte er nichts als ein vergilbtes Unterhemd mit V-Ausschnitt an, das ein paar Büschel grauen

Brusthaars freigab. Um den Hals hing eine Kette mit dem Davidstern, die der seines Sohnes glich. Oder vielleicht war es ebendie, die sie im Wald gefunden hatten. Er war barfuß. Wahrscheinlich war er es gewesen, der das Auto gewaschen hatte.

»Tut mir leid«, sagte Keller. »Wegen gestern am Telefon. Ich war ziemlich durcheinander.«

»Mein Beileid. Sie haben einen geliebten Menschen verloren, Dr. Keller.« Jeffrey schüttelte Kellers Hand. Er überlegte, wie er möglichst taktvoll fragen könnte, ob Andy sein richtiger Sohn war oder ob er ihn adoptiert hatte. Viele Frauen behielten ihren Mädchennamen bei, wenn sie heirateten, doch die Kinder nahmen normalerweise den Namen des Vaters an.

Jeffrey fiel keine andere Lösung ein, als ganz direkt zu fragen. »Dr. Keller, sind Sie Andys biologischer Vater?«

Jill Rosen erklärte: »Als Andy alt genug war, durfte er sich den Namen aussuchen.«

Jeffrey nickte verständnisvoll.

»Kommen Sie herein.« Jill Rosen bedeutete ihm, ihr durch den kurzen Flur ins Wohnzimmer zu folgen.

Wie die meisten Lehrbeauftragten wohnten sie am Willow Drive, einer Nebenstraße der Main Street, nicht weit von der Universität entfernt. Das College hatte einen Deal mit der Bank und konnte neuen Dozenten niedrig bezinste Eigenheimzulagen garantieren, sodass sie oft die hübschesten Häuser der ganzen Stadt bewohnten. Aber dies hier machte einen überraschend heruntergekommenen Eindruck. An der Decke waren feuchte Stellen vom letzten Regen, und die Wände hätten dringend einen neuen Anstrich gebraucht.

»Entschuldigen Sie die Unordnung«, sagte Jill Rosen leichthin.

»Ich will Ihnen keine Umstände machen.« Er fragte sich, wie man in einem solchen Durcheinander leben konnte. »Dr. Rosen …«

»Jill.«

»Jill«, wiederholte er. »Sind Sie mit Lena Adams bekannt?«

»Der Frau von gestern?«

»Ich habe mich gefragt, ob Sie sie vielleicht schon länger kennen.«

»Sie war in meiner Praxis. Sie hat mir die Nachricht von Andys Tod überbracht.«

Er sah ihr in die Augen, doch er kannte die Frau nicht gut genug, um einzuschätzen, ob mehr hinter ihren Worten steckte, und wenn, was. Sein Bauch sagte ihm, dass Lena und Jill Rosen sich kannten, aber er war sich nicht sicher, ob das für den Fall von Bedeutung war.

»Setzen wir uns.« Jill zeigte auf das vollgestopfte Wohnzimmer.

»Danke«, sagte Jeffrey und sah sich um.

Anscheinend hatte sich Jill Rosen einmal viel Mühe mit der Einrichtung gegeben, doch das war viele Jahre her. Die Möbel waren geschmackvoll, aber alles war verwohnt. Die Tapete war alt, auf dem Teppich zeichneten sich ausgetretene Wege ab, so deutlich wie im Wald. Und selbst ohne die kosmetischen Mängel war es hier mit der Zeit einfach zu voll geworden. Bücher- und Zeitschriftenstapel türmten sich bedrohlich. Zeitungen von letzter Woche lagen zu Füßen des Sessels am Fenster verteilt. Im Gegensatz zum Haus der Lintons, wo mindestens so viel herumstand wie hier und es wahrscheinlich noch mehr Bücher gab, herrschte bei Andys Eltern eine drückende Atmosphäre, so als wäre hier seit langer Zeit keiner mehr glücklich gewesen.

»Wir haben gerade mit dem Bestattungsinstitut über die Beerdigung gesprochen«, erklärte Keller. »Jill und ich überlegen, was wir tun sollen. Mein Sohn hatte den Wunsch, eingeäschert zu werden.« Seine Lippe zitterte. »Ist das nach einer Autopsie überhaupt noch möglich?«

»Aber ja«, sagte Jeffrey, »natürlich.«

»Wir wollen seinen Wünschen gerecht werden, aber …«, sagte Jill Rosen.

Keller unterbrach sie. »Das war sein Wunsch, Jill.«

Jeffrey spürte die Spannung zwischen den beiden und hielt sich mit seiner Meinung zurück.

Jill deutete auf einen großen Sessel. »Bitte, setzen Sie sich doch.«

»Danke«, sagte Jeffrey und ließ sich auf der Sesselkante nieder, um nicht in den weichen Polstern zu versinken.

»Möchten Sie etwas trinken?«

Bevor Jeffrey etwas sagen konnte, antwortete Keller: »Ich nehme ein Wasser, bitte.«

Keller starrte zu Boden, bis seine Frau das Zimmer verlassen hatte. Er schien auf etwas zu warten, doch Jeffrey hatte keine Ahnung, worauf. Als der Wasserhahn in der Küche lief, öffnete er den Mund, doch er sagte nichts.

Jeffrey begann: »Schönes Auto da draußen.«

»Ja«, stimmte Keller zu, die Hände im Schoß gefaltet. Er ließ die Schultern hängen. Jeffrey bemerkte, dass Keller größer war, als es auf den ersten Blick schien.

»Haben Sie es heute Morgen gewaschen?«

»Andy hat den Wagen sehr gut gepflegt«, sagte er. Jeffreys Frage ließ er unbeantwortet.

»Sie arbeiteten im Fachbereich Biologie?«

»In der Forschung«, stellte Keller klar.

Dann sagte Jeffrey: »Falls Sie mir irgendetwas sagen wollen …?«

Keller machte wieder den Mund auf, doch in diesem Moment kam Jill zurück und reichte ihrem Mann und Jeffrey ein Glas Wasser.

»Danke«, sagte Jeffrey und trank einen Schluck. Das Wasser roch unangenehm. Er stellte das Glas auf dem Couchtisch ab. »Ich weiß, dass Sie im Moment andere Sorgen haben. Doch ich muss Ihnen ein paar Fragen stellen, danach werde ich Sie in Frieden lassen.«

»Nehmen Sie sich so viel Zeit, wie Sie brauchen«, sagte Keller höflich.

Jill Rosen sagte: »Ihre Leute waren gestern schon in Andys Wohnung, bis spät in der Nacht.«

»Richtig.« Im Gegensatz zu den Detectives aus dem Fernsehen ließ Jeffrey gern der Spurensicherung den Vortritt. Bei dem Flussbett, wo Andy gestorben war, war es etwas anderes gewesen: Das Gelände war zu groß, um wertvolle Spuren zu finden, und zudem öffentlich. Doch Andys Wohnung würde er erst ganz zum Schluss betreten.

Keller wartete, bis seine Frau saß, dann setzte er sich zu ihr auf die Couch. Er griff nach ihrer Hand, doch sie zog sie weg.

Jill fragte: »Meinen Sie, es könnte ihn jemand gestoßen haben?«

Jeffrey fragte sich, ob er unbewusst einen Hinweis in diese Richtung gegeben hatte. Aber vielleicht war Jill Rosen auch von selbst auf die Idee gekommen. »Hat denn jemand gedroht, Ihrem Sohn etwas anzutun?«

Sie sahen einander an, als hätten sie bereits darüber gesprochen. »Nicht dass wir wüssten.«

»Andy hat früher schon mal einen Selbstmordversuch unternommen, richtig?«

Sie nickten beide.

»Haben Sie den Abschiedsbrief gesehen?«

Jill flüsterte: »Ja.«

»Dann ist ein Fremdverschulden eher unwahrscheinlich.« Jeffrey wollte Andys Eltern keinen Strohhalm reichen, den er ihnen vielleicht später wieder entreißen müsste. »Wir ermitteln in alle Richtungen, aber ich möchte Ihnen nicht allzu große Hoffnungen machen.« Er zögerte, ärgerte sich über seine Wortwahl. Welche Eltern *hofften* schon, dass ihr Kind ermordet worden war?

Keller sagte zu seiner Frau: »Bei der Obduktion kommen alle Unregelmäßigkeiten zum Vorschein. Man kann alles Mögliche zurückverfolgen. Unglaublich, wozu die Wissenschaft heutzutage fähig ist.« Er sprach mit der Überzeugung eines Mannes, der sich auf dem Gebiet auskannte und voll und ganz auf wissenschaftliche Beweise vertraute.

Jill Rosen hielt sich das Taschentuch an die Nase, sie hörte ihrem Mann gar nicht zu. Jeffrey fragte sich, ob die Spannung zwischen den beiden noch von dem Streit vorhin kam oder ob es in der Ehe schon länger Probleme gab. Er würde sich auf dem Campus umhören.

Keller unterbrach Jeffreys Gedanken. »Wir haben darüber nachgedacht, was für Sie hilfreich sein könnte«, sagte er. »Andy hatte da ein paar Freunde von früher …«

»Wir kannten sie gar nicht richtig«, schaltete sich Jill ein. »Seine Drogenfreunde.«

»Ja«, bestätigte Keller. »Soweit wir wissen, gab es in letzter Zeit keine engeren Freundschaften.«

Jill schränkte ein: »Zumindest hat er uns niemanden vorgestellt.«

»Ich hätte mehr für ihn da sein müssen«, sagte Keller mit belegter Stimme.

Jill widersprach nicht. Kellers Gesicht wurde rot, als er versuchte, die Tränen zurückzuhalten.

»Sie waren in Washington?«, fragte ihn Jeffrey, doch seine Frau antwortete für ihn.

»Brian arbeitet zurzeit an einem ziemlich wichtigen Projekt, für das er sich um Zuschüsse bewirbt.«

Keller schüttelte den Kopf. »Was hat das jetzt noch für eine Bedeutung?«, fragte er tonlos. »Die ganze Arbeit, der ganze Aufwand, und wofür?«

»Deine Arbeit wird eines Tages Menschen helfen«, sagte sie, doch Jeffrey spürte eine gewisse Feindseligkeit in ihrer Stimme. Es wäre nicht das erste Mal, dass eine Frau verbittert war, weil ihr Mann zu viel arbeitete.

»Ist das sein Wagen in der Einfahrt?«, fragte Jeffrey die Mutter. Keller wandte den Kopf ab.

Jill sagte: »Wir hatten ihn gerade für ihn gekauft. Eine Art … Brian wollte ihn belohnen, weil er so gut durchhielt.«

Jeffrey hörte heraus, dass sie mit der Entscheidung ihres Mannes nicht einverstanden gewesen war. Der Wagen war ein kostspieliges Geschenk, und Hochschullehrer waren keine Millionäre. Jeffrey schätzte, dass sogar er mehr Geld als Keller verdiente.

»Fuhr er mit dem Wagen zum College?«

»Zu Fuß ging es schneller«, sagte Jill. »Manchmal gingen wir alle zusammen.«

»Hat er Ihnen gesagt, wo er gestern Morgen hinwollte?«

»Ich war schon in der Klinik«, erklärte Jill. »Ich hatte gedacht, er würde tagsüber zu Hause bleiben. Als Lena kam …«

Die Art, wie sie Lenas Namen aussprach, ließ wieder auf eine gewisse Vertrautheit schließen, der Jeffrey zu gern auf den Grund gegangen wäre. Doch ihm fiel keine gute Taktik ein, um auf das Thema zu kommen.

Stattdessen zog er sein Notizbuch heraus und setzte die Befragung fort. »Andy hat für Sie gearbeitet, Dr. Keller?«

»Ja«, antwortete Keller. »Es gab nicht besonders viel zu tun, aber ich wollte nicht, dass er zu viel Zeit allein zu Hause verbringt.«

Jill ergänzte: »Er hat auch in der Klinik ausgeholfen. Die Sekretärin ist manchmal etwas überfordert. Dann ist er für sie eingesprungen oder hat Akten eingeordnet.«

Jeffrey fragte: »Hatte er Zugang zu den Daten der Patienten?«

»Natürlich nicht«, sagte Jill erschrocken. »Es ist alles unter Verschluss. Andy hatte nur mit Abrechnungen, Terminen, Anrufen zu tun.« Ihre Stimme zitterte. »Nur Büroarbeiten, damit er tagsüber beschäftigt war.«

»Genauso war es auch im Labor«, erklärte Keller. »Er hatte ja gar nicht die Ausbildung, um in der Forschung zu arbeiten. Dafür haben wir Doktoranden.« Keller stützte die Hände auf die Knie. »Ich wollte ihn in meiner Nähe wissen, damit ich ein Auge auf ihn haben konnte.«

»Hatten Sie Angst, er könnte so etwas tun?«

»Nein«, sagte Jill. »Das heißt, ich weiß es nicht. Vielleicht hatte ich unterbewusst so ein Gefühl. Er hat sich in letzter Zeit ein bisschen seltsam benommen, als würde er etwas vor uns verbergen.«

»Wissen Sie, was das hätte sein können?«

»Keine Ahnung«, antwortete sie mit echtem Bedauern. »Jungs in dem Alter sind schwierig. Mädchen übrigens auch. Der Übergang vom Teenagerdasein in die Erwachsenenwelt … Die Eltern sind für sie abwechselnd Fluch oder Segen, je nach Wochentag.«

»Je nachdem, ob er gerade Geld brauchte.« Jetzt lächelten die Eltern in wehmütiger Erinnerung.

»Haben Sie einen Sohn, Chief Tolliver?«, fragte Keller.

»Nein.« Jeffrey setzte sich auf. Die Frage war ihm unangenehm. Als er jünger war, hätte Jeffrey nie gedacht, dass er einmal ein eigenes Kind wollen würde. Da Sara keine Kinder bekommen konnte, hatte sich die Frage auch gar nicht gestellt. Doch seit dem letzten Fall, an dem er mit Lena gearbeitet hatte, hatte Jeffrey hin und wieder überlegt, wie es wohl wäre, Vater zu sein.

»Sie reißen einem das Herz aus der Brust«, flüsterte Keller und ließ den Kopf in die Hände sinken. Jill schien zu zögern, dann legte sie den Arm um ihn. Keller sah sie überrascht an.

Jeffrey wartete einen Moment, dann fragte er: »Hat Andy Ihnen angedeutet, dass er Schwierigkeiten hatte?« Beide schüttelten den Kopf. »Hat es irgendetwas oder irgendjemanden gegeben, der ihm zugesetzt haben könnte?«

Keller zuckte die Schultern. »Er war voll und ganz damit beschäftigt, seine Identität zu finden.« Er deutete in Richtung der Garage. »Deswegen haben wir ihm das Apartment gegeben.«

»Er hat sich sehr für Kunst interessiert«, sagte Rosen. Sie zeigte auf die Wand hinter Jeffrey.

Jeffrey warf einen Blick auf die Leinwand über dem Sessel. Es war die wenig plastisch wirkende Zeichnung einer nackten Frau, die auf einem Felsen lag. Ihre Beine waren weit auseinandergespreizt, das Geschlecht war das einzig Farbige auf dem Bild – es sah aus, als hätte sie einen Teller Lasagne zwischen den Schenkeln.

»Schön.«

»Er hatte wirklich Talent«, sagte Jill.

Jeffrey nickte, doch er dachte, nur eine liebende Mutter oder der Redakteur eines Pornomagazins konnte zu diesem Urteil kommen. Er sah Keller an. Der Vater wirkte verlegen.

»Hatte Andy Freundinnen?« So detailreich das Bild auch war, es schien, als hätte der Junge ein paar wichtige Teile übersehen.

»Nicht dass wir wüssten«, sagte Jill. »Wir sahen nie, dass ihn jemand besuchte, aber die Garage ist ja auch hinterm Haus.«

Keller warf seiner Frau einen Blick zu. »Jill ist der Meinung, dass er vielleicht wieder Drogen genommen hat.«

Jeffrey sagte: »Wir haben ein paar Utensilien bei ihm im Zimmer gefunden. Zurechtgeschnittene Alufolie und eine Wasserpfeife. Doch es lässt sich nicht sagen, wann sie das letzte Mal benutzt wurde.«

Jill sank in sich zusammen, jetzt legte ihr Mann den Arm um sie und zog sie an seine Brust. Und doch schien zwischen ihnen ein Abgrund zu klaffen.

Jeffrey fuhr fort: »Doch sonst haben wir nichts gefunden, das auf Drogenkonsum schließen ließe.«

»Er hatte Stimmungsschwankungen«, sagte Keller. »Manchmal war er zutiefst melancholisch. Mürrisch. Schwer zu sagen, ob das von den Drogen kam oder ob er einfach so war.«

»Ich habe das Piercing in seiner Braue gesehen.«

Keller rollte die Augen. »Ich hätte seine Mutter fast umgebracht.«

»Und in der Nase«, fügte Jill mit missbilligendem Stirnrunzeln hinzu. »Ich glaube, er hat sich vor Kurzem sogar die Zunge piercen lassen. Er hat es mir nicht gezeigt, aber er hat dauernd darauf herumgelutscht.«

»Sonst noch was Ungewöhnliches?«

Brian Keller und Jill Rosen sahen ihn mit großen fragenden Augen an.

Jeffrey wechselte das Thema. »Wie war das mit dem Selbstmordversuch im Januar?«

»Im Nachhinein bin ich mir gar nicht sicher, ob es überhaupt ernst gemeint war«, sagte Keller. »Er wusste, dass Jill den Brief am Morgen finden würde, sobald sie aufwachte. Er hat es so abgepasst, dass sie ihn finden musste, bevor es zu spät war.« Er hielt inne. »Wir dachten, er wollte vielleicht nur auf sich aufmerksam machen.«

Jeffrey wartete auf eine Reaktion von Jill, doch sie lehnte mit geschlossenen Augen an der Schulter ihres Mannes.

»Manchmal hat er Dinge getan, ohne über die Konsequenzen nachzudenken«, sagte Keller.

Jill schwieg immer noch.

Keller schüttelte den Kopf. »Vielleicht sollte ich so was nicht sagen.«

»Doch, es stimmt«, flüsterte Jill.

»Wir hätten etwas merken müssen«, beharrte er. »Es muss doch Anzeichen gegeben haben.«

Der Tod war schlimm genug, aber für die Hinterbliebenen war Selbstmord immer besonders schrecklich. Entweder gaben sich die Überlebenden die Schuld, die Zeichen nicht erkannt zu haben, oder sie fühlten sich von ihren selbstsüchtigen Angehörigen betrogen, die sich einfach aus dem Staub gemacht hatten. Andys Eltern würden wahrscheinlich für den Rest ihres Lebens zwischen diesen beiden Gefühlen hin und her schwanken.

Jill Rosen putzte sich die Nase. Dann zog sie ein frisches Kleenex aus der Schachtel, die auf dem Couchtisch stand, und tupfte sich die Augen ab. »Ein Wunder, dass Sie in seiner Wohnung überhaupt irgendwas gefunden haben. Er war so unordentlich.« Sie hatte versucht, sich wieder zu fassen, doch nun kam alles zurück.

Langsam sackte sie in sich zusammen, ihr Mund zuckte, als sie versuchte, das Schluchzen zu unterdrücken, doch schließlich begrub sie ihr Gesicht in den Händen.

Keller legte wieder den Arm um seine Frau und zog sie an sich. »Es tut mir so leid«, sagte er und vergrub das Gesicht in ihrem Haar. »Ich hätte da sein müssen. Ich hätte da sein müssen.«

Sie verharrten minutenlang in der Umarmung und schienen Jeffrey ganz vergessen zu haben.

Er räusperte sich. »Ich würde mir jetzt gern seine Wohnung ansehen, wenn es Ihnen nichts ausmacht.«

Keller sah auf. Er nickte, dann wandte er sich wieder seiner Frau zu. Jill hing schlaff wie eine Puppe in seinem Arm.

Als Jeffrey aufstand, sah er sich Auge in Auge mit Andys liegendem Akt. Irgendetwas an der Frau war seltsam vertraut, doch er kam nicht darauf, was es war.

Er zwang sich, den Blick abzuwenden, und verließ das Haus. Er hätte gerne mit Keller unter vier Augen gesprochen. Außerdem musste er noch einmal mit Ellen Schaffer sprechen. Vielleicht fiel ihr mit ein bisschen Distanz noch irgendwas Brauchbares ein.

Vor dem Mustang blieb Jeffrey noch einmal stehen und bewunderte wieder seine schnittige Form. Den Wagen so früh am Morgen nach Andys Tod zu waschen, mochte ihm sonderbar vorkommen, aber ein Verbrechen war es nicht. Vielleicht hatte Keller das zu Ehren seines Sohnes getan. Vielleicht hatte er Spuren verwischen wollen. Aber einen Zusammenhang zwischen dem Wagen und dem Verbrechen sah Jeffrey nicht. Und schließlich wies nichts außer dem Überfall auf Tessa Linton überhaupt auf ein Verbrechen hin.

Er bückte sich und fuhr mit dem Finger über das Reifenprofil. Die Straße zur Brücke war geteert, der Parkplatz am Waldrand mit Schotter ausgelegt. Selbst wenn sie dort Reifenspuren gefunden hätten, hatte das nichts zu bedeuten. Jeffrey wusste aus Polizeiberichten, dass sich Pärchen dort zum Knutschen trafen. Andy hätte also durchaus vorher da gewesen sein können.

Jeffrey ließ sein Mobiltelefon aufschnappen und wollte eben Frank anrufen, als er Richard Carter bemerkte, der mit einem großen Kochtopf in der Einfahrt erschien.

Richard grinste breit, als er Jeffrey sah, doch dann riss er sich zusammen und setzte eine ernstere Miene auf.

»Dr. Carter«, sagte Jeffrey und zwang sich, höflich zu klingen. Eigentlich hatte er Besseres zu tun, als neugierige Fragen zu beantworten, damit Richard die Neuigkeiten auf dem Campus herumposaunen konnte.

»Ich habe Brian und Jill etwas zu essen gekocht. Sind sie da?«, fragte er.

Jeffrey warf einen Blick auf das Haus. Er dachte an die Trauer, den zehrenden Kummer, der die Eltern quälte. »Vielleicht ist jetzt nicht der richtige Zeitpunkt …«

Richards Blick wurde noch ernster. »Ich wollte nur helfen.«

»Sie sind ziemlich fertig«, sagte Jeffrey. Er überlegte, wie er Richard unauffällig ein paar Fragen über Brian Keller stellen könnte. Er wusste, wie Richard tickte, und so beschloss er, es über einen Umweg zu versuchen. »Waren Sie mit Andy befreundet?«, fragte er. Richard war höchstens acht, neun Jahre älter als Andy.

»Gott, nein«, platzte Richard heraus. »Er war Student. Außerdem war er ein verzogenes Bürschchen.«

So weit war Jeffrey auch schon, aber er war überrascht über die Heftigkeit, mit der Richard es aussprach. »Aber Sie stehen Brian und Jill nahe?«

»Brian und Jill sind großartige Menschen. Auf dem Campus ist jeder mit jedem befreundet. Wir sind wie eine große Familie.«

»Ja«, antwortete Jeffrey. »Brian wirkt wie ein richtiger Familienmensch.«

»Das ist er«, stimmte Richard zu. »Er war der beste Vater, den Andy sich wünschen konnte. Ich hätte gerne einen Vater wie ihn gehabt.« In Richards Stimme war eine Spur Neugier – er hatte gemerkt, dass er offiziell befragt wurde, und mit dieser Erkenntnis wuchs seine Selbstsicherheit. Richard grinste, während er darauf wartete, dass Jeffrey ihm die nächste indiskrete Frage stellte.

Jeffrey tat ihm den Gefallen. »Die beiden scheinen eine gute Ehe zu führen.«

Richard lächelte schief. »Meinen Sie?«

Jeffrey schwieg, was Richard als Aufforderung zu werten schien.

»Na ja«, begann er, »ich will keine Gerüchte verbreiten, aber …«

Jeffrey verkniff sich einen Kommentar.

»Selbst habe ich nie was gesehen, aber auf der letzten Weihnachtsfeier hat sich Jill ziemlich seltsam Brian gegenüber benommen.«

»Sie sind alle im gleichen Fachbereich?«

»Wie gesagt«, sagte Richard, »der Campus ist klein.«

Jeffrey schwieg. Mehr Ermunterung brauchte Richard nicht.

»Vor einer Weile gab es da so ein Gerücht …«

Richard wartete, und Jeffrey warf ein artiges »Ja?« ein.

»Also, nur ein Gerücht.« Er ließ sich Zeit wie ein echter Showmaster. »Es ging um eine Studentin.«

»Eine Affäre?« Das wäre natürlich etwas, worüber Keller nicht vor seiner Frau sprechen wollen würde, selbst wenn Jill Bescheid wusste. Jeffrey kannte seine eigenen Gefühle, wenn Sara auch nur andeutungsweise an die

Umstände erinnerte, die ihre Ehe damals kaputt gemacht hatten – ein Gefühl, als wenn man die Beine am Rand des Grand Canyon baumeln ließ.

»Wissen Sie, wie die Frau heißt?«

»Keine Ahnung, aber wenn man den Gerüchten glauben darf, dann ist sie fortgezogen, nachdem Jill alles herausgefunden hatte.«

Jeffrey war ungeduldig. Er hatte langsam die Nase voll von Gerüchten. »Wissen Sie, wie sie aussah? Was war ihr Hauptfach?«

»Ich bin nicht mal sicher, ob es sie wirklich gab. Wie gesagt, es war nur ein Gerücht.« Er runzelte die Stirn. »Und ich hab ein schlechtes Gewissen, hier aus der Schule zu plaudern.« Er lachte über die doppelte Bedeutung.

»Richard, wenn Sie mir etwas verschweigen …«

»Ich habe Ihnen gesagt, was ich weiß. Oder zumindest, was ich gehört habe. Wie gesagt …«

»Nur ein Gerücht«, ergänzte Jeffrey.

»Wollten Sie sonst noch was wissen?«, fragte Richard mit geschürzten Lippen.

Jeffrey ging nicht auf ihn ein. »Nett von Ihnen, dass Sie den beiden etwas zu essen bringen.«

Richards Mundwinkel wanderten nach unten. »Als meine Mutter vor ein paar Jahren starb, war es jedes Mal wie ein Lichtstrahl im Dunkel für mich, wenn jemand vorbeikam.«

An irgendetwas erinnerten Jeffrey diese Worte.

»Chief?«

»Lichtstrahl«, wiederholte Jeffrey. Jetzt wusste er, was ihm an Andys schweinischem Bild aufgefallen war. Die Nackte hatte Sonnenstrahlen um den Bauchnabel tätowiert.

Obwohl Jeffrey nicht darum gebeten hatte, parkten ein Streifenwagen und Franks Ford Taurus vor dem Studentenwohnheim, in dem Ellen Schaffer wohnte.

»Verdammt«, sagte Jeffrey und stellte seinen Wagen neben Franks ab. Noch bevor er die beiden Mädchen sah, die schluchzend aus dem Gebäude kamen, wusste er, dass etwas passiert war.

Jeffrey nahm zwei Stufen auf einmal und lief die Treppe zum Eingang hinauf. Keyes House war vor zwei Jahren abgebrannt, doch die alte Südstaatenvilla war fast originalgetreu wieder aufgebaut worden, mit zwei großen Salons und einem Esszimmer für dreißig Personen. Frank stand in einem der Salons und winkte Jeffrey herein.

»Chief«, rief er. »Wir haben versucht dich anzurufen.«

Jeffrey warf einen Blick auf sein Handy. Die Batterie war aufgeladen, doch in manchen Teilen der Stadt bekam er kein Netz. »Was ist passiert?«, fragte er.

Frank schloss die Flügeltür, bevor er antwortete. »Hat sich die Birne weggepustet.«

»Scheiße«, fluchte Jeffrey. Obwohl er die Antwort ahnte, fragte er: »Ellen Schaffer?«

Frank nickte.

»Vorsätzlich?«

Frank senkte die Stimme. »Nach gestern, wer weiß?«

Jeffrey rieb sich die Augen. Zwei Selbstmorde in zwei Tagen waren schon vorgekommen, doch Tessas Überfall warf auf alles einen finsteren Schatten.

»Ich habe gerade mit Brian Keller gesprochen, Andy Rosens Vater.«

»Sein Stiefsohn?«

»Nein, hat den Namen seiner Mutter angenommen.« Als er Franks Verwirrung bemerkte, sagte er: »Frag nicht. Keller ist sein biologischer Vater.«

»Aha«, sagte Frank, doch der verwirrte Ausdruck wich nicht von seinem Gesicht. Einen Moment lang wünschte Jeffrey, Lena an Franks Stelle hier zu haben. Frank war kein schlechter Cop, doch Lena hatte mehr Intuition, und sie und Jeffrey waren ein gutes Team gewesen. Frank war ein Ermittler der alten Schule, große Geistesblitze durfte man von ihm nicht erwarten.

Jeffrey warf einen Blick durch die Schwingtür in die Küche, um sicherzustellen, dass ihnen keiner zuhörte. »Richard Carter hat gesagt …«

Frank schnaubte. Jeffrey wusste nicht, ob Frank damit Richards sexuelle Orientierung oder sein unerträgliches Gehabe meinte. Das Letztere hätte Jeffrey gelten lassen.

Jeffrey sagte: »Carter hat Gerüchte gehört. Keller hätte angeblich eine Affäre mit einer Studentin.«

»Verstehe«, sagte Frank, doch sein Tonfall drückte das Gegenteil aus.

»Ich will, dass du dich ein bisschen umhörst. Finde alles über Keller heraus. Mal sehen, ob an der Sache was dran ist.«

»Du meinst, sein Sohn hat von der Affäre Wind bekommen, und der Vater hat ihn kaltgestellt, damit seine Frau nichts erfährt?«

»Nein«, sagte Jeffrey. »Carter sagt, seine Frau hätte davon gewusst.«

»Soweit man der Schwuchtel glauben kann.«

»Halt den Mund, Frank«, fuhr Jeffrey ihn an. »Wenn Keller eine Affäre hatte, könnte das ein Grund für den Selbstmord sein. Vielleicht konnte sein Sohn ihm nicht vergeben und ist von der Brücke gesprungen, um ihn zu bestrafen. Heute Morgen haben sich die Eltern gestritten. Jill Rosen hat zu Brian Keller gesagt, er hätte sich nicht um Andy gekümmert, als er noch am Leben war.«

»Vielleicht war sie nur zickig. Du weißt doch, wie Frauen sind.«

Jeffrey ließ sich gar nicht erst darauf ein. »Jill Rosen schien einen ziemlich klaren Kopf zu haben.«

»Du meinst, sie hat's getan?«

»Was hätte sie davon?«

»Keine Ahnung.«

Jeffrey starrte in den Kamin und wünschte, er könnte mit Lena oder mit Sara über die Sache sprechen. »Ich habe eine Klage am Hals, wenn ich Dreck aufwühle und der Junge sich am Ende doch selbst umgebracht hat.«

»Da hast du recht.«

»Finde raus, ob Keller zur Tatzeit wirklich in Washington war. Und hör dich diskret auf dem Campus um. Ich will wissen, ob an dem Gerücht was dran ist.«

»Die Flüge sind leicht zu überprüfen«, sagte Frank und schlug sein Notizbuch auf. »Und nach der Affäre kann ich mich auch umhören, auch wenn die Kleine dafür besser geeignet wäre.«

»Lena ist nicht mehr bei der Polizei, Frank.«

»Sie könnte uns helfen. Sie ist auf dem Campus. Wahrscheinlich kennt sie ein paar Studenten.«

»Aber sie ist keine Polizistin.«

»Schon, aber …«

»Nichts aber.« Lena hatte gestern in der Bibliothek gezeigt, dass sie nicht daran interessiert war zu helfen. Jeffrey hatte ihr reichlich Gelegenheit gegeben, mit Jill Rosen zu sprechen, doch Lena hatte dichtgemacht und der Frau nicht einmal Trost gespendet, als diese welchen gebraucht hätte.

Frank sagte: »Was ist mit der Schaffer? Was hat sie mit der Geschichte zu tun?«

»Da ist dieses Bild«, begann Jeffrey und beschrieb Frank

die Zeichnung, die bei den Keller-Rosens im Wohnzimmer hing.

»Die Mutter hat sich so was aufgehängt?«

»Sie war stolz auf ihn«, erklärte Jeffrey. Seine eigene Mutter hätte ihn garantiert windelweich geprügelt und das Bild kurzerhand abgefackelt. »Beide Eltern sagen aus, dass der Junge keine Freundin gehabt hat.«

»Vielleicht hat er ihnen nur nichts davon erzählt«, überlegte Frank.

»Schon möglich«, stimmte Jeffrey zu. »Aber wenn Ellen Schaffer und Andy was miteinander hatten, warum hat sie ihn gestern nicht erkannt?«

»Er lag mit dem Arsch nach oben«, sagte Frank. »Wenn Carter ihn nicht erkannt hätte, das wäre was anderes.«

Jeffrey sah Frank drohend an.

»Schon gut.« Frank hob die Hände. »Sie war eben durcheinander. Er lag fünfzehn Meter unter ihr. Was konnte sie da groß erkennen?«

»Stimmt«, gab Jeffrey zu.

»Glaubst du, es war so eine Art Selbstmordpakt?«

»Dann hätten sie's zur selben Zeit getan, nicht an zwei verschiedenen Tagen«, erklärte Jeffrey. »War aus dem Abschiedsbrief noch was rauszuholen?«

»Jeder hat ihn in den Fingern gehabt, seine Mutter eingeschlossen.«

»Wenn es ein Pakt gewesen wäre, dann hätte das auch in dem Brief gestanden.«

»Vielleicht hat Andy mit ihr Schluss gemacht«, überlegte Frank. »Und sie rächt sich, indem sie ihn von der Brücke stößt.«

»Meinst du, dazu war sie in der Lage?«, fragte Jeffrey. Frank zuckte mit den Schultern. »Außerdem ist es untypisch für eine Frau.«

»Na ja, sie konnte sich ja nicht scheiden lassen.«

»Pass bloß auf.« Jeffrey nahm den Kommentar persönlich. Doch er ließ Frank keine Zeit, es mit einer Entschuldigung noch schlimmer zu machen. »Untypisch für ein *Mädchen*«, korrigierte er sich. »Ein Mädchen würde eher schlecht über den Kerl reden, Lügen erzählen oder schwanger werden, oder sie würde einen Haufen Pillen nehmen …«

»Oder sich das Hirn wegpusten?«, unterbrach Frank.

»Wenn wir davon ausgehen, dass Andy Rosen ermordet wurde. Aber er könnte auch tatsächlich Selbstmord begangen haben.«

»Hast du was, das dafür spricht?«

»Brock hat heute Morgen Blutproben genommen. Der Laborbericht ist morgen da. Bis jetzt spricht nichts für Fremdeinwirkung. Der einzige Grund für unsere Zweifel ist Tessa, und wer zum Teufel weiß, ob es da wirklich eine Verbindung gibt.«

»Wäre ein verflucht seltsamer Zufall.«

»Ich lasse Keller einen Tag schmoren, dann nehme ich ihn ein bisschen härter ran. Irgendwas hatte er heute Morgen, das er nicht vor seiner Frau erzählen wollte. Wenn Sara heute Abend mit der Autopsie fertig ist, habe ich vielleicht schon mehr in der Hand.«

»Sie kommt heute wieder?«

»Ja«, sagte Jeffrey. »Ich hole sie heute Nachmittag ab.«

»Geht's ihr gut?«

»Es ist hart für sie.« Jeffrey wollte die Unterhaltung beenden. »Wo ist Ellen Schaffer?«

»Hier lang.« Frank öffnete eine Tür. »Willst du erst mit ihrer Mitbewohnerin sprechen?«

Jeffrey wollte gerade Nein sagen, doch dann sah er die weinende Frau am Fenster am Ende des Flurs. Zwei Mädchen standen rechts und links von ihr und trösteten sie. Mit ihrem blonden Haar und den blauen Augen hätten die drei Ellen Schaffers Schwestern sein können. »Ma'am«, sagte Jeffrey sanft, »ich bin Chief Tolli…«

Doch die Frau unterbrach ihn mit einem heftigen Tränenausbruch. »Es ist so grauenhaft!«, schluchzte sie. »Heute Morgen war noch alles wie immer.«

Jeffrey warf Frank einen Blick zu. »Haben Sie sie da das letzte Mal gesehen?«

Als sie nickte, schlackerte ihr Kopf wie bei einer Marionette.

»Um wie viel Uhr war das?«

»Um acht.« Jeffrey erinnerte sich, dass er zu dieser Zeit bei Jill Rosen und Brian Keller gewesen war.

»Ich musste zum Unterricht … Ellen wollte ausschlafen. Sie war so aufgewühlt wegen Andy …«

»Sie kannte Andy Rosen?«

Die Frau brach wieder in Tränen aus, ihr ganzer Körper zuckte. »Nein!«, heulte sie. »Das war ja das Traurige. Er war in ihrem Kunstkurs, und sie hat ihn nicht mal gekannt!«

Jeffrey und Frank tauschten einen Blick aus. Es passierte oft, dass Menschen sich dem Opfer eines Verbrechens nach dessen Tod viel näher fühlten, als sie es zu seinen Lebzeiten je getan hatten. Und Andys Fall, ein mutmaßlicher Selbstmord, war besonders melodramatisch.

»Also«, begann Jeffrey, »Sie haben um acht Uhr mit Ellen gesprochen? Hat sie sonst noch jemand gesehen?«

Eins der beiden anderen Mädchen meldete sich. »Wir hatten alle früh Unterricht.«

»Ellen auch?«

Die drei nickten synchron. Eine sagte: »Alle hier im Haus.«

»Was war ihr Hauptfach?« Jeffrey fragte sich, ob es irgendeine Verbindung zu Keller gab.

»Zellbiologie«, erklärte das dritte Mädchen. »Morgen sollte sie ihre Laborergebnisse einreichen.«

»War einer ihrer Dozenten Dr. Keller?«

Alle drei schüttelten den Kopf. Eine fragte: »Ist das Andys Vater?« Doch Jeffrey antwortete nicht.

Er sagte zu Frank: »Besorg mir ihren Stundenplan, und finde heraus, welche Kurse sie belegt hat, seit sie hier war.« Dann wandte er sich wieder an die jungen Frauen. »Hatte Ellen einen festen Freund?«

»Hm«, machte das erste Mädchen und sah ihre Freundinnen unsicher an. Noch bevor Jeffrey sie drängen konnte, sagte sie: »Ellen hatte *viele* Freunde.« Ihrer Betonung nach waren es Tausende.

»Und keiner hatte einen Grund, auf sie wütend zu sein?«, fragte Jeffrey.

»Natürlich nicht«, rief das erste Mädchen. »Alle liebten sie.«

»Hat jemand von Ihnen irgendeine verdächtige Person hier gesehen?«

Die drei schüttelten den Kopf.

Jeffrey wandte sich wieder an Frank. »Sind die anderen schon befragt worden?«

»Die meisten waren weg«, sagte Frank. »Wir trommeln sie gerade zusammen. Keiner hat den Schuss gehört.«

Jeffrey zog überrascht die Brauen hoch, doch er verkniff sich den Kommentar vor den Mädchen.

»Danke für Ihre Auskunft«, sagte er und reichte jeder von ihnen seine Karte, falls ihnen noch irgendetwas einfiel, was nützlich sein könnte.

Erst als er mit Frank auf dem Gang zu Ellen Schaffers

Zimmer im Erdgeschoss war, fragte er: »Womit hat sie es getan?«

»Remington 870.«

»Mit der Wingmaster?« Jeffrey fragte sich, wie ein Mädchen wie Ellen Schaffer zu einer solchen Waffe kam. Das Repetiergewehr war eine der beliebtesten Waffen der Polizei.

»Sie schießt Tontauben«, sagte Frank. »Sie ist in der College-Mannschaft.«

Vage erinnerte sich Jeffrey, dass das College ein Schießsportteam hatte, doch er konnte sich die hübsche Blondine, die er gestern kennengelernt hatte, immer noch nicht als Sportschützin vorstellen.

Frank zeigte auf eine Tür. »Sie ist da drin.«

Jeffrey wusste nicht, was ihn erwartete, als er Ellen Schaffers Zimmer betrat, doch als er sich umsah, fiel ihm die Kinnlade herunter. Die junge Frau saß auf der Couch, die Beine um den Kolben des Repetiergewehrs geschlungen. Die Mündung war auf ihren Kopf gerichtet – oder auf das, was von ihrem Kopf noch übrig war.

Jeffrey hielt sich die Hand vor Mund und Nase. Er ging zum Fenster, das einen Spalt geöffnet war, und schnappte nach Luft. Draußen auf der Wiese stand eine Laube mit Bänken. Dahinter begann der Wald. Ein Weg, den wahrscheinlich die Hälfte aller Studenten benutzte, führte dort hinein.

»Wo ist Matt?«

»Spuren sichern«, erklärte Frank.

»Schick ihn raus und lass ihn nach Fußabdrücken vor dem Fenster suchen.«

Frank nahm sein Telefon und erledigte den Anruf, während Jeffrey jeden Zentimeter des Fensterbretts untersuchte. Nach einer vollen Minute hatte er nichts gefunden. Erst als er sich schon wieder abwandte, sah er etwas aufblitzen, ein öliger Streifen in der Nähe des Riegels reflektierte das Licht. »Hast du das gesehen?«

Frank kam näher und beugte sich hinunter, um besser sehen zu können. »Öl?«, fragte er, dann deutete er auf den Tisch neben der Couch. Dort lagen eine Drahtbürste, ein Lappen und eine kleine Flasche Gunex-Waffenöl. Auf dem Boden lag ein zusammengeknülltes Tuch, mit dem offensichtlich der Kolben geputzt worden war.

»Sie hat das Gewehr geputzt, bevor sie sich erschossen hat?« Jeffrey dachte, das wäre das Letzte gewesen, was ihm in ihrer Situation eingefallen wäre.

Frank hob die Schultern. »Vielleicht wollte sie sichergehen, dass es richtig funktionierte.«

»Meinst du?«, fragte Jeffrey. Er stand vor der Couch. Ellen Schaffer trug enge Jeans und ein bauchfreies T-Shirt. Sie war barfuß, ein Zeh steckte im Abzugsmechanismus. Die Tätowierung um ihren Nabel war blutverschmiert. Die Hände ruhten auf der Mündung, wahrscheinlich um sie auf ihren Kopf gerichtet zu halten.

Mit seinem Kuli schob Jeffrey die rechte Hand zur Seite. An der Innenfläche, die auf dem Lauf gelegen hatte, war kein Blut, was bedeutete, dass die Hand dort gewesen war, als Ellen Schaffer sich erschossen hatte. Oder erschossen wurde. Das Gleiche galt für die andere Hand.

Zwischen den Sofakissen steckte die Patronenhülse, die aus der Kammer geschleudert worden war. Jeffrey berührte sie mit dem Kuli. Irgendetwas stimmte da nicht. Er überprüfte den schwachen Abdruck auf der Mündung, dann sagte er zu Frank: »Sie hat eine Kaliber-12-Flinte und benutzt eine Kaliber-20-Patrone.«

Frank sah ihn verdutzt an. »Was will sie mit einer Zwanziger?«

Jeffrey stand auf und schüttelte den Kopf. Die Mündung war größer als die Patrone. Das Gefährlichste, was man mit einem Gewehr tun konnte, war, die falsche Munition zu laden. Die Hersteller hatten sich auf standardisierte Hülsenfarben geeinigt, um genau das zu vermeiden.

»Seit wann war sie im Schützenteam?«, fragte Jeffrey.

Frank holte sein Notizbuch hervor und blätterte darin herum. »Erst ein Jahr. Ihre Mitbewohnerin sagte, sie wollte ins Biathlon-Team.«

»Ist sie farbenblind?«, fragte Jeffrey. Die leuchtend gelbe Zwölfer-Patrone und die grüne Zwanziger waren schwer zu verwechseln.

»Ich werde das überprüfen.« Frank machte sich eine Notiz.

Jeffrey untersuchte mit angehaltenem Atem die Mündung. »Sie hatte einen Skeet-Choke drauf«, bemerkte er. Der Choke verengte die Mündung, sodass sich eine falsche Patrone noch eher verkeilen konnte.

Jeffrey richtete sich auf. »Das ergibt keinen Sinn.«

Frank sagte: »Sieh dir die Wand an.«

Jeffrey wich einer Blutlache aus und betrachtete die Wand hinter der Couch von Nahem. Der Schuss hatte den Großteil des Schädels fortgerissen und Knochensplitter und Hirnmasse mit hoher Geschwindigkeit gegen die Wand geschleudert.

Jeffrey kniff die Augen zusammen und versuchte in dem Brei von Blut und Gewebe auf der weißen Wand irgendetwas zu erkennen. Die Kugel hatte in die Wand ein Loch zum Nachbarzimmer geschlagen.

»Habt ihr drüben was gefunden?«, fragte er und schickte ein Stoßgebet zum Himmel, dass niemand dort gewesen war, als der Schuss losging.

»Das meinte ich nicht«, sagte Frank. »Siehst du das da an der Wand?«

»Warte mal.« Jeffrey starrte noch einmal auf die Flecken dort, bis er merkte, dass jemand zurückstarrte.

Ellen Schaffers Augapfel hing dort im Putz.

»Mein Gott«, stöhnte Jeffrey und wandte sich ab. Er ging wieder zum Fenster. Im Zimmer roch es wie im Schlachterladen.

Jeffrey warf noch einen Blick auf das Mädchen, diesmal aus der Entfernung. Er hätte früher mit ihr reden sollen. Wäre er zuerst hierhergekommen, dann wäre Ellen Schaffer vielleicht jetzt noch am Leben. Er fragte sich, was er sonst noch übersehen hatte. Die Abweichung der Kaliber war verdächtig, doch jedem konnte ein Fehler passieren, vor allem jemandem, der die Sauerei hinterher nicht aufwischen musste. Andererseits konnte das Ganze auch inszeniert sein. Lief hier etwa noch jemand mit einer Zielscheibe auf der Stirn herum?

Jeffrey fragte: »Wann wurde sie gefunden?«

»So vor einer halben Stunde«, sagte Frank und tupfte sich mit einem Taschentuch die Stirn ab. »Sie haben nichts angefasst. Sie haben die Tür zugemacht und uns angerufen.«

»Mein Gott«, wiederholte Jeffrey und holte ebenfalls ein Taschentuch heraus. Er sah noch einmal zum Tisch.

»Da ist Matt«, sagte Frank. Draußen hinter dem Haus lief Matt vorbei, die Hände in den Hosentaschen, und starrte auf den Boden auf der Suche nach irgendetwas Ungewöhnlichem. An einer Stelle blieb er stehen und kniete sich hin, um etwas genauer zu betrachten.

»Was ist?«, rief Jeffrey. Franks Telefon klingelte.

Matt rief zurück. »Sieht aus wie ein Pfeil.«

»Ein was?« Jeffrey war ungeduldig.

»Ein Pfeil«, rief Matt. »Jemand hat einen Pfeil auf die Erde gemalt.«

»Chief«, sagte Frank und hielt das Telefon an seine Brust.

Jeffrey rief Matt zu: »Bist du sicher?«

»Schau es dir selbst an«, antwortete Matt. »So sieht es jedenfalls aus.«

Frank wiederholte: »Chief.«

»Was ist, Frank?«, knurrte Jeffrey.

»Wir haben einen Fingerabdruck in Andy Rosens Wohnung gefunden, den unser Computer kennt.«

»Und?«, fragte Jeffrey.

Frank schüttelte den Kopf. Er sah zu Boden. Dann räusperte er sich. »Du willst es lieber nicht wissen.«

Sechs

Lena lag auf dem Rücken und starrte an die Decke. Sie versuchte gleichmäßig zu atmen und sich zu entspannen, so wie es Eileen, die Yogalehrerin, erklärt hatte. Die Yogastellungen konnte Lena länger als alle anderen im Kurs halten, doch wenn es zur Entspannungsphase kam, war sie eine echte Niete. Die Vorstellung »loszulassen« ging gegen Lenas persönliche Religion – sie musste in jedem Moment ihres Lebens die Kontrolle behalten, vor allem wenn es um ihren Körper ging.

Während der ersten Therapiestunde hatte Jill Rosen Lena geraten, mit Yoga anzufangen, um entspannen zu lernen und besser zu schlafen. Jill hatte Lena in der kurzen Zeit eine Menge Ratschläge gegeben, doch das mit dem Yoga war das Einzige, was Lena befolgte. Nach der Vergewaltigung litt sie vor allem unter dem schrecklichen Gefühl, ihr Körper würde nicht mehr ihr selbst gehören. Schon als Kind hatte sie immer viel Sport getrieben, und ihr Körper war das Nichtstun und das Selbstmitleid nicht gewohnt. Mit den Übungen war wieder Hoffnung in ihr aufgekeimt. Sie konnte zusehen, wie sich ihr Bizeps und ihre Waden strafften. Vielleicht würde sie auch zu ihrem Selbst zurückfinden können. Doch dann kam die Entspannungsphase, und Lena fühlte sich wie im Matheunterricht in der Schule: Damals war sie gnadenlos durchgefallen.

Jetzt schloss sie die Augen und konzentrierte sich auf ihr Kreuz beim Versuch, die Spannung zu lösen. Vor lauter

Anstrengung, sich zu lockern, zog sie die Schultern bis zu den Ohren hoch. Ihr Körper war gespannt wie eine Stahlfeder, und Lena verstand nicht, weshalb Eileen darauf beharrte, dies sei der wichtigste Teil der Stunde. Das ganze Wohlgefühl des Dehnens löste sich in Luft auf, sobald die Musik leise gedreht wurde und sich alle auf den Rücken legen und gleichmäßig atmen mussten. Statt eines fließenden Stroms oder der rhythmischen Wellen eines Ozeans stellte sich Lena eine tickende Uhr vor und all die Dinge, die sie heute, an ihrem einzigen freien Tag, zu tun hatte.

»Atme«, erinnerte Eileen sie mit ihrer unerträglich heiter-gelassenen Stimme. Die Frau war um die fünfundzwanzig und hatte ein so sonniges Gemüt, dass Lena ihr am liebsten eine gepfeffert hätte.

»Mach den Rücken locker«, raunte Eileen schmeichlerisch. Lena riss die Augen auf, als sie plötzlich Eileens Hand auf dem Bauch spürte. Unter der Berührung erstarrte Lenas Körper erst recht, doch die Lehrerin schien davon nichts mitzubekommen. »Schon besser«, lobte sie lächelnd.

Lena wartete, bis die Frau zum Nächsten weitergegangen war, bevor sie die Augen wieder schloss. Dann öffnete sie den Mund und ließ die Luft entweichen. Langsam überkam sie das Gefühl, es könnte doch noch funktionieren, doch da klatschte Eileen auch schon in die Hände und rief: »Schluss für heute.«

Lena sprang so schnell auf die Füße, dass ihr schwindelig wurde. Die anderen Studenten lächelten einander benommen an oder umarmten die charmante Lehrerin, doch Lena schnappte sich ihr Handtuch und stürzte zur Umkleidekabine.

Erleichtert stellte sie fest, dass sie den Raum für sich hatte. Sie betrachtete sich im Spiegel. Seit der Vergewaltigung hatte Lena aufgehört sich anzusehen, doch aus irgendeinem Grund hatte sie heute das Bedürfnis danach. Unter den Augen hatte sie dunkle Ringe, ihre Wangenknochen standen noch stärker hervor als sonst. Sie wurde immer dünner, weil ihr in letzter Zeit schon der bloße Gedanke an Essen Übelkeit bereitete.

Sie zog das Haarband ab und ließ sich die langen braunen Strähnen ins Gesicht und in den Nacken fallen. So fühlte sie sich sicherer – wenn sie das Haar wie einen Vorhang trug. Wenn sie niemand ansehen konnte.

Als jemand hereinkam, hastete Lena zu ihrem Schrank. Es war ihr peinlich, vor dem Spiegel ertappt worden zu sein. Vor ihr stand ein junger Mann, der seinen Rucksack aus dem Spind direkt neben dem ihren holte. Er war so nah, dass Lena eine Gänsehaut bekam. Sie drehte sich um und griff nach ihren Schuhen. Die konnte sie genauso gut draußen anziehen.

»Hallo«, sagte er.

Er verstellte ihr den Weg zur Tür. Lena wartete.

»Immer das mit dem Umarmen«, sagte er kopfschüttelnd, als hätten sie darüber schon öfter gelacht.

Lena musterte ihn, sie wusste, dass sie mit diesem Kerl noch nie geredet hatte. Für einen Mann war er ziemlich klein, kaum größer als sie selbst. Sein Körper war drahtig, unter dem langärmeligen schwarzen T-Shirt zeichneten sich muskulöse Arme und Schultern ab. Sein Haar war kurz, und er trug so knallgrüne Socken, dass es fast in den Augen wehtat.

Er streckte ihr die Hand entgegen. »Ethan Green. Ich bin seit ein paar Wochen dabei.«

Lena setzte sich auf die Bank und zog die Schuhe an.

Ethan ließ sich auf dem anderen Ende nieder. »Du heißt Lena, oder?«

»Weißt du das aus der Zeitung?«, knurrte sie, während sie versuchte, den Schnürsenkel aufzuknoten. Der verdammte Artikel über sie und Sibyl letztes Jahr machte ihr das Leben noch schwerer, als es schon war.

»Nein, nein, nein«, sagte er hastig. »Das heißt, doch, ich habe von dir gehört, aber Eileen hat dich Lena genannt, und da habe ich eins und eins zusammengezählt.« Er lächelte nervös. »Und ich habe dich von dem Foto wiedererkannt.«

»Schlaues Kerlchen«, sagte sie und ließ die Schnürsenkel los. Sie stand auf und versuchte so in den Turnschuh zu schlüpfen.

Auch er stand auf. Im Yoga waren immer drei oder vier Jungs, die im Umkleideraum davon schwafelten, wie sie durch Yoga eins mit ihren Gefühlen und ihrem inneren Wesen würden und so weiter. Yoga war die neueste Anmache, und Lena schätzte, dass männliche Yoga-Schüler mehr Frauen abkriegten als alle anderen.

Sie sagte: »Ich muss los.«

»Warte mal«, rief er mit einem kleinen Lächeln. Er sah gut aus, wahrscheinlich war er es gewohnt, dass die Frauen ihm zu Füßen lagen.

»Was?« Sie sah ihn ungeduldig an. Eine kleine Schweißperle rollte an seiner Schläfe hinab. Vor seinem Ohr war eine zackige Narbe. Anscheinend war die Wunde nicht gereinigt worden, bevor sie verheilt war, denn sie hob sich dunkel ab.

Er lächelte nervös. »Hast du Lust, noch einen Kaffee trinken zu gehen?«

»Nein.« Sie hoffte, damit hatte sie sich klar ausgedrückt.

Die Tür ging auf, und eine Horde Mädchen stürmte herein, Spindtüren wurden aufgemacht und zugeschlagen.

»Stehst du nicht auf Kaffeetrinken?«

»Ich stehe nicht auf kleine Jungs«, sagte sie, griff nach ihrer Tasche und verließ den Raum, bevor er noch etwas sagen konnte.

Lena war durcheinander, als sie die Turnhalle verließ, und wütend, dass sie sich von einem Kerl hatte anquatschen lassen. Selbst nach der mühsamen Entspannungsphase war Lena nach der Yogastunde normalerweise einigermaßen ruhig. Doch jetzt war alles verpufft. Sie war angespannt und nervös. Vielleicht sollte sie ihr Zeug nach Hause bringen und dann ausgiebig joggen gehen, bis sie so müde war, dass sie den Rest des Tages verschlief.

»Lena?«

Lena drehte sich um. Aber es war nicht wieder dieser Typ. Es war Jeffrey.

»Was ist?«, fragte sie. Instinktiv ging sie auf Abwehrhaltung. Irgendetwas an der Art, wie er breitbeinig und mit gestrafften Schultern dastand, verriet, dass es sich nicht um einen Anstandsbesuch handelte.

»Ich muss dich bitten, mit aufs Revier zu kommen.«

Sie lachte, doch im gleichen Moment wusste Lena, dass er keine Witze machte.

»Nur eine Minute.« Jeffrey steckte die Hände in die Jackentaschen. »Ich habe da wegen gestern noch ein paar Fragen.«

»Wegen Tessa Linton?«, fragte Lena. »Ist sie gestorben?«

»Nein.« Er blickte sich um, und Lena sah Ethan Green ungefähr zwanzig Meter hinter ihm. Jetzt kam Jeffrey einen Schritt näher. Etwas leiser sagte er: »Wir haben deine Fingerabdrücke in Andy Rosens Wohnung gefunden.«

Sie konnte ihre Überraschung nicht verbergen. »In seiner Wohnung?«

»Warum hast du mir nicht gesagt, dass ihr euch kennt?«

»Weil ich ihn nicht kenne«, zischte Lena. Sie wollte sich umdrehen und gehen, doch Jeffrey hielt sie am Arm fest.

»Du weißt, dass wir die DNA an deiner Unterhose identifizieren können.«

Lena wusste nicht, wann sie das letzte Mal so verblüfft gewesen war. »Welche Unterhose?«

»Die Unterhose, die du in Andys Zimmer vergessen hast.«

»Wovon redest du überhaupt?«

Er lockerte den Griff und sagte: »Komm, gehen wir, Lena.«

Lena konnte es immer noch nicht glauben: »Nein, ich komme nicht mit.«

»Nur ein paar Minuten.« Seine Stimme war freundlich, doch Lena hatte lange genug mit Jeffrey zusammengearbeitet, um zu wissen, dass das nicht viel zu bedeuten hatte.

»Bin ich verhaftet?«

Er klang gekränkt. »Natürlich nicht.«

Sie versuchte, ruhig zu klingen. »Dann lass mich in Ruhe.«

»Ich muss mit dir reden.«

»Dann mach einen Termin mit meiner Sekretärin aus.« Lena versuchte sich loszuwinden, doch Jeffreys Griff war unerbittlich. Panik stieg in ihr auf. »Hör auf«, fauchte sie und machte mit ihrem Arm eine ruckartige Bewegung.

»Lena …«

»Lass mich gehen!«, schrie sie. Jetzt zog sie den Arm so fest zurück, dass sie rückwärts auf den Bürgersteig stürzte. Sie knallte mit dem Steißbein auf das Pflaster, wie ein Presslufthammer schoss ihr der Schmerz in die Wirbelsäule.

Plötzlich stolperte Jeffrey nach vorn. Lena dachte schon, er würde auf sie fallen, doch er fing sich gerade noch.

»Was zum …?« Sie schnappte erstaunt nach Luft. Ethan hatte Jeffrey von hinten gestoßen.

Jeffrey hatte das Gleichgewicht schnell wiedergefunden und im nächsten Moment Ethan am Kragen. »Was zum Teufel glaubst du, was du da tust?«

Ethans Stimme war ein einziges Knurren. Der nette Junge, der Lena in der Umkleidekabine angesprochen hatte, hatte sich in einen zähnefletschenden Pitbull verwandelt. »Leck mich am Arsch.«

Jetzt hielt Jeffrey Ethan die Polizeimarke vor die Nase. »Was hast du gesagt, Kleiner?«

Ethan starrte Jeffrey an, nicht die Marke. Seine Nackenmuskeln waren angespannt, und die Adern auf seiner Stirn traten deutlich hervor. »Ich hab gesagt, leck mich am Arsch, Drecksack.«

Jeffrey nahm die Handschellen heraus. »Wie heißt du?«

»Zeuge«, knurrte Ethan, seine Stimme hart und monoton. Anscheinend kannte er sich gut mit dem Gesetz aus. »Augenzeuge.«

Jeffrey lachte. »Wovon?«

»Sie haben diese Frau geschlagen, und sie ist zu Boden gegangen.« Ethan drehte Jeffrey den Rücken zu und half Lena beim Aufstehen. Er klopfte ihr den Staub von der Hose und beachtete Jeffrey nicht weiter. »Komm, wir gehen.«

Lena war wie betäubt von seinem autoritären Ton. Ohne sich zu besinnen, ging sie zu ihm.

»Lena«, sagte Jeffrey kopfschüttelnd. »Mach es doch nicht noch schwieriger, als es ohnehin schon ist.«

Mit geballten Fäusten drehte sich Ethan um. Lena kam zu dem Schluss, dass er nicht nur dumm, sondern auch verrückt war. Jeffrey hatte mindestens zwanzig Kilo mehr auf den Rippen. Abgesehen davon war er bewaffnet.

»Komm schon«, sagte Lena und zerrte Ethan fort. Als sie sich wieder umzublicken wagte, stand Jeffrey immer noch an derselben Stelle. Sein Blick versicherte ihr, dass die Sache ein Nachspiel haben würde.

Ethan stellte zwei Becher auf den Tisch, Kaffee für Lena, Tee für sich selbst.

»Zucker?«, fragte er und holte zwei Papiertütchen aus den Hosentaschen. Jetzt war er wieder der nette Junge aus dem Yogakurs. Die Verwandlung war so vollkommen, dass Lena sich nicht sicher war, wen sie da eben gesehen hatte. Andererseits war heute so ein verkorkster Tag, dass sie nicht wusste, ob ihrer Erinnerung überhaupt zu trauen war.

»Nein«, sagte sie. Lieber hätte sie einen Whiskey getrunken. Egal was Jill dachte, Lena hatte ihre Regeln, und eine davon war, dass sie vor acht Uhr abends nicht trank.

Ethan setzte sich, bevor Lena ihn fortschicken konnte. Sie würde ohnehin gleich gehen – sobald sie den Schreck über den Vorfall mit Jeffrey verdaut hatte. Ihr Herz klopfte immer noch, und ihre Hand zitterte, als sie den Becher hob. Sie hatte Andy Rosen nie gesehen. Wie waren ihre Fingerabdrücke bloß in seiner Wohnung gelandet? Und abgesehen davon – wie kam Jeffrey darauf, er hätte einen Slip von ihr gefunden?

»Cops«, seufzte Ethan. Aus seinem Mund hörte es sich an wie »Kinderschänder«. Kopfschüttelnd nippte er an seinem Tee.

»Du hättest dich nicht einmischen sollen«, erklärte Lena. »Außerdem hättest du Jeffrey nicht provozieren sollen. Das vergisst er nicht so schnell.«

»Ich habe keine Angst.«

»Solltest du aber.« Ethan hörte sich an wie der typische

verwöhnte Vorstadtbengel, dessen Eltern vor lauter Golfspielen vergessen hatten, ihrem Kind Respekt vor der Obrigkeit beizubringen. Hätte Lena ihn im Verhörraum auf dem Revier gehabt, dann hätte sie ihm seine Selbstgefälligkeit schon ausgetrieben.

»Du hättest auf Jeffrey hören sollen.«

Wut blitzte in seinen Augen auf, doch er beherrschte sich. »So wie du vielleicht?«

»Du weißt, was ich meine.« Sie trank noch einen Schluck Kaffee. Er war brühend heiß, aber sie achtete nicht darauf.

»Ich stehe nicht daneben und sehe zu, wenn dich jemand herumschubst.«

»Bist du vielleicht mein großer Bruder oder so was?«

»Die Cops«, sagte Ethan und zupfte an dem Teebeutel herum, »die denken doch, sie können uns einfach so rumschubsen, nur weil sie eine Marke haben.«

Lena nahm die Bemerkung persönlich. »Es ist nicht einfach, Cop zu sein. Vor allem, wenn die Bevölkerung so einen Blödsinn denkt wie du.«

»Hey, hey.« Er hob abwehrend die Hände und sah sie irritiert an. »Ich weiß, dass du früher eine von denen warst, aber du musst zugeben, der Typ hat dich rumgeschubst.«

»Ach was«, sagte Lena. Sie hoffte, ihr Ton machte deutlich, dass *niemand* sie herumschubste. »Nicht, bis du kamst.« Sie machte eine dramatische Pause. »Dir macht es wohl Spaß, dich mit einem Cop zu prügeln?«

»Meinst du, dem macht das keinen Spaß?«, schoss Ethan zurück, wieder flackerte Wut in seinen Augen auf. Er starrte in seinen Becher und gewann seine Beherrschung zurück. Als er aufsah, lächelte er. »Man sollte immer einen Zeugen haben, wenn ein Cop einen blöd anmacht.«

»Darin hast du wohl Erfahrung«, spottete sie. »Wie alt bist du, zwölf?«

»Dreiundzwanzig«, sagte er. Die Frage schien den erwünschten Zweck nicht erfüllt zu haben. »Und ich kenn mich mit Cops aus, weil ich mich mit Cops auskenne.«

»Hört, hört.« Als er nur die Schultern zuckte, setzte sie nach: »Lass mich raten: Als Teenager warst du im Jugendknast, weil du Briefkästen umgetreten hast? Oder hat dein Englischlehrer Haschisch in deinem Ranzen gefunden?«

Er bleckte wütend die Zähne. Sie sah, dass an seinem Schneidezahn eine Ecke fehlte. »Ich bin da mal in eine Sache reingezogen worden, aber ich will nichts mehr damit zu tun haben, okay?«

»Du bist ja ganz schön reizbar.« Es war mehr eine Feststellung als Kritik. Lena wurde selber ständig vorgeworfen, sie sei reizbar, aber im Vergleich mit Ethan Green hatte sie ein Gemüt wie Mutter Teresa.

»Jedenfalls bin ich nicht mehr der Mensch, der ich mal war.«

Jetzt zuckte Lena die Schultern, denn es war ihr offen gesagt vollkommen egal, was für ein Mensch er war. Viel mehr interessierte es sie, wie zum Teufel Jeffrey sie in Verbindung mit Andy Rosen gebracht hatte. Hatte Jill Rosen etwas angedeutet?

»So«, sagte Ethan, als hätten sie das vom Tisch. »Hast du Andy gut gekannt?«

Lena riss die Augen auf. »Warum?«

»Ich hab gehört, was der Cop über dein Höschen gesagt hat.«

»Erstens hat er nichts über ›Höschen‹ gesagt«, schnaubte sie.

»Und zweitens?«

»Geht's dich einen Scheißdreck an.«

Er bleckte schon wieder die Zähne. Entweder hielt er das für wer weiß wie cool, oder er hatte einen Tick.

Lena starrte ihn schweigend an. Als er mit dem Teebeutel spielte, zuckten die Wölbungen unter seinem T-Shirt. Selbst sein Gesicht schien muskulös. Der Kiefer und die Wangenknochen wirkten wie aus Granit gemeißelt. Irgendetwas daran, wie er kurzzeitig die Beherrschung verlor und dann sofort wiedergewann, faszinierte Lena.

Ethan hatte sie in eins der angesagten Cafés in der Nähe des Campus geschleppt. Der kleine Raum war selbst um diese Tageszeit überfüllt. Sie sah sich um, vielleicht lauerte Jeffrey irgendwo. Sie konnte immer noch seinen Zorn spüren, aber noch schlimmer war dieser Blick gewesen – er hatte sie angesehen wie eine Verräterin. Kein Cop mehr zu sein, war eine Sache, doch nun behinderte sie die Ermittlungen – war vielleicht sogar in den Fall verwickelt und log. Damit stand sie unwiderruflich auf seiner schwarzen Liste. Bei der Polizei war Jeffrey mehr als einmal sauer auf sie gewesen, doch heute hatte sie endgültig das verloren, wofür sie sich jahrelang den Arsch aufgerissen hatte: seinen Respekt.

Bei dieser Erkenntnis brach sie in kalten Schweiß aus. Glaubte Jeffrey wirklich, sie wäre verdächtig? Lena kannte Jeffreys Arbeitsweise, aber sie hatte nie auf der anderen Seite gestanden. Sie wusste, wie leicht man bei ihm in einer Zelle landete – und wenn es nur für ein paar Nächte war, während er eine Spur verfolgte. In einer verschlossenen Zelle würde Lena keine Sekunde überleben. Als Cop, selbst als Excop, war es gefährlich im Knast. Was dachte sich Jeffrey bloß? Was für Beweise hatte er? Ihre Fingerabdrücke konnten gar nicht in Andy Rosens Wohnung sein. Sie wusste ja nicht mal, wo der Junge wohnte.

Ethan unterbrach ihre Gedanken. »Es ging um das Mädchen, das überfallen wurde, oder?«

Sie sah ihn herausfordernd an. »Was machen wir eigentlich hier?«

Er schien überrascht. »Ich wollte nur mit dir reden.«

»Warum?«, fragte sie. »Weil du den Zeitungsartikel gelesen hast? Stehst du auf Vergewaltigungsopfer?«

Er sah sich nervös um, wahrscheinlich weil sie so laut gesprochen hatte. Doch für sie gab es keinen Grund zu flüstern – jeder hier wusste von Lenas Vergewaltigung. Sie konnte sich nicht mal eine Cola holen, ohne dass der Verkäufer auf die Narben an ihren Händen starrte. Keiner wollte mit ihr darüber reden, aber alle zerrissen sich begeistert hinter ihrem Rücken das Maul.

»Was willst du wissen?«, fragte sie. »Schreibst du eine Hausarbeit darüber?«

Er versuchte locker zu bleiben. »Nein, das wäre ja Soziologie. Ich studiere Naturwissenschaften. Polymere. Metalle. Chemische Verbindungen. Mechanische Eigenschaften.«

»Ich war am Boden festgenagelt.« Sie zeigte ihm ihre Hände, drehte sie um, damit er sah, wo die Nägel durchgegangen waren. Wenn sie barfuß gewesen wäre, hätte sie ihm auch ihre Füße gezeigt. »Er hat mich unter Drogen gesetzt und mich zwei Tage lang vergewaltigt. Was willst du sonst noch wissen?«

Er schüttelte den Kopf. »Ich wollte nur Kaffee mit dir trinken.«

»Na, den Punkt kannst du jetzt auf deiner Liste abhaken«, zischte sie und stürzte den Kaffee in einem Zug herunter. Sie knallte den Becher auf den Tisch und stand auf. »Mach's gut.«

»Nein.« Blitzschnell hatte er sie mit eisernem Griff am

linken Handgelenk gepackt. Der Schmerz schoss ihr den Arm hinauf wie ein Stromstoß. Lena versuchte keine Miene zu verziehen.

»Bitte«, sagte er gepresst, ohne lockerzulassen. »Bleib noch eine Minute.«

»Warum?«, keuchte sie. Wenn er noch ein bisschen fester zudrückte, würde er ihr den Knochen brechen.

»Ich will nicht, dass du denkst, ich wäre so einer.«

»Was für einer bist du denn?« Sie erlaubte sich, zu ihrer Hand hinunterzublicken.

Er wartete eine Sekunde, dann ließ er ihr Handgelenk los. Lena konnte einen kleinen Seufzer der Erleichterung nicht unterdrücken.

»Also, was bist du nun für einer?«, wiederholte sie.

Sein Lächeln war alles andere als beruhigend. »Einer, der gern mit hübschen Mädchen redet.«

Sie lachte höhnisch auf und sah sich im Café um, das sich in den letzten Minuten geleert hatte. Der Mann hinter der Theke beobachtete sie. Als Lena ihn ansah, drehte er sich schnell zur Espressomaschine um.

»Komm schon«, bat Ethan. »Setz dich.«

Lena starrte ihn an.

»Tut mir leid, dass ich dir wehgetan habe.«

»Wie kommst du darauf, dass du mir wehgetan hast?« Ihr Handgelenk pochte noch immer. Sie versuchte die Hand zu beugen, doch der Schmerz war zu heftig. Das würde sie ihm heimzahlen. Damit kam er nicht davon.

»Ich will nicht, dass du sauer auf mich bist.«

»Ich kenne dich gar nicht«, sagte sie. »Und falls du's nicht kapiert hast, ich habe eigene Sorgen, also danke für den Kaffee, aber …«

»Ich habe Andy gekannt.«

Plötzlich hörte sie wieder Jeffreys Worte – was er über

Lenas Spuren in Andys Wohnung gesagt hatte. Sie versuchte, in Ethans Ausdruck zu lesen, ob er log, doch sie konnte es nicht mit Sicherheit sagen. Sie erinnerte sich an Jeffreys Drohung. »Was weißt du von Andy?«, fragte sie.

»Setz dich«, sagte er. Es war keine Bitte.

»Ich höre dich auch von hier ganz gut.«

»Ich rede nicht, wenn du stehen bleibst.« Geduldig lehnte er sich zurück.

Im Stehen ging Lena ihre Möglichkeiten durch. Ethan war Student. Er bekam wahrscheinlich sehr viel mehr auf dem Campus mit als Lena. Wenn sie von ihm ein paar Informationen über Andy bekommen würde, könnte sie Jeffrey dazu bringen, seine verrückten Anschuldigungen zurückzunehmen. Lena lächelte bei der Vorstellung, Jeffrey die entscheidenden Hinweise hinzuwerfen, die zur Lösung des Falls führten. Er hatte ihr deutlich gesagt, dass sie kein Cop mehr war. Und bald würde er bereuen, dass er sie hatte gehen lassen.

»Warum lächelst du?«, fragte Ethan.

»Geht dich nichts an.« Lena drehte den Stuhl um und setzte sich wieder. Sie ließ die Hände über die Lehne hängen. Der Druck an ihrem Handgelenk fühlte sich an wie Feuer. Doch die Heftigkeit des Schmerzes zu beherrschen, hatte etwas Berauschendes. Zur Abwechslung fühlte sie sich stark. »Erzähl mir, was du von Andy weißt.«

Er schien zu überlegen, doch schließlich sagte er einfach: »Nicht viel.«

»Du verschwendest meine Zeit.« Wieder wollte sie aufstehen, doch er streckte die Hand aus, um sie zurückzuhalten. Diesmal fasste Ethan sie zwar nicht an, doch die Erinnerung an seinen Griff reichte, um Lena am Aufstehen zu hindern.

»Was weißt du?«, wiederholte sie.

»Ich kenne jemanden, der mit ihm befreundet war. Eng befreundet.«

»Wer?«

»Machst du gern mal Party?«

Lena verstand den Jargon der Drogenkultur. »Und du?«, fragte sie zurück. »Stehst du auf E, oder was?«

»Nein.« Er klang enttäuscht. »Du?«

»Was glaubst du denn?«, zischte sie. »Und Andy?«

Ethan sah sie einen Moment durchdringend an, als versuchte er sich ein Bild von ihr zu machen. »Ja.«

»Woher willst du das wissen, wenn du selbst nicht Party machst?«

»Seine Mutter arbeitet doch in der Klinik. Darüber wird eben geredet – dass sie ihrem eigenen Kind nicht helfen kann.«

Lena hatte das Gefühl, Jill Rosen verteidigen zu müssen, obwohl sie genau das Gleiche dachte. »Man kann den Leuten im Grunde nicht groß helfen. Vielleicht wollte Andy gar nicht aufhören. Vielleicht war er nicht stark genug.«

Er wirkte neugierig. »Meinst du?«

»Keine Ahnung«, antwortete sie, doch seit einem Jahr stand sie dem Thema Drogen anders gegenüber. »Manchmal will man einfach abhauen. Nicht mehr nachdenken müssen.«

»Aber es ist eben immer nur für kurze Zeit.«

»Du scheinst dich auszukennen.« Sie warf einen Blick auf seine Arme, die von den Ärmeln des T-Shirts verdeckt wurden. Auf einmal ahnte sie, warum er diese langen Ärmel trug.

Ethan hatte ihren Blick gesehen. Er zog sich die Ärmel noch weiter über die Handgelenke. »Sagen wir, ich bin mal in Schwierigkeiten geraten, und belassen wir es dabei.«

»Verstehe.« Lena betrachtete ihn und fragte sich, ob er noch irgendetwas Nützliches für sie hätte. Vielleicht kam sie an seine Polizeiakte heran – dass Ethan Green eine hatte, stand für sie außer Zweifel – und könnte ihn damit unter Druck setzen.

»Seit wann bist du am GIT?«, fragte sie.

»Ungefähr ein Jahr«, sagte er. »Ich bin von der University of Georgia hergewechselt.«

»Wie kommt's?«

»Hat mir dort nicht gefallen.« Er zuckte die Schultern. Die Geste sagte mehr als alle Worte. Vielleicht war er von der Uni geflogen. »Ich wollte an ein kleineres College. An der UGA ist es wie im Dschungel. Gewalt, Verbrechen … Vergewaltigung. Kein Ort, an dem ich mich freiwillig aufhalten will.«

»Und in Grant ist es anders?«

»Hier ist das Tempo langsamer.« Er spielte wieder mit seinem Teebeutel. »An der UGA habe ich mich verändert. Nicht gerade zu meinem Vorteil. Es war wohl einfach alles zu viel für mich.«

Lena verstand ihn sogar, doch das sagte sie nicht. Stattdessen überlegte sie wieder fieberhaft, was sie mit Andy Rosen in Verbindung gebracht haben konnte. Es musste ein Irrtum sein. Vielleicht hatte sie in Jill Rosens Praxis irgendetwas angefasst, das in Andys Zimmer gelandet war. Das war die einzige Erklärung. Was die Unterhose anging, das würde sich früher oder später schon aufklären. Doch wie kam Jeffrey darauf, es wäre ihre? Lena hätte mit ihm reden sollen, statt ihn noch mehr gegen sich aufzubringen. Sie hätte Ethan sagen sollen, dass er sich verdammt noch mal rauszuhalten hatte. Er war schuld, dass die Sache mit Jeffrey eskaliert war, nicht sie selbst. Sie hoffte nur, Jeffrey wusste das auch. Jeffrey zum Feind zu haben war gefährlich. Er konnte sie in Schwierigkeiten bringen, nicht nur in der Stadt, sondern auch am College. Und wenn sie hier gefeuert würde, dann stünde sie auf der Straße.

»Lena?« Ethan holte sie in die Gegenwart zurück.

»Wer ist denn dieser enge Freund von Andy?«

Ethan verwechselte die Verzweiflung in ihrer Stimme mit Schärfe. »Du klingst wie ein Cop.«

»Ich *bin* Cop«, antwortete sie automatisch.

Er lächelte traurig, als wäre er enttäuscht von ihr.

»Ethan?« Sie versuchte ihre Panik zu verbergen.

»Ich mag es, wenn du meinen Namen sagst«, sagte er spöttisch. »So voller Wut.«

Sie sah ihn zornig an. »Mit wem hing Andy herum?«

Er tat so, als dachte er nach, doch sie merkte, dass er ihr noch nicht sagen wollte, was er wusste. Er ließ die Information wie einen Köder vor ihrer Nase baumeln. In seinem Blick war derselbe Ausdruck wie vorhin, als er ihr fast das Handgelenk gebrochen hatte.

»Hör mal, verarsch mich nicht«, sagte sie. »Ich habe genug Scheiße am Hals, da brauche ich nicht noch so einen Idioten wie dich.« Dann bremste sie sich. Ethan war ihre einzige Chance, an Information über Andy Rosen heranzukommen. »Hast du mir was zu sagen oder nicht?«

Er presste die Lippen zusammen und schwieg.

»Okay«, sagte sie und stand auf. Sie hoffte, er durchschaute den Bluff nicht.

»Heute Abend ist wieder Party«, lenkte er ein. »Ein paar von Andys Freunden werden dort sein. Der Typ, den ich meine, auch. Er und Andy waren ziemlich eng.«

»Wo?«

Jetzt hatte er seine Überlegenheit wiedergewonnen. »Willst du etwa einfach da reinmarschieren und Fragen stellen?«

»Was willst du eigentlich von mir?«, fragte Lena. Um irgendwas ging es immer. »Was willst du?«

Ethan zuckte die Schultern, aber sie las die Antwort in seinen Augen. Er fühlte sich zu ihr hingezogen, doch er hatte die Dinge gern unter Kontrolle. Lena kannte das Spiel. Und sie war besser darin als irgendein dreiundzwanzigjähriger Knabe.

Sie lehnte sich über die Stuhllehne. »Sag mir, wo die Party ist.«

»Ich habe mir unser Gespräch ehrlich gesagt etwas anders vorgestellt«, sagte er reumütig. »Es tut mir leid wegen deiner Hand.«

Lena warf einen Blick auf ihre Hand. Dunkelblaue Flecken markierten die Stelle, an der seine Finger zugedrückt hatten.

Sie sagte: »Nichts passiert.«

»Du siehst aus, als hättest du Schiss vor mir.«

»Warum sollte ich?«, erwiderte Lena ungläubig.

»Weil ich dir wehgetan habe.« Er deutete auf ihre Hand. »Komm schon, es war nicht so gemeint. Tut mir leid.«

»Glaubst du, nach dem, was letztes Jahr passiert ist, habe ich Schiss vor einem kleinen Jungen, der Händchen halten will?« Sie schnaubte.

Wieder verwandelte sich sein Gesicht von Dr. Jekyll zu Mr. Hyde, seine Kiefer knirschten wie eine Baggerschaufel.

»Was ist?« Lena fragte sich, wie weit sie gehen konnte. Wenn er wieder versuchte ihr wehzutun, würde sie ihm gehörig in die Eier treten. »Habe ich deine Gefühle verletzt? Muss der kleine Ethan jetzt weinen?«

Seine Stimme war ruhig und beherrscht. »Ich weiß, wo du wohnst.«

Sie lachte. »Willst du mir drohen?«

»Ich hole dich um acht ab.«

»So?« Sie war sich nicht sicher, wie er es meinte.

»Ich hole dich um acht ab«, sagte Ethan und stand auf. »Dann gehen wir ins Kino und danach auf die Party.«

»Tja«, antwortete sie, als keine Pointe kam, »wohl kaum.«

»Ich dachte, du willst mit Andys Freund reden und diesen Cop loswerden.«

»Und warum glaubst du das?«

»Cops sind wie Hunde. Du musst vorsichtig mit ihnen sein. Du weißt nie, ob einer Tollwut hat.«

»Tolle Metapher«, sagte Lena. »Aber ich kann ganz gut auf mich selber aufpassen.«

»Es ist ein Vergleich, keine Metapher.« Er warf sich die Sporttasche über die Schulter. »Und steck dir die Haare hoch.«

Lena zischte: »Bestimmt nicht.«

»Steck dir die Haare hoch. Ich komme um acht.«

Sieben

Sara saß in der Eingangshalle des Grady Hospital und beobachtete den stetigen Strom der Menschen, die durch den großen Haupteingang hinaus- und hereineilten. Das Krankenhaus war vor über hundert Jahren gegründet und seitdem immer weiter ausgebaut worden. Ursprünglich geplant als bescheidene Einrichtung im Dienst der Bedürftigen mit nur einer Handvoll Zimmern, verfügte die Universitätsklinik heute über fast eintausend Betten und bildete mehr als ein Viertel der Ärzte in Georgia aus.

Seit Sara hier gearbeitet hatte, waren mehrere neue Gebäudeteile angebaut worden, doch der Übergang zwischen alt und neu war schroff. Während die hohe neue Eingangshalle voller Marmor und Glas fast wie der Eingang eines Einkaufszentrums wirkte, stammten die Flure, die ins Gebäude hineinführten, mit ihren lindgrünen Kacheln und den gesprungenen gelben Böden immer noch aus den vierziger und fünfziger Jahren. Man hatte das Gefühl, man reiste auf ihnen in der Zeit zurück. Sara schätzte, der Krankenhausdirektion war schlicht das Geld ausgegangen, bevor die Renovierungsarbeiten abgeschlossen waren.

In der Eingangshalle gab es keine Bänke, wahrscheinlich, um keine Obdachlosen anzulocken. Glücklicherweise hatte Sara einen Plastikstuhl gefunden, den jemand an der Drehtür hatte stehen lassen. Von ihrem Platz aus konnte sie die Menschen beobachten, die kamen und gingen, ihre Schicht begannen oder Feierabend machten. Auch wenn sich genau gegenüber das Parkhaus der Georgia State University befand, konnte man von hier die Skyline sehen. Dunkle Wolken krochen über die Dächer wie Katzen über einen Zaun. Auf der Treppe draußen saßen Leute, rauchten oder telefonierten oder vertraten sich die Beine, bis ihr Dienst anfing oder der Bus kam, der sie nach Hause brachte.

Sara sah auf die Uhr und fragte sich, wo Jeffrey blieb. Er hatte gesagt, er würde um vier hier sein, jetzt war es fünf nach. Wahrscheinlich steckte er mitten im Berufsverkehr. Trotzdem war Sara ungeduldig. Jeffrey verschätzte sich immer. Sie wollte ihn gerade anrufen, als das Telefon in ihrer Hand klingelte.

»Wann kommst du?«, fragte sie.

»Immer zu früh!«, antwortete Hare.

Sara schloss die Augen. Das Letzte, was sie jetzt brauchte, war ihr Witzbold von einem Cousin. Sie liebte ihn über alles, doch Hare litt unter der krankhaften Schwäche, nichts auf der Welt auch nur eine Sekunde lang ernst nehmen zu können.

»Hast du mit Mama gesprochen?«

»Jupp«, sagte er, ohne näher darauf einzugehen.

»Wie steht's in der Klinik?«

»Das ganze Geplärre«, stöhnte er, »ich weiß nicht, wie du das aushältst.«

»Nach einer Weile gewöhnt man sich dran«, erklärte Sara. Er tat ihr leid. Sie wusste, wie es war, wenn Sechsjährige auf der Straße schreiend vor ihr davonliefen, weil sie in ihr die Frau erkannten, die ihnen die Spritzen gab.

»Immer dieses Gejammer und Gezeter«, fuhr Hare fort. Er verstellte seine Stimme: »›Leg das Krankenblatt zurück! Mal nicht auf dem Rezeptblock rum! Steck dein Hemd in die Hose! Weiß deine Mutter von der Tätowierung?‹ Herr im Himmel, diese Nelly Morgan ist ein harter Brocken.«

Jetzt musste Sara doch lächeln. Nelly war in der Klinik für den Verwaltungskram zuständig. Sie hatte schon im Kinderkrankenhaus gearbeitet, als Hare und Sara selbst Kinder gewesen waren.

»Egal«, schloss Hare. »Ich hab gehört, du kommst heute Nacht zurück?«

»Ja«, sagte Sara. Sie ahnte, was er wollte, und beschloss, es ihm nicht noch schwerer zu machen. »Ich weiß, dass du eigentlich Ferien hast. Wenn du loswillst, kann ich morgen wieder übernehmen.«

»Ach was, sei nicht albern«, wehrte er ab. »Es ist mir lieber, dass du mir mal einen Gefallen schuldest.«

»Das tue ich«, sagte sie. Sie wollte ihm danken, doch sie biss sich auf die Zunge. Er hätte sich nur wieder über sie lustig gemacht.

»Ich schätze, du arbeitest heute Nacht an Greg Louganis?«

Sara musste einen Moment nachdenken, bis ihr einfiel, dass Greg Louganis der berühmte Olympiasieger im Turmspringen war.

»Richtig«, sagte sie. »Hast du Andy Rosen zufällig gekannt?« Hare war Notarzt in Grant.

»Ich dachte mir doch, dass du drei und drei zusammenzählst«, antwortete er. »Kurz nach Neujahr wurde er mit einem Unterarmleck eingeliefert.« Seit er in der Notaufnahme arbeitete, hatte Hare für jedes menschliche Leiden irgendeinen Spruch.

»Und?«

»Nicht so schlimm. Die Arterie ist zusammengeflutscht wie ein Gummiband.«

Sara hatte darüber nachgegrübelt. Sich die Pulsadern

quer aufzuschneiden, war keine besonders geschickte Art, sich umzubringen. Wenn die Arterie durchtrennt war, zog sie sich ziemlich schnell zusammen. Es gab bessere Methoden, wenn man verbluten wollte.

»Meinst du, es war ein ernst gemeinter Versuch?«

»Ein ernst gemeinter Versuch, Aufmerksamkeit zu erregen«, sagte Hare. »Mummy und Daddy sind ausgeflippt. Der Sohnemann wurde mit Liebe überschüttet, als er das tapfere Schneiderlein spielte.«

»Hast du einen Psychologen hinzugezogen?«

»Seine Mutter ist Seelenklempnerin«, antwortete er. »Sie wollte sich selbst drum kümmern, verdammte Kacke.«

»War sie unhöflich?«

»Natürlich nicht!«, gab er zurück. »Sie war von ausgesuchter Höflichkeit. Ich wollte nur ein bisschen dramatisieren.«

»War es denn dramatisch?«

»Für die Eltern schon. Aber wenn du mich fragst, der Kleine war cool wie Permafrost.«

»Du meinst also, er hat es getan, weil er die Aufmerksamkeit brauchte?«

»Ich meine, er hat es für ein Auto getan.« Er machte ein ploppendes Geräusch. »Und, wer hätte das gedacht, als ich eine Woche später meinen Hund ausführe, fährt Andy in einem nagelneuen Mustang an mir vorbei.«

Sara legte sich die Hand an die Schläfe und versuchte sich zu konzentrieren. »Warst du überrascht, als du hörtest, dass er sich umgebracht hat?«

»Ziemlich«, erklärte Hare. »Der Junge war viel zu egoistisch, um sich umzubringen.« Er räusperte sich. »Alles *entre nous*, versteht sich. Das ist Französisch und heißt …«

»Ich weiß, was das heißt«, unterbrach Sara, bevor Hare

sich eine gewagte Übersetzung ausdenken konnte. »Sag mir Bescheid, wenn dir sonst noch was einfällt.«

»Na gut«, er klang enttäuscht.

»Sonst noch was?«

Hare atmete hörbar aus. »Ja, da ist noch was. Bist du gegen Kunstfehler versichert?«

Er zögerte lang genug, dass Sara einen gehörigen Schreck bekam. Natürlich wusste sie, dass er sie bloß aufzog. Wie bei allen amerikanischen Ärzten war Saras Kunstfehlerprämie höher als die Staatsverschuldung. »Ja?«

»Gilt die Versicherung für mich mit? Wenn ich meine noch einmal in Anspruch nehme, muss ich das Gratis-Steakmesser-Set zurückgeben.«

Sara sah in Richtung Tür. Zu ihrer Überraschung kam Mason James auf sie zu, mit einem zwei- oder dreijährigen Jungen an der Hand.

Sie sagte zu Hare: »Ich muss Schluss machen.«

»Schon wieder.«

»Hör mal, Hare«, sagte Sara. Als Mason näher kam, bemerkte sie zum ersten Mal, dass er leicht hinkte.

»Jaaa?«

Sie wusste, sie würde ihre Worte bereuen. »Vielen Dank fürs Einspringen.«

»Gehst du dafür wieder mit mir?«, fragte er feixend und legte auf.

Mason lächelte sie warmherzig an. »Ich hoffe, ich störe nicht.«

»Es war nur Hare«, sagte sie, »mein Cousin.« Sie wollte aufstehen, doch er bedeutete ihr, sitzen zu bleiben.

»Du bist sicher müde«, sagte er. Dann schlenkerte er die Hand des kleinen Jungen. »Das ist Ned.«

Sara lächelte das Kind an. Es sah seinem Vater ziemlich ähnlich. »Wie alt bist du, Ned?«

Ned hielt zwei Finger hoch, doch Mason beugte sich zu ihm herunter, um den dritten Finger aus der kleinen Faust zu pulen.

»Drei«, sagte Sara. »Dann bist du ja schon ein großer Junge.«

»Vor allem ist er ein verschlafener Junge«, sagte Mason und verwuschelte ihm das Haar. »Wie geht's deiner Schwester?«

»Besser«, antwortete sie. Wieder war sie kurz davor, in Tränen auszubrechen. Bis auf die zwei Worte, die sie zu Sara gesagt hatte, hatte Tessa noch nichts gesprochen. Die meiste Zeit, wenn sie wach war, starrte sie mit leerem Blick gegen die Wand. »Sie hat starke Schmerzen, aber sie wird schon wieder.«

»Das ist gut.«

Jetzt lief Ned mit ausgebreiteten Armen auf Sara zu. Kinder fühlten sich meistens wohl bei ihr, was ihr den Beruf oft erleichterte. Sie steckte das Handy in die Tasche und hob den Jungen auf ihren Schoß.

Mason bemerkte: »Er hat ein Faible für schöne Frauen.«

Sie lächelte kommentarlos und wiegte Ned auf ihren Knien. »Seit wann hinkst du?«

»Kinderbiss«, erklärte er und lachte, als er ihr Gesicht sah. »Ärzte ohne Grenzen.«

»Wow.« Sara war beeindruckt.

»Ob du's glaubst oder nicht, wir haben in Angola Kinder geimpft. Ein kleines Mädchen hat mir ein Stück aus der Wade gebissen.« Er kniete sich hin, um Ned den Schuh zuzubinden. »Zwei Tage später wurde debattiert, ob sie mir das Bein amputieren müssten, um die Entzündung in den Griff zu bekommen.« In seine Augen trat ein wehmütiger Glanz. »Ich hätte immer gedacht, du würdest mal so was machen.«

»Beine amputieren?«, fragte sie, doch sie wusste, was er meinte. »In der Provinz gibt es nicht genug Ärzte«, erklärte sie dann. »Meine Patienten sind auf mich angewiesen.«

»Da haben sie aber Glück.«

»Danke«, sagte sie. Das war die Art von Kompliment, mit der sie umzugehen wusste.

»Ich fasse es nicht, dass du Gerichtsmedizinerin bist.«

»Mein Dad hat auch erst nach dem dritten Jahr aufgehört, mich Quincy zu nennen.«

»Kann ich mir lebhaft vorstellen.« Er schüttelte lachend den Kopf.

Ned wand sich auf ihrem Schoß, und sie wippte ihn heftiger auf und ab. »Ich mag die Wissenschaft. Ich mag die Herausforderung.«

Mason sah sich in der Eingangshalle um. »Hier gibt es auch eine Menge Herausforderungen.« Er zögerte. »Du bist eine brillante Ärztin, Sara. Du hättest Chirurgin werden sollen.«

Sie lachte verlegen. »Das hört sich an, als würde ich meine Zeit verplempern.«

»Das meine ich nicht. Ich finde es nur eine Schande, dass du zurück aufs Land gezogen bist.« Er fügte hinzu: »Egal aus welchen Gründen.« Dabei nahm er ihre Hand und drückte sie sanft.

Sara erwiderte den Händedruck. »Wie geht's deiner Frau?«

Er lachte, doch er ließ ihre Hand nicht los. »Sie genießt es, das Haus für sich allein zu haben, jetzt, wo ich ins Holiday Inn gezogen bin.«

»Ihr habt euch getrennt?«

»Vor sechs Monaten. Seitdem ist es in unserer Gemeinschaftspraxis nur noch halb so schön.«

Sara dachte an Ned auf ihrem Schoß. Sie wusste, dass

Kinder viel mehr mitbekamen, als Erwachsene annahmen. »Endgültig?«

Masons Lächeln wirkte gezwungen. »Sieht so aus. Und wie geht's dir?« Er klang wehmütig. Mason hatte versucht, Kontakt zu halten, nachdem sie das Grady Hospital verlassen hatte, aber es hatte nicht geklappt. Damals war es wichtig für sie gewesen, alle Verbindungen nach Atlanta zu kappen. Hätte sie die Freundschaft mit Mason aufrechterhalten, wäre ihr die Rückkehr nach Grant sehr viel schwerer gefallen.

Sie dachte über eine Antwort nach, doch ihre Beziehung mit Jeffrey war so undefiniert, dass sie sich nur schwer beschreiben ließ. Plötzlich drehte sie sich zur Tür, sie hatte Jeffreys Kommen geahnt, noch bevor sie ihn gesehen hatte. Mit dem Jungen im Arm stand Sara auf.

Jeffrey lächelte nicht. Er sah genauso erschöpft aus, wie sie es selbst war. Sara fiel auf, dass die grauen Strähnen in seinem Haar immer mehr wurden.

»Hallo«, sagte Mason und streckte Jeffrey die Hand entgegen.

Jeffrey nahm sie und sah Sara fragend an.

»Jeffrey«, sagte sie und ließ Ned herunter. »Das ist Mason James, ein früherer Kollege von hier.« Ohne weiter nachzudenken, sagte sie zu Mason: »Das ist Jeffrey Tolliver, mein Mann.«

Mason war ebenso überrascht wie Jeffrey, und Sara war es vielleicht am allermeisten.

»Nett, Sie kennenzulernen«, sagte Jeffrey, ohne den Irrtum aufzuklären. Er grinste so frech, dass Sara Lust bekam, ihre Worte zu korrigieren.

Jeffrey deutete auf das Kind. »Und wen haben wir hier?«

»Ned«, erklärte Sara. Sie staunte, als Jeffrey sich bückte und dem Kleinen einen Stups unters Kinn gab.

»Hallo, Ned«, sagte er.

Die Offenheit, mit der Jeffrey auf den Jungen zuging, überraschte Sara. Am Anfang ihrer Beziehung hatten sie darüber gesprochen, dass Sara keine Babys bekommen konnte. Sara hatte sich oft gefragt, ob Jeffreys Scheu im Umgang mit Kindern daher rührte, dass er ihre Gefühle nicht verletzen wollte. Jetzt war er jedenfalls alles andere als reserviert. Er schnitt Grimassen und brachte Ned zum Lachen.

»So.« Mason nahm Ned bei der Hand. »Ich werde ihn mal lieber heimbringen, bevor er sich in einen Kürbis verwandelt.«

»Schön, dass wir uns gesehen haben«, sagte Sara. Sie sah von einem Mann zum anderen. Ihr Geschmack hatte sich seit damals erheblich geändert. Mason hatte blondes Haar und einen muskulösen Körper. Jeffrey dagegen war vom Typ eher der sehnige Langstreckenläufer, und sein dunkler Teint machte ihn auf eine ziemlich unwiderstehliche Art sexy.

»Ach, das habe ich ganz vergessen«, sagte Mason und kramte in seiner Hosentasche herum. »Ich habe hier den Zweitschlüssel zu meinem Sprechzimmer. Zimmer 1242 im Südflügel.« Er hielt Sara den Schlüssel hin. »Ich dachte, vielleicht möchtet ihr euch dort ausruhen, du und deine Familie. Ich weiß, wie schwer es in einem Krankenhaus ist, ein ruhiges Plätzchen zu finden.«

»Oh«, sagte Sara, doch sie nahm den Schlüssel nicht. Jeffrey war merklich unangenehm berührt. »Ich will mich auf keinen Fall aufdrängen.«

»Du drängst dich nicht auf. Wirklich.« Als Mason ihr den Schlüssel in die Hand drückte, berührte er ihre Finger ein bisschen länger als nötig. »Mein richtiges Sprechzimmer ist in der Praxis an der Emory University. Ich hab hier nur eine Couch und einen Schreibtisch für den Papierkram.«

»Danke«, sagte Sara. Sie wusste nicht, was sie sonst tun sollte. Sie ließ den Schlüssel in ihre Manteltasche gleiten. Mason hielt Jeffrey erneut die Hand hin.

»Nett, Sie kennengelernt zu haben, Jeffrey.«

Jeffrey schüttelte ihm die Hand, diesmal etwas forscher. Dann beobachtete er geduldig, wie sich Mason und Sara voneinander verabschiedeten. Er achtete auf jede Regung. Als Mason schließlich weg war, sagte er: »Netter Kerl.« Doch der Tonfall hätte auch zu »Arschloch« gepasst.

»Ja«, stimmte Sara zu, als sie zur Tür gingen. Sie spürte, dass er noch nicht fertig war.

»Mason.« Es klang, als hinterließe der Name einen schlechten Geschmack in seinem Mund. »Ist das der Kerl, mit dem du was hattest, als du hier gearbeitet hast?«

»Hm«, antwortete sie und ließ ein älteres Ehepaar vorbei. »Lange her.«

»Tja«, sagte er und stopfte sich die Hände in die Hosentaschen. »Sieht ziemlich gut aus.«

»Ja, ziemlich«, bestätigte sie. »Stehst du im Parkhaus?«

Er nickte. »Hast du mit ihm geschlafen?«

Damit hatte er sie kalt erwischt. Sara lief über die Straße zum Parkhaus. Sie wünschte, er würde die Sache auf sich beruhen lassen.

Doch er war ihr auf den Fersen. »Weil ich mich nämlich gar nicht daran erinnere, dass der Name auf deiner Liste war.«

Sie lachte ungläubig. »Weil du sogar von deiner eigenen Liste die Hälfte vergessen hast, Schlaumeier.«

Er warf ihr einen bösen Blick zu. »Das ist nicht lustig.«

»Ach, verdammt«, stöhnte sie. Sie konnte nicht glauben, dass er es ernst meinte. »Du hast so viele Felder beackert, bevor wir uns kennenlernten, du hättest eine Medaille verdient.«

Jeffrey bahnte sich wortlos den Weg durch eine Gruppe Menschen vor der Parkhaustreppe. Ohne auf Sara zu warten, riss er die Tür auf.

»Außerdem ist er verheiratet«, rief sie. Ihre Stimme hallte von den Betonwänden wider.

»Das war ich auch mal«, gab er zurück. Sprach nicht für ihn, dachte Sara.

Auf dem ersten Absatz wartete Jeffrey. »Ich weiß auch nicht, Sara, aber ich bin deinetwegen hierhergekommen, und dann seh ich dich da Händchen haltend mit irgendeinem Typen, dessen Kind du auf dem Schoß hast.«

»Bist du eifersüchtig?« Sara war so verblüfft, dass sie lachen musste. So kannte sie Jeffrey gar nicht. Sie hatte ihn immer für zu selbstgefällig gehalten, als dass er sich vorstellen könnte, eine Frau, die er begehrte, wäre möglicherweise scharf auf einen anderen.

»Willst du es mir erklären?«

»Ehrlich gesagt, nein.« Das musste ein Witz sein. Anders konnte sie es sich nicht begreiflich machen.

»Wie du willst.« Er stieg weiter die Treppen hinauf.

Sara kam hinterher. »Ich schulde dir für überhaupt nichts eine Erklärung.«

»Weißt du was?«, knurrte er. »Du kannst mich mal.«

Sara platzte die Hutschnur. »Tickst du eigentlich noch ganz richtig?«

Als er sich umdrehte, sah sie, wie tief verletzt er war. Ein Teil ihrer eigenen Wut war verraucht. »Jeff ...«

Er schwieg.

»Wir sind beide müde.« Sie blieb auf der Stufe unter ihm stehen.

Doch er lief schon weiter. »Ich bin zu Hause und schrubbe deine Küche, und du …«

»Darum habe ich dich nicht gebeten.«

Oben blieb er stehen und sah durch das große Fenster hinunter auf die Straße. Sara wusste, entweder konnte sie auf stur schalten und die vierstündige Fahrt nach Grant schweigend verbringen, oder sie gab sich einen Stoß, streichelte sein verletztes Ego, und die Fahrt würde einigermaßen erträglich werden.

Gerade wollte sie klein beigeben, als Jeffrey tief Luft holte. Er atmete langsam aus. Sie sah, wie er ruhiger wurde.

»Wie geht es Tessie?«

»Besser.« Sie lehnte sich ans Treppengeländer.

»Und deinen Eltern?«

»Ich weiß es nicht.« Ehrlich gesagt hatte sie keine Lust, darüber nachzudenken. Cathy schien es besser zu gehen, doch ihr Vater war so wütend, dass es Sara jedes Mal, wenn sie ihn ansah, innerlich zerriss vor Schuldgefühlen.

Schritte kündigten an, dass ihnen jemand entgegenkam. Sie warteten ab, bis zwei Krankenschwestern an ihnen vorbeigelaufen waren. Keiner von beiden gelang es, das Kichern zu unterdrücken.

Dann sagte Sara: »Wir sind alle müde. Und besorgt.«

Jeffrey sah hinüber zum Haupteingang des Krankenhauses, der emporragte wie der Eingang von Batmans Höhle. »Für die beiden ist es sicher nicht einfach, in Atlanta zu sein.«

Sie zuckte die Schultern. Am nächsten Treppenabsatz fragte sie: »Wie war es mit Brock?«

»Okay.« Seine Haltung entspannte sich. »Aber der Typ ist echt abgedreht.«

Sara erklomm die nächste Treppe. »Du müsstest mal seinen Bruder kennenlernen.«

»Ja, den hat er erwähnt.« Am Absatz hatte er sie eingeholt. »Wohnt Roger Brock noch in der Stadt?«

»Er ist nach New York gezogen. Da ist er jetzt irgendeine Art von Agent.«

Jeffrey schüttelte sich theatralisch, und sie spürte, wie bemüht er darum war, den Streit zu begraben.

»Dan Brock ist gar nicht so schlimm.« Als er klein war, war er so furchtbar gehänselt worden, dass Sara es nicht mitansehen konnte. In der Klinik behandelte sie sicher zwei, drei Kinder im Monat, die im Grunde gar nicht krank waren, sondern nur unter dem schrecklichen Hänseln in der Schule litten.

»Ich bin gespannt auf die Ergebnisse des Drogenscreenings«, sagte Jeffrey. »Rosens Vater scheint zu glauben, dass Andy clean war. Seine Mutter ist sich da nicht so sicher.«

Sie zog die Brauen hoch. Die Eltern waren meistens die Letzten, die etwas mitbekamen, wenn Kinder Drogen nahmen.

»Ja«, sagte er, als er ihre Skepsis bemerkte. »Ich weiß noch nicht, was ich von Brian Keller halten soll.«

»Keller?« Wieder ein Absatz, wieder tat sich eine Treppe vor ihnen auf.

»Der Vater. Der Sohn hat den Namen seiner Mutter angenommen.«

Sara blieb stehen und holte Luft. »Wo zum Teufel hast du denn geparkt?«

»Ganz oben«, sagte er. »Noch eine Treppe.«

Sie hangelte sich am Geländer weiter. »Was stört dich an dem Vater?«

»Irgendwas ist mit ihm. Heute Morgen schien er mit mir reden zu wollen, doch dann kam seine Frau ins Zimmer, und er hat dichtgemacht.«

»Nimmst du ihn dir noch mal vor?«

»Morgen«, sagte er. »Frank wird so lange ein bisschen rumschnüffeln.«

»Frank?«, fragte Sara überrascht. »Warum kann das nicht Lena machen? Sie ist doch viel näher dran …«

Er schnitt ihr das Wort ab. »Sie ist nicht mehr bei der Polizei.«

Die letzten Stufen erklomm Sara schweigend. An der Tür zum Parkdeck musste sie kurz verschnaufen. Selbst so spät am Nachmittag war das Parkdeck noch voller Autos. Über ihnen braute sich ein schlimmes Gewitter zusammen, der Himmel färbte sich unheilvoll schwarz. Die Beleuchtung auf dem Parkdeck schaltete sich ein, als sie sich Jeffreys Wagen näherten.

Eine Gruppe Männer hatte sich um einen großen schwarzen Mercedes versammelt, die muskelbepackten Arme über der Brust verschränkt. Als Jeffrey vorbeikam, tauschten sie Blicke, sie hatten ihn sofort als Cop erkannt. Sara bekam Herzklopfen, als sie wartete, bis Jeffrey den Wagen aufschloss. Sie war von der unerklärlichen Angst erfüllt, irgendetwas Schreckliches würde passieren.

Im blau gepolsterten Kokon des Wagens fühlte sie sich sicher. Sie beobachtete, wie Jeffrey um den Wagen herumging und auf seiner Seite einstieg, den Blick starr auf die Jungs bei dem Mercedes gerichtet. Das ganze Imponiergehabe hatte seinen Grund, das wusste Sara. Wenn die Kerle glaubten, Jeffrey hätte Angst, dann würden sie ihn schikanieren. Kam Jeffrey umgekehrt zu dem Schluss, sie wären angreifbar, dann würde er sich vielleicht zu einer Zivilkontrolle hinreißen lassen.

»Anschnallen«, ermahnte Jeffrey und schloss die Tür. Folgsam ließ sie den Gurt einrasten.

Sara schwieg, als sie aus dem Parkhaus hinausfuhren.

Auf der Straße angekommen, stützte sie den Kopf in die Hand, während draußen die Fassaden der Innenstadt an ihnen vorüberglitten. Sie dachte daran, wie anders hier früher alles gewesen war. Heute wirkten die Gebäude viel höher, und die Autos in der nächsten Spur schienen zu dicht heranzufahren. Sara war kein Großstadtmensch mehr. Sie wollte zurück in ihre kleine Stadt, wo jeder jeden kannte – oder wenigstens zu kennen glaubte.

Jeffrey sagte: »Tut mir leid, dass ich zu spät war.«

»Schon gut«, sagte sie.

»Ellen Schaffer«, begann er, »die Zeugin von gestern …«

»Hat sie ausgesagt?«

»Nein.« Jeffrey zögerte. »Sie hat sich heute Morgen umgebracht.«

»Was?«, rief Sara. »Warum hast du mir das nicht gesagt?«

»Ich sage es dir jetzt.«

»Du hättest anrufen sollen.«

»Was hättest du tun können?«

»Ich wäre zurück nach Grant gekommen.«

»Das machst du doch gerade.«

Sara versuchte ihren Unmut zu unterdrücken. Sie mochte es nicht, wenn man ihr Dinge vorenthielt, auch wenn es zu ihrem Besten sein sollte. »Wer hat den Totenschein ausgestellt?«

»Hare.«

»Hare?« Ein Teil ihres Zorns richtete sich jetzt auch gegen ihren Cousin, der ihr am Telefon nichts gesagt hatte. »Hat er was gefunden? Was hat er gesagt?«

Jeffrey legte den Finger ans Kinn und imitierte Hares Stimme, die ein paar Oktaven höher war als Jeffreys. »Ich habe das Gefühl, irgendwas fehlt hier.«

»Was fehlte denn?«

»Der Kopf.«

Sara stöhnte. Sie hasste schon gewöhnliche Kopfverletzungen. »Seid ihr sicher, dass es Selbstmord war?«

»Das müssen wir herausfinden. Es gab da eine Unstimmigkeit bei der Munition.«

Sara hörte zu, während er berichtete, was am Morgen geschehen war, angefangen beim Interview mit Andy Rosens Eltern bis hin zu Ellen Schaffers Tod. Sie hakte nach, als sie von dem Pfeil hörte, den Matt auf der Wiese unter Ellen Schaffers Fenster gefunden hatte. »Das Gleiche habe ich auch getan«, sagte sie, »als ich auf der Suche nach Tessa den Weg markiert habe.«

»Ich weiß«, sagte er und schwieg.

»Hast du es mir deswegen nicht erzählt?«, fragte Sara. »Ich mag es nicht, wenn du Informationen für dich behältst. Du hast nicht zu entscheiden …«

Mit plötzlicher Heftigkeit sagte er: »Ich will, dass du vorsichtig bist, Sara. Ich will nicht, dass du allein auf dem Campus herumläufst. Ich will nicht, dass du dich an Tatorten aufhältst. Verstehst du mich?«

Sie antwortete nicht, so überrascht war sie.

»Und du bleibst heute Nacht nicht allein im Haus.«

»Moment mal …«

»Ich schlafe auf der Couch, wenn es sein muss«, unterbrach er. »Ich versuche nicht, dich ins Bett zu kriegen. Ich hätte nur gerne eine Person weniger, um die ich mir Sorgen machen muss.«

»Du hast das Gefühl, du musst dir Sorgen um mich machen?«

»Hast du das Gefühl gehabt, du müsstest dir Sorgen um Tessa machen?«

»Das ist nicht dasselbe.«

»Der Pfeil könnte etwas bedeuten. Er könnte am Ende auf dich zurückweisen.«

»Ständig malen irgendwelche Leute mit dem Absatz Zeichen in den Boden.«

»Du hältst also alles für Zufall? Dass Ellen Schaffers Kopf weggeblasen wurde …«

»Vielleicht hat sie es selbst getan.«

»Unterbrich mich nicht«, warnte er, und sie hätte lachen müssen, wäre er nicht so besorgt gewesen. »Ich sage dir, ich will nicht, dass du allein bist.«

»Wir wissen noch nicht einmal, ob hier ein Mord vorliegt, Jeffrey. Außer ein paar Kleinigkeiten, die nicht stimmig sind – und die sind wahrscheinlich leicht zu erklären –, spricht alles für einen Selbstmord.«

»Du glaubst also, dass Andy sich umgebracht hat, dass Tessa überfallen wurde und dass das Mädchen sich umgebracht hat, das alles hat nichts miteinander zu tun?«

Sara wusste, dass es unwahrscheinlich war. »Möglicherweise.«

»Na schön«, sagte er. »Vieles ist möglich, aber du wirst heute Nacht nicht allein bleiben. Hast du das verstanden?«

Sara konnte nur schweigen.

»Ich weiß nicht, was ich sonst tun soll, Sara. Ich ertrage die Sorge um dich nicht. Ich kann das Gefühl nicht ertragen, du wärst in Gefahr. So kann ich nicht arbeiten.«

»Schon gut«, sagte sie schließlich. Dabei hatte sie sich nach nichts mehr gesehnt als nach Ruhe und Alleinsein.

Jeffrey erklärte: »Wenn das alles nur Zufall ist, kannst du mich später immer noch einen Vollidioten nennen.«

»Du benimmst dich nicht wie ein Vollidiot.« Sara wusste, dass seine Sorge echt war. »Erzähl mir, warum du zu spät gekommen bist. Hast du was gefunden?«

»Auf dem Weg aus der Stadt habe ich im Tattoo-Studio angehalten und mit dem Besitzer gesprochen.«

»Mit Hal?«

Jeffrey sah sie von der Seite an, als er auf den Highway bog. »Woher kennst du Hal?«

»Vor langer Zeit war er Patient bei mir.« Sie gähnte. Dann, um Jeffrey zu zeigen, dass er nicht alles über sie wusste, fügte sie hinzu: »Tessa und ich wollten uns vor ein paar Jahren eine Tätowierung machen lassen.«

»Eine Tätowierung? Du wolltest dir eine Tätowierung machen lassen?«

Sie versuchte, verschlagen zu grinsen.

»Und warum hast du es nicht gemacht?«

Sara drehte sich zu ihm um. »Eine frische Tätowierung darf eine Zeit lang nicht nass werden. Und wir wollten am nächsten Tag an den Strand.«

»Was für ein Motiv wolltest du dir machen lassen?«

»Ach, ich weiß nicht mehr«, log sie.

»Und wohin?«

Sie zuckte die Schultern.

»Ich glaub dir kein Wort«, sagte er.

»Was hat er denn gesagt?«, fragte Sara. »Hal, meine ich.«

Jeffrey sah sie kurz an, bevor er antwortete. »Kids unter einundzwanzig tätowiert er nicht, ohne mit den Eltern gesprochen zu haben.«

»Das ist schlau«, bemerkte Sara. So wurde er nicht von den Anrufen wütender Eltern belästigt, die sich beschwerten, sie hätten ihre Kinder wegen der Ausbildung zum College geschickt und nicht wegen einer lebenslangen Tätowierung.

Sara unterdrückte ein Gähnen. Das Brummen des Motors hatte eine einschläfernde Wirkung.

»Es könnte eine Verbindung geben«, sagte Jeffrey, doch er klang nicht allzu hoffnungsvoll. »Andy hat diese Piercings. Ellen ist tätowiert. Vielleicht haben sie es gemeinsam machen lassen. Zwischen hier und Savannah gibt es dreitausend Studios.«

»Was haben seine Eltern gesagt?«

»Es war etwas schwierig, sie direkt zu fragen. Sie sind anscheinend völlig ahnungslos.«

»Na ja, es ist nicht gerade die Art von Hobby, für das man um Erlaubnis bittet.«

»Schätze nicht«, gab er zu. »Wenn Andy Rosen noch am Leben wäre, dann wäre er mein Hauptverdächtiger im Fall Schaffer. Der Junge war offensichtlich von ihr besessen.« Er verzog das Gesicht. »Sei froh, dass du dir seine Zeichnung nicht ansehen musstest.«

»Du bist sicher, dass sich die beiden nicht kannten?«

»Ihre Freundinnen sind absolut sicher. Jeder im Wohnheim hat das bestätigt: Ellen Schaffer war es gewohnt, dass Jungs unglücklich in sie verliebt waren. Das war anscheinend dauernd so, und sie merkte es kaum. Andy himmelte Ellen an, und sie wusste nicht mal, wer er war.«

»Sie sah gut aus.« Sara erinnerte sich nur bruchstückhaft an die Ereignisse vor Tessas Überfall, doch Ellen Schaffer war immerhin so hübsch gewesen, dass sie einen Eindruck bei ihr hinterlassen hatte.

»Vielleicht ein eifersüchtiger Liebhaber«, spekulierte Jeffrey wenig überzeugend. »Vielleicht ein Junge, der verliebt war und seinen Frust an Andy ausließ?« Er dachte nach. »Und als Ellen ihn dann immer noch nicht erhörte, hat er sie auch umgebracht.«

»Möglich«, sagte Sara. Doch wie passte der Überfall auf Tessa dazu?

»Vielleicht hat Ellen Schaffer etwas gesehen«, fuhr

Jeffrey fort. »Vielleicht hat sie jemanden im Wald gesehen.«

»Oder der, der im Wald war, hat gedacht, sie hätte etwas gesehen.«

»Glaubst du, Tessas Erinnerung kommt irgendwann zurück?«

»Amnesie ist bei solchen Kopfverletzungen nichts Ungewöhnliches. Ich glaube nicht, dass sie sich wieder vollständig an die Ereignisse erinnern wird, und wenn, dann hätte ihre Aussage im Kreuzverhör keinen Bestand.« Sara verschwieg, dass sie im Grunde hoffte, dass Tessa sich nicht mehr erinnern würde. Der Gedanke an das Baby, das sie verloren hatte, war schlimm genug. Es wäre die Hölle, den Überfall ständig im Geist wieder zu durchleben.

Sara kam auf Ellen Schaffer zurück. »Keiner hat was gesehen?«

»Das Wohnheim war praktisch leer.«

»Es war keiner krank?«, fragte Sara. Wenn die fünfzig Studentinnen ausnahmslos im Unterricht gewesen sein sollten, wäre das eine solche Sensation, dass es für einen Leitartikel gereicht hätte.

»Wir haben das ganze Haus durchsucht«, erklärte Jeffrey. »Wir haben uns jedes einzelne Mädchen vorgenommen.«

»Welches Wohnheim war es?«

»Keyes House.«

»Die Überflieger«, stellte Sara fest. Das erklärte, warum alle im Unterricht waren. »Und auf dem Campus hat auch niemand den Schuss gehört?«

»Ein paar haben ausgesagt, sie hätten einen Knall gehört, aber sie hätten ihn für die Fehlzündung eines Autos gehalten.« Er trommelte mit den Fingern aufs Lenkrad. »Sie hat ein Kaliber-12-Repetiergewehr benutzt.«

»Ach du meine Güte«, stöhnte Sara. Sie wusste, was eine solche Waffe anrichtete.

Jeffrey langte nach einer Akte auf dem Rücksitz. »Aus nächster Nähe.« Er zog ein Farbfoto heraus. »Die Mündung steckte wahrscheinlich in ihrem Mund. Der Kopf hat den Knall gedämpft wie ein Schalldämpfer.«

Sara knipste das Licht an, um besser sehen zu können. Es war noch schlimmer, als sie befürchtet hatte.

»Gott«, murmelte sie. Die Autopsie würde schwierig werden. Sie wären nicht vor acht in Grant. Die beiden Obduktionen würden je mindestens drei Stunden in Anspruch nehmen. Sara bedankte sich im Geist bei Hare, dass er sie morgen noch einmal vertrat. So wie es aussah, würde sie den ganzen Tag schlafen müssen.

»Sara?«, fragte Jeffrey.

»Tut mir leid.« Sie nahm ihm die Akte ab. Beim Durchblättern verschwammen die Buchstaben vor ihren Augen. Also konzentrierte sie sich auf die Fotos.

»Vielleicht ist jemand durchs Fenster geklettert«, fuhr Jeffrey fort. »Vielleicht war er schon drin, hat sich im Schrank versteckt oder so. Sie kommt aus dem Bad zurück und – bumm. Da wartet er auf sie.«

»Hast du Fingerabdrücke gefunden?«

»Vielleicht hatte er Handschuhe an«, sagte Jeffrey, ohne ihre Frage direkt zu beantworten.

»Frauen schießen sich normalerweise nicht ins Gesicht«, bemerkte Sara nach einem Blick auf eine Nahaufnahme von Ellens Schreibtisch. »Das würde eher ein Mann tun.« Sara fand die Statistik zwar sexistisch, doch die Zahlen sprachen leider für sich.

»Irgendwas stimmt da nicht.« Jeffrey zeigte auf das Foto. »Nicht nur wegen dem Pfeil. Lassen wir Tessa mal beiseite. Irgendwas stimmt mit dem Schuss nicht.«

»Warum?«

»Ich wünschte, das könnte ich dir sagen. Es ist genau wie bei Andy Rosen. Irgendwas ist da faul, aber ich kann meinen Finger nicht drauflegen.«

Sara dachte an Tessa in ihrem Krankenbett. Sie hörte wieder ihre Worte: *Finde ihn.* Sara betrachtete das Foto von Ellen Schaffers Zimmer. Sie dachte daran, wie sie Tessa zum Vassar College gefahren und ihr beim Einzug geholfen hatte. Tessas Zimmer im Wohnheim hatte genauso ausgesehen wie Ellen Schaffers Zimmer. Greenpeace-Poster an der Wand, daneben ausgeschnittene Zeitschriftenfotos von hübschen Männern. Auf dem Kalender über dem Schreibtisch waren wichtige Daten rot umkringelt. Das Einzige, das aus dem Rahmen fiel, waren die Waffenreinigungsmittel, die auf dem Tisch verteilt lagen.

Sara blätterte zum Bericht zurück. Sie würde vom Lesen ohne Brille Kopfschmerzen bekommen, doch irgendetwas musste sie tun. Als sie endlich alle Informationen durchgesehen hatte, die Jeffrey zum Fall Schaffer zusammengetragen hatte, pochte es schmerzhaft in ihren Schläfen, und ihr war schlecht.

Jeffrey fragte: »Was meinst du?«

»Ich meine …«, begann sie und sah auf die geschlossene Akte hinunter. »Ich meine, ich weiß nicht. Beide Selbstmorde könnten inszeniert sein. Ellen Schaffer kann überrascht worden sein. Vielleicht hat sie einen Schlag auf den Hinterkopf bekommen. Das lässt sich jetzt natürlich schwerlich überprüfen …«

Sara zog ein paar Fotos hervor und ordnete sie versuchsweise. »Sie liegt auf der Couch. Dort könnte man sie hingelegt haben. Sie könnte auch vorher schon da gelegen haben. Sie erreicht den Abzug nicht mit dem Arm, also benutzt sie den Fuß. Das ist nicht ungewöhnlich. Manchmal nehmen die Leute einen Kleiderbügel.«

Sie warf noch einen Blick in den Bericht, überflog Jeffreys Bemerkungen bezüglich des Munitionsfehlers. »Hat sie gewusst, wie gefährlich es ist, die falsche Munition zu verwenden?«

»Ich habe mit ihrem Trainer gesprochen. Er sagt, dass sie sehr sorgsam mit der Waffe umgegangen ist.« Jeff hielt inne. »Warum gibt es am GIT überhaupt ein Schützenteam der Frauen?«

»Artikel neun«, erklärte Sara.

Laut Gesetz war jede Universität verpflichtet, Frauen dieselben Sportmöglichkeiten zu bieten wie Männern. Hätte es die Verordnung zu Saras Schulzeiten schon gegeben, dann wäre die Frauentennismannschaft wenigstens auch mal auf den Platz gekommen. So aber hatten sie gegen die Wand der Turnhalle spielen müssen – und das auch nur, wenn die Basketballmannschaft der Jungs gerade kein Training hatte.

»Ich finde es gut, dass Frauen die Chance bekommen, neue Sportarten zu lernen.«

Überraschenderweise lenkte Jeffrey ein. »Das Team ist ziemlich gut. Sie haben alle möglichen Turniere gewonnen.«

»Also wussten viele in der Schule, dass Ellen Schaffer ein Gewehr hatte.«

»Wahrscheinlich.«

»Hat sie das Gewehr in ihrem Zimmer aufbewahrt?«

»Beide hatten ihr Gewehr da«, erklärte Jeffrey. »Ihre Mitbewohnerin war auch im Team.«

Sara dachte über die Waffe nach. »Hast du ihre Fingerabdrücke genommen?«

»Das hat Carlos erledigt. Auf dem Lauf, dem Kolben

und dem, was von der Patrone übrig ist, sind Ellen Schaffers Fingerabdrücke.«

»Nur eine Patrone?«, fragte Sara. Soweit sie wusste, hatte ein Repetiergewehr ein Drei-Schuss-Magazin. Wenn ein Schuss abgegeben wurde, schob sich automatisch die nächste Patrone in die Kammer.

»Ja«, sagte Jeffrey. »Nur eine Patrone, das falsche Kaliber, der Skeet-Choke auf dem Lauf hat die Mündung verengt.«

»Passt der Abdruck auf dem Abzug zu ihrem Zeh?«

Jeffrey gestand: »Das habe ich vergessen abzugleichen.«

»Das machen wir vor der Obduktion. Glaubst du, jemand könnte sie gezwungen haben, die Flinte zu laden, vielleicht jemand, der sich selbst mit Waffen nicht auskannte?«

»Die erste Patrone hätte leicht stecken bleiben können. Ohne eine zweite im Magazin hätte sie damit Zeit gewinnen können. Vielleicht sogar die Flinte umdrehen und damit zuschlagen.«

»Wäre die Patrone nicht im Lauf explodiert?«

»Nicht unbedingt. Nur wenn das Magazin voll ist, prallt die zweite Patrone gegen die erste, und das Ganze geht im Lauf los.«

Sara schloss: »Vielleicht hat sie deshalb nur eine Patrone geladen.«

»Entweder war sie sehr schlau oder sehr dumm.«

Sara starrte auf die Fotos. Sie hatte es oft mit Selbstmorden zu tun, und dieser war eigentlich nicht ungewöhnlich. Wenn Andy Rosen nicht am Tag vorher gestorben und Tessa nicht überfallen worden wäre, hätten sich Sara und Jeffrey diese Fragen nie gestellt. Selbst der Kratzer auf Andys Rücken rechtfertigte keine umfassende Ermittlung.

»Was verbindet die drei?«

»Ich weiß es nicht«, sagte Jeffrey. »Tessa ist es, die uns vor allem Fragen aufgibt. Ellen Schaffer und Andy Rosen waren zumindest im gleichen Kunstkurs, andererseits …«

»Ist das ein jüdischer Name?«, unterbrach Sara. »Schaffer, meine ich.«

»Rosen bestimmt«, sagte Jeffrey. »Bei Schaffer bin ich mir nicht sicher.«

Sara bekam Angst, als sie eine mögliche Verbindung durchspielte. »Andy Rosen ist Jude. Ellen Schaffer vielleicht auch. Tessa ist mit einem Schwarzen zusammen. Nicht nur zusammen, sie bekommt ein Kind von ihm.«

»Was meinst du damit?«, fragte Jeffrey, doch sie wusste, dass er verstanden hatte.

»Andy ist von einer Brücke gefallen oder gesprungen, die mit rassistischen Graffiti vollgeschmiert war.«

Jeffrey starrte auf die Fahrbahn. Eine Minute lang herrschte Schweigen, dann fragte er: »Glaubst du, das ist es, was sie verbindet?«

»Ich weiß es nicht«, antwortete Sara. »Auf der Brücke war ein Hakenkreuz.«

»Aber daneben stand ›Stirb Nigger‹, nicht ›Stirb Jude‹«, bemerkte Jeffrey. Er trommelte auf das Lenkrad. »Wenn es sich direkt auf Andy bezogen hätte, dann hätte doch ›Stirb Jude‹ dagestanden.«

»Was ist mit dem Davidstern, den ihr im Wald gefunden habt?«

»Vielleicht ist Andy durch den Wald gegangen und hat ihn verloren, bevor er sich umgebracht hat. Wir haben nichts, was ihn mit Tessas Angreifer in Verbindung bringt.« Dann fügte er hinzu: »Und doch, Schaffer und Rosen sind beides jüdische Namen. Das könnte eine Verbindung sein.«

»Auf dem Campus gibt es eine Menge jüdische Studenten.«

»Stimmt auch wieder.«

»Meinst du, die Graffiti deuten auf organisierte Neonazis hin?«

»Wer sonst würde so einen Mist an die Wände sprühen?«

Sie versuchte die Theorie auf Schwachstellen abzuklopfen. »Die Brücke ist lange nicht mehr gestrichen worden.«

»Ich kann mich mal umhören, aber du hast recht, das Graffito ist mindestens ein paar Wochen alt.«

»Also behaupten wir, vor zwei Wochen hätte jemand ein Hakenkreuz da hingeschmiert, weil er plante, Andy Rosen über das Geländer zu stoßen, und zwar gestern, woraufhin Tessa und ich zum Schauplatz kämen, sodass er Tessa im Wald überfallen konnte.«

»Es war deine Theorie«, erinnerte sie Jeffrey.

»Ich habe nicht behauptet, dass sie gut ist«, gab Sara zu. Sie rieb sich die Augen. »Ich kann kaum noch gerade sehen, so müde bin ich.«

»Schlaf ein bisschen.«

Sie versuchte es, doch sie musste die ganze Zeit an Tessa denken, daran, dass die einzigen Worte, die sie gesprochen hatte, der Auftrag waren, den Täter zu finden. »Lassen wir das rassistische Motiv mal außer Acht. Nehmen wir mal an, die beiden Selbstmorde sind inszeniert worden. Glaubst du, es wäre klug, weiterhin geheim zu halten, dass die beiden ermordet wurden?«

»Ganz ehrlich?«, fragte Jeffrey. »Ich weiß es nicht. Ich will den Eltern keine falschen Hoffnungen machen, und ich will auch keine Panik auf dem Campus auslösen. Wenn es Morde waren, was wir noch nicht sicher wissen, dann wird der Mörder vielleicht übermütig und macht Fehler.«

Sara wusste, was er meinte. Mörder wollten nicht, wie immer wieder behauptet wurde, im Grunde alle geschnappt werden. Mord war die extremste Form des Risikos, und wenn sie einmal damit durchgekommen waren, würden sie es wieder versuchen und ein noch höheres Risiko eingehen.

Sie fragte: »Wenn jemand Studenten umbringt, was ist sein Motiv?«

»Mir fallen nur Drogen ein.«

Sara sparte sich die Frage, ob es auf dem Campus ein Drogenproblem gab. Stattdessen wollte sie wissen: »Nahm Ellen Schaffer Drogen?«

»Soweit ich sagen kann, war sie eher so eine Art Gesundheitsfanatikerin, daher bezweifle ich es.« Er sah in den Rückspiegel, bevor er einen 40-Tonnen-Truck überholte. »Rosen vielleicht, aber es spricht auch manches dafür, dass er clean war.«

»Was ist mit dem Gerücht um die Affäre?«

Jeffrey verzog das Gesicht. »Ich weiß nicht, ob man Richard Carter vertrauen kann. Er wühlt am liebsten im Dreck. Und er hält nicht damit hinter dem Berg, dass er Andy nicht leiden konnte. Ich traue ihm durchaus zu, dass er aus reiner Sensationslust ein Gerücht in die Welt setzt.«

»Na ja, gehen wir mal davon aus, er hätte recht«, sagte Sara. »Könnte Andys Vater eine Affäre mit Ellen Schaffer gehabt haben?«

»Sie war in keinem seiner Kurse. Nichts spricht dafür, dass sie ihn kannte. Sie hatte einen Haufen Jungs in ihrem Alter, die ihr zu Füßen lagen.«

»Vielleicht fühlte sie sich genau aus dem Grund zu älteren Männern hingezogen. Ein kultivierter Dozent …«

»Nicht Brian Keller. Er ist nicht gerade der Robert-Redford-Typ.«

»Hast du dich umgehört?«, hakte sie nach. »Gibt es irgendeine Verbindung?«

»Nicht dass ich wüsste«, antwortete er. »Ich rede morgen noch mal mit ihm. Vielleicht rückt er freiwillig mit was raus.«

»Vielleicht mit einem Geständnis.«

Jeffrey schüttelte den Kopf. »Er war in Washington. Frank hat das heute Nachmittag bestätigen lassen.« Nach ein paar Sekunden sagte er: »Vielleicht hat er jemanden angeheuert.«

»Und sein Motiv?«

»Vielleicht ...« Jeffreys Stimme verlor sich. »Gott, ich weiß nicht. Immer wieder scheitern wir am Motiv. Warum sollte irgendjemand so was tun? Wer hatte was davon?«

»Menschen töten im Grunde nur aus drei Gründen«, bemerkte Sara. »Wegen Geld, wegen Drogen oder im Affekt, aus Wut oder aus Eifersucht. Scheinbar wahllose Morde deuten auf einen Serienmörder hin.«

»Lieber Himmel, sag nicht so was.«

»Wahrscheinlich ist es nicht, das gebe ich zu. Aber alles andere ergibt auch keinen Sinn.« Sie schwieg einen Moment. »Andererseits kann Andy auch gesprungen sein. Ellen Schaffer hatte vielleicht schon Depressionen, und seine Leiche zu finden war der Auslöser ...« Sara unterbrach sich. »Sollte kein Wortspiel sein.«

Jeffrey sah sie an.

»Vielleicht hat sie sich doch umgebracht. Vielleicht haben sich alle beide umgebracht.«

»Und Tessa?«

»Ja, und Tessa«, wiederholte sie. »Vielleicht hatte ihr Angreifer nichts mit den beiden anderen zu tun. Wenn es

Selbstmorde waren, meine ich.« Sara versuchte das Ganze zu durchdenken, doch es fügte sich einfach nicht zu einem stimmigen Bild zusammen. »Vielleicht hat sie im Wald jemanden bei irgendwas Illegalem ertappt.«

»Wir haben jeden Zentimeter durchkämmt und nichts außer der Kette gefunden. Selbst wenn, warum sollte der Kerl dann noch bleiben und dich und Tessa beobachten?«

»Vielleicht war das wieder jemand anders … irgendein Jogger.«

»Warum wäre er weggelaufen, als er Lena sah?«

Sara atmete tief aus. Sie war zu erschöpft, um noch irgendetwas zu verstehen. »Ich denke immer wieder an den Kratzer auf Andys Rücken. Vielleicht finde ich bei der Obduktion was raus.« Sie stützte den Kopf in die Hände und gab es auf zu grübeln. »Was hast du denn sonst noch auf dem Herzen?«

Sein Kiefer mahlte, und sie wusste die Antwort, noch bevor er sie aussprach. »Lena.«

Sara unterdrückte einen Seufzer und sah aus dem Fenster. Jeffrey quälte sich mit Lena herum, seit sie denken konnte.

»Was hat sie getan?« Das *diesmal* verkniff sie sich.

»Sie hat gar nichts getan. Oder vielleicht doch. Ich weiß es nicht.« Er dachte nach. »Ich glaube, sie hat den Jungen gekannt, Andy Rosen. Wir haben ihre Fingerabdrücke bei ihm gefunden. Auf einem Buch, das er aus der Bibliothek hatte.«

»Vielleicht hatte sie es vor ihm ausgeliehen.«

»Nein«, sagte er. »Wir haben in der Kartei nachgesehen.«

»Sie haben euch da reinschauen lassen?«

»Na ja, wir sind nicht den offiziellen Weg über die Bibliothekarin gegangen.« Sara konnte nur vermuten, welche

Fäden Jeffrey gezogen hatte, um Einblick in die Bibliothekskartei zu erhalten. Nan Thomas würde einen Tobsuchtsanfall bekommen, wenn sie das herausfand, und Sara würde es ihr nicht einmal übel nehmen.

Sara mutmaßte: »Vielleicht hat Lena das Buch geliehen, ohne dass es jemand mitbekam.«

»Hältst du Lena wirklich für den Typ, der die *Dornenvögel* liest?«

»Keine Ahnung«, gab Sara zu. Sie konnte sich Lena überhaupt nicht beim entspannten Lesen vorstellen, erst recht nicht mit einem Liebesroman. »Hast du sie gefragt? Was sagt sie dazu?«

»Nichts. Ich wollte, dass sie mitkommt. Sie hat sich geweigert.«

»Wohin, aufs Revier?«

Er nickte.

»Da hätte ich mich aber auch geweigert.«

Er schien echt überrascht. »Warum?«

»Sei nicht albern«, sagte sie, ohne auf die Frage einzugehen. »Glaubst du, Lena verbirgt etwas?«

»Ich weiß nicht.« Er trommelte wieder auf das Lenkrad. »Sie war irgendwie verschlossen. Oben auf dem Hügel – als du und Tessa fort wart – schien sie Andys Namen zu erkennen. Aber als ich sie danach fragte, hat sie es geleugnet.«

»Kannst du dich an ihre Reaktion erinnern, als Andys Leiche umgedreht wurde?«

»Sie war nicht dabei«, erinnerte sie Jeffrey.

»Stimmt«, sagte Sara.

»Wir haben noch etwas gefunden. Einen Damenslip in seinem Zimmer.«

»Von Lena?« Sara fragte sich, warum Jeffrey das nicht gleich gesagt hatte.

»Es ist nur eine Vermutung.«
»Was für ein Slip ist es denn?«
»Nicht wie einer von deinen. Eher so was Kleines.«
Sie warf ihm einen Blick zu. »Na, vielen Dank.«
»Du weißt schon, was ich meine. Die, die hinten schmal sind.«
»Ein Tanga?«
»Wahrscheinlich. Aus Seide, dunkelrot, mit Spitze am Beinausschnitt.«
»Hört sich ungefähr so nach Lena an wie *Dornenvögel*.«
Jeffrey zuckte die Schulter. »Man kann nie wissen.«
»Könnte der Slip Andy Rosen gehört haben?«
Jeffrey schien darüber nachzudenken. »Nicht auszuschließen, wenn man bedenkt, was er mit seinem …« Er beendete den Satz nicht.
»Vielleicht hat er ihn Ellen Schaffer geklaut.«
»Das Haar war dunkel«, erklärte Jeffrey. »Ellen Schaffer ist eine Blondine.«
Sara lachte. »Da würde ich nicht drauf wetten.«
Jeffrey schwieg. Dann sagte er: »Lena könnte mit Andy Rosen geschlafen haben.«
Sara hielt das für unwahrscheinlich, aber bei Lena wusste man wirklich nie.
Er fuhr fort: »Da war so ein junger Kerl, als ich versuchte, mit Lena zu reden. Irgend so ein kleiner Arsch, der aussah, als ginge er noch zur Highschool. Vielleicht hat sie was mit ihm. So sah es jedenfalls aus.«
»Sie schläft mit Andy Rosen und hat was mit diesem Kerl?« Sara schüttelte den Kopf. »Nach dem, was letztes Jahr passiert ist, kann ich mir nicht vorstellen, dass Lena so schnell wieder auf der Piste ist.« Sie verschränkte die Arme und lehnte sich an die Tür. »Bist du dir sicher, dass es ihre Unterhose ist?«

Jeffrey schwieg. Er schien mit sich zu hadern, ob er ihr eine bestimmte Sache sagen sollte oder nicht.

»Was ist es?«, wollte Sara wissen. »Jeff?«

»Es geht um … Spuren.« Sara wunderte sich über seine Zurückhaltung. Wahrscheinlich ergab sich aus seiner Beziehung zu Lena ein gewisses Tabu; sonst war er jedenfalls nie so schüchtern, wenn es um diese Dinge ging. »Selbst wenn genug dran ist für eine DNA-Analyse, wird Lena uns ganz bestimmt nicht freiwillig Vergleichsmaterial zur Verfügung stellen. Wenn sie uns was gäbe, könnten wir sie gleich von jedem Verdacht befreien, und alles wäre einfacher.«

»Wenn sie nicht mal mit aufs Revier kommen will, dann wird sie sich bestimmt keine Blutprobe abnehmen lassen.«

Er klang gereizt. »Ich würde sie gern aus der Sache raushalten, Sara. Wenn sie sich selbst nicht helfen will, muss ich …«

Sofort dachte Sara an die Proben, die sie letztes Jahr nach Lenas Vergewaltigung mit Hilfe des gesetzlich vorgeschriebenen Untersuchungssets, Rape-Kit genannt, sichergestellt hatte. Doch sie würde ihm diese Information nicht freiwillig geben. Die Vorstellung, die DNA-Proben des Rape-Kits zu verwenden, um Lena eventuell mit Andy Rosen in Verbindung zu bringen, schien ihr einfach nicht richtig. Es wäre wie eine zweite Vergewaltigung. Lena würde es als Verrat empfinden. Das würde jeder.

»Sara?«

Sie schüttelte den Kopf. »Ich bin nur müde«, sagte sie und erinnerte sich an die Nacht, als sie Lena versorgt hatte. Lena war so schlimm zugerichtet gewesen, dass Sara sie mit sieben Stichen nähen musste. Wegen der Drogen, die ihr eingeflößt worden waren, durfte Sara nur ein sehr schwaches Betäubungsmittel nehmen. Lena war der schlimmste Fall, den Sara je behandelt hatte. Bis gestern.

»Und wenn die Proben wirklich übereinstimmen, was würde das beweisen? Dass sie mit Andy Rosen geschlafen hat, bedeutet nicht, dass sie auch mit seinem Tod zu tun hat. Oder mit Tessas Überfall.«

»Aber warum sollte sie sonst deswegen lügen?«

»Dass sie lügt, macht sie noch lange nicht zur Schuldigen.«

»Nach meiner Erfahrung lügen nur Menschen, die etwas zu verbergen haben.«

»Wahrscheinlich würde sie ihren Job verlieren, wenn sie ein Verhältnis mit einem Studenten hätte.«

»Sie hasst Chuck. Ich glaube nicht, dass es sie kümmert, ob sie ihren Job behält oder nicht.«

»Zurzeit ist sie auch nicht dein größter Fan. Vielleicht hat sie gelogen, um dir eins auszuwischen.«

»So dumm kann sie doch gar nicht sein, eine Ermittlung zu behindern.«

»Natürlich kann sie das, Jeffrey. Sie ist sauer auf dich. Vielleicht denkt sie, sie hätte einen Weg gefunden, wie sie dich bestrafen kann …«

»Aber ich …«

Sara hob beschwichtigend die Hände. Über diesen Punkt hatten sie so oft diskutiert, dass sie das Ende des Satzes bereits kannte. Worauf es hinauslief, war, dass Jeffrey stinksauer auf Lena war, aber nicht zugeben wollte, dass er eigentlich bloß enttäuscht war. Und Lenas reflexartige Reaktion war, Jeffrey genauso blind zurückzuhassen. Es war im Grunde lächerlich, dumm war nur, dass Sara dabei ständig zwischen die Fronten geriet.

»Ganz egal warum, Lena wird nicht einen Millimeter

nachgeben. Das hat sie bewiesen, als sie dir nicht aufs Revier folgen wollte.«

»Vielleicht war mein Ansatz nicht der beste«, gab er zu. Aus langjähriger Erfahrung konnte Sara sich denken, dass er sich wie ein ziemliches Arschloch aufgeführt hatte. »Aber dieser Kerl, den sie dabeihatte. Dieser Knabe …«

Sara wartete, doch er führte den Gedanken nicht zu Ende.

»Der hat auf jeden Fall eine Macke.«

»Was für eine Macke?«

»Er ist gefährlich«, sagte Jeffrey. »Ich wette zehn Dollar, dass er eine Akte hat.«

Sie würde nicht dagegen wetten. Ein einigermaßen fähiger Cop erkannte einen Exknasti auf hundert Meter gegen den Wind. Das brachte sie auf die nächste Frage. »Meinst du, Lena weiß das auch?«

»Wer kann schon wissen, was in ihrem Kopf vor sich geht?«

Sara war genauso ratlos.

Jeffrey sagte: »Er hat mich geschubst.«

»Er hat dich *geschubst?*«, fragte Sara ungläubig.

»Er kam von hinten und hat mich geschubst.«

»Er hat dich geschubst?«, wiederholte sie kopfschüttelnd. So dumm konnte doch niemand sein. »Warum?«

»Wahrscheinlich dachte er, ich hätte Lena zu Boden gestoßen.«

»Und, hast du das?«

Er wirkte gekränkt. »Ich habe sie am Arm gefasst. Da ist sie ausgerastet. Sie hat ihren Arm weggerissen.« Jeffrey starrte einen Moment schweigend auf die Straße. »Sie hat sich so heftig von mir losgerissen, dass sie rückwärts taumelte und hinfiel.«

»Mit der Reaktion war wohl zu rechnen.«

Jeffrey ignorierte ihre Bemerkung. »Dieser Junge, er war kurz davor, sich mit mir zu prügeln. So ein kleiner Scheißer. Der wog wahrscheinlich weniger als Tess.« Jeffrey schüttelte den Kopf, doch irgendwie schien er nicht unbeeindruckt. Nicht viele trauten sich, ihn herauszufordern.

»Warum hast du nicht in seiner Akte nachgesehen?«

»Ich habe seinen Namen nicht«, sagte Jeffrey. »Keine Sorge. Ich bin ihnen in ein Café gefolgt. Er hat seinen Becher stehen lassen. Den habe ich mitsamt Fingerabdrücken eingesteckt.« Er lächelte. »Es ist nur eine Frage der Zeit, bis ich alles über den Mistkerl weiß.«

Sara glaubte ihm aufs Wort. Lenas Retter tat ihr ein bisschen leid.

Jeffrey wurde wieder schweigsam, und Sara blickte aus dem Fenster. Sie zählte die Kreuze, die am Rand des Highways die Schauplätze tödlicher Unfälle kennzeichneten. Ein paar davon waren mit Kränzen und Fotos geschmückt, und Sara war froh, dass sie sie nicht genauer erkennen konnte. Als sie ein kleines Kreuz mit einem pinkfarbenen Teddybären sah, wurde ihr das Herz schwer, und sie wandte den Blick ab. Die Fahrer vor ihnen traten auf die Bremse, schräge rote Lichter blinkten auf.

Der Verkehr wurde dichter, als sie sich Macon näherten. Jeffrey würde die Umgehungsstraße nehmen, doch um diese Zeit war es überall voll.

Jeffrey fragte: »Wie geht es deinen Eltern?«

»Sie sind wütend«, sagte sie. »Wütend auf mich. Auf dich. Ich weiß nicht. Mama spricht kaum mit mir.«

»Hat sie dir gesagt, warum?«

»Sie ist einfach besorgt«, sagte Sara. Jede Minute, die ihre Eltern länger wütend auf sie waren, tat ihr in der Seele weh. Eddie redete immer noch kein Wort mit ihr, und Sara wusste nicht, ob er ihr die Schuld an allem gab, oder ob er mit der Situation einfach nicht zurechtkam, dass es beiden Töchtern schlecht ging. Sara verstand langsam, wie schwer es war, für alle anderen die Starke zu spielen, wenn man sich eigentlich am liebsten im Bett verkrochen hätte und selbst Trost brauchte.

»In ein paar Tagen haben sie sich wieder gefangen«, tröstete Jeffrey und legte ihr die Hand auf die Schulter. Er kraulte ihren Nacken. Am liebsten hätte sie sich an seine Schulter geschmiegt, doch irgendetwas hielt sie zurück. Unvermittelt musste sie wieder an Lena im Krankenhaus denken, aufs Übelste zugerichtet, dunkles Blut trat zwischen ihren Beinen aus, wo er sie aufgeschnitten hatte. Lena war eine kleine Person, doch ihr freches Mundwerk ließ sie oft größer scheinen. Auf dem Krankenbett mit den Verbänden um Hände und Füße, durch die das Blut sickerte, hatte Lena wie ein Kind gewirkt, nicht wie eine erwachsene Frau. Sara hatte noch nie jemanden gesehen, der so gebrochen war.

Sie hatte Tränen in den Augen. Sara sah zum Fenster hinaus, damit Jeffrey es nicht bemerkte. Er streichelte noch immer ihren Nacken, doch seine Berührung war plötzlich nicht mehr tröstlich.

Sie sagte: »Ich versuche ein bisschen zu schlafen.« Dann zog sie sich zurück und lehnte sich an die Tür.

Das Heartsdale Medical Center war lange nicht so imposant, wie sein Name versprach. Das zweistöckige Gebäude mit der Leichenhalle im Keller war nicht mehr als ein besseres Provinzkrankenhaus für das College am anderen Ende der Main Street. Wie gewöhnlich war der Parkplatz bis auf ein paar vereinzelte Autos leer. Jeffrey fuhr am Seiteneingang vorbei, den Sara normalerweise benutzte, und parkte vor der Notaufnahme.

Jeffrey zog die Handbremse an, doch den Motor ließ er laufen. »Ich muss noch bei Frank vorbei«, sagte er und holte das Telefon heraus. »Ist es okay, wenn du ohne mich anfängst?«

»Klar«, sagte Sara mit einem Anflug von Erleichterung darüber, dass sie ein bisschen Zeit für sich haben würde.

Sie lächelte Jeffrey an, bevor sie ausstieg. Sie kannten sich seit über zehn Jahren. Sie wusste, dass er spürte, dass sie nicht entspannt war. Jeffrey mochte es nicht, wenn etwas zwischen ihnen ungesagt blieb. Vielleicht war er aber auch noch sauer wegen der Sache auf dem Parkdeck.

Sara hatte während der Fahrt zunächst nicht richtig schlafen können. Als ihr die Augen schließlich zufielen, träumte sie von Lena auf dem Untersuchungstisch. Aufgrund einer schrecklichen Verwechslung, wie sie typisch waren für derlei Träume, hatten sie und Lena die Rollen getauscht, sodass plötzlich Sara dort auf dem Tisch lag, mit gespreizten Beinen, den Körper entblößt, während Lena mit Wattestäbchen Gewebeproben aus Saras Vagina nahm und auf der Suche nach Fremdkörpern ihr Schamhaar durchkämmte. Als Lena das Schwarzlicht anknipste, um Samenspuren und andere Körperflüssigkeiten sichtbar zu machen, verwandelte sich Saras Unterleib in eine brennende Fackel.

Sara rieb sich fröstelnd die Arme, als sie den Parkplatz überquerte, obwohl es nicht kalt war. Sie sah zum Himmel hinauf, der schwarz und bedrohlich wirkte. »Da braut sich was zusammen«, murmelte sie vor sich hin. Das hatte ihre Großmutter früher immer gesagt, als Sara klein war. Sie lächelte, als sie daran dachte, wie ihre besorgte Großmutter mit verschränkten Händen in der Küchentür stand, auf das Gewitter wartete und den Kindern einschärfte, alle Kerzen auszublasen, bevor sie ins Bett schlüpften.

In der Notaufnahme winkte Sara der Nachtschwester und Matt DeAndrea zu, Hares Urlaubsvertretung. Seit dem Sommer, als sie in die Pubertät kam, war Sara nicht mehr so froh über die Abwesenheit ihres Cousins gewesen.

»Wie geht's der Familie?«, fragte Matt, ohne nachzudenken, bis ihm einfiel, dass Floskeln nicht angebracht waren. Er errötete.

»Schon gut.« Sara zwang sich zu einem Lächeln. »Es geht einigermaßen. Danke der Nachfrage.« Sie nickte ihm müde zu und lief über den Flur zur Treppe ins Untergeschoss.

Sara hatte noch nie das Provinzkrankenhaus und das Grady Hospital in Atlanta miteinander verglichen, doch jetzt sprangen ihr die Parallelen ins Auge. Das kleine Krankenhaus war zwar vor ein paar Jahren renoviert worden, doch die Leichenhalle war noch original dreißiger Jahre mit den hellblauen Fliesen an den Wänden und dem braun und grün karierten Linoleum auf dem Boden. An der Decke waren unzählige Flecken von Wasserschäden, frisch gestrichene helle Flecken standen in scharfem Kontrast zum hellgrauen Putz. Das Sirren des Kühltruhenkompressors und das Brummen der Klimaanlage ergaben ein monotones Hintergrundrauschen, das Sara kaum mehr wahrnahm.

Carlos stand mit gekreuzten Armen vor dem Stahltisch, der in der Mitte des Raums im Boden verankert war. Er war ein netter Kerl mit einem starken spanischen Akzent, an den sich Sara erst hatte gewöhnen müssen. Er sprach nicht viel, und wenn, dann nuschelte er. Carlos machte die Drecksarbeit, und zwar im wahrsten Sinn des Wortes, und dafür wurde er gut bezahlt. Sonst wusste Sara nicht viel von ihm. In all den Jahren, die er hier arbeitete, hatte er Sara nie etwas von sich erzählt und sich nie über die Arbeit beschwert. Selbst wenn es nichts zu tun gab, fand er immer irgendeine Aufgabe, wie den Boden zu wischen oder die Kühlschränke zu putzen. Sie war überrascht, ihn müßig herumstehen zu sehen, als sie jetzt die Leichenhalle betrat. Anscheinend hatte er auf sie gewartet.

»Carlos?«, fragte sie.

»Ich arbeite nie wieder für Dr. Brock«, brummte er. Sie merkte, dass es ihm ernst war.

Nicht nur die Länge des Satzes überraschte sie, sondern auch die Vehemenz, mit der er ihn vorgebracht hatte.

Vorsichtig fragte sie: »Ist irgendetwas vorgefallen?«

Carlos sah ihr direkt in die Augen. »Er ist sehr seltsam. Das ist alles, was ich zu sagen habe.«

Sara fiel ein Stein vom Herzen. Sie hatte Angst gehabt, er würde kündigen.

»In Ordnung, Carlos«, sagte sie. »Tut mir leid, dass er dich verärgert hat.«

»Er hat mich nicht verärgert«, sagte er.

»Na gut.« Sara nickte und hoffte, das wäre damit erledigt. Sie verteidigte Dan Brock nun schon seit ihrem ersten Schultag, als Chuck Gaines ihn in einem schrecklichen Wutanfall von der Schaukel geschubst hatte. Brock war weniger seltsam als liebesbedürftig, eine Eigenschaft, die in der Grundschule – wo das Faustrecht regiert – nicht besonders gut ankam. Dank Cathy und Eddie hatte Sara nie der Bestätigung ihrer Kameraden bedurft, und es hatte ihr nie etwas ausgemacht, sich im Niemandsland zwischen den Bewunderten und den Gehänselten zu bewegen. Sie war die Beste in der Klasse gewesen, und ihre Größe, ihr rotes Haar und ihr hoher IQ hatten ihr immer Respekt verschafft. Brock dagegen hatte bis zur Highschool leiden müssen. So lange, bis die Rabauken dann kapiert hatten, dass Brock, egal wie fies sie zu ihm waren, immer nett blieb.

»Dr. Linton?« Trotz ihrer zahlreichen Aufforderungen nannte Carlos sie niemals Sara.

»Ja?«

»Es tut mir leid wegen Ihrer Schwester.«

Sara presste die Lippen zusammen und nickte dankbar. »Fangen wir mit dem Mädchen an«, sagte sie. Am besten, sie brachten den schwierigeren Fall hinter sich. »Hast du Fotos und Röntgenaufnahmen gemacht?«

Er nickte kurz, ohne den Zustand der Leiche zu kommentieren. Er war immer professionell, und Sara schätzte die Ernsthaftigkeit, mit der er seinen Beruf ausübte.

Sie ging in ihr Büro am Ende der Halle, von dem aus sie den Saal durch ein Fenster überblicken konnte. Sie nahm das Telefon und tippte die Nummer ihres Vaters ein.

Cathy nahm ab, noch bevor das Freizeichen ertönte. »Sara?«

»Wir sind gerade angekommen«, antwortete sie. Ihre Mutter klang besorgt; wahrscheinlich hätte sie früher anrufen sollen.

»Habt ihr schon was herausgefunden?«

»Noch nicht«, erklärte Sara. In der Halle schob Carlos eine Bahre mit einem schwarzen Leichensack herbei. »Wie geht es Tess?«

Cathy zögerte. »Sie schläft viel.«

Sara sah zu, wie Carlos den Reißverschluss des Leichensacks öffnete und den Körper auf den Stahltisch hievte. Außenstehende hätten die Prozedur für unmenschlich halten können, doch die einzige Art, wie man allein eine Leiche auf einen Tisch bekam, war durch den Einsatz roher Gewalt. Carlos begann bei den Füßen, die er auf den Tisch zerrte, dann zog er den Rest des Körpers hinterher, bis alles an Ort und Stelle war. Um den Kopf befand sich eine Plastiktüte, damit keine Spuren verloren gingen.

Cathy sagte: »Ich bin nicht wütend auf dich.«

Erst als sie ausatmete, merkte Sara, dass sie die Luft angehalten hatte. »Danke.«

»Es war nicht deine Schuld.«

Sara antwortete nicht. Sie war da anderer Meinung.

»Als du klein warst«, sagte ihre Mutter jetzt mit belegter Stimme, »habe ich dir immer die Verantwortung für sie aufgebürdet.«

Sara nahm ein Kleenex aus der Schachtel auf dem Tisch und tupfte sich die Augen ab. Carlos versuchte der Toten das T-Shirt auszuziehen, doch er hatte Schwierigkeiten, es über den Kopf zu bekommen. Er sah zu Sara herüber, und sie bedeutete ihm mit einer Geste, es aufzuschneiden. Die Spurensicherung hatte das T-Shirt bereits auf mögliche Faserreste untersucht.

Cathy sagte: »Es ist nicht deine Schuld. Und Jeffreys Schuld ist es auch nicht. Es ist einfach passiert, und wir werden das schon durchstehen.«

Gestern hatte sich Sara so sehr nach diesen Worten gesehnt, doch heute trösteten sie sie nicht mehr. Zum ersten Mal in ihrem Leben glaubte sie ihrer Mutter nicht.

»Baby?«

Sara wischte sich die Tränen ab. »Ich muss arbeiten, Mum.«

»Na gut.« Cathy zögerte, dann sagte sie: »Ich habe dich lieb.«

»Ich hab dich auch lieb«, sagte Sara, dann legte sie auf. Sie stützte den Kopf in die Hände und versuchte ihre Gedanken zu ordnen. Während sie Ellen Schaffer aufschnitt, durfte sie nicht an Tessa denken. Sie konnte ihrer Schwester am besten helfen, indem sie etwas fand, das zum Ergreifen desjenigen führte, der ihr das angetan hatte.

Sara stand auf und ging zurück in die Halle, als Carlos eben damit fertig wurde, die Nähte des T-Shirts aufzuschneiden. Später könnte es wieder zusammengenäht und weiter untersucht werden. Der Stoff war voller Blut, bis auf ein sauberes Rechteck an der Stelle, wo der Gewehrlauf aufgelegen hatte. Sara sah sich den Zeh an – auch er war voll Blut. Der andere Fuß hatte sich außer Reichweite befunden, er war sauber.

Ein mädchenhafter BH, der eher zu einer Dreizehnjährigen gepasst hätte, bedeckte die Brüste der jungen Frau. Carlos öffnete den Verschluss und hielt plötzlich einen Wattebausch in der Hand.

»Was ist das denn?«, fragte Sara.

»Das hatte sie da drin.« Carlos deutete auf den BH. Dann griff er in das andere Körbchen und holte ebenfalls einen Wattebausch heraus.

»Warum stopft sich jemand den BH aus, wenn er sich umbringen will?«, fragte Sara, ohne von Carlos eine Antwort zu erwarten.

Als sie die Schritte auf der Treppe hörten, drehten sich beide um.

»Was gefunden?«, fragte Jeffrey.

»Wir haben gerade erst angefangen«, erklärte Sara. »Was hatte Frank zu berichten?«

»Nichts«, antwortete Jeffrey, doch sie spürte, dass irgendetwas im Busch war. Sara wusste nicht, warum er so verschlossen war. Carlos hatte seine Vertrauenswürdigkeit schon oft unter Beweis gestellt. Er gehörte praktisch zum Inventar.

»Ziehen wir sie aus«, sagte sie und half Carlos mit der Jeans.

Jeffrey betrachtete Ellen Schaffers Unterhose. Es war ein Schlüpfer der einfachen Baumwollfraktion, keiner wie der, den sie bei Andy Rosen gefunden hatten.

Sara fragte: »Hast du dir die Wäsche in ihrer Kommode angesehen?«

»Die sind alle unterschiedlich«, sagte er. »Seide, Baumwolle, Tangas.«

»Tangas?«

Er zuckte die Schultern.

Sara fuhr fort. »Wir haben Watte in ihrem BH gefunden.«

Jeffrey zog die Brauen hoch. »Sie hat sich den BH ausgestopft?«

»Wenn sie Selbstmord begangen hätte, dann hätte sie gewusst, dass irgendjemand die Watte findet, dass der Arzt oder der Leichenbeschauer sie ausziehen würde.«

»Vielleicht war es eine Gewohnheit, und sie hat es immer gemacht?«, schlug Jeffrey vor, doch er war selbst skeptisch.

»Die Tätowierung ist schon älter. Wahrscheinlich drei Jahre. Das ist geraten, aber auf jeden Fall hat sie sie nicht in letzter Zeit machen lassen.«

Carlos rollte die Unterhose herunter, und Sara und Jeffrey sahen im selben Moment die zweite Tätowierung. Es sah aus wie eine Art Schriftzeichen.

Jeffrey sagte: »Die war nicht auf Andys Zeichnung.«

»Die ist auch schon älter. Meinst du, er hat sie absichtlich weggelassen?«

»Glaub mir, er hätte die ebenfalls gemalt, wenn er sie gesehen hätte.«

»Also hatte er kein Verhältnis mit ihr.« Sie gab Carlos zu verstehen, dass er ein Foto von der Tätowierung machen sollte. Sie legte ein Lineal daneben, um den Maßstab zu dokumentieren. »Wir scannen es, um herauszufinden, was es heißt.«

»Shalom«, sagte Carlos.

»Wie bitte?«, fragte Sara überrascht.

»Hebräisch«, erklärte er. »Es bedeutet ›Friede‹.«

»Bist du sicher?«

»Ich habe Hebräisch in der Schule gelernt«, sagte er. »Meine Mutter ist Jüdin.«

»Ach«, sagte Sara. Wie lange arbeitete er jetzt schon für sie, ohne dass sie irgendetwas über ihn wusste? Jeffrey machte sich eine Notiz. Seine Brauen waren gerunzelt, und Sara fragte sich, welche Schlüsse er gerade zog.

Als sie sich umdrehte, schlug sie sich den Kopf an der Organwaage über dem Untersuchungstisch an.

»Scheiße«, fluchte sie und betastete ihre Stirn. Sie blickte sich nicht nach Jeffrey und Carlos um, sondern lief ohne weiteren Kommentar zu dem Metallschrank neben den Waschbecken und zog sich einen sterilen Anzug und Handschuhe über.

Sie bat Jeffrey: »Kannst du mir bitte meine Brille holen? Sie müsste auf dem Schreibtisch liegen.«

Dann zog sie sich ein zweites Paar Handschuhe über die ersten. Carlos schob die Tafel heran, die Sara von der Schule übernommen hatte. Einige Informationen hatte er bereits aufgeschrieben. Lücken blieben, wo er das Gewicht, die Maße und Angaben zu den einzelnen Organen notieren würde, die im Lauf der Prozedur ermittelt wurden. Sara hatte gern alle Daten vor Augen, während sie die Obduktion durchführte. Zusammenhänge waren so leichter zu erkennen.

Mit dem Fuß betätigte sie das Diktaphon und begann: »Wir haben den unbalsamierten, gut entwickelten Leichnam einer neunzehnjährigen weißen Frau vor uns, die sich mit einem Kaliber-12-Repetiergewehr selbst in den Kopf geschossen haben soll. Sie wurde vom Dienst habenden Beamten als Ellen Marjory Schaffer identifiziert. Fotos und Röntgenaufnahmen wurden nach meiner Anweisung gemacht. Nach dem Gesetz von Georgia wird die Obduktion in der Leichenhalle der Gerichtsmedizin Grant County durchgeführt am …«

Jeffrey las das Datum vor, und Sara fuhr fort: »Wir beginnen um 20 Uhr 33, es assistieren Carlos Quiñonez, Technischer Assistent der Gerichtsmedizin, und Jeffrey Tolliver, leitender Polizeichef von Grant County.«

Sie hielt inne und sah auf die Tafel. »Die Person wiegt ungefähr siebenundfünfzig Kilogramm und ist zirka ein Meter zweiundsiebzig groß. Der Schädel wurde durch den Schuss aus dem Gewehr schwer beschädigt.« Sie legte die Hand auf den Unterbauch. »Der Körper wurde gekühlt und fühlt sich kalt an. Die Leichenstarre ist eingetreten.«

Sara fuhr fort, erwähnte besondere Kennzeichen, während sie mit einer Schere die Tüte aufschnitt, die Ellen Schaffers Kopf bedeckte. Geronnenes Blut und Hirnmasse klebte an dem Plastik, dazu eingedickte Klumpen von Knochensplittern.

Carlos sagte: »Der Rest ist im Kühlschrank.«

»Den schaue ich mir später an.« Sara schälte die Tüte von dem ab, was von Ellen Schaffers Kopf übrig war. Kaum mehr als ein blutiger Stumpf war noch da, blonde Haarsträhnen und Zähne, wo das Stammhirn gewesen war. Es wurden weitere Fotos gemacht, dann nahm Sara das Skalpell und ging zur inneren Untersuchung über. Während sie den üblichen Y-Schnitt durchführte, spürte sie ihre große Müdigkeit. Sie schloss einen Moment die Augen, um sich zu konzentrieren.

Dann machte sie sich daran, jedes Organ zu entfernen,

zu wiegen, zu katalogisieren und in eine Tüte zu packen. Im Magen fanden sie, was wahrscheinlich Ellens Henkersmahlzeit gewesen war: Müsli mit Nüssen, fast wie frisch aus der Packung.

Sie klemmte die Därme ab und überreichte sie Carlos. Er machte sich daran, sie im Waschbecken mit einem Schlauch auszuspritzen. Ein Sieb über dem Ausguss fing auf, was herausgespült wurde. Der Gestank war fürchterlich.

Sara zog das obere Paar Handschuhe aus und ging zur anderen Seite des Saals, wo der Lichtkasten stand. Carlos hatte die Röntgenaufnahmen bereits vor der Autopsie aufgehängt. In ihrer Erschöpfung hatte sie nicht daran gedacht, sie vorher anzusehen. Doch jetzt, nachdem sie die Serie zweimal intensiv betrachtet hatte, fiel ihr die seltsam vertraute Form in der Lunge auf.

»Jeff«, rief sie.

Er stellte sich neben sie und starrte die Aufnahmen an. »Ist das ein Zahn?«

»Das wissen wir gleich.« Sara zog sich wieder die Handschuhe über, dann nahm sie die linke Lunge aus der Plastiktüte. Auf den ersten Blick war das Lungenfell glatt, ohne Anzeichen von Verhärtung. Sara hatte das Organ für die spätere Biopsie beiseitegelegt. Jetzt nahm sie ein großes Skalpell.

»Wenig Blutaspiration«, sagte sie.

Im unteren rechten Quadranten der linken Lunge fand sie schließlich den Zahn.

»Könnte der Schuss den Zahn dahinbefördert haben?«

»Sie hat den Zahn aspiriert«, widersprach Sara. »Sie hat ihn in die Lunge eingeatmet.«

Jeffrey rieb sich die Augen. Dann fasste er die Unstimmigkeit mit einfachen Worten zusammen. »Sie hat den Zahn eingeatmet, als sie niedergeschlagen wurde.«

DIENSTAG

Acht

Lena unterdrückte ein Gähnen, als sie mit Ethan aus dem Kino kam. Vor zwei Stunden hatte sie ein Kodeinpräparat genommen. Es hatte zwar nicht viel gegen den Schmerz im Handgelenk geholfen, aber dafür war Lena jetzt hundemüde.

»Woran denkst du?«, fragte Ethan. Die typische Frage, wenn ein Kerl wollte, dass die Frau das Reden übernahm.

»Ich hoffe für dich, dass das mit der Party klappt«, sagte sie und gab ihrer Stimme einen drohenden Unterton.

»Schon verstanden«, sagte er. »Hat sich der Cop noch mal gemeldet?«

»Nein«, log Lena, obwohl ihr Telefon seit dem Kaffeetrinken fünf Anrufe vom Revier angezeigt hatte. Es war nur eine Frage der Zeit, bis Jeffrey an ihre Tür klopfte, und dann würde Lena ein paar Fragen beantworten müssen – oder die Konsequenzen für ihr Schweigen tragen. Während des Films war sie zu dem Schluss gekommen, dass Chuck Gaines sie aufgrund von Jeffreys Behauptungen vielleicht nicht feuern konnte, aber das Schwein könnte ihr das Leben zur Hölle machen. Für Chuck wäre es das Größte, etwas gegen sie in der Hand zu haben. Und so schlimm ihr Job jetzt schon war, ihm fielen bestimmt noch mehr Grausamkeiten ein.

Ethan fragte: »Hat dir der Film gefallen?«

»Nicht besonders«, erklärte Lena. Sie überlegte, was sie täte, wenn Andys Freund gar nicht auftauchte. Morgen müsste sie unbedingt mit Jill Rosen reden. Lena hatte drei Nachrichten auf Jills Anrufbeantworter hinterlassen, doch die Therapeutin hatte nicht zurückgerufen. Lena musste rausfinden, was sie Jeffrey gesagt hatte. Sogar ihren alten Anrufbeantworter hatte sie aus dem Schrank geholt, falls Jill sich heute Abend doch noch meldete.

Lena blickte hinauf zum Himmel und holte tief Luft. Sie brauchte jemanden, mit dem sie über alles sprechen konnte, doch es gab niemanden, dem sie vertrauen konnte.

»Schöner Abend«, sagte Ethan. Er dachte wohl, sie bewunderte die Sterne. »Vollmond.«

»Morgen regnet es.« Lena ballte die Faust und öffnete sie wieder. Wo Ethan sie gepackt hatte, zogen sich hässliche dunkelblaue Flecke wie ein Armband um ihr Handgelenk; es fühlte sich an, als wäre der Knochen angebrochen. Das Gelenk pochte und war so dick geworden, dass sie den Manschettenknopf nicht mehr zubekam. Sie hatte einen Verband getragen, bis Ethan an die Tür klopfte, doch sie wollte sich vor ihm nicht anmerken lassen, dass er sie wirklich verletzt hatte.

Lenas Problem war, dass sie erst am Montag ihr Gehalt bekam. Sie hatte nicht mehr genug Geld übrig für die fünfzig Dollar Eigenbeteiligung, die fällig wären, wenn sie den Arm im Krankenhaus röntgen ließ. Immerhin konnte sie die Hand noch bewegen. Wenn es am Montag immer noch so wehtat, würde sich Lena dann darum kümmern. Sie war ohnehin Rechtshänderin, und außerdem hatte sie schon mit schlimmeren Schmerzen leben müssen. Fast war es ein tröstliches Gefühl: Sie spürte, dass sie am Leben war.

Als könnte er ihre Gedanken lesen, fragte Ethan: »Wie geht's deinem Handgelenk?«

»Gut.«

»Es tut mir echt leid. Ich war einfach …«, er schien nach Worten zu suchen, »… ich wollte nicht, dass du gehst.«

»Nette Art, einem das zu sagen.«

»Es tut mir leid, dass ich dir wehgetan habe.«

Sie schwieg. Irgendwie pochte die Schwellung stärker, wenn sie darüber sprachen. Bevor sie aus dem Haus ging, hatte sie Kodein und Ibuprofen 800 eingesteckt, falls die Schmerzen schlimmer würden. Während Ethan auf dem Parkplatz der Studentenvereinigung von einer Gruppe Jugendlicher abgelenkt wurde, nahm sie ein Ibuprofen ohne Wasser und verschluckte sich prompt.

»Alles okay?«, fragte Ethan.

»Alles in Ordnung«, hustete sie und klopfte sich auf die Brust.

»Hast du dich erkältet?«

»Nein«, antwortete sie und hustete noch einmal. »Wann geht die Party los?«

»Wahrscheinlich kommt sie gerade in die Gänge.« Er steuerte auf einen Fußweg zwischen den Büschen zu. Lena kannte die Abkürzung durch den Wald, die zu den Wohnheimen auf der Westseite des Campus führte, doch sie hatte keine Lust, nachts dort herumzulaufen, auch wenn der Mond schien.

Ethan drehte sich um, als sie ihm nicht folgte. »Es geht viel schneller hier lang.«

Lena widerstrebte es, irgendjemandem in die Dunkelheit an einen abgeschiedenen Ort zu folgen. Auch wenn Ethan zu bereuen schien, dass er ihr wehgetan hatte, sie hatte mit eigenen Augen gesehen, wie unbeständig seine Sanftmut war.

»Komm schon«, sagte er und versuchte es mit einem Scherz. »Du hast doch nicht immer noch Angst vor mir, oder?«

»Leck mich am Arsch«, zischte sie und zwang ihre Füße zum Gehen. Sie steckte die Hände in die Gesäßtaschen ihrer Jeans und hoffte, dass die Geste ganz natürlich wirkte. Ihre Fingerspitzen berührten das Klappmesser mit der zehn Zentimeter langen Klinge, das sie dabeihatte, und die Berührung flößte ihr Mut ein.

Ethan verlangsamte den Schritt, um neben ihr zu gehen. »Arbeitest du schon lange hier?«

»Nein.«

»Wie lange?«

»Ein paar Monate.«

»Macht dir der Job Spaß?«

»Es ist nur ein Job.«

Dann schien er zu kapieren und lief schweigend weiter. Doch nach ein paar Minuten war er wieder neben ihr. Sie sah den Schatten seines Gesichts, konnte seine Miene jedoch nicht erkennen. Er klang ehrlich, als er sagte: »Es tut mir leid, dass dir der Film nicht gefallen hat.«

»Ist nicht deine Schuld«, sagte sie, obwohl er den französischen Film, im Original mit Untertiteln, ausgesucht hatte.

»Ich hatte gedacht, du stehst auf so was.«

Sie fragte sich, ob je ein Mensch so falschgelegen hatte. »Wenn ich lesen will, nehme ich mir ein Buch.«

»Liest du viel?«

»Nein.« In letzter Zeit hatte Lena sich von ein paar schwülstigen Liebesromanen in der Bibliothek mitreißen lassen. Sie versteckte die Bücher hinter dem Zeitungsregal, damit sie niemand auslieh, bis sie durch war. Lieber würde sie sich die Zunge abbeißen, bevor sie vor Nan Thomas zugab, was für einen Mist sie da las.

»Und wie ist es mit Filmen?« Ethan gab nicht so leicht auf. »Was für Filme siehst du gerne?«

Lena versuchte, nicht zu genervt zu klingen. »Ich weiß nicht, Ethan. Die Sorte Filme, wo man kapiert, worum es geht.«

Diesmal hatte er verstanden und hielt den Mund. Lena sah zu Boden, um nicht zu stolpern. Heute Abend hatte sie ihre Cowboystiefel angezogen, doch sie war die Absätze nicht gewohnt, auch wenn sie nicht sehr hoch waren. Dazu trug sie Jeans und ein dunkelgrünes Hemd und hatte sogar Eyeliner aufgetragen, sozusagen als Zugeständnis an die wirkliche Welt. Die Haare trug sie offen – nur um Ethan zu zeigen, was sie von seiner Meinung hielt.

Ethan hatte weite Jeans an und wieder ein schwarzes T-Shirt mit langen Ärmeln. Es war offensichtlich ein frisches T-Shirt, denn es roch nach Waschmittel und Aftershave. Arbeiterstiefel mit Stahlkappen rundeten das Outfit ab. Wenn sie ihn im Wald verlor, könnte sie zumindest den tiefen Abdrücken seiner Schuhe folgen, dachte Lena.

Ein paar Minuten später erreichten sie die Lichtung hinter dem Studentenwohnheim der Männer. Das GIT war ein ziemlich altmodisches College. Es gab nur ein Gebäude, in dem Männlein und Weiblein gemischt wohnten, doch die Studenten in den anderen Häusern fanden Mittel und Wege, die strengen Hausregeln zu umgehen. So wusste jeder, dass der alte Mike Burke, der in den Häusern die Aufsicht führte, stocktaub war und Damenbesuche zu jeder Tages- und Nachtzeit überhörte. Heute hatten sie ihm anscheinend das Hörgerät geklaut und den armen Kerl noch dazu in einen Schrank gesperrt, dachte Lena. Die Musik, die aus dem Gebäude drang, war jedenfalls so laut, dass der Boden unter ihren Füßen vibrierte.

»Dr. Burke ist für eine Woche bei seiner Mutter«, erklärte Ethan grinsend. »Er hat uns die Telefonnummer dagelassen, falls wir ihn brauchen.«

»Wohnst du hier?«

Er nickte und ging auf das Haus zu.

Sie hielt ihn auf und versuchte die Musik zu übertönen: »Tu einfach so, als wäre ich heute Abend dein Date, okay?«

»Du bist doch mein Date, oder nicht?«

Sie bedachte ihn mit einem Blick, der alle weiteren Fragen beantwortete.

»Also gut.« Er lief weiter, und Lena folgte ihm.

Der Krach war so laut, dass Lena schauderte. Alle Lichter des Gebäudes brannten, selbst die im oberen Stockwerk, das der Aufsichtsperson vorbehalten war. Die Musik lag irgendwo zwischen Dance-Party und Acid-Jazz, durchmischt mit Rap. Lena hatte das Gefühl, von der Dezibelstärke würden ihre Ohren jeden Moment zu bluten anfangen.

»Habt ihr keine Angst, dass die Campus-Polizei anrückt?«

Ethan grinste, und Lena gab ihm kleinlaut recht. Wenn sie morgens zur Arbeit kam, lag der Wachhabende der letzten Nacht meistens noch schnarchend auf der Pritsche im Hinterzimmer und schlief den Schlaf der Gerechten. Sie wusste, dass Fletcher heute Nacht Dienst hatte. Er war der Schlimmste von allen. In der Zeit, seit Lena hier arbeitete, hatte Fletcher nicht einen einzigen Zwischenfall gemeldet. Natürlich wurden die meisten nächtlichen Verbrechen nicht angezeigt oder blieben unter dem Mantel des Schweigens verborgen. Lena hatte in einer Broschüre gelesen, dass weniger als fünf Prozent aller Frauen, die auf einem Hochschulgelände vergewaltigt wurden, Anzeige erstatteten. Sie sah sich die Fassade des Wohnheims an und fragte sich, ob dort gerade in diesem Moment auch ein Mädchen vergewaltigt wurde.

»Hey, Green!« Ein junger Mann, der etwas größer und kräftiger als Ethan war, kam auf sie zu und boxte Ethan mit der Faust auf die Schulter. Ethan erwiderte die Geste. »Lena«, Ethan musste schreien, um die Musik zu übertönen, »das ist Paul.«

Lena versuchte ihr überzeugendstes Lächeln. Sie fragte sich, ob das Andy Rosens Freund war.

Paul musterte sie von oben bis unten, als würde er ihre Eignung zum Geschlechtsverkehr abwägen. Sie erwiderte den Blick und versuchte ihm deutlich zu zeigen, dass er weit unter ihrem Niveau war. Er sah ziemlich nichtssagend aus, ein Teenager, irgendwo stecken geblieben zwischen Kind und Mann. Er trug ein gelbes Stirnband mit Mützenschirm, den er nach hinten geschoben hatte. Das kurze, blond gefärbte Haar war steil nach oben gegelt. Um den Hals hingen an einer grünen Metallkette ein Schnuller und alle möglichen anderen Amulette aus der Hello-Kitty-Kollektion. Er sah ihren Blick und schob sich laut schmatzend den Schnuller in den Mund.

»Yo«, rief Ethan und schlug mit übertriebenem Reviergehabe Paul auf die Schulter. »Wo ist Scooter?«

»Drinnen«, sagte Paul. »Versucht wahrscheinlich, die scheiß Niggermusik abzusetzen.« Er warf sich in Pose und zappelte albern mit den Armen.

Lena zuckte zusammen, wollte sich jedoch nichts anmerken lassen. Anscheinend gelang ihr das nicht besonders gut, denn jetzt fragte Paul: »Hast du's vielleicht mit den Brothers?«

»Halt's Maul, Mann«, sagte Ethan und boxte ihm fester gegen die Schulter. Paul lachte. Er mischte sich wieder unter die Leute, die zum Waldrand gingen, und rief Lena und Ethan rassistische Parolen hinterher, bis er nicht mehr zu verstehen war.

Ethan hatte die Fäuste geballt, die Muskeln seiner Schultern spielten unter dem T-Shirt. »Arschloch«, knurrte er.

»Beruhig dich«, sagte Lena, doch ihr Herz klopfte schneller, als Ethan sie ansah.

»Hör nicht auf ihn, okay? Er ist ein Vollidiot«, schnaubte Ethan.

»Ja«, stimmte Lena zu. Sie versuchte die Situation wieder unter Kontrolle zu bekommen. »Ja, das ist er.«

Ethan sah sie eindringlich an, als wäre ihm wichtig, dass sie ihm glaubte. Dann ging er weiter.

Die Tür des Wohnheims stand offen, ein paar Studenten unterhielten sich am Eingang. Lena konnte nicht erkennen, ob es Frauen oder Männer waren. Sie versuchte nicht hinzusehen, als sie vorbeilief. In der Luft hing ein eigentümlicher Geruch. Nach sieben Monaten am College wusste Lena, wie Haschisch roch; das hier musste etwas anderes sein.

In der Eingangshalle verband ein großes Treppenhaus alle drei Stockwerke, rechts und links gingen die Flure zu den Zimmern und Waschräumen ab. Das Gebäude war genauso geschnitten wie alle anderen Wohnheime auch. Auch das Haus, in dem Lena wohnte, war fast identisch, außer dass dort jede Wohneinheit ein eigenes Bad und einen Aufenthaltsraum mit Küchenzeile hatte. Hier dagegen wurden die Studenten jeweils zu zweit in ein Zimmer gesteckt mit einem großen Gemeinschaftswaschraum am Ende des Gangs.

Je näher sie ans Ende des Flurs kamen, desto deutlicher wurde der Gestank: Es roch nach Pisse und Kotze.

»Ich muss nur mal kurz hier rein.« Ethan war vor einer Tür mit einem »VORSICHT GIFTMÜLL«-Aufkleber stehen geblieben. »Ist das okay?«

»Ich warte hier«, sagte Lena und lehnte sich gegen die Wand.

Er zuckte die Schultern, steckte den Schlüssel ins Schloss und ruckelte ein bisschen, bis sich die Tür öffnete. Lena fragte sich, warum er überhaupt abschloss. Es war allgemein bekannt, dass sich die Zimmertüren mit einem kleinen Ruck von selbst öffneten. Bei der Hälfte der Diebstähle, zu denen Lena gerufen wurde, gab es keine Einbruchsspuren.

»Bin gleich zurück«, sagte er, bevor er die Tür hinter sich schloss.

Während sie wartete, sah sich Lena das Brett an der Tür an. Auf einer Seite hing eine Pinnwand, auf der anderen eine Schiefertafel. An der Pinnwand hingen mehrere Zettelchen, doch Lena war nicht neugierig genug, um sie aufzufalten und zu entziffern. Auf die Tafel hatte jemand gekritzelt: »Ethan haut mich um«, daneben war eine Zeichnung. Es sah aus wie ein Affe, der in der Hand einen Baseballschläger hielt.

Lena fragte sich, was sie hier zu suchen hatte. Sie könnte doch morgen einfach aufs Revier gehen und mit Jeffrey reden. Es musste einen Weg geben, ihn davon zu überzeugen, dass sie nichts mit dem Fall zu tun hatte. Sie sollte jetzt sofort nach Hause fahren, sich einen Drink genehmigen und schlafen gehen, damit sie am Morgen alles Weitere mit klarem Kopf überdenken konnte. Aber wenn sie blieb und mit Andys Freund sprach – dann hätte sie Jeffrey etwas anzubieten, einen Beweis für ihren guten Willen.

»Tut mir leid«, sagte Ethan, als er wieder herauskam. Lena fragte sich, was er gemacht hatte. Vielleicht hatte er gedacht, sie käme mit rein, damit er sie mit seinem jungenhaften Charme verführen konnte. Lena hoffte, dass sie nicht ganz so blöd aussah.

»So ein Quatsch«, sagte er und wischte die Tafel mit seinem Ärmel sauber. »Die Jungs verarschen einen die ganze Zeit.«

»Ja, ja«, sagte Lena gelangweilt.

»Ehrlich«, beharrte er, »schwul bin ich seit der Highschool nicht mehr.«

Einen Moment lang glaubte sie ihm, dann musste sie über den Witz lächeln.

Er lief den Flur hinunter und fragte laut: »Gefällt dir die Musik?«

»Natürlich nicht«, sagte sie und überlegte, ob sie einfach gehen sollte. Sie konnte sich den Namen des Jungen merken und Jeffrey morgen den Rest erledigen lassen.

Ethan fragte: »Was für Musik hörst du so?«

»Musik, von der man keine Kopfschmerzen kriegt«, antwortete sie. »Reden wir jetzt mit diesem Freund oder nicht?«

»Hier lang.« Ethan zeigte die Treppe hinauf.

Von der Decke fiel ein Stück Putz, und auch wenn man nichts außer dem Dröhnen der Musik hören konnte, wusste Lena, dass die Dielen über ihnen ächzten.

Im oberen Stockwerk befand sich ein großer Gemeinschaftsraum mit einem Fernseher und Schreibtischen. Außerdem gab es eine Gemeinschaftsküche. Im ersten Stock befanden sich weniger Zimmer, und obwohl die Zimmer kleiner waren, waren sie heiß begehrt. Nach dem Gestank unten fiel es Lena nicht schwer, den Grund dafür zu erraten.

»Hier lang«, rief Ethan.

Lena folgte ihm durch die Leute, die überall auf den Stufen saßen. Keiner sah älter aus als fünfzehn, und sie alle tranken ein pinkfarbenes Gebräu mit so viel Alkohol, dass Lena es im Vorbeigehen riechen konnte. Das war der dritte Geruch, der sich durchs Haus zog: hochprozentiger Alkohol.

Im Flur oben war es noch voller als auf der Treppe, und Ethan nahm ihre Hand, um sie nicht zu verlieren. Lena schluckte, die plötzliche Berührung überraschte sie. Sie starrte auf seine Hand. Er hatte lange, schmale Finger, fast wie ein Mädchen. Die Handgelenke waren ebenfalls schmal, und die Knöchel zeichneten sich unter seinem T-Shirt ab. Es war so voll und so heiß hier, dass sie sich fragte, wie er es in langen Ärmeln aushielt. Plötzlich brach die Musik ab. Im ganzen Raum wurden Buhrufe laut, dann wurde gelacht, als auch das Licht ausfiel.

Lena klopfte das Herz bis zum Hals, als sie im Dunkeln von Fremden angerempelt wurde. Neben ihr flüsterte ein Mann etwas, ein Mädchen lachte laut. Hinter ihr drückte sich ein anderer Kerl gegen Lena, und diesmal war es kein zufälliger Kontakt.

Jemand rief: »Hey, mach die Musik wieder an!«

Ein anderer antwortete: »Einen Moment«, dann flackerte in der Ecke eine Taschenlampe auf, wo der DJ versuchte, die Lage in den Griff zu bekommen.

Lena gewöhnte sich langsam an die Dunkelheit und konnte die Menschen um sich herum erkennen. Sie schob sich ein Stück nach vorn, doch der Mann folgte ihr wie ein Schatten. Er legte seine Hände auf ihre Hüften und flüsterte ihr von hinten ins Ohr: »Hey.«

Lena erstarrte.

»Komm, wir gehen irgendwohin«, raunte er und rieb sich an ihr.

Lena wollte »hör auf!« schreien, doch die Worte blieben ihr im Hals stecken. Bevor sie sich zurückhalten konnte, drängte sie sich zu Ethan vor und klammerte sich an seinen Arm.

»Was ist denn los?«, fragte er. Selbst im Dunkeln konnte sie sehen, wie er hinter sie blickte und sich die Frage selbst beantwortete. Seine Muskeln spannten sich, und er schlug dem Kerl mit der Faust gegen die Brust. »Arschloch«, zischte er.

Der Mann trat zurück und hob die Hände, als handelte es sich um ein einfaches Missverständnis.

»Schon erledigt«, sagte Ethan zu Lena. Er legte den Arm um sie, um sie vor der Menge zu schützen. Sie hätte ihn wegstoßen sollen, doch sie brauchte ein paar Sekunden, um ihr klopfendes Herz zu beruhigen.

Ohne Vorwarnung wummerte die Musik wieder los, und das Schwarzlicht zuckte auf. Die Menge jubelte und begann wieder zu tanzen, weiße T-Shirts und Zähne leuchteten violett im Scheinwerferlicht. Einige begannen mit grünen und gelben Leuchtstäben zu fuchteln. Andere hatten kleine Taschenlampen, mit denen sie den Leuten in die Augen leuchteten. Die Menge wogte im Ecstasy-Rausch, die Beleuchtung verstärkte die Trance noch.

Ethan schrie: »Komm hier rüber!«, und drängte sie rückwärts an die Wand. »Geht's dir gut?«, fragte er, das Gesicht nah an ihrem, damit sie ihn verstand.

»Klar«, sagte sie und versuchte ihn ein Stück wegzuschieben, doch sein Körper war unbeweglich wie die Wand. Er rührte sich nicht.

Ethan strich ihr das Haar aus dem Gesicht. »Ich wünschte, du hättest es dir hochgesteckt.«

»Ich hatte keine Spange«, log sie.

Er lächelte und sah seinen Fingern zu, die in ihrem Haar spielten. »Ich könnte dir einen Haargummi besorgen.«

»Nein.«

Ethan ließ die Hand sinken, offensichtlich enttäuscht.

Dann wechselte er das Thema. »Soll ich was unternehmen wegen dem Arschloch?«

»Nein«, sagte sie, auch wenn ein Teil von ihr wollte, er täte es. Mehr als ein Teil, um genau zu sein. Die Vorstellung, dass Ethan aus dem Drecksack Hackfleisch machte, der sich an ihr gerieben hatte, gefiel ihr.

»Wie du meinst«, sagte Ethan.

»Ehrlich.« Sie wusste, es war falsch, Ethan auf den Kerl zu hetzen. »Wir sind hier auf einem Rave. Wahrscheinlich dachte er nur …«

»Schon gut«, unterbrach Ethan. »Ich hol uns was zu trinken.« Bevor Lena etwas sagen konnte, war er fort. Sie sah seinem Rücken nach, bis er in der Menge verschwand, und fühlte sich hilflos wie ein Schulmädchen. Doch sie war vierunddreißig, nicht vierzehn, und sie brauchte keinen Grünschnabel, der ihre Schlachten für sie schlug.

»Hey«, sagte jemand und stupste sie an. Ein aufgedrehtes brünettes Mädchen bot Lena ein paar grüne Kapseln an, doch Lena winkte ab, wobei sie gegen die Leute stieß, die neben ihr standen.

»Tut mir leid.« Sie trat zurück und rempelte wieder jemanden an. Der Raum schien immer enger zu werden, und Lena wusste, sie würde schreien, wenn sie nicht sofort hier rauskam.

Sie bahnte sich den Weg durch die taumelnde Menge und versuchte die Treppe zu erreichen, doch die Leute drängten sich an ihr vorbei wie in einem Sog. Es war immer noch ziemlich dunkel, und sie musste sich vorantasten. Sie schubste die Menschen vor sich aus dem Weg, bis sie wieder eine Wand mit den Händen fühlte. Dann drehte sie sich um und sah an den Lichtern auf der anderen Seite, dass sie in die falsche Richtung gegangen war. Die Treppe war genau gegenüber.

»Verdammt«, fluchte sie und tastete sich an der Wand entlang. Ihre Hand fand einen Türknauf, und sie schob sich durch die Tür. Im grellen Licht blinzelte sie. Als sie wieder sehen konnte, entdeckte sie einen Jungen, der auf dem Rücken auf einem Bett lag. Er grinste Lena an, während er sich von einer blonden Frau einen blasen ließ. Er machte ihr Zeichen, sie solle sich dazugesellen, doch Lena wich zurück, drehte sich um und rannte direkt in Ethan hinein.

»Hoppla«, sagte er und hielt einen Becher Orangensaft hoch, um nichts zu verschütten.

Die Musik war sanfter geworden, wahrscheinlich im Einklang mit dem Rausch der Raver. Egal, Lena war dankbar, dass ihr Trommelfell sich erholen konnte.

»Ich wusste nicht, was du wolltest«, sagte Ethan und hielt ihr den Becher hin. »Ist Wodka drin. Ich habe selbst eingeschenkt.« Er holte eine Wasserflasche aus der Tasche seiner weiten Jeans. »Oder du kannst das haben.«

Lena sah den Becher an, sie spürte ein solches Verlangen nach Alkohol, dass ihr das Wasser im Mund zusammenlief. Dennoch sagte sie: »Wasser.«

Er nickte, als hätte sie einen Test bestanden. »Ich komm gleich wieder.« Den Wodka ließ er auf einem Tisch stehen.

»Willst du das nicht?«, fragte Lena.

»Ich hole mir Saft. Bleib diesmal hier stehen, damit ich dich nachher finde.«

Lena schraubte die Flasche auf und sah Ethan nach. Sie nahm einen großen Schluck, die Augen weit aufgerissen, damit sie niemand überraschen konnte. Die Hälfte der Kids hier war so zugedröhnt, dass die andere Hälfte sie stützen musste.

Ihr Blick wanderte zu dem Tisch, auf dem Ethan den Wodka hatte stehen lassen. Kurzentschlossen griff sie nach dem Becher und trank ihn mit zwei großen Schlucken aus. Der Drink war fast purer Alkohol. Lenas Brust zog sich zusammen, als der Alkohol hinunterfloss, ihre Kehle brannte, als hätte sie ein brennendes Streichholz verschluckt.

Lena wischte sich mit dem Handrücken den Mund ab, das schmerzende Handgelenk pikte wie tausend Nadeln. Sie versuchte sich zu erinnern, wann sie das Kodein genommen hatte. Der Film hatte zwei Stunden gedauert. Zum Wohnheim waren sie eine halbe Stunde gelaufen. Wie lange musste man warten?

»Scheiß drauf«, sagte Lena, holte eine Tablette heraus und steckte sie in den Mund. Als sie sich nach etwas zum Herunterspülen umsah, fand sie einen Becher mit pinkfarbenem Punsch auf dem Tisch. Sie überlegte einen Sekundenbruchteil, was in dem Drink sein mochte, dann setzte sie an und trank einen kräftigen Schluck. Es schmeckte wie Wodka mit einem Schuss Kirschlimonade. Lena leerte den Becher und stellte ihn schwungvoll auf den Tisch.

Es dauerte drei Atemzüge, bis der Alkohol seine Wirkung tat. Als sie sich nach ein paar Sekunden im Raum umsah, war sie ruhig, aber nicht betrunken. Es war eine ganz normale Party mit harmlosen Kids. Kein Problem. Der Alkohol machte es erträglich. Bald müsste auch das Kodein wirken, und sie würde sich wieder ganz normal fühlen.

Jetzt wurde ein langsamer, gefühlvoller Song gespielt. Anscheinend hatte jemand auch die Lautstärke herabgedreht.

Lena trank einen Schluck Wasser, um das pelzige Gefühl hinunterzuspülen. Sie schnalzte mit der Zunge und besah sich die tanzenden Kids. Als ihr auffiel, dass sie vermutlich die Älteste hier war, musste sie lachen.

»Was ist so lustig?« Ethan stand neben ihr. Er hatte eine ungeöffnete Flasche Orangensaft dabei.

Lena schüttelte den Kopf, ihr war schwindelig. Sie musste sich bewegen, um die Wirkung des Alkohols abzuschütteln. »Suchen wir nach deinem Freund.«

Er sah sie seltsam an, und sie wurde rot. Sie fragte sich, ob ihm die leeren Becher auf dem Tisch auffielen.

»Hier lang«, sagte er dann und griff nach ihrer Hand.

»Ich sehe es.« Sie schlug seine Hand weg.

»Gefällt dir die Musik besser?«

Als sie nickte, verlor sie fast die Balance. Falls Ethan das bemerkte, sagte er zumindest nichts. Stattdessen brachte er sie zu einer Tür, die auf den Flur führte. Aus jedem Zimmer kam andere Musik, manche Türen standen offen und gaben die Sicht frei auf die Bewohner. Einige waren gerade am Koksen, andere trieben es miteinander.

»Geht es hier immer so ab?«, fragte sie.

»Nur wenn Dr. Burke nicht da ist«, erklärte er, »aber das ist häufig der Fall.«

Sie warf einen Blick in die nächste offene Tür und bereute es gleich wieder.

»Ich bin meistens in der Bibliothek«, sagte Ethan. Lena war sich nicht sicher, ob er die Wahrheit sagte oder dreist log. Sie hatte ihn nie dort gesehen. Andererseits war die Bibliothek ziemlich groß, und Ethan war ein Kerl, der leicht zu übersehen war. Vielleicht war er oft dort. Vielleicht beobachtete er sie schon länger.

Vor einer Tür, die sich nur durch das Fehlen von Aufklebern und obszönen Sprüchen von den anderen unterschied, blieb er stehen.

»Yo, Scooter«, rief er und klopfte an.

Lena starrte auf den Dielenboden und versuchte ihre Gedanken zu sortieren.

»Scooter?«, wiederholte Ethan und hämmerte mit der Faust gegen die Tür. Er schlug so fest zu, dass sich das Holz zurückbog und über der Tür ein Lichtstreifen zu sehen war.

»Komm schon, Scooter. Mach auf, du blöder Wichser. Ich weiß, dass du da bist.«

Lena hörte nicht viel hinter der Tür, doch sie nahm an, dass sich jemand bewegte. Nach ein paar Minuten ging die Tür auf, und ihnen schlug ein Gestank von alten Socken entgegen, wie Lena ihn so geballt noch nie gerochen hatte.

»O Gott«, rief sie und hielt sich die Nase zu.

»Das ist Scooter«, sagte Ethan, als würde das alles erklären.

Lena versuchte durch den Mund zu atmen. »Stinker« wäre als Spitzname passender gewesen.

»Hallo«, sagte sie und unterdrückte den Brechreiz.

Scooter sah auffällig anders aus. Während die meisten Jungs auf dem Campus kurz geschorene Haare, weite Hosen und zu große T-Shirts trugen, hatte Scooter langes schwarzes Haar und steckte in einem hellblauen Hemdchen und grell orangefarbenen Hawaii-Shorts. Um seinen Bizeps war ein gelber Staugummi gewickelt, unter dem die Adern hervortraten.

»Igitt, Mann«, sagte Ethan und riss das breite Gummiband von seinem Arm. Es schnalzte und flog durchs Zimmer.

»Hey, Scheiße, Mann«, stöhnte Scooter. Er versperrte ihnen die Tür, ohne im Geringsten bedrohlich zu wirken. »Sie ist ein verdammter Cop, Mann. Wieso bringst du mir einen Cop? Was hat ein Cop in meiner Bude verloren?«

»Beweg dich«, sagte Ethan und schob ihn sanft zurück ins Zimmer.

»Bin ich verhaftet?«, fragte Scooter. »Hey, warte mal.« Er bückte sich und suchte nach dem Gummiteil. »Warte mal, lass mich zuerst das hier erledigen.«

»Stell dich hin«, befahl Ethan und zog Scooter am Hosenbund hoch. »Keine Sorge, sie verhaftet dich nicht.«

»Ich kann nicht ins Gefängnis.«

»Sie steckt dich nicht ins Gefängnis.« Seine Stimme klang laut in dem kleinen Zimmer.

»Na gut, na gut«, sagte Scooter und ließ sich von Ethan hochhelfen. Scooter fasste sich an den Hals, und Lena bemerkte, dass er eine gelbe Kette trug, ähnlich wie die von Paul, Ethans anderem Bekannten. Scooter hatte keinen Schnuller, aber dafür eine Art Schlüsselsammlung, winzig kleine Passepartouts, wie sie zu Mädchentagebüchern gehörten.

»Setz dich, Mann.« Ethan drückte ihn aufs Bett.

»Okay, mach ich.« Scooter merkte nicht einmal, dass er schon saß.

Lena stand in der Tür und atmete immer noch durch den Mund. Am Fenster war eine Klimaanlage angebracht, doch sie lief nicht. Drogensüchtige ließen die Klimaanlage sonst nachts gern an, damit sie den Stoff nicht so schnell ausschwitzten.

Das Zimmer war eingerichtet wie alle anderen auch: auf jeder Seite ein Bett, ein Schreibtisch und ein Schrank. Die beiden großen Fenster waren so dreckig, dass man nicht hindurchsehen konnte. Bücher und Blätter aller Art türmten sich auf dem Boden, dazwischen waren leere Bierdosen und Pizzaschachteln verstreut. In der Mitte des Raums verlief ein blauer Klebestreifen, wahrscheinlich um die Fronten zu klären. Lena fragte sich, was Scooters Mitbewohner von dem Aroma hielt.

Ein kleiner Kühlschrank neben Scooters Bett diente ihm

als Nachttisch. Sein Mitbewohner hielt es mit der altbewährten Variante aus zwei Brettern und zwei Backsteinen, die er wahrscheinlich auf der Baustelle neben der Mensa geklaut hatte. Kevin Blake hatte erst vor zwei Wochen ein Memo an Chuck Gaines geschickt mit der Anordnung, die geklauten Backsteine aufzuspüren, da sie dem College von der Baufirma sonst in Rechnung gestellt würden.

»Alles klar«, sagte Ethan und winkte sie herein. »Er ist gut drauf.«

»Das sehe ich.« Sie bewegte sich nicht. Scooter war viel größer als Ethan. Lena steckte den Daumen in die Tasche und tastete nach ihrem Messer.

Ethan setzte sich zu Scooter aufs Bett. »Wenn du die Tür offen lässt, spricht er nicht mit dir.«

Sie zögerte noch einen Augenblick, dann trat sie ein und schloss die Tür, ohne sich umzudrehen. »Er sieht nicht so aus, als ob er überhaupt noch sprechen kann«, sagte sie.

»Sieht nur so aus«, lallte Scooter und lachte bellend wie ein Seehund.

Sie sah sich im Zimmer um. Es lag genug Drogenzubehör herum, um eine Apotheke damit einzurichten. Zwei Spritzen auf einem Hocker neben dem Bett, daneben ein Löffel mit einer harzigen Substanz und eine kleine Tüte mit etwas, das aussah wie große Salzkörner. Sie hatten Scooter bei der Aufbereitung von Ice unterbrochen, der wirksamsten Form des Methamphetamins. Der Stoff war so rein, dass er nicht mal gefiltert werden musste.

»Was für ein Idiot«, sagte Lena. Selbst ihr Onkel Hank, ein Speedfreak von Gottes Gnaden, hatte von Ice die Finger gelassen. Zu gefährlich.

Zu Ethan sagte sie. »Ich weiß nicht, was das bringen soll.«

»Er war Andys bester Freund.«

Als er Andys Namen hörte, brach Scooter in Tränen aus. Er weinte offen und hemmungslos wie ein Mädchen. Lena schwankte zwischen Ekel und Faszination. Seltsamerweise schien Ethan ihre Gefühle zu teilen.

»Komm schon, Scooter, reiß dich zusammen«, sagte er und schob den Jungen von seiner Schulter. »Verdammt noch mal, was bist du, 'ne Schwuchtel?«

Er warf Lena einen Blick zu, wahrscheinlich war ihm im letzten Moment eingefallen, dass Lenas Schwester lesbisch gewesen war. Lena sah auf die Uhr. Sie hatte so viel Zeit verschwendet, um bis hierher zu kommen, da würde sie jetzt nicht aufgeben. Sie trat gegen das Bett, dass die Jungs zusammenschraken.

»Scooter«, sagte Lena. »Hör genau zu.«

Er nickte.

»Du warst mit Andy befreundet?«

Er nickte wieder.

»Hatte Andy Depressionen?«

Er nickte wieder. Lena seufzte. Sie hätte nicht gegen das Bett treten sollen. Jetzt hatte sie ihn so verschreckt, dass er nicht reden würde.

Sie nickte zu dem Kühlschrank. »Hast du was zu trinken da?«

»Ja, klar, Mann.« Scooter sprang auf, kehrte den Gastgeber raus. Er schwankte ein bisschen, dann öffnete er den kleinen Kühlschrank. Lena sah mehrere Bierflaschen und etwas, das aussah wie eine Plastikflasche mit selbst gebranntem Wodka. Sie fragte sich, wie Scooter es schaffte, nicht vom College zu fliegen.

Scooter begann: »Ich habe Bier und …«

»Zeig mal«, sagte Lena und schob ihn beiseite. Um das hier besser durchziehen zu können, konnte sie wirklich noch was zu trinken gebrauchen.

»Gläser?«

Scooter griff unters Bett und holte zwei Plastikbecher hervor, die auch schon bessere Zeiten gesehen hatten. Lena stellte sie auf den Kühlschrank, dann nahm sie Ethans Orangensaft. Die Flasche war klein. Für alle drei würde es nicht reichen.

»Ich nicht«, sagte Ethan und folgte gebannt jeder ihrer Bewegungen.

Sie sah ihn nicht an, als sie die Drinks mixte. Sie füllte die Hälfte des Safts in ein Glas, dann schüttete sie einen Schluck Wodka dazu. Die Saftflasche behielt sie für sich und füllte sie bis zum Rand mit dem klaren Alkohol auf. Dann verschloss sie die Flasche mit dem Daumen und schüttelte sie. Die ganze Zeit spürte sie Ethans Blick.

Dann setzte sie sich auf das andere Bett und betrachtete Scooter beim Trinken.

»Das ist gut, Mann, danke«, sagte er.

Lena hielt ihre Flasche auf dem Schoß, ohne zu trinken. Sie wollte abwarten, wie lange sie es aushielt. Vielleicht würde sie am Ende doch nichts mehr trinken. Vielleicht hatte sie die Flasche nur, damit Scooter sich nicht allein fühlte, wenn er mit ihr sprach. Sie wusste, bei einer Befragung musste man als Allererstes ein ausgeglichenes Verhältnis aufbauen. Bei Süchtigen wie Scooter kam man am besten weiter, wenn man ihnen das Gefühl gab, man hätte selber ein Problem.

»Andy«, sagte sie schließlich. Ihr Mund fühlte sich trocken an.

»Ja.« Scooter nickte langsam. »Er war ein guter Junge.«

Lena dachte daran, was Richard Carter gesagt hatte. »Ich habe gehört, er konnte auch ein Arschloch sein.«

»Wer das sagt, ist selbst ein Arschloch«, sagte Scooter.

In diesem Fall hatte er recht, dachte sie, doch sie behielt die Information für sich. »Erzähl mir von ihm. Erzähl mir von Andy.«

Scooter lehnte sich an die Wand und strich die langen Haare aus dem Gesicht. Er hatte eine ansehnliche Kollektion von Pickeln auf den Wangen. Mit kurzen Haaren, oder zumindest mit sauberen, hätte er dieses Problem nicht, doch Lena hatte keine Lust, ihm hier Kosmetiktipps zu geben.

Sie fragte: »Hatte er eine Freundin?«

»Wer, Andy?« Scooter schüttelte den Kopf. »Seit einer Ewigkeit nicht.« Er streckte ihr den Becher hin, verlangte Nachschub. Doch Lena sah ihn scharf an. Sie wollte nicht teilen.

»Erst redest du mit mir, dann bekommst du noch was.«

»Ich brauche einen Schuss, Mann«, jammerte er und griff nach den Spritzen auf dem Hocker.

»Halt dich bloß zurück«, knurrte Ethan und stieß ihn weg. »Du hast gesagt, dass du mit ihr redest, schon vergessen? Du hast gesagt, du erzählst ihr, was sie wissen will.«

»Hab ich das?« Scooter sah verwirrt aus. Er sah Lena an, und sie nickte bestätigend.

»Ja, Kumpel«, sagte Ethan. »Hast du. Du hast versprochen, dass du Andy helfen willst.«

»Ja, okay«, gab Scooter nach. Seine Haare waren so fettig, dass sie sich nicht bewegten, als er nickte.

Ethan sah Lena an. »Siehst du, was die Scheiße mit einem anstellt?«

Lena ging nicht darauf ein. »Also, war Andy auf irgendeine besonders scharf?«

Ethan kicherte. »Ja, aber sie nicht auf ihn.«

»Wer?«

»Ellen, Mann. Ellen aus seinem Kunstkurs.«

»Ellen Schaffer?«, fragte Ethan. Offensichtlich stand er nicht auf gutem Fuß mit ihr.

»Ja, Mann. Die ist so verdammt heiß. Weißt du, was ich meine?« Vielsagend stieß er Ethan den Ellbogen in die Rippen. »Verdammt heiß.«

Lena versuchte ihn auf das Thema zurückzubringen. »Also waren sie nicht zusammen?«

»Sie hätte sich nie für jemanden wie ihn interessiert«, sagte Scooter. »Sie ist eine Göttin. Sterbliche wie Andy mussten sich damit begnügen, an ihren Höschen zu schnüffeln.«

»Sie ist eine wandelnde Spermabank«, zischte Ethan verächtlich. »Wahrscheinlich wusste sie nicht mal, dass er existiert.«

Wieder kicherte Scooter und stupste Ethan mit dem Ellbogen. »Vielleicht klaut er ihr jetzt im Himmel auch die Höschen!«

Knurrend stieß Ethan Scooter weg.

»Was?« Lena war verwirrt.

»Scheiße, ich habe gehört, ihr Gesicht sah aus, als hätte sie eine Handgranate gefressen«, sagte Scooter.

»Wessen Gesicht?«, fragte Lena.

»Ellens!«, antwortete Scooter, als wäre das sonnenklar. »Sie hat sich den Kopf weggeballert, Mann. Wo zum Teufel lebt ihr?«

Lena hatte das Gefühl, sie hätte einen Schlag auf den Kopf bekommen. Sie war den ganzen Tag zu Hause gewesen und hatte das Display ihres Telefons angestarrt. Nan hatte angerufen, doch Lena war nicht rangegangen. Ellen Schaffers Tod führte die ganze Ermittlung in eine andere Richtung. Wenn er wie Andys Selbstmord inszeniert war, dann würde Jeffrey Lena doppelt so hart rannehmen.

Ohne nachzudenken, nahm Lena einen Schluck aus der Flasche. Der Wodka brannte in ihrer Kehle. Dann atmete sie langsam aus. Sie wurde wieder ruhiger.

»Was war mit dem Drogenentzug, zu dem seine Eltern ihn geschickt hatten?«

Scooter sah wieder zu den Spritzen hinüber und leckte sich die Lippen. »Er hat alles gemacht, damit er schnell wieder draußen ist, verstehst du? Andy rauchte gern. Das hätte er nie aufgegeben. Wenn du die Pfeife lieben gelernt hast, lässt sie dich nicht mehr los.«

»Aber als er zurückkam, war er clean?«

Scooter nickte. »Ja.«

»Wie lange?«

»Bis Sonntag, schätze ich«, sagte Scooter und lachte, als hätte er einen guten Witz gemacht.

»Wann am Sonntag?«

»Na, bevor er gestorben ist. Alle wissen, dass die Cops eine Spritze bei ihm gefunden haben.«

»Richtig«, sagte Lena. Frank hätte das erwähnt, wenn es gestimmt hätte. Gerüchte breiteten sich auf dem Campus noch schneller aus als Geschlechtskrankheiten.

»Hast du nicht gesagt, er rauchte gern?«

»Ja, ja«, sagte er. »Aber das andere haben sie bei ihm gefunden.«

Lena warf Ethan einen Blick zu. »Hat Andy davor auch schon Drogen genommen?«

Scooter schüttelte den Kopf. »Nein, nicht dass ich wüsste.«

»Warum bist du dir so sicher?«

»Weil er bei mir was kaufen wollte, Mann.«

Ethan neben ihm erstarrte merklich.

Scooter erklärte: »Am Samstagabend hat er richtig viel eingekauft und gesagt, er würde am Sonntag alles auf einmal nehmen. Magic Carpet Ride, Mann. Wisst ihr, was der Song bedeutet?«

Ethan stand auf und ging zum Fenster.

»Na ja, auch egal«, seufzte Scooter. Er warf einen sehnsüchtigen Blick auf die Spritzen. »Er kam in mein Zimmer und meinte so: ›Hey, Mann, hast du was?‹, und ich: ›Scheiße, klar, brauch ich alles, wenn Burke nächste Woche weg ist‹, und er meinte: ›Gib her, Mann, ich hab Geld.‹ Ich hab gesagt: ›Nee, Scheiße, das Zeug gehört mir, außerdem schuldest du mir noch was von vorher, du Scheißschwuchtel‹, und er hat …«

Lena unterbrach ihn: »Er hatte Geldprobleme?«

»Ja, der hatte nie Kohle. Musste seiner Mutter Miete zahlen und alles. Wie Scheiße ist das denn? Ihr eigener Sohn, und er muss für Klamotten und so weiter zahlen, wie bei so einem scheiß sozialen Projekt oder so.« Er zupfte sich die Shorts zurecht. »Aber die Karre war echt spitze.« Er sah Ethan an. »Hast du die Karre gesehen, die sein Vater ihm gekauft hat?«

Lena versuchte Scooter zurück aufs Thema zu bringen. »Aber am Samstagabend hatte er Geld?«

»Keine Ahnung. Anscheinend. Hat wohl 'nen Treffer gelandet.«

»Ich dachte, du hast ihm was verkauft?«

»Scheiße, nein, hab ich doch gesagt. Ich wusste ja, was er vorhatte. In so einen Scheiß lass ich mich nicht reinziehen. Du verkaufst Stoff, und einer nimmt 'ne Überdosis, und schon hockst du wegen Totschlag im Knast. Ich geh nicht ins Gefängnis, Mann. Wenn ich hier raus bin, wartet ein Job auf mich.«

»Wo?« Lena fragte sich, wer so ein Wrack einstellte.

Ethan ließ ihn nicht zu Wort kommen. »Du wusstest, dass er sich umbringen wollte?«

»Schätze schon.« Scooter zuckte die Schultern. »Genau so hat er's das letzte Mal auch gemacht. Hat sich Stoff besorgt und sich mit einem Rasiermesser die Pulsadern aufgeschlitzt.« Er fuhr sich mit dem Finger über den Unterarm. »Mann, das war Scheiße. Überall Blut, unglaublich. Hätte ich ihn etwa melden sollen, Mann? Ich wollte ihn nicht in Schwierigkeiten bringen oder so.«

»Ja, Arschloch«, sagte Ethan und ging zurück zum Bett. Er schlug Scooter auf den Hinterkopf. »Ja, du hättest was sagen sollen. Du hast ihn verdammt noch mal auf dem Gewissen.«

Lena begann: »Ethan …«

»Hauen wir ab«, sagte Ethan und ging zur Tür. Sie sah, dass er wütend war, doch sie verstand nicht, warum. Er sagte: »Tut mir leid, dass ich deine Zeit verschwendet habe.«

Scooter sagte: »Kein Problem, Mann.«

»Komm.« Ethan stieß die Tür mit solcher Heftigkeit auf, dass die Klinke in der Wand eine Delle hinterließ.

Lena folgte ihm, doch dann verriegelte sie hinter Ethan die Tür und blieb im Zimmer.

»Lena!« Ethan polterte gegen die Tür. Lena hoffte, dass sie ein paar Minuten halten würde.

»Scooter«, sagte sie. »Wer hat ihm die Drogen verkauft?«

Scooter sah sie verwirrt an. »Was?«

»Wer hat Andy die Drogen verkauft?«, wiederholte sie. »Am Samstagabend. Wo hat er am Ende die Drogen herbekommen?«

»Scheiße, Mann«, sagte Scooter, »keine Ahnung.« Er kratzte sich die Arme, offensichtlich fühlte er sich unbehaglich, jetzt da Ethan draußen war. »Lass mich in Ruhe, okay?«

»Nein«, sagte Lena. »Nicht, bis du es mir gesagt hast.«

»Ich hab Rechte.«

»Ja? Willst du die Bullen rufen?« In einer Hand hielt sie die Flasche, mit der anderen griff sie nach den vollen Spritzen. »Rufen wir die Cops, Scooter.«

»Verdammt, Scheiße, Mann. Hör auf.« Er machte eine müde Geste in Richtung der Spritzen, doch Lena war schneller.

»Wer hat Andy die Drogen verkauft?«

»Komm schon«, jammerte Scooter. Doch als er merkte, dass er so nicht weiterkam, gab er auf. »Du musst es doch wissen. Du arbeitest mit ihm.«

Lena ließ die Spritzen fallen und beinahe auch die Flasche. »Chuck Gaines?«

Scooter warf sich auf den Boden und hob die Spritzen auf, als hätte er Geld gefunden.

»Chuck Gaines?«, wiederholte Lena. Sie war zu verblüfft, um irgendetwas zu tun. Sie setzte den Wodka an, dann trank sie die ganze Flasche aus. Ihr war schwindelig, und sie musste sich setzen.

»Lena?« Ethan hämmerte gegen die Tür.

Scooter setzte sich einen Schuss. Wie hypnotisiert sah Lena zu, wie er mit der Nadel ein wenig Blut aufzog und sich dann die Droge in die Vene spritzte. Er ließ das Ende des Gummibands, das er zwischen den Zähnen hatte, schnalzend los, während er die Spritze durchdrückte.

Dann atmete er tief ein. Ein Ruck ging durch seinen Körper, sein Mund stand offen, seine Muskeln zuckten, als die Droge zu wirken begann. Seine Augen bewegten sich wild, die Zähne klapperten. Seine Hand zitterte so stark, dass ihm die Spritze herunterfiel und unters Bett rollte. Lena starrte ihn an, unfähig, den Blick abzuwenden, während sein Körper unter der Wirkung des Ice in seinem Blut flatterte.

»O Mann«, flüsterte Scooter. »O Scheiße, Mann, jaaah.«

Sie sah die andere Spritze auf dem Boden und dachte daran, wie es sich anfühlen würde – loszulassen, sich ganz der Droge auszuliefern. Oder sich das Leben zu nehmen.

Scooter sprang so plötzlich auf, dass Lena vor Schreck mit dem Kopf an die Wand schlug.

»Oh, wow, ist das heiß hier drin.« Er wirkte jetzt putzmunter, während er im Raum auf und ab tigerte. »Mann, so heiß, zu heiß zum Atmen, kannst du atmen, Mann, das ist toll, tut gut, und du?«, quasselte er und zerrte an seinen Kleidern herum.

»Lena!«, schrie Ethan.

Am Türknauf wurde gerüttelt, und dann flog die Tür auf und krachte wieder gegen die Wand.

»Du Drecksack!«, rief Ethan und rempelte Scooter so heftig an, dass er gegen den Kühlschrank fiel. Doch voller Energie von dem Speed in seinen Adern, sprang Scooter wieder auf die Füße und quasselte weiter.

Ethan sah die zweite Spritze auf dem Boden und trat darauf, bis das Plastik brach und sich die durchscheinende Flüssigkeit auf die Dielen ergoss. Dann verrieb er die Pfütze mit der Stiefelspitze, bis wirklich nichts übrig war, das man hätte aufziehen können.

Ethan nahm Lenas Hand. »Komm.«

»Scheiße!«, heulte Lena auf. Er hatte sie an dem verletzten Handgelenk gepackt. Ihr war schlecht vor Schmerz, doch Ethan ließ nicht los, bis sie auf dem Flur standen.

»Arschloch!«, schrie Lena und boxte ihn gegen die Schulter. »Ich hatte ihn fast so weit.«

»Lena …«

Sie drehte sich um. Ethan versuchte sie am Arm zu packen, doch sie war zu schnell.

»Wo willst du hin?«

»Nach Hause.« Sie lief den Flur hinunter, Scooters Worte dröhnten in ihrem Kopf. Sie musste alles aufschreiben, solange es noch frisch war. Wenn Chuck zu einer Art Drogenring gehörte, hatte er vielleicht Andy und Ellen Schaffer erledigt, um sie zum Schweigen zu bringen. Plötzlich stand Ethan neben ihr. »Ich bringe dich nach Hause.«

»Ich brauche keinen Geleitschutz«, erwiderte sie. Sie befühlte ihr Handgelenk.

»Du hast ziemlich viel getrunken.«

»Und ich trinke noch mehr«, sagte sie und bahnte sich den Weg durch eine Gruppe von Leuten, die in der Eingangstür standen. Wenn sie alles aufgeschrieben hatte, hätte sie sich einen Drink verdient. Vor ein paar Stunden hatte sie noch gefürchtet, ihren Job zu verlieren. Und jetzt bekam sie vielleicht die Chance, Chuck Gaines' Posten zu übernehmen.

»Lena …«

»Hau ab, Ethan«, zischte sie. Fast wäre sie über einen Stein gestolpert. Sie schwankte, doch sie lief weiter.

Er war ihr dicht auf den Fersen. »Beruhig dich erst mal.«

»Ich muss mich nicht beruhigen«, sagte Lena. Es stimmte. Das Adrenalin in ihrem Körper schärfte ihren Verstand.

»Lena, komm schon.« Ethan bettelte fast.

Lena nahm einen schmalen Fußweg, der zwischen dornigen Büschen hindurchführte. Sie würde schneller zu Hause sein, wenn sie hinter den Gebäuden entlangging.

Ethan folgte ihr, doch jetzt war er still.

»Was hast du vor?«, fragte sie.

Er antwortete nicht.

»Du kommst nicht mit auf mein Zimmer«, sagte sie und stieß einen Ast zur Seite. Sie waren kurz vor dem Haupteingang ihres Wohnheims. »Das ist mein Ernst, Ethan.«

Er achtete nicht auf sie, sondern wartete, während sie versuchte die Haustür aufzuschließen. Sie hatte Schwierigkeiten mit der Koordination und fand das Schlüsselloch nicht. Das Kodein schien seine Wirkung jetzt in einem Ozean von Alkohol zu entfalten. Was hatte sie sich bloß dabei gedacht, die Schmerzmittel mit Wodka runterzuspülen?

Ethan riss ihr die Schlüssel aus der Hand und öffnete die Tür. Sie versuchte sie ihm wieder abzunehmen, doch er war schon drin.

»Wo wohnst du?«

»Gib mir die Schlüssel!« Wieder versuchte sie, ihm die Schlüssel abzunehmen, doch Ethan war zu schnell.

»Du bist völlig dicht«, sagte er. »Weißt du das?«

»Gib mir die Schlüssel«, wiederholte sie. Sie wollte keine Szene machen. Das Wohnheim war zwar so erbärmlich, dass kaum Dozenten hier lebten, aber sie wollte die wenigen Nachbarn nicht auf den Flur locken.

Ethan las ihren Namen auf dem Briefkasten im Eingang. Ohne ein Wort marschierte er den Flur entlang.

»Halt«, rief sie. »Gib mir …«

»Was hast du genommen?«, knurrte er, während er die Schlüssel durchging. »Was waren das für Pillen, die du genommen hast?«

»Halt dich aus meinem Leben raus!«, gab sie zurück und nahm ihm die Schlüssel weg. Sie lehnte den Kopf gegen die Tür und versuchte, sich auf das Schloss zu konzentrieren. Als sie den Riegel klicken hörte, lächelte sie unwillkürlich. Doch dann stieß Ethan sie ins Zimmer.

»Was für Pillen hast du genommen?«

»Beobachtest du mich?«

»Was hast du genommen?«

Lena stand in der Mitte des Raums und versuchte sich zu orientieren. Nicht dass man sich verlaufen konnte: Es gab zwei Zimmer, ein winziges Bad und eine Küchenzeile, die nach altem Fett stank, egal wie oft sie sie schon geputzt hatte. Sie dachte an den Anrufbeantworter, doch auf dem Display leuchtete nur eine dicke Null. Diese Ziege Jill Rosen hatte immer noch nicht zurückgerufen.

»Was hast du genommen?«, wiederholte Ethan.

Lena ging zur Küchenzeile. »Aspirin. Ich hab Bauchkrämpfe, okay?«

»Das ist alles?« Ethan kam auf sie zu.

»Außerdem geht dich das einen Dreck an.« Sie nahm eine Flasche Whiskey aus dem Schrank.

Ethan riss die Arme in die Luft. »Und jetzt trinkst du noch mehr!«

»Danke für den Hinweis, Kleiner«, spottete sie und schenkte sich einen ordentlichen Drink ein, den sie in einem Zug austrank.

»Na toll«, sagte er, als sie sich noch ein Glas eingoss.

Lena drehte sich um und fauchte: »Warum machst du …« Sie brach ab. Ethan stand dicht vor ihr, sein Blick triefte vor Verachtung.

Er stand stocksteif da, die Hände in die Seiten gestemmt. »Tu das nicht.«

»Willst du auch ein Glas?«

»Ich trinke nicht«, sagte er, »und das solltest du auch nicht.«

»Bist du bei den Anonymen Alkoholikern?«

»Nein.«

»Sicher?« Sie trank einen Schluck und stieß ein wohliges »Aaah« aus, als hätte sie nie etwas Köstlicheres zu sich genommen. »Du benimmst dich nämlich wie ein Alkie auf dem Trockenen.«

Seine Augen folgten dem Glas an ihren Lippen. »Ich verliere nicht gern die Kontrolle.«

Sie hielt sich den Whiskey unter die Nase und schnüffelte. »Riech mal«, sagte sie und hielt ihm das Glas hin.

»Lass mich mit dem Scheiß in Ruhe«, sagte er, ohne sich zu bewegen.

Sie leckte sich schmatzend die Lippen. Er war ein Alkie, da war sich Lena sicher. Das war die einzige Erklärung für seine Reaktion. »Ein Schlückchen in Ehren, Ethan? Komm schon. Die Anonymen Alkoholiker sind was für Schlappschwänze. Man muss nicht zu so einem blöden Meeting gehen, um zu wissen, wann man aufhören soll.«

»Lena ...«

»Du bist doch ein Mann, oder? Männer haben doch immer alles unter Kontrolle. Komm schon, Mr. Control.«

Sie drückte ihm das Glas an die Lippen, doch er presste den Mund zu. Als sie das Glas neigte, lief ihm die bernsteinfarbene Flüssigkeit rechts und links über das Kinn aufs T-Shirt.

»Schade«, sagte sie und sah zu, wie der Alkohol heruntertropfte. »Was für eine Verschwendung.«

Er riss das Geschirrtuch vom Haken und drückte es ihr in die Hand. Durch die Zähne stieß er hervor: »Mach es sauber. Sofort.«

Lena war verblüfft über seine Heftigkeit. Sie hatte kein Problem damit, seiner Aufforderung zu folgen. Sie wischte ihm über das T-Shirt, dann tupfte sie ihm die Jeans ab. Die Hose spannte vorne, und sie konnte sich das Lachen nicht verkneifen.

»Darauf stehst du also, Leute herumkommandieren.«

»Halt den Mund«, herrschte er sie an und riss ihr das Geschirrtuch aus der Hand.

Ohne das Tuch rieb Lena mit der Hand weiter und erhöhte den Druck auf seine Jeans. Unter der Berührung wurde er noch härter.

»Oder ist es der Whiskey? Macht dich der Geruch heiß?«

»Hör auf damit«, sagte er, doch sie fühlte, wie sein Körper reagierte.

»Du kleines Ferkel«, sagte sie. Ihr neckischer Unterton erschreckte sie selbst.

»Hör auf«, sagte er, doch er hielt sie nicht davon ab, den Reißverschluss seiner Jeans zu öffnen.

»Womit?«, fragte Lena und umfasste seinen Schwanz. Er war größer, als sie erwartet hatte, und die Macht, ihm entweder Lust oder Schmerz bereiten zu können, erregte sie.

Sie streichelte ihn. »Gefällt dir das?«

»O Mann«, flüsterte Ethan und fuhr sich mit der Zunge über die Lippen. »Mann.«

Sie bewegte die Hand auf und nieder und beobachtete seine Reaktion. Vor der Katastrophe letztes Jahr war Lena kein Kind von Traurigkeit gewesen. Sie wusste, wie sie ihn zum Stöhnen brachte.

»Oh …« Ethan öffnete den Mund und seufzte. Er streckte die Hand nach Lena aus.

»Fass mich nicht an«, befahl Lena und drückte fest zu, um ihren Worten Nachdruck zu verleihen.

Stattdessen krallte er sich am Kühlschrank fest. Sie merkte, dass seine Knie weich wurden, doch er hielt sich tapfer auf den Beinen.

Lena grinste in sich hinein. Männer waren so dumm. Sie taten immer so stark, doch kaum bildete sich einer ein, man würde ihn zum Orgasmus bringen, hatte man ihn bettelnd am Boden.

»Bist du mir deshalb nachgelaufen wie ein Hündchen?«

Ethan beugte sich vor, um sie zu küssen, doch sie drehte den Kopf weg. Er seufzte wieder, als sie ihm mit dem Daumen über die Eichel fuhr.

»Ist es das, was du wolltest?«, fragte sie und unterbrach die Bewegung. Sie wollte, dass er nach mehr verlangte. »Sag's mir.«

»Nein«, flüsterte er. Er versuchte ihr die Hand um die Taille zu legen, doch sie berührte ihn an der Stelle, mit der sie ihn an die Decke befördern konnte.

»Gott …« Zischend atmete er durch die Zähne aus und stieß das Glas von der Küchentheke auf der Suche nach etwas zum Festhalten.

»Du willst ein Vergewaltigungsopfer vögeln?«, fragte sie wie beiläufig. »Vor deinen Freunden damit prahlen?«

Er schüttelte den Kopf. Mit geschlossenen Augen konzentrierte er sich auf ihre Hand.

»Hast du eine Wette am Laufen? Ist es das?«, fragte sie.

Er legte den Kopf gegen ihre Schulter.

»Soll ich aufhören?«, flüsterte sie ihm ins Ohr, sie verlangsamte die Bewegung.

»Nein«, keuchte er und drückte ihr die Hüften entgegen.

»Was hast du gesagt? Ich soll aufhören?«

Wieder schüttelte er stöhnend den Kopf.

»Hast du ›bitte‹ gesagt?« Fast hatte sie ihn so weit. Als er zu zittern begann, hielt sie inne. »War das ein ›Bitte‹?«

»Ja«, keuchte er, er legte die Hand auf ihre und versuchte sie zum Weitermachen zu bringen.

»Du meinst, du darfst mich anfassen?«

Er zog die Hand weg, doch seine Lenden bebten, und

er keuchte so schnell, als wäre er kurz vor dem Hyperventilieren.

»Ich habe dich nicht verstanden«, stachelte Lena ihn an. »Sag ›bitte‹.«

Ethans Lippen bewegten sich, doch entweder hechelte er zu stark, oder er war zu stolz, es auszusprechen.

»Was war das?«, flüsterte sie, mit den Lippen berührte sie fast sein Ohr. »Was hast du gesagt?«

Ein Laut kam aus seiner Kehle, als wäre etwas in ihm gebrochen. Lena lächelte, als er endlich gehorchte.

»Bitte …«, bettelte er, und als wäre es noch nicht genug, wiederholte er: »Bitte …«

Wieder lag Lena in jenem dunklen Raum, diesmal auf dem Bauch. Sie spürte die sanften, zärtlichen Küsse auf ihrem Rücken, vom Nacken bis hinunter zu der Stelle, wo ihr Hintern anfing. Sie räkelte sich, fühlte, wie er ihr die Jeans herunterzog, genoss die Küsse an ihren Lieblingsstellen und vergaß dabei ganz, dass sie diese Dinge nicht fühlen durfte. Eigentlich mussten ihre Hände und Füße an den Boden genagelt sein. Sie musste auf dem Rücken liegen.

Plötzlich schreckte sie auf. Sie sprang so schnell aus dem Bett, dass sie zu Boden fiel und sich den Kopf an der Wand anschlug.

»Was ist los?«, fragte Ethan.

Lena lehnte sich gegen die Wand, ihr Kopf dröhnte. Sie griff nach ihrer Jeans. Nur der oberste Knopf war geöffnet. Was war letzte Nacht passiert? Was machte Ethan hier?

»Verschwinde.« Ihr Ton war eiskalt trotz der Panik, die in ihr aufstieg.

Ethan lächelte und streckte die Arme nach ihr aus. Es

war ein Einzelbett, für Lena allein schon schmal, und er lag in der hintersten Ecke gegen die Wand gedrückt. Er war noch vollständig angezogen, nur der Reißverschluss seiner Jeans war halb geöffnet.

»Was hast du Schwein mir angetan?«, fauchte sie. Bei der Vorstellung, er könnte sie berührt haben, womöglich in sie eingedrungen sein, wurde ihr schlecht.

»Hey«, sagte er müde. »Ganz ruhig, okay?« Er setzte sich auf und streckte die Hand nach ihr aus.

»Lass die Finger von mir«, warnte sie und schlug seine Hand weg.

Er stand auf. »Lena …«

»Hau ab!«, schrie sie mit rauer Stimme.

Er sah nach unten und schloss seinen Reißverschluss. »Komm schon, ich will dich ja nicht gleich heiraten oder so was …«

Sie boxte ihm mit aller Kraft gegen die Brust. Er schwankte nach hinten, doch er hielt das Gleichgewicht. Statt klein beizugeben, kam er jetzt auf sie zu. Mit ausdruckslosem Gesicht stieß er ihr wortlos beide Hände gegen die Schultern.

Lena knallte gegen die Wand, doch sie stürzte nicht. Seine Brutalität verblüffte sie. Sie hatte die ganze Zeit angenommen, sie sei stärker, doch Ethans Körper war wie aus Stahl.

Ethan öffnete den Mund, doch bevor er sich entschuldigen konnte, landete ihre flache Hand in seinem Gesicht. Kaum war das Klatschen verklungen, hatte er zurückgeschlagen. Kräftig.

»Du Schwein!«, schrie sie und ging mit den Fäusten auf ihn los, doch er hielt mit Leichtigkeit ihre Hände fest und drückte sie gegen die Wand.

»Lena …«, sagte er, ihre Fäuste hielt er fest im Griff.

Die Angst, was zwischen ihnen gewesen sein könnte, war größer als der Schmerz der älteren Verletzung. Das Einzige, was sie spürte, war Wut.

Sie versuchte sich freizukämpfen, doch sie hatte keine Chance. Sie konnte das Messer in ihrer Hosentasche nicht erreichen. Stattdessen trat sie Ethan gegen das Schienbein, und als er sich reflexartig hinunterbeugte, ergriff sie die Chance und riss das Knie hoch. Sie traf ihn mitten ins Gesicht. Endlich taumelte Ethan zurück, die Hand über der Nase, Blut schoss ihm zwischen den Fingern hervor. Lena rannte ins Bad und schloss die Tür hinter sich zu.

»O Gott«, flüsterte sie. »O-Gott-o-Gott-o-Gott.« Ihre Hände zitterten, als sie sich die Jeans aufknöpfte. Sie kratzte sich die Beine auf, als sie die Hose herunterzog, um nachzusehen, was passiert war. Sie suchte nach blauen Flecken und anderen Blessuren, dann in ihrer Unterhose nach Flecken, roch sogar nach Spuren, die Ethan an ihrem Körper hinterlassen hatte.

»Lena?« Ethan klopfte an die Tür. Seine Stimme war gedämpft, sie hoffte, sie hatte ihm die Nase gebrochen.

»Hau ab!«, rief sie und trat gegen die Tür. Sie wünschte, sie könnte auf ihn eintreten, ihn bluten und leiden sehen.

Die Tür bebte unter seiner Faust. »Lena, verdammt noch mal!«

»Verpiss dich!«, schrie sie heiser. Hatte er ihr seinen Schwanz in den Mund gesteckt? Schmeckte sie ihn noch?

»Lena, bitte«, sagte er sanfter. »Bitte, Baby.«

Lenas Magen zog sich zusammen. Sie ging vor der Kloschüssel auf die Knie und erbrach bittere Galle, bis sich ihre leeren Eingeweide zusammenkrampften wie zu einer Faust.

Sie schloss die Augen, wollte nicht sehen, was in der Toilette war. Um sich nicht noch einmal übergeben zu müssen, atmete sie durch den Mund.

Der Lärm einer berstenden Tür brachte sie wieder zur Besinnung, doch die Badezimmertür war noch zu.

»An die Wand!«, schrie eine Männerstimme. Sie erkannte Frank sofort.

»Leck mich!«, bellte Ethan zurück, und dann hörte sie ein vertrautes Krachen, als Ethan gegen die Wand gestoßen wurde. Sie hoffte, Frank war nicht zimperlich. Sie hoffte, er schlug Ethan zu Brei.

Lena wischte sich den Mund ab und spuckte ins Klo. Sie ging in die Hocke und lauschte, was draußen vor sich ging. Ihr Kopf schmerzte fürchterlich, und ihr Herz raste.

»Wo ist Lena?«, fragte Jeffrey schroff.

»Sie ist nicht hier, Dreckskerl«, antwortete Ethan so überzeugend, dass sie ihm selbst fast geglaubt hätte. »Wo ist Ihr Durchsuchungsbefehl?«

Aufs Waschbecken gestützt, versuchte sich Lena zu konzentrieren.

Jeffrey fragte: »Wo ist sie?« Die Schärfe in seiner Stimme verriet seine Besorgnis.

»Kaffee trinken.«

Lena sah sich im Spiegel an. Ein dünnes Rinnsal Blut tropfte ihr aus der Nase, doch gebrochen war sie nicht. Sie wollte den blauen Fleck unter ihrem rechten Auge betasten, doch als sie ihre Finger vor sich sah, hielt sie inne. Die Erinnerung an gestern Abend durchfuhr sie wie ein Stromstoß. Sie hatte Ethan angefasst. Sie hatte ihm in die Hose gefasst und ihn gestreichelt, während sie ihm in die Augen sah, um die Wirkung zu beobachten. Das, was sich gestern Nacht wie Macht angefühlt hatte, wirkte heute Morgen billig und abstoßend.

Lena ließ heißes Wasser laufen und griff nach der Seife. Sie schäumte sich die Hände ein, dann wusch sie sich den Mund mit Seife aus. Sie wusste nicht mehr, ob sie sich geküsst hatten. Sie kratzte sich mit den Fingernägeln die Zunge ab und würgte, als sie Seifenlauge verschluckte. Sie hatte es getan, weil sie besoffen war. Scheißbesoffen. Wie hatte ihr das nur passieren können?

Jeffrey klopfte leise an die Tür. »Lena?«

Sie antwortete nicht, sondern schrubbte ihre Hände mit heißem Wasser ab, bis sie dunkelrot waren. Ihr verletztes Handgelenk war doppelt so dick wie das andere, doch der Schmerz fühlte sich gut an – er war etwas, das sie beherrschen konnte. Sie zupfte an der Narbe an ihrer Hand, bis sie zu bluten anfing. Sie versuchte die Haut abzureißen. Am liebsten hätte sie sich ganz gehäutet.

»Lena?« Jeffrey klopfte lauter. Er klang besorgt. »Lena? Alles in Ordnung?«

»Lassen Sie sie in Ruhe«, sagte Ethan.

»Lena«, wiederholte Jeffrey und klopfte lauter. Sie wusste nicht, ob er besorgt oder wütend war oder beides. »Antworte.«

Sie sah auf. Im Spiegel sah sie, was er zu sehen bekommen würde: die Kotze im Klo, die Hände blutend über dem Waschbecken. Lena zitternd vor Ekel und Selbstverachtung.

Frank sagte: »Brich die Tür auf.«

Jeffrey warnte: »Lena, entweder du kommst jetzt raus, oder ich komme rein.«

»Nur einen Moment«, rief sie leichthin, als wäre sie zu spät zu einem Rendezvous.

Sie holte das Klappmesser aus der Hosentasche, bevor sie sich die Jeans zuknöpfte. Im Boden des Medizinschranks war ein loses Brett. Sie ließ das Messer daruntergleiten, bevor sie das Wasser abdrehte.

Lena zog die Toilettenspülung, spülte sich den Mund mit Mundwasser aus, von dem sie die Hälfte herunterschluckte in der Hoffnung, ihr Magen hielt es aus. Dann wischte sie sich mit dem Handrücken über die Nase, das Blut wischte sie an der Jeans ab. Der Ärmel ließ sich nicht zuknöpfen, aber vielleicht verbargen die langen Ärmel die Schwellung.

Als sie endlich aus dem Bad kam, war Jeffrey kurz davor, auch diese Tür einzutreten. Frank stand hinter Ethan und drückte dessen Gesicht so fest gegen die Wand, dass das Blut aus seiner Nase am Putz herunterlief. Lena stand in der Tür. Hinter Jeffrey sah sie die Sitzgruppe und die kleine Küche. Sie wünschte, die Männer würden in das andere Zimmer gehen. Sie schlief nachts schon schlecht genug ohne die Erinnerung an einen Haufen gewalttätiger Typen, die in ihrem Schlafzimmer randalierten.

Jeffrey und Frank schienen entsetzt über ihren Anblick.

Ohne nachzudenken, lockerte Frank seinen Griff und stammelte: »Was ist passiert?«

Lena verbarg die blutende Wunde an ihrer Hand und sagte zu Jeffrey: »Ich hoffe für euch, dass ihr einen Durchsuchungsbefehl habt.«

Jeffrey fragte: »Alles in Ordnung?«

»Wo ist dein Durchsuchungsbefehl?«

Seine Stimme war weich. »Hat er dir wehgetan?«

Lena antwortete nicht. Sie sah die saubere Tagesdecke und bemerkte, dass sie kaum zerknittert war. Sie war aus dunkelrotem Stoff, jeder Fleck wäre auffällig zu sehen gewesen. Erleichtert seufzte sie auf. Mehr war nicht gelaufen mit Ethan gestern Nacht. Als wäre, was passiert war, nicht schon schlimm genug.

Lena verschränkte die Arme. »Verschwindet aus meiner Wohnung. Das ist unbefugtes Betreten.«

»Wir wurden verständigt«, sagte Jeffrey. Er schien zu einem Entschluss gekommen zu sein. Er ging zur Kommode und betrachtete die Fotos, die am Spiegel hingen. »Ruhestörung.«

Sie wusste, dass er log. Lenas Wohnung befand sich im äußersten Winkel des Gebäudes, und ihr Nachbar war für eine Woche auf einer Konferenz. Und selbst wenn jemand die Polizei verständigt hätte, hätte Jeffrey nie so schnell hier sein können. Wahrscheinlich hatten Frank und Jeffrey vor der Tür gestanden und das Handgemenge als Grund genommen, die Tür aufzubrechen.

»Was ist hier los?«, wollte Jeffrey wissen.

»Ich weiß nicht, wovon du sprichst.« Lena hielt seinem Blick stand.

»Dein Auge zum Beispiel. Ist das Veilchen von ihm?«

»Als ihr die Tür aufgebrochen habt, habe ich mich so erschreckt, dass ich gegen das Waschbecken geknallt bin.« Sie grinste.

»Ganz bestimmt«, sagte Jeffrey. Er zeigte mit dem Daumen auf Ethan. »Und was ist mit ihm?«

Lena sah Ethan an, dem es gelang, ihren Blick aus dem Augenwinkel zu erwidern. Egal, was in der letzten Nacht passiert war – es ging nur sie beide etwas an.

Jeffrey wiederholte: »Lena?«

»Wahrscheinlich war das Frank«, erklärte sie und wich Franks Blick aus. Sie waren Partner gewesen, bevor Lena gefeuert worden war, und sie kannte ihn gut genug – sie wusste, bei ihm war sie unten durch. Sie verstieß gegen den Kodex. Und im Moment war ihr das sogar ganz recht.

Jeffrey zog die Schubladen der Kommode auf, warf einen Blick hinein und sah Lena an. Sie wusste, dass er ihren Messergurt gefunden hatte, aber es gab kein Gesetz dagegen, ein Messer in der Schublade zu verstecken.

»Was machst du da?«, knurrte sie, als er die Schublade mit einem Knall schloss.

Er zog die nächste Schublade auf, wo sie ihre Unterwäsche aufbewahrte, und stocherte mit dem Finger darin herum. Er zog einen schwarzen Baumwolltanga heraus, den sie seit Jahren nicht getragen hatte, und warf ihr den gleichen Blick zu wie zuvor, bevor er den Tanga wieder in die Schublade fallen ließ. Sie wusste, dass er etwas suchte, das zu dem Slip in Andy Rosens Wohnung passte. Sie wusste aber auch, dass sie nie wieder ein einziges Stück aus dieser Schublade tragen würde.

Lena versuchte ruhig zu klingen, als sie fragte: »Warum bist du hier?«

Er knallte die Schublade zu. »Das habe ich dir gestern schon gesagt. Wir haben Beweise gefunden, die dich mit einem Verbrechen in Verbindung bringen.«

Sie streckte ihm die Hände hin, verblüfft über ihre eigene Ruhe. »Verhafte mich.«

Jeffrey machte einen Rückzieher, genau wie sie erwartet hatte. »Wir wollen dir nur ein paar Fragen stellen, Lena.«

Sie schüttelte den Kopf. Er hatte nicht genug Beweise, um sie zu verhaften, sonst säße sie längst auf der Rückbank des Streifenwagens.

»Wir können so lange ihn mitnehmen«, sagte Jeffrey und zeigte auf Ethan.

»Tun Sie's doch«, forderte Ethan ihn heraus.

Lena zischte: »Halt den Mund, Ethan.«

»Nehmt mich mit«, forderte Ethan. Frank drückte ihn noch fester gegen die Wand. Ethan schnappte nach Luft, doch er schwieg.

Jeffrey schien die Sache Spaß zu machen. Er ging zu Ethan hinüber und flüsterte ihm ins Ohr: »Hallo, Mr. Augenzeuge.«

Ethan versuchte sich loszureißen, doch Jeffrey zog ihm genussvoll die Brieftasche aus der Hose. Er blätterte durch ein paar Fotos und lächelte. »Ethan Nathaniel White«, las er.

Lena versuchte ihre Überraschung zu verbergen.

»Na, Ethan«, sagte Jeffrey. Er legte ihm die Hand auf den Hinterkopf. »Wie wär's mit einer Nacht im Knast?« Dann flüsterte er ihm noch etwas ins Ohr, das Lena nicht verstehen konnte. Ethans Körper spannte sich wie bei einem Tier, das angreifen will.

»Nicht«, sagte Lena. »Lass ihn in Ruhe.«

Jeffrey packte Ethan am Kragen und warf ihn aufs Bett. »Zieh dir die Schuhe an, Junge«, befahl er und kickte die schwarzen Arbeiterstiefel unter dem Bett zu ihm hinüber.

Lena sagte: »Es liegt kein Tatbestand vor! Ich habe doch gesagt, dass ich gegen das Waschbecken gefallen bin.«

»Wir schauen mal im Computer nach, was sonst noch so vorliegt.« Zu Frank sagte er: »Der Junge sieht einfach schuldig aus, findest du nicht?«

Frank lachte.

Lena war baff. »Du kannst niemanden verhaften, weil er schuldig aussieht.«

»Wir hängen ihm schon noch was an.« Jeffrey zwinkerte ihr zu. Seit sie ihn kannte, hatte Lena noch nie erlebt, dass Jeffrey Gesetze übertrat, um sein Ziel zu erreichen. Offensichtlich wollte er ihr ans Fell, egal zu welchem Preis.

»Lass ihn gehen«, sagte Lena. »Ich muss in einer halben Stunde zur Arbeit. Wir können dort reden.«

»Nein, Lena«, sagte Ethan und stand auf. Frank drückte ihn zurück aufs Bett, dass die Matratze wippte, doch Ethan sprang mit einem Stiefel in der Hand auf, bereit, ihn Frank ins Gesicht zu schlagen, als Jeffrey ihn mit einem Hieb in die Nierengegend außer Gefecht setzte. Stöhnend ging Ethan in die Knie.

Lena stellte sich zwischen die Männer. Sie hob die Hand und rief: »Halt!«

Ihr Ärmel war verrutscht, und Jeffrey starrte ihr Handgelenk an. Dann nahm er Ethans Stiefel und drehte ihn um. Anscheinend interessierte er sich für die Sohle. »Widerstand gegen die Staatsgewalt. Das reicht doch, findest du nicht?«, sagte er.

»Also gut«, sagte Lena. »Du kriegst eine Stunde.«

Jeffrey warf Ethan den Stiefel gegen die Brust. Zu Lena sagte er: »Ich kriege genau so lange, wie ich brauche, verdammt noch mal.«

Neun

Jeffrey stand auf dem Flur vor dem Verhörraum und wartete auf Frank. Er hatte Lena durch die verspiegelte Scheibe beobachtet, doch er ertrug Lenas Blick nicht, auch wenn er wusste, dass sie ihn nicht sehen konnte.

Heute Morgen war er mit Frank zu Lena nach Hause gefahren, um vernünftig mit ihr zu reden. Gestern Abend war er den Ablauf noch mal durchgegangen. Sie würden sich zusammensetzen und reden, vielleicht einen Kaffee trinken, und gemeinsam überlegen, wie sie weiter verfahren würden. Die Idee war gut gewesen – doch dann war ihm Ethan White in die Quere gekommen.

»Chief«, sagte Frank leise. Er brachte zwei Becher Kaffee, und Jeffrey nahm ihm einen ab, obwohl er so viel Koffein intus hatte, dass sogar die Haare auf seinem Arm zitterten.

»Ist die Akte schon da?«, fragte Jeffrey. Die Fingerabdrücke auf Ethans Kaffeetasse hatten sie nicht weitergebracht, aber sein Name und seine Führerscheinnummer hatten im Computer einen Treffer ergeben. Ethan White hatte nicht nur eine polizeiliche Akte, er hatte sogar eine Bewährungshelferin in der Stadt. Diane Sanders wollte Whites Akte selbst vorbeibringen.

»Ich habe Marla gesagt, sie soll Diane gleich zu uns schicken«, sagte Frank und trank einen Schluck Kaffee. »Hat Sara noch was über den kleinen Rosen rausgefunden?«

»Nein«, sagte Jeffrey. Sara hatte Andy Rosen obduziert,

nachdem sie mit Ellen Schaffer fertig war. Die Leiche hatte keine großen Neuigkeiten geliefert, und außer Jeffreys und Saras Verdacht wies nichts auf Fremdeinwirkung hin.

Er sagte zu Frank: »Ellen Schaffer wurde mit Sicherheit umgebracht. Und beide Fälle haben mit Sicherheit etwas miteinander zu tun. Wir sehen nur die Verbindung noch nicht.«

»Und Tessa?«

Jeffrey zuckte die Schultern. In seinem Kopf drehte sich alles. Er hatte Sara fast die ganze Nacht wach gehalten, um herauszufinden, was die drei Opfer miteinander verband. Dass Sara am Küchentisch irgendwann eingeschlafen war, hatte er erst zehn Minuten später gemerkt.

Frank sah durch das kleine Fenster in den Verhörraum und beobachtete Lena. »Hat sie was gesagt?«

»Ich habe es noch nicht versucht.« Jeffrey wusste nicht einmal, was er fragen sollte. Er war entsetzt gewesen, Ethan bei ihr zu finden, als sie die Tür aufgebrochen hatten. Und als Lena nicht gleich aus dem Badezimmer kam, hatte er sich ernstlich Sorgen gemacht. Einen kurzen Moment war er überzeugt gewesen, sie tot auf den Fliesen vorzufinden. Die Panik, die ihn ergriffen hatte, bevor sie endlich herauskam, würde er nicht so schnell vergessen – und den Schreck, als er feststellen musste, dass sie von dem Burschen nicht nur geschlagen worden war, sondern dass sie ihn auch noch deckte.

Frank sagte: »Das sieht Lena gar nicht ähnlich.«

»Irgendwas geht hier vor«, stimmte Jeffrey zu.

»Glaubst du, sie hat zugelassen, dass der Typ sie schlägt?«

Jeffrey trank einen Schluck Kaffee und dachte an die Sache, die er hatte verdrängen wollen. »Hast du ihr Handgelenk gesehen?«

»Sieht ziemlich schlimm aus.«

»Mir gefällt das nicht.«

Dann sagte Frank: »Da kommt Diane.«

Diane Sanders war weder groß noch klein, dafür hatte sie das schönste graue Haar, das Jeffrey je gesehen hatte. Auch wenn sie auf den ersten Blick unauffällig wirkte, strahlte sie einen unterschwelligen Sexappeal aus, der Jeffrey immer wieder überraschte. Sie war sehr gut in ihrem Fach, und trotz ihres hohen Arbeitspensums hatte sie ihre Schützlinge stets im Griff.

Diane kam gleich zur Sache. »Haben Sie White hier?«

»Nein.« Jeffrey wünschte, es wäre anders. Doch Lena hatte ausgehandelt, dass Ethan verduften durfte, bevor sie mit Jeffrey und Frank ihre Wohnung verließ.

Diane sah erleichtert aus. »Drei meiner Jungs sind dieses Wochenende im Knast gelandet, und mir steht der Papierkram bis zum Hals. Ich kann keinen Ärger mehr gebrauchen, vor allem nicht mit dem hier.« Sie zog eine dicke Akte hervor. »Wonach suchen Sie denn?«

»Das wissen wir noch nicht«, sagte Jeffrey. Er drückte Frank den Becher in die Hand und schlug die Akte auf. Auf der ersten Seite war ein Farbfoto von Ethan White von seiner Verhaftung. Sein Schädel war glatt rasiert, und die Augen blickten tot in die Kamera, als wollte er jeden Betrachter davon überzeugen, dass er eine ernsthafte Gefahr darstellte.

Jeffrey blätterte weiter und sah sich die Liste von Ethans Verhaftungen an. Als er die Details überflog, hatte er das Gefühl, jemand hätte ihm einen Schlag in die Magengrube versetzt.

»Tja«, sagte Diane, als sie seinen Blick sah. »Aber seither ist er sauber. Er benimmt sich gut, und in weniger als einem Jahr hat er keine Bewährung mehr.«

»Und das ist sicher?« Jeffrey meinte einen Unterton herausgehört zu haben.

»So weit ich das sehe«, sagte sie. »Ich schaue fast jede Woche unangekündigt bei ihm vorbei.«

»Hört sich an, als suchen Sie nach was Bestimmtem.« Dass Diane sich besondere Mühe gab, Ethan zu überraschen, sagte viel. Anscheinend versuchte sie ihn bei irgendetwas zu erwischen.

»Ich passe nur auf, dass er sauber bleibt«, sagte sie.

Frank fragte: »Drogen?«

»Er muss jede Woche eine Pinkelprobe abgeben, doch Jungs wie er fassen keine Drogen an. Trinken nicht, rauchen nicht.« Sie zögerte. »Bei denen ist alles entweder Schwäche oder Stärke. Macht, Kontrolle, Einschüchterung – daher kommt das Adrenalin, das sie high macht.«

Jeffrey griff wieder nach seinem Kaffee und gab Frank die Akte. Er dachte, dasselbe wie über Ethan White ließe sich auch über Lena sagen. Er hatte sich schon früher um Lena Sorgen gemacht, doch jetzt hatte er Angst, dass sie sich in etwas hineinziehen ließ, wo sie allein nicht mehr rauskäme.

»Er tut alles, was von ihm verlangt wird. Er hat sogar eine Therapie gemacht, um seine Wut beherrschen zu lernen …«

»Am College?«

»Nein«, sagte sie. »Das lief über das Gesundheitsamt. Ich glaube nicht, dass sie so was am GIT anbieten.«

Jeffrey seufzte. Es hätte die Verbindung sein können.

»Wen haben Sie da drin?«, fragte Diane und warf einen Blick durch die Scheibe. Von hier konnte sie nur Lenas Rücken sehen.

»Danke für die Akte«, sagte Jeffrey.

Sie verstand den Wink. »Keine Ursache. Sagen Sie mir Bescheid, wenn Sie ihn wegen irgendwas drankriegen. Er sagt, er hätte sich gebessert, aber das tun die Typen nie.«

Jeffrey fragte: »Halten Sie ihn für eine Bedrohung?«

»Für die Gesellschaft?« Sie zuckte die Schultern. »Für Frauen?« Ihr Gesicht war ausdruckslos. »Lesen Sie seine Akte. Es ist nur die Spitze des Eisbergs, aber das muss ich Ihnen ja nicht sagen.« Sie zeigte auf die Tür. »Wenn das da drin seine Freundin ist, dann sollte sie sich schleunigst einen anderen Typen suchen.«

Jeffrey konnte nur nicken, und Frank, der sich in der Akte festgelesen hatte, fluchte.

Diane sah auf die Uhr. »Ich muss zu einer Anhörung.«

Jeffrey schüttelte ihr die Hand. »Vielen Dank fürs Vorbeikommen.«

»Sagen Sie mir Bescheid, wenn Sie ihn festnehmen. Einer weniger, der mir den Schlaf raubt.« Sie ging zur Tür, doch dann blieb sie noch einmal stehen. »Wenn Sie ihn einlochen wollen, machen Sie sich auf was gefasst. Zwei Polizeichefs hat er schon verklagt.«

»Hat er gewonnen?«

»Sie haben sich geeinigt«, sagte sie. »Und dann sind beide zurückgetreten.« Sie sah ihn vielsagend an. »Sie würden mir viel Arbeit ersparen, Chief. Ich verlass mich auf Sie.«

»Tun Sie das«, sagte Jeffrey. Er nahm sowohl das Kompliment als auch die Warnung ernst.

Als sie gegangen war, sah Jeffrey zu Frank hinüber, der in die Akte vertieft war.

»Das ist wirklich schlimm«, sagte Frank. »Soll ich ihn suchen lassen?«

»Weswegen?«, fragte Jeffrey und nahm ihm die Akte ab. Er schlug sie auf und blätterte durch die Dokumente. Wenn Diane recht hatte, hätten sie nur einmal die Chance, Ethan White dranzukriegen. Und dann – und Jeffrey hatte keinen Zweifel, dass es irgendwann so weit war –, dann musste der Fall wasserdicht sein.

Frank sagte: »Mal sehen, ob Lena ausrastet.«

»Glaubst du das wirklich?«, fragte Jeffrey. Er las wieder in Ethan Whites Strafregister. Und Diane Sanders hatte recht: Der Bengel boxte sich anscheinend immer wieder raus. Er war in den letzten zehn Jahren mindestens ebenso oft verhaftet worden, doch nur eine einzige Anklage war durchgegangen.

Frank fragte: »Soll ich mit reinkommen?«

»Nein«, sagte Jeffrey und warf einen Blick auf die Uhr an der Wand. »Ruf Brian Keller an. Wir waren vor zehn Minuten bei ihm zu Hause verabredet. Sag ihm, ich melde mich später bei ihm.«

»Soll ich mich immer noch wegen ihm umhören?«

»Ja«, sagte Jeffrey. Heute Morgen hatte er noch Lena bitten wollen, das zu tun. Doch er musste trotz der jüngsten Entwicklungen mehr über Brian Keller wissen. Irgendwas stimmte nicht mit diesem Mann. »Sag mir Bescheid, wenn du was rausgefunden hast.«

»Mach ich.« Frank ging.

Jeffrey legte die Hand auf den Türknauf, doch bevor er hineinging, atmete er tief durch und versuchte seine Gedanken zu ordnen. Erst dann trat er ein.

Lena starrte die Wand an. Sie saß auf dem Stuhl, der für die Verdächtigen bestimmt war – er war an den Boden geschraubt und hatte eine Öse an der Rückseite, wo man die Handschellen befestigen konnte. Der Metallsitz war hart und unbequem. Lena schäumte wahrscheinlich vor Wut – und genau aus diesem Grund hatte Jeffrey sie dorthin gesetzt.

Jeffrey ging um den Tisch herum und setzte sich ihr gegenüber. Ethan Whites Akte legte er auf den Tisch. Im grellen Licht des Verhörraums traten Lenas Wunden noch deutlicher hervor. Sie hatte ein Veilchen und getrocknetes Blut im Augenwinkel. Die Hand versteckte sie unter dem Ärmel, doch man sah ihr förmlich an, dass sie Schmerzen hatte. Jeffrey fragte sich, wie Lena sich, nach allem, was passiert war, so etwas antun konnte. Sie war eine starke Frau und konnte mit ihren Fäusten umgehen. Die Vorstellung, dass sie sich nicht hatte wehren können, war fast lächerlich.

Noch etwas stieß ihm übel auf, und erst als er ihr gegenübersaß, begriff er, was es war. Lena war verkatert. Ihre Haut verströmte den Geruch von Alkohol und Erbrochenem. Sie hatte immer eine selbstzerstörerische Ader gehabt, doch Jeffrey hätte nie gedacht, dass sie diese Grenze überschreiten würde. Es war, als hätte sie nun vollständig ihre Selbstachtung verloren.

»Warum hat das so lange gedauert?«, fragte Lena. »Ich muss arbeiten.«

»Soll ich Chuck anrufen?«

Sie kniff die Augen zusammen. »Was soll der Scheiß?«

Er sah sie warnend an, um ihr klarzumachen, dass sie auf ihren Ton achten sollte. Jeffrey wusste, er musste sie hart anfassen, doch jedes Mal, wenn er sie ansah, erinnerte er sich daran, wie er sie letztes Jahr gefunden hatte – an den Boden genagelt, den Körper geschändet, die Seele gebrochen. Ihr die Nägel aus den Handflächen zu ziehen, war das Schlimmste, das Jeffrey je hatte tun müssen. Bei der Erinnerung daran brach ihm noch heute der kalte Schweiß aus, doch unter all diesen Empfindungen war da noch etwas anderes. Jeffrey war wütend – nicht nur wütend, er war stinksauer. Nach allem, was sie durchgemacht hatte, wie konnte sich Lena da auf einen Typen wie Ethan White einlassen?

»Ich habe nicht den ganzen Tag Zeit«, sagte sie.

»Dann solltest du lieber nicht meine Zeit verschwenden.« Als sie schwieg, fuhr er fort: »Du hast gestern wohl eine harte Nacht gehabt.«

»Meinst du?«

»Du siehst übel aus, Lena. Trinkst du jetzt auch noch?«

»Keine Ahnung, wovon du sprichst.«

»Stell dich nicht dumm. Du stinkst wie ein Penner. Du hast Kotze auf dem T-Shirt.«

Wenigstens hatte sie den Anstand, verlegen auszusehen, bevor sie es sich anders überlegte und das Gesicht wieder zu einer zornigen Maske erstarren ließ.

»Ich habe deinen Vorrat in der Küche gesehen.« Im Regal in Lenas Wohnung standen zwei Flaschen Jim Beam und warteten darauf, ausgetrunken zu werden. Im Mülleimer lag eine leere Flasche Maker's Mark. Im Bad hatte ein leeres Glas gestanden, das nach Alkohol roch, und ein zweites war unter das Bett gerollt.

Jeffrey war mit einem Alkoholiker aufgewachsen. Er kannte die Rituale und die verräterischen Anzeichen. »So gehst du also damit um? Versteckst dich hinter der Flasche?«

»Womit umgehen?«, fragte sie zurück.

»Mit allem, was passiert ist.« Jeffrey verstummte. Dann sagte er: »Ich hätte dich nie für einen Feigling gehalten, Lena, aber es wäre nicht das erste Mal, dass du mich überraschst.«

»Ich hab's im Griff.«

»Ja, sicher«, sagte er wütend. Sein Vater hatte das Gleiche gesagt, früher, und Jeffrey hatte damals ebenso wie heute gewusst, dass der Spruch einen Dreck wert war.

»Und wie fühlt es sich an, wenn man sich morgens erst mal die Galle aus dem Leib kotzt, bevor man zur Arbeit geht?«

»Kommt bei mir nicht vor.«

»Nein? Vielleicht noch nicht.« Jeffrey erinnerte sich, wie Jimmy Tolliver allmorgendlich nach dem Aufstehen in die Schüssel gekübelt hatte, bevor er in die Küche wankte, um sich was zu trinken zu suchen.

»Mein Leben geht dich nichts an.«

»Ich schätze, die Kopfschmerzen vergehen, wenn du den Kaffee morgens ein bisschen aufpeppst.« Als er die Hände zu Fäusten ballte, merkte er, dass er seine Wut in den Griff bekommen musste, bevor das Verhör aus dem Ruder lief. Er warf das Röhrchen Pillen auf den Tisch, das er in ihrem Medizinschrank gefunden hatte. »Oder hilft dir das hier durch den Tag?«

Lena starrte die Tabletten an. In ihrem Kopf ratterte es. »Schmerzmittel«, sagte sie.

»Ganz schön starke Schmerzmittel gegen Kopfschmerzen«, stellte er fest. »Kodein gibt es nur auf Rezept. Vielleicht sollte ich mal mit dem Arzt reden, der es dir verschreibt.«

»Es ist nicht gegen die Art von Schmerzen, du Mistkerl.« Sie hob die Hände und zeigte auf ihre Narben. »Glaubst du, wenn man aus dem Krankenhaus kommt, ist alles plötzlich verschwunden? Glaubst du, wie durch Zauberhand ist dann alles verheilt?«

Jeffrey starrte die Narben an. Von einer tropfte frisches Blut auf ihren Ärmel. Er versuchte nicht das Gesicht zu verziehen, als er ein Taschentuch herausholte.

»Hier«, sagte er. »Du blutest.«

Lena sah ihre Hand an, dann machte sie eine Faust.

Jeffrey legte das Taschentuch auf den Tisch. Es machte ihn wahnsinnig, dass ihr alles egal zu sein schien. »Was hält Chuck davon, dass du betrunken zum Dienst kommst?«

»Ich trinke nicht im Dienst«, erklärte sie, doch anscheinend bereute sie es gleich wieder. Jetzt hatte er sie. Doch zu seinem Entsetzen begann Lena wieder an der Wunde herumzukratzen.

»Hör auf«, sagte er und griff nach ihrer Hand. Er drückte ihr das Taschentuch in die Hand, um das Blut zu stillen.

Sie schluckte, und einen Moment lang dachte er, sie würde weinen.

Er wollte, dass sie seine Fürsorge spürte. »Lena«, sagte er, »warum tust du dir das an?«

Sie schwieg eine Weile, dann zog sie die Hände weg und schob sie unter den Tisch. Sie warf einen Blick auf die Akte. »Was ist das?«

»Lena.«

Sie schüttelte den Kopf. Daran, wie sie ihre Schultern bewegte, sah er, dass sie unter dem Tisch wieder an ihrer Narbe kratzte. »Bringen wir's hinter uns«, sagte sie.

Jeffrey ließ die Akte geschlossen, stattdessen zog er ein gefaltetes Blatt Papier aus der Jackentasche. Er sah, dass Lena das Formular wiedererkannte. Sie hatte all die Jahre genug Laborberichte gelesen, um zu wissen, was er da hatte. Er schob ihr den Zettel hin.

»Das ist ein Vergleich eines Schamhaars, das wir in dem Höschen in Andy Rosens Wohnung gefunden haben, mit einem von dir.«

Sie schüttelte den Kopf, ohne das Dokument anzusehen. »Ihr habt keine Probe von mir.«

»Ich habe es aus deinem Badezimmer.«

»Nicht heute«, sagte sie. »So viel Zeit hattest du gar nicht.«

»Stimmt«, sagte Jeffrey. Er sah ihr an, dass sie begriff. Frank war in Lenas Wohnung eingebrochen, als sie noch mit Ethan im Café war. Jeffrey schämte sich so dafür, dass er nicht einmal Sara davon erzählt hatte, doch er hatte angenommen, dass es nie herauskommen würde. Er hatte Lena nur helfen wollen, wenn sie sich schon nicht selbst half. Der Vertrauensbruch schmeckte schal in Jeffreys Mund.

Lenas Stimme war heiser. »Das ist illegales Beweismaterial.«

»Du wolltest nicht mit mir reden«, sagte er, auch wenn es falsch war, im Nachhinein Lena die Schuld für seinen Fehler zu geben. Er versuchte es zu erklären. »Ich dachte, damit würde ich dich aus der Sache raushalten können, Lena.«

Er schob ihr den Laborbericht rüber, damit sie ihn lesen konnte. Wieder kratzte sie an ihrer Narbe. Sie sah den Spiegel an, wahrscheinlich fragte sie sich, wer alles zusah. Doch Jeffrey hatte Frank aufgetragen, niemanden hineinzulassen, nicht einmal Frank.

Er fragte: »Und?«

Sie lehnte sich auf dem Stuhl zurück und umfasste den Sitz mit beiden Händen. Jeffrey war froh zu sehen, dass sie wütend war, denn so war sie ihm vertrauter. Sie sagte: »Ich weiß nicht, was du sonst noch da hast« – sie deutete auf die Akte –, »aber es ist völlig unmöglich, dass ihr irgendetwas von mir in Andy Rosens Zimmer findet.« Sie richtete sich auf. »Außerdem ist Haar gar nicht zulässig. Allerhöchstens gibt es mikroskopische Ähnlichkeiten, und weißt du was? Das ist einen Dreck wert. Wahrscheinlich hat die Hälfte aller Mädchen auf dem Campus ähnliches Schamhaar. Vergiss es also.«

»Und der Fingerabdruck?«

»Wo willst du den gefunden haben?«

»Wo glaubst du?«

»Ach, Scheiße.« Lena stand auf, doch sie ging nicht zur Tür. Wahrscheinlich wusste sie, dass Jeffrey sie aufhalten würde.

Er wartete eine Weile, dann sagte er: »Willst du jetzt über deinen Freund reden?«

»Er ist nicht mein Freund.«

»Ich wusste nicht, dass du auf Rassisten stehst.«

Sie öffnete den Mund, und er wusste nicht, ob sie überrascht war oder nur nach Worten suchte, die Ethan nicht kompromittieren würden. »Das zeigt nur, dass du eben nicht besonders viel über mich weißt, kapiert?«

»Sind die Sprüche auf dem Campus von ihm?«

Sie lachte verächtlich. »Warum fragst du nicht Chuck?«

»Ich habe heute Morgen mit ihm geredet. Er hat gesagt, du solltest dich um die Sache kümmern, aber anscheinend bist du nicht sehr scharf darauf.«

»So ein Quatsch«, sagte sie. Jeffrey wusste nicht, ob er ihr oder Chuck glauben sollte. Vor zwei Tagen wäre es einfach gewesen. Doch jetzt war er nicht mehr so sicher.

»Setz dich, Lena.« Er wartete ab, doch sie ließ sich Zeit. »Weißt du, dass Ethan auf Bewährung ist?«

Sie verschränkte die Arme vor der Brust. »Na und?«

Jeffrey starrte sie schweigend an.

Lena fragte: »Ist das alles?«

»Dein Freund hat in Connecticut ein Mädchen fast totgeschlagen«, sagte Jeffrey. »Übrigens, wie geht's deinem Veilchen?«

Sie berührte das geschwollene Auge.

»Lena?«

Falls die Information sie überrascht hatte, ließ sie sich das jedenfalls nicht anmerken. »Ich werde keine Anzeige gegen euch erstatten, wenn du das meinst. Unfälle passieren eben.«

»Vielleicht war Tessas Überfall auch ein Unfall«, sagte Jeffrey.

Sie zuckte die Schultern. »Vielleicht.«

»Oder vielleicht gefiel es irgendjemandem nicht, dass eine weiße Frau ein Kind von einem Schwarzen bekam.« Sie reagierte nicht. »Vielleicht mochte jemand zwei jüdische Studenten nicht.«

»Zwei?«

»Lüg mich nicht an, Lena. Ich weiß, dass du von Ellen Schaffer weißt.« Er klopfte auf die Akte. »Erzähl mir was von deinem Freund.«

Lena setzte sich aufrecht hin. »Ethan hat mit all dem nichts zu tun, und das weißt du.«

»Tu ich das?«, fragte er. »Ich sag dir, was ich weiß, Lena.« Er zählte mit den Fingern mit. »Ich weiß, dass du irgendwann in Andy Rosens Wohnung warst und dass du mich anlügst. Ich weiß, dass Andy Rosen und Ellen Schaffer tot sind, und ich weiß, dass beide Morde wie Selbstmorde inszeniert wurden.«

Jeffrey wartete. Er hoffte, sie würde etwas sagen. Als sie schwieg, fuhr er fort.

»Ich weiß, dass Tessa Linton von einem schlanken Mann mit kurz geschnittenen Haaren angegriffen wurde, der kein Alibi für Sonntagnachmittag hat …«

»Ich habe den Kerl gesehen«, unterbrach Lena. »Es war nicht Ethan. Der Typ war größer und kräftiger gebaut.«

»Ach ja? Matts Beschreibung hört sich aber ein bisschen anders an, ist das nicht komisch?«

»Das ist doch Quatsch. Ethan hat nichts damit zu tun.«

»Dann erklär mir doch, wie es war.«

»Du glaubst, jemand hat Andy Rosens Selbstmord inszeniert und dann gewartet, bis Tessa Linton zum Pinkeln vorbeikommt, damit er sie erstechen kann? Das ist doch völlig bescheuert.« Sie sammelte ihre Gedanken. »Wer weiß überhaupt, wer Tessa Linton ist, und erst recht, dass sie's mit einem Schwarzen hat? Ich hab's jedenfalls nicht gewusst. Glaubst du, die Leute auf dem Campus interessieren sich für irgend so eine Klempnerin?« Sie sah ihn böse an. »Das ist doch reine Zeitverschwendung. Du hast nichts.«

»Ich weiß, dass du zu viel trinkst.« Er sah, wie sie sich verspannte. »Vielleicht hast du ja manchmal einen Filmriss? Vielleicht gibt es Dinge, an die du dich nicht erinnerst?«

»Ich hab dir gesagt, dass ich Andy Rosen nicht kenne«, wiederholte sie.

»Warum warst du dann so überrascht, als am Fluss sein Name fiel?«

»Daran erinnere ich mich nicht.«

»Ich aber«, sagte er und stopfte den Laborbericht in seine Tasche.

»Was ist mit Chuck?«

Jeffrey starrte sie an. Er fragte sich, ob der Alkohol ihr schon das Gehirn aufweichte. »Chuck war an dem Morgen, als wir Andy Rosen fanden, bei dir, oder nicht?«

Sie nickte verkrampft und wandte den Blick ab, sodass er ihren Blick nicht sah.

Jetzt redete er wie mit einem Schulkind. »Und als Tessa überfallen wurde, war er bei Andys Leiche.« Jeffrey wartete. »Es sei denn, ihm sind Flügel gewachsen, und er ist ihr hinterhergeflogen und anschließend schnell wieder zurück.«

Lena sah ihn seltsam an. Jeffrey dachte, sie musste ziemlich verzweifelt sein, um ihm solche Geschichten aufzutischen. Verzweiflung gründete meistens auf Angst. Lena verbarg etwas, und Jeffrey konnte sich ganz gut vorstellen, was das war.

Er drehte die Akte um und schlug sie vor ihr auf. »Hat Ethan dir davon erzählt?«

Lena zögerte, doch die Neugier war stärker. Jeffrey beobachtete sie, als sie die Seiten überflog und hastig durch Ethans unschöne Vergangenheit blätterte.

Jeffrey wartete, bis sie auf der letzten Seite war. Dann sagte er: »Sein Vater ist so eine Art Rassistenführer.«

Lena nickte benommen. »Da steht, er ist Prediger.«

»Das war Charles Manson auch. Und David Koresh. Und Jim Jones.«

»Ich weiß nicht …«

»Ethan ist in diesem Milieu aufgewachsen, Lena. Er wurde mit Hass gefüttert.«

Lena lehnte sich mit verschränkten Armen zurück. Jeffrey versuchte an ihrer Reaktion abzulesen, ob das neu für sie war oder ob White ihr davon erzählt hatte.

Jeffrey sagte. »Mit siebzehn wurde er wegen Körperverletzung verhaftet.«

»Das Verfahren wurde eingestellt.«

»Weil das Mädchen Angst davor hatte auszusagen.«

Sie zeigte auf die Akte. »Er ist auf Bewährung, weil er in Connecticut einen Scheck gefälscht hat. Na und?«

Jeffrey starrte sie an. Dann sagte er: »Vor vier Jahren hat man die Reifenspuren seines Pick-ups an der Stelle gefunden, wo ein Mädchen vergewaltigt und getötet wurde.«

»Indizien, so wie bei mir jetzt?« Lena lachte bitter auf.

»Das Mädchen war vergewaltigt und dann getötet worden«, wiederholte Jeffrey. »Sperma, das in Rektum und Vagina gefunden wurde, deutete darauf hin, dass sie von mindestens sechs Männern vergewaltigt worden war, bevor sie zu Tode geprügelt wurde.« Er wartete. »Sechs Kerle, Lena. Das sind eine Menge Leute zum Festhalten, während jeder der Reihe nach zum Schuss kommt.«

Sie sah ihn mit leerem Blick an.

»Ethans Pick-up war dort.«

Lena zuckte die Schultern, doch er sah, dass sie um Fassung rang.

»So haben sie ihn drangekriegt, Lena. Die Reifenabdrücke von seinem Pick-up. Sie konnten ihn finden, weil er längst bei ihnen auf der Liste stand.« Er tippte auf die Akte. »Weißt du, was er getan hat? Weißt du, was dein Freund getan hat? Er hat seine Kameraden verpfiffen, um den eigenen Arsch zu retten. Die Ratte hat zugegeben, dass er dort war, doch er hat auf die Bibel geschworen, er hätte sie nicht angefasst.«

Sie sagte nichts.

»Glaubst du, er saß einfach nur in seinem Pick-up und guckte zu, Lena? Hat zugeguckt, wie seine Freunde die Kleine einer nach dem anderen hernehmen? Oder meinst du, er war dabei und hat mitgemacht? Hat geholfen, ihre Hände festzuhalten, damit sie nicht kratzen konnte? Ihr die Beine zu spreizen oder vielleicht den Mund zuzuhalten, damit sie nicht schreien konnte?«

Lena schwieg noch immer.

»Im Zweifel für den Angeklagten. Aber was heißt das denn?«, fragte Jeffrey. »Sagen wir, er saß wirklich im Pick-up. Saß im Pick-up und sah zu, wie ein Mädchen von seinen Freunden vergewaltigt wird. Vielleicht holte er sich einen runter, als sie geschlagen wurde, als sie hilflos auf dem Rücken lag. Er hätte sie retten können, aber er tat es nicht.«

Sie fing wieder an, an der Narbe herumzuzupfen. Jeffrey musste sich zwingen, ihr in die Augen zu sehen und nicht auf die Hände.

Er sagte: »Sechs Kerle, Lena. Wie lange dauert das wohl, bis sechs Kerle sie vergewaltigt hatten, während dein Freund in seinem Pick-up saß und zusah? Wenn es wirklich so war.« Lena schwieg. »Und dann prügeln sie sie tot. Warum haben sie sich überhaupt noch die Mühe gemacht? Als sie mit ihr fertig waren, blutete sie sowieso aus jedem Loch.«

Sie nagte an ihrer Lippe, den Blick auf die Hände gerichtet. Blut tropfte stetig von ihrer Handfläche, doch sie schien das gar nicht zu bemerken.

Jeffrey hielt die Rolle nicht länger durch. »Wie kannst du ihn bloß schützen?«, fragte er. »Wie kannst du zehn Jahre lang ein Cop sein und dann Abschaum wie ihn decken?«

Seine Worte schienen allmählich zu wirken, also fuhr er fort. »Lena, er ist ein schlechter Mensch. Ich weiß nicht, was zwischen euch läuft, aber … Herrgott noch mal! Du bist ein Cop. Du weißt, wie sich so ein Arschloch durchs Gesetz laviert. Und für jedes winzige Delikt, für das sie ihn drankriegen wollten, gibt es zwölf große Dinger, mit denen er davongekommen ist.«

Jeffrey gab noch nicht auf. »Sein Vater hat gesessen – jahrelang – wegen Waffenhandel. Wir reden hier nicht von Pistolen. Er hat Scharfschützengewehre und Maschinenpistolen vertickt.«

Er wartete, dass sie etwas sagte. Dann fragte er: »Hat Ethan dir von seinem Bruder erzählt?«

»Ja, ja«, sagte Lena so schnell, dass er wusste, sie log.

»Also weißt du, dass er im Gefängnis ist?«

»Ja.«

»Weil er einen Schwarzen umgebracht hat?« Er wartete. »Nicht irgendeinen Schwarzen, Lena. Einen schwarzen Cop.«

Lena starrte auf den Tisch. Sie zappelte mit dem Bein. Er wusste nicht, ob sie nervös wurde oder vor Wut kochte.

»Er ist böse, Lena.«

Sie schüttelte den Kopf, obwohl die Beweise vor ihr auf dem Tisch lagen. »Ich habe dir doch gesagt, dass er nicht mein Freund ist.«

»Egal was er ist, er ist ein Skinhead. Auch wenn er sich die Haare wachsen lässt und seinen Namen geändert hat. Er ist immer noch ein rassistisches Arschloch, genau wie sein Vater und genau wie sein Bruder, der Polizistenmörder.«

»Und ich bin zur Hälfte Jüdin«, fauchte sie ihn an. »Hast du darüber auch schon nachgedacht? Was hat er mit mir zu schaffen, wenn er doch so ein Rassist ist?«

»Gute Frage«, sagte er. »Vielleicht solltest du sie dir selbst stellen, wenn du das nächste Mal in den Spiegel schaust.«

Endlich hörte sie auf, an der Narbe zu kratzen. Sie legte beide Hände auf den Tisch.

»Hör zu«, sagte er. »Das werde ich nur einmal sagen. Egal, in was du verwickelt bist, egal, was mit diesem Kerl läuft, du musst es mir sagen. Ich kann dir nicht mehr helfen, wenn du noch tiefer in die Sache reinrutschst.«

Schweigend starrte sie auf ihre Hände. Am liebsten hätte er sie gepackt und geschüttelt, um irgendeine sinnvolle Aussage aus ihr herauszubekommen. Er wollte verstehen, wie sie auf einen Scheißkerl wie Ethan White reinfallen konnte. Noch viel mehr wollte er hören, dass alles ein riesiges Missverständnis war und dass es ihr leidtat. Und dass sie nicht mehr trinken würde.

Doch Lena sagte nur: »Ich habe keine Ahnung, wovon du redest.«

Er versuchte es noch einmal. »Wenn da was ist, das du mir noch nicht gesagt hast …« Er beendete den Satz nicht.

Natürlich reagierte sie nicht.

Er versuchte es mit einer anderen Taktik. »Wenn du weiter mit solchem Gesocks rumhängst, wirst du deine Marke nie wieder sehen.«

Sie sah auf, und das erste Mal seit Langem konnte er ihre Miene deuten: Überraschung.

Sie räusperte sich, als müsste sie erst ihre Stimme wiederfinden. »Ich wusste gar nicht, dass das eine Option ist.«

Jeffrey dachte daran, dass sie für Chuck arbeitete, und diese Vorstellung machte ihm immer noch zu schaffen. »Du solltest nicht mit diesem Arschloch arbeiten.«

»Na ja«, sagte sie leise, »bei dem Arschloch, für das ich vorher gearbeitet habe, war ich offensichtlich nicht mehr erwünscht.« Sie sah auf die Uhr. »Wo wir gerade davon sprechen, ich komme zu spät zur Schicht.«

»Lass uns nicht so aufhören«, sagte er. Ihm war bewusst, dass er bettelte. »Bitte, Lena. Ich will einfach nur … Bitte.«

Sie lachte schnaubend, und er fühlte sich wie ein Vollidiot. »Ich habe dir gesagt, ich rede mit dir«, sagte sie. »Wenn du nichts gegen mich in der Hand hast, gehe ich jetzt.«

Er lehnte sich zurück. Er wollte doch nur, dass sie ihm alles erklärte.

»Chief?«, sagte sie, wobei sie versuchte, dem Wörtchen so wenig Respekt wie möglich beizumessen.

Er blätterte durch die Akte und las noch einmal die Anzeigen vor, die nie zur Verhandlung gekommen waren.

»Brandstiftung«, sagte er. »Schwere Körperverletzung. Autodiebstahl im großen Stil. Vergewaltigung. Mord.«

»Klingt wie ein Bestseller«, sagte sie und stand auf. »Danke für den Plausch.«

»Das Mädchen«, sagte er. »Die Frau, die vergewaltigt und totgeprügelt wurde, als er im Pick-up saß und zusah …« Sie blieb stehen. »Weißt du, wer das war?«

»Schneewittchen?«

»Nein«, sagte er und schloss die Akte. »Es war seine Freundin.«

Jeffrey saß im Wagen vor dem Haus der Studentenvereinigung und beobachtete eine Gruppe von Frauen, die Plakate an den Laternenmasten auf dem Vorplatz aufhängten. Sie alle waren jung und sahen gesund aus in ihren Jogginghosen und Sweatshirts. Jede von ihnen hätte Ellen Schaffer sein können. Jede von ihnen konnte das nächste Opfer sein.

Er war hier, um Brian Keller zu sagen, dass sein Sohn vermutlich ermordet worden war. Jeffrey wollte die Reaktion des Mannes mit eigenen Augen sehen. Er wollte außerdem wissen, was Brian Keller vor seiner Frau nicht hatte sagen können. Jeffrey hoffte, Kellers Aussage würde ihm endlich eine Fährte liefern. Bis jetzt hatte er nur Lena, und Jeffrey wollte einfach nicht glauben, dass sie an der Sache beteiligt war.

Gestern Abend hatte er mit Sara über die Unterschiede zwischen Andy Rosens und Ellen Schaffers Fall gesprochen. Wer Andy Rosens Selbstmord inszeniert hatte, war verdammt klug vorgegangen. Doch bei Ellen Schaffer sah es anders aus. Selbst wenn der Mörder nicht mitbekommen hatte, dass sie den Zahn eingeatmet hatte, war der Pfeil auf der Wiese ein geradezu lächerlicher Wegweiser.

Sara meinte, die Unterschiede zwischen beiden Verbrechen könnten möglicherweise sogar auf zwei Täter hinweisen. Jeffrey hatte diese These gestern verworfen, doch nachdem er Lena und Ethan heute Morgen zusammen gesehen hatte, schien ihm alles möglich.

Im Verhörraum hatte Lena ein Gesicht gezeigt, das er noch nie gesehen hatte. Nachdem sie nicht nur Ethan Whites Vergangenheit verteidigte, sondern auch noch leugnete, dass er ihr wehgetan hatte, stellte Jeffrey alles in Frage, was sie bis jetzt überhaupt gesagt hatte. Er war schon lange Polizist und wusste, dass gewalttätige Männer selbst starke Frauen einschüchtern konnten. Es war unglaublich, wie sich ihre Methoden ähnelten und wie leicht manche Frauen zu manipulieren waren. Tausende Frauen saßen im Gefängnis, weil sie für ihren Freund Stoff gelagert hatten. Und Tausende hatten das eine oder andere Verbrechen begangen, weil sie wussten, dass sie nur im Gefängnis vor ihm sicher waren.

In Birmingham, als Jeffrey noch Streife gefahren war, war er bestimmt zehnmal zu einer Frau gerufen worden. Sie leitete die PR-Abteilung einer internationalen Firma und hatte zwei Universitätsabschlüsse. Weltweit unterstanden ihr tausend Mitarbeiter. Jedes Mal, wenn Jeffrey an ihrer Tür stand, weil die Nachbarn die Polizei alarmiert hatten, öffnete sie mit blutendem Gesicht und zerrissenen Kleidern und sagte, sie sei auf der Treppe gestürzt. Ihr Mann war ein schmächtiger Typ, der sich selbst als Hausmann bezeichnete. In Wirklichkeit war er ein Säufer, der keinen Job behalten konnte und vom Geld seiner Frau lebte. Wie die meisten Gewalttäter war er nach außen charmant und liebenswürdig und begriff überhaupt nicht, was er seiner Frau antat. Heutzutage brauchte ein Polizist nicht mehr die Aussage der Frau, um ihren Ehemann wegen Misshandlung festzunehmen, aber damals hatte das Gesetz den Mann geschützt.

Jeffrey erinnerte sich besonders klar an einen Abend. Er stand in der klirrenden Kälte vor der Tür und sah, wie ihr das Blut am Bein runterlief und sich am Boden sammelte, während sie darauf beharrte, ihr Mann sei ein liebenswürdiger Mensch und habe noch nie Hand an sie gelegt. Tatsächlich hatte Jeffrey nur ein einziges Mal gesehen, dass er sie anfasste. Es war auf ihrer Beerdigung. Er tätschelte ihr im Sarg die Hand, grinste Jeffrey an und sagte: »Unsere Treppe ist wirklich kriminell.«

Jeffrey hatte zwei Jahre lang mit dem Gerichtsmediziner gearbeitet, um das Schwein dranzukriegen, doch während sich ein Treppensturz leicht nachweisen ließ, konnte man nur schwer beweisen, dass sie gestoßen worden war.

Lenas Benehmen heute Morgen erinnerte ihn an all das. Sie hatte recht, als sie sagte, die Haarprobe könne sie nur bedingt mit Andy Rosen in Verbindung bringen. Der Fingerabdruck auf dem Buch ließ sich von einem guten Anwalt ebenfalls erklären. Jeffrey hatte Lena selbst geschult, er wusste, dass sie sich mit den Finten der Spurensicherung auskannte. Sie hätte sich vorsichtiger angestellt, und sie hätte genau gewusst, wie sie ihre Spuren zu verwischen hatte. Die Frage war, hatte sie sich im Griff gehabt? Oder hatte Ethan White sie so um den Finger gewickelt, dass sie alles täte, um ihn zu decken?

Widerwillig spielte Jeffrey noch einmal das Szenario mit den zwei Tätern durch, das Sara gestern Abend aufgebracht hatte. Einer hätte demnach Andy Rosen getötet und Tessa angegriffen, der andere Ellen Schaffer umgebracht. Die Schwachstelle dabei war der Überfall auf Tessa im Wald. Nachdem er Ethan Whites Akte gesehen und mit Lena gesprochen hatte, musste Jeffrey eine weitere Version der Theorie durchspielen.

Ethan hätte Andy Rosen umbringen können. Lena war später am Tatort aufgetaucht. Sie hätte Ethan übers Handy darüber informieren können, dass Tessa im Wald war. Wo sich die beiden aufhielten, als Ellen Schaffer ermordet wurde, wusste er nicht, doch Lena wäre der Fehler mit der Munition nie passiert. Sie kannte sich mit Waffen besser aus als die meisten Männer. Die Tatsache, dass sie vielleicht nur Komplizin gewesen war, tröstete Jeffrey wenig. Nach dem Gesetz von Georgia war sie damit genauso schuldig wie Ethan.

Er rieb sich die Augen. Er führte sich lächerlich auf, dachte er. Lena war Cop, auch wenn sie zurzeit keine Marke trug. Sie und Mord, und sei es auch nur als Komplizin, das wäre einfach absurd, egal wie viel Charme Ethan spielen ließ. Völlig verrückt, und der einzige Grund, warum er in diese Richtung spekulierte, war, dass Lena ihnen das Leben so schwermachte. Und – daran hatte ihn Sara noch einmal erinnert – das hatte Lena auch schon früher verdammt oft getan.

Jeffrey nahm das Telefon heraus und rief bei Kevin Blake im Büro an. Der Dekan erweckte gern den Eindruck, er wäre ein viel beschäftigter Mann, doch Jeffrey wusste, dass er die meiste Zeit beim Golfen verbrachte. Jeffrey wollte einen Termin mit ihm ausmachen, um mit ihm über den Fall zu sprechen, bevor er sich am Nachmittag auf den Golfplatz davonstahl. Blakes Sekretärin stellte Jeffrey durch.

»Jeffrey«, sagte Blake. Er hatte ganz offensichtlich sein Telefon laut gestellt. Anscheinend war er nicht allein in seinem Büro. »Wo sind Sie?«

»Auf dem Campus«, antwortete Jeffrey. Keller hatte

Frank gesagt, er sei den ganzen Tag im Labor, wenn Jeffrey ihn unter vier Augen sprechen wollte. Jeffrey wusste nicht, ob er bei Keller weiterkam, doch im Moment konnte er sonst nicht viel unternehmen. An Ethan White würde er sich nicht heranwagen, solange er nichts gegen ihn in der Hand hatte.

Blake sagte: »Ich sitze hier mit Albert Gaines und Chuck. Wir wollten gerade auf dem Revier anrufen und fragen, ob Sie nicht dazukommen könnten.«

Jeffrey unterdrückte einen Fluch.

»Hallo, Chief«, hörte er Chuck sagen und konnte sich sein selbstgefälliges Grinsen vorstellen. »Wir haben hier Doughnuts und Kaffee für Sie.«

Ein Grunzen im Hintergrund kam wahrscheinlich von Albert Gaines.

Blake sagte: »Jeffrey, könnten Sie bitte in meinem Büro vorbeikommen? Wir würden gerne mit Ihnen sprechen.«

»Ich kann in einer Stunde kommen.« Jeffrey würde nicht auf ein Fingerschnippen springen. »Ich gehe gerade einer Spur nach.«

»Oh«, sagte Blake unglücklich; wahrscheinlich musste er nun seinen Nachmittagstee verschieben. »Können Sie wirklich nicht schnell reinschauen?«

Albert Gaines murmelte wieder etwas. Er war ein schroffer Mann und verlangte von seinen Untergebenen, dass sie parierten, doch Jeffrey gegenüber hatte er sich immer korrekt verhalten.

Ganz offensichtlich hatte Blake einen Rüffel einstecken müssen. Er klang lebhafter, als er sagte: »Na schön, dann sehen wir uns in einer Stunde, Chief.«

Jeffrey klappte sein Telefon zusammen und hielt es sich ans Kinn, während er die Gruppe Mädchen beobachtete, die zur nächsten Ecke des Platzes vorrückte. Er stieg aus und lief auf das Haus der Studentenvereinigung zu. Unterwegs las er eins der Plakate. Oben war ein unscharfes Schwarz-Weiß-Foto von Ellen Schaffer, daneben ein mindestens ebenso unscharfes von Andy Rosen zu sehen. Darunter stand »Kerzenwache« mit Angaben von Ort und Zeit und einer Telefonnummer für Selbstmordgefährdete, die von der psychologischen Beratungsstelle eigens eingerichtet worden war.

»Glauben Sie, das bringt etwas?«

Jeffrey erschrak über Jill Rosens plötzliches Auftauchen.

»Dr. Rosen …«

»Jill«, korrigierte sie ihn. »Tut mir leid, dass ich Sie erschreckt habe.«

»Schon gut«, sagte er. Sie sah schlimmer aus als am Vortag. Sie war furchtbar blass, und ihre Augen waren vom Weinen gerötet und geschwollen. Sie trug einen weißen, langärmeligen Pullover mit zugezogenem Reißverschlusskragen. Während sie mit Jeffrey sprach, hielt sie sich mit einer Hand den Kragen zu, als wäre ihr kalt.

»Ich wollte gerade mit Ihrem Mann sprechen«, sagte Jeffrey. Er sah die Chance schwinden, mit Keller unter vier Augen reden zu können.

»Er müsste gleich da sein.« Sie hielt einen Schlüsselbund hoch. »Der Ersatzschlüssel«, erklärte sie. »Wir wollten uns hier treffen. Ich musste mal raus.«

»Ich war überrascht, als ich hörte, dass er arbeitet.«

»Die Arbeit hilft ihm.« Sie lächelte schwach. »Man kann sich gut in der Arbeit verkriechen, wenn die Welt um einen herum zusammenbricht.«

Jeffrey wusste genau, was sie meinte. Nach der Scheidung hatte er sich auch in die Arbeit gestürzt. Hätte er nicht jeden Tag zu tun gehabt, wäre er wohl verrückt geworden.

»Hier«, sagte er und zeigte auf eine Bank. »Wie geht es Ihnen?«

Sie atmete langsam aus, während sie sich setzte. »Ich weiß nicht, was ich darauf antworten soll.«

»Wahrscheinlich war das eine dumme Frage.«

»Nein«, versicherte sie. »Ich frage mich das selbst. ›Wie geht es mir?‹ Ich sage es Ihnen, wenn ich eine Antwort bekomme.«

Jeffrey setzte sich neben sie und ließ den Blick über den Platz schweifen. Ein paar Studenten saßen mit Decken auf der Wiese und aßen Sandwiches aus braunen Papiertüten.

Auch Jill Rosen sah den Studenten zu. Sie nagte am Zipfel ihres Kragens. Jeffrey konnte an der ausgefransten Naht sehen, dass es eine Angewohnheit war.

Sie sagte: »Ich glaube, ich werde meinen Mann verlassen.«

Ohne etwas zu sagen, sah Jeffrey sie an. Er merkte, dass die Worte sie Mühe gekostet hatten.

»Er will fortziehen. Weg von Grant. Noch einmal von vorn anfangen. Ich kann nicht noch einmal von vorn anfangen. Ich kann einfach nicht.« Sie sah zu Boden.

»Man kann verstehen, dass er wegwill.« Er wollte, dass sie weiterredete.

Jill Rosen nickte in Richtung Campus. »Ich bin seit fast zwanzig Jahren hier. Hier haben wir unser Leben gelebt, hier sind wir geworden, was wir sind. Mit der Beratungsstelle habe ich etwas aufgebaut.«

Jeffrey ließ ein bisschen Zeit verstreichen. Als sie nichts hinzufügte, fragte er: »Hat er gesagt, warum er fortziehen möchte?«

Sie schüttelte den Kopf, jedoch nicht, weil sie es nicht wusste. In ihrer Stimme war eine fast unerträgliche Traurigkeit, als gestände sie eine Niederlage ein. »So reagiert er auf alles. Er ist so ein polternder Macho – doch beim ersten Anzeichen von Schwierigkeiten rennt er davon, so schnell er kann.«

»Klingt, als wäre das nicht das erste Mal.«

»Nein«, gab sie zu.

»Wovor läuft er davon?«

»Vor allem«, sagte sie ohne weitere Erklärung. »In meinem Beruf geht es darum, anderen zu helfen, sich mit ihrer Geschichte zu beschäftigen, doch meinem eigenen Ehemann kann ich nicht dabei helfen, sich den Dämonen der Vergangenheit zu stellen.« Dann sagte sie ruhiger: »Ich kann nicht mal mir selbst helfen.«

»Was für Dämonen verfolgen ihn denn?«

»Dieselben wie mich, schätze ich. Hinter jeder Ecke erwarte ich Andy. Zu Hause höre ich jemanden an der Tür und schaue aus dem Fenster und denke, Andy geht zu seiner Wohnung hinauf. Für Brian muss es noch schlimmer sein, im Labor. Ich weiß, dass es schlimmer für ihn ist. Und dabei muss er seine Fristen einhalten. Es geht um ungeheure Summen. Ich verstehe es ja.«

Sie wurde lauter, und Jeffrey spürte den Ärger, der schon lange in ihr zu gären schien.

Er fragte: »Hat es was mit der Affäre zu tun?«

»Mit welcher Affäre?« Ihre Überraschung schien echt.

»Ich hab so ein Gerücht gehört«, erklärte Jeffrey. In diesem Moment hätte er Richard Carter am liebsten eine geknallt. »Jemand sagte mir, Brian hätte ein Verhältnis mit einer Studentin gehabt.«

»O Gott«, seufzte sie und zog sich den Rollkragen über den Mund. »Fast wünschte ich, es wäre so. Ist das nicht furchtbar? Aber es hätte bewiesen, dass er in der Lage ist, sich für irgendetwas außerhalb seiner kostbaren Forschungsarbeit zu engagieren.«

»Er liebte seinen Sohn«, sagte Jeffrey. Er erinnerte sich an den Streit am Vortag. Jill Rosen hatte Keller vorgeworfen, er kümmere sich erst um Andy, seit er tot war.

»Seine Liebe verabreicht er portionsweise«, sagte sie. »Das Auto. Die Kleider. Der Fernseher. Er hat diese Dinge gekauft. Das war seine Art, Liebe auszudrücken.«

Sie schien noch etwas auf dem Herzen zu haben, aber Jeffrey wusste nicht, was. Er fragte: »Wo will er denn hinziehen?«

»Wer weiß?«, antwortete sie. »Er ist wie eine Schildkröte. Immer wenn etwas Schlimmes passiert, zieht er den Kopf ein und wartet, bis es vorbei ist.« Sie lächelte, als sie merkte, dass sie prompt den Rollkragen über ihren Kopf gezogen hatte. »Visualisierung.«

Er lächelte zurück.

»Ich kann einfach nicht mehr. Ich kann so nicht mehr leben.« Sie sah Jeffrey an. »Schicken Sie mir eine Rechnung für die Sitzung, oder soll ich gleich bezahlen?«

Wieder lächelte er. Er wollte, dass sie weiterredete.

»Ich glaube, in vieler Hinsicht ähnelt Ihr Job dem meinen. Sie hören den Leuten zu und versuchen herauszufinden, was sie eigentlich sagen wollen.«

»Was wollen Sie eigentlich sagen?«

Sie dachte über die Frage nach. »Dass ich müde bin. Dass ich ein Leben leben will – irgendein Leben. Ich bin bei Brian geblieben, weil ich dachte, es wäre besser für Andy, aber jetzt, wo Andy nicht mehr da ist …«

Sie begann zu weinen, und Jeffrey holte sein Taschentuch heraus. Zu spät sah er den Blutfleck darauf.

»Oh, das tut mir leid«, entschuldigte er sich.

»Haben Sie sich verletzt?«

»Lena hat sich verletzt«, sagte er und beobachtete Jills Reaktion. »Ich habe heute Morgen mit ihr gesprochen.

Sie hat eine Platzwunde am Auge. Jemand hat sie geschlagen.«

Die Frau sah besorgt aus, doch sie sagte nichts.

»Sie ist mit jemandem zusammen«, sagte er. Jill Rosen schien sich auf die Zunge zu beißen. »Heute Morgen war ich bei ihr zu Hause, und er war bei ihr.«

Jill Rosen sagte immer noch nichts, doch ihr Blick bat ihn, weiterzusprechen. Ihre Sorge um Lena war offensichtlich.

»Sie hat eine Platzwunde am Auge und eine Prellung am Handgelenk, als hätte sie jemand hart angefasst.« Er wartete einen Moment. »Dieser Kerl hat Dreck am Stecken, Jill. Er ist ein sehr gefährlicher und gewalttätiger Mann.«

Sie saß vorn auf der Kante der Bank und flehte ihn mit den Augen an fortzufahren.

»Ethan White«, sagte er. »Kennen Sie den Namen?«

»Nein«, antwortete sie. »Sollte ich?«

»Ich hatte es gehofft«, sagte er, denn so hätte er eine klare Verbindung zwischen Andy Rosen und Ethan White gehabt.

»Ist sie schwer verletzt?«, fragte Jill Rosen.

»Soweit ich sehen konnte, nein«, sagte Jeffrey. »Doch sie kratzt sich immer wieder die Narben an der Hand auf. Sie hat geblutet. Aus der alten Wunde.«

Jill Rosen presste die Lippen aufeinander.

»Ich weiß nicht, wie ich sie von ihm loseisen kann«, sagte er. »Ich weiß nicht, wie ich ihr helfen kann.«

Sie sah in die Ferne, in Richtung der Studenten. »Sie kann sich nur selbst helfen«, sagte sie, und ihr Ton verlieh den Worten eine tiefere Bedeutung.

»War sie bei Ihnen in Therapie?«

»Sie wissen, dass ich Ihnen darauf keine Antwort geben darf.«

»Ich weiß«, sagte Jeffrey, »aber rein hypothetisch, wenn Sie dürften, würde es mir helfen, eine wichtige Frage zu beantworten.«

Sie sah ihn an. »Welche Frage wäre das?«

»Als wir am Fluss waren und Chuck den Namen Ihres Sohnes nannte, schien Lena überrascht, so als kannte sie ihn«, sagte Jeffrey. »Könnte es theoretisch sein, dass Lena, als sie den Namen ›Rosen‹ wiederholte, nicht Andy meinte, sondern Sie?«

Die Frau schien darüber nachzudenken, wie sie Jeffrey antworten konnte, ohne gegen das zu verstoßen, woran sie glaubte.

»Dr. Rosen …«

Sie lehnte sich auf der Bank zurück und zog den Kragen enger um den Hals. »Dort kommt mein Mann.«

Jeffrey versuchte seine Enttäuschung zu überspielen. Keller war noch zwanzig Meter entfernt, und Jill Rosen hätte Jeffreys Frage leicht beantworten können, wenn sie gewollt hätte.

Dann begrüßte Jeffrey den Mann. »Dr. Keller.«

Er schien verwirrt, Jeffrey und seine Frau zusammen zu sehen. »Ist was passiert?«

Jeffrey stand auf und bedeutete Keller, sich zu setzen, doch der Mann ignorierte ihn. Er fragte seine Frau: »Hast du meinen Schlüssel?«

Sie reichte ihm den Bund, ohne ihn anzusehen.

»Ich muss wieder an die Arbeit«, sagte Keller. »Jill, geh nach Hause.«

Jill Rosen erhob sich.

»Ich muss Ihnen beiden etwas sagen«, sagte Jeffrey und deutete auf die Bank. »Es geht um Andy.«

Kellers Blick nach zu urteilen, war sein Sohn der Letzte, an den er jetzt denken wollte.

»Ich wollte es Ihnen persönlich sagen, bevor es sich auf dem Campus herumspricht«, sagte Jeffrey. »Ich habe Zweifel daran, dass Ihr Sohn Selbstmord begangen hat.«

»Was?«, stieß Jill Rosen hervor.

»Ich kann die Möglichkeit nicht ausschließen, dass er ermordet worden ist«, erklärte Jeffrey.

Keller ließ den Schlüssel fallen und machte keine Anstalten, ihn wieder aufzuheben.

Jeffrey fuhr fort: »Wir haben noch keine eindeutigen Beweise bei der Obduktion gefunden, doch Ellen Schaffer …«

»Das Mädchen von gestern?«, unterbrach Jill Rosen.

»Ja, Ma'am. Es ist erwiesen, dass sie ermordet wurde. Aufgrund der Tatsache, dass ihr Mord als Selbstmord inszeniert wurde, hinterfragen wir auch die Todesumstände Ihres Sohnes. Wir haben noch keinen Beweis dafür, aber wir haben den Verdacht und werden in dieser Richtung ermitteln, bis wir die Wahrheit ans Licht gebracht haben.«

Mit offenem Mund lehnte sich Jill Rosen zurück.

Jeffrey fuhr fort. »Ich muss mit dem Dekan darüber sprechen, aber ich wollte, dass Sie es zuerst wissen.«

Jill Rosen fragte: »Und der Abschiedsbrief?«

»Das ist eins der Dinge, für die ich noch keine Erklärung habe«, sagte Jeffrey. »Es tut mir leid, dass ich bis jetzt nur von einem Verdacht sprechen kann. Wir ermitteln in jede Richtung, doch ich muss ehrlich sein: Im Moment tappen wir noch im Dunkeln. Möglicherweise haben beide Fälle auch nichts miteinander zu tun. Es kann immer noch sein, dass sich Andy doch selbst umgebracht hat.«

Keller explodierte. Seine Wut kam so unerwartet, dass Jeffrey unwillkürlich einen Schritt zurückwich.

»Wie zum Teufel kann so etwas passieren?«, schrie er. »Wie zum Teufel können Sie mich und meine Frau im

Glauben lassen, unser Sohn hätte Selbstmord begangen, wenn …«

»Brian«, versuchte Jill Rosen ihn zu beruhigen.

»Halt den Mund, Jill«, bellte er und drohte ihr mit der Hand. »Das ist doch absurd. Das ist …« Er war zu wütend, um weiterzusprechen, doch seine Lippen bewegten sich. »Ich kann nicht glauben …« Er bückte sich und hob den Schlüssel auf. »Das College, die ganze Stadt …« Er streckte seiner Frau den Finger ins Gesicht, sie zuckte zurück und ging instinktiv in Deckung. Er schrie: »Ich habe dich gewarnt, Jill. Ich habe dich gewarnt, was für ein beschissenes Kaff das ist.«

Jeffrey ging dazwischen. »Dr. Keller, ich glaube, Sie sollten sich erst mal beruhigen.«

»Ich glaube, Sie kümmern sich besser um Ihre eigenen Angelegenheiten und finden heraus, wer meinen Sohn ermordet hat!«, brüllte er. »Ihr Kleinstadtbullen glaubt, ihr hättet alles im Griff, aber hier geht es zu wie in der Dritten Welt. Ihr seid doch alle korrupt. Alle leckt ihr nur Albert Gaines die Stiefel.«

Jeffrey hatte genug. »Wir sprechen ein anderes Mal weiter, Dr. Keller, wenn Sie Zeit hatten, das alles zu verdauen.«

Diesmal streckte Keller Jeffrey den Finger ins Gesicht. »Verdammt richtig, wir sprechen uns noch«, sagte er, dann drehte er ihnen beiden den Rücken zu und stapfte davon.

Sofort entschuldigte sich Jill Rosen für ihren Mann. »Es tut mir so leid.«

»Sie brauchen sich nicht für ihn zu entschuldigen«, sagte Jeffrey und versuchte seine eigene Wut zu beherrschen. Am liebsten wäre er Keller ins Labor gefolgt, doch vermutlich brauchten sie beide ein paar Minuten, um sich zu beruhigen.

Jeffrey sagte zu Jill Rosen: »Es tut mir leid, dass ich Ihnen nicht mehr sagen kann.«

Sie hielt sich wieder mit der Hand den Kragen zu. »Die hypothetische Frage von vorhin …«

»Ja?«

»Hat es mit Andy zu tun?«

»Ja, Ma'am«, sagte Jeffrey und versuchte umzuschalten.

Jill Rosen blickte über den Hof zu den Studenten, die auf der Wiese saßen und den schönen Tag genossen. »Hypothetisch«, sagte sie, »könnte sie meinen Namen schon mal gehört haben.«

»Danke«, sagte Jeffrey. Ihm fiel ein Stein vom Herzen. Wenigstens eine Sache war geklärt.

»Und das andere«, sagte sie, den Blick immer noch auf die Wiese gerichtet. »Der Mann, mit dem sie zusammen ist.«

»Kennen Sie ihn?«, fragte Jeffrey, dann fügte er hinzu: »Hypothetisch?«

»Allerdings«, sagte sie. »Zumindest kenne ich diesen Typ von Mensch. Ich kenne diesen Typus besser als mich selbst.«

»Ich weiß nicht, ob ich Ihnen folgen kann.«

Sie zog den Reißverschluss ihres Kragens ein wenig nach unten und rückte den Stoff zur Seite. Auf ihrem Schlüsselbein war ein großer blauer Fleck. Violett zeichneten sich Fingerabdrücke an ihrem Hals ab. Jemand hatte sie gewürgt.

Jeffrey traute seinen Augen nicht. »Wer …«, doch die Antwort lag auf der Hand.

Jill Rosen schloss den Reißverschluss. »Ich muss gehen.«

»Ich kann Sie mitnehmen«, bot Jeffrey an. »In ein Frauenhaus …«

»Ich gehe nach Hause zu meiner Mutter«, sagte sie und lächelte traurig. »Da gehe ich immer hin.«

»Dr. Rosen«, sagte er. »Jill …«

»Danke für Ihre Anteilnahme«, unterbrach sie ihn. »Aber ich muss jetzt wirklich gehen.«

Er sah ihr nach, als sie sich den Weg durch eine Gruppe von Studenten bahnte. Mit zwei, drei von ihnen wechselte sie ein Wort, als wäre nichts passiert. Er war hin und her gerissen, ob er ihr folgen sollte oder Brian Keller suchen, um ihm zu zeigen, wie es sich anfühlte, herumgeschubst zu werden.

Instinktiv entschied sich Jeffrey für Letzteres und lief mit schnellem Schritt in Richtung des naturwissenschaftlichen Trakts. Als Kind, wenn er versucht hatte, bei seinen Eltern dazwischenzugehen, hatte er erfahren, dass Zorn nur noch mehr Zorn erzeugte. Jetzt holte er tief Luft, um sich zu beruhigen, bevor er die Tür zu Kellers Büro öffnete.

Das Zimmer war leer bis auf Richard Carter, der hinter Kellers Schreibtisch stand und sich mit dem Kuli ans Kinn tippte. Sein erwartungsvoller Blick verwandelte sich in Enttäuschung, als er Jeffrey erkannte. »Ach, Sie sind es.«

»Wo ist Keller?«

»Das würde ich auch gern wissen«, blaffte Richard zurück. Er lehnte sich über den Schreibtisch und kritzelte eine Nachricht. »Wir waren vor dreißig Minuten verabredet.«

»Ich habe gerade mit seiner Frau über seine angebliche Affäre gesprochen.«

Carter grinste. »Ach, wirklich? Was hat sie gesagt?«

»Dass es nicht stimmte«, sagte Jeffrey drohend. »Sie müssen ein bisschen vorsichtiger sein mit dem, was Sie herumerzählen.«

Richard schien beleidigt. »Ich habe doch gesagt, dass es nur ein Gerücht war.«

»Sie mischen sich in das Leben anderer Leute ein. Außerdem verschwenden Sie meine Zeit.«

Richard seufzte. »Tut mir leid«, murmelte er wie ein ungezogenes Kind.

Doch Jeffrey ließ ihn noch nicht davonkommen. »Wegen Ihnen habe ich eine falsche Fährte verfolgt.« Als keine Antwort kam, fügte er hinzu: »Es sind Menschen gestorben, Richard.«

»Das weiß ich, Chief Tolliver, aber was zum Teufel hat das mit mir zu tun?« Richard ließ ihn nicht zu Wort kommen. »Darf ich ehrlich sein? Ich weiß, es ist fürchterlich, was geschehen ist, aber wir haben hier zu arbeiten. Es ist wichtig. In Kalifornien sitzen Leute, die arbeiten an der gleichen Sache. Die sagen nicht: ›Oh, Brian Keller ging's nicht gut in letzter Zeit, lass uns warten, bis er wieder besser drauf ist.‹ Nein, Sir. Die sitzen Tag und Nacht dran – Nacht und Tag –, um uns zuvorzukommen. Wissenschaft ist kein Höflichkeitsaustausch. Es geht um Millionen, vielleicht Milliarden.«

Jeffrey sagte: »Ich wusste nicht, dass Sie mit Brian zusammenarbeiten.«

»Wenn er mal auftaucht.« Er warf den Stift auf den Schreibtisch, nahm seine Aktenmappe und ging zur Tür.

»Wohin gehen Sie?«

»Zum Unterricht«, sagte Richard. »Irgendwer muss schließlich den Betrieb am Laufen halten.«

Er verließ das Labor mit einem theatralischen Seufzer. Statt ihm zu folgen, ging Jeffrey an Kellers Schreibtisch und las, was auf dem Zettel stand: »Lieber Brian, ich schätze, du bist in Gedanken ganz bei Andy, aber wir müssen den Antrag jetzt formulieren, sonst ist es zu spät. Wenn du willst, dass ich es allein mache, sag es einfach.« Neben seinen Namen hatte Richard ein Smiley gemalt.

Jeffrey las sich den Zettel zweimal durch. Er versuchte, Richards Hilfsbereitschaft mit seinem Ärger zusammenzubringen. Es passte nicht, dabei war Richard alles andere als der rationale Typ.

Jeffrey warf einen Blick auf die Tür, dann beschloss er, sich Kellers Schreibtisch näher anzusehen. Er hockte gerade vor der unteren Schublade, als sein Telefon klingelte.

»Tolliver.«

»Chief«, sagte Frank. Jeffrey hörte schon an Franks Ton, dass er nichts Gutes zu melden hatte. »Wir haben noch eine Leiche.«

Jeffrey parkte vor dem Studentenwohnheim der Männer. Er sah noch immer Jill Rosen vor sich, die ihm ihre Prellungen zeigte. Er hätte es nie für möglich gehalten, dass Keller der Typ Mann war, der seine Frau schlug. Doch Jeffrey war heute schon mit so einigen Enthüllungen überrascht worden. Es kratzte nicht einmal mehr an seinem Selbstbewusstsein, dass er bei dem Ehepaar möglicherweise eindeutige Hinweise übersehen hatte.

Jeffrey überlegte, ob er Sara anrufen sollte oder nicht. Er wollte nicht, dass sie am Tatort aufkreuzte, aber sie würde sich die Leiche ohnehin vor Ort ansehen müssen. Er versuchte sich eine gute Entschuldigung auszudenken, es nicht zu tun, doch schließlich tippte er ihre Nummer ins Telefon.

Es klingelte fünfmal, bevor Sara dranging und ein verschlafenes Hallo murmelte.

»Hallo«, sagte Jeffrey.

»Wie viel Uhr ist es?«

Immerhin klang sie besser als gestern Nacht. »Tut mir leid, dass ich dich wecke.«

»Hm … was ist los?«, fragte sie, und er hörte, wie sie sich im Bett aufsetzte. Gegen seinen Willen stellte er sich vor, jetzt bei ihr zu sein, und er fühlte eine Regung in sich aufsteigen, die er lange nicht mehr gespürt hatte. Nichts hätte er lieber getan, als neben Sara ins Bett zu kriechen und den Tag noch einmal von vorne zu beginnen.

Sara sagte: »Vor zwanzig Minuten hat Mama angerufen. Tessa geht's ein bisschen besser.« Sie gähnte laut. »Ich habe noch Papierkram im Leichenschauhaus zu erledigen, und dann wollte ich nachmittags wieder nach Atlanta fahren.«

»Deshalb rufe ich an.«

»Was ist los?«

»Es hat sich einer aufgehängt«, sagte er. »Im College.«

»O Gott«, stöhnte Sara. Das hätte von Jeffrey selbst kommen können. In einer Stadt, wo die Mordrate zehnmal niedriger war als im Rest des Landes, stapelten sich plötzlich die Leichen. – Sie fragte: »Wie viel Uhr?«

»Ich weiß es noch nicht genau. Ich habe den Anruf gerade erhalten.« Er fügte hinzu: »Du kannst auch Carlos schicken.«

»Nein, ich muss die Leiche sehen.«

»Mir gefällt es nicht, wenn du dich hier auf dem Campus aufhältst«, sagte er. »Wenn was passiert …«

»Ich muss nun mal meine Arbeit machen«, sagte sie. Ihr Ton machte deutlich, dass es da nichts zu diskutieren gab.

Jeffrey wusste, dass sie recht hatte. Sara hatte nicht nur ihre Arbeit zu machen; sie musste ihr Leben leben. »Jeff?«

Er gab nach. »Im Wohnheim der Männer, Gebäude B.«

»Gut«, sagte sie. »Ich bin in ein paar Minuten da.«

Jeffrey legte auf und stieg aus dem Wagen. Er lief an einer Gruppe von Jungen vorbei und betrat das Wohnheim. Starker Alkoholgeruch umgab ihn wie eine Wolke. Damals in Auburn, wo Jeffrey Geschichte studiert hatte, wenn er nicht gerade beim Football die Ersatzbank drückte, hatten sie auch ziemlich heftig gefeiert, aber er konnte sich nicht erinnern, dass es im Wohnheim je so gestunken hätte.

»Hallo, Chief«, grüßte Chuck. Er stand oben an der Treppe und hatte die Hände in die Taschen seiner zu engen Hose gesteckt. Die Wirkung war obszön, und Jeffrey wünschte, der Mann würde einen Schritt zurückgehen, wenn er die Treppe heraufkam.

»Chuck«, sagte er und starrte beim Aufstieg auf die Stufen.

»Schön, dass Sie endlich aufkreuzen. Kev und ich haben schon auf Sie gewartet.«

Jeffrey hasste es, wenn Chuck den Dekan beim Spitznamen nannte, als wären sie dicke Freunde. Wäre Albert Gaines nicht zufällig Chucks Vater, hätte Kevin Blake ihn keines Blickes gewürdigt, geschweige denn mit ihm Golf gespielt. Nicht dass Kevin den Golfplatz so bald wieder sehen würde. Wahrscheinlich war er für den Rest des Monats damit beschäftigt, die Telefonanrufe ängstlicher Eltern zu beantworten, die sich sorgten, weil die Kommilitonen ihrer Kinder in letzter Zeit wie die Fliegen starben.

»Ich rede mit ihm, sobald ich kann.« Jeffrey fragte sich insgeheim, wie lange er das Treffen mit dem Dekan noch aufschieben konnte.

»Der hier ist nicht ganz harmlos«, sagte Chuck. Er meinte den Selbstmord. »Den hat's mit runtergelassenen Hosen erwischt.«

Jeffrey achtete nicht auf die Bemerkung. »Wer hat ihn gefunden?«

»Ein Kommilitone.«

»Ich will mit ihm sprechen.«

»Er ist gerade unten«, sagte Chuck. »Adams hat versucht, ihm was aus der Nase zu ziehen, aber ich musste übernehmen.« Er zwinkerte Jeffrey zu. »Sie hat ja manchmal zwei linke Hände. In solchen Situationen muss man Feingefühl mitbringen.«

»Ach ja?«, fragte Jeffrey und sah den Gang hinunter. Frank und Lena standen vor einem der Zimmer. Sie machten keinen sehr glücklichen Eindruck.

Chuck sagte: »Sie hat die Nadel gefunden.«

»Gefunden?« Jeffrey hatte die Techniker von der Spurensicherung erst vor zehn Minuten angerufen. Sie hatten sich den Tatort noch gar nicht vornehmen können.

»Lena hat sie entdeckt, als sie vor dem Objekt stand.« Die falsche Verwendung von Fremdwörtern war typisch Chuck. »Ist anscheinend unters Bett gerollt.«

Jeffrey unterdrückte einen Fluch. Alles, was sie jetzt noch am Tatort fanden, konnte manipuliert worden sein, vor allem, wenn es einen Beweis dafür gegeben hatte, dass Lena schon einmal hier gewesen war.

Chuck lachte. »Wollte Ihnen nicht die Show stehlen«, sagte er und klopfte Jeffrey aufmunternd auf die Schulter.

Jeffrey beachtete ihn nicht weiter und ging zu Frank und Lena. Als Chuck sich anschickte hinterherzukommen, sagte er: »Tun Sie mir einen Gefallen?«

»Kein Problem.«

»Halten Sie oben an der Treppe Wache. Lassen Sie niemanden durch außer Sara.«

Chuck salutierte und drehte sich auf dem Absatz um.

»Idiot«, murmelte Jeffrey im Weitergehen.

Frank sagte gerade irgendetwas zu Lena, doch als Jeffrey dazukam, unterbrach er sich.

Jeffrey bat Lena: »Entschuldigst du uns einen Moment?«

»Sicher«, sagte sie und lief ein paar Schritte den Flur hinunter. Jeffrey wusste, dass sie noch in Hörweite war, doch das war ihm egal.

»Die Techniker sind unterwegs.«

»Ich hab schon mal ein paar Fotos gemacht«, sagte Frank und hielt die Polaroidkamera hoch.

»Lass Brad herkommen«, ordnete Jeffrey an, obwohl er wusste, dass Sara keinen Aufpasser wollte. »Sag ihm, er soll die andere Kamera mitbringen. Ich will scharfe Fotos.«

Während Frank telefonierte, betrat Jeffrey das Zimmer. Ein leicht untersetzter junger Kerl mit langen schwarzen Haaren lag zusammengesackt vor dem Bett. Auf dem Boden neben ihm lag ein gelbes Gummiband, wie es von Süchtigen benutzt wurde, um das Blut im Arm zu stauen. Die Haut des Jungen war angeschwollen und grau. Er lag ganz offensichtlich schon eine Weile hier.

»Himmel«, murmelte Jeffrey. Das Zimmer stank noch schlimmer als das von Ellen Schaffer. »Was zum Teufel ist das?«

»Schlechte Hausfrau?«, schlug Frank vor.

Jeffrey sah sich am Tatort um. Es brannte kein Licht, doch die Morgensonne war hell genug. Neben der Leiche stand ein Fernseher mit Videorecorder, den der Junge wohl auf die Matratze gestellt hatte. Der Bildschirm produzierte Schnee, die Kassette war zu Ende. Das Zimmer war ein Saustall. Jeffrey vermutete, der Geruch kam vor allem aus den alten Schachteln mit Essensresten, die auf dem Boden verfaulten. Überall dazwischen lagen Papiere, Zettel und Bücher. Er fragte sich, wie man hier wohnen konnte, ohne ständig zu stolpern.

Der Kopf des Toten war auf die Brust gesunken, das fettige Haar bedeckte Gesicht und Hals. Er trug nichts außer

Boxershorts, die einmal weiß gewesen waren. Eine Hand steckte in der Unterhose, und Jeffrey hatte eine begründete Vermutung, was er da gemacht hatte.

Auf dem linken Arm war ein Muster aus blauen Flecken, doch Sara würde die Male besser einordnen können. An der starren Haltung sah Jeffrey, dass die Todesstarre eingesetzt hatte. Der Tod musste also in den letzten zwei bis zwölf Stunden eingetreten sein, je nachdem, wie warm es im Raum gewesen war. Der Zeitpunkt des Todes war nie leicht festzulegen, und Jeffrey schätzte, dass auch Sara auf Anhieb nicht mehr sagen konnte.

»Ist die Klimaanlage an?«, fragte Jeffrey und lockerte seine Krawatte.

»Nein«, sagte Frank. »Die Tür war offen, als ich ankam, und ich hab sie offen gelassen, damit der Gestank ein bisschen abzieht.«

Jeffrey nickte. Es musste ziemlich heiß in dem Zimmer gewesen sein, wenn die Klimaanlage nicht an war und die Tür zu. Die Nachbarn waren den Gestank wahrscheinlich inzwischen gewohnt und hatten nichts Außergewöhnliches bemerkt.

Jeffrey fragte: »Haben wir schon seinen Namen?«

»William Dickson«, sagte Frank. »Aber anscheinend hat ihn keiner so genannt.«

»Wie haben sie ihn denn genannt?«

Frank grinste. »Scooter.«

Jeffrey hob die Brauen, doch er wollte lieber nichts sagen. Wie sie ihn früher in Sylacauga genannt hatten, war ihm heute noch peinlich. Sara hatte ihn erst gestern wieder damit aufgezogen.

»Sein Mitbewohner ist über Ostern heimgefahren.«

»Ich will mit ihm sprechen.«

»Ich besorge dir später die Nummer vom Dekan.«

Jeffrey ging durchs Zimmer und bemerkte eine zerbrochene Plastikspritze auf dem Boden. Die Pfütze darum herum war eingetrocknet, doch es zeichnete sich deutlich das Profil eines Stiefels darin ab.

Er starrte den Abdruck an, dann sagte er zu Frank: »Sag Brad, er soll das hier ablichten.« Frank nickte. Jeffrey kniete sich neben der Leiche hin. Noch bevor er Frank um ein paar Handschuhe bitten konnte, hielt der alte Polizist sie ihm schon hin.

»Danke«, sagte Jeffrey und zog sie über. Der Latex klebte an seinen verschwitzten Händen. Das Licht im Raum war schwach, und Jeffrey sah sich nach der Lampe um, die Dickson benutzt hatte. Auf dem Kühlschrank stand eine, doch das Kabel war abgeschnitten. »Keiner darf das Licht anmachen, bevor wir uns das angesehen haben«, warnte Jeffrey.

Er hob Scooters Kopf. Um den Hals schlang sich ein Gürtel, den man vorher nicht gesehen hatte. Scooters Haar war so lang und fettig, dass Jeffrey auch jetzt nicht viel sehen konnte.

Er schob die verfilzte Mähne beiseite. Der Gürtel wand sich einmal um den Hals und war so eng geschlossen, dass er in die Haut schnitt. Jeffrey wollte den Gürtel nicht lösen, doch er entdeckte ein dünnes Stück Schaumstoff darunter. Der Gürtel war hinten um einen zweiten Gürtel geschlungen, dieser aus Stoff, er war mit der Schnalle an einem Ösenhaken an der Wand festgehakt. Der Stoffgürtel war straff gespannt, das Gewicht der Leiche zog an dem Haken in der Wand. Jeffrey drehte sich zur Seite und sah, dass der Fernseher genau im Blickwinkel des Toten stand. Es war ein billiges Gerät, keine hundert Dollar wert. Daneben stand eine Dose Tigerbalsam, an der Bröckchen einer weißen Substanz klebten. Jeffrey hatte keine Ahnung, was es war. Er wandte sich um, nahm einen Kuli heraus und drückte damit auf den Eject-Knopf des Videorecorders. Auf dem Etikett sah man eine eindeutige Zeichnung, der Film nannte sich »The Bare Wench Project«.

Jeffrey stand auf und zog sich die Handschuhe aus. Frank folgte ihm auf den Flur.

»Hast du irgendjemanden angerufen?«, fragte Jeffrey Lena.

»Was?«, sagte sie stirnrunzelnd. Sie hatte sich offensichtlich auf ein weiteres Verhör vorbereitet, doch diese Frage traf sie unerwartet.

»Als du herkamst, hast du da jemanden mit dem Handy angerufen?«, wiederholte Jeffrey.

»Ich habe gar kein Handy.«

»Das soll ich glauben?«

»Weißt du, was ich hier verdiene?« Lena schnaubte ungläubig. »Ich kann mir das Essen kaum leisten.«

Jeffrey wechselte das Thema. »Ich habe gehört, du hast eine Nadel gefunden.«

»Wir sind vor einer halben Stunde hergerufen worden«, sagte sie, offensichtlich die Antwort, die sie sich zurechtgelegt hatte. »Ich bin ins Zimmer gegangen, um nachzusehen, ob der Student noch am Leben war. Ich fand weder Puls noch Atmung. Sein Körper war steif und fühlte sich kühl an. Und dann habe ich die Spritze gefunden.«

»Sie war wirklich eine große Hilfe«, sagte Frank sarkastisch. »Hat unterm Bett nachgesehen und sich gedacht, sie erspart uns Arbeit, wenn sie das Ding selber holt.«

Jeffrey sah Lena eindringlich an. »Und dann sind wohl irgendwie deine Fingerabdrücke darauf gelandet.«

»Schon möglich.«

»Auch möglich, dass du vergessen hast, was du sonst noch alles angefasst hast, während du da drin warst?«

»Möglich.«

Jeffrey warf einen Blick zurück in das Zimmer, dann sah er Lena wieder an. »Kannst du mir auch sagen, wie der Fußabdruck von deinem Freund auf dem Boden gelandet ist?«

Sie schien kein bisschen verwirrt. Sie lächelte sogar. »Weißt du das noch nicht?«, fragte sie. »Er war es, der die Leiche gefunden hat.«

Jeffrey funkelte Frank an, doch der nickte nur. Dann sagte er: »Hab gehört, du hast schon versucht, ihn zu befragen.«

Lena zuckte die Schultern.

»Frank«, sagte Jeffrey, »hol ihn her.«

Frank ging, und Lena stellte sich ans Fenster und sah hinaus auf die Wiese. Überall lag Müll herum, Bierdosen stapelten sich zu einem Mahnmal neben dem Fahrradständer.

»Sieht aus, als hätte es hier eine Mordsparty gegeben«, sagte er.

»Sieht so aus«, sagte sie.

»Vielleicht hat dieser Typ«, er zeigte auf Scooter, »es ein bisschen übertrieben.«

»Vielleicht.«

»Sieht so aus, als hättet ihr auf dem Campus ein Drogenproblem.«

Lena sah ihn an. »Vielleicht solltest du darüber mit Chuck sprechen.«

»Ja, der Mann hat echt den Durchblick«, sagte Jeffrey spöttisch.

»Vielleicht solltest du mal fragen, wo er am Wochenende gewesen ist.«

»Beim Golfturnier?« Jeffrey erinnerte sich an das Foto auf der Titelseite. Er nahm an, Lena wollte ihn daran erinnern, dass Chucks Vater Albert Gaines ihm jederzeit einen Riegel vorschieben konnte.

Jeffrey fragte: »Warum arbeitest du gegen mich, Lena? Was hast du zu verbergen?«

»Dein Zeuge ist da«, murmelte sie. »Ich geh mal lieber und melde mich bei meinem Boss.«

»Warum so eilig?«, sagte er. »Hast du Angst, er schlägt dich wieder?«

Sie presste die Lippen zusammen und antwortete nicht.

»Bleib hier«, sagte er. Es war keine Bitte.

Ethan White schlenderte an Franks Seite den Gang herunter. Er trug wieder ein schwarzes, langärmeliges T-Shirt und Jeans. Seine Haare waren nass, und er hatte ein Handtuch um den Hals.

»Frisch geduscht?«, fragte Jeffrey.

»Ja«, sagte er und trocknete sich mit einem Handtuchzipfel das Ohr ab. »Ich habe die Spuren abgewaschen, nachdem ich Scooter erwürgt habe.«

»Klingt wie ein Geständnis«, stellte Jeffrey fest.

Ethan sah ihn hasserfüllt an. »Ich hab schon mit Ihrem Bullenzögling hier gesprochen.« Er funkelte Lena an. Lena starrte wütend zurück.

»Erzählen Sie's mir noch mal«, sagte Jeffrey. »Sie wohnen im Erdgeschoss?« Ethan nickte. »Was haben Sie hier oben gemacht?«

»Ich wollte mir Scooters Unterlagen ausleihen.«

»Für welches Fach?«

»Molekularbiologie.«

»Um wie viel Uhr war das?«

»Weiß ich nicht mehr«, sagte er. »Zwei Minuten, bevor ich bei ihr angerufen habe.«

Lena wehrte ab. »Ich war im Dienstraum. Er hat nicht mich angerufen, ich bin nur zufällig dran gewesen.«

Ethan packte beide Enden seines Handtuchs, als wollte

er jemanden erwürgen. »Als Ihre Leute kamen, bin ich gegangen. Das ist alles, was ich weiß.«

»Was haben Sie im Zimmer angefasst?«

»Weiß ich nicht mehr«, sagte er. »Ich war ziemlich durcheinander, als ich da reinging und meinen Kommilitonen tot auf dem Boden fand.«

»Es war nicht das erste Mal, dass Sie eine Leiche gesehen haben«, erinnerte ihn Jeffrey.

Ethan hob die Brauen, als wollte er sagen: *Na und?*

Jeffrey sagte: »Ich möchte, dass Sie mit aufs Revier kommen und dort eine Aussage machen.«

Ethan schüttelte den Kopf. »Keine Chance.«

»Wollen Sie die Ermittlungen behindern?«, fragte Jeffrey drohend.

»Nein, Sir«, antwortete Ethan schnell. Er griff sich in die Hosentasche, zog einen Zettel heraus und hielt ihn Jeffrey hin. »Das ist meine Aussage. Ich habe unterschrieben. Ich kann noch mal unterschreiben, wenn Sie dabei sein wollen. Ich glaube, rechtlich bin ich nicht verpflichtet, das auf dem Revier zu tun.«

»Sie halten sich wohl für besonders schlau«, sagte Jeffrey, ohne die Aussage zu nehmen. »Sie glauben, Sie können sich aus allem rauswinden.« Er zeigte auf Lena. »Oder aus allem herausprügeln.«

Ethan zwinkerte Lena zu, als hätten sie ein Geheimnis miteinander. Lena zuckte zusammen, doch sie sagte nichts.

»Ich kriege Sie«, warnte Jeffrey. »Vielleicht nicht heute. Aber Sie haben Dreck am Stecken, und dafür kriege ich Sie dran. Haben Sie das verstanden?«

Ethan ließ den Zettel los, der zu Boden schwebte. »Wenn das alles war«, sagte er, »dann würde ich jetzt wirklich gern in die Vorlesung gehen.«

Zehn

Wie ferngesteuert fuhr Sara vom Campus zurück zum Leichenschauhaus, während sie im Kopf noch einmal jedes Detail der Obduktionen in der letzten Nacht durchging. Irgendetwas an Andy Rosens Tod ließ sie nicht los, und im Gegensatz zu Jeffrey brauchte sie mehr als den Zusammenfall zweier Ereignisse, um die Mordthese zu belegen. Bestenfalls konnte Sara sagen, dass sein Tod verdächtig sei, und selbst das war bereits viel gesagt. Es gab keinen medizinischen Hinweis auf ein Verbrechen. Das Drogenscreening hatte absolut nichts zu Tage gefördert, und bei der Obduktion hatte sie auch nichts Ungewöhnliches entdeckt. Es war sehr gut möglich, dass Andy Rosens Tod nichts weiter war als ein klassischer Freitod.

Bei William »Scooter« Dickson sah der Fall anders aus. Der Porno in seinem Videorecorder, der Schaumstoff zwischen dem Gürtel und seinem Hals, um Male zu verhindern, der Haken in der Wand, der ganz offensichtlich schon länger dort befestigt war – all diese Punkte deuteten auf autoerotische Erstickung hin. In ihrer Laufbahn hatte Sara erst einen derartigen Fall gehabt, aber vor ein paar Jahren waren mehrere Aufsätze darüber im *Journal der Forensischen Wissenschaft* erschienen. Damals hatte die manuelle Strangulierung einen Höhepunkt an Popularität erreicht.

»Mist.« Sara war am Medical Center vorbeigefahren.

Jetzt musste sie die Main Street weiter in Richtung College fahren und auf Höhe des Polizeireviers einen illegalen U-Turn machen. Sie winkte Brad Stephens zu, der gerade in den Streifenwagen stieg. Brad hielt sich die Augen zu, als Sara fast einen weißen Cadillac streifte, der vor der Reinigung stand.

Sara passierte die Kinderklinik, deren Name über dem Eingang längst verblasst war, weil Jeffrey Sara während ihrer Ehe ausgerechnet mit der Inhaberin des einzigen Schilderdienstes der Stadt betrogen hatte. Sie seufzte, als sie das ramponierte Schild der Klinik sah, und fragte sich, ob sie dessen Zustand vielleicht als Zeichen werten sollte. Vielleicht war es ein Symbol für ihre Beziehung mit Jeffrey. Cathy Linton behauptete immer, dass es nie einen Weg zurück gab.

Sara trat auf die Bremse. Fast hätte sie die Einfahrt des Medical Center schon wieder verpasst. Da sie den Großteil ihrer Arbeitszeit mit Kindern zu tun hatte, hatte sie sich das Fluchen abgewöhnt, doch jetzt legte sie, Obszönitäten ausstoßend, den Rückwärtsgang ein. Als das Vorderrad gegen den Randstein schlug, schickte sie gleich noch ein paar Flüche hinterher. Sie parkte den Wagen vor dem Seiteneingang des Gebäudes, sprang heraus und eilte die Treppe zur Leichenhalle hinauf.

Carlos war mit der Leiche aus dem College noch nicht zurück, und Jeffrey war dabei, William Dicksons Eltern ausfindig zu machen, so hatte Sara den Saal für sich allein. In der Tür ihres Büros hielt sie inne. Auf dem Tisch stand ein großer Blumenstrauß. Jeffrey hatte ihr seit Jahren keine Blumen geschickt. Albern grinsend lief sie um das Arrangement herum. Er hatte zwar vergessen, dass sie nicht besonders scharf auf Nelken war, aber es waren auch noch andere Blumen dabei, wunderschöne Blumen, deren Name Sara nicht einfiel, und das ganze Büro war von ihrem Duft erfüllt.

»Jeffrey«, seufzte sie und lächelte noch immer. Er musste die Blumen heute Morgen bestellt haben, noch bevor mal wieder der Teufel los gewesen war. Sie nahm die Karte aus dem Umschlag. Ihr Lächeln gefror, als sie die Nachricht von Mason James las.

Sara sah sich um und überlegte, wo sie mit den Blumen hinsollte, damit Jeffrey sie nicht sah, doch dann gab sie auf. Sie war nicht gut in solchen Dingen und wollte gar nicht erst mit dieser Heimlichtuerei anfangen.

Sie setzte sich hin und legte die Karte neben die Vase. Auf dem Schreibtisch waren noch eine Menge anderer Dinge, um die sie sich kümmern musste. Molly, die Krankenschwester aus der Kinderklinik, hatte heute Morgen einen Stapel Papiere vorbeigebracht, der Sara gut und gerne die nächsten zwölf Stunden beschäftigen konnte. Sie setzte sich die Brille auf und begann Rezepte zu unterschreiben, die sich angesammelt hatten, bis sie merkte, dass Carlos in der Halle war.

Durch die Scheibe beobachtete sie, wie Carlos das Besteck für die Obduktion bereitlegte. Er ging langsam und methodisch vor, untersuchte jedes Instrument genau auf Schäden oder Abnutzung. Sara sah ihm noch ein paar Sekunden zu, dann begann sie die Telefonnotizen durchzugehen. Auf der ersten erkannte sie Carlos' Schrift. Brock hatte angerufen, um zu fragen, wann er Andy Rosen abholen könne. Sie nahm den Hörer in die Hand und wählte die Nummer des Bestattungsinstituts.

Brocks Mutter war am Apparat, und Sara musste mehrere Minuten lang Auskunft über Tessas Zustand geben, wohl wissend, dass Penny Brock die Nachricht noch vor dem Mittagessen in der ganzen Stadt verbreitet hätte. Die alte Mrs. Brock hatte im Bestattungsinstitut nicht mehr viel zu tun, und zwischen ihren Nickerchen und dem gelegentlichen Gespräch mit einem Kunden verbrachte sie die meiste Zeit mit Telefonieren.

Brock war fröhlich wie üblich, als Sara ihn endlich an der Strippe hatte. »Hallo, Sara«, sagte er. »Willst du jetzt Lagergebühren verlangen?«

Sie lachte höflich. »Ich wollte nur wissen, wie viel Zeit ich noch habe. Ist die Trauerfeier heute?«

»Morgen früh um neun«, sagte Brock. »Ich wollte ihn heute Nachmittag als Letzten drannehmen. Wie schlimm sieht er aus?«

»Nicht besonders schlimm«, sagte Sara. »Das Übliche.«

»Wenn du bis drei fertig bist, reicht mir das dicke.«

Sara sah auf die Uhr. Es war bereits halb zwölf. Sie wusste nicht einmal, warum sie Andy Rosen so lange hierbehielt. Sie hatte Gewebe und Organe untersucht, und Brock hatte Urin- und Blutproben genommen, die sie ausgiebig untersuchen konnte. Es gab wirklich nichts, was sie noch an ihm zu schaffen hätte.

Sara sagte: »Eigentlich kannst du ihn jetzt schon haben.«

»Im Ernst?«

»Ja«, sagte Sara. Sie konnte den Platz im Kühlschrank gut für die nächste Leiche gebrauchen.

»Falls dir später noch was einfällt, kann ich ihn dir morgen nach der Trauerfeier noch mal vorbeibringen«, bot Brock an. »Er soll erst mittags ins Krematorium gebracht werden.« Er wurde leiser. »Ich bin beim Verbrennen gern dabei, damit alles seinen geordneten Gang geht, weißt du. Die Leute sind ein bisschen nervös geworden, was Krematorien angeht, nach dem, was dieser Witzbold in Nord-Georgia angestellt hat.«

Sara erinnerte sich an das Krematorium in Familienbesitz, wo man die Leichen einfach im Hinterhof gestapelt hatte, anstatt sie zu kremieren. Den Staat hatte es fast zehn Millionen Dollar gekostet, die Überreste identifizieren und wegräumen zu lassen.

Brock sagte: »Wirklich eine Schande. So eine saubere Methode. Nicht dass ich gerne auf das Extrageld der Erdbestattungen verzichte, aber manche Leute sind so durcheinander, dass der schnelle Weg oft der beste ist.«

»Meinst du Andys Eltern?« Sara fragte sich, ob Keller seine Frau vor Brock bedroht hatte.

»Sie kamen gestern Abend zum Gespräch, und glaub mir …« Brocks Stimme verlor sich. Er war sehr diskret, doch Sara brachte ihn meistens zum Reden.

»Und?«

»Na ja …« Er wurde noch leiser. Brock wusste besser als jeder andere, dass seine Mutter in der Gerüchteküche von Grant County die Chefköchin war. »Seine Mama hatte Bedenken, ihn nach der Obduktion kremieren zu lassen. Sie dachte, das ginge dann nicht mehr. Gott, wo haben die Leute bloß diese Ideen her?«

Sara wartete.

»Ich hatte das Gefühl, dass sie von der Vorstellung von Anfang an nicht begeistert war. Aber dann hat sich Daddy eingemischt und gesagt, der Junge habe es so gewollt und deshalb werde es auch so gemacht.«

»Wenn es sein Wunsch war, sollte das respektiert werden«, sagte Sara. Auch wenn sie die ganze Zeit mit dem Tod zu tun hatte, war es ihr nie in den Sinn gekommen, jemanden darüber zu informieren, wie sie beerdigt werden wollte. Allein der Gedanke machte ihr Gänsehaut.

»Manche Leute betreiben ihre Bestattungsvorsorge mit einer Leidenschaft.« Brock kicherte in sich hinein. »Junge, ich könnte Geschichten erzählen! Du machst dir keine Vorstellung, was manche Leute so mit in den Sarg nehmen wollen …«

Sara schloss die Augen. Sie hoffte sehr, er würde sie verschonen.

Brock deutete ihr Schweigen richtig und fuhr fort. »Ehrlich gesagt, wo sie doch Juden sind, Gott segne sie, hatte ich erwartet, dass sie das Ganze eher beschleunigen wollen. Aber dann war doch alles wie üblich. Schätze, sie sind nicht besonders religiös. Da habe ich ganz andere kennengelernt.«

»Hm«, meinte Sara. Als Gerichtsärztin hatte sie es nur einmal erlebt, dass eine Obduktion von einer Familie orthodoxer Juden angefochten wurde. Sara hatte Hochachtung vor ihrer Frömmigkeit, doch sie nahm an, die Tatsache, dass der Vater an einem Herzinfarkt gestorben und nicht absichtlich mit dem Auto in den See gefahren war, hatte die Angehörigen am Ende dann doch getröstet.

»Also schön …« Brock räusperte sich verlegen, anscheinend fasste er ihr Schweigen als Missbilligung auf. »Ich bin in ein paar Minuten da.«

Sara beendete das Gespräch, setzte die Brille auf und sah sich die restlichen Notizen an. Das übliche Rauschen in der Leichenhalle wurde jetzt vom Klicken und Blitzen der Kamera unterbrochen, als Carlos die Leiche fotografierte. Bei der letzten Notiz blieb Sara hängen, sie hatte den Pharmavertreter verpasst. Enttäuscht dachte sie daran, dass sie sicherlich mehr Gratisproben für ihre Patienten herausgeholt hätte, wenn sie persönlich mit ihm gesprochen hätte.

Er hatte die schicke Broschüre eines Asthmamittels dagelassen, das gerade erst für Kinder freigegeben worden war. Tatsächlich verschrieben Kinderärzte den Inhalator seit Jahren auch für Kinder; die Pharmakonzerne benutzten die neue Zulassung nur, um ihre Patente zu verlängern, damit sie die Kunden weiterhin zur Kasse bitten konnten, ohne sich den Gewinn mit den Herstellern von Generika teilen zu müssen. Sara dachte oft, dass die Konzerne die Preise der Medikamente sehr viel niedriger ansetzen könnten, wenn sie auf Hochglanzbroschüren und teure Fernsehspots verzichteten.

Der Papierkorb stand in der gegenüberliegenden Ecke, und Sara verfehlte ihn mit dem Prospekt nur knapp. In dem Moment kam Jeffrey herein.

»Hallo«, sagte er und klatschte eine braune Akte auf den Schreibtisch. Obendrauf stellte er eine große Papiertüte.

Als Sara aufstand, um die Asthmabroschüre vom Boden aufzuheben, legte er ihr die Hand auf den Arm.

»Was …«

Jeffrey küsste sie auf den Mund, was er normalerweise in der Öffentlichkeit nicht tat. Der Kuss war keusch, eine freundliche Begrüßung oder, wenn man Jeffreys Benehmen gegenüber Mason James am Vortag bedachte, seine Art, das Revier zu markieren.

»Hey«, sagte sie und sah ihn neugierig an, während sie den Prospekt dahin stopfte, wo er hingehörte.

Als sie sich umdrehte, hielt Jeffrey eine Nelke in der Hand. »Die magst du doch gar nicht.«

Sara freute sich darüber, dass er sich daran erinnerte, mehr als über den Blumenstrauß. »Nein«, sagte sie und sah zu, wie er die Karte aus dem Umschlag zog. »Lies nur«, sagte sie, obwohl er bereits in die Lektüre vertieft war.

Bedächtig steckte er die Karte wieder zurück in den Umschlag. »Das ist aber nett«, sagte er und zitierte: »Ich bin da, wenn du mich brauchst.«

Sie verschränkte die Arme und wartete ab, was er noch zu sagen hatte.

»War ein langer Morgen.« Er schloss die Tür, doch er verzog keine Miene, und sie spürte, dass er das Thema wechseln wollte. »Wie geht es Tess?«

»Ein bisschen besser«, antwortete sie. Sie schob sich die Brille auf die Nase und setzte sich. »Worüber wolltest du mit mir sprechen?«

Er zupfte an den Blumen herum. »Lena wurde heute Morgen verletzt.«

Sara setzte sich auf. »Hatte sie einen Autounfall?«

»Nein«, sagte er. »Es war Ethan White, der Randalierer, von dem ich dir erzählt habe. Der, mit dem sie was hat. Der mich geschubst hat.«

»So heißt er also.« Irgendwie klang der Name harmlos.

»Unter anderem«, sagte Jeffrey. »Frank und ich sind heute früh zu ihr nach Hause gefahren ...« Er zögerte und starrte gedankenverloren in den Blumenstrauß. Dann erzählte er ihr alles, was geschehen war, bis zu dem Punkt, als Jill Rosen ihm die Würgemale an ihrem Hals gezeigt hatte.

»Sie wird von ihrem Mann geschlagen?«

»Ja«, sagte Jeffrey.

»Ich habe keine blauen Flecken an Andy Rosens Leiche gefunden.«

»Es gibt Methoden, jemandem wehzutun, ohne Spuren zu hinterlassen.«

»Vielleicht hat Andy Rosen sich umgebracht, um der Gewalt ein Ende zu setzen«, sagte Sara. »Der Abschiedsbrief war an seine Mutter gerichtet, nicht an seinen Vater. Vielleicht ertrug er es einfach nicht mehr.«

»Möglich«, stimmte Jeffrey zu. »Außer Tessa gibt es nichts, was etwas anderes nahelegt.«

»Und wie wahrscheinlich ist es, dass die beiden Fälle zusammenhängen?«

»Verdammt, Sara, ich weiß es nicht.«

Sie erinnerte ihn: »Wir haben keinen Hinweis darauf, dass Andy Rosen ermordet wurde. Vielleicht sollten wir ihn mal ganz außen vor lassen und sehen, was dann noch bleibt.«

»Und das wäre?«

»Ellen Schaffer wurde ermordet. Vielleicht hat jemand Andy Rosens Selbstmord ausgenutzt, damit es so aussah, als hätte sie es ihm nachgemacht. Die Art von Kettenreaktion gibt es immer wieder an Colleges. Am MIT in Boston gab es letztes Jahr zwölf Selbstmorde.«

»Und Tess?«

»Vielleicht hatte der Überfall auf sie auch nichts damit zu tun«, sagte Sara. »Wenn wir keine Verbindung herstellen können, sollten wir beide Verbrechen vielleicht besser als Einzelfälle behandeln.«

»Und der hier?« Jeffrey zeigte auf die Leiche in der Halle.

»Keine Ahnung«, sagte sie. »Wie haben seine Eltern es denn aufgenommen?«

»Einigermaßen«, sagte Jeffrey, doch er ging nicht näher darauf ein.

»Na, dann können wir ja loslegen«, sagte sie und nahm die braune Papiertüte von der Akte, um den Bericht zu lesen. Jeffrey hatte Kopien der Aufzeichnungen gemacht und auch eine Bestandsaufnahme des Tatorts beigelegt. Sara ging die Papiere durch. Im Augenwinkel sah sie, dass Jeffrey eine der violetten Blüten berührte.

Als sie fertig war, deutete sie auf einen Stapel Zeitschriften auf dem einzigen Stuhl für Besucher im Büro. »Du kannst das Zeug auf den Boden stellen.«

»Ich kann nicht mehr sitzen«, sagte er und kniete sich neben sie. Er rieb ihr das Knie. »Hast du gut geschlafen?«

Sie nahm seine Hand. Wenn es diesen Effekt auf Jeffrey hatte, sollte Mason jeden Tag einen Blumenstrauß schicken.

»Mir geht es gut«, sagte sie und sah wieder in die Akte. »Die sind ja schnell fertig geworden.« Sie deutete auf die Tatortfotos.

»Brad war selbst in der Dunkelkammer«, erklärte er. »Und nächstes Mal solltest du besser aufpassen, wenn du vorm Revier einen U-Turn machst.«

Sie grinste unschuldig, dann warf sie einen Blick auf die Papiertüte. »Was ist da drin?«

»Verschreibungspflichtige Medikamente«, sagte er und schüttete den Inhalt auf dem Schreibtisch aus. An dem schwarzen Staub auf den Behältern sah Sara, dass sie bereits auf Fingerabdrücke untersucht worden waren. Es mussten mindestens zwanzig Fläschchen sein.

»Die haben alle dem Opfer gehört?«

»Zumindest steht sein Name drauf.«

»Antidepressiva«, stellte Sara fest, als sie die kleinen Fläschchen der Reihe nach aufstellte.

»Er hat sich Ice gespritzt.«

»Gut aussehend *und* intelligent«, kommentierte Sara trocken. Sie versuchte, die Medikamente in Gruppen aufzuteilen. »Valium, was bei Antidepressiva kontraindiziert ist.« Sie las sich die Rezeptetiketten durch, der verschreibende Arzt war auf allen Etiketten derselbe. Der Name sagte ihr nichts, die Rezepte dagegen ließen alle möglichen Alarmglocken schrillen.

Sie las laut: »Prozac, fast zwei Jahre alt. Paxil, Elavil.« Sie betrachtete die Daten. »Sieht aus, als hätte er alles ausprobiert und ist dann bei Zoloft hängen geblieben …« Wieder hielt sie inne. »Wow!«

»Was denn?«

»Er hat dreihundertfünfzig Milligramm Zoloft am Tag genommen. Das ist wirklich viel.«

»Was wäre denn normal?«

Sara zuckte die Schultern. »Ich verschreibe meinen Kindern das Zeug nicht. Ich schätze, für einen Erwachsenen sind vielleicht fünfzig, höchstens hundert Milligramm normal.« Sie fuhr fort. »Ritalin natürlich. Mit dem Zeug wurde seine Generation praktisch großgezogen. Noch mehr Valium, Lithium, Amantadin, Paxil, Xanax, Cyproheptadin, Buspiron, Bupropion, Buspar, Elavil. Noch mal Zoloft. Und noch mal.« Sie stellte die drei Zoloft-Fläschchen zusammen. Die drei waren von unterschiedlichen Apotheken und trugen unterschiedliche Daten.

»Wofür sind die ganzen Pillen?«

»Ursprünglich? Gegen Depressionen, Schlaflosigkeit, Angstzustände. Sie sind alle gegen dieselben Symptome, aber sie haben unterschiedliche Wirkungsweisen.« Sie rollte mit dem Stuhl zurück und nahm das Arzneimittelverzeichnis aus dem Regal über dem Aktenschrank. »Ich müsste mal nachschlagen«, sagte sie und rollte wieder zurück an den Tisch. »Ein paar davon kenne ich, von anderen habe ich keine Ahnung. Eins meiner Parkinson-Kinder bekommt Buspiron gegen die Angstzustände. Manche der Mittel kann man zusammen nehmen, aber nicht alle. Das wäre Gift.«

»Hat er sie vielleicht verkauft?«, fragte Jeffrey. »Er hatte Spritzen. Und wir haben einen ganzen Sack Marihuana und zehn Blättchen LSD bei ihm gefunden.«

»Na ja, für Antidepressiva gibt es keinen richtigen Markt«, erklärte Sara. »Heutzutage kann sie sich fast jeder verschreiben lassen. Man muss nur den richtigen – oder in diesem Fall den falschen – Arzt finden.« Sie zeigte auf die Fläschchen, die sie zur Seite gestellt hatte. »Ritalin und Xanax könnte man auf der Straße loswerden.«

»Ich könnte in die Grundschule gehen und für je zehn Pillen um die hundert Dollar kriegen«, bestätigte Jeffrey. Er hielt einen Plastikbehälter hoch. »Wenigstens nahm er seine Vitamine.«

»Yocon«, sagte sie und las sich die Bestandteile durch. »Fangen wir gleich damit an.« Sie blätterte durch den Katalog und fand den Eintrag. Dann überflog sie den Rezeptaufkleber und fasste zusammen: »Yocon ist der Markenname für Yohimbin, das aus der Rinde eines afrikanischen Baums gewonnen wird. Es soll gut für die Libido sein.«

Jeffrey wog das Fläschchen in der Hand. »Ein Aphrodisiakum?«

»Nicht direkt.« Sara las weiter. »Soll für alles gut sein, gegen frühzeitige Ejakulation, dafür, dass die Erektion härter ist und länger anhält.«

»Warum höre ich davon zum ersten Mal?«

Sie grinste ihn an. »Weil du das nicht nötig hast.«

Jeffrey grinste zurück und stellte das Yocon zurück auf den Tisch. »Ein einundzwanzigjähriger Junge. Was will der mit so was?«

»Vielleicht hat ihn das Zoloft anorgasmisch gemacht.«

Jeffrey kniff die Augen zusammen. »Er konnte nicht kommen?«

»Einfach ausgedrückt, ja«, sagte Sara. »Mit der Erektion hätte er keine Probleme, nur ejakulieren konnte er nicht.«

»Liebe Güte, kein Wunder, dass er sich erhängt hat.«

Sara ignorierte den Kommentar. Sie sah noch mal im Verzeichnis unter Zoloft nach, ob sie nichts übersehen hatte. »Nebenwirkungen: Anorgasmie, Angstzustände, erhöhter Appetit, Appetitlosigkeit, Schlaflosigkeit …«

»Daher vielleicht das Xanax.«

Sara sah von der Liste auf. »Kein Arzt, der einigermaßen bei Verstand ist, hätte ihm die ganzen Pillen auf einmal verschrieben.«

Jeffrey verglich die Etiketten. »Er ging zu vier verschiedenen Apotheken.«

»Eine einzige hätte ihm das bestimmt nicht alles verkauft. Das wäre fahrlässig.«

»Wir brauchen etwas Stichhaltiges, wenn wir die Apothekenkartei durchsuchen wollen«, sagte er. »Kennst du den Arzt?«

»Nein«, sagte sie und öffnete die unterste Schreibtischschublade. Sie holte das Telefonbuch von Grant County und Umgebung heraus. Sie überflog die Einträge und stellte fest, dass der genannte Arzt nicht zu finden war. »Er arbeitet nicht für eine Klinik oder das College?«

»Nein«, sagte Jeffrey. »Vielleicht sitzt er in Savannah. Dort ist eine der Apotheken.«

»Ich habe aber kein Telefonbuch von Savannah.«

»Da gibt es so eine neue Erfindung«, zog Jeffrey sie auf. »Nennt sich Internet.«

»Schon gut«, sagte sie. Auf den Vortrag, welche tollen Möglichkeiten die Technik bot, verzichtete sie gerne. Sie verstand, dass jemand wie Jeffrey davon profitierte, aber was Sara anging, sie hatte zu viele bleiche, dicke Kinder in ihrer Praxis, als dass sie die Vorteile des Computers preisen würde.

Jeffrey spekulierte: »Vielleicht ist es gar kein Arzt?«

»Wenn der Apotheker den Arzt nicht kennt, braucht er die DEA-Nummer, wenn er ein Rezept entgegennimmt. Es ist alles in einer Datenbank gespeichert.«

»Vielleicht hat jemand die DEA-Nummer eines pensionierten Arztes geklaut?«

»Zumindest verschreibt er keine Narkotika oder Oxycodon. Wahrscheinlich lassen die Sachen hier bei der Apothekenaufsicht noch nicht gleich die Signalflaggen hochgehen.« Sara runzelte die Stirn. »Ich verstehe immer noch nicht, worum es hier geht. Es sind keine Stimulanzien. High werden kann man davon nicht. Das Xanax kann süchtig machen, aber er hatte Methamphetamin und Marihuana, was beides sehr viel wirksamer ist.«

Carlos würde die Pillen nachher zählen und einordnen, doch aus reiner Neugier öffnete Sara eins der Zoloft-Fläschchen. Ohne eine Tablette herauszunehmen, verglich sie den Inhalt mit der Zeichnung im Katalog. »Passt.«

Jeffrey öffnete das nächste Fläschchen, und Sara nahm sich das dritte vor. »Meine nicht.«

Sara spähte in den Behälter. »Nein«, sagte sie. In der obersten Schublade fand sie eine Pinzette und nahm vorsichtig eine der durchsichtigen Kapseln heraus. Im Innern war ein feines weißes Puder. »Schicken wir es ein und lassen überprüfen, was das ist.«

Jeffrey öffnete ein Fläschchen nach dem anderen. »Reicht das Budget für den Eilzuschlag?«

»Wir haben wohl keine Wahl.« Sara packte die Kapsel in eine kleine Plastiktüte. Sie half Jeffrey, den Inhalt der anderen Fläschchen zu untersuchen, doch die anderen hatten alle irgendeine Art Stempel, die den Arzneimittelhersteller identifizierten.

»Vielleicht benutzte er nur die Kapseln und tat etwas anderes hinein?«

»Lassen wir das unbekannte Zeug zuerst testen«, schlug Sara vor. Sie wusste, wie teuer eine fruchtlose Suche sein würde. In Atlanta hätte es mehr Möglichkeiten gegeben, aber das Budget in Grant County war so knapp, dass sich Sara seit Monaten Gummihandschuhe aus der Kinderklinik leihen musste.

»Wo kommt Dickson her?«

»Von hier«, sagte Jeffrey.

Dann stellte Sara noch einmal die Frage von vorhin: »Wie haben seine Eltern es aufgenommen?«

»Besser, als ich erwartet hätte«, sagte Jeffrey. »Scheint kein einfacher Geselle gewesen zu sein.«

»Wie Andy Rosen«, warf Sara ein. Sie hatte Jeffrey auf der Heimfahrt von Atlanta erzählt, welchen Eindruck Hare von Andy Rosen gewonnen hatte.

»Wenn unsere einzige Verbindung die ist, dass wir es mit zwei verwöhnten Twens zu tun haben, ist die Hälfte aller Studenten in Gefahr.«

»Auch Rosen war manisch-depressiv«, sagte Sara.

»Dicksons Eltern sagten, er sei nicht depressiv gewesen. Er hat nie was von einer Therapie erwähnt. Soweit sie wissen, war ihr Sohn kerngesund.«

»Hätten sie denn was gewusst?«

»Sie scheinen nicht so ganz auf dem Laufenden zu sein, aber immerhin hat der Vater die Rechnungen bezahlt. Irgendwas hätte er doch in die Finger bekommen.«

»Vielleicht ist er am College kostenlos zur Therapie gegangen.«

»An diese Information zu kommen, könnte schwierig werden.«

Sara schlug vor: »Du könntest Jill Rosen noch mal fragen.«

»Die sagt nichts mehr, fürchte ich.« Jeffreys Miene verfinsterte sich. »Wir haben das ganze Wohnheim verhört, und niemand wusste irgendwas über den Kerl.«

»Dem Geruch in seinem Zimmer nach zu urteilen, hat er die meiste Zeit dort verbracht.«

»Wenn Dickson gedealt hat, gibt sowieso keiner zu, ihn gekannt zu haben. Jede einzelne Toilette im Wohnheim hat gerauscht, als bekannt wurde, dass wir herumschnüffeln.«

Sara überlegte laut: »Sowohl er und Rosen waren Einzelgänger. Beide nahmen Drogen.«

»Rosens Drogenscreening war sauber.«

»Glückssache«, erinnerte ihn Sara. »Im Labor testen sie nur die Substanzen, die ich angebe. Es gibt Tausende von anderen Drogen, die er genommen haben könnte.«

»Ich glaube, jemand hat in Dicksons Zimmer Spuren verwischt.«

Sara sah ihn fragend an.

»Im Kühlschrank stand eine Flasche Wodka, halb voll, aber keine Fingerabdrücke. Auf ein paar Bierdosen waren Dicksons Fingerabdrücke und ein paar ältere, vielleicht von dem Verkäufer, bei dem er sie gekauft hat.« Er hielt inne. »Wir versuchen, an der Spritze was zu finden. Die, die am Boden lag, war zu stark zerstört. Sie haben die Dielen abgeschabt, aber ich glaube nicht, dass sie da was finden.« Wieder zögerte er. »Lena hat die andere Spritze gefunden.«

»Wie das?«

»Sie hat sie unterm Bett liegen sehen.«

»Hat sie sie angefasst?«

»Ja, überall.«

»Hat sie ein Alibi?«

»Ich war den ganzen Morgen mit Lena zusammen«, sagte Jeffrey. »Die Nacht ist sie mit Ethan White zusammen gewesen. Sie geben sich gegenseitig ein Alibi.«

»Das scheint dich nicht sehr zu überzeugen.«

»Im Moment vertraue ich keinem von beiden, vor allem, seit ich Ethan Whites Akte kenne. Man wacht nicht morgens auf und ist plötzlich kein Rassist mehr. Das Einzige, das alle miteinander verbindet, auch der Überfall auf Tess, wäre ein rassistischer Hintergrund.«

Sara wusste, worauf er hinauswollte. »Wir haben darüber doch schon gesprochen. Woher hätte jemand wissen sollen, dass Tessa am Tatort auftaucht? Das ist viel zu unwahrscheinlich.«

»Lena erscheint einfach überall auf der Bildfläche. Das kann doch kein Zufall sein.«

Sara verstand, was er meinte. Das gleiche Problem hatten sie mit Andy Rosens mutmaßlichem Selbstmord. Zufälle waren selten.

»Dieser White«, begann Jeffrey, »ist ein echter Kotzbrocken, Sara. Was zum Teufel hat sie mit so einem zu schaffen?«

Sara lehnte sich zurück und wartete, bis er sie ansah. »Wenn man bedenkt, was Lena durchgemacht hat, ist es kein Wunder, dass sie plötzlich was an jemandem wie White findet. Er ist ein gefährlicher Mann. Ich weiß, du hältst ihn für ein Kind, aber nach dem, was du mir erzählst, benimmt er sich nicht wie ein Kind. Lena könnte sich zu der Gefahr hingezogen fühlen. Gefahr ist für sie eine bekannte Größe, mit der sie umgehen kann.«

Jeffrey schüttelte den Kopf, als könnte er das einfach nicht akzeptieren. Manchmal hatte Sara das Gefühl, er kannte Lena überhaupt nicht. Jeffrey neigte dazu, in Menschen das zu sehen, was er sehen wollte, und nicht das, was sie wirklich waren. Tatsächlich war das auch in ihrer Ehe ein Problem gewesen, und daran wollte Sara jetzt nicht erinnert werden.

Sie sagte: »Bis auf Ellen Schaffer könnte es sich um

eine Reihe von Zufällen handeln, die du und Lena zu eurer Privatfehde umgemünzt habt.« Als er etwas erwidern wollte, legte sie ihm den Finger auf den Mund. »Ich weiß, was du sagen willst, aber du kannst nicht abstreiten, dass da eine gewisse Feindseligkeit zwischen dir und Lena ist. Es könnte sogar sein, dass sie Ethan White deckt, nur um dir eins auszuwischen.«

»Möglich.« Zu Saras Überraschung gab er ihr recht.

Sara lehnte sich wieder zurück. »Glaubst du wirklich, dass sie trinkt?«, fragte sie. »Ich meine, dass sie ein Alkoholproblem hat?«

Er zuckte die Schultern, und Sara dachte daran, wie sehr Jeffrey Alkoholiker hasste. Sein Vater war ein Säufer gewesen, und selbst wenn Jeffrey behauptete, seine schlimme Kindheit weit hinter sich gelassen zu haben, wusste Sara, dass ein Alkoholiker ihn weniger kaltließ als ein Mörder.

»Dass sie verkatert war, heißt noch nicht, dass sie ein Problem hat – es heißt nur, dass sie an einem Abend zu viel getrunken hat.« Sara wartete, bevor sie fortfuhr. »Und was ist damit?« Sie blätterte durch die Fotos. Dann hielt sie das Foto von der zertretenen Spritze auf dem Boden hoch.

»Ich glaube nicht, dass sie das war«, gab er zu. »Aber nach einem Blick auf Whites Stiefel würde ich sagen, dass er es gewesen sein könnte.«

»Nein«, sagte Sara. »Du hast die eigentliche Frage übersehen. Dickson hatte zwei Spritzen mit reinstem Speed. Wenn er sich umbringen wollte – oder wenn jemand es als Selbstmord tarnen wollte –, warum hat er dann nicht die zweite Spritze benutzt? Das Speed war so rein, dass ihn die zweite Dosis garantiert umgebracht hätte.«

»Sich beim Wichsen zu strangulieren, ist ein ziemlich peinlicher Abgang. Vielleicht hat ihn jemand gehasst.«

»Der Haken war schon lange da«, sagte Sara und betrachtete das Foto. »Am Gürtel sind Gebrauchsspuren, die darauf hindeuten, dass er häufiger dafür benutzt wurde. Der Schaumstoff sollte Male an seinem Hals vermeiden. Er hatte alles vorbereitet, inklusive Porno im Videorecorder.« Sie blätterte weiter durch die Fotos. »Wahrscheinlich dachte er, im Sitzen ist es ungefährlich. Die meisten verunglücken an Kleiderstangen oder wenn der Stuhl unter ihren Füßen wegrutscht.« Sie wies auf die Medikamente. »Wenn er an Anorgasmie litt, würde ihn das natürlich erfinderisch machen.«

Jeffrey wollte Lena nicht so leicht davonkommen lassen. »Warum hat sich Lena am Tatort zu schaffen gemacht, wenn sie nichts zu verbergen hat? So was hat sie noch nie getan.«

Sara konnte ihm die Frage nicht beantworten. »Wenn White der Täter ist, was ist sein Motiv?«

Jeffrey schüttelte den Kopf. »Mir fällt keins ein.«

»Drogen?«, fragte Sara.

»White muss sich wegen seiner Bewährung jede Woche testen lassen. Er ist clean. Lena nimmt Kodein.«

»Hast du sie deswegen befragt?«

»Sie sagte, es ist gegen die Schmerzen ihrer Verletzungen von letztem Jahr.« Er fügte an: »Sie hat ein gültiges Rezept.«

Sara hatte für einen Moment nicht zugehört. Etwas fiel ihr ein: »Hat Ellen Schaffer Drogen genommen?«

»Nein.«

»Dickson klingt ziemlich amerikanisch.«

»Alte Baptistenfamilie, Südstaatler durch und durch.«

»Hatte er eine Freundin?«

»So wie der roch?«

»Stimmt.« Sara stand auf. Sie fragte sich, wo Brock

blieb. »Können wir anfangen? Ich habe Mama gesagt, dass ich so schnell ich kann wieder in Atlanta bin.«

»Wie geht es Tessa?«

»Körperlich? Sie erholt sich.« Sara spürte einen Stich im Herz. »Frag mich lieber nicht nach dem Rest.«

»Okay«, sagte er. »Schon gut.«

Sie öffnete die Tür und betrat die Leichenhalle. »Carlos«, rief sie. »Brock ist gleich hier. Wenn du willst, kannst du so lange Pause machen.«

Jeffrey wirkte neugierig, doch er fragte nicht nach. Stattdessen sagte er: »Guter Tipp mit der Tätowierung, Carlos. Sie hatten recht.«

Carlos lächelte, was er nie tat, wenn Sara ihn lobte.

Sie band sich den Kittel um und ging zum Lichtkasten hinüber, um sich die Röntgenaufnahmen von William Dickson anzusehen, die Carlos gemacht hatte. Nachdem sie sich jede Aufnahme genau angesehen hatte, ging sie zur Leiche.

Die Organwaage über dem Ende des Tischs pendelte im Luftzug. Auch wenn Carlos immer genau darauf achtete, sah Sara noch einmal nach, dass sie auf Null stand. Brock hatte gesagt, er sei gleich hier, doch er war immer noch nicht aufgetaucht. Sara hätte die offizielle Obduktion gern begonnen, nachdem er wieder weg war.

»Bis Brock kommt, sehe ich ihn mir schon mal äußerlich an«, sagte sie.

Sie zog sich die Handschuhe an und deckte das Laken ab. William Dicksons Leichnam lag im kalten Licht der Neonröhren vor ihr. Um seinen Hals war der scharf umrissene Abdruck des Gürtels zu sehen, als hätte ihm jemand einen schwarzen Streifen aufgemalt. In der linken Hand hielt er immer noch seinen Penis.

Sara fragte Jeffrey: »War er Linkshänder?«

»Spielt das eine Rolle?«

»Ist das dein Ernst?« Sara war überrascht. Sie hatte zwar nie weiter darüber nachgedacht, aber sie hätte angenommen, ein Mann benutzte für so was seine bevorzugte Hand.

Jeffrey sah weg, als Sara William Dicksons Hand von seinem Penis schälte. Die Finger blieben zwar in der gebogenen Haltung, doch die Totenstarre ging im Oberkörper, wo sie angefangen hatte, bereits zurück. Die Fingerspitzen waren lila, und der Penis zeigte deutliche Male, wo seine Finger gelegen hatten.

»Aua«, flüsterte Carlos. Es war das erste Mal, dass er eine Bemerkung zu dem machte, was Sara untersuchte. Er betrachtete die auffälligen korkfarbenen Rillen um die Hoden.

»Sind das Schnitte?«, fragte Jeffrey.

»Sieht mehr aus wie Verbrennungen von Elektroschocks«, sagte Sara. Sie kannte die Art von Verfärbung. »Noch frisch, wahrscheinlich aus den letzten Tagen. Das erklärt das Kabel, das neben dem Bett lag.« Sie nahm ein Wattestäbchen, drückte es auf die Verbrennung und rollte einen Tropfen ab, der wie Salbe aussah. Sie roch daran. »Riecht wie Vaseline.«

Carlos hielt ihr eine Tüte für das Wattestäbchen hin.

Jeffrey fragte: »Soll man das überhaupt bei Verbrennungen anwenden?«

»Nein, aber angesichts seines Medizinschranks scheint er mir nicht der Typ gewesen zu sein, der sich an die Beipackzettel hält.« Sie sah sich die Verbrennungen näher an. »Er könnte die Vaseline als Gleitmittel benutzt haben.«

Carlos und Jeffrey tauschten einen unbehaglichen Blick.

Jeffrey sagte: »Wahrscheinlich hat er Tigerbalsam benutzt. Neben dem Fernseher stand eine Dose.«

Sara erinnerte sich an ein Foto von der Dose, aber sie hatte sich nichts dabei gedacht. »Benutzt man das nicht bei Muskelschmerzen?«

Keiner von beiden antwortete. Sara sah sich noch einmal die Verbrennungen an. »Vielleicht hat er versucht, durch elektrische Stimulierung zum Orgasmus zu kommen.«

Jeffrey sagte: »Darauf muss man erst mal kommen.«

»Er hat sich reines Speed gespritzt. Ich glaube nicht, dass er viel nachgedacht hat.« Sie bat Carlos: »Können wir ihn mal umdrehen?«

Der junge Mann zog sich ein Paar Handschuhe über, und zusammen hievten sie Dickson auf den Bauch. Auf dem Hintern des Jungen waren deutliche Leichenflecke zu sehen, und auf dem Rücken war ein langer waagerechter Abdruck, wo er sich gegen das Bett gelehnt hatte.

»Hier sind Fissuren am Anus«, erklärte sie Jeffrey, der in Richtung Waschbecken starrte.

»Er war schwul?«

»Nicht unbedingt«, sagte Sara und zog sich schmatzend die Handschuhe ab. Sie holte sich ein frisches Paar aus dem Schrank. »Es lässt sich nicht sagen, wann oder wie die Narben entstanden sind. Viele heterosexuelle Männer stehen auf so was.«

Jeffrey zog die Schultern hoch, als wollte er sagen: *Nicht dieser heterosexuelle Mann.* Er sagte: »Wenn er schwul war, könnte es ein schwulenfeindliches Verbrechen gewesen sein.«

»Hast du irgendeinen anderen Hinweis darauf, dass er schwul war?«

»Keiner seiner Kommilitonen sagt über ihn aus.«

»Was ist mit dem Video, das er sich angesehen hat?«

»Hetero«, sagte Jeffrey.

»Du könntest noch mal in sein Zimmer gehen und nach einem Gegenstand suchen, den er vielleicht benutzt hat. Wenn man bedenkt, worauf er sonst noch stand, würde es mich nicht wundern, wenn er einen Analplug oder so was hatte …«

Jeffrey unterbrach sie: »Du meinst so was wie einen großen Schnuller?«

Sie nickte, und er machte ein finsteres Gesicht. Wahrscheinlich dachte er daran, dass er so was bereits in der Hand gehabt hatte.

Sara machte sich wieder an die Arbeit. Sie fotografierte, was sie gefunden hatte, und bat Carlos, ihr zu helfen, die Leiche wieder umzudrehen.

Sie wiederholte die Untersuchung an der Vorderseite der Leiche, begutachtete jeden Winkel und jede Spalte. Sein Kiefer war locker genug, dass sie ihm den Mund öffnen konnte. Sie fand nichts, was seine Atemwege blockiert hätte. Der Abdruck an seinem Hals und die geplatzten Äderchen in den Augen passten zu der Strangulierung.

Sie sagte zu Jeffrey: »Der Druck auf die Halsschlagadern, die das Gehirn mit Sauerstoff versorgen, führt zu kurzzeitiger zerebraler Hypoxie. Es dauert zehn bis fünfzehn Sekunden, bis die Okklusion zur Bewusstlosigkeit führt.«

»Im Klartext heißt das?«, bat Jeffrey.

»Durch den Gürtel wurde die Blutzufuhr ins Gehirn unterbrochen, um das Vergnügen an der Masturbation zu verstärken. Entweder hat er sich verkalkuliert, oder er ist ohnmächtig geworden, oder er ist zu heftig vom Speed runtergekommen …« Sara ließ Jeffrey über die Möglichkeiten nachdenken. Dann sagte sie: »Ich schaue mir Zungenbein und Schildknorpel an, wenn ich den Hals aufmache, aber ich glaube nicht, dass sie gequetscht wurden.

Der Hauptdruck lag auf der Schlagader. Ehrlich gesagt sieht es so aus, als wusste er, was er da tat.«

»Ganz offensichtlich«, brummte Jeffrey skeptisch, doch Sara teilte seine Zweifel nicht.

»Wir können gleich anfangen«, sagte sie. Die innere Untersuchung würde ihnen weitere Anhaltspunkte liefern.

»Willst du nicht mehr auf Brock warten?«

»Wahrscheinlich wurde er aufgehalten«, sagte sie. »Wir fangen einfach an, und wenn er kommt, machen wir Pause.«

Sara klopfte auf das Diktaphon und begann mit William Dicksons Obduktion. Sie deklarierte, was sie bis jetzt gefunden hatte, untersuchte jedes Organ und jedes Stück Haut unter der Lupe, bis sie sicher war, dass sie nichts übersehen hatte. Bis auf eine Fettleber und das Frühstadium einer Gehirnerweichung, die zu langjährigem Drogenkonsum passte, war nichts Außergewöhnliches an dem Jungen festzustellen – abgesehen von der Art, wie er ums Leben gekommen war.

Sie beendete den Bericht mit dem Schluss, den sie Jeffrey mitgeteilt hatte. »Der Tod geht auf die Okklusion der Hauptschlagadern mit anschließender zerebraler Hypoxie zurück.« Sie klopfte wieder auf das Diktaphon, dann zog sie die Handschuhe aus.

»Nichts«, fasste Jeffrey zusammen.

»Nichts«, bestätigte Sara und zog sich ein frisches Paar Handschuhe über. Sie vernähte gerade den Y-Schnitt mit der üblichen Matratzennaht, als der Dienstfahrstuhl klingelte.

Carlos war verschwunden, noch bevor sich die Türen öffneten.

»Hey, Lady«, rief Brock fröhlich und rollte eine Stahlbahre in die Leichenhalle. »Tut mir leid, dass ich so spät komme. Unerwartet ist Kundschaft aufgekreuzt, und ich musste sie trösten. Ich hätte Mama anrufen können, aber ihr wisst ja, wie es ist.« Er lächelte Jeffrey an, dann wieder Sara, ohne auszusprechen, dass er seiner eigenen Mutter nicht traute. »Egal, ich habe mir gedacht, euch fällt bestimmt was ein, wie ihr die Zeit rumkriegen könnt.«

»Schon in Ordnung«, versicherte Sara und ging zum Kühlschrank.

»Den hier krieg ich nicht«, sagte Brock mit einem Blick auf Dickson. »Die Parkers aus Madison übernehmen ihn.« Die Bahre blieb an einer kaputten Fliese hängen, und Brock stolperte.

»Kann ich helfen?«, fragte Jeffrey.

Brock lachte, als er sich aufrichtete. »Führerschein und Wagenpapiere habe ich dabei, Chief.«

Sara rollte Andy Rosen herein und half dann Brock dabei, die Leiche umzubetten.

Brock fragte: »Brauchst du den Sack gleich?«

»Bring ihn mir einfach morgen irgendwann zurück«, sagte sie, doch dann dachte sie an Carlos. »Das heißt – könntest du ihn vielleicht doch in einem Sack von dir mitnehmen?«

»Ich bin allzeit gerüstet«, sagte er und griff unter die Bahre. Auf dem dunkelgrünen Leichensack, den er hervorholte, prangte das goldene Wappen von *Brock und Söhne.*

Sara zog den Reißverschluss auf, während Brock seinen Sack auf die Bahre legte.

»Schöner Schnitt«, sagte Brock. »Kann ich einfach zusammenkleben und mit ein bisschen Watte ausstopfen.«

»Danke«, sagte Sara.

»Hab ihn mir gestern angesehen, als ich hier war, um schon mal einzuschätzen, welche Kosmetik ich an ihm ausprobiere.« Er seufzte resigniert. »Den Kopf muss ich eben kitten. Sonst läuft mir der Kleine todsicher aus.«

Sara hielt inne. »Wo läuft da was aus?«

Er zeigte auf die Stirn. »Aus dem Loch. Ich dachte, du hättest es gesehen, Sara. Tut mir leid.«

»Nein«, sagte Sara und griff nach der Lupe. Sie schob Andy Rosens Haar zurück und fand eine kleine Einstichwunde in der Kopfhaut. Die Leiche hatte eine Weile gelegen, und mit der Zeit hatte sich die Haut um das Loch gespreizt. Sara konnte das Loch sogar ohne Lupe erkennen. »Ich kann nicht fassen, dass ich das übersehen habe«, sagte sie.

»Ich weiß, dass du den Kopf untersucht hast«, sagte Jeffrey. »Ich habe es gesehen.«

»Ich war so müde gestern Nacht«, sagte sie. »Gottverdammt.«

Brock sah sie schockiert an. Sara hatte das Gefühl, sie müsste sich entschuldigen, doch sie war zu aufgebracht. Das Einstichloch an Andy Rosens Stirn stammte offensichtlich von einer Nadel. Jemand hatte ihm etwas unter die Kopfhaut injiziert und gehofft, die kleine Wunde würde von den Haarwurzeln verdeckt. Hätte sie Brock nicht darauf hingewiesen, dann hätte sie es übersehen.

Zu Jeffrey sagte sie: »Ich brauche Carlos. Wir müssen noch mal Blut- und Gewebeproben nehmen.«

Jeffrey fragte: »Ist denn noch Blut übrig?«

Brock sagte: »Wir haben kein …«

»Natürlich ist noch welches da«, unterbrach Sara. Dann sagte sie, mehr zu sich selbst: »Ich werde die Haut um die Wunde entfernen. Wer weiß, was ich noch übersehen habe.«

Sie nahm die Brille ab. Sie war so wütend, dass ihr alles

vor den Augen verschwamm. »Gottverdammt«, sagte sie noch einmal. »Wie konnte ich das nur übersehen?«

»Ich habe es schließlich auch übersehen«, sagte Jeffrey.

Sara biss sich auf die Lippe, um nicht zu explodieren. Zu Brock sagte sie: »Ich brauche ihn noch mindestens eine Stunde.«

»Ja, klar«, sagte Brock. Er war froh, dass er hier rauskam. »Ruf mich einfach an, wenn du fertig bist.«

Sara saß an der Küchentheke und starrte die Mikrowelle an. Sie fragte sich, ob man Krebs bekam, wenn man so dicht vor dem Gerät saß. Doch es war ihr egal, so wütend war sie auf sich selbst. Eigentlich wäre es die gerechte Strafe dafür, dass sie den Einstich in Andy Rosens Kopfhaut übersehen hatte. Drei Stunden akribischer Untersuchung hatten enthüllt, dass es weiter nichts zu enthüllen gab. Dann hatte Sara die gleiche ausführliche Untersuchung bei William Dickson vorgenommen, wobei Carlos und Jeffrey jeden ihrer Handgriffe überwacht und dreimal überprüft hatten.

Eine weitere Stunde hatte sie am Mikroskop verbracht, unter dem sie Stücke von Ellen Schaffers Kopfhaut platziert hatte. Schließlich hatte Jeffrey sie davon überzeugt, dass, selbst wenn das Beweismaterial nicht derart stark beschädigt wäre, Sara zu müde war, um etwas zu entdecken. Sie musste nach Hause gehen und Schlaf nachholen. Jeffrey hatte versprochen, dass er sie, wenn sie sich ein bisschen ausgeruht hatte, abholte und zurück zum Leichenschauhaus fuhr, damit sie sich alles noch einmal ansehen könnte. Sara hatte eingewilligt, doch die Schuldgefühle und die Suche nach Antworten ließen sie einfach nicht zur Ruhe kommen. Sie hatte einen entscheidenden Hinweis übersehen, und wenn Brock nicht gewesen wäre, dann wäre Andy Rosen kremiert worden und mit ihm jede Hoffnung auf einen Beweis, dass er ermordet worden war.

Die Mikrowelle piepte, und Sara nahm das Fertiggericht heraus. Noch bevor sie die Alufolie abzog, wusste sie, dass sie das Hühnchen und die Nudeln nicht anrühren würde. Selbst die Hunde nahmen Anstoß an dem Geruch. Sara überlegte, ob sie das Essen nach draußen zum Müllkübel tragen sollte, doch ihre Müdigkeit war stärker, und sie kippte die Masse einfach ins Klo.

Der Kühlschrank hatte nicht viel zu bieten bis auf eine Mandarine, die verschrumpelt und am Glasboden festgeklebt war, und zwei frische Tomaten. Sara starrte mit leerem Blick in den Kühlschrank. Schließlich knurrte ihr Magen so laut, dass sie sich für ein Tomatensandwich entschied. Kauend blickte sie von ihrem Platz an der Küchentheke hinaus auf den See. Draußen donnerte es. Das Gewitter war ihnen aus Atlanta gefolgt.

Sara bemerkte die sauberen Teller und Gläser auf dem Abtropfgestell neben dem Spülbecken. Aus irgendeinem albernen Grund wurden ihre Augen feucht. Blumenstrauß hin oder her, nichts ging doch über einen Mann, der einem den Haushalt machte.

»Mein Gott.« Sara musste über sich selbst lachen. Sie wischte sich die Tränen ab. Schlafmangel und Stress machten sie zu einem nervlichen Wrack.

Als sie sich gerade dazu aufraffte, duschen zu gehen, klopfte es laut an die Tür. Sara stöhnte. Wahrscheinlich eine wohlmeinende Nachbarin, die hören wollte, wie es Tessa ging. Kurz überlegte sie, ob sie so tun sollte, als wäre sie nicht da. Doch die schwache Hoffnung, die Nachbarin wollte ihr ein Stück Braten oder Kuchen vorbeibringen, brachte Sara doch dazu, an die Tür zu gehen.

»Devon«, sagte sie überrascht, als Tessas Freund vor ihr auf der Veranda stand.

»Hallo«, antwortete er, die Hände in den Taschen. Zu seinen Füßen stand ein Seesack. »Was macht denn der Cop hier?«

Sara winkte Brad zu, der auf der anderen Straßenseite im Auto saß, seit sie zu Hause war. »Lange Geschichte«, sagte sie. Sie wollte jetzt nicht über Jeffreys Ängste sprechen.

Devon stellte den Fuß auf den Seesack. »Sara, ich …«

»Was ist geschehen?« Das Herz rutschte ihr in die Hose, als ihr aufging, dass etwas mit Tessa passiert sein musste. »Tessa …?«

»Nein«, versicherte Devon und streckte die Hände aus, als müsste er Sara fangen, falls sie in Ohnmacht fiele. »Tut mir leid. Nein, nein. Es geht ihr gut. Hätte ich gleich sagen sollen. Ich bin nur vorbeigekommen, um …«

Sara legte sich die Hand aufs Herz. »Lieber Gott, du hast mich zu Tode erschreckt.« Sie winkte ihn herein. »Möchtest du was essen? Ich habe nur …« Doch als sie merkte, dass er nicht mitkam, blieb sie stehen.

»Sara«, fing Devon an und sah auf den Seesack. »Ich habe hier Tessas Sachen. Das, was sie wiederhaben wollte.«

Sara wankte gegen die offene Tür und spürte, wie sich die Haare in ihrem Nacken aufstellten. Plötzlich verstand sie, warum er hier war, was sich in der Tasche befand. Er würde Tessa verlassen.

»Das kannst du ihr nicht antun, Devon. Nicht jetzt.«

»Sie hat gesagt, ich soll gehen«, sagte er.

Sara bezweifelte nicht, dass das stimmte, aber genauso wenig zweifelte sie daran, dass Tessa genau das Gegenteil meinte.

»Es ist das Einzige, was sie seit zwei Tagen zu mir sagt.«

Tränen rollten ihm über die Wangen. »›Geh‹, einfach so. ›Geh.‹«

»Devon …«

»Ich ertrage es nicht, oben in Atlanta zu sein. Ich ertrage es nicht, sie so zu sehen.«

»Warte wenigstens noch ein paar Wochen«, sagte sie und stellte fest, dass sie ihn anbettelte. Egal was Tessa gesagt hatte, wenn Devon sie jetzt verließ, hätte das katastrophale Folgen.

»Ich muss los«, sagte er und warf die Tasche in den Flur.

»Warte«, versuchte es Sara wieder. »Das hat sie doch nur gesagt, damit du bleibst.«

»Ich bin so erschöpft.« Er starrte mit leerem Blick über ihre Schulter in den Flur. »Ich sollte jetzt mein Baby im Arm halten. Ich sollte Fotos machen und Zigarren verteilen.«

»Wir sind alle erschöpft, Devon«, sagte sie, auch wenn sie kaum noch die Kraft dazu hatte. »Gib Tessa Zeit, gib *euch* Zeit.«

»Weißt du, ihr alle gehört so eng zusammen. Ihr hockt da in Atlanta auf einem Haufen und seid füreinander da. Das ist großartig, aber …« Er schüttelte den Kopf. »Ich gehöre nicht dazu. Es ist, als hättet ihr eine Mauer um sie herum gebaut. Eine dicke, unüberwindliche Mauer, die sie beschützt.« Er sah Sara in die Augen. »Ich bin kein Teil davon. Ich werde nie ein Teil davon sein.«

»Aber das bist du«, erwiderte sie.

»Glaubst du das wirklich?«

»Ich weiß es. Devon, seit zwei Jahren bist du jeden Samstagabend beim Essen dabei. Tessa himmelt dich an. Mama und Daddy behandeln dich wie ihren eigenen Sohn.«

Devon fragte: »Hat sie dir von der Abtreibung erzählt?«

Sara wusste nicht, was sie sagen sollte. Als Tessa herausgefunden hatte, dass sie schwanger war, hatte sie über eine Abtreibung nachgedacht, doch dann hatte sie sich für das Kind entschieden, hatte sich entschieden, mit Devon eine Familie zu gründen.

»Ja«, sagte er. Ihr Blick sagte ihm genug. »Dachte ich mir.«

»Sie war durcheinander.«

»Du warst gerade aus Atlanta zurück«, sagte er. »Sie war nicht mehr mit dem Kerl zusammen.«

Sara hatte keine Ahnung, wovon er sprach.

»Gott bestraft die Menschen«, sagte Devon. »Er bestraft die Menschen, wenn sie gegen seine Gesetze verstoßen.«

Sie sagte: »Devon, sag das nicht«, doch ihr war schwindelig. Tessa hatte Sara nie von der Abtreibung erzählt. Sara griff nach seiner Hand. »Komm rein. Ich verstehe nicht, was du sagen willst.«

»Sie hätte das College abbrechen können«, sagte er. Er blieb auf der Veranda. »Verdammt, Sara, als Klempner braucht man keinen College-Abschluss. Sie hätte wieder hierherziehen und das Kind allein aufziehen können. Es ist ja nicht so, dass deine Familie sie verstoßen hätte.«

»Devon … bitte.«

»Du brauchst sie nicht zu entschuldigen«, sagte er. »Wir leben mit den Folgen unserer Taten.« Er sah sie finster an. »Und manchmal müssen andere Menschen eben auch damit leben.«

Devon drehte sich um, als Jeffreys Wagen in die Auffahrt fuhr. Sara sah, dass Devons Lieferwagen mitten auf der Straße stand. Er hatte sich wohl auf eine schnelle Flucht eingestellt.

»Bis bald mal«, sagte Devon und winkte lässig, als hätte das alles keine Bedeutung für ihn.

»Devon«, rief Sara und lief ihm hinterher. Sie folgte ihm bis in den Vorgarten, doch sie blieb stehen, als er im Laufschritt zu seinem Wagen eilte. Sie würde ihm nicht nachjagen. Das konnte sie Tessa nicht antun.

Jeffrey kam zu ihr und sah Devon nach. »Was ist denn los?«

»Ich weiß es nicht«, sagte sie, obwohl das nicht ganz stimmte. Warum hatte Tessa ihr nie von der Abtreibung erzählt? Hatte sie all die Jahre Schuldgefühle gehabt? Oder war Sara einfach so beschäftigt mit ihrem eigenen Leben gewesen, dass sie nicht bemerkte, was ihre Schwester durchmachte?

Jeffrey brachte sie zurück zum Haus. »Hast du schon zu Abend gegessen?«

Sie nickte, lehnte sich an ihn. Wie sehr sie sich wünschte, die letzten drei Tage wären nie gewesen. Sie war ausgelaugt, und das Herz tat ihr weh vor lauter Liebe zu Tessa. Die Abtreibung war noch etwas, bei dem Sara ihrer kleinen Schwester nicht beigestanden hatte.

Jeffrey half ihr die Stufen hinauf. »Du brauchst Schlaf.«

»Nein«, widersprach sie. »Ich muss in die Leichenhalle.«

»Heute nicht mehr«, sagte er und schob mit dem Fuß den Seesack aus dem Weg.

»Ich muss …«

»Du musst schlafen«, sagte er. »Du kannst ja nicht mehr geradeaus sehen.«

Sie wusste, dass er recht hatte, und gab nach. »Ich muss erst duschen«, sagte sie dann, als ihr einfiel, womit sie es in der Leichenhalle heute zu tun gehabt hatte. »Ich fühle mich so …«

»Schon gut.« Er küsste sie aufs Haar.

Jeffrey brachte sie ins Bad. Sara stand reglos da, während er erst sie auszog und dann sich selbst. Sie sah ihm schweigend zu, als er das Wasser andrehte und die Temperatur prüfte, bevor er ihr in die Dusche half. Als er sie berührte, regten sich vertraute Gefühle in ihr, doch an Sex schien Jeffrey nicht zu denken, als er jetzt den Waschlappen unter das heiße Wasser hielt.

Sie stand bewegungslos unter der Dusche und ließ ihn machen. Endlich musste sie nicht mehr die Verantwortung tragen. Tief in ihrem Innern hatte Sara das Gefühl, sie erwachte aus einem fürchterlichen Albtraum. Seine Berührung war so tröstlich, dass sie weinen musste.

Jeffrey bemerkte ihre Tränen. »Alles in Ordnung?«

Sara war so überwältigt von dem Bedürfnis nach seiner Nähe, dass sie nicht antworten konnte. Stattdessen presste sie sich enger an ihn. Sie hoffte, Jeffrey verstand, wie sehr sie ihn brauchte. Er zögerte, doch sie nahm seine Hand und führte sie zu ihrer Brust. Sie spürte die Muskeln in seinem Arm zucken, als seine Finger sie streichelten. Er legte die andere Hand auf ihre Scham. Sara seufzte, es fühlte sich so gut an, einen Teil von ihm in sich zu spüren. Langsam wurde sie gierig, wollte ihn ganz, doch Jeffrey behielt seinen langsamen und zärtlichen Rhythmus bei. Er nahm sich Zeit, berührte mit Hingabe jede Stelle ihres Körpers. Als Jeffrey sie schließlich gegen die kühlen Fliesen der Dusche drückte, fühlte sich Sara wieder lebendig, als wäre sie tagelang durch die Wüste geirrt und hätte endlich ihre Oase gefunden.

Elf

Haben Sie's?«, fragte Chuck zum hundertsten Mal. »Ich hab's«, knurrte Lena. In der rechten Hand hielt sie das Klappmesser, während sie mit links am Gitter des Belüftungsschachts rüttelte. Vor dem Fenster flackerte ein Blitz auf, und Lena zog die Schultern ein, als der Donner folgte. Das ganze Labor leuchtete auf, als hätte jemand ein Foto geschossen.

»Ich kann einen Schraubenzieher holen«, sagte Chuck, doch in diesem Moment hatte Lena das Gitter gelöst. Sie nahm die Taschenlampe aus der Tasche und richtete sie in den Schacht.

Irgendein Idiot hatte einen der Käfige im Labor offen gelassen. Fünf Mäuse waren entkommen, und jede einzelne war mehr wert als Lenas Jahresgehalt. Alle verfügbaren Mitarbeiter wurden zur Suche beordert. Das war gegen Mittag gewesen, und jetzt war es nach sechs, doch sie hatten bisher nur zwei der kleinen Viecher erwischt.

Lena hatte sich nach dem Besuch auf dem Revier umgezogen, doch von der Suche war sie völlig durchgeschwitzt. Das Hemd klebte ihr am Rücken, und sie war immer noch völlig fertig von gestern Abend. In ihrem Kopf hämmerte es, und ihre Zunge fühlte sich an wie ein alter Spülschwamm. Ein Drink hätte ihr jetzt sicher gutgetan, doch Lena hatte heute Morgen im Verhörraum einen stillen Schwur geleistet: Sie würde nie wieder einen Tropfen Alkohol anrühren.

Sie begriff, dass sie Fehler gemacht hatte, und die meisten davon hatten mit Whiskey zu tun. Der Rest ging auf Ethans Konto, und sie hatte heute Morgen noch einen zweiten Schwur geleistet: Sie würde Ethan nicht wiedertreffen. Ungefähr zwei Stunden lang ging das gut. Dann war sie zum Telefondienst eingeteilt worden. Ethan war am anderen Ende der Leitung in Panik ausgebrochen, er japste wie ein Mädchen, als er ihr von Scooter erzählte. Der Idiot hatte alles im Zimmer abgewischt, als gäbe es keine gute Erklärung dafür, dass seine Fingerabdrücke bei seinem Freund im Zimmer waren. Und als könnte Lena ihren Arsch nicht selber retten.

Vor Scooters Wohnheim hatte Lena zu ihm gesagt, er solle sich zum Teufel scheren, doch er ließ sie immer noch nicht in Ruhe. Er hatte sogar seine Hilfe bei der Suche nach den Mäusen angeboten. Während der letzten sechs Stunden tat er alles, um sie auf sich aufmerksam zu machen. Was Lena anging, hatte sie Ethan Green oder White oder wie er auch hieß heute Morgen alles gesagt, was sie zu sagen hatte. Sie war fertig mit ihm. Wenn Jeffrey sie je wieder bei der Polizei aufnahm, wäre ihre erste Amtshandlung, ihn einzulochen. Den Schlüssel zu seiner Zelle würde Lena persönlich in den Müllschlucker pfeffern.

»Steck den Kopf rein, dann siehst du mehr«, sagte Chuck. Er hüpfte um sie herum wie ein aufgescheuchtes Huhn, hatte wie immer eine Menge schlauer Ratschläge auf Lager und machte keine Anstalten, ihr zu helfen.

Lena schob das Klappmesser ein und steckte den Kopf in den staubigen Metallbehälter. Zu spät merkte sie, dass sie den Hintern in die Luft streckte, und sie hatte das unangenehme Gefühl, dass Chuck sich an dem Anblick ergötzte.

Sie wollte ihn gerade anschreien, als eine sehr wütende

Stimme brüllte: »Warum zum Teufel sind Sie noch immer nicht fertig? Ich muss arbeiten!«

Lena schlug sich den Kopf an, als sie rückwärts aus dem Schacht kroch. Brian Keller stand mit zornrotem Gesicht vor Chuck.

Chuck sagte: »Wir tun alles, was in unserer Macht steht, Dr. Keller.«

Keller zuckte zusammen, als er Lena sah. Vielen Dozenten, die mit Sibyl zusammengearbeitet hatten, ging es ähnlich, und Lena war die Reaktion gewohnt.

Lena winkte zum Gruß und versuchte nett zu sein. Unglücklicherweise arbeitete Keller im angrenzenden Labor. Wegen des Lärms und der Unterbrechungen seit ein Uhr mittags hatte er seine restlichen Kurse abgesagt. Er war der Typ Mann, den Lena sympathisch finden könnte. Anders als Richard Carter, der in diesem Augenblick den Kopf zur Tür hereinstreckte.

»Wie läuft's?«, fragte er.

Chuck knurrte: »Mädchen verboten«, doch Richard klimperte nur mit den Wimpern und lächelte kokett. Chuck wollte noch etwas sagen, aber Richard hatte nur Augen für Brian Keller.

»Hallo, Brian«, sagte er und strahlte wie ein Säugling nach dem Bäuerchen. »Wenn du möchtest, übernehme ich deinen Kurs, dann kannst du Schluss machen. Ich bin fertig für heute. Wirklich, kein Problem.«

»Der Kurs war heute Mittag, du Idiot!«, brüllte Keller.

Richards Miene geriet aus den Fugen. »Ich wollte doch nur …«, stotterte er beleidigt.

Keller drehte ihm den Rücken zu und streckte Chuck den Finger ins Gesicht. »Ich will mit Ihnen sprechen, jetzt sofort. Ich kann so nicht arbeiten.«

Chuck nickte kleinlaut und gab den Schwarzen Peter

an Lena weiter, bevor er Keller folgte. »Sie gehen erst, wenn Sie mit dem Belüftungsschacht fertig sind, Adams!«

Lena murmelte: »Mistkerl«, als die beiden den Raum verließen. Sie erwartete Zustimmung von Richard, doch der war wie zur Salzsäule erstarrt.

»Was ist denn?«, fragte sie.

»Was ist? Nun, ich gehöre schließlich auch noch zu dieser Abteilung«, zischte er. Er deutete mit dem Finger auf die leere Tür. »Er hat nicht das Recht, vor anderen so mit mir zu sprechen. Ich verdiene zumindest ein *bisschen* Respekt von diesem Mann.«

»Natürlich.« Lena wunderte sich, dass er so aufgebracht war. Soweit sie sehen konnte, behandelte Brian Keller alle gleich.

»Er hat einen Kurs heute Abend«, sagte Richard, »und ich habe ihm gerade angeboten, den Kurs zu übernehmen.«

»Ich glaube, er hat alle Kurse abgesagt.«

Richard starrte auf die Tür wie ein Pitbull, der auf den Briefträger wartet. Lena hatte ihn noch nie so wütend gesehen. Seine Augen traten hervor, und sein Gesicht war puterrot. Sie wusste nicht, ob sie lachen oder weinen sollte.

»Vergiss es einfach«, riet sie. Sie fragte sich, ob Richard vielleicht verliebt in Brian Keller war. Das würde sein Verhalten erklären.

Er stemmte die Hände in die Hüften. »Diese Behandlung habe ich nicht verdient. Nicht von ihm. Wir sind gleichberechtigt in der Abteilung. Das lasse ich mir einfach nicht gefallen.«

Sie versuchte es noch einmal. »Komm schon, der Mann hat gerade seinen Sohn verloren.«

Richard machte eine verächtliche Geste. »Ich will nur

wie ein erwachsener Mensch behandelt werden. Wie ein Mensch.«

Für so etwas hatte Lena jetzt wirklich keine Zeit, aber sie wusste, Richard würde sich erst verziehen, wenn sie ein bisschen Verständnis zeigte. »Du hast ja recht«, sagte sie. »Er ist ein Arschloch.«

Endlich sah Richard sie an. Er stutzte. Seine Frage überraschte sie, auch wenn sie nicht aus heiterem Himmel kam: »Wer hat dich denn geschlagen?«

»Was?«, fragte sie, instinktiv berührte sie ihr Veilchen. »Nein, nein, ich bin gestürzt. Ich habe mir den Kopf an der Tür angeschlagen. Eigene Blödheit.« Sie wollte noch mehr Ausreden vorbringen, doch sie bremste sich. Aus ihrer Erfahrung als Cop wusste sie, dass Lügner den Mund nicht halten konnten. Trotzdem musste sie noch hinzufügen: »Tut nicht mal weh.«

Er zwinkerte ihr wissend zu, um zu zeigen, dass er ihr das nicht abkaufte. Plötzlich klang er ganz anders als noch vor einer Minute: »Weißt du, ich habe immer das Gefühl gehabt, wir zwei verstehen uns, Lena. Sibyl hat viel von dir gesprochen. Nur Gutes, versteht sich.«

Lena räusperte sich, doch sie schwieg.

»Sie wollte dir immer helfen. Dich glücklich machen. Das war ihr das Wichtigste auf der Welt.«

Lena hatte ein unangenehmes Kribbeln im Bauch. »Ja«, sagte sie und hoffte, dass er endlich abhaute.

»Was ist mit deinem Auge passiert?«, drängte er sanft. »Sieht eher aus, als hätte dich jemand geschlagen.«

»Es hat mich niemand geschlagen«, erwiderte sie. Sie merkte, dass sie lauter als nötig sprach: noch ein typischer Fehler des notorischen Lügners. Innerlich fluchte sie. Früher war sie besser gewesen im Bluffen.

»Wenn du Hilfe brauchen solltest …« Er sprach nicht

zu Ende, wahrscheinlich merkte er selbst, wie unsinnig sein Angebot für jemanden wie Lena klingen musste. Dann änderte er die Strategie. »Wenn du jemanden zum Reden brauchst. Ob du's glaubst oder nicht, ich weiß, wie du dich fühlst.«

»Ja«, sagte sie wieder. Eher würde der Papst in der Hölle Rührei braten, als dass sie sich Richard Carter anvertraute.

Er setzte sich auf einen der Labortische und ließ die Füße baumeln. »Habt ihr rausgefunden, wer den Käfig offen gelassen hat?«

»Nein«, sagte Lena. »Warum?«

»Ich hab gehört, ein paar Erstsemester waren mit einem Projekt in Verzug und haben beschlossen, ein bisschen … Chaos zu stiften.«

Lena schnaubte. »Würde mich nicht überraschen.«

»Hey, ich gehe morgen mit Nan abendessen«, sagte er dann. »Komm doch mit! Es wird bestimmt lustig.«

»Ich muss arbeiten«, sagte sie. Dann, wie um es zu unterstreichen, klappte sie das Messer aus.

»Liebe Güte.« Richard rutschte vom Tisch, um besser sehen zu können. »Wofür brauchst du das?«

Gerade wollte sie erwidern, dass sie damit nervende Akademiker um die Ecke brachte, als Richards Handy klingelte. Er kramte in den Taschen seines Kittels, sah auf das Display und grinste breit.

Zu Lena sagte er: »Ich melde mich später bei dir. Dann können wir weiterreden.« Er berührte ihre Wange unter dem Veilchen.

Sie wollte ihm erklären, dass es keinen Grund dazu gäbe, doch dann sagte sie nur: »Bis dann.« Jedes weitere Wort wäre Energieverschwendung gewesen. Im nächsten Moment hatte Richard das Zimmer verlassen.

Lena wandte sich wieder dem Belüftungsschacht zu. Mit ihrem Messer schraubte sie das Gitter fest. Chuck hatte recht, mit einem Schraubenzieher wäre es sehr viel schneller gegangen, doch sie hatte keine Lust, jemanden um einen zu bitten. Endlich hatte sie Zeit für sich, nachdem sie den ganzen Tag unter Leuten gewesen war. Sie musste nachdenken, wie sie Jeffreys Gunst zurückgewinnen könnte.

Sie hatte versucht, ihm Chuck auf dem Silberteller zu servieren, doch Jeffrey hatte sie vollkommen missverstanden. Chuck war am Wochenende also auf einem Golfturnier gewesen. Doch in eine Art von Drogenhandel am College könnte er trotzdem verwickelt sein. Scooter hatte deutlich gesagt, dass die Campus-Polizei mit drinsteckte. Chuck war kein kompletter Idiot. Selbst er würde es mitkriegen, wenn direkt unter seiner Nase gedealt wurde. Doch Lena kannte Chuck und wusste, er würde sich nicht selbst die Finger schmutzig machen. Sein Stil war eher, auf seinem dicken Hintern zu sitzen und die Hand aufzuhalten.

Wieder donnerte es draußen. Vor Schreck rutschte Lena das Messer ab, und sie schnitt sich in den linken Zeigefinger. Fluchend zog sie sich das Hemd aus der Hose und wickelte den Zipfel um die Wunde. Jeden Monat versprach Chuck ihr, eine Uniform in ihrer Größe zu besorgen, doch dann tat er es doch nie. Die viel zu großen Kleider waren eine zusätzliche Demütigung für sie.

»Lena.«

Sie sah nicht auf. Sie erkannte sofort Ethans Stimme, obwohl sie ihn erst seit zwei Tagen kannte.

Lena drückte sich das Hemd auf den Finger, um die Blutung zu stoppen. Der Schnitt ging tief, und der Stoff war schnell vollgesogen. Wenigstens hatte sie sich an derselben Hand geschnitten, die ohnehin schon verletzt war. Vielleicht wurde das im Krankenhaus miteinander verrechnet.

Als hätte sie ihn nicht gehört, wiederholte Ethan: »Lena.«

»Ich habe dir gesagt, dass ich nicht mit dir sprechen will.«

»Ich mache mir Sorgen um dich.«

»Dafür kennst du mich doch gar nicht gut genug.« Beim Aufstehen ignorierte Lena die Hand, die er ihr hinhielt. »Erinnerst du dich? Wir heiraten ja nicht.«

Ethan sah zerknirscht aus. »Das hätte ich nicht sagen sollen.«

Lena ließ die Hand hängen, das Blut lief ihr in den Finger. »Es ist mir scheißegal, was du gesagt hast.«

»Das mit gestern Nacht muss dir nicht peinlich sein.«

»Du warst es, der wie ein Schwein gegrunzt hat, als er kam.« Sie packte seinen Arm, und bevor er sie aufhalten konnte, schob sie ihm den Ärmel hoch.

Er riss sich los und zog den Ärmel wieder herunter, doch sie hatte die Tätowierung bereits gesehen: Ums Handgelenk verlief ein Stacheldrahtarmband, und darüber prangte etwas, das aussah wie ein Soldat mit einem Gewehr.

»Was ist das?«, fragte sie.

»Nur eine Tätowierung.«

»Eine Tätowierung von einem Soldaten«, stellte sie klar. »Ich weiß alles über dich, Ethan. Ich kenne deine Hobbys.«

Er erstarrte wie ein Reh im Scheinwerferlicht. »Ich habe mich geändert.«

»Ach ja?« Sie zeigte auf ihr Auge. »Und das hier?«

»Es war nur eine Reaktion, eine kopflose Reaktion«,

sagte er. »Ich mag es eben nicht, wenn ich geschlagen werde.«

»Wer mag das schon?«

»Es ist nicht so, wie du denkst, Lena. Ich versuche hier, ein besserer Mensch zu werden.«

»Was sagt deine Bewährungshelferin dazu?«

Das brachte ihn vollends aus dem Konzept. »Hast du mit Diane gesprochen?«

Statt einer Antwort lächelte Lena. Sie kannte Diane Sanders gut. Den Rest der Geschichte herauszufinden, wäre ein Klacks.

Sie fragte: »Was hast du heute Morgen in Scooters Zimmer gemacht?«

»Ich wollte nachsehen, ob's ihm gut geht.«

»Sicher. Weil ihr so gute Kumpels seid.«

»Er hat 'ne Menge Ice genommen«, sagte Ethan. »Er weiß nicht, wann er aufhören muss.«

»Er ist wohl nicht so beherrscht wie du.«

Ethan ließ sich nicht provozieren. »Du musst mir glauben, Lena. Ich habe mit der Sache nichts zu tun.«

»Hoffentlich hast du dann auch ein gutes Alibi, Ethan, denn Andy Rosen und Ellen Schaffer waren beide Juden, und Tessa Linton war mit einem Schwarzen zusammen …«

»Das kann ich doch nicht wissen …«

»Das spielt keine Rolle, Mann«, erklärte sie. »Du hast eine riesige Zielscheibe auf der Brust nach dem Scheiß, den du mit Jeffrey abgezogen hast. Ich hab dir gesagt, du sollst dich raushalten.«

»Ich habe nichts damit zu tun«, sagte er. »Deswegen bin ich hergezogen. Ich halte mich aus allem raus.«

»Du bist hergezogen, weil deine Freunde, die du in den Knast geschickt hast, wahrscheinlich noch ein Hühnchen mit dir zu rupfen haben.«

»Wir sind quitt«, sagte er bitter. »Ich habe dir gesagt, dass ich sauber bin. Glaubst du, ich hätte nicht dafür bezahlt?«

»Und deine Freundin war der Preis, was?«, sagte sie. »Und jetzt steigst du mir nach, einer Halbjüdin?« Sie machte eine dramatische Pause. »Oder willst du was über meine lesbische Schwester hören? Oder über ihre Geliebte, die Bibliothekarin?« Sie lachte über seine Reaktion. »Ich frage mich, was deine Leute zu Hause zu all dem sagen würden, Ethan *White*.«

»Ich heiße Green«, sagte er. »Zeek White ist mein Stiefvater. Mein richtiger Vater hat uns sitzen lassen.« Seine Stimme war gefasst. »Ich bin Ethan Green, Lena. «

»Du bist mir im Weg, das bist du«, sagte sie. »Beweg dich.«

»Lena«, sagte er. Er klang wirklich verzweifelt. Lena sah ihm in die Augen. Seit ihrer Vergewaltigung wich Lena allen Menschen aus. Jetzt stellte sie fest, dass sie Ethan noch nicht ein einziges Mal richtig angesehen hatte, auch gestern Abend nicht, als sie ihn angefasst hatte. Seine Augen waren blau, und zwar ungewöhnlich hellblau. Sie hatte das Gefühl, wenn sie nah genug herankäme, würde sie darin das Meer sehen.

Er sagte: »Ich bin nicht mehr der Mensch von damals. Du musst mir glauben.«

Sie starrte ihn an. Sie hätte gern gewusst, warum ihm das so wichtig war.

»Lena, zwischen uns ist was Besonderes.«

»Nein, da ist nichts«, sagte sie, doch sie klang weniger überzeugend, als sie wollte.

Er strich ihr das Haar hinter das Ohr und berührte vorsichtig die Schwellung unter ihrem Auge. »Ich wollte dir nie wehtun.«

Sie räusperte sich. »Das hast du aber.«

»Ich verspreche dir – ich verspreche dir, dass es nie wieder vorkommt.«

Sie wollte sagen, dass er sowieso nie mehr nahe genug an sie herankäme, doch sie konnte nicht wegsehen, sah ihm noch immer wie gebannt in die Augen.

Er lächelte, wahrscheinlich merkte er, dass seine Worte Wirkung zeigten. »Du weißt, dass ich dich noch nicht einmal geküsst habe«, sagte er und berührte ihre Lippen. Ein Teil von ihr, den sie für tot gehalten hatte, reagierte auf die Berührung, und sie spürte, dass ihr Tränen in die Augen traten. Sie musste das hier abbrechen, bevor die Sache außer Kontrolle geriet. Sie musste etwas tun, um ihn endgültig aus ihrem Leben zu verbannen.

»Bitte«, er lächelte zurückhaltend. »Lass uns noch mal von vorne anfangen.«

Ihr fiel nur eins ein, das ihn stoppen würde. »Ich möchte wieder zurück zur Polizei.«

Er zuckte zurück, als hätte sie ihn angespuckt.

Sie erklärte: »Ich bin eben ein Cop.«

»Das stimmt nicht«, widersprach er. »Ich weiß, wer du bist, Lena, du bist kein Cop.«

Plötzlich kam Chuck herein, die Schlüssel an seinem Gürtel rasselten. Sie war so erleichtert über sein Auftauchen, dass sie sogar lächelte.

»Was ist?«, fragte Chuck misstrauisch.

Ethan sagte zu Lena: »Wir sprechen uns später.«

»Ja, ja«, sagte sie kühl.

Doch er ließ sich nicht abwimmeln. »Wir sprechen uns später, okay?«

»Also gut«, willigte sie ein. Sie hätte alles gesagt, um ihn loszuwerden. »Okay, wir sprechen uns später. Und jetzt hau ab.«

Endlich ging er, und Lena sah zu Boden. Sie versuchte ihre Kräfte zu sammeln. Auf dem Boden war Blut. Ihr Finger tropfte wie ein Wasserhahn.

Chuck verschränkte seine dicken Arme. »Worum ging es denn da?«

»Geht Sie nichts an«, sagte sie und verschmierte das Blut mit ihrem Schuh.

»Sie haben Dienst, Adams. Verbummeln Sie nicht meine Zeit.«

»Ach, werde ich neuerdings für Überstunden bezahlt?« Das war natürlich Unsinn. Am College herrschte Gleitzeit, und keiner bekam seine Überstunden bezahlt. Chuck vergaß praktischerweise immer, wie viel Zeit Lena noch zustand.

Sie hielt den Finger hoch. »Ich muss ins Büro, die Wunde versorgen.«

»Zeigen Sie mal her«, sagte Chuck, als würde sie simulieren.

»Es geht fast bis auf den Knochen«, erwiderte sie und wickelte den Hemdzipfel ab. Ihre Hand pochte heiß und kalt. »Vielleicht muss es genäht werden.«

»Da muss nichts genäht werden«, stellte Chuck kurzerhand fest. »Gehen Sie schon mal ins Büro. Ich bin auch gleich da.«

Lena verließ das Labor, bevor er es sich anders überlegte oder die große weiße Box mit dem roten Kreuz an der Wand entdeckte, die womöglich auch ein Pflaster enthalten hätte.

Das Gewitter, das sich die ganze Woche angekündigt hatte, brach genau in dem Moment los, als Lena den Hof überquerte. Der Wind war so stark, dass der Regen ihr fast waagerecht entgegenpeitschte, es fühlte sich im Gesicht an wie winzige Glassplitter. Sie kniff die Augen zusammen und beschirmte sie mit der Hand, um etwas sehen zu können.

Nachdem sie ewig nach dem Schlüssel gekramt und endlich aufgesperrt hatte, riss der Wind die Tür auf und ließ sie gegen die Wand krachen. Lena packte die Tür und stemmte sich von innen dagegen, um sie wieder zu schließen.

Sie drückte mehrmals den Lichtschalter, doch ganz offensichtlich war der Strom ausgefallen.

Fluchend holte Lena ihre Taschenlampe heraus und machte sich damit auf die Suche nach dem Erste-Hilfe-Kasten. Als sie ihn endlich gefunden hatte, bekam sie das verdammte Ding nicht auf. Sie stemmte die Klinge ihres Messers unter den Plastikdeckel. Ihre Hand war so glitschig, dass ihr das Messer aus der Hand rutschte, der Kasten fiel herunter, und der komplette Inhalt verteilte sich auf dem Boden. Mit der Taschenlampe fand Lena, was sie brauchte, den Rest ließ sie auf dem Boden liegen. Sollte Chuck doch selbst aufräumen, wenn es ihn störte.

»Mist«, zischte Lena, als sie Alkohol auf die offene Wunde tupfte. Blut und Alkohol tropften auf den Tisch. Sie versuchte die Lache mit dem Ärmel wegzuwischen, doch das machte es nur noch schlimmer.

»Scheiß drauf«, murmelte sie.

In ihrem Spind war ein Regencape, doch Lena hatte es noch nie benutzt. Es hatte nur auf einer Seite Druckknöpfe, eine Fehlkonstruktion. Chuck hatte natürlich ein anständiges Cape, das man richtig verschließen konnte. Lena beschloss, sich für den Heimweg seins auszuleihen.

Nach ein paar leichten Schlägen auf den Riegel sprang Chucks Spind auf. Der Regenmantel lag originalverpackt im obersten Fach. Lena beschloss, die Gelegenheit zu nutzen und sich in seinem Spind umzusehen.

Bis auf eine Tauchsport-Zeitschrift, in der es mehr um die halbnackten Models in den neuesten Gummianzügen ging als um den Sport, und eine ungeöffnete Packung Energieriegel fand sie nichts Interessantes. Sie griff nach dem Regencape und wollte gerade den Spind schließen, als Chuck hereinkam.

»Was zum Teufel tun Sie da?«, schrie er und hatte den Raum schneller durchquert, als sie ihm zugetraut hätte. Er schlug den Spind so heftig zu, dass die Tür wieder aufsprang.

»Ich wollte mir Ihr Regencape leihen.«

»Sie haben doch selber eins.« Er riss ihr die Jacke aus der Hand und warf sie auf den Tisch.

»Sie wissen genau, dass meins nichts taugt.«

»Ich glaube, Sie haben ein Problem, Adams.«

Lena spürte, dass er zu dicht vor ihr stand. Sie machte einen Schritt rückwärts. Im gleichen Moment ging der Strom wieder an. Die Neonröhren flackerten und warfen graue Schatten. Selbst im Dämmerlicht konnte sie sehen, dass Chuck Ärger suchte.

Lena ging zu ihrem Spind. »Schon gut, dann nehme ich eben meins.«

Chuck lehnte sich gegen den Tisch. »Fletcher hat angerufen. Er ist krank. Sie müssen die Nachtschicht für ihn übernehmen.«

»Geht nicht«, protestierte Lena. »Ich habe schon seit Stunden Feierabend.«

»Das Leben ist ungerecht, Adams.«

Lena öffnete den Spind und starrte hinein. Sie erkannte nichts wieder.

»Was machen Sie denn jetzt?«, brüllte Chuck und schlug die Tür vor ihrer Nase zu.

Lena konnte gerade noch die Hand zurückreißen. Sie

hatte aus Versehen Fletchers Spind geöffnet. Zwei Tüten lagen im oberen Fach, und Lena konnte erraten, was darin war. Die Kerle fühlten sich so sicher, dass sie den Stoff nicht mal versteckten.

»Adams«, wiederholte Chuck, »ich habe Sie etwas gefragt.«

»Nichts«, sagte sie. Jetzt verstand sie, warum Fletcher nie etwas meldete, wenn er Nachtdienst hatte. Er war viel zu sehr damit beschäftigt, den Kids Gras zu verkaufen.

»Also gut«, sagte Chuck. Wahrscheinlich dachte er, sie hätte klein beigegeben. »Wir sehen uns dann morgen früh. Rufen Sie mich an, wenn was ist.«

»Nein«, sagte Lena und griff nach seinem Regencape. »Ich übernehme die Schicht nicht, Chuck. Sie müssen eben zur Abwechslung mal selber arbeiten.«

»Was zum Teufel soll das heißen?«

Lena riss das Cape aus der Packung und zog es sich über. Es war viel zu groß, doch das war ihr egal. Das Gewitter tobte noch immer mit unverminderter Stärke, und höchstwahrscheinlich würde es erst in dem Moment aufhören, wenn sie die Haustür hinter sich zumachte. Sie musste noch dafür sorgen, dass das Schloss ihre Wohnungstür wieder versperrt hielt. Jeffrey hatte heute Morgen den Riegel ruiniert, als er die Tür aufgetreten hatte. Hoffentlich war der Baumarkt noch geöffnet.

»Wo gehen Sie hin, Adams?«

»Ich arbeite heute Nacht nicht«, erklärte sie kühl. »Ich muss nach Hause.«

»Die Flasche ruft wohl, was?«, fragte er mit einem hässlichen Grinsen. Er versperrte ihr den Weg.

»Lassen Sie mich gehen.«

»Wenn Sie wollen, leiste ich Ihnen hier eine Weile Gesellschaft«, sagte Chuck. Lena sah einen Glanz in seinen Augen, der alle Alarmglocken bei ihr schrillen ließ.

»Ich habe eine Flasche in der Schublade«, fuhr er fort. »Wir könnten es uns gemütlich machen und uns ein bisschen näher kennenlernen.«

»Sie machen Witze.«

»Weißt du«, sagte Chuck, »mit ein bisschen Make-up und einer schönen Frisur könntest du wirklich hübsch aussehen.«

Er streckte die Hand nach ihr aus, doch sie wich ihm aus. »Lassen Sie Ihre verdammten Finger von mir«, zischte sie.

»Anscheinend hast du den Job doch nicht so nötig, wie du immer sagst.« Er sah sie lüstern an.

Lena biss die Zähne zusammen. Sie konnte die Bedrohung körperlich fühlen.

»Ich habe gelesen, was der Kerl mit dir angestellt hat«, sagte er. »In der Zeitung.«

Ihr Herz klopfte zum Zerspringen. »Das hat jeder gelesen.«

»Schon, aber keiner hat es so oft gelesen wie ich.«

»Da müssen Ihnen ganz schön die Lippen wehgetan haben.«

»Mal sehen, ob deine nachher auch wehtun.« Bevor sie wusste, wie ihr geschah, hatte er ihr seine Pranke auf den Hinterkopf gelegt und den Kopf in seinen Schoß gedrückt.

Lena ballte die Faust und boxte ihm mit aller Kraft in die Eier. Stöhnend sackte er zusammen.

Lenas Wohnungstür ging auf, als sie noch auf dem Gang war.

»Wo warst du?«, wollte Ethan wissen.

Ihre Zähne klapperten. Sie war nass bis auf die Knochen.

Es war ihr egal, wie Ethan in ihre Wohnung gekommen war oder was er hier machte. Sie ging geradewegs an den Küchenschrank und goss sich einen Drink ein.

»Was ist passiert?«, fragte Ethan. »Lena, was ist passiert?«

Ihre Hände zitterten so stark, dass sie sich das Glas nicht einschenken konnte. Er nahm ihr die Flasche aus der Hand und füllte das Glas bis zum Rand. Sie setzte es an den Mund, genau wie gestern Abend. Dann trank sie es in einem Zug aus.

Ethan klang sanft. »Sag doch was.«

Sie schüttelte den Kopf und versuchte sich noch einen Drink einzuschenken, obwohl ihr Magen bereits rebellierte. Chuck hatte sie angefasst. Er hatte Hand an sie gelegt.

»Lena?« Ethan nahm ihr das Glas ab. Er goss ihr noch einen Drink ein, diesmal weniger großzügig als vorher, und hielt ihn ihr hin.

Lena trank. Dann stützte sie sich mit den Händen aufs Spülbecken und versuchte ihre Gefühle unter Kontrolle zu bekommen.

»Baby«, sagte Ethan. »Sprich mit mir.«

Er strich ihr das Haar aus dem Gesicht, doch Lena spürte denselben Widerwillen wie vorhin bei Chuck.

»Nein«, sagte sie und stieß ihn fort. Sie musste husten, ihre Kehle war wie zugeschnürt.

»Komm schon«, sagte Ethan und streichelte ihr über den Rücken.

»Wie oft«, hustete Lena, »wie oft muss ich dir noch sagen, dass du mich nicht anfassen sollst?« Diesmal wich er zurück.

»Was ist mit dir los?«

»Was machst du hier?«, fragte Lena zurück. »Woher

nimmst du das verdammte Recht, hier einfach reinzukommen?«

»Ich wollte mit dir sprechen.«

»Worüber?«, fragte sie. »Über das Mädchen, das du totgeschlagen hast?«

Er erstarrte, doch sie sah, dass seine Muskeln zuckten. Lena wollte ihn quälen, wie Chuck sie gequält hatte – ihm keinen Ausweg lassen. Keine Möglichkeit zu entkommen.

Er sagte: »Ich habe doch gesagt, dass …«

»Dass du im Pick-up geblieben bist, was?«, fragte sie und lief um ihn herum. Er stand in der Mitte des Zimmers wie eine Statue. »Hattest du von dort den besseren Blick? Konntest du gut sehen, wie sie sie gefickt haben, wie sie sie totgeprügelt haben?«

»Tu das nicht, oder …«, warnte er, seine Stimme war jetzt eiskalt.

»Oder was?« Sie lachte künstlich. »Oder du machst das Gleiche mit mir?«

»Ich habe nichts getan.«

»Du hast das Mädchen nicht vergewaltigt?«, fragte Lena. »Du bist im Pick-up geblieben, ganz unschuldig, während deine Kumpels da draußen über sie hergefallen sind?«

Sie schlug gegen seine Schulter, doch genauso gut hätte sie gegen einen Felsen schlagen können. Er rührte sich keinen Millimeter.

»Geilt es dich auf zuzusehen?«, fragte sie. »Na, Ethan? Hat es dich scharf gemacht zuzusehen, wie sie litt, als ihr dämmerte, dass sie nichts anderes tun konnte, als sich ficken zu lassen?«

»Nein.«

»Was für ein Gefühl war das, zu wissen, dass sie sterben würde? Hat dir das gefallen, Ethan?« Sie schlug ihm wieder gegen die Schulter. »Bist du ausgestiegen und hast mitgemacht? Ihr die Arme festgehalten, während sie gefickt wurde? Hast du sie auch gefickt? Warst du es, der sie aufgerissen hat? Hat ihr Blut dich angeturnt?«

Er warnte sie noch einmal. »Das solltest du nicht tun, Lena.«

»Zeig doch mal, was du da noch hast«, sagte sie und griff nach seinem Hemd. Doch er kam ihr zuvor, riss sich das schwarze T-Shirt vom Leib. Lenas Mund stand offen, als sie die riesigen Tätowierungen auf seinem Oberkörper sah.

Er brüllte: »Ist es das, was du wolltest? Wolltest du das sehen, du Schlampe?«

Sie schlug ihn, und als er nicht reagierte, schlug sie ihn immer wieder. Sie schlug ihn so lange, bis er sie gegen die Wand warf und sie beide zu Boden stürzten.

Sie kämpften, doch er war stärker. Er legte sich auf sie, riss an ihrer Hose, seine Fingernägel gruben sich in ihren Bauch. Lena schrie, doch er drückte ihr den Mund auf die Lippen und schob ihr die Zunge so tief in den Rachen, dass sie würgte. Sie versuchte ihm in die Eier zu treten, doch er war zu schnell und spreizte ihr mit seinen Knien die Beine. Mit einer Hand hielt er ihr die Arme über dem Kopf fest und presste ihre Handgelenke auf den Boden. Sie war gefangen.

»Ist es das, was du willst?«, schrie er, Spucke flog aus seinem Mund.

Ethan griff nach unten und öffnete seinen Reißverschluss. Ihr war schwindelig und übel, alles, was sie sah, war rot. Sie keuchte, verkrampfte sich, als er in sie eindrang.

Ethan bremste sich auf halbem Weg, öffnete überrascht den Mund.

Sie spürte seinen Atem im Gesicht, den Schmerz ihrer Handgelenke unter dem Gewicht seiner Hände. Nichts davon ergab irgendeinen Sinn. Sie fühlte alles, und sie fühlte nichts.

Lena sah ihm in die Augen – tief in die Augen –, sie sah das Meer. Sie bewegte langsam die Lippen, wollte, dass er spürte, wie feucht sie war, wie sehr sie nach ihm verlangte.

Er zitterte vor Anstrengung, sich nicht zu bewegen. »Lena …«

»Schsch …«

»Lena …«

Sein Adamsapfel bewegte sich, und sie berührte ihn mit den Lippen, küsste ihn, saugte an ihm. Sie legte den Mund auf seinen und küsste ihn suchend, leidenschaftlich.

Er wollte ihre Hände loslassen, doch sie hielt ihn fest. Sie wollte, dass er sie festhielt.

Er bettelte, als hoffte er, er würde sie damit wieder umstimmen können. »Bitte … nicht so.«

Sie schloss die Augen, wölbte ihm ihren Körper entgegen, zog ihn tiefer in sich hinein.

MITTWOCH

Zwölf

Kevin Blake lief in seinem Büro auf und ab, alle zwei Minuten sah er auf die Uhr. »Grauenhaft«, sagte er. »Absolut grauenhaft.«

Jeffrey rutschte auf seinem Stuhl herum und versuchte so zu tun, als hörte er zu. Vor dreißig Minuten hatte er ihm berichtet, dass Andy Rosen und Ellen Schaffer ermordet worden waren, und seitdem hatte der Dekan nicht aufgehört zu reden. Der Mann hatte keine einzige Frage zu den Studenten oder zum Stand der Ermittlungen gestellt. Das Einzige, was ihn beschäftigte, war, was das für das College bedeuten würde und damit letztendlich für ihn.

Theatralisch hob Blake die Hände in die Luft. »Ich brauche es Ihnen ja nicht zu sagen, Jeffrey, aber ein solcher Skandal kann für uns das Ende bedeuten.«

Jeffrey dachte, dass es weniger das Ende für das GIT bedeuten würde als das Ende für Kevin Blake. Auch wenn Blake gut darin war, Hände zu schütteln und Spenden einzutreiben, war er doch ein bisschen zu altmodisch für ein College wie das GIT. Seine Golfturniere am Wochenende und die jährlichen Spendenaktionen mochten zwar das Soll erfüllen, doch Kevin besaß nicht die Aggressivität, die nötig war, um neue Geldquellen für den Forschungsbetrieb aufzutun. Jeffrey hätte wetten mögen, dass Kevin Blake ohnehin bald von irgendeiner jungen, dynamischen Frau ersetzt wurde, die das College endlich ins 21. Jahrhundert führen würde.

»Wo ist dieser Idiot?« Kevin sprach von Chuck Gaines. Chuck war schon über zwanzig Minuten zu spät. Um sieben waren sie verabredet gewesen. »Ich habe wichtige Dinge zu erledigen.«

Jeffrey verkniff sich einen Kommentar. Er hätte eine halbe Stunde länger bei Sara im Bett liegen können, anstatt in Blakes Büro auf eine Besprechung zu warten, die ebenso unangenehm wie fruchtlos zu werden versprach. Auch er hatte eine Menge zu tun. Vor allem musste er sich um Brian Keller kümmern.

Jeffrey schlug vor: »Ich kann mal nach ihm sehen.«

»Nein.« Blake nahm einen gläsernen Golfball von seinem Schreibtisch. Er warf ihn in die Luft und fing ihn wieder auf. Jeffrey tat, als wäre er beeindruckt.

»Ich hatte am Wochenende ein Turnier«, sagte Blake.

»Ja«, antwortete Jeffrey. »Ich habe davon in der Zeitung gelesen.« Wahrscheinlich war das die richtige Antwort, denn Blakes Miene hellte sich auf.

»Zwei Löcher unter par. Ich hab's Albert richtig gezeigt.«

»Großartig«, sagte Jeffrey. Er bezweifelte, dass es klug war, den Präsidenten der Bank in irgendeiner Disziplin zu schlagen, geschweige denn beim Golf. Andererseits hatte Kevin Albert Gaines am Wickel. Er könnte Chuck jederzeit feuern, und dann würde ihm sein Daddy einen neuen Posten suchen müssen.

»Jill Rosen ist sicher froh, wenn das rauskommt.«

»Wie meinen Sie das?« Irgendwie hatte Jeffrey den Eindruck, Kevin hegte nicht die wärmsten Gefühle für Jill Rosen.

»Haben Sie Zeitung gelesen? ›College-Therapeutin kann Sohn nicht vor dem Abgrund retten.‹ Geschmacklos, aber …«

»Aber was?«

»Ach, nichts.« Er nahm einen Schläger aus der Golftasche in der Ecke. »Brian Keller hat neulich angedeutet, dass er kündigen will.«

»Ach, wirklich?«

Kevin Blake seufzte übertrieben, während er mit dem Schläger herumspielte. »Seit zwanzig Jahren lässt er sich vom College durchfüttern, und jetzt, wo er endlich mal was hat, das ein bisschen Geld einbringen könnte, redet er von Kündigung.«

»Gehört seine Forschungsarbeit nicht dem College?«

Blake schnaubte angesichts von Jeffreys Ignoranz. »Wie wollen Sie das kontrollieren? Und selbst wenn wir ihm nachweisen könnten, dass er seine Ergebnisse rausschmuggelt, braucht er nur einen guten Anwalt, und den würde ihm jeder Pharmakonzern sicher mit Vergnügen stellen.«

»Was hat er denn entdeckt?«

»Ein Antidepressivum.«

Jeffrey dachte an William Dicksons Medizinschrank. »Davon gibt es doch schon einen Haufen auf dem Markt.«

»Das ist alles streng geheim«, sagte Blake im Flüsterton, obwohl sie allein im Büro waren. »Brian hat den Deckel draufgehalten.« Er schnaubte wieder. »Wahrscheinlich um einen größeren Anteil rauszuschinden, der krumme Hund.«

Jeffrey wartete auf die Antwort auf seine Frage.

»Es ist ein pharmakologischer Cocktail auf Kräuterbasis. Das ist der Vermarktungsgag – die Leute bilden sich ein, das wäre gesund. Brian behauptet, es hätte null Nebenwirkungen, aber das ist Quatsch. Selbst Aspirin hat Nebenwirkungen.«

»Hat sein Sohn es genommen?«

Kevin sah besorgt aus. »Sie haben doch hoffentlich kein Pflaster bei Andy gefunden, oder? Wie diese Nikotinpflaster? So wird es nämlich eingenommen. Über die Haut.«

»Nein«, gab Jeffrey zu.

»Puh.« Kevin wischte sich mit dem Handrücken über die Stirn. »Das Zeug ist noch nicht so weit, dass man es an Menschen testen könnte, aber Brian war vor ein paar Tagen in Washington, um seine Daten den Oberbossen vorzuführen. Sie wollten ihm gleich an Ort und Stelle einen Scheck ausstellen.« Jetzt flüsterte Kevin wieder. »Ehrlich gesagt habe ich selbst vor ein paar Jahren Prozac genommen. Ich habe überhaupt keinen Unterschied gemerkt.«

»Was Sie nicht sagen«, sagte Jeffrey.

Kevin beugte sich über den Schläger, als stünde er auf dem Golfplatz und nicht in seinem Büro. »Er hat nicht erwähnt, dass Jill mit ihm gehen würde. Ich frage mich, ob die zwei Probleme haben.«

»Welche Art von Problemen meinen Sie?«

Kevin Blake schwang den Schläger in einem großen Bogen, dann sah er aus dem Fenster, als verfolgte er den Ball.

»Kevin?«

»Ach, sie nimmt sich einfach sehr viel frei.« Er drehte sich wieder zu Jeffrey um und stützte sich auf den Schläger. »Seit sie bei uns ist, ist kein Semester vergangen, in dem sie nicht alle ihre Krankentage genommen hätte. Und alle Urlaubstage. Und dazu hat sie sogar noch mehr als einmal unbezahlten Urlaub genommen.«

Jeffrey konnte erraten, weshalb Jill Rosen an manchen Tagen daheim bleiben musste, doch darüber wollte er nicht mit Kevin Blake sprechen.

Kevin sah aus dem Fenster und holte zum nächsten imaginären Schlag aus. »Entweder ist sie so eine Art Hypochonder, oder sie ist allergisch gegen Arbeit.«

Jeffrey zuckte die Schultern und wartete darauf, dass er fortfuhr.

»Sie hat ihr Diplom vor zehn, fünfzehn Jahren gemacht«, sagte Kevin Blake. »Eine dieser Spätentwicklerinnen. Davon gibt es ja jetzt immer mehr. Wenn die Kinder aus dem Gröbsten raus sind, langweilt sich die Mami. Also belegt sie einen Kurs an der nächsten Uni, und eh man sichs versieht, hat sie eine Stelle dort.« Er zwinkerte Jeffrey zu. »Nicht dass wir was gegen die zusätzliche kleine Einnahmequelle hätten. Die weiterführenden Kurse sind seit Jahren das Rückgrat unserer Abendschule.«

»Ich wusste gar nicht, dass so was hier angeboten wird.«

»Jill hat den Magister in Familientherapie an der Mercer University gemacht«, sagte Blake. »Promoviert hat sie in englischer Literatur.«

»Warum hat sie nicht Englisch gelehrt?«

»Wir haben mehr als genug Englisch-Dozenten. Die scheinen hier auf den Bäumen zu wachsen. Und kaum sind sie reif, wollen sie eine Festanstellung. Wir brauchen Leute für Naturwissenschaften und Mathematik. Englisch-Dozenten gibt es wie Sand am Meer.«

»Wie hat sie dann den Job in der Beratungsstelle bekommen?«

»Offen gesagt, wir mussten Frauen einstellen wegen der Quote, und als die Stelle einer Beraterin frei wurde, hat sie sich als Therapeutin approbieren lassen. Es geht für beide Seiten auf.« Er runzelte die Stirn. »Das heißt, wenn sie mal zur Arbeit kommt.«

»Und Keller?«

»Den haben wir damals mit offenen Armen aufgenommen.« Kevin öffnete die Arme, um zu zeigen, was er meinte. »Er kam aus der freien Wirtschaft, wie Sie sicherlich wissen.«

»Nein«, antwortete Jeffrey, »das wusste ich nicht.« Normalerweise gingen Dozenten von den Lehranstalten in die freie Wirtschaft, wo mehr Geld und Ansehen auf sie warteten. Er hatte noch nie von jemandem gehört, der den umgekehrten Weg gegangen wäre. Das sagte er auch zu Kevin.

»In den frühen Achtzigern haben wir die Hälfte unserer Mitarbeiter verloren. Sie flohen alle zu den großen Firmen.« Kevin schwang den Schläger, dann stöhnte er, als hätte er den Ball zu weit geschlagen. Er stützte sich wieder auf den Schläger und sah Jeffrey an. »Natürlich kamen die meisten von ihnen nach ein paar Jahren zurückgekrochen, als ihre Stellen wegrationalisiert worden waren.«

»Bei welcher Firma war Keller?«

»Wissen Sie, ich kann mich nicht erinnern«, sagte Blake und wog den Schläger in der Hand. »Ich weiß nur, dass die Firma, kurz nachdem er ging, von Agri-Brite aufgekauft wurde.«

»Agri-Brite, ist das nicht was Landwirtschaftliches?«

»Genau«, sagte Blake und schwang den Schläger wieder durch die Luft. »Brian hätte dort ein Vermögen machen können. Oh« – er ging an den Schreibtisch und griff nach seinem goldenen Waterman-Füller –, »das erinnert mich an etwas. Ich sollte dort mal anrufen und fragen, ob sie nicht vielleicht das Institut besichtigen wollen.« Er drückte einen Knopf auf dem Telefon. »Candy?«, rief er. »Können Sie mir die Nummer von Agri-Brite raussuchen?«

Er lächelte Jeffrey an.

»Tut mir leid. Was haben Sie gesagt?«

Jeffrey stand auf. Er hatte genug Zeit verschwendet. »Ich geh mal und seh nach Chuck.«

»Gute Idee«, sagte Blake, und Jeffrey war draußen, bevor er seine Meinung ändern konnte.

Candy Wayne tippte am Computer im Vorzimmer von Blakes Büro, doch als Jeffrey vorbeikam, hielt sie inne. »Sie gehen schon, Chief? Ich glaube, das war die kürzeste Besprechung, die ich bei ihm je erlebt habe.«

»Haben Sie ein neues Parfüm?« Jeffrey lächelte. »Sie duften wie ein Rosengarten.«

Candy lachte und warf ihr Haar zurück. Die Geste wäre attraktiv gewesen bei einer Frau, die nicht weit über siebzig war, doch bei Candy hatte Jeffrey Angst, dass sie sich die Schulter auskugelte.

»Sie Charmeur, Sie«, sagte sie, während ihr faltiges Gesicht glücklich strahlte. Wahrscheinlich ärgerte sich Kevin Blake, dass er Candy nicht durch ein zwanzigjähriges Häschen ersetzen konnte, doch sie hatte ihre Stelle hier schon seit Ewigkeiten. Der Aufsichtsrat würde Kevin loswerden, lange bevor er auf Candy verzichten würde.

Candy fragte: »Was kann ich für Sie tun, junger Mann?«

Jeffrey beugte sich über den Tisch und versuchte dabei keins der zig gerahmten Fotos ihrer Enkel und Urenkel umzuwerfen. »Wie kommen Sie darauf, dass Sie etwas für mich tun könnten?«

»Es steckt doch immer was dahinter, wenn Sie so nett zu mir sind«, sagte sie und schürzte die Lippen. Er lächelte wieder, er wusste, es funktionierte immer. »Könnten Sie mir vielleicht auch diese Nummer von Agri-Brite geben?«

Geschäftsmäßig drehte sie sich zu ihrem Computer. »Welche Abteilung genau?«

»Mit wem müsste ich sprechen, wenn ich etwas über jemanden herausfinden will, der vor ungefähr zwanzig Jahren in einer der Tochterfirmen gearbeitet hat?«

»Welcher Firma?«

»Das weiß ich eben nicht«, gestand Jeffrey. »Brian Keller hat dort gearbeitet.«

»Warum sagen Sie das nicht gleich?«, fragte sie und lächelte verschmitzt. »Warten Sie einen Moment.« Sie stand auf, überraschend flott in ihrem engen Wildlederrock und dem Lycra-Oberteil. Auf hohen Absätzen, die weniger geübten Frauen die Knöchel gebrochen hätten, stöckelte sie durch das Zimmer und warf ihre platinblonde Mähne zurück, als sie eine Schublade des Aktenschranks aufzog. Die Haut an ihrem Arm schlackerte, während sie mit dem Finger durch die Akten ging.

»Da haben wir's«, sagte sie und zog einen Ordner heraus.

»Das haben Sie nicht im Computer?«, fragte er und stellte sich neben sie.

»Nicht das, was Sie wollen«, erklärte sie und reichte ihm ein Blatt.

Es war Kellers Bewerbung, am Rand waren Candys penible Notizen zu lesen. Jericho Pharmaceutical lautete der Name der Firma, die von Agri-Brite geschluckt worden war. Candy hatte dort mit einer Monica Patrick gesprochen, der Personalleiterin, um Kellers Anstellung dort zu überprüfen und sicherzugehen, dass er nicht in Ungnade gefallen war.

»Er war bei einer Pharma-Firma?«

»Assistent des stellvertretenden Leiters der Forschungsabteilung«, erklärte sie. »Finanziell hat er sich nicht verbessert, als er hierherkam.«

»Er hätte mehr Geld machen können, wenn er dort geblieben wäre …«

»Vermutlich«, sagte sie. »Während der großen Fusionen in den Achtzigern sind viele Köpfe gerollt.« Sie zuckte die Schultern. »Manche würden sagen, es war schlau von ihm, sich zum richtigen Zeitpunkt zu verabschieden. Nirgends wird Mittelmäßigkeit mehr gewürdigt als in der Bildung.«

»Sie bezeichnen ihn als mittelmäßig?«

»Eine große Leuchte ist er jedenfalls nicht.«

Jeffrey las Kellers Formulierungen vor. »Mein Wunsch ist es, mich wieder den Grundlagen der wissenschaftlichen Forschung zu widmen. Der Eigennutz der freien Wirtschaft ist nichts für mich.«

»Und da geht er an die Universität.« Sie lachte laut. »Ach, ahnungslose Jugend.«

»Wie kann ich mit Monica Patrick in Verbindung treten?«

Cathy legte nachdenklich den Finger an die Lippen. »Ich glaube nicht, dass sie noch dort ist. Als ich damals mit ihr telefonierte, klang sie schon steinalt.« Sie warf Jeffrey einen strengen Blick zu. »Ich schätze, mit ein, zwei Anrufen bekomme ich ihre jetzige Nummer heraus.«

»Ich könnte nie zulassen, dass Sie das für mich tun«, wehrte Jeffrey scheinheilig ab.

»Papperlapapp«, sagte sie. »Sie wissen doch gar nicht, wie man mit diesen Konzernfritzen umspringt.«

»Wahrscheinlich haben Sie recht«, gab Jeffrey zu. »Nicht dass ich es nicht zu schätzen wüsste …«

Cathy sah nach, ob Blakes Bürotür geschlossen war. »Unter uns, ich hab den Mann nie gemocht.«

»Warum nicht?«

»Irgendwas hat er an sich. Ich habe vor langer Zeit gelernt, dass ich mit dem ersten Eindruck meistens richtigliege. Mein erster Eindruck von Brian Keller war, dass er ein Mistkerl ist, dem man nicht über den Weg trauen kann.«

»Und seine Frau?« Jeffrey wünschte, er hätte gestern schon mit Candy gesprochen.

»Na ja«, sagte sie und tippte sich mit dem manikürten Fingernagel auf die Lippe. »Ich weiß nicht. Sie ist so lange bei ihm geblieben. Vielleicht hat er eine gute Seite, die ich einfach nicht sehe.«

»Vielleicht«, sagte Jeffrey. »Aber ich würde mich lieber auf Ihre Menschenkenntnis verlassen. Wir wissen doch beide, dass Sie die intelligenteste Person auf dem Campus sind.«

»Sie sind ein Teufel«, gab sie zurück, doch er spürte, dass sie sich über das Kompliment freute. »Wenn ich nur vierzig Jahre jünger wäre …«

»Sie hätten mich keines Blickes gewürdigt«, sagte er und gab ihr einen Kuss auf die Wange. »Sagen Sie mir Bescheid, wenn Sie die Nummer haben.«

Entweder schnurrte sie, oder sie räusperte sich. »Mach ich, Chief. Mach ich.«

Draußen nahm Jeffrey die Treppe statt den Aufzug. Es war nicht weit zu den Diensträumen der Campus-Polizei, doch Jeffrey ließ sich Zeit. Er war seit fast einer Woche nicht joggen gewesen, und seine Beine waren schwer, die Muskeln verspannt. Das Gewitter letzte Nacht hatte einigen Schaden angerichtet. Auf dem Hof lagen überall abgebrochene Äste und Blätter. Der Ordnungsdienst war bereits damit beschäftigt, den Unrat einzusammeln. Die Bürgersteige wurden mit Bleiche abgespritzt, die Jeffrey in der Nase brannte. Natürlich hatte man bei den Hauptgebäuden angefangen, wo die Leute arbeiteten, die sich am ehesten über die Unordnung beschwert hätten.

Jeffrey zog sein Notizbuch heraus und überflog seine Aufzeichnungen. Er überlegte, wie er den Tag am besten nutzen sollte. Das Einzige, was er im Moment tun konnte, war, die Elterngespräche fortzusetzen und die Wohnheime noch einmal zu durchsuchen. Mit Monica Patrick, falls sie noch am Leben war, hätte er gern gesprochen, bevor er sich Brian Keller vornahm. Keiner verließ einen gut bezahlten Job in der freien Wirtschaft, um für weniger Geld an der Uni zu unterrichten. Vielleicht hatte Keller Unterlagen gefälscht oder allzu offensichtlich in die eigene Tasche gewirtschaftet. Jeffrey würde auch Jill Rosen fragen, weshalb ihr Mann den Job aufgegeben hatte. Sie hatte davon gesprochen, dass sie ihr Leben umkrempeln wollte. Vielleicht hatte sie das schon einmal tun müssen und wusste daher, wie schwer es sein würde. Selbst wenn sie nichts Neues zu sagen hatte, wollte Jeffrey mit ihr sprechen. Vielleicht konnte er irgendetwas für sie tun.

Jeffrey steckte das Notizbuch ein und öffnete die Tür zu Chucks Diensträumen. Die Angeln quietschten laut, doch er hörte es kaum.

»Verdammt«, flüsterte er und warf einen Blick über die Schulter, um nachzusehen, ob ihn jemand beobachtete.

Vor ihm auf dem Boden lag Chuck Gaines, die Schuhsohlen zeigten in Richtung Tür. Der tiefe Schnitt durch seine Kehle sah aus wie ein zweiter Mund, das, was von der Speiseröhre übrig war, hing heraus wie eine Zunge. Überall war Blut – an den Wänden, auf dem Fußboden, dem Schreibtisch. Jeffrey sah nach oben, doch es war kein Blut an der Decke. Chuck musste sich vorgebeugt haben, als man ihm die Kehle durchgeschnitten hatte, oder vielleicht hatte er am Tisch gesessen. Der Stuhl war auf die Seite gekippt.

Jeffrey bückte sich, um unter den Tisch zu sehen, ohne am Tatort etwas zu verändern. Unter dem Stuhl blinkte die Klinge eines langen Jagdmessers.

»Verdammt«, sagte er noch einmal, diesmal um einiges lauter. Er kannte das Messer. Es gehörte Lena.

Frank war fuchsteufelswild, und Jeffrey konnte es ihm nicht verübeln.

»Sie war es nicht«, beharrte Frank.

Jeffrey trommelte aufs Lenkrad. Sie saßen vor Lenas Wohnheim im Wagen und überlegten, was sie tun sollten.

»Du hast das Messer gesehen, Frank.«

Frank zuckte mit den Schultern. »Na und?«

»Jemand hat Chuck die Kehle aufgeschlitzt.«

Frank pfiff durch die Zähne. »Lena ist keine Mörderin.«

»Vielleicht führt uns das zurück zu Tessa Linton.«

»Wie denn? Die Kleine war bei uns, als es passiert ist. Sie hat den Mistkerl durch den Wald gejagt.«

»Und ihn verloren.«

»Matt hatte nicht das Gefühl, dass sie langsamer geworden ist.«

»Aber dann hat sie sich den Knöchel verstaucht.«

Frank schüttelte den Kopf. »Dieser White – dem würde ich's zutrauen.«

»Vielleicht hat sie ihn erkannt und ist absichtlich gestolpert, damit er entkommen konnte.«

Frank schüttelte immer noch den Kopf. »Für so was bin ich zu alt.«

Jeffrey wollte erwidern, dass er selbst nicht glücklich darüber war, aber er sagte: »Du hast das Messer gesehen, das sie an der Wade trug. Willst du mir sagen, es sah nicht genauso aus wie das, das wir unter dem Tisch gefunden haben?«

»Es könnte ein anderes gewesen sein.«

Jeffrey erinnerte ihn an die Spuren, die sie hierhergeführt hatten. »Ihre Fingerabdrücke sind auf dem Messer, Frank. Im Blut. Entweder war sie dabei, als er aufgeschlitzt wurde, und hat das Messer anschließend angefasst, oder sie hielt es in der Hand, als es passierte. Eine andere Erklärung gibt es nicht.«

Frank blickte starr zu dem Gebäude hinüber. Jeffrey sah

ihm an, dass er versuchte, Lena da rauszuhalten. Jeffrey hatte vor einer halben Stunde genauso reagiert, als der Computer bei drei Fingerabdrücken Übereinstimmungen ausgespuckt hatte. Jeffrey hatte das Blatt sogar ausgedruckt, um den Vergleich Punkt für Punkt zu überprüfen.

Jeffrey sah auf, als ein Dozent aus dem Wohnheim kam. »Sie ist den ganzen Morgen nicht rausgekommen?«

Frank schüttelte den Kopf.

»Nenn mir nur einen Grund, warum ihre Fingerabdrücke im Blut auf dem Messer waren, und wir machen die Fliege.«

Frank presste wütend die Lippen zusammen.

»Da stimmt was nicht«, sagte er dann, und ohne einen weiteren Kommentar öffnete er die Tür und stieg aus.

Das Wohnheim war fast menschenleer, die meisten Dozenten hatten Unterricht, und da die Osterferien nahten, waren viele Studenten bereits abgereist. Jeffrey und Frank begegneten niemandem auf dem Flur, als sie zu Lenas Wohnung gingen. Vor der Tür blieben sie stehen. Jeffrey sah, dass der Türknauf verbogen war, nachdem er gestern Morgen dagegengetreten hatte.

Frank stand neben der Tür, die Hand an der Waffe. Jeffrey klopfte zweimal. »Lena?«

Mehrere Sekunden verstrichen. Er versuchte zu hören, ob jemand im Zimmer war.

Er versuchte es noch einmal. »Lena?« Dann öffnete er die Tür.

»Scheiße«, sagte Frank und zog die Pistole. Instinktiv tat Jeffrey das Gleiche, doch dann begriff er, dass Lena keine Waffe gezogen hatte, sondern sich nur nach ihrer Hose bückte.

Jeffrey stellte die Frage, die auch Frank durch den Kopf schoss: »Was zum Teufel ist hier passiert?«

Lena räusperte sich, um den Hals hatte sie dunkle Male. Als sie sprach, war ihre Stimme rau. »Ich bin gestürzt.«

Sie trug nur eine Unterhose und einen BH, der sich weiß von ihrer olivfarbenen Haut abhob. In einem Anflug von Schamgefühl bedeckte sie ihren Oberkörper mit den Armen. Um die Oberarme prangten die violetten Abdrücke von Fingern, als hätte sie jemand zu hart angefasst. An ihrer Schulter war eine Bisswunde zu sehen.

»Chief«, sagte Frank. Er hatte Ethan White Handschellen angelegt und hielt ihn am Arm fest. Der Junge hatte nichts an außer Socken und Schuhen. Sein Gesicht war grün und blau, die Lippe aufgeplatzt.

Jeffrey hob ein Hemd vom Boden auf, das er Lena reichen wollte, damit sie sich bedecken konnte. Doch er hielt inne, als er feststellte, dass er ein Beweisstück in der Hand hielt. Auf dem Hemd waren dunkelrote Flecke.

»Mein Gott«, flüsterte er und versuchte Lenas Blick aufzufangen. »Was hast du getan?«

Dreizehn

Sara hielt vor dem Medical Center und parkte neben Jeffreys Wagen. Er hatte ihr keine Informationen gegeben, außer dass sie Speichelproben von zwei Verdächtigen nehmen müsste. Die Namen wollte er am Telefon nicht nennen, doch Sara kannte ihn gut genug, sie konnte sich denken, dass es sich um Ethan White und Lena handelte.

Wie gewöhnlich war die Notaufnahme leer. Sara sah sich nach der Dienst habenden Schwester um, aber anscheinend hatte sie gerade Pause. Am Ende des Gangs entdeckte sie Jeffrey, der mit einem stämmigen, älteren Mann redete. Dahinter stand Brad Stephens vor einem geschlossenen Untersuchungszimmer, die Hand an der Waffe.

Als sie näher kam, hörte Sara den Mann sprechen. Seine Stimme war schrill. »Meine Frau hat schon genug mitgemacht.«

»Ich weiß, was sie mitgemacht hat«, sagte Jeffrey. »Ich freue mich, dass Sie plötzlich so um ihr Wohlergehen besorgt sind.«

»Natürlich bin ich das«, fauchte der Mann zurück. »Was wollen Sie damit sagen?«

Jeffrey bemerkte Sara und bedeutete ihr, näher zu kommen. »Das ist Dr. Sara Linton«, stellte er vor. »Sie nimmt die Untersuchung vor.«

»Dr. Brian Keller«, sagte der Mann. Er sah Sara kaum

an. In der Hand hielt er eine Damenhandtasche, wahrscheinlich die Tasche seiner Frau. »Dr. Keller ist Jill Rosens Ehemann«, erklärte Jeffrey. »Lena bat mich, sie zu rufen.«

Sara versuchte, sich die Überraschung nicht anmerken zu lassen.

Zu Keller sagte er: »Wenn Sie uns bitte entschuldigen.« Dann führte er Sara in ein kleines Untersuchungszimmer.

»Was ist hier los?«, fragte sie. »Ich habe Mama versprochen, dass ich heute Nachmittag in Atlanta bin.«

Er schloss die Tür, dann sagte er: »Jemand hat Chuck die Kehle durchgeschnitten.«

»Chuck Gaines?«, fragte sie, als käme noch ein anderer Chuck in Frage.

»Auf der Tatwaffe sind Lenas Fingerabdrücke.«

Sara wurde schwindelig, als sie Jeffreys Worte zu begreifen versuchte.

»Erinnerst du dich an die Proben, die du nach der Vergewaltigung genommen hast?«

Einen Moment wusste Sara nicht, wovon er sprach.

»Als wir über die DNA an der Unterhose gesprochen haben, hast du da an Lenas Proben gedacht?«

Sie überlegte fieberhaft, was sie am besten antwortete, doch sie wusste, dass sie hier nur mit der Wahrheit weiterkam. »Ja«, sagte sie.

Jeffreys Gesicht war wutverzerrt. »Warum hast du nichts davon gesagt, Sara?«

»Weil es nicht richtig gewesen wäre«, sagte sie. »Es wäre nicht recht, die Probe gegen sie zu verwenden.«

»Sag das Albert Gaines. Sag das Chucks Mutter.«

Sara schwieg, sie konnte immer noch nicht glauben, dass Lena mit den Verbrechen zu tun hatte.

»Ich will, dass du dir White zuerst vornimmst«, sagte

Jeffrey mit scharfem Ton. »Blut, Speichel, Haar. Untersuch den ganzen Körper. Wie bei einer Autopsie.«

»Wonach suchen wir?«

»Nach allem, was ihn mit dem Tatort in Verbindung bringt«, sagte Jeffrey. »Wir haben Lenas Schuhabdrücke im Blut.« Er schüttelte den Kopf. »Da war überall Blut.«

Jeffrey öffnete die Tür und sah den Flur hinunter. Doch dann zögerte er. Sara spürte, dass er noch mehr zu sagen hatte.

»Was ist?«, fragte sie.

Die Wut in seiner Stimme legte sich ein wenig. »Sie ist ziemlich übel zugerichtet.«

»Wie schlimm?«

Jeffrey warf noch einen Blick in den Flur, dann sah er Sara an. »Ich weiß nicht, ob es einen Kampf gegeben hat oder was da los war. Vielleicht hat Chuck sie angegriffen, und sie hat sich verteidigt. Vielleicht ist White ausgeflippt.«

»Hat sie das gesagt?«

»Sie sagt nichts. Keiner von beiden sagt was.« Er zögerte. »Das heißt, White sagt, sie waren den ganzen Abend zusammen in ihrer Wohnung, aber es gibt Zeugen, die gesehen haben, dass White das Labor nach Lena verlassen hat.« Er zeigte auf den Flur. »Brian Keller war einer der Letzten, der sie gesehen hat.«

»Lena wollte, dass du seine Frau rufst?«

»Ja«, sagte Jeffrey. »Frank ist im anderen Zimmer für den Fall, dass sie was sagt.«

»Jeffrey …«

»Halt du mir jetzt keinen Vortrag über Ärzte und Patienten, Sara. Die Leichen stapeln sich hier.«

Sara wusste, jeder Kommentar war reine Zeitverschwendung. »Wie geht es Lena?«

»Sie kann warten«, sagte er. Offensichtlich wollte er keine weiteren Fragen hören.

»Hast du eine richterliche Verfügung für das alles?«

»Wer bist du, ihre Rechtsanwältin? Richter Bennett hat die Verfügung heute Morgen unterschrieben.« Als sie nicht antwortete, sagte er: »Willst du sie sehen? Vertraust du mir nicht mehr?«

»Das habe ich nicht gesagt …«

»Schon gut, hier.« Er zog die Verfügung aus der Tasche und knallte sie auf den Tisch. »Siehst du, Sara? Ich sage die Wahrheit. Ich versuche dir zu helfen, deine Arbeit zu machen, damit nicht noch mehr Menschen zu Schaden kommen.«

Sie starrte das Dokument an, sah Billie Bennetts winzige Unterschrift auf der Linie. »Bringen wir es hinter uns.«

Jeffrey trat ihr aus dem Weg. Ein Unbehagen, wie sie es lange nicht gespürt hatte, machte sich in Sara breit.

Brian Keller stand immer noch mit der Handtasche auf dem Flur. Er starrte vor sich hin, als Sara an ihm vorbeiging. Er wirkte so harmlos. Sara musste sich mit Macht ins Gedächtnis rufen, dass er seine Frau schlug.

Brad tippte sich an die Mütze, bevor er Sara die Tür öffnete. »Ma'am.«

Ethan White stand in der Mitte des Raums. Er trug einen hellgrünen Krankenhauskittel, die muskulösen Arme hatte er vor der Brust verschränkt. Er hatte vor Kurzem einen Schlag auf die Nase bekommen. Getrocknetes Blut zeichnete eine dünne Linie zu seinem Mund. Ein großer roter Fleck unter dem Auge verwandelte sich langsam in ein Veilchen. Soweit sie sehen konnte, waren seine Arme mit Tätowierungen von Kampfszenen bedeckt. Seine nackten Waden zierten geometrische Figuren und Flammen, die sich seitlich an den Beinen emporschlängelten.

Ansonsten sah er aus wie ein ganz normaler junger Mann mit kurz geschorenem Haar, der zu viel Zeit im Kraftraum verbrachte. Muskeln wölbten sich an seinen Schultern und spannten den Stoff des Kittels. Er war klein, sicher fünfzehn Zentimeter kleiner als Sara, doch er hatte eine enorme Ausstrahlung, die ihn größer wirken ließ. White funkelte die Eintretenden böse an, und Sara war froh, dass Jeffrey sie nicht allein mit ihm im Zimmer ließ.

»Ethan White«, stellte Jeffrey vor. »Das ist Dr. Linton. Sie wird gemäß Gerichtsbeschluss ein paar Proben bei Ihnen nehmen.«

Whites Kiefer mahlten. Man konnte seine Worte kaum verstehen. »Ich will den Beschluss sehen.«

Sara zog sich ein paar Handschuhe über, während White die Verfügung durchlas. Objektträger und ein DNA-Test-Kit lagen auf dem Tisch bereit, daneben ein schwarzer Plastikkamm und Röhrchen für die Blutentnahme. Jeffrey hatte die Schwester wahrschcinlich angewiesen, alles vorzubereiten. Sara wunderte sich, warum er die Schwester danach rausgeschickt hatte. Sie fragte sich, was er geheim halten wollte.

Sara setzte sich die Brille auf und überlegte, ob sie Jeffrey bitten sollte, die Schwester wieder herzuholen, damit sie ihr assistieren konnte.

Doch bevor sie etwas sagen konnte, knurrte Jeffrey White an: »Ziehen Sie den Kittel aus.«

»Das ist aber nicht …« Sara brach mitten im Satz ab. Der Kittel fiel zu Boden. Auf Ethan Whites Bauch war ein gewaltiges Hakenkreuz tätowiert. Auf der Brust rechts prangte das verblichene Porträt von Adolf Hitler. Auf der linken Seite reckte eine Reihe von SS-Leuten den Arm mit ausgestreckter Hand in die Luft.

Sara brachte kein Wort heraus.

White zischte: »Gefällt's Ihnen?«

Jeffrey packte dem Jungen ins Gesicht und drückte ihn gegen die Wand. Sara wich zurück. Sie sah, wie sich Ethans Nase bewegte. Blut tropfte ihm in den Mund.

Jeffreys Stimme war belegt vor Wut. »Das ist meine Frau, du mutterloser Dreckskerl. Kapiert?«

Whites Gesicht steckte zwischen Jeffreys Hand und der Wand wie in einem Schraubstock. Er nickte, doch in seinen Augen war keine Spur von Angst.

»Schon besser«, sagte Jeffrey und trat einen Schritt zurück.

White sah Sara an. »Sie können es bezeugen – ein klarer Übergriff der Polizeigewalt.«

Jeffrey sagte: »Sie hat nichts gesehen.« Sara fluchte innerlich, sie wollte da nicht mit hineingezogen werden.

»Hat sie nicht?«, fragte White.

Jeffrey ging einen Schritt auf ihn zu. »Sie provozieren mich besser nicht.«

White brummte ein ruppiges »Yessir«. Er wischte sich mit dem Handrücken das Blut von der Nase, den Blick starr auf Sara gerichtet. Er versuchte sie einzuschüchtern, und sie hoffte, er merkte nicht, dass es funktionierte.

Sie öffnete den DNA-Test-Kit. Dann ging sie mit dem Spatel zu White hinüber. »Bitte machen Sie den Mund auf.«

Gehorsam öffnete er den Mund, damit sie Speichel und Hautschuppen abreiben konnte. Sie nahm mehrere Wattestäbchen, doch ihre Hände zitterten, als sie die Objektträger vorbereitete. Sara atmete tief ein und versuchte sich auf ihre Aufgabe zu konzentrieren. Ethan White war der Patient. Sie war die Ärztin. Nicht mehr und nicht weniger.

Sie spürte seinen Blick im Rücken, als sie die Proben beschriftete. Hass erfüllte den Raum wie giftiges Gas.

Sie sagte: »Ich bräuchte Ihr Geburtsdatum.«

Er zögerte einen Moment, als wollte er zeigen, dass er aus freiem Willen antwortete. »21. November 1980.«

Sara schrieb die Daten und seinen Namen auf das Etikett, dann ihren Namen, den Ort, das Datum und die Uhrzeit. Jedes Beweisstück würde auf die gleiche Weise beschriftet werden, dann kam es entweder in eine Tüte oder mit dem Objektträger in einen Kasten.

Sie nahm einen sterilen Papierstreifen und hielt ihn mit einer Pinzette vor seinen Mund. »Bitte befeuchten Sie das hier mit Speichel.«

»Ich bin Nicht-Sekretor.«

Sara hielt die Pinzette hoch, bis er endlich die Zunge herausstreckte, sodass sie das Papier in seinen Mund legen konnte. Nach der angemessenen Zeit nahm sie ihm den Streifen wieder aus dem Mund und legte ihn zu den Beweismitteln.

Der üblichen Vorgehensweise folgend, fragte sie: »Möchten Sie ein Glas Wasser?«

»Nein.«

Während sie mit den Vorbereitungen fortfuhr, ließ er sie nicht aus den Augen. Selbst als sie mit dem Rücken zu ihm am Tisch stand, spürte Sara seinen Blick im Rücken. Wie ein Tiger auf der Lauer.

Es schnürte ihr die Kehle zu, als sie feststellte, dass es sich nicht länger vermeiden ließ, ihn anzufassen. Seine Haut fühlte sich unter den Handschuhen warm an, die Muskeln hart. Seit Jahren hatte Sara keinem lebenden Erwachsenen mehr Blut abgenommen, und jetzt stach sie mehrmals daneben.

»Tut mir leid«, entschuldigte sie sich nach dem zweiten Versuch.

»Schon gut«, sagte er. Der höfliche Ton wollte nicht recht zu dem Hass in seinen Augen passen.

Mit einem Fünfunddreißig-Millimeter-Objektiv dokumentierte sie seine Wunden. Es sah aus, als hätte er sich verteidigt. Vier oberflächliche Kratzer verliefen über Hals und Kopf, und hinter seinem Ohr war eine kleine halbrunde Vertiefung, wahrscheinlich von einem Fingernagel. Um seine Genitalien waren blaue Flecken, die Eichel war rot und wund. Auf seiner linken Pobacke befand sich ein kurzer Kratzer, ein längerer in seinem Kreuz. Sara bat Jeffrey, ein Lineal neben die Wunden zu halten, während sie alles mit einer Makrolinse aufnahm.

»Bitte legen Sie sich auf den Untersuchungstisch.«

Ethan gehorchte, ohne den Blick von ihr abzuwenden.

Sara wandte sich ab. Sie faltete ein kleines weißes Papier auf und drehte sich wieder zu ihm. »Bitte heben Sie das Becken, damit ich Ihnen das unterlegen kann.«

Wieder gehorchte er, den Blick starr auf ihre Augen gerichtet.

Als sie sein Schamhaar kämmte, fielen mehrere fremde Haare heraus. Es waren noch die Wurzeln daran, was darauf hindeutete, dass die Haare ausgerissen worden waren. Mit einer Schere schnitt sie ein wenig Haar von der Innenseite seines Schenkels und ließ es in einen Umschlag fallen, den sie mit der dazugehörigen Information beschriftete.

Dann tupfte sie mit einem feuchten Wattestäbchen die eingetrockneten Flüssigkeiten an seinem Penis und Skrotum ab. Er hatte die Zähne so fest zusammengebissen, dass ihr vom Zusehen die Kiefer wehtaten. Sie entnahm Proben unter seinen Finger- und Fußnägeln und fotografierte den abgebrochenen Nagel seines rechten Zeigefingers. Als sie mit allen Untersuchungen fertig war, war der Tisch voll mit Beweisstücken. Die Proben lagen entweder zum Trocknen in einem kleinen Kaltluftföhn, oder sie befanden sich schon in Tüten, die Sara versiegelt und mit inzwischen ruhigerer Hand beschriftet hatte.

»Das war's.« Sie zog die Handschuhe aus und ließ sie auf den Boden fallen. Dann verließ sie hastig das Zimmer. Brad und Keller standen immer noch auf dem Flur, doch sie lief wortlos an ihnen vorbei.

Sara verkroch sich in dem kleinen Untersuchungsraum. Vor Angst und Wut zitterte sie. Sie beugte sich über das Waschbecken, drehte den Hahn auf und benetzte ihr Gesicht mit Wasser. Sie schmeckte Galle im Mund und trank einen Schluck Wasser. Sie wollte sich nicht auch noch übergeben müssen. Sie spürte immer noch Ethans Blick, seine Augen hatten sich wie ein glühendes Eisen in ihr Fleisch gebrannt. Sie konnte die Seife riechen, die er benutzt hatte, und als sie die Augen schloss, sah sie die leichte Erektion, als sie seinen Penis abrieb und das Schamhaar kämmte.

Der Wasserhahn lief noch immer, und Sara drehte ihn ab. Als sie sich die Hände mit einem Papierhandtuch abtrocknete, fiel ihr auf, dass sie im selben Raum stand, in dem sie vor einem Jahr die gerichtsmedizinische Untersuchung nach Lenas Vergewaltigung durchgeführt hatte. Das war die Liege, auf der Lena gelegen hatte. Das war der Tisch, auf dem Sara Lenas Proben gesammelt hatte, genau wie eben bei Ethan White.

Sara schlang sich die Arme um den Bauch und starrte an die Wand, während sie versuchte, an etwas anderes zu denken.

Nach ein paar Minuten klopfte Jeffrey und kam herein. Er hatte die Jacke ausgezogen, und sie sah die Pistole in seinem Halfter.

»Du hättest mich warnen können.« Ihre Stimme überschlug sich. »Du hättest es mir sagen können.«

»Ich weiß.«

»Willst du mich so bestrafen?«, fragte sie. Entweder würde sie zu weinen anfangen oder zu schreien.

»Es sollte keine Strafe sein«, sagte er. Sie wusste nicht, ob sie ihm glauben sollte oder nicht.

Sara drückte sich die Hand auf den Mund und versuchte einen Schluchzer zu unterdrücken. »Verdammt noch mal, Jeff.«

»Ich weiß.«

»Du weißt nichts«, sagte sie, ihre Stimme hallte in dem kleinen Raum. »Mein Gott, hast du die Tätowierungen gesehen?« Sara ließ ihn nicht antworten. »Das Hakenkreuz …« Sie konnte nicht weitersprechen. »Warum hast du mich nicht gewarnt?«

Jeffrey schwieg. Dann sagte er: »Ich wollte, dass du es siehst«, sagte er. »Ich wollte, dass du siehst, mit wem wir es hier zu tun haben.«

»Warum hast du es mir nicht einfach gesagt?«, stöhnte sie und drehte den Wasserhahn wieder auf. Sie versuchte sich den schlechten Geschmack aus dem Mund zu spülen. »Was hat dich so lange aufgehalten?«, fragte sie dann, als sie sich erinnerte, wie Jeffrey Ethans Kopf gegen die Wand gedrückt hatte. »Hast du ihn noch mal geschlagen?«

»Ich habe ihn überhaupt nicht geschlagen.«

»Du hast ihm kein Veilchen verpasst?«, fragte sie. »Seine Nase hat geblutet, Jeffrey. Das Blut war frisch.«

»Ich habe dir gesagt, dass ich ihn nicht geschlagen habe.«

Sie packte seine Hände und suchte nach Wunden oder blauen Flecken. Es war nichts da, aber etwas anderes fiel ihr auf. »Wo ist dein College-Ring?«

»Ich habe ihn abgenommen.«

»Du nimmst den Ring nie ab!«

»Am Sonntag«, sagte er, »ich habe ihn am Sonntag abgenommen, bevor ich zu deinen Eltern ging.«

»Warum?«

Ärgerlich gab er nach: »Es war Blut dran, Sara, verstehst du? Es war Tessas Blut dran.«

Sara ließ seine Hand fallen. »Glaubst du, er hat Tessa niedergestochen?«

»Er hat kein Alibi für Sonntag. Jedenfalls kein gutes.«

»Wo war er?«

»Er sagt, er sei in der Bibliothek gewesen«, antwortete Jeffrey. »Doch es erinnert sich keiner an ihn. Er könnte genauso gut im Wald gewesen sein. Er könnte Andy umgebracht und anschließend im Wald abgewartet haben, was weiter passiert.«

Sara nickte.

»Er hat Tessa nicht aufgelauert, Sara. Sie kam einfach vorbei, und da hat er zugeschlagen.«

Sara hielt sich an der Tischplatte fest. Sie schloss die Augen, versuchte den Mann nebenan mit dem Überfall auf Tessa in Verbindung zu bringen. Sara hatte einmal mit einem Mörder zu tun gehabt. Das, was sie an dem Mann am meisten erschüttert hatte, war, dass er so normal war, so gewöhnlich. In seiner Kleidung hatte Ethan White genauso gewirkt. Ein Student wie viele andere. Er hätte einer ihrer Patienten sein können. Irgendwo in seiner Heimatstadt gab es einen Kinderarzt, der Ethan White hatte aufwachsen sehen, genau wie Sara ihre Patienten aufwachsen sah.

Als sie wieder sprechen konnte, sagte sie: »Was hat Lena mit der Geschichte zu tun?«

»Sie ist mit ihm zusammen«, sagte Jeffrey. »Sie ist seine Freundin.«

»Das glaube ich nicht …«

»Wenn du sie siehst«, begann Jeffrey, »wenn du sie siehst, Sara, will ich, dass du daran denkst, dass sie mit White zusammen ist. Sie deckt ihn.« Er zeigte auf die Wand zum anderen Behandlungsraum. »Dieses Monster, das du da drüben gesehen hast – dieses Tier –, sie beschützt ihn.«

»Aber wovor?«, fragte Sara. »Es sind *ihre* Fingerabdrücke auf dem Messer. Sie war es, die mit Chuck gearbeitet hat.«

»Das verstehst du, wenn du sie siehst.«

»Noch so eine Überraschung?«, fragte sie. Noch so etwas würde sie nicht verkraften, vor allem, wenn es mit Lena zu tun hatte. »Hat sie auch ein Hakenkreuz auf dem Bauch?«

»Ehrlich«, sagte Jeffrey, »ich weiß nicht, was ich von ihr halten soll. Sie sieht übel aus. Als hätte sie jemand zusammengeschlagen.«

»Und, ist das so?«

»Ich weiß nicht«, wiederholte er. »Frank glaubt, Chuck hat ihr was angetan.«

»Was?« Sara hatte Angst vor der Antwort.

»Vielleicht ist er über sie hergefallen«, sagte Jeffrey. »Oder er hat sie dumm angemacht. Sie hat White davon erzählt, und der ist ausgerastet.«

»Und du, was glaubst du?«, fragte Sara.

»Weiß der Teufel«, antwortete er. »Sie sagt jedenfalls nichts.«

»Hast du ihr die gleiche Art von Fragen gestellt wie White?«, fragte sie. »Während du ihr die Hand ins Gesicht gedrückt hast?«

Als sie seinen Blick sah, bereute sie ihre Worte.

Er fragte zurück: »Für wen hältst du mich?«

»Ich …« Sara wusste nicht, was sie sagen sollte. »Wir

haben beide unsere Arbeit zu erledigen. Wir sollten jetzt nicht darüber reden.«

»Ich will aber darüber reden«, sagte er. »Ich brauche dich auf meiner Seite, Sara.«

»Nicht jetzt«, erklärte sie. »Wo ist Lena?«

Jeffrey sah sie noch eine Weile an, dann drehte er sich um und verließ den Raum.

Sara trocknete sich die Hände an der Hose ab und ging an Brad vorbei ins Nebenzimmer. Sie wollte gerade die Tür öffnen, als ihr Frank entgegenkam.

»Hallo«, sagte Frank. Er sah ihr nicht in die Augen. »Sie wollte ein Glas Wasser.«

Sara trat ins Zimmer. Das Erste, was sie sah, war nicht Lena, sondern der Rape-Kit, den jemand auf den Tisch gestellt hatte. Sara erstarrte. Sie rührte sich nicht, bis Jeffrey ihr die Hand auf den Rücken legte und sie ins Zimmer schob. Sie hätte am liebsten geschrien, mit den Fäusten gegen seine Brust geschlagen und ihn verflucht, weil er ihr das schon wieder antat, doch ihr Kampfgeist war verraucht. Plötzlich fühlte sie sich vollkommen leer, das einzige Gefühl, das sie noch spürte, war Trauer.

Jeffrey sagte: »Darf ich vorstellen: Sara Linton, Jill Rosen.«

Eine kleine, schwarz gekleidete Frau lehnte mit dem Rücken an der Wand. Sie sagte etwas, doch Sara hörte nur das Klirren von Metall gegen Metall. Lena saß auf der Liege, ihre Füße baumelten herunter. Sie trug ein grünes Krankenhaus-Nachthemd mit einer Schleife am Kragen. Sie wiegte den Kopf hin und her, als hätte sie einen nervösen Tick, und die Handschellen um ihr Handgelenk klirrten gegen die Stange am Fußende des Bettes.

Sara biss sich so fest auf die Lippe, dass sie Blut schmeckte. »Nimm ihr sofort die Handschellen ab«, befahl sie.

Jeffrey zögerte, doch dann gehorchte er.

Als er ihr die Handschellen abgenommen hatte, sagte Sara: »Und jetzt raus.« Ihr Ton ließ keine Diskussion zu.

Wieder zögerte er. Sie sah ihm in die Augen und wiederholte ihre Worte langsam und deutlich: »Raus. Jetzt.«

Jeffrey ging und schloss die Tür hinter sich. Sara stand, die Hände in den Hüften, wenige Schritte vor dem Bett. Auch wenn Lena keine Handschellen mehr trug, bewegte sie ihre Hand immer noch vor und zurück wie in Trance. Sara hatte gedacht, der Raum wäre weniger eng, wenn Jeffrey fort wäre, doch noch immer hatte sie das Gefühl, die Wände bedrängten sie.

»Wer hat dir das angetan?«, fragte sie.

Lena räusperte sich. Sie starrte zu Boden. Sie versuchte zu sprechen, doch es kam nur ein heiseres Flüstern heraus. »Ich bin gestürzt.«

Sara legte sich die Hand auf die Brust. »Lena«, sagte sie. »Du bist vergewaltigt worden.«

»Ich bin gestürzt«, wiederholte Lena, ihre Hand zitterte immer noch.

Jill Rosen lief zum Waschbecken und befeuchtete ein Papierhandtuch. Dann kam sie zu Lena und tupfte ihr Gesicht und den Hals ab.

Sara fragte: »Hat Ethan dir das angetan?«

Lena schüttelte den Kopf, als Jill versuchte, ihr das Blut abzuwaschen.

Sie sagte: »Ethan hat nichts getan.«

Jill legte Lena das feuchte Tuch in den Nacken. Es konnte sein, dass sie Spuren verwischte, doch das war Sara egal.

»Lena«, sagte sie, »jetzt ist alles gut. Er wird dir nicht mehr wehtun.«

Lena schloss die Augen, doch sie ließ sich von Jill den Hals abwischen. »Er hat mir nicht wehgetan.«

»Es ist nicht deine Schuld gewesen«, sagte Sara. »Du musst ihn nicht verteidigen.«

Lena hielt die Augen geschlossen.

»Hat Chuck das getan?«, fragte Sara. Jill Rosen sah überrascht aus.

»War es Chuck?«, wiederholte Sara.

Lena flüsterte: »Ich habe Chuck nicht gesehen.«

Sara setzte sich auf die Bettkante, sie versuchte zu verstehen. »Lena, bitte.«

Lena drehte das Gesicht weg. Das Nachthemd verrutschte, und Sara sah eine tiefe Bisswunde über ihrer rechten Brust.

Schließlich sprach Jill. »Lena, hat Chuck Ihnen wehgetan?«

»Ich hätte Sie nicht rufen sollen«, sagte Lena zu ihr.

Jill Rosens Augen waren feucht, als sie Lena das Haar hinters Ohr strich. Wahrscheinlich sah sie sich selbst vor zwanzig Jahren.

»Bitte, gehen Sie«, sagte Lena.

Jill Rosen sah Sara an, als wüsste sie nicht, was sie davon halten sollte. »Sie haben das Recht auf eine Betreuerin an Ihrer Seite«, sagte sie. Seit sie auf dem Campus arbeitete, musste sie schon häufiger solche Anrufe erhalten haben. Sie kannte das System, auch wenn sie sich selbst nie hatte helfen lassen.

»Bitte, gehen Sie«, wiederholte Lena, sie hielt die Augen immer noch geschlossen, als würde die Frau dann verschwinden.

Jill Rosen wollte etwas sagen, doch dann entschied sie sich dagegen. Hastig verließ sie das Zimmer.

Lenas Augen waren immer noch geschlossen. Ihr Kehlkopf zuckte, und sie musste husten.

»Es klingt, als wäre deine Luftröhre geprellt«, sagte

Sara. »Wenn der Kehlkopf verletzt wird …« Sara brach ab. Sie zweifelte, ob Lena ihr überhaupt zuhörte. Ihre Augen waren so fest geschlossen, dass sie aussah, als wollte sie den Rest der Welt ausschließen.

»Lena«, sagte Sara. Sie musste an Tessa im Wald denken. »Hast du Schwierigkeiten beim Atmen?«

Fast unmerklich schüttelte Lena den Kopf.

»Darf ich mal fühlen?«, fragte Sara, doch sie wartete die Antwort nicht ab. So sanft sie konnte, betastete sie den Kehlkopf nach Lufttaschen. »Nur geprellt«, sagte sie, »nicht gebrochen, aber es wird eine Weile wehtun.«

Lena hustete wieder, und Sara holte ihr ein Glas Wasser.

»Langsam«, sagte Sara und hielt das Glas an Lenas Lippen, bis es leer war.

Lena hustete wieder, dann sah sie sich um, als wüsste sie nicht, wie sie hier gelandet war.

»Du bist im Krankenhaus«, sagte Sara. »Hat Chuck dir etwas getan? Hat Ethan es rausgefunden? Ist es so passiert, Lena?«

Lena schluckte und zuckte vor Schmerz zusammen. »Ich bin gestürzt.«

»Lena«, hauchte Sara. Sie fühlte eine solche Traurigkeit, dass sie kaum sprechen konnte. »Mein Gott, bitte, sag mir einfach, was passiert ist.«

Lena ließ den Kopf hängen und murmelte etwas.

Sara fragte: »Was?«

Sie räusperte sich, endlich öffnete sie die Augen. Mehrere Äderchen waren geplatzt.

Sie sagte: »Ich will duschen.«

Sara betrachtete den Rape-Kit. Sie konnte es nicht noch einmal tun. Das war einfach zu viel für einen Menschen. Wie Lena dort saß, hilflos darauf wartete, dass Sara tat, was sie tun musste, es brach ihr das Herz.

Lena schien ihre Beklommenheit zu spüren. »Bringen wir es einfach hinter uns«, flüsterte sie. »Ich fühle mich so schmutzig. Ich möchte duschen.«

Sara rutschte von der Liege und ging hinüber an den Tisch. Sie fühlte sich taub, als sie nachsah, ob ein Film in der Kamera war.

Vorschriftsmäßig fragte sie: »Hattest du in den letzten vierundzwanzig Stunden Geschlechtsverkehr mit beiderseitigem Einverständnis?«

Lena nickte. »Ja.«

Sara schloss die Augen. »Mit beiderseitigem Einverständnis?«, wiederholte sie.

»Ja.«

Sara versuchte fest zu klingen. »Hast du nach dem Überfall geduscht oder eine Intimwaschung vorgenommen?«

»Ich wurde nicht überfallen.«

Sara ging zu Lena und stellte sich vor sie. »Da gibt es eine Pille, die ich dir geben kann«, sagte sie. »Du hast sie schon einmal genommen.«

Lenas Hand war immer noch in Bewegung, sie rieb sie am Bettlaken.

»Zur Verhütung im Notfall.«

Lena bewegte die Lippen, ohne zu sprechen.

»Man nennt sie auch die Pille danach. Erinnerst du dich daran, wie sie wirkt?«

Lena nickte, doch Sara erklärte es ihr trotzdem noch einmal. »Du musst jetzt eine nehmen und in zwölf Stunden noch eine. Es kann sein, dass dir übel wird. War die Übelkeit beim letzten Mal schlimm?«

Vielleicht nickte Lena, doch Sara war sich nicht sicher.

»Es kann sein, dass du Bauchkrämpfe bekommst, Schwindelgefühle, rote Flecken.«

Lena unterbrach sie. »Okay.«

»Okay?«, fragte Sara.

»Okay«, wiederholte sie. »Ja. Geben Sie mir die Pille.«

Im Leichenschauhaus saß Sara an ihrem Schreibtisch, den Kopf in die Hände gestützt, den Hörer zwischen Ohr und Schulter geklemmt, und wartete, während das Handy ihres Vaters klingelte.

»Sara?« Cathy war dran, sie klang besorgt. »Wo bist du?«

»Hast du meine Nachricht bekommen?«

»Wir wissen doch nicht, wie man das Ding abhört«, sagte ihre Mutter. »Wir haben uns schon Sorgen gemacht.«

»Tut mir leid, Mama«, sagte Sara und sah auf die Uhr in der Leichenhalle. Ihre Eltern hatten bereits vor einer Stunde mit ihrem Anruf gerechnet. »Chuck Gaines wurde umgebracht.«

Cathys Schreck verdrängte ihre Sorge. »Der Junge mit dem Makkaroni-Projekt in der dritten Klasse?«

»Ja«, antwortete Sara. Ihre Mutter erinnerte sich an Saras ehemalige Grundschulkameraden immer über die Dummheiten, die sie als Kinder gemacht hatten.

Cathy sagte: »Wie furchtbar.« Sie schien keine Verbindung zwischen Chucks Tod und dem, was Tessa passiert war, zu ziehen.

»Ich muss die Obduktion vornehmen und noch ein paar andere Dinge in dem Zusammenhang erledigen.« Sara wollte ihrer Mutter nicht von Lena Adams und ihren Erlebnissen im Krankenhaus erzählen. Selbst wenn sie es versucht hätte, Sara hätte ihre Gefühle nicht in Worte fassen können. Sie wollte jetzt nur noch bei ihrer Familie sein.

»Kannst du morgen früh kommen?«, fragte Cathy. Sie hörte sich seltsam an.

»Ich komme heute Abend, sobald ich es schaffe.« Noch nie hatte Sara so dringend die Stadt verlassen wollen wie jetzt. »Geht es Tessa gut?«

»Sie ist hier«, sagte Cathy. »Sie spricht gerade mit Devon.«

»Oh«, sagte Sara. »Ist das gut oder schlecht?«

»Wahrscheinlich eher gut«, antwortete Cathy geheimnisvoll.

»Wie geht's Daddy?«

Cathy antwortete zögernd. »Es geht ihm gut.« Sie klang nicht sehr überzeugend.

Sara dachte an das gespannte Verhältnis zu ihrem Vater und versuchte die Tränen zurückzuhalten. Wie sollte sie das alles durchstehen?

»Kleines?«, fragte Cathy.

Sara erkannte Jeffrey an dem Schatten, der auf ihren Schreibtisch fiel. Sie blickte auf, doch nicht zu ihm. Durch die Scheibe sah sie Frank und Carlos, die neben der Leiche standen und plauderten.

Sara sagte: »Mama, Jeff ist hier. Ich muss arbeiten.«

Cathy klang immer noch besorgt, aber sie sagte nur: »In Ordnung.«

»Ich komme, sobald ich kann«, versprach Sara und legte auf.

Jeffrey fragte: »Stimmt was mit Tess nicht?«

»Ich wäre einfach gerne bei ihr«, sagte Sara. »Ich brauche meine Familie.«

Jeffrey verstand die Andeutung. Er gehörte eben nicht dazu. »Können wir jetzt darüber sprechen oder nicht?«

»Du hast ihr Handschellen angelegt«, sagte Sara. Sie war hin und her gerissen zwischen Schmerz und Zorn. »Ich fasse es nicht, dass du ihr Handschellen angelegt hast.«

»Sie ist eine Verdächtige, Sara.« Er sah sich um. Frank blickte in seinen Notizblock, doch Sara wusste, dass er jedes Wort hörte, das sie sagten.

»Sie wurde vergewaltigt, Jeffrey. Ich weiß nicht, von wem, aber sie wurde vergewaltigt, und du hättest sie nicht in Handschellen legen dürfen.«

»Sie steht unter Mordverdacht.«

»Aus dem Untersuchungszimmer hätte sie nicht fliehen können.«

»Darum geht es nicht.«

»Worum geht es dann?«, fragte sie. »Wolltest du sie demütigen? Sie foltern?«

»Das ist mein Job, Sara. Menschen dazu zu bringen, ein Geständnis abzulegen.«

»Sie sagen bestimmt noch eine ganze Menge mehr, nur damit du aufhörst, sie zu schlagen.«

»Ich sag dir was, Sara, ein Kerl wie Ethan White versteht nur eine Sprache.«

»Ach, habe ich etwa die Stelle verpasst, als er dir sagte, was du wissen wolltest?«

Jeffrey funkelte sie an, offensichtlich um Beherrschung bemüht. Schließlich fragte er: »Können wir nicht einfach da weitermachen, wo wir heute Morgen aufgehört haben?«

»Heute Morgen hattest du noch kein Vergewaltigungsopfer mit Handschellen an ein Krankenhausbett gefesselt.«

»Ich bin nicht derjenige, der Beweismaterial zurückgehalten hat.«

»Ich habe kein Beweismaterial zurückgehalten, Jeffrey. Ich habe eine Patientin geschützt. Wie hättest du es gefunden, wenn jemand mein Rape-Kit benutzt hätte, um mir was anzuhängen?«

»Dir was anzuhängen?«, wiederholte er. »Ihre Fingerabdrücke sind auf der Mordwaffe. Es sieht aus, als hätte sie jemanden windelweich geprügelt. Ihr Freund hat eine Polizeiakte, so dick wie das Telefonbuch von Atlanta. Was zum Teufel hätte ich denn daraus schließen sollen?« Er rang offensichtlich um Fassung. »Ich kann meinen Beruf nicht nach deinen Wünschen ausüben.«

»Nein«, sagte sie und stand auf. »Und auch nicht nach den Regeln des Anstands.«

»Ich wusste nicht …«

»Sei nicht albern«, zischte sie und schlug die Tür zu. Sie wollte nicht, dass Frank noch mehr hörte. »Du hast gesehen, wie sie aussah, was man ihr angetan hatte. Die Fotos sind sicher schon fertig. Hast du die Prellungen an ihren Schenkeln gesehen? Hast du die Bisswunde an ihrer Brust gesehen?«

»Ja«, sagte er. »Ich habe die Fotos gesehen. Ich habe es gesehen.« Er schüttelte den Kopf, als wünschte er, er hätte das alles nicht gesehen.

»Glaubst du wirklich, dass Lena Chuck umgebracht hat?«

»Am Tatort gibt es keine Verbindung zu White«, sagte er. »Dafür haben wir ihre blutigen Fingerabdrücke auf der Mordwaffe. Aber, mein Gott, glaubst du, ich sehe sie gerne so?«

»Vielleicht war es Notwehr.«

»Das hat der Richter zu entscheiden«, sagte Jeffrey. Auch wenn es hart klang, Sara wusste, dass er recht hatte. »Ich darf mich in meinem Beruf nicht von meinen Gefühlen leiten lassen, und du auch nicht.«

»Wahrscheinlich bin ich nicht so professionell wie du.«

»Das habe ich nicht gesagt.«

»Achtzig Prozent aller Frauen, die vergewaltigt wurden,

werden irgendwann in ihrem Leben noch einmal vergewaltigt«, sagte sie. »Wusstest du das?«

Jeffrey zuckte die Schultern und hob die Hände. »Hast du nicht gehört«, fragte er so scheinheilig, dass Sara ihn hätte ohrfeigen können, »sie wurde nicht vergewaltigt. Sie ist gestürzt.«

Sara öffnete schwungvoll die Tür, sie wusste, dass sie kein Wort mehr mit ihm reden konnte. Auf dem Weg in die Leichenhalle spürte sie Jeffreys Blick, als er ihr in einigem Abstand folgte. Sie wartete nicht auf ihn.

Sie ging zu den Röntgenbildern, ohne die Aufnahmen richtig wahrzunehmen. Sara schloss die Augen und verdrängte Tessa und Lena aus ihren Gedanken, verbannte Ethan White aus ihrem Kopf. Als sie das Gefühl hatte, einigermaßen wieder im Gleichgewicht zu sein, öffnete sie die Augen und stellte sich an den Untersuchungstisch.

Chuck Gaines war ein großer Mann mit breiten Schultern und behaarter Brust. An den Armen waren keine Verteidigungsspuren zu sehen, er war also überrascht worden. Sein Hals klaffte leuchtend rot auf, Arterien und Sehnen hingen heraus wie Zweige von einem Ast. Sie konnte bis zu den Halswirbeln sehen. Einer davon hatte sich aus seiner normalen Position gelöst.

»Ich habe ihn vorhin mit Schwarzlicht abgeleuchtet«, sagte Sara. Schwarzlicht brachte Körperflüssigkeiten zum Vorschein und zeigte, ob die Person vor Kurzem Geschlechtsverkehr gehabt hatte. »Er ist sauber.«

Jeffrey erwiderte: »Vielleicht hat er ein Kondom benutzt.«

»Hast du am Tatort eins gefunden?«

»Lena hätte es verschwinden lassen können.«

Wütend zerrte Sara die Lampe herunter. Sie fokussierte das Licht, um die Umgebung der Wunde besser sehen zu können. »Der Täter scheint erst gezögert zu haben«, sagte sie und zeigte auf einen kleinen Kratzer, der die Haut nicht verletzt hatte. Wer Chuck die Kehle aufgeschnitten hatte, hatte mindestens zwei Versuche gebraucht.

»Was bedeutet«, schloss Jeffrey, »dass der Täter nicht sehr stark war.«

»Man muss ziemlich stark sein, um durch Knorpel und Knochen zu schneiden«, gab Sara zurück. Sie ärgerte sich, dass er alles im Sinne seiner Theorie auslegte, aber sie wollte nicht vor Frank weiterstreiten. Wahrscheinlich wollte Jeffrey Frank genau aus diesem Grund dabeihaben.

Sie fragte: »Habt ihr die Waffe?«

Jeffrey hielt eine durchsichtige Tüte hoch. Darin lag ein blutiges Jagdmesser mit einer fünfzehn Zentimeter langen Klinge. Er sagte: »Wir haben die leere Scheide in ihrem Schlafzimmer gefunden. Das Messer passt genau rein.«

»Nach etwas anderem habt ihr nicht gesucht?«

Jeffrey ließ sich nicht beirren. »Wir haben ihre Wohnung und Whites Zimmer durchsucht. Das war das einzige Messer.« Er fügte hinzu: »Die einzige Waffe.«

Sara sah sich das Messer an. Die Klinge war auf einer Seite gezahnt und auf der anderen geschliffen. Auf dem Griff war schwarzes Pulver, wo man die Fingerabdrücke genommen hatte. Sara konnte den schwachen Umriss der blutigen Abdrücke sehen. Ansonsten war nicht viel Blut an dem Messer. Entweder hatte der Mörder die Waffe abgewischt, oder Jeffrey hatte das falsche Messer. Sara hatte bereits eine Meinung dazu, doch sie wollte erst ganz sicher sein, um etwas Definitives sagen zu können.

Sara zog sich zwei Paar Handschuhe über. Die einzige andere Wunde an der Leiche war eine Stichwunde oberhalb der rechten Brust. Die Öffnung war groß genug für das Messer, das Jeffrey gefunden hatte, doch die Kanten passten nicht recht zu der Zahnung der Klinge. Chucks Mörder hatte ihm wahrscheinlich einen Schnitt durch die Kehle versetzt und anschließend in die Brust gestochen. Der Winkel der Stichwunde sprach dafür, dass der Täter über dem Opfer gestanden hatte.

Jeffrey fragte: »Sind Tessas Verletzungen nicht ähnlich?«

Sara ignorierte die Frage. »Kannst du mir helfen, ihn auf die Seite zu rollen?«

Jeffrey nahm sich ein Paar Handschuhe aus der Schachtel.

Frank bot an: »Soll ich euch helfen?«

»Nein«, sagte Sara. »Danke.«

Frank klopfte sich auf die Brust, offensichtlich erleichtert. Sara sah, dass die Haut an Franks Knöcheln aufgeschürft und verfärbt war. Als er ihren Blick bemerkte, steckte er die Hand in die Hosentasche und grinste entschuldigend.

»Fertig?«, fragte Jeffrey.

Sara nickte und wartete, dass er seine Position einnahm.

Da Chucks Kopf fast vom Körper abgetrennt worden war, war es nicht ganz einfach, ihn umzudrehen. Die Leichenstarre machte die Sache nicht einfacher. Die Beine rutschten vom Tisch, und Sara musste schnell umgreifen, damit die Leiche nicht auf den Boden purzelte.

»Tut mir leid«, sagte Jeffrey.

»Schon gut.« Sara spürte, dass ein Teil ihres Ärgers verrauchte. Sie wies auf das Tablett. »Gibst du mir bitte das Skalpell?«

Jeffrey merkte, dass das keine Routine war. Er fragte: »Wonach suchst du?«

Sara schätzte den Einstichwinkel des Messers, dann machte sie einen kleinen Einschnitt in Chucks Rücken, genau unter der linken Schulter.

»Das Messer war die einzige Waffe, die ihr gefunden habt?«, fragte sie. Dann deutete sie auf ein anderes Instrument auf dem Tablett.

»Ja«, sagte Jeffrey und reichte ihr die Pinzette.

Sara nahm die Pinzette und fischte in der Wunde herum, bis sie fand, wonach sie gesucht hatte.

Jeffrey fragte: »Was machst du denn da?«

Statt einer Antwort holte sie ein Stück Metall heraus.

»Was ist das?«, wollte Frank wissen.

Jeffrey war bleich geworden. »Die Spitze eines Messers.«

Sara erklärte: »Es ist am Schulterblatt abgebrochen.«

Franks Verwirrung war nicht zu übersehen. »Die Klinge von Lenas Messer ist aber gar nicht abgebrochen.« Er hob die Tüte hoch. »Sie ist nicht mal verbogen.«

Jeffrey war kreidebleich.

Frank sagte: »Was zum Teufel geht hier vor?«

»Es war nicht ihr Messer«, sagte Jeffrey mit belegter Stimme. »Lena war es nicht.«

Vierzehn

Lena schreckte aus dem Schlaf hoch und setzte sich auf. Ihre Rippen schmerzten bei jedem Atemzug, und ihr Handgelenk pochte, auch wenn sie endlich einen Kunststoffgips trug. Sie sah sich in der kleinen Zelle um und versuchte sich zu erinnern, wie sie hier gelandet war.

»Alles wird gut«, sagte Jeffrey.

Er saß vor ihr auf der anderen Liege, die Ellbogen auf die Knie gestützt, die Hände verschränkt. Lena lag in der Untersuchungszelle, nicht im abgesperrten Bereich. Der Raum war dunkel, das einzige Licht kam von dem Überwachungsschalter auf dem Gang. Die Zellentür stand offen, doch Lena wusste nicht, was sie davon halten sollte.

»Zeit für die zweite Pille«, sagte Jeffrey. Neben ihm stand ein Tablett mit Essen und einem Becher Wasser, daneben lagen zwei Pillen. Er hielt es ihr hin wie ein Kellner. »Die kleinere ist gegen die Übelkeit.«

Lena nahm die Pillen und spülte sie mit kaltem Wasser herunter. Sie versuchte den Becher in die dafür vorgesehene Einbuchtung auf dem Tablett zurückzustellen, doch sie hatte Koordinationsschwierigkeiten, und Jeffrey musste ihr helfen. Sie verschüttete Wasser auf seine Hose, aber er achtete gar nicht darauf.

Dann räusperte sie sich mehrmals und fragte: »Wie viel Uhr ist es?«

»Kurz vor Mitternacht«, sagte er.

Fünfzehn Stunden, dachte Lena. Seit fast fünfzehn Stunden war sie in Gewahrsam.

»Kann ich dir irgendetwas bringen?«, fragte Jeffrey. Licht fiel auf sein Gesicht, als er das Tablett vor ihr auf den Boden stellte. Jeffrey wirkte angespannt. »Geht es dir besser?«

Sie versuchte mit den Schultern zu zucken, doch die Knochen taten zu sehr weh. Die Körperteile, die sich nicht taub anfühlten, waren verspannt und wund. Selbst ihre Augenlider schmerzten.

»Wie geht's deinem Finger?«

Lena sah ihren Zeigefinger an. Sie fragte sich, wie viel Zeit vergangen war, seit sie versucht hatte, den Luftschacht wieder zuzuschrauben, und sich dabei in den Finger geschnitten hatte. Eine Ewigkeit. Sie war nicht mehr derselbe Mensch.

»Kommt das Blut auf dem Messer daher?«, fragte Jeffrey und lehnte sich wieder ins Licht. »Wann hast du dich geschnitten?«

Sie räusperte sich noch einmal, doch der Schmerz wurde nur schlimmer. »Kann ich noch was trinken?«

»Möchtest du was Stärkeres?«, fragte er. Sie sah ihn prüfend an, verstand, was er vorhatte. Jeffrey spielte den guten Cop. Lenas Bedürfnis nach jemandem, der nett zu ihr war, war so groß, dass sie wahrscheinlich sogar darauf eingehen würde. Sie brauchte jemanden zum Reden, doch ihr fielen die Worte nicht ein, die ihr Mund formen sollte.

Jeffrey hielt ihr den Becher hin. »Trink erst mal Wasser, okay?«

Lena trank, dankbar, dass das Wasser kalt war. Offenbar hatte Jeffrey es aus dem Kühler in der Lobby geholt und nicht aus dem Wasserhahn auf dem Gang.

Lena gab ihm den Becher zurück und lehnte sich an die

Wand. Ihr Rücken schmerzte, aber die Betonwand fühlte sich massiv und tröstlich an. Sie betrachtete den Gips, der ihre Hand und den halben Arm bedeckte. Wenn sie die Finger bewegte, spürte sie ein Kribbeln im Arm.

»Wahrscheinlich lässt die Wirkung der Schmerzmittel bald nach«, erklärte Jeffrey. »Willst du noch eine Tablette nehmen? Sara kann dir was verschreiben.«

Lena schüttelte den Kopf, obwohl sie am liebsten einfach alles vergessen hätte.

»Chuck hat Blutgruppe B-negativ«, sagte er. »Du hast A.«

Sie nickte. Die DNA-Tests würden ungefähr eine Woche brauchen, aber die Blutgruppe konnten sie auch hier im Krankenhaus bestimmen.

Jeffrey sagte: »Auf deinem Messer und auf dem Tisch haben wir Blutgruppe A gefunden, auf deinem Hemd auch.«

Lena wartete darauf, dass er weitersprach.

»B-negativ war nicht dabei.« Er fügte hinzu: »Außer im Dienstzimmer.«

Sie hatte die Luft angehalten und fragte sich, wie lange sie noch durchhielt.

»Lena …«, begann er. Zu ihrer Überraschung zitterte seine Stimme. Bevor er auf seine Hände blickte, sah sie in seinem Gesicht, wie verzweifelt er war. »Ich hätte dir keine Handschellen anlegen sollen.«

Lena wusste nicht, was er meinte. Nach dem, was mit Ethan passiert war, konnte sie sich an nichts erinnern.

»Ich hätte es nicht getan, wenn ich …« Er sah sie an. Seine Augen glänzten im Licht, das vom Flur hereinfiel. »Ich habe es nicht gewusst.«

Lena unterdrückte ein Husten. Sie hätte liebend gern noch mehr Wasser getrunken.

»Lena, erzähl mir, was passiert ist. Sag mir, wer dir das angetan hat, damit ich ihn bestrafen kann.«

Lena starrte mit leerem Blick vor sich hin. Sie hatte sich das selbst angetan. Was konnte sie mehr bestrafen?

»Ich hätte dir keine Handschellen anlegen sollen. Es tut mir leid.«

Lena atmete tief aus, ihre Rippen schmerzten.

Sie fragte: »Wo ist Ethan?«

Jeffreys Muskeln spannten sich. »Er ist in Untersuchungshaft.«

»Was werft ihr ihm vor?«

»Verstoß gegen die Bewährungsauflagen.« Mehr sagte er nicht.

»Ist er wirklich tot?«, fragte sie und dachte an das letzte Mal, als sie Chuck gesehen hatte.

»Ja«, sagte Jeffrey. »Er ist tot.« Er sah wieder auf seine Hände. »Hat er dir das angetan, Lena? Hat Chuck dir etwas getan?«

Sie räusperte sich wieder, ihr Hals schmerzte. »Kann ich heimgehen?«

Er schien darüber nachzudenken, aber sie wusste, er hatte nichts gegen sie in der Hand.

»Ich will einfach nur nach Hause.« Doch das Zuhause, an das Lena dachte, war nicht das Loch, in dem sie auf dem Campus hauste. Sie dachte an das Haus, das ihr einmal gehört hatte, das Leben, das sie einmal geführt hatte. Sie dachte an die Lena, die sie einmal gewesen war, damals, bevor Sibyl starb.

Jeffrey sagte: »Nan Thomas ist hier. Ich habe sie angerufen, damit sie dich abholt.«

»Ich will sie nicht sehen.«

»Tut mir leid, Lena. Sie wartet draußen – und ich lasse dich nicht allein nach Hause gehen.«

Auf dem Heimweg schwieg Nan. Lena hatte keine Ahnung, wie viel oder wie wenig sie wusste. Und es war Lena egal. Alles war ihr egal, seit gestern Abend der Sturm über sie hinweggefegt war.

Lena starrte aus dem Fenster. Sie war lange nicht mehr nachts Auto gefahren. Normalerweise war sie um diese Zeit längst im Bett, manchmal schlaflos, manchmal starrte sie aus dem Fenster, bis der Morgen dämmerte, doch draußen auf der Straße war sie um diese Uhrzeit sehr lange nicht mehr gewesen. Nirgends, wo sie nicht in Sicherheit wäre.

Nan fuhr in die Einfahrt und stellte den Motor ab. Als sie den Autoschlüssel über der Sonnenblende deponierte, grinste sie Lena albern an. Nan hatte zu viel Vertrauen. Sibyl war genauso gewesen, bis sie eines Tages von einem Verrückten ermordet worden war.

Das Haus, das Sibyl und Nan vor ein paar Jahren gekauft hatten, war ein kleiner Bungalow, wie sie überall in Heartsdale herumstanden, mit zwei Schlafzimmern auf einer Seite, dem Bad am Ende des Flurs und Küche, Esszimmer und Wohnzimmer auf der anderen Seite. Das zweite Schlafzimmer hatte Sibyl früher als Büro benutzt, was Nan damit machte, wusste Lena nicht.

Lena stand im Eingang und lehnte sich gegen die Wand, um nicht umzufallen, während Nan die Tür aufschloss. Als Nan die Tür öffnete, wurden sie von den drei kurzen Pieptönen der Alarmanlage begrüßt. Angesichts von Nans Sorglosigkeit war Lena überrascht, dass sie überhaupt eine Alarmanlage hatte einbauen lassen.

Nan schien ihre Gedanken zu lesen. »Ich weiß«, sagte sie und tippte Sibyls Geburtsdatum ein. »Ich dachte, so würde ich mich sicherer fühlen, nachdem Sibyl … und dann du …«

»Ein Hund würde mehr bringen«, sagte Lena, doch als sie Nans ängstliches Gesicht sah, bereute sie es. »Aber der Lärm der Alarmanlage schreckt Einbrecher sicher auch ab.«

»Am Anfang habe ich sie dauernd selbst ausgelöst. Mrs. Moushey von gegenüber hat fast einen Herzinfarkt gekriegt.«

»Das Ding ist in Ordnung«, beruhigte sie Lena.

»Warum glaube ich dir bloß nicht?«

Lena stützte sich auf die Sofalehne. Sie hatte keine Kraft für belanglose Gespräche.

Nan schien zu verstehen. »Hast du Hunger?«, fragte sie und knipste auf dem Weg durchs Esszimmer die Lichter an.

Lena schüttelte den Kopf, doch Nan war schon in der Küche verschwunden.

»Lena?«

»Nein«, rief Lena. Sie stützte sich an der Couchlehne ab, als sie ins Bad ging. Von der Pille danach bekam sie Bauchkrämpfe. Und sie spürte das charakteristische Brennen, das eine Blasenentzündung ankündigte.

Das kleine Bad war schwarz-weiß gefliest. Die Wände waren bis zur Mitte gekachelt, der Rest war mit Holz vertäfelt. An einem Medizinschrank mit Spiegel steckte ein Foto von Sibyl. Lena betrachtete sich im Spiegel, dann sah sie wieder auf das Foto. Sie sah zehn Jahre älter aus als ihre Schwester, auch wenn das Bild wahrscheinlich kurz vor Sibyls Tod aufgenommen worden war. Lenas linkes Auge war zugeschwollen, die Platzwunde darunter war rot und entzündet. Ihre Lippe war aufgeplatzt, und an ihrem Hals zeigten sich Kratzer und ein riesiger blauer Fleck. Kein Wunder, dass ihr das Sprechen schwerfiel.

»Lena?« Nan klopfte an die Tür.

Lena öffnete.

»Möchtest du einen Tee?«

Lena wollte ablehnen, doch vielleicht tat der Tee ihrer wunden Kehle gut. Sie nickte.

»Bäuchleintee oder Träumsüß?«

Fast hätte Lena gelacht.

Nan lächelte. »Ich nehme einfach irgendeinen«, sagte sie, als Lena keine Entscheidung fällte. »Willst du dich umziehen?«

Lena trug immer noch die Gefängniskleidung, die man ihr gegeben hatte, als ihre eigenen Kleider als Beweisstücke konfisziert wurden.

»Ich habe noch ein paar von Sibyls Sachen, wenn du willst …« Im selben Moment schienen sie beide zu dem Schluss zu kommen, dass sie sich nicht wohl fühlen würden, wenn Lena Sibyls Kleider trug.

»Ich gebe dir einen Schlafanzug von mir, der dir sicher passt«, sagte Nan. Sie ging in ihr Zimmer, und Lena folgte ihr. Neben dem Bett hingen noch weitere Fotos von Sibyl, und auf dem Nachttisch saß Sibyls alter Teddybär.

Nan beobachtete Lena.

»Was ist?«, fragte Lena. Sie wollte den Mund nicht zu sehr bewegen, damit ihre Lippe nicht wieder zu bluten begann.

Nan ging zum Schrank und kramte auf Zehenspitzen im obersten Fach herum. Sie nahm eine kleine Holzkiste herunter.

»Die ist von meinem Vater«, sagte sie und öffnete den Deckel. In der samtenen Ausbuchtung lag eine kleine Glock. Daneben war ein volles Magazin.

»Was machst du mit einer Pistole?«, fragte Lena. Zu gerne hätte sie die Glock aus der Kiste genommen und in der Hand gewogen. Sie hatte keine Schusswaffe mehr in der Hand gehabt, seit sie aus dem Polizeidienst ausgetreten war.

»Mein Vater hat sie mir geschenkt, nach Sibyls Tod«, sagte Nan. Lena hatte nicht einmal gewusst, dass Nans Vater noch lebte.

»Er war Cop. Genau wie euer Dad.«

Lena berührte das kalte Metall, es fühlte sich gut unter ihren Fingern an.

»Ich weiß nicht, wie man damit umgeht«, sagte Nan. »Ich kann Waffen nicht ausstehen.«

»Sibyl konnte Waffen auch nicht leiden.« Nan wusste sicherlich, dass Calvin Adams, ihr Vater, bei einer Fahrzeugkontrolle erschossen worden war.

Nan klappte den Deckel zu und reichte Lena die Kiste. »Nimm du sie, damit du dich sicherer fühlst.«

Lena nahm die Kiste entgegen und drückte sie an die Brust.

Dann ging Nan zur Kommode und holte einen hellblauen Schlafanzug heraus. »Ich weiß, es ist nicht dein Stil, aber er ist frisch.«

»Danke«, sagte Lena.

Als Nan hinausging, zog sie die Tür hinter sich zu. Lena hätte gern abgeschlossen, aber sie wollte nicht, dass Nan es persönlich nahm. Stattdessen setzte sie sich aufs Bett und öffnete die Kiste auf ihrem Schoß. Sie strich mit den Fingerspitzen über den Kolben der Pistole, so wie sie gestern Nacht über Ethans Schwanz gestrichen hatte. Lena nahm die Waffe in die Hand und schob zittrig das Magazin hinein. Mit dem Gips schaffte sie es nicht, den Schlitten zu ziehen, um die Kugel in die Kammer zu laden, und beinahe wäre ihr die Pistole heruntergefallen.

»Verdammt«, sagte sie. Dann drückte sie mehrmals den Abzug, nur um das Klicken zu spüren.

Aus Gewohnheit nahm Lena das Magazin heraus, bevor sie die Pistole wieder in die Kiste legte. Dann schlüpfte sie mühsam in den Schlafanzug. Ihre Beine taten so weh, dass sie sich kaum rühren konnte, aber sie wusste, nur Bewegung half gegen die Steifheit und den Schmerz.

Als sie in die Küche kam, schenkte Nan gerade den Tee ein. Sie grinste, und Lena bemerkte erst jetzt den dunkelblauen Zeichentrickhund auf der Brusttasche des Pyjamas.

»Tut mir leid.« Sie musste lachen. »Ich hätte nie gedacht, dass du mal solche Sachen trägst.«

Lena lächelte schwach. Sie spürte, dass ihre Lippe wieder blutete. Die Kiste stellte sie auf den Tisch. Die Pistole war nutzlos, wenn sie sie nicht laden konnte, aber allein ihre Nähe gab Lena ein Gefühl von Sicherheit.

Nan warf einen Blick auf die Pistole, doch sie sagte nur: »Darin siehst du richtig süß aus.«

Lena war verlegen, und sie beschloss, jeden Zweifel gleich vom Tisch zu räumen. »Ich bin nicht lesbisch, Nan.«

Nan unterdrückte ein Lächeln. »Ach, Lena, selbst wenn du es wärst, ich glaube nicht, dass irgendjemand je deine Schwester für mich ersetzen kann.«

Lena hielt sich am Stuhl fest. Sie wollte nicht über Sibyl reden. Sibyl jetzt heraufzubeschwören wäre so, als zöge man sie mit hinein in das, was passiert war. Die Vorstellung, Sibyl könnte irgendwie herausfinden, was passiert war, erfüllte Lena mit brennender Scham. Den Bruchteil einer Sekunde war Lena froh, dass ihre Schwester tot war.

»Es ist spät«, sagte sie mit einem Blick auf die Wanduhr. »Tut mir leid, dass du da mit reingezogen worden bist.«

»Ach, mach dir keine Gedanken«, beruhigte sie Nan. »So bin ich wenigstens mal wieder am Abend rausgekommen. Ich gehe immer um halb zehn ins Bett wie eine alte Schachtel, seit Sibyl …«

»Bitte«, flehte Lena. »Ich kann jetzt nicht von Sibyl sprechen. Nicht so.«

»Jetzt setz dich erst mal hin«, sagte Nan. Sie legte Lena den Arm um die Schulter und wollte sie zu einem Stuhl führen, doch Lena rührte sich nicht.

»Lena?«

Lena biss sich auf die Lippe. Mit der Zunge leckte sie das Blut ab und erinnerte sich, wie sie an Ethans Hals geleckt hatte.

Unvermittelt begann sie zu weinen. Nan nahm sie in die Arme. Sie standen mitten in der Küche, und Nan hielt sie, tröstete sie, bis Lenas Tränen irgendwann versiegten.

DONNERSTAG

Fünfzehn

Ron Fletcher sah aus wie ein Geistlicher. Er hatte das braune Haar ordentlich zur Seite gescheitelt und mit glänzendem Gel fixiert. Dazu trug er einen Anzug wie für ein Vorstellungsgespräch, obwohl Jeffrey am Telefon gesagt hatte, es ginge nur um ein paar Fragen zu Chuck Gaines. Fletcher roch wie ein voller Aschenbecher. Aber nach dem, was man in seinem Spind im Dienstzimmer gefunden hatte, war Nikotin die harmloseste seiner Süchte.

»Guten Morgen, Mr. Fletcher«, sagte Jeffrey und setzte sich ihm gegenüber an den Tisch.

Fletcher zeigte Jeffrey ein kurzes, nervöses Lächeln, dann drehte er sich schwerfällig um und sah Frank an, der neben der Tür stand wie ein Wachsoldat.

»Ich bin Chief Tolliver«, erklärte Jeffrey, »und das ist Detective Wallace.«

Fletcher nickte und strich sich durchs Haar. Als er jetzt sprach, klang er wie der ewige Student und langjährige Kiffer, der er war: »Hallo, Leute. Wie geht's denn so?«

»Danke, dass Sie so früh herkommen konnten.«

»Ich arbeite nachts«, sagte er. Seine Stimme war leise, aber er sprach überaus artikuliert. »Normalerweise gehe ich jetzt erst ins Bett.«

»Schön.« Jeffrey lächelte. »Wir sind froh, dass Sie da sind.« Er lehnte sich in seinem Stuhl zurück, eine Hand auf dem Tisch.

Fletcher drehte sich noch einmal nach Frank um. Frank

konnte ziemlich einschüchternd wirken, wenn er wollte. Jetzt hatte der alte Cop die Schultern gestrafft, um genau diesen Eindruck zu erzielen.

Fletcher grinste Jeffrey nervös an.

Wieder lächelte Jeffrey zurück.

»Ich, äh ...«, begann Fletcher, er beugte sich vor und stützte die Ellbogen auf den Tisch. »Ich schätze, Sie haben den Stoff gefunden.«

»Exakt«, antwortete Jeffrey.

»Ist nicht meiner«, probierte es Fletcher, aber Jeffrey hörte ihm an, dass er sich keinen großen Erfolg davon versprach. Ron Fletcher war Mitte vierzig, und in seiner Personalakte stand, dass er keinen Job länger als zwei Jahre durchgehalten hatte.

»Es ist Ihrer«, sagte Jeffrey. »Wir haben Ihre Fingerabdrücke darauf gefunden.«

»O Mann«, stöhnte Fletcher und schlug mit der flachen Hand auf den Tisch.

Jeffrey sah Frank grinsen. Sie hatten zwar Fingerabdrücke auf den Tüten gefunden, aber sie hatten gar kein Vergleichsmaterial, um feststellen zu können, ob es Fletchers waren.

»Was verkaufen Sie sonst noch?«

Fletcher zuckte die Schultern.

»Wir stellen Ihre Wohnung auf den Kopf, Ron.«

»O Mann!«, wiederholte Fletcher und legte den Kopf auf den Tisch. »Das ist so irre.« Er blickte flehend auf. »Ich hab immer 'ne weiße Weste gehabt. Das müssen Sie mir glauben.«

»Ich habe Ihre Akte bereits eingesehen«, sagte Jeffrey mahnend.

Fletchers Mund zuckte. Bis auf einen Strafzettel war die Akte sauber, aber vielleicht hatte es mal was gegeben, das nicht zur Anzeige gekommen war. Fletcher gehörte noch zu der Generation, die glaubte, Cops hätten sehr viel mehr Macht, als sie tatsächlich hatten.

Jeffrey fragte: »An wen haben Sie verkauft?«

»Nur an ein paar Jungs vom College, Mann«, sagte Fletcher. »Immer nur kleinste Mengen, und nur um mich über Wasser zu halten, verstehen Sie? Nichts Großes.«

»Wusste Chuck davon?«

»Chuck? Nein, nein. Natürlich nicht. Er hatte nicht so den Durchblick, wissen Sie, aber wenn er rausfindet, was ich am Laufen hatte …«

»Chuck ist tot.«

Fletcher wurde bleich, der Kiefer fiel ihm runter.

Jeffrey ließ einen Moment verstreichen. Fletchers Gesicht zuckte nervös.

Dann fragte Jeffrey: »Sind Sie vielleicht irgendjemandem am College ins Gehege gekommen?«

»Ins Gehege?«, wiederholte Fletcher. »Nein, Mann. Ich habe keine Ahnung, wer sonst noch dealt. Aber ich hab doch viel zu wenig verkauft, um damit jemandem groß ans Bein zu pissen. Ehrlich.«

»Es ist also nie jemand auf Sie zugekommen und hat Ihnen gedroht wegen dem, was Sie so gemacht haben?«

»Nie«, wiederholte Fletcher. »Ich war vorsichtig, wissen Sie. Ich hab nur an eine Hand voll Jungs verkauft. Ich wollte ja keine Kohle machen, ich wollte mich nur selbst mit Gras versorgen.«

»Nur Gras?«

»Manchmal auch ein bisschen was anderes«, sagte Fletcher. Der Mann war nicht vollkommen verblödet. Er wusste, dass Gras im Gegensatz zu harten Drogen ein relativ harmloses Vergehen war.

»Wer waren die Jungs, an die Sie verkauft haben?«

»Es waren nicht viele, nur drei oder vier.«

»William Dickson?«, fragte Jeffrey. »Scooter?«

»Nein, nein, nicht Scooter. Der ist tot. Ich hab ihm die Scheiße nicht verkauft. Geht es darum?« Er wurde ganz fahrig, doch Jeffrey bedeutete ihm, sich zu beruhigen.

»Wir wissen, dass Scooter gedealt hat. Keine Sorge wegen Scooter.«

»Puh.« Fletcher legte sich die Hand auf die Brust. »Jetzt haben Sie mich aber ganz schön erschreckt.«

Jeffrey beschloss zu pokern. »Wir wissen, dass Sie Andy Rosen mit Stoff versorgt haben.«

Fletchers Mund schnappte auf und zu, doch er sagte nichts. Er sah von Frank zu Jeffrey und dann wieder zurück zu Frank. »Nein, nein, nein«, sagte er schließlich. »Ich will einen Anwalt.«

»Wenn ein Anwalt dabei ist, sieht unser Gespräch hier gleich ganz anders aus, Ron. Wenn Sie nämlich Ihren Anwalt herzitieren, dann muss ich auch meinen rufen.«

»Nein, nein, nein.«

»Wenn ich Anklage erhebe, dann sind Sie schon so gut wie erledigt. Dann sind Sie drin. Und dann sitzen Sie Ihre Zeit ab.«

»Das können Sie nicht machen. Das ist Erpressung.«

»Das ist keine Erpressung«, korrigierte Jeffrey. Technisch gesehen, da Fletcher nach einem Anwalt verlangt hatte, verstieß Jeffrey lediglich gegen die Miranda-Rechte. »Wir wollen Sie doch gar nicht drankriegen, Ron. Wir wollen nur von Ihnen wissen, was Sie Andy Rosen verkauft haben.«

»Echt nicht, Mann«, sagte Fletcher. »Ich weiß doch, wie das läuft. Wenn er Dope geraucht hat, bevor er von der Brücke sprang, dann bin ich plötzlich schuld – ich meine, derjenige, der ihm den Stoff verkauft hat.«

Jeffrey lehnte sich über den Tisch. »Andy ist nicht gesprungen, Ron. Er wurde gestoßen.«

»Ohne Scheiß?« Fletcher blickte wieder von Jeffrey zu Frank. »Mann, das ist böse. Das ist wirklich böse. Andy war ein guter Junge. Er hatte Probleme, aber … Scheiße. Er war ein guter Junge.«

»Was für Probleme hatte er denn?«

»Er kam vom Dope nicht runter«, sagte Fletcher und machte eine resignierte Geste. »Manche Leute, die wollen, aber sie können einfach nicht.«

»Er wollte wirklich?«

»Ich glaube schon«, sagte Fletcher. »Ich meine, Sie wissen schon. Ich dachte, er wollte davon weg.«

»Wie lange ging das so?«

Fletcher verzog das Gesicht. »Keine Ahnung.«

»Wie lange, Ron? Hat er versucht, Ihnen was abzukaufen?«

»Er hatte kein Geld«, sagte Fletcher. »Er hat gemeint …« – er zog die Schultern hoch und rieb sich die Hände –, »… ›Dienstag zahl ich dir den dreifachen Preis, wenn du mir heute 'ne Platte rüberschiebst‹.«

Jeffrey fragte: »Und?«

»Teufel, nein. Andy hat schon mal versucht, bei mir zu schnorren. Er hat sich überall durchgeschnorrt.«

»Hatte er deswegen Feinde?«

Fletcher schüttelte den Kopf. »Wenn man ein bisschen Druck gemacht hat, hat er immer irgendwann gezahlt. Der kleine Kerl hat mir leidgetan. Er hat auf harten Macker gemacht, aber man musste ihn nur mal mit dem kleinen Finger anstupsen, und dann hat er gebettelt: ›Alles klar. Hier hast du dein Geld. Tu mir nur nicht weh.‹« Fletcher unterbrach sich, als er merkte, was er da gerade gesagt hatte. »Nicht dass ich ihm je wehgetan hätte. So bin ich nicht drauf, Mann. Ich bin total soft. Ich interessier mich für Bewusstheitseinwei…?« Fletcher überlegte. »Nein, nein. Bewussterwei… Bewusstseinserweiterung, genau. Darum geht es mir.«

»Aber ja doch«, sagte Jeffrey. Er fürchtete, Fletcher würde vor lauter Bewusstseinserweiterung bald das Sabbern anfangen.

»Er hat mir leidgetan. Er hatte gerade gute Neuigkeiten, und die wollte er wohl feiern.«

Jeffrey warf Frank einen Blick zu. »Was wollte er feiern?«

»Hat er nicht gesagt«, antwortete Fletcher. »Hat er nicht gesagt, und ich hab nicht gefragt. Er hatte gerne Geheimnisse, wissen Sie? Sogar wenn er aufs Klo ist, hat er ein Geheimnis draus gemacht. Alles war geheim, als wäre er James Bond persönlich.« Fletcher lachte künstlich. »Ha, ha. Alter Wichtigtuer.«

»Und Chuck?«, fragte Jeffrey. »Was hatte Chuck damit zu tun?«

Fletcher zuckte die Schultern. »Ich will nicht schlecht reden über … tja …«

»Ron!«

Stöhnend rieb er sich über den Bauch. »Er hat ’n bisschen was abgekriegt. Wissen Sie, für Miete und so weiter.«

Jeffrey lehnte sich zurück. Er überlegte, ob Chuck mit den Morden zu tun gehabt haben könnte. Drogendealer brachten nur jemanden um, wenn er ihnen ins Revier pfuschte. Und dann auf möglichst spektakuläre Art, um Möchtegernrivalen abzuschrecken. Morde wie Selbstmorde zu inszenieren, war in diesem Fall kontraproduktiv.

Jeffreys Schweigen machte Fletcher nervös. »Brauch ich einen Anwalt?«, fragte er.

»Nicht, wenn Sie kooperieren.« Jeffrey nahm einen

Block und einen Stift und schob beides Fletcher hin. »Ich weiß, dass dies Ihre erste Straftat ist, Ron. Wir versuchen, Sie vor dem Knast zu bewahren, aber Sie müssen uns sagen, was Sie noch in Ihrer Wohnung haben. Wenn ich dort bin und etwas finde, das Sie mir verschwiegen haben, dann muss ich das dem Richter sagen, und er wird die Höchststrafe verhängen.«

»Okay, Mann«, lenkte Fletcher ein. »Okay. Speed. Ich hab 'n bisschen Speed unter der Matratze.«

Jeffrey zeigte auf Stift und Papier.

Fletcher begann zu schreiben. Es war eine Art schriftliche Hausbesichtigung. »'n bisschen Pot im Kühlschrank, da wo die Butter hinkommt. Wie heißt das Ding?«

»Butterfach?«

»Ja, genau.« Fletcher nickte und konzentrierte sich wieder auf die Liste.

Jeffrey stand auf. Er hatte Besseres zu tun. Die Tür ließ er offen, damit er Fletcher vom Flur aus beobachten konnte.

Frank fragte: »Was hast du vor?«

Leise sagte Jeffrey: »Ich fahre bei Jill Rosen vorbei, vielleicht hat sie doch noch was für mich.«

»Wie geht's der Kleinen?«

Jeffreys Miene verfinsterte sich, als er an Lena dachte. »Ich habe heute Morgen mit Nan gesprochen. Ich weiß nicht. Vielleicht fahre ich später bei ihr vorbei und frage sie, ob sie nicht doch Anzeige erstatten will.«

»Das macht sie nicht«, erwiderte Frank, und Jeffrey wusste, dass er recht hatte.

Jeffrey sagte: »Du könntest mir ihr sprechen.«

Frank machte ein Gesicht, als hätte Jeffrey ihm vorgeschlagen, über seiner eigenen Mutter einen nassen Lappen auszuwringen.

»Das ist kein Befehl, Frank, aber ich finde, du könntest ihr vielleicht die Hand reichen …«

Frank hüstelte.

Jeffrey ließ noch nicht locker. »Sie vertraut dir, Frank. Vielleicht kannst du sie auf den rechten Weg zurückbringen.«

»Sieht aus, als hätte sie sich schon für einen anderen Weg entschieden.« Seine Augen nahmen einen harten Ausdruck an, und Jeffrey fiel wieder ein, wie schwer es gestern gewesen war, Frank von Ethan White wegzuzerren. Wäre Jeffrey nicht dazwischengegangen, dann wäre White jetzt vermutlich tot.

»Auf dich wird sie hören«, sagte Jeffrey. »Du bist vielleicht unsere letzte Chance, zu ihr durchzudringen.«

Frank ging nicht darauf ein, stattdessen machte er eine Handbewegung in Richtung Fletcher, der bereits an der zweiten Seite seines Geständnisses saß. »Soll ich seine Wohnung durchsuchen?«

»Ja«, sagte Jeffrey. Sie mussten den unwahrscheinlichen Fall berücksichtigen, dass Fletcher einfach ein gerissener Lügner war. »Du kannst ihn schon mal für das Pot in seinem Spind einbuchten. Mal sehen, was noch so alles zusammenkommt.«

»Und White?«, fragte Frank. »Lässt du ihn laufen?«

Jeffrey hatte Ethan White beim Sheriff in Macon untergebracht. Seinen eigenen Leuten hatte er ihn nicht zumuten wollen. »Ich halte ihn fest, so lange es geht, aber wenn Lena keine Anzeige erstattet, dann kann ich nicht viel tun.«

»Was ist mit der DNA?«

»Du weißt, das dauert mindestens eine Woche«, erinnerte ihn Jeffrey. »Und wenn wir die Ergebnisse haben, können wir auch nichts damit anfangen, wenn sie darauf beharrt, dass es in gegenseitigem Einverständnis geschehen ist.«

Frank nickte kurz. »Fährst du heute Abend nach Atlanta?«

»Ja, wahrscheinlich«, sagte Jeffrey, auch wenn Sara ihm gestern Abend gesagt hatte, er solle sie eine Weile in Ruhe lassen. Irgendwann würde der Tag kommen, an dem sie es auch wirklich so meinte. Jeffrey hoffte verzweifelt, dass es noch nicht so weit war.

Jeffrey ging zu Fuß zum Haus von Jill Rosen und Brian Keller. Er brauchte Zeit, um den Kopf frei zu bekommen. Schuldgefühle türmten sich in ihm auf, angefangen von dem Überfall auf Tessa bis zu Lenas Vergewaltigung. Letzte Nacht im Gefängnis hätte er sie am liebsten in den Arm genommen und alles wiedergutgemacht. Das Einzige, was er jetzt für sie tun konnte, war herauszufinden, wer hinter all dem steckte. Nichts sprach dafür, dass jemand mit Gewalt ins Dienstzimmer eingebrochen war. Niemand hegte einen speziellen Groll auf Chuck, und auch wenn Chuck einhellig für ein Arschloch gehalten wurde, hatte keiner einen Grund gehabt, ihn umzubringen. Selbst wenn Chuck seinen Teil von Fletchers Drogendeals abschöpfte, war Fletcher der Verantwortliche, nicht Chuck.

Der rote Mustang stand immer noch in der Einfahrt, wo Jeffrey ihn das letzte Mal gesehen hatte. Er klopfte an die Haustür und wartete mit den Händen in den Hosentaschen. Nach ein paar Minuten spähte er durchs Fenster. Er fragte sich, ob Jill Rosen ihren Mann tatsächlich verlassen hatte.

Er klopfte noch ein paar Mal an die Tür, dann machte er kehrt. Jeffrey war schon wieder auf der Straße, als er es sich anders überlegte. Er ging ums Haus herum zu Andys

Wohnung. Fletcher hatte gesagt, Andy habe am Samstagabend etwas feiern wollen. Vielleicht konnte Jeffrey herausfinden, was den Jungen so glücklich gemacht hatte.

Jeffrey klopfte an die Tür, er wollte Jill Rosen nicht stören, falls sie gerade die Sachen ihres Sohnes zusammenpackte. Dann drehte er am Türknauf.

»Hallo?«, rief er und betrat die kleine Wohnung. Die Wohnung wirkte ähnlich heruntergekommen wie das Haus der Eltern. Der Teppichboden war orange, die Wände waren mit hellem Holz getäfelt, das sich an einigen Stellen löste. Hinter der Eingangstür befand sich ein Bad, dahinter das Wohnzimmer. Zerfledderte Poster von Rap-Musikern waren lieblos an die Wände geklatscht. Zwei Bierdosenpyramiden waren rechts und links von einem Fernseher mit Großbildschirm aufgetürmt.

Auf einer Staffelei neben dem Fenster war die grobe Skizze einer nackten Frau zu sehen, diese hier glücklicherweise nicht in Farbe. Jeffrey stocherte in einer Plastikkiste mit Malutensilien herum, die auf dem Boden stand. Sie enthielt mehrere Dosen mit Verdünner und ein paar Spraydosen. Ganz unten in der Kiste fand er zwei Tuben mit Klebstoff und einen alten Lappen. Als er daran roch, fiel er von den Ausdünstungen fast in Ohnmacht.

»Gott«, keuchte er. Unter dem Spülbecken fand er weitere Spraydosen. In dem kleinen Bad standen vier Spraydosen mit WC-Reiniger. Entweder war Andy Rosen ein Sauberkeitsfanatiker, oder er schnüffelte Kleber und Aerosol. Das war sicherlich nicht in Saras Drogenscreening aufgetaucht, wenn sie nicht speziell danach gefragt hatte.

Jeffrey durchsuchte das Zimmer nach weiteren Hinweisen auf Drogen. Auf dem Boden lagen das Zubehör einer Playstation herum und mehrere CDs ohne Hülle. An die Stereoanlage waren ein Videorecorder, ein DVD-Spieler, ein CD-Deck, ein guter Verstärker und Surround-Sound-Boxen angeschlossen. Entweder dealte Andy selbst, oder seine Eltern hatten eine zweite Hypothek aufgenommen, um ihm die Elektronik zu finanzieren.

Der Schlafbereich war mit einem Raumteiler abgetrennt. Das Bett dahinter war ungemacht und zerwühlt. Der Geruch von Schweiß und Kokos hing in der Luft. Über einer Lampe neben dem Bett war ein rotes Tuch drapiert.

Die Schubladen und Schränke waren schon durchsucht worden, doch Jeffrey wollte noch einen zweiten Blick hineinwerfen. Drei oder vier Hemden hingen im Schrank, die Fächer quollen über vor T-Shirts. Im oberen Fach waren drei Paar verwaschene Jeans, die Jeffrey auseinanderfaltete. Er sah in den Hosentaschen nach, dann legte er sie zurück in das Fach.

Mehrere Schuhkartons standen am Boden des Schranks, die meisten enthielten nagelneue Turnschuhe. In einem Karton fand Jeffrey aber einen Packen Fotos und ein paar von Andys alten Zeugnissen. Er las die Zeugnisse, die sehr viel besser waren als seine eigenen, dann betrachtete er die Fotos. Jill Rosen und Brian Keller sahen auf allen Fotos mehr oder weniger gleich aus, nur die Landschaft dahinter veränderte sich – eine Achterbahn, eine Wildwasserbahn, das Smithsonian, der Grand Canyon. Andy war auf den wenigsten Fotos zu sehen. Anscheinend war er der selbst ernannte Familienfotograf gewesen.

Am Boden des Kartons lag noch ein kleineres Päckchen mit Schwarz-Weiß-Fotos. Jeffrey nahm es heraus. Der Gummi, der die Fotos zusammenhielt, war so alt, dass er in seiner Hand zerbröselte. Die ersten Fotos zeigten eine junge Frau in einem Schaukelstuhl, die ein Baby hielt. Ihr Haar war helmartig toupiert, genau wie Jeffreys

Mutter es damals getragen hatte, als er noch zur Highschool ging.

Auf anderen Fotos spielte die Frau mit dem Kind. In dem Maß, wie ihr Haar länger wurde, wurde der Junge größer. Es gab insgesamt zehn Fotos, auf dem jüngsten war der Junge ungefähr drei. Jeffrey betrachtete das letzte Bild, auf dem die Frau allein im Schaukelstuhl saß. Sie sah direkt in die Kamera, und irgendetwas an der Form ihres Gesichts und dem Schwung ihrer Wimpern kam Jeffrey bekannt vor. Er drehte das Foto um, las das Datum auf der Rückseite und versuchte die Puzzleteile irgendwie zusammenzusetzen. Dann betrachtete er wieder die Frau. Warum wirkte sie so vertraut?

Er klappte das Telefon auf und wählte Kevin Blakes Nummer. Nach dreimaligem Klingeln ging Candy dran.

»Halli-hallo«, flötete sie. Anscheinend freute sie sich, seine Stimme zu hören. »Ich wollte Sie gerade anrufen.«

»Haben Sie Monica Patrick ausfindig gemacht?«

»Gewissermaßen schon«, sagte sie nicht mehr ganz so fröhlich. »Sie ist seit drei Jahren tot.«

Jeffrey hatte so etwas befürchtet. »Danke für die Mühe.«

»Keine Ursache«, sagte sie. »Aber ich weiß sowieso nicht, was sie Ihnen hätte helfen können. Sie suchen wohl nach einer Art Skandal oder so was?«

»So was in der Art«, gab Jeffrey zu. Er starrte immer noch das Foto in seiner Hand an.

»Ich habe mal versucht, mehr über ihn rauszufinden«, sagte sie. »Brian ist zwar kein Einstein, aber er ist ein Arbeitstier. Er macht die Jobs, die sonst keiner machen will. Und bleibt bis Mitternacht, bis wirklich alles erledigt ist. Heute sagt man Workaholic, früher nannte man das diensteifrig.«

Jeffrey steckte das Foto ein und stellte den Schuhkarton

wieder in den Schrank. »Seine Frau hat mir den Eindruck vermittelt, dass er immer noch so ist.«

»Na ja, sie muss es ja wissen«, sagte Candy. »Auch wenn sie das früher hätte merken können.«

Jeffrey schloss die Schranktür und sah sich um. »Was meinen Sie damit?«

»So sind sie doch zusammengekommen«, erklärte sie. »Jill war seine Sekretärin damals in Jericho.«

»Sie machen Witze.«

»Wo liegt da der Witz?«, fragte sie. »Sekretärin ist doch kein schlechter Job.«

»Nein, das meine ich nicht«, sagte Jeffrey. »Nur, keiner von beiden hatte das erwähnt.«

»Warum sollten sie?«, fragte Candy. »Haben Sie sich nie gefragt, warum sie unterschiedliche Namen haben?«

»Eigentlich nicht.« Jeffrey hörte, wie in der Einfahrt eine Autotür zugeschlagen wurde. Er sah aus dem Wohnzimmerfenster. Brian Keller lehnte sich zum Rücksitz seiner braunen Limousine. Er holte ein paar große weiße Kartons heraus, die er auf dem Knie balancierte, während er den Wagen abschloss.

»Chief?«

»Ich bin noch da«, sagte Jeffrey und versuchte das Gespräch wieder aufzunehmen. »Was haben Sie gesagt?«

»Ich sagte, dass er wahrscheinlich inzwischen geschieden ist.«

»Von wem geschieden?«, fragte Jeffrey, während er beobachtete, wie Keller die Kartons zur Garage schleppte.

»Von dem Mädchen, mit dem er verheiratet war, als er was mit Jill Rosen anfing«, sagte sie, dann fügte sie hinzu: »Wahrscheinlich ist sie jetzt kein Mädchen mehr. Müsste so um die fünfzig sein. Ich frage mich, was aus dem Sohn geworden ist.«

»Sohn?«, fragte Jeffrey. Er hörte Kellers Schritte auf der Treppe. »Welcher Sohn?«

»Der Sohn aus seiner ersten Ehe«, sagte sie. »Hören Sie mir überhaupt zu?«

»Er hat einen Sohn aus erster Ehe?« Jeffrey zog das Foto wieder heraus.

»Das habe ich doch gerade gesagt. Er ist einfach fort und hat die beiden sitzen lassen. Hat sie vor Bert nicht mal erwähnt. Kennen Sie noch den alten Bert Winger? Er war Dekan, bevor Kevin kam. Nicht dass Bert Brians Familienangelegenheiten interessiert hätten. Er hatte selbst zwei Kinder aus erster Ehe, und ich sage Ihnen, die beiden waren die süßesten Fratze, die ich je …«

»Ich muss Schluss machen«, sagte Jeffrey und legte auf. Jetzt wusste er, warum die Frau auf dem Foto ihm so bekannt vorkam.

Das alte Sprichwort stimmte. Ein Bild sagte mehr als tausend Worte – in diesem Fall verhalf es jemandem zu einer Gratisfahrt aufs Polizeirevier.

Keller erschrak über Jeffreys Anblick, als er zur Tür hereinkam. Fast hätte er die Kisten fallen gelassen. »Was machen Sie hier?«

»Ich schaue mich nur mal um.«

»Das seh ich selbst.«

»Wo ist Ihre Frau?«, fragte Jeffrey.

Keller wurde bleich. Er beugte sich vor und setzte die Kartons mit lautem Poltern auf dem Boden ab. »Sie ist bei ihrer Mutter.«

»Nicht die«, sagte Jeffrey und hielt ein Foto hoch. »Ihre andere.«

»Meine andere …«

»Ihre erste Frau«, erklärte Jeffrey und hielt ihm das andere Foto hin. »Die Mutter Ihres ältesten Sohnes.«

Sechzehn

Lena schleppte sich in die Küche, jedes Gelenk ihres Körpers knirschte wie eingerostetes Metall. Nan saß mit einer Schüssel Cornflakes am Tisch und las die Zeitung.

»Gut geschlafen?«, fragte Nan.

Lena nickte und sah sich nach der Kaffeemaschine um. Auf dem Herd dampfte der Wasserkessel. Eine Tasse mit einem Teebeutel stand auf der Anrichte.

»Gibt es auch Kaffee?«, fragte Lena krächzend.

»Nur Nescafé«, sagte Nan, »aber der ist koffeinfrei. Wenn ich nachher zur Bibliothek gehe, kann ich welchen kaufen.«

»Schon gut«, sagte Lena. Sie fragte sich, wie lange es dauerte, bis sie vom Koffeinentzug Kopfschmerzen bekam.

»Du klingst schon viel besser heute Morgen«, sagte Nan lächelnd.

Lena setzte sich, die Erschöpfung lähmte ihre Glieder. Nan hatte auf der Couch geschlafen und Lena das Bett überlassen, doch Lena hatte sich nicht entspannen können. Nans Bett stand unter den Fenstern, die zum Garten zeigten. Vorhänge oder Jalousien gab es nicht. Lena hatte kein Auge zugetan vor lauter Angst, jemand würde durchs Fenster steigen und über sie herfallen. Sie war mehrmals aufgestanden, um die Schlösser zu kontrollieren und nachzusehen, ob jemand draußen war. Doch der

Garten war zu dunkel, man sah kaum die Hand vor Augen. Schließlich hatte sie sich mit dem Rücken an die Tür gesetzt, die Pistole auf dem Schoß.

Lena räusperte sich. »Ich brauche jemanden, der mir Geld leiht.«

»Natürlich«, sagte Nan. »Ich wollte dir doch sowieso …«

»Nur leihen«, betonte Lena. »Ich zahle dir alles zurück.«

»Also gut«, seufzte Nan. Sie stand auf, um ihre Schale abzuspülen. »Nimmst du dir frei? Du kannst gerne eine Weile hierbleiben.«

»Ich muss Ethan einen Anwalt besorgen.«

Nan fiel die Schale aus der Hand. »Hältst du das für klug?«

»Ich kann nicht zulassen, dass er im Gefängnis sitzt.« Lena wusste, dass die schwarzen Gangs ihn totschlagen würden, wenn sie die Tätowierungen sahen.

Nan setzte sich wieder an den Tisch. »Ich weiß nicht, ob ich dir dafür Geld geben kann.«

»Dann besorge ich es mir eben woanders«, sagte Lena, auch wenn sie nicht wusste, wo.

Nan starrte sie mit offenem Mund an. Dann nickte sie. »Also gut. Wir gehen zur Bank, wenn ich von der Arbeit komme.«

»Danke.«

Nan hatte noch etwas auf dem Herzen. »Ich habe Hank nicht angerufen.«

»Das sollst du auch nicht«, sagte Lena. »Ich will nicht, dass er mich so sieht.«

»So hat er dich schon einmal gesehen.«

Lena sah Nan warnend an. Sie würde nicht darüber diskutieren.

»Also gut«, wiederholte Nan, mehr zu sich selbst. »Ich

muss los. An der Tür hängt der andere Schlüssel, falls du rauswillst.«

»Ich will nirgendwohin.«

»Ist wahrscheinlich das Beste«, sagte Nan mit einem Blick auf Lenas Hals. Lena hatte noch nicht in den Spiegel geschaut, aber sie konnte sich vorstellen, wie schlimm es aussah. Die Wunde auf ihrer Wange fühlte sich heiß an, wahrscheinlich hatte sie sich entzündet.

Nan sagte: »Ich komme so um eins zum Mittagessen heim. Nächste Woche haben wir Inventur, und ich muss noch ein paar Sachen erledigen.«

»In Ordnung.«

»Willst du nicht mit zur Bibliothek kommen? Du könntest in meinem Büro bleiben. Keiner würde dich sehen.«

Lena schüttelte den Kopf. Sie wollte den Campus nie wieder betreten.

Nan griff nach ihrer Tasche und dem Schlüsselbund. »Ach, das hätte ich fast vergessen.«

Lena wartete.

»Richard Carter kommt vielleicht vorbei.«

Lena murmelte einen Fluch, den Nan offensichtlich noch nie aus dem Mund einer Frau gehört hatte.

Sie sagte nur: »Liebe Güte.«

»Weiß er, dass ich hier bin?«

»Nein. Ich wusste es ja auch nicht. Ich hab ihm gestern Abend den Schlüssel gegeben.«

»Du hast ihm den Schlüssel zu deinem Haus gegeben?« Lena konnte es nicht fassen.

»Er hat jahrelang mit Sibyl gearbeitet«, verteidigte sich Nan. »Sie hatte vollstes Vertrauen zu ihm.«

»Was will er denn?«

»Er will sich ihre Aufzeichnungen ansehen.«

»Kann er Blindenschrift lesen?«

Nan klimperte mit den Schlüsseln. »In der Bibliothek ist ein Übersetzungsgerät. Auch wenn es damit ewig dauert.«

»Was sucht er denn?«

»Was weiß ich?« Nan rollte die Augen. »Du weißt doch, was für ein Geheimniskrämer er sein kann.«

Lena nickte, doch sie fand es sogar für Richard seltsam. Sie würde ihn sich vornehmen, bevor er auch nur in die Nähe von Sibyls Aufzeichnungen kam.

»Ich muss mich beeilen«, sagte Nan. Dann zeigte sie auf Lenas Gips. »Und den Arm sollst du hochhalten.«

Gehorsam hob Lena den Arm.

»Du hast ja meine Nummer in der Bibliothek.« Nan deutete auf die Alarmanlage. »Drück einfach auf ›Stay‹, wenn du möchtest.«

»Okay«, sagte Lena, doch sie hatte nicht vor, die Alarmanlage einzuschalten. Mit einem Löffel auf einen Topf zu trommeln, wäre wirksamer gewesen.

»Man hat zwanzig Sekunden, um die Tür zu schließen«, sagte Nan. Als Lena nicht reagierte, drückte sie selbst auf den »Stay«-Knopf. »Der Code ist dein Geburtstag.«

Das Gerät fing an zu piepen und zählte die Sekunden rückwärts, die Nan blieben, um die Tür zu öffnen.

Lena sagte: »Alles klar.«

»Ruf an, wenn du mich brauchst«, sagte Nan. »Bye bye!«

Lena schloss die Tür und schob den Riegel vor. Mit einer Hand schleifte sie einen Stuhl herbei, den sie unter den Türknauf schob. So würde Richard sie wenigstens nicht überraschen können. Sie schob den Vorhang beiseite und beobachtete durch das runde Fenster in der Tür, wie Nan rückwärts aus der Einfahrt fuhr. Nach all den Jahren verstand sie endlich, was Sibyl an der mausgrauen Bibliothekarin gefunden hatte. Nan Thomas war kein schlechter Kerl.

Auf dem Weg in die Küche nahm Lena das schnurlose Telefon vom Kaffeetisch. Sie fand die Gelben Seiten in der Schublade neben der Spüle und setzte sich an den Tisch. Die Anwaltsanzeigen nahmen über fünf Seiten ein, jede einzelne geschmacklos und bunt. Die Überschriften beschworen die Opfer von Autounfällen und anderen Unglücksfällen, sofort den Hörer in die Hand zu nehmen und Hilfe anzufordern.

Buddy Confords Anzeige war die dickste. Über dem Foto des aalglatten Wichtigtuers war eine Sprechblase mit den Worten: »Rufen Sie mich an, bevor Sie die Polizei anrufen!«, in fetten roten Buchstaben.

Nach dem ersten Klingeln nahm er ab. »Buddy Conford.«

Lena nagte an ihrer Lippe, wieder platzte die Wunde auf. Buddy war ein einbeiniger Gauner, der alle Cops für Betrüger hielt und Lena mehr als einmal illegaler Methoden beschuldigt hatte. Er hatte einige ihrer Fälle wegen reiner Formalitäten platzen lassen.

»Hallo?«, sagte Buddy. »Okay, ich zähle bis drei. Eins ... zwei ...«

Lena riss sich zusammen. »Buddy.«

»Ja, der bin ich.« Als sie immer noch nichts sagte, forderte er sie auf: »Sprechen Sie.«

»Hier ist Lena Adams.«

»Wie bitte?«, sagte er. »Schätzchen, ich kann Sie kaum hören.«

Lena räusperte sich und versuchte, lauter zu sprechen. »Hier ist Lena Adams.«

Der Anwalt pfiff durch die Zähne. »Sieh mal einer an«, sagte er. »Ich habe gehört, dass Sie im Kittchen waren. Hatte es für ein Gerücht gehalten.«

Lena presste die Lippen zusammen, bis es wehtat.

»Wie fühlt's sich denn an auf der anderen Seite des Gesetzes, Partner?«

»Lecken Sie mich am Arsch.«

»Über mein Honorar können wir später sprechen.« Buddy lachte. Er schien das Ganze noch mehr zu genießen, als sie befürchtet hatte. »Was wirft man Ihnen denn vor?«

»Nichts«, sagte sie, doch sie hatte das Gefühl, das könnte sich jeden Tag ändern, je nachdem, wie Jeffrey gelaunt war. »Es geht um jemand anderen.«

»Und wer soll das sein?«

»Ethan Green.« Sie verbesserte sich. »White, meine ich. Ethan White.«

»Wo ist er?«

»Ich weiß es nicht genau.« Lena schloss das Telefonbuch, die billigen Anzeigen taten ihr in den Augen weh. »Ihm wird irgendein Verstoß gegen die Bewährungsauflagen vorgeworfen. Die ursprüngliche Anklage lautete auf Scheckbetrug.«

»Wie lang haben sie ihn festgehalten?«

»Ich weiß es nicht genau«, sagte Lena.

»Wenn die Polizei nichts Besseres in der Hand hat, kann es sein, dass er längst wieder draußen ist.«

»Jeffrey lässt ihn nicht laufen«, erklärte Lena. Dessen war sie sich ganz sicher. Jeffrey kannte Ethan White nur von seiner Akte. Er hatte nie Ethans gute Seite gesehen, den Teil von ihm, der ein besserer Mensch werden wollte.

»Da ist doch was, was Sie mir verschweigen«, sagte Buddy. »Wie ist er denn beim Chief auf dem Radar gelandet?«

Lena strich über das Telefonbuch. Sie wusste nicht, wie viel sie Buddy Conford sagen durfte. Sie wusste nicht, ob sie ihm überhaupt etwas sagen durfte.

Buddy war Profi, er wusste, was in ihr vorging. »Wenn Sie mich anlügen, legen Sie uns nur Steine in den Weg.«

»Er hat Chuck Gaines nicht umgebracht«, sagte Lena. »Er hat nichts mit all dem zu tun. Er ist unschuldig.«

Buddy seufzte schwer. »Schätzchen, ich sage Ihnen eins: Alle meine Klienten sind unschuldig. Selbst die, die auf dem elektrischen Stuhl gelandet sind.« Er machte ein angewidertes Geräusch. »*Vor allem* die, die auf dem elektrischen Stuhl gelandet sind.«

»Der hier ist wirklich unschuldig, Buddy.«

»Na gut«, sagte er. »Vielleicht sollten wir das persönlich besprechen. Können Sie zu mir ins Büro kommen?«

Lena schloss die Augen und versuchte sich vorzustellen, wie sie das Haus verließ. Sie schaffte es nicht.

Buddy fragte: »Hab ich was Falsches gesagt?«

»Nein«, sagte Lena. »Können Sie hierherkommen?«

»Wo ist hier?«

»Ich bin bei Nan Thomas.« Sie gab ihm die Adresse, und er wiederholte sie noch einmal.

»Ich könnte so in den nächsten zwei Stunden vorbeikommen«, sagte er. »Sind Sie zu Hause?«

»Ja.«

Buddy sagte: »Bis später dann.«

Sie legte auf, dann rief sie auf dem Revier an. Sie wusste, dass Jeffrey alles tun würde, um Ethan im Knast zu behalten, aber sie wusste auch, dass Ethan sich bestens mit dem Gesetz auskannte.

»Polizeirevier Grant«, sagte Frank.

Lena musste sich zwingen, nicht aufzulegen. Sie räusperte sich und versuchte möglichst normal zu klingen.

»Frank? Hier ist Lena.«

Er schwieg.

»Ich bin auf der Suche nach Ethan.«

»So?«, grummelte er. »Hier ist er nicht.«

»Weißt du, wo …« Doch Frank hatte bereits aufgelegt.

»Scheiße!«, schrie sie und bekam prompt einen Hustenanfall. Es fühlte sich an, als würde sie sich die Lunge aus dem Hals husten. Lena ging ans Waschbecken und trank ein Glas Wasser. Minuten vergingen, bis der Hustenanfall vorüber war. Dann öffnete sie ein paar Schubladen auf der Suche nach Hustensaft, doch sie fand keinen. Stattdessen entdeckte sie eine Packung Advil. Als sie drei Tabletten herausschütteln wollte, fielen gleich mehrere auf die Erde. Bei dem Versuch sie aufzufangen, schlug Lena mit dem Handgelenk gegen den Kühlschrank. Vor Schmerz sah sie Sterne, doch sie versuchte tief durchzuatmen.

Lena setzte sich an den Tisch und überlegte, wo Ethan vom Revier aus hingehen würde. Sie hatte seine Nummer im Wohnheim nicht. Im Sekretariat des College anzurufen, war keine gute Idee. Nachdem Lena die letzte Nacht im Gefängnis verbracht hatte, war wahrscheinlich keiner dort erpicht darauf, ihr zu helfen.

Vor zwei Tagen hatte Lena den Anrufbeantworter aus dem Schrank geholt für den Fall, dass Jill Rosen zurückrief. Jetzt griff sie nach dem schnurlosen Telefon und wählte ihre eigene Nummer. Sie hoffte, dass sie das Gerät richtig angeschlossen hatte. Das Telefon klingelte dreimal, dann wurde Lena von ihrer eigenen Stimme begrüßt. Sie klang fremd und laut. Nach dem Piepton tippte sie den Code ein und hörte ihre Nachrichten ab. Die erste war von ihrem Onkel Hank, der hören wollte, ob es ihr gut ging und sich freute, dass sie sich endlich einen Anrufbeantworter angeschafft hatte. Die nächste war von Nan. Sie klang besorgt und bat Lena, so bald wie möglich zurückzurufen. Die letzte Nachricht war von Ethan.

»Lena«, sagte er. »Geh nirgendwohin. Ich suche dich.«

Um seine Nachricht noch einmal abzuhören, drückte sie die Drei. Das Gerät spulte zurück, und Lena musste sich Hank und Nan noch einmal anhören, bevor die Stimme von Ethan wieder erklang.

»Geh nirgendwohin. Ich suche dich.«

Wieder drückte sie auf drei. Lena drückte das Telefon fester gegen ihr Ohr und versuchte, Ethans Tonfall zu entschlüsseln. Er klang aggressiv, doch das war nichts Neues.

Sie hörte sich die Nachricht ein viertes Mal an, als es an der Tür klopfte.

»Richard«, murmelte sie. Sie sah an sich herunter und stellte fest, dass sie immer noch den hellblauen Schlafanzug trug. »Scheiße.«

Das schnurlose Telefon piepte zweimal, und sie sah an der blinkenden LED-Anzeige, dass die Batterie zu Ende ging. Hastig drückte sie die Fünf und hoffte, damit Ethans Nachricht zu speichern.

Sie ging ins Wohnzimmer und stellte das Telefon auf die Ladestation. Eine dunkle Gestalt stand vor der Tür, durch den Vorhang war nur die Silhouette zu sehen. Lena rief: »Eine Minute.« Ihre Kehle schmerzte.

In Nans Schlafzimmer suchte sie etwas, das sie sich überziehen konnte. Sie fand nur einen rosafarbenen Frotteebademantel, der genauso haarsträubend war wie der Schlafanzug. Stattdessen nahm sich Lena eine Jacke aus dem Schrank im Flur. Die zog sie über, als sie zur Haustür lief.

»Einen Moment«, sagte sie und zog den Stuhl von der Haustür weg. Dann schob sie den Riegel zurück und öffnete die Tür, doch es war niemand da.

»Hallo?«, rief Lena und trat auf die Veranda. Kein Mensch. Auch die Einfahrt war leer.

Das Piepen der Alarmanlage erinnerte Lena daran, dass Nan sie eingeschaltet hatte, bevor sie gegangen war. Der

Alarm wurde nach zwanzig Sekunden ausgelöst. Lena lief schnell ins Haus zurück und tippte gerade noch rechtzeitig den Code ein.

Sie war auf dem Weg in die Küche, als sie das Klirren von berstendem Glas hörte. Der Vorhang an der Küchentür bewegte sich, doch es war nicht der Wind. Eine Hand erschien und tastete nach dem Riegel. Lena stand wie versteinert da, dann wurde sie von Panik erfasst und rannte in den Flur zurück.

Schritte knirschten auf dem Küchenfußboden. Lena versteckte sich im zweiten Schlafzimmer hinter der Tür, von wo sie durch den Schlitz zwischen Wand und Angeln den Flur im Blick hatte. Der Eindringling durchquerte zielgerichtet das Haus, die schweren Schuhe polterten auf den Dielen. Im Flur hielt er inne, sah nach rechts, dann nach links. Lena konnte sein Gesicht nicht erkennen, sie sah nur das schwarze Hemd und die Jeans.

Sie kniff die Augen zusammen und hielt die Luft an, als er das Zimmer betrat. Verzweifelt drückte sie sich an die Wand und versuchte, sich hinter der Tür unsichtbar zu machen.

Als sie die Augen zu öffnen wagte, hatte der Eindringling ihr den Rücken zugewandt. Lena starrte ihn an. Sie war sich sicher gewesen, dass es Ethan war, doch seine Schultern waren zu breit und die Haare zu lang.

Der Schrank war bis unter die Decke mit Kisten vollgestopft. Eine nach der anderen zog der Mann jetzt heraus und las die Etiketten, bevor er sie ordentlich auf dem Boden stapelte. Es schien Stunden zu dauern, bis er endlich fand, wonach er suchte. Als er sich vor einen Karton kniete, zeigte er Lena sein Profil. Im selben Augenblick erkannte sie Richard Carter.

Lena dachte an die Glock in Nans Zimmer. Richard

hatte ihr wieder den Rücken zugewandt, und wenn sie sich ganz vorsichtig bewegte, schaffte sie es vielleicht aus dem Zimmer hinüber zu Nan.

Mit angehaltenem Atem verließ sie ihr Versteck hinter der Tür. Ganz langsam schlich sie sich aus dem Zimmer, doch Richard musste ihre Anwesenheit gespürt haben. Er fuhr herum und stand blitzschnell auf. Wut glomm in seinen Augen, doch dann wirkte er plötzlich erleichtert. »Lena«, sagte er.

»Was machst du hier?« Lena versuchte streng zu klingen, doch ihre Stimme war rau, und sie war überzeugt, dass er ihr die Angst anhörte.

Er runzelte die Stirn, offensichtlich verwirrt von ihrem Groll. »Was ist denn mit dir passiert?«

Lena berührte ihr Gesicht. »Ich bin gestürzt.«

»Schon wieder?« Richard lächelte traurig. »Auf die Art bin ich früher auch oft gestürzt. Ich hab dir doch gesagt, dass ich weiß, wie das ist. Ich habe das Gleiche durchgemacht.«

»Ich habe keine Ahnung, wovon du sprichst.«

»Hat dir Sibyl nie davon erzählt?«, fragte er, dann lächelte er. »Nein, natürlich hat sie keine Geheimnisse weitererzählt. Das war nicht ihr Stil.«

»Was für Geheimnisse?«, fragte Lena und griff hinter sich. Sie versuchte sich zur Tür vorzutasten.

»Familiengeheimnisse.«

Er trat einen Schritt auf sie zu, und sie wich nach hinten aus.

»Es ist schon seltsam mit den Frauen«, sagte er. »Werden glücklich einen Schläger los, nur um dem nächsten auf den Leim zu gehen. Als hätten sie tief drinnen nichts anderes gewollt. Sie können nicht lieben, wenn sie nicht verdroschen werden.«

»Wovon redest du?«

»Bei dir ist es natürlich etwas anders.« Er wartete, bis sie begriffen hatte, was er meinte. »Meine Mutter«, erklärte er dann. »Besser gesagt, mein Stiefvater. Ich hatte mehrere von der Sorte.«

Lena trat einen kleinen Schritt zurück, ihre Schulter streifte die Tür. Sie zog den linken Arm an, um nicht mit dem Gips gegen den Knauf zu kommen. »Sie haben dich geschlagen?«

»Ja, sie alle«, sagte Richard. »Sie haben mit Mama angefangen, aber am Schluss war dann immer ich dran. Sie wussten, dass bei mir was falsch ist.«

»Bei dir ist doch nichts falsch.«

»Doch, das ist es«, erklärte Richard. »Und die Leute spüren es. Sie wissen genau, wie sehr du sie brauchst, und dafür bestrafen sie dich.«

»Richard …«

»Weißt du, was komisch ist? Meine Mutter hat sie immer beschützt. Sie hat mir unmissverständlich klargemacht, dass die anderen ihr wichtiger waren als ich.« Er lachte bekümmert. »Und dann drehte sie sich um und tat es mit ihnen. Doch es war keiner je so gut wie der, der abgehauen war.«

»Wer?«, fragte Lena. »Wer ist abgehauen?«

Er kam näher. »Brian Keller.« Als er ihre Überraschung sah, lachte er. »Wir durften es niemandem sagen.«

»Warum?«

»Dass der Sohn aus seiner ersten Ehe eine Schwuchtel ist?«, fragte Richard. »Er sagte, wenn ich es irgendjemandem erzählte, würde er kein Wort mehr mit mir reden. Er würde mich vollkommen aus seinem Leben ausschließen.«

»Das tut mir leid«, sagte Lena und machte noch einen Schritt rückwärts. Sie stand jetzt schon im Flur und musste gegen den unwiderstehlichen Drang ankämpfen loszurennen. Der Ausdruck in Richards Augen ließ keinen Zweifel daran, dass er sie verfolgen würde. »Mein Anwalt kommt gleich vorbei«, sagte sie. »Ich muss mich anziehen.«

»Keinen Schritt, Lena.«

»Richard …«

»Ich meine es ernst.« Er stand genau vor ihr. Er hatte die Schultern gestrafft. Er könnte ihr ernsthaft wehtun, wenn er es darauf anlegte. »Keinen Zentimeter.«

Sie rührte sich nicht. Den linken Arm an die Brust gepresst, spielte sie in Gedanken ihre Möglichkeiten durch. Er wog mindestens doppelt so viel wie sie. Ihr war nie aufgefallen, was für ein großer Mann er war, vielleicht weil sie ihn nie als Bedrohung wahrgenommen hatte.

Sie wiederholte: »Mein Anwalt kommt gleich.«

Richard griff nach dem Schalter hinter ihr und schaltete das Licht an. Dann sah er sie von oben bis unten an, registrierte jeden blauen Fleck, jede Wunde. »Schau dich an«, sagte er. »Du weißt doch, wie es ist, wenn jemand es auf einen abgesehen hat.« Er grinste sie verschlagen an. »Wie Chuck zum Beispiel.«

»Was weißt du von Chuck?«

»Nur, dass er tot ist«, sagte Richard. »Und die Welt ohne ihn ein wenig friedlicher.«

Lena versuchte zu schlucken: »Was willst du von mir?«

»Kooperation«, sagte er. »Wir können einander helfen. Wir können einander sogar sehr viel helfen.«

»Ich wüsste nicht, wie.«

»Du weißt, wie es ist, immer nur der Zweite zu sein«, erklärte er. »Sibyl hat es nie ausgesprochen, aber ich weiß, dass euer Onkel sie bevorzugt hat.«

Lena antwortete nicht, doch im Grunde ihres Herzens wusste sie, dass er recht hatte.

»Andy war immer Brians Liebling. Er war der Grund, warum Brian uns überhaupt verlassen hat. Andy war der Grund, dass er mich meiner Mutter und Kyle und Buddy und Jack und Troy und jedem anderen Arschloch ausgeliefert hat, die sich einen Spaß daraus machten, im Vollrausch den kleinen, schwulen Sohn von Esther Carter windelweich zu prügeln.«

»Hast du ihn umgebracht?«, fragte Lena. »Hast du Andy umgebracht?«

»Andy hat mich erpresst. Er wusste, dass Brian nicht von allein auf die Idee gekommen war, dass er das Forschungsprojekt nicht selbst in die Wege geleitet hatte.«

»Welche Idee?«

»Sibyls Idee. Sie wollte gerade ihre Forschungsergebnisse vorstellen, als sie ermordet wurde.«

Lena schielte zu den Kisten hinüber. »Und das sind ihre Aufzeichnungen?«

»Ihre Ergebnisse«, erläuterte er. »Der einzige Beweis dafür, dass es eigentlich ihre Idee war.« Plötzlich sah er traurig aus. »Sie war so genial, Lena. Ich wünschte, du könntest verstehen, wie genial sie war.«

Lena konnte ihren Ärger nicht mehr unterdrücken. »Du hast ihre Idee gestohlen!«

»Ich habe in jeder Phase mit ihr zusammengearbeitet«, verteidigte er sich. »Und als sie fort war, bin ich der Einzige gewesen, der davon wusste. Ich war der Einzige, der dafür sorgen konnte, dass ihre Arbeit fortgesetzt wurde.«

»Wie konntest du ihr das antun?«, fragte Lena. Sie wusste, dass Richard Sibyl wirklich gemocht hatte. »Wie konntest du sie um ihren verdienten Lohn betrügen?«

»Ich war müde, Lena. Du müsstest es am besten verstehen, dass ich die Nase voll davon hatte, immer nur der Zweite zu sein. Ich war es müde, Brian zuzusehen, wie er alles an Andy verschwendete, während ich danebenstand, bereit, alles für ihn zu tun, um jeden Preis.« Er schlug sich mit der Faust in die offene Hand. »Ich war der gute Sohn. Ich war der, der Sibyls Aufzeichnungen für ihn übersetzt hat. Ich war derjenige, der sie ihm gebracht hat, damit wir zusammenarbeiten und gemeinsam etwas Großes schaffen konnten …« Er unterbrach sich, presste die Lippen zusammen, versuchte sich zu mäßigen. »Andy hat sich einen Scheißdreck um ihn gekümmert. Das Einzige, woran ihm was lag, war ein neues Auto oder der CD-Player oder Videospiele. Brian war für ihn nichts weiter als ein besserer Geldautomat.« Er versuchte, sich zu rechtfertigen. »Er hat uns erpresst, Lena. Uns beide. Ja, ich habe ihn umgebracht. Ich habe ihn für meinen Vater umgebracht.«

Lena konnte nur fragen: »Wie?«

»Andy wusste, dass die Ideen nicht von Brian stammen konnten.« Richard zeigte auf die Kartons. »Brian ist nicht gerade ein Visionär.«

»Das wusste doch jeder«, sagte Lena. Sie wollte alles wissen. »Was hatte Andy in der Hand?«

Richard schien beeindruckt, dass sie ihm folgen konnte. »Die erste Regel wissenschaftlicher Forschung lautet«, sagte er, »schreib alles auf.«

»Er hat sich Aufzeichnungen gemacht?«

»Protokolle«, sagte Richard. »Er hat jedes Treffen, jeden Anruf, jede blöde Idee, die er dann doch nie entwickelte, protokolliert.«

»Und Andy hat die Protokolle gefunden?«

»Nicht nur die Protokolle – alle Aufzeichnungen, alle Entwürfe, alle Daten. Die Transkriptionen von Sibyls früheren Forschungsprojekten.« Richard hielt wütend inne.

»Brian hat alles in seinen gottverdammten Protokollen aufgeschrieben, und die hat er einfach rumliegen lassen. Andy hat sie gefunden, und natürlich war seine erste Reaktion: ›Wie kann ich das zu Kohle machen?‹«

»Du hast ihn also dazu gebracht, sich auf der Brücke mit dir zu treffen.«

»Schlau«, sagte er. »Ja. Ich habe ihm gesagt, ich würde ihm Geld geben. Aber ich wusste, dass er nie damit aufhören würde. Er würde einfach immer mehr und mehr Geld verlangen, und wer weiß, wem er am Ende doch davon erzählt hätte?« Richard schnaubte verächtlich. »Andy ging es immer nur um sich selbst, um sich und seine Drogen. Man konnte ihm nicht vertrauen. Er konnte immer nur nehmen, nehmen, nehmen. Alles, wofür ich gearbeitet hatte, alle Opfer, die ich erbracht hatte, um meinem Vater zu helfen, ihm ein Projekt zu verschaffen, auf das er stolz sein konnte – auf das *wir* stolz sein konnten –, all das wollte sich dieser kleine undankbare Scheißer in eine Tüte rollen und inhalieren.«

Der Hass in seiner Stimme ließ Lena erschauern. Sie hatte eine vage Vorstellung, wie es für Andy oben auf der Brücke gewesen sein musste.

»Ich hätte ihn quälen können.« Richard änderte seinen Tonfall, offensichtlich wollte er vernünftig klingen. »Ich hätte ihn dafür bestrafen können, was er mir antat – mir und meiner Beziehung, die ich zu meinem Vater aufbauen wollte –, doch ich beschloss, Gnade vor Recht ergehen zu lassen.«

»Er muss fürchterliche Angst gehabt haben.«

»Er hatte so viel WC-Fix geschnüffelt, dass er kaum geradeaus sehen konnte«, sagte Richard angewidert. »Ich legte ihm die Hand auf« – er hielt die Hand ein paar Zentimeter vor Lenas Brust –, »drückte ihn sanft gegen das

Geländer und spritzte ihm eine Dosis Succinylcholin. Weißt du, was das ist?«

Sie schüttelte den Kopf, wünschte inbrünstig, er würde die Hand fortnehmen.

»Wir nehmen das im Labor, um Tiere einzuschläfern. Es wirkt lähmend – es lähmt alles. Er sackte mir in die Arme wie eine Puppe und hörte zu atmen auf.« Richard sog scharf die Luft ein und riss die Augen auf, um Andys Reaktion zu illustrieren. »Ich hätte ihn leiden lassen können. Ich hätte ihn fürchterlich quälen können. Doch das habe ich nicht getan.«

»Sie kommen dir auf die Schliche, Richard.«

Endlich ließ er die Hand sinken. »Es lässt sich nicht nachweisen.«

»Sie kommen dir trotzdem auf die Schliche.«

»Wer?«

»Die Polizei«, erklärte sie. »Sie wissen, dass es Mord war.«

»Hab ich gehört.« Anscheinend hielt er die Tatsache nicht für allzu bedrohlich.

»Am Ende führen die Spuren zu dir.«

»Wie denn?«, fragte er. »Es gibt überhaupt keinen Grund, mich zu verdächtigen. Brian würde nie zugeben, dass ich sein Sohn bin, und selbst wenn, würde Jill den Kopf in den Sand stecken, weil sie viel zu große Angst hat auszusagen.«

»Wieso Angst?«

»Wegen Brian«, sagte Richard, als läge das auf der Hand. »Angst vor seinen Fäusten.«

»Er schlägt seine Frau?« Lena konnte nicht glauben, was Richard da sagte. Jill Rosen war so stark. Sie war nicht der Typ, sich irgendwas gefallen zu lassen.

Richard sagte: »Natürlich schlägt er sie.«

»Jill Rosen?«, wiederholte sie immer noch ungläubig. »Er schlägt Jill?«

»Er schlägt sie seit Jahren«, sagte er. »Und sie ist bei ihm geblieben, weil ihr keiner zu Hilfe kam, so wie ich dir zu Hilfe kommen kann.«

»Ich brauche keine Hilfe.«

»Doch, du brauchst Hilfe«, sagte er. »Oder glaubst du, er lässt dich einfach gehen?«

»Wer?«

»Du weißt genau, wer.«

Lena unterbrach ihn. »Ich habe keine Ahnung, wovon du sprichst.«

»Ich weiß, wie schwer es ist, sich zu befreien«, sagte er und legte sich die Hand auf die Brust. »Ich weiß, dass es allein kaum zu schaffen ist.«

Sie schüttelte den Kopf.

»Lass mich das für dich erledigen.«

»Nein«, sagte sie und trat einen Schritt zurück.

»Ich lasse es so aussehen wie einen Unfall«, beharrte er und kam näher.

»So, wie du es bis jetzt gemacht hast?«

»Du könntest mir einen Rat geben«, sagte Richard und hob die Hand, damit sie ihn nicht unterbrach. »Nur ein kleiner Tipp, das ist alles. Wir können uns gegenseitig von all dem befreien.«

»Wie willst du mir helfen?«

»Ich schaff ihn dir vom Hals.« Richard schien eine Reaktion in ihren Augen zu registrieren, denn er lächelte traurig. »Du weißt es, nicht wahr? Du weißt, dass das der einzige Weg ist, ihn je wieder loszuwerden.«

Lena starrte ihn an. »Warum hast du Ellen Schaffer umgebracht?«

»Lena.«

»Sag mir, warum«, sagte Lena. »Ich muss es wissen.«

Richard wartete einen Moment, dann sagte er: »Sie hat mich im Wald gesehen. Sie hat mich angestarrt, während sie die Cops angerufen hat. Ich wusste, es war nur eine Frage der Zeit, bis sie es meldete.«

»Und Scooter?«

»Warum tust du das?«, fragte Richard. »Meinst du vielleicht, ich lege ein ausführliches Geständnis ab, damit du mich verhaften kannst?«

»Wir wissen beide, dass ich dich nicht verhaften kann.«

»Kannst du nicht?«

»Schau mich an«, sagte sie und streckte die Arme aus, um ihm ihren geschundenen Körper zu zeigen. »Du weißt am besten, in was ich da reingeraten bin. Glaubst du, sie hören auf mich?« Sie berührte die blauen Flecken an ihrem Hals. »Ich kann ja kaum sprechen.«

Er lächelte schief und schüttelte den Kopf, wie um zu sagen, dass er sich nicht verarschen ließ.

»Ich muss das wissen, Richard. Ich muss wissen, ob ich dir vertrauen kann.«

Er sah sie misstrauisch an. Schließlich sagte er: »Scooter, das war ich nicht.«

»Sicher?«

»Natürlich bin ich mir sicher.« Richard rollte die Augen, für eine Sekunde verwandelte er sich wieder in den weibischen Richard, den sie kannte. »Ich habe gehört, dass er sich gerne gewürgt hat. Wie kann man nur so blöd sein?«

Lena widerstand dem Drang, seine Gehässigkeit zu erwidern. »Und Tessa Linton?«

»Sie hatte diese Tüte«, plötzlich war er erregt. »Sie sammelte am Abhang Zeug ein. Ich konnte die Halskette nicht finden. Ich wollte die Halskette haben. Sie war das Pfand.«

»Der Davidstern?« Lena erinnerte sich, wie sich Jill in

der Bibliothek daran festgehalten hatte. Jener Tag schien eine Ewigkeit her zu sein.

»Beide hatten eine. Jill hatte sie ihnen letztes Jahr gekauft, eine für Brian und eine für Andy. Vater und Sohn.« Er atmete scharf aus. »Brian trug die Kette jeden Tag. Glaubst du, so was hätte er auch für mich getan?«

»Du hast Tessa Linton niedergestochen, weil du dachtest, sie hätte die Kette gefunden?«

»Irgendwie hat sie mich erkannt. Sie wusste, warum ich dort war. Sie wusste, dass ich Andy getötet hatte.« Richard hielt inne, als müsste er sich sammeln. »Sie begann mich anzuschreien. Sie schrie. Ich musste sie zum Schweigen bringen.« Er wischte sich mit der Hand über das Gesicht, seine Gesichtszüge entglitten ihm. »O Gott, das war schlimm. Das war wirklich schlimm.« Er sah zu Boden, und Lena spürte seine Reue. »Ich kann immer noch nicht glauben, dass ich das tun musste. Es war so schrecklich. Ich blieb noch, um abzuwarten, was passierte, und …« Seine Stimme verlor sich. Er schwieg, als wollte er, dass Lena ihn tröstete, ihm versicherte, er hätte keine andere Wahl gehabt.

»Wie soll ich es machen?«, fragte er dann.

Lena antwortete nicht.

»Wie soll ich ihn für dich loswerden?«, fragte Richard. »Ich kann dafür sorgen, dass er leidet, Lena. Ich kann ihm wehtun, so wie er dir wehgetan hat.«

Lena konnte immer noch nicht antworten. Sie sah auf ihre Hände, dachte an Ethan im Café und wie wütend sie gewesen war, als er sie am Handgelenk verletzt hatte. Damals hatte sie es ihm heimzahlen wollen, ihn leiden lassen für den Schmerz, den er ihr zugefügt hatte.

Richard tippte auf ihren Gips. »So etwas musste ich mehr als einmal tragen, als ich aufwuchs.«

Sie rieb sich über den Gips. Die Narbe an ihrer Hand war noch immer rot, getrocknetes Blut klebte an den Rändern. Sie zupfte daran herum, während Richard ihr seinen Plan erklärte.

»Du musst gar nichts tun«, sagte er. »Ich erledige alles. Ich habe schon früher Frauen wie dir geholfen, Lena. Du musst nur ein Wort sagen, und ich lasse ihn verschwinden.«

Sie spürte, wie die Narbe unter ihren Fingernägeln nachgab. Sie zog den Schorf ab wie den Aufkleber einer Orange. »Wie?«, flüsterte sie. Sie ribbelte an dem Fetzen Haut. »Wie würdest du es tun?«

Jetzt beobachtete auch Richard ihre Hände. »Wird es dir denn etwas nützen?«, fragte er. »Wirst du dann aufhören, dir selbst wehzutun?«

Sie nahm die Gipshand in die rechte Hand und hielt sie auf Hüfthöhe fest. Kopfschüttelnd sagte sie: »Ich will nur, dass er aus meinem Leben verschwindet.«

»O Lena.« Er versuchte ihr Kinn zu heben, damit sie ihn ansah. Als sie sich nicht bewegte, beugte er sich vor und legte ihr die Hände auf die Schultern. Sein Gesicht war dicht vor ihrem. »Wir schaffen das schon«, sagte er. »Ich verspreche es dir. Zusammen schaffen wir es.«

Lena rammte ihm mit beiden Händen den Gips ins Gesicht. Der Gips krachte gegen seinen Kiefer, er biss sich auf die Zunge, und sein Kopf flog nach hinten. Richard torkelte rückwärts, wild mit den Armen fuchtelnd stürzte er gegen den Türrahmen. Lena rannte den Flur hinunter in Nans Zimmer, schlug die Tür hinter sich zu und hatte den klapprigen Riegel gerade vorgeschoben, als Richard an der Tür anlangte.

Nans Pistole war unter dem Bett. Lena kniete sich auf den Boden und zerrte die Kiste hervor. Der Gips war aufgeplatzt, und so schaffte sie es mit beiden Händen, das

Magazin zu laden und die Waffe zu entsichern, bevor der Riegel nachgab. Richard stürzte so schnell herein, dass er über sie fiel und ihr die Pistole aus der Hand schlug. Lena versuchte sich hochzurappeln und die Waffe zu erreichen, doch er war schneller. Langsam stand sie auf, die Hände erhoben, während er ihr die Waffe auf die Brust richtete.

»Leg dich aufs Bett«, sagte er, Blut und Speichel spritzten aus seinem Mund. Er lallte, weil er sich in die Zunge gebissen hatte, und atmete schwer, als bekäme er nicht genug Luft. Er zielte mit der Pistole auf sie, während er sich hustend den Hals betastete. »Ich hätte dir helfen können, du dumme Schlampe.«

Lena rührte sich nicht.

Er brüllte aus voller Kehle: »Leg dich aufs gottverdammte Bett!«

Als sie sich immer noch nicht bewegte, hob Richard die Hand, um sie zu schlagen.

Jetzt folgte sie seinem Befehl und legte sich auf den Rücken, den Kopf auf das Kissen. »Du musst das nicht tun.«

Richard kam auf sie zu, setzte sich rittlings auf ihre Beine und hielt sie fest. Blut troff aus seinem Mund, und er wischte es mit dem Ärmel ab. »Gib mir deine Hand.«

»Tu das nicht.«

»Ich kann dich leider nicht bewusstlos schlagen«, sagte er. Sie wusste, sein Bedauern galt allein der Tatsache, dass es dann schwieriger für ihn würde. »Leg die Hand um die Waffe.«

»Tu das nicht.«

»Leg deine verdammte Hand um die Pistole!«

Als sie nicht gehorchte, packte Richard ihre Hand und drückte sie um die Pistole. Sie versuchte, die Glock wegzuschieben, aber sie hatte keine Chance. Er drückte ihr die Mündung an die Schläfe.

»Nein.«

Richard zögerte eine halbe Sekunde, dann drückte er ab.

In diesem Moment explodierte das Fenster über ihr. Glasscherben regneten auf sie herab. Lena riss die Hände hoch, um sich zu schützen. Richard wurde zu Boden gerissen, wo er liegen blieb. Lena setzte sich auf. Sie sah Richard an. In seiner Brust war ein großes Loch, Blut sickerte auf den Boden.

Lena drehte sich um. Dort, wo einmal das Fenster gewesen war, stand Frank, die Pistole immer noch auf Richard gerichtet. Doch die Vorsichtsmaßnahme war überflüssig. Richard war tot.

Siebzehn

Sara saß an Masons Tisch, den Hörer zwischen Ohr und Schulter geklemmt, und lauschte Jeffreys Bericht von den Ereignissen bei Nan Thomas.

»Als Lena ihn auf dem Revier anrief, hatte Frank aufgelegt. Doch er bekam ein schlechtes Gewissen, und dann ist er bei ihr vorbeigefahren, um mit ihr zu reden«, erklärte Jeffrey. »Dort hat er Richard schreien hören und ist ums Haus gelaufen.«

»Geht es Lena gut?«

»Ja«, sagte er, doch sie hörte seiner Stimme an, dass es nicht stimmte. »Wenn Richard gewusst hätte, wie man eine Pistole lädt, wäre sie jetzt tot.«

Sara lehnte sich zurück und versuchte die Nachricht zu verdauen. »Hat Brian Keller schon was gesagt?«

»Nichts«, sagte Jeffrey angeekelt. »Ich habe ihn zum Verhör aufs Revier geladen, doch eine Stunde später kam seine Frau mit einem Anwalt.«

»Seine Frau?« Wie konnte man nur so masochistisch sein?

»Ja«, sagte Jeffrey, er dachte dasselbe. »Ohne Anklage kann ich ihn nicht hierbehalten.«

»Er hat Sibyls Forschungsergebnisse gestohlen.«

»Ich treffe mich morgen mit dem Bezirksstaatsanwalt und dem College-Anwalt, um zu sehen, was wir ihm anlasten können. Ich schätze, es läuft auf Diebstahl von geistigem Eigentum hinaus, vielleicht auch Betrug. Es wird kompliziert, aber irgendwie kriegen wir ihn in den Knast. Er wird dafür büßen.« Er seufzte. »Räuber und Gendarm bin ich gewohnt. Wirtschaftsverbrechen sind mir zu hoch.«

»Kannst du nicht beweisen, dass er als Komplize an den Morden beteiligt war?«

»Das ist das Problem. Ich bin mir nicht mal sicher, ob er beteiligt war«, erklärte Jeffrey. »Was Lena gesagt hat, war, dass Richard sie alle auf dem Gewissen hat: Andy, Ellen Schaffer, Chuck.«

»Warum Chuck?«

»So genau hat Richard es nicht gesagt. Er wollte Lena ja nur auf seine Seite bringen. Ich glaube, er hatte sie gern. Ich glaube, er dachte, er könnte ihr helfen.«

Sara dachte, dass Richard Carter nicht der Erste war, der Lena Adams retten wollte und dabei auf grausame Weise gescheitert war. »Und was ist mit William Dickson?«

»Ein Unfall, es sei denn, dir fällt was ein, das auf Richard hinweist.«

»Nein«, sagte Sara. »Und er hat nichts davon gesagt, dass Keller mit drinsteckt?«

»Nichts.«

»Warum hat er sich dann die Lüge mit der Affäre ausgedacht?«

Jeffrey seufzte wieder, hörbar verärgert. »Er wollte nur Dreck aufwühlen, schätze ich. Oder vielleicht bildete er sich ein, Brian würde mit der Bitte um Hilfe zu ihm kommen. Wer weiß.«

»Succinylcholin muss im Labor sicher verwahrt werden«, sagte Sara. »Es müsste eine Liste geben, in die sich die Benutzer eintragen. Du könntest mal nachschauen, wer Zugang hatte.«

»Mach ich«, sagte er. »Aber wenn beide Zugang hatten,

wird es schwer zu beweisen sein.« Jeffrey zögerte. »Ehrlich gesagt, Sara, wenn Brian einen seiner Söhne umgebracht hätte, dann doch sicher Richard, und zwar nicht mit einer Nadel.«

»Was für eine schreckliche Art zu sterben«, sagte Sara und stellte sich die letzten Minuten in Andy Rosens Leben vor. »Zuerst werden seine Glieder taub, dann hören Herz und Lunge auf zu arbeiten. Das Gehirn ist nicht betroffen, also hat er alles bei vollem Bewusstsein mitbekommen.«

»Wie lange dauert es, bis die Wirkung eintritt?«

»Je nach Dosierung zwanzig, dreißig Sekunden.«

»Puh.«

»Genau. Und bei der Obduktion ist es fast unmöglich nachzuweisen. Der Körper baut es zu schnell ab. Bis vor fünf Jahren hat es nicht mal ein geeignetes Testverfahren dafür gegeben.«

»Klingt, als ob die Suche ganz schön teuer werden dürfte.«

»Wenn du Keller mit dem Succinylcholin in Verbindung bringst, treibe ich das Geld für den Test auf. Notfalls zahle ich selbst.«

»Ich tue, was ich kann«, sagte Jeffrey, doch allzu hoffnungsvoll klang er nicht. »Du wirst deiner Familie sicher alles erzählen wollen, aber könntest du bei Tessa bitte damit warten? Ich möchte es ihr selbst sagen.«

»Okay«, sagte Sara, doch sie hatte eine Sekunde zu lange gezögert.

Er schwieg, dann sagte er: »Weißt du was? Ich hab sowieso noch jede Menge zu tun hier. Wir sehen uns, wenn du wiederkommst.«

»Jeffrey …«

»Nein«, sagte er. »Bleib du bei deiner Familie. Du brauchst sie jetzt.«

»Das ist nicht …«

»Komm schon, Sara«, sagte er. Sie hörte ihm an, wie verletzt er war. »Wieso machen wir uns was vor?«

»Nein. Ich will nur …« Sara suchte nach Worten, doch ihr fiel nichts ein. »Ich habe dir gesagt, dass ich Zeit brauche.«

»Die Zeit wird auch nichts ändern«, sagte er. »Wenn wir nicht darüber wegkommen – darüber, was ich vor fünf Jahren getan habe …«

»Bei dir klingt es, als wäre ich die Unvernünftige.«

»Das bist du nicht«, sagte er. »Ich will dich auch gar nicht drängen, ich will nur …« Er stöhnte. »Ich liebe dich, Sara. Ich habe die Nase voll davon, mich jeden Morgen aus deinem Haus zu schleichen. Ich habe die Nase voll von diesen Halbheiten. Ich will mit dir zusammen sein. Ich will, dass du mich heiratest.«

»Dich heiraten?« Sie lachte, als hätte er sie gebeten, auf dem Mond spazieren zu gehen.

»Ich weiß gar nicht, warum du so entsetzt tust.«

»Ich bin nicht entsetzt. Nur …« Wieder fand sie keine Worte. »Jeff, wir haben schon mal geheiratet. Es war nicht unbedingt erfolgreich.«

»Ja«, sagte er, »ich war dabei, erinnerst du dich?«

»Warum können wir nicht einfach so weitermachen wie bisher?«

»Das reicht mir nicht«, antwortete er. »Ich will nach einem stressigen Tag nach Hause kommen und von dir gefragt werden, was es zu essen gibt. Ich will mitten in der Nacht über Bubbas Schüssel stolpern. Ich will morgens von deinen Flüchen aufwachen, weil ich wieder das Holster an die Türklinke gehängt habe.«

Sie musste grinsen. »Klingt wirklich romantisch.«

»Ich liebe dich.«

»Ich weiß«, sagte Sara. Sie liebte ihn auch, doch sie schaffte es nicht, das auszusprechen. »Wann bist du hier?«

»Schon gut.«

»Nein, ich will, dass du es ihr sagst«, sagte sie. Als er schwieg, fuhr sie fort: »Sie haben sicher Fragen, die ich ihnen nicht beantworten kann.«

»Du weißt alles.«

»Ich glaube, ich kann es ihnen nicht sagen«, erwiderte sie. »Ich habe im Moment nicht die Kraft dazu.«

Er wartete eine Sekunde, dann sagte er. »Um die Zeit brauche ich ungefähr viereinhalb Stunden.«

»Gut.« Sara gab ihm Tessas Zimmernummer. Sie wollte gerade auflegen, doch dann sagte sie: »Hey, Jeff?«

»Ja?«

Aber sie wusste nicht mehr, was sie sagen sollte. »Nichts. Wir sehen uns, wenn du hier bist.«

Als Sara auflegte, hatte sie das Gefühl, sie hätte gerade einen Seiltanz über einem Alligatorbecken vollführt. In dieser Woche war so viel passiert, dass sie gar nicht recht begriff, was Jeffrey gerade gesagt hatte. Ein Teil von ihr wollte noch einmal zum Telefon greifen, ihm sagen, dass es ihr leidtat und dass sie ihn liebte, aber ein anderer Teil von ihr hätte am liebsten angerufen und ihm gesagt, er solle daheim bleiben.

Vor der Tür hörte sie, wie Ärzte angepiept und Codes gewählt wurden. Schatten huschten vor der Scheibe auf und ab, Kollegen, die Patienten zu Hilfe eilten. Sara hatte das Gefühl, seit sie hier gearbeitet hatte, waren hundert Jahre vergangen. Heute war alles so kompliziert. Auch wenn sie wusste, wie anstrengend ihr Leben damals gewesen war, dachte sie mittlerweile voller Sehnsucht an jene Tage. Die Ausbildung zur Chirurgin, die kritischen Fälle, die ihre hundertzehnprozentige Konzentration erforderten – all das hatte für sie ein erhebliches Suchtpotenzial. Noch immer spürte sie diesen Rausch, wenn sie ans Grady dachte. Es hatte eine Zeit gegeben, als ihr das Krankenhaus wichtiger gewesen war als die Luft zum Atmen. Selbst ihre Familie war im Vergleich dazu zweitrangig gewesen.

Die Entscheidung, nach Grant zurückzukehren, war ihr damals so einfach erschienen. Sara hatte ihre Familie gebraucht, ihre Wurzeln, die Sicherheit, Tochter und Schwester zu sein. Die Rolle der örtlichen Kinderärztin war so bequem gewesen, und es hatte gutgetan, der Stadt, die ihr in ihrer Kindheit so viel gegeben hatte, etwas zurückgeben zu können. Und doch war keine Woche vergangen, in der sie sich nicht gefragt hatte, wie ihr Leben verlaufen wäre, wenn sie in Atlanta geblieben wäre. Bis heute hatte sie verdrängt, wie sehr es ihr fehlte.

Sara sah sich in Masons Sprechzimmer um und fragte sich, wie es wäre, wieder mit ihm zusammenzuarbeiten. Als Assistenzarzt war Mason fürchterlich penibel gewesen, was ihn zu einem guten Chirurgen machte. Anders als bei Sara hatte diese Eigenschaft bei ihm jedoch auch auf sein Privatleben Einfluss genommen. Er war der Typ von Mann, der nie einen schmutzigen Teller in der Spüle liegen lassen konnte oder einen Haufen ungebügelte Kleider im Trockner. Das erste Mal, als Mason sie in ihrer Wohnung besuchte, war er ganz unruhig geworden angesichts des Wäschekorbs, der seit zwei Wochen auf ihrem Küchentisch stand. Als Sara am nächsten Morgen aufwachte, hatte er all ihre Kleider ordentlich zusammengelegt, bevor er um fünf Uhr morgens seine Schicht antrat.

Ein Klopfen an der Tür riss sie aus ihren Träumen.

»Herein«, sagte sie und stand auf.

Mason James öffnete die Tür, in einer Hand hatte er

einen großen Karton mit Pizza, in der anderen zwei Dosen Cola. »Ich dachte, du hast vielleicht Hunger.«

»Immer«, antwortete sie und nahm ihm die Coladosen ab.

Mason breitete mehrere Servietten auf dem Couchtisch aus. »Ich habe deinen Leuten auch eine gebracht.«

»Das ist lieb von dir«, sagte sie und stellte die Dosen auf den Tisch.

Sorgfältig schob Mason zwei Servietten unter die Dosen. »Als wir noch an der Uni waren, war das deine Lieblingspizzeria.«

Shroomies, las sie auf dem Deckel. »Wirklich?«

»Ja, da hast du fast immer gegessen.« Er rieb sich die Hände. »Voilà.«

Sara fiel auf, dass er die Servietten perfekt im rechten Winkel angeordnet hatte. Sie hielt ihm die Pizzaschachtel hin. »Ich lasse dich das lieber arrangieren.«

Er lachte. »Manche Dinge ändern sich eben nicht.«

»Nein«, stimmte sie zu.

»Deine Schwester sieht gut aus«, sagte er und stellte die Schachtel in die Mitte des Tisches. »Es geht ihr schon viel besser als gestern.«

Sara setzte sich auf die Couch. »Ich glaube, meine Mutter scheucht sie.«

»Sieht Cathy ähnlich.« Er faltete eine Serviette auseinander und legte sie Sara auf den Schoß. »Hast du die Blumen bekommen?«

»Ja«, sagte sie. »Vielen Dank. Sie sind wunderschön.«

»Ich wollte, dass du weißt, dass ich an dich denke.« Er öffnete die Coladosen.

Sara spielte mit der Serviette. Sie wusste nicht, was sie sagen sollte.

»Sara«, begann Mason plötzlich und legte den Arm auf

die Sofalehne hinter sie. »Ich habe nie aufgehört, dich zu lieben.«

Sara wurde rot vor Verlegenheit, doch bevor sie antworten konnte, hatte er sich zu ihr gebeugt und küsste sie. Zu ihrer Überraschung erwiderte sie den Kuss. Im nächsten Moment war Mason bereits näher herangerückt und legte sich auf sie. Er schob die Hände unter ihr Hemd und drückte sie an sich. Sara legte die Arme um ihn, doch statt der kopflosen Leidenschaft, die sie sonst an dieser Stelle überkam, konnte Sara nur daran denken, dass der Mann in ihren Armen nicht Jeffrey war.

»Halt«, sagte sie und griff nach seiner Hand, die an den Knöpfen ihrer Hose arbeitete.

Er schreckte auf und schlug sich den Kopf an der Wand an. »Es tut mir leid.«

»Nein«, sagte sie und knöpfte sich das Hemd wieder zu. Sie fühlte sich wie ein Teenager, der auf der letzten Bank im Kino erwischt worden war. »Mir tut es leid.«

»Du musst dich nicht entschuldigen«, sagte er und schlug die Beine übereinander.

»Doch, ich …«

Er wackelte mit dem Fuß. »Ich hätte das nicht tun sollen.«

»Schon gut«, sagte sie. »Ich habe ja mitgemacht.«

»Ja, das hast du.« Er seufzte. »Gott, wie sehr ich dich liebe.«

Sara schluckte.

Er sah sie an. »Du bist eine tolle Frau, Sara. Ich hatte das Gefühl, du hast das vielleicht vergessen.«

»Mason …«

»Du bist so außergewöhnlich …«

Wieder wurde sie rot. Er streckte die Hand aus und strich ihr eine Haarsträhne hinters Ohr.

»Mason«, wiederholte sie und hielt seine Hand fest.

Er lehnte sich wieder vor, um sie zu küssen, doch sie wandte das Gesicht ab.

Mason setzte sich aufrechter hin.

Sara sagte: »Es tut mir leid. Es ist nur …«

»Du musst nichts erklären.«

»Doch, Mason. Ich will dir sagen …«

»Wirklich nicht.«

»Hör auf, mich daran zu hindern«, befahl sie, dann versuchte sie zu sagen, was sie sagen musste. »Ich war immer nur mit Jeffrey zusammen. Ich meine, seit ich nicht mehr in Atlanta bin.« Sie rückte ein Stück ab. »Es war immer nur Jeffrey.«

»Klingt wie eine schlechte Angewohnheit.«

»Vielleicht«, sagte sie und nahm seine Hand. »Vielleicht … aber vielleicht auch nicht. Jedenfalls ist das nicht die Art, wie ich es beenden will.«

Er betrachtete ihre Hände.

Sie sagte: »Er hat mich betrogen.«

»Was für ein Idiot.«

»Ja«, stimmte sie zu. »Manchmal ist er das, aber was ich sagen wollte, ist, ich weiß, wie es sich anfühlt. Und ich will nicht dafür verantwortlich sein, dass sich ein anderer so fühlt.«

»Rache wäre nur fair.«

»Das ist kein Spiel«, sagte sie, dann erinnerte sie ihn: »Und außerdem bist du immer noch verheiratet, Holiday Inn hin oder her.«

Er nickte. »Du hast recht.«

Sie hatte nicht erwartet, dass er so einfach aufgab, aber Sara war eben Jeffreys Entschlossenheit gewohnt und nicht Masons unterkühlte Lässigkeit. Jetzt erinnerte sie sich, warum es so leicht gewesen war, Mason wie alles andere in Atlanta zurückzulassen. Zwischen ihnen gab es einfach nicht diesen gewissen Funken. Mason hatte nie um irgendetwas in seinem Leben kämpfen müssen. Sie wusste nicht einmal, ob er sie wirklich so begehrte oder ob sie ihm nur gerade gelegen kam.

Sara sagte: »Ich gehe mal und sehe nach Tess.«

»Darf ich dich anrufen?«

Wenn er es anders formuliert hätte, hätte sie vielleicht Ja gesagt. Doch so sagte sie: »Lieber nicht.«

»Na gut«, sagte Mason und lächelte.

Sie stand auf. Er schwieg, bis sie in der Tür stand.

»Sara?« Er wartete, dass sie sich umdrehte. Dann lehnte er sich auf der Couch zurück, den Arm immer noch auf der Lehne, die Beine lässig übereinandergeschlagen. »Wünsch deiner Familie alles Gute von mir.«

»Mach ich«, gab sie zurück und schloss die Tür.

Sara stand am Fenster in Tessas Zimmer und beobachtete den Verkehr, der sich unten auf der Hauptstraße in Richtung Downtown schob. Tessas regelmäßige Atemzüge waren die süßeste Musik, die Sara seit Langem gehört hatte. Jedes Mal, wenn sie nach ihrer Schwester sah, wäre sie am liebsten zu ihr ins Bett gekrochen und hätte sie im Arm gehalten, so froh war sie, dass Tessa über den Berg war.

Cathy kam herein, in jeder Hand eine Tasse Tee. Sara dachte ans Dairy Queen vor knapp einer Woche, als Tessa so unerträglich reizbar gewesen war. Der Wunsch, die Zeit zurückzudrehen, war so stark, dass Sara ihn fast auf der Zunge schmeckte.

Sara fragte: »Geht es Daddy gut?« Es hatte ihren Vater furchtbar aufgewühlt, als Sara von Richard Carter erzählt hatte. Er war fortgegangen, noch bevor sie den Bericht beendet hatte.

»Er steht dort hinten auf dem Flur«, sagte Cathy, als beantwortete das die Frage.

Sara nahm einen Schluck Tee und verzog das Gesicht.

»Er ist etwas stark«, gab Cathy zu. »Wird Jeffrey bald hier sein?«

»Ich nehme es an.«

Cathy strich Sara über das Haar. »Ich weiß noch, wie ich euch beim Schlafen zusah, als ihr klein wart.«

Sara hatte immer gern zugehört, wenn Cathy aus ihren Kindertagen erzählte, doch jetzt erschien ihr der Kontrast zwischen damals und heute zu schmerzlich.

Cathy fragte: »Wie geht es Jeffrey?«

Sara trank den bitteren Tee. »Gut.«

»Das alles muss auch für ihn schlimm gewesen sein«, sagte Cathy und holte eine Tube Handcreme aus ihrer Tasche. »Tessa ist für ihn immer wie eine kleine Schwester gewesen.«

Daran hatte Sara noch nicht gedacht, aber es stimmte. So schlimm es für sie selbst im Wald gewesen war, auch Jeffrey hatte schrecklich gelitten.

»Langsam verstehe ich, warum du ihm nie länger böse sein kannst«, sagte Cathy, während sie Tessa die Hände eincremte. »Erinnerst du dich, als er damals nach Florida fuhr, um sie abzuholen?«

Sara lachte. Die Geschichte hatte sie ganz vergessen. Vor Jahren, als Tessa in den Osterferien mit dem Wagen vom College nach Florida fuhr, hatte sie einen Unfall mit einem gestohlenen Bierlaster gehabt. Jeffrey war mitten in der Nacht nach Panama City gefahren, um mit der örtlichen Polizei zu reden und Tessa heimzuholen.

»Sie wollte nicht, dass Daddy kommt«, sagte Cathy. »Auf keinen Fall.«

»Daddy hätte sie auf der ganzen Heimfahrt mit ›Ich

hab's dir doch gesagt‹ gequält.« Eddie hatte Tessa gewarnt, nur ein Narr würde mit einem MG-Cabrio nach Florida fahren, wenn zwanzigtausend betrunkene Studenten unterwegs waren.

»Tja«, sagte Cathy und cremte Tessas Arm ein. »Er hatte recht.«

Sara lächelte, aber sie sparte sich den Kommentar.

»Ich bin froh, dass Jeffrey kommt«, sagte Cathy mehr zu sich selbst als zu Sara. »Tessa soll aus seinem Mund hören, dass es vorbei ist.«

Obwohl Sara wusste, dass ihre Mutter nicht wissen konnte, was zwischen ihr und Mason James vorgefallen war, fühlte sie sich ertappt.

»Was hast du?«, fragte Cathy. Wie immer spürte sie, dass etwas los war.

Sara gestand sofort. Sie hatte das Bedürfnis, ihr Gewissen zu erleichtern. »Ich habe Mason James geküsst.«

Cathy schien verblüfft. »Nur geküsst?«

»Mama!« Sara versuchte ihre Verlegenheit mit Entrüstung zu überspielen.

»Na und?« Cathy tupfte sich noch mehr Creme auf die Hände und rieb sie aneinander, um sie zu wärmen. »Und, wie war's?«

»Zuerst schön, aber dann …« Sara fasste sich an die Wangen und spürte die Hitze.

»Dann?«

»Dann war es nicht mehr so schön«, gab Sara zu. »Ich musste die ganze Zeit an Jeffrey denken.«

»Das sollte dir einen Hinweis geben.«

»Wie meinst du das?« Sara konnte ihren mütterlichen Rat jetzt gut gebrauchen.

»Sara«, seufzte Cathy. »Dein größter Fehler war immer deine Intelligenz.«

»Na wunderbar«, sagte Sara. »Das werde ich meinen Patienten erzählen.«

»Jetzt werd nicht gleich überheblich«, mahnte Cathy. »Du warst in letzter Zeit so schrecklich ruhelos, und ich habe es satt, dir zuzusehen, wie du deinem Leben in Atlanta hinterherweinst.«

»Aber das tue ich doch gar nicht«, verteidigte sich Sara, doch sie war nie eine gute Lügnerin gewesen, vor allem nicht vor ihrer Mutter.

»Dein Leben ist so reich. Du hast so viele Menschen, die dich lieben und sich um dich sorgen. Gibt es denn irgendwas, was du bei uns nicht haben kannst?«

Vor zwei Stunden hätte Sara noch eine ganze Liste von Dingen aufzählen können, doch jetzt schüttelte sie den Kopf.

»Vielleicht solltest du mal daran denken: Egal, wie schlau dein Gehirn da oben ist, es ist dein Herz, das Fürsorge braucht.« Sie sah Sara durchdringend an. »Und du weißt, was dein Herz braucht, oder?«

Sara nickte, doch ganz sicher war sie sich nicht.

»Oder?«, beharrte Cathy.

»Ja, Mama«, antwortete Sara, und irgendwie wusste sie es sogar.

»Gut«, sagte Cathy und betrachtete ihre Hände. »Jetzt geh und red mit deinem Vater.«

Sara küsste Tessa und dann ihre Mutter, bevor sie das Zimmer verließ. Ihr Vater stand immer noch am Ende des Gangs am Fenster und beobachtete den Verkehr, genau wie Sara es in Tessas Zimmer getan hatte. Er ließ die Schultern hängen, doch das alte weiße T-Shirt und die ausgewaschenen Jeans waren unverkennbar Eddie. Sara war ihrem Vater manchmal so ähnlich, dass es sie erschreckte.

Sie sagte: »Hallo, Daddy.«

Er drehte sich nicht um, doch Sara spürte seine Trauer so deutlich wie die Kälte, die durch das Fenster kroch. Eddie Linton war ein Mann, der voll und ganz in der Familie aufging. Seine Frau und seine Kinder waren seine Welt, und Sara war so sehr mit ihrem eigenen Kummer beschäftigt gewesen, dass sie kaum gemerkt hatte, welchen Kampf ihr Vater durchstehen musste. Er hatte so hart dafür gearbeitet, seinen Kindern ein sicheres und glückliches Zuhause zu bieten. Eddies Zurückhaltung gegenüber Sara in dieser Woche war keine Schuldzuweisung gewesen – im Gegenteil, er hatte sich selbst die Schuld gegeben.

Eddie zeigte nach draußen. »Siehst du den Kerl da, der den Reifen wechselt?«

Sara sah den grellen grüngelben Kastenwagen der HERO-Flotte, die von der Stadt Atlanta dafür bezahlt wurde, den Verkehr am Laufen zu halten. Die Mechaniker hatten Ersatzreifen dabei, gaben Starthilfe oder verteilten auch mal ein paar Liter Benzin, wenn man am Straßenrand liegen geblieben war. In einer Stadt, wo der durchschnittliche Weg zur Arbeit bis zu zwei Stunden dauern konnte und es vollkommen legal war, eine Waffe im Handschuhfach zu haben, wurden die Steuergelder hier endlich einmal an der richtigen Stelle eingesetzt.

»Der Kastenwagen?«, fragte Sara.

»Sie nehmen kein Geld dafür. Keinen Cent.«

»Erstaunlich«, sagte Sara.

»Ja.« Eddie atmete langsam aus. »Schläft Tessie noch?«

»Ja.«

»Ist Jeffrey unterwegs?«

»Wenn du nicht willst, dass er …«

»Nein«, unterbrach Eddie bestimmt. »Er sollte auch hier sein.«

Sara spürte plötzlich eine Leichtigkeit, als hätte man ihr eine unendlich schwere Last abgenommen.

»Mama und ich haben gerade davon gesprochen, wie er damals nach Florida gefahren ist, um Tessa abzuholen.«

»Ich hatte ihr gesagt, sie soll das verdammte Auto stehen lassen.«

Sara sah hinaus in den Verkehr und lächelte.

Eddie räusperte sich mehrmals, als müsste er erst für die nötige Aufmerksamkeit sorgen. »Treffen sich zwei Flöhe an der Raststätte.«

»O-kaay …«, sagte sie gedehnt.

»Der eine ist total durchgefroren. Fragt der andere: ›Was ist los?‹ Sagt er: ›Bin bei einem Motorradfahrer im Schnurrbart mitgefahren.‹ Sagt der andere: ›Mach's so wie ich – ich setz mich an die Bar, trink was, dann suche ich mir 'ne Frau und mach's mir zwischen ihren Beinen gemütlich.‹« Eddie machte eine dramatische Pause. »An der nächsten Raststätte treffen sich die beiden wieder. Wieder ist der eine total durchgefroren.« Eddie rieb sich über die Arme. »›Hat's nicht geklappt?‹, fragt der andere. Seufzt der Erste: ›Doch: Ich hab was getrunken, bin einer Frau am Bein hoch und gemütlich eingeschlafen, doch als ich aufwachte, saß ich schon wieder bei dem Motorradfahrer im Schnurrbart.‹«

Sara musste einen Moment überlegen, bis der Groschen fiel. Dann lachte sie so laut, dass ihr die Tränen über die Wangen liefen.

Eddies Gesicht hellte sich auf, das Lachen seiner Tochter zu hören, war für ihn die reine Freude.

»Mein Gott, Dad«, sagte Sara und wischte sich die Tränen ab. »Was kennst du denn für Witze?«

»Ja«, er legte den Arm um sie und drückte sie an sich, »schrecklich, nicht?«

FREITAG

Achtzehn

Lena hockte in ihrer Wohnung zwischen den Umzugskisten und packte alles ein, was sie besaß. Das meiste würde sie bei Hank einlagern, bis sie einen neuen Job fand. Ihr Bett kam zu Nan. Sie würde in Nans Extrazimmer ziehen, bis sie genug Geld hatte, sich etwas Eigenes zu suchen. Im College hatte man ihr Chucks Posten angeboten, doch sie hatte sich geschworen, nie wieder einen Fuß in das Dienstzimmer zu setzen. Kevin Blake, dieser Mistkerl von Dekan, hatte ihr noch nicht einmal eine Abfindung gezahlt. Lena tröstete sich damit, dass der Verwaltungsrat heute Morgen verkündet hatte, man würde nach einem Ersatz für Blake Ausschau halten.

Die Tür quietschte, als Ethan hereinkam. Das Schloss war noch nicht repariert worden, seit Jeffrey es aufgebrochen hatte.

Er lächelte, als er Lena sah. »Du trägst dein Haar hoch.«

Lena widerstand dem Impuls, die Spange herauszunehmen. »Ich dachte, du hast die Stadt verlassen?«

Ethan zuckte die Schultern. »Mir fällt es immer schwer zu gehen, wenn ich nicht erwünscht bin.«

Sie unterdrückte ein Lächeln.

»Außerdem ist es schwierig, von hier woandershin zu wechseln, wenn das ganze College unter Generalverdacht steht.«

»Die biegen das schon wieder hin«, sagte Lena. Sie hatte zwar nur ein paar Monate am College gearbeitet, doch sie wusste, wie man hier mit Skandalen umging. Es würden Geldstrafen verhängt werden und eine Menge Zeitungsartikel erscheinen, aber nach einem Jahr wäre Gras über die Sache gewachsen, und noch bevor die Strafen gezahlt waren, würde der nächste böse Professor einem anderen das Messer in den Rücken jagen – symbolisch oder buchstäblich –, um sich Ruhm und Vermögen zu sichern.

»Und«, begann Ethan, »ich schätze, du hast dich mit dem Cop vertragen?«

Lena zuckte die Schultern. Sie wusste nicht, wie es mit Jeffrey stand. Nachdem er sie wegen Richard Carter verhört hatte, hatte er sie gebeten, am Montagmorgen auf dem Revier zu erscheinen, geputzt und gestrählt, wie er sich ausgedrückt hatte. Sie hatte keine Ahnung, was er wollte.

Ethan fragte: »Hat man inzwischen herausgefunden, von wem das Höschen war?«

»Er hat wohl einfach den falschen Schluss gezogen. Das kommt vor.« Wieder zuckte sie die Schultern. »Andy Rosen war irre. Wahrscheinlich hat er es irgendeinem Mädchen geklaut.« Sie konnte sich vorstellen, dass Andy Rosen an einsamen Abenden mehr geschnüffelt hatte als nur Kleber. Was das Buch anging, das hatte Lena an einem ihrer einsamen Abende auf der Suche nach ein wenig Frieden in der Bibliothek gelesen.

Ethan lehnte in der offenen Tür. »Ich wollte dir nur Bescheid sagen, dass ich noch da bin«, sagte er. »Falls wir uns mal sehen.«

»Sehen wir uns denn mal?«

Er zuckte unverbindlich die Schultern. »Ich weiß nicht, Lena. Ich versuche ehrlich, mich zu ändern.«

Sie betrachtete ihre Hände. Sie kam sich vor wie ein Monster. »Ja.«

»Ich wollte mit dir zusammen sein«, sagte er. »Aber nicht so.«

»Schon gut.«

»Du könntest woanders hinziehen und von vorn anfangen.« Er schwieg, dann fügte er hinzu: »Vielleicht, wenn ich einen Platz an einer anderen Uni finde … vielleicht könnten wir zusammen gehen?«

»Ich kann hier nicht weg«, sagte Lena, auch wenn er das nie verstehen würde. Ethan hatte seine Familie und seine alte Identität zurückgelassen, ohne zurückzublicken. Lena würde das mit Sibyl niemals tun.

»Falls du deine Meinung änderst …«

»Nan kommt gleich wieder«, unterbrach sie ihn. »Du solltest lieber abhauen.«

»Also gut.« Er nickte verständnisvoll. »Bis dann, okay?«

Lena antwortete nicht.

Dann wiederholte er ihre Frage: »Sehen wir uns mal?«

Seine Worte hingen in der Luft wie Nebel. Sie nahm sich Zeit, ihn anzusehen, seine weite Jeans und das schwarze T-Shirt, den abgebrochenen Zahn und die blauen, blauen Augen.

»Ja«, sagte sie. »Wir sehen uns.«

Er zog die Tür hinter sich zu, deren Riegel sich nicht schloss. Lena stand auf und schob den Stuhl zur Tür unter die Klinke.

Sie ging ins Badezimmer. Ihr Spiegelbild sah inzwischen etwas besser aus. Die blauen Flecken am Hals spielten inzwischen ins Gelbliche, und die Wunde unter dem Auge war verkrustet.

»Lena?«, rief Nan. Lena hörte, wie die Tür gegen den Stuhl geschoben wurde.

»Einen Moment«, rief sie und öffnete den Medizinschrank. Sie rüttelte an dem Brett im unteren Fach und holte das Klappmesser heraus. Es war immer noch Blut am Griff, obwohl der Regen das meiste abgewaschen hatte. Als sie die Klinge aufklappte, sah sie, dass die Spitze abgebrochen war. Mit Bedauern stellte Lena fest, dass sie es nicht länger würde behalten können.

Wieder hörte sie die Tür gegen den Stuhl poltern. Nans Stimme klang besorgt. »Lena?«

»Ich komme schon«, rief Lena. Sie ließ die Klinge zuschnappen und steckte das Messer in die Hosentasche. Dann ging sie zur Tür, um Nan hereinzulassen.

Danksagung

Das Erste, was ich immer in Büchern lese, sind die Danksagungen, und ich ärgere mich regelmäßig, wenn dort eine lange Liste von Leuten steht, die ich nicht kenne, denen für Sachen gedankt wird, die mir nichts sagen. Doch nach Fertigstellung meines dritten Romans verstehe ich, warum diese Listen wichtig sind. Die folgenden Menschen haben jedenfalls alles getan, um die Grant-Serie hier und im Ausland zu fördern, und ich bin ihnen ewig dankbar für ihre harte Arbeit.

Bei Morrow/Harper: George Bick, Jane Friedman, Lisa Gallagher, Kim Gombar, Kristen Green, Brian Grogan, Cathy Hemming, Libby Jordan, Rebecca Keiper, Michael Morris, Michael Morrison, Juliette Shapland, Virginia Stanley, Debbie Stier, Eric Svenson, Charlie Trachtenbarg, Rome Quezada und Colleen Winters.

Bei Random House UK: Ron Beard, Faye Brewster, Richard Cable, Alex Hippisley-Cox, Vanessa Kerr, Mark McCallum, Susan Sandon und Tiffany Stansfield.

Es gibt noch viele andere – und ich bitte um Entschuldigung, falls sich jemand übergangen fühlt.

Meine Agentin Victoria Sanders inspiriert mich zu Höhenflügen. Die Lektorinnen Meaghan Dowling und Kate Elton sind das dynamische Duo. Es ist ein großes Geschenk für mich, dass wir alle so gut zusammenarbeiten. Dr. David Harper, Patrice Iacovoni und Damien van Carrapiett haben mir bei den medizinischen Passagen geholfen, die so lebensnah sind, wie man es in einem Roman eben hinbekommen kann. Kantor Isaac Goodfriend hat mir »Shalom« in zwanzig verschiedenen Sprachen aufgeschrieben. Beth und Jeff von CincinnatiMedia.com sind zwei der besten, zuverlässigsten Autoren-Website-Designer/Administratoren überhaupt. Jamey Locastro hat mir ein paar sehr indiskrete Fragen beantwortet. Rob Hueter hat mit mir über Glocks gesprochen und mich zum Schießen mitgenommen. Remington.com hat ein unschlagbares Online-Tutorium zum Thema Sicherheit bei Waffen, das mich stundenlang gefesselt hat. Apropos – besonderen Dank an die Online-Freunde, deren Sirenengesänge mich von der Arbeit abhalten. Bitte hört auf. Ich flehe euch an.

Den Schriftstellerkollegen VM, FM, LL, JH, EC und EM gebührt mein Dank dafür, dass sie sich meine Jammerei angehört haben. (Ihr habt doch zugehört, oder?) Mein Daddy hat mich immer unterstützt, nicht nur mit zinsfreien Darlehen. Judy Jordan ist die beste Mutter und Freundin, die man sich wünschen kann. Billie Bennett, meiner Englischlehrerin aus der neunten Klasse, gebührt alles Lob der Welt.

Ganz privat danke ich Boss, Diane, Cubby, Pat, Cathy und Deb, dass sie New York für mich ein wenig erträglicher gemacht haben, als ich die letzten Male dort war. Ihr habt ja alle keine Ahnung!

Und schließlich D. A. – eher würde ich meine eigene Existenz vergessen.